HEYNE <

Das Buch

Spokane, im Bundesstaat Washington, eine aufstrebende Stadt, getrennt durch den Wasserfall des reißenden Spokane River. An einem Nachmittag wird am Flussufer die Leiche einer Frau gefunden. Wenig später eine zweite. Die junge Polizistin Caroline Mabry, die gerade eine traumatische Erfahrung gemacht hat, als ein von ihr verfolgter Mann über den Staudamm zu Tode gestürzt ist, soll zusammen mit Alan Dupree, einem älteren Kollegen, der ihre Laufbahn von Anfang an gefördert hat, die Ermittlungen aufnehmen. Als beide nicht weiter kommen, greift das FBI ein. Caroline, als einzige Frau im Team, sieht sich plötzlich nicht nur mit dem Fall konfrontiert sondern auch mit einem Teil ihrer Kollegen. Sie hat eine eigene Sicht auf die Mordfälle, weiß aber genau, dass ihre Karriere auf dem Spiel steht, wenn sie nicht Erfolg hat. Auch Alan Dupree, der mittlerweile vom Fall abgezogen wurde, ermittelt trotzdem weiter, vor allem weil er dadurch in Carolines Nähe bleiben kann.

Der Autor

Jess Walter ist Journalist und arbeitet für das Fernsehen und für verschiedene Zeitungen, u. a. für die *Washington Post*. Er lebt mit seiner Familie in der Stadt, in der sein erster Roman spielt, in Spokane, Washington State.

JESS WALTER

Stummes Echo

Roman

Aus dem Amerikanischen
von Wolfgang Müller

WILHELM HEYNE VERLAG
MÜNCHEN

HEYNE ALLGEMEINE REIHE
Band-Nr. 01/13837

Die Originalausgabe
OVER TUMBLED GRAVES
erschien bei Regan Books/Harper Collins Pub., New York

Das Buch erschien bereits unter dem Titel
»Sündenfall«

Umwelthinweis:
Dieses Buch wurde auf chlor-
und säurefreiem Papier gedruckt.

Taschenbucherstausgabe 12/2003

Der Wilhelm Heyne Verlag ist ein Verlag der
Ullstein Heyne List GmbH & Co. KG
Printed in Germany 2003
Umschlagillustration: Getty Images/George Logan
Umschlaggestaltung: Eisele Grafik Design, München
Satz: Gramma GmbH, Germering
Druck und Bindung: Elsnerdruck, Berlin
http://www.heyne.de

ISBN 3-453-87024-7

Danksagung

An den folgenden Seiten haben einige Kollegen und Freunde herumgeknobelt. Vor allem Dan Butterworth, dessen Begeisterung mich beflügelte und dessen Kritik von unschätzbarem Wert war. Jim Lynch ging nicht nur Seite für Seite mit mir durch, sondern teilte auch meine Angst. Terry Morehouse recherchierte meine Fragen bezüglich Polizeiarbeit und nahm mich einmal zum Skifahren mit.

Mein tief empfundener Dank und Respekt gelten Cal Morgan, der jene Art von scharfsinnigem und verständnisvollem Lektor verkörpert, den es angeblich nicht mehr gibt, und Judith Regan für ihre Energie, ihren Weitblick und ihre Geduld mit durchgeknallten Autoren, die in den entlegensten Gegenden hausen.

Und schließlich habe ich das große Glück, mit meiner Lieblingslektorin verheiratet zu sein. Wie alles, was ich tue, ist auch dieses Buch meiner Frau Anne und meinen Kindern Brooklyn, Ava und Alec gewidmet.

Im matten Mondlicht singt das Gras
Auf zerfallenen Gräbern.

T. S. Eliot, Das wüste Land

Erster Teil

April

Das Begräbnis der Toten

I

Der Anblick von stürzendem Wasser hypnotisierte Caroline Mabry. Der Fluss hatte für sie eine ganz eigene Bedeutung. Es zog Caroline ans Ufer, wenn sie durcheinander oder verwirrt war, wenn sie sich verlieren wollte. Dann ging sie meist zu den Wasserfällen – der dramatischen Serie von felsigen, peitschenden Stromschnellen im Zentrum ihrer Heimatstadt. Floss der Spokane River weiter stromaufwärts noch stetig dahin, an manchen Stellen träge und von Gegenströmungen verwirbelt, so begann er nun zu tosen, schäumte und kochte und stürzte schließlich hinab.

Manchmal wunderte sich Caroline über die Anziehungskraft des Flusses. Sie machte irgendeine Besorgung oder joggte oder war mit dem Rad unterwegs und plötzlich fand sie sich hier wieder – auf der Fußgängerbrücke zwischen den oberen Fällen und dem Monroe Street Dam. Sie war fasziniert von diesem Ort, davon, was es für eine Stadt bedeutete, dass sich in ihrem Herzen ein tosender, donnernder Wasserfall fand. Völlig überwältigt stand sie dann da, konnte sich in diesem göttlichen Wirken und Fließen verlieren und dem Glauben hingeben, dass der Sinn eines Flusses ein wesentlicherer sei als der, Dinge zu befördern oder Strom zu liefern. Der Fluss reinigte die Stadt, nahm ihren Schutt mit sich, ihre Fäkalien, ihre Selbstmorde. Der Fluss spülte die lange, graue Wunde der Zivilisation aus. Mit der Zeit fing sie an, ihre eigenen chronischen Infektionen mit an den Fluss zu nehmen – die Schübe von Einsamkeit, die zyklische Verzweiflung, die Isolation. Und wenn sie durch die Fälle auch nicht geheilt wurde, so zerstreuten sie doch zumindest ihre quälenden Ängste. Sie verblassten beim Anblick des weißen Wassers und der Felsbrocken, die wie gebrochene Knochen durch die Haut des Flusses stießen.

Auf einer der Fußgängerbrücken, die über die Wasserfälle führten, blieb Caroline kurz stehen und schaute auf die Uhr. Dann überquerte sie die Brücke und schob den Kinderwagen in den Park. Sie schlängelte sich durch Menschen und Decken, Frisbees und Hacky Sacks bis zu einem toten Seitenarm, der durch einen Erdwall von dem mitten durch den Park führenden Felskanal abgetrennt war. Ein Ort für Enten und Parkbänke, für Liebespaare und stille Beschaulichkeit. Der Spokane River sah in diesem Abschnitt stahlgrau und solide aus, träge wie geschmolzenes Metall wälzte er sich dahin. Caroline fragte sich, was es zu bedeuten hatte, dass ihr das lebendige Brausen der Fälle angenehmer war als dieses wohlige Dahingleiten, diese Stille. Doch sie verdrängte die beunruhigenden Gedanken, riss sich zusammen und schob den Kinderwagen über den Gehweg bis zu der Stelle, die sie gesucht hatte. Dann wartete sie.

Caroline Mabry war sechsunddreißig, sah aber zehn Jahre jünger aus und fühlte sich zehn Jahre älter. Sie hatte runde, grüne Augen und kurzes braunes Haar, das ihren großen durchtrainierten Körper, der in einem Jogginganzug aus Nylon steckte, etwas weicher erscheinen ließ. Sie stand neben dem Kinderwagen am Anfang einer breiten Fußgängerbrücke und lehnte sich an einen Pfeiler, um sich die neuen Laufschuhe zuzubinden. Sie schaute auf und stellte Augenkontakt zu einem Penner her, der sich schon den ganzen Tag im Park aufhielt, einem Penner mit neuen Laufschuhen. Sie dehnte sich, wiegte sich in der Hüfte und stieß sich von dem Pfeiler ab. Dann warf sie einen Blick in den Kinderwagen, setzte ihre Sonnenbrille auf und beobachtete wieder den Park. Es sah aus, als hakte sie eine Checkliste ab.

Der Park kam ihr an diesem Tag gleichzeitig fremd und

vertraut vor – wie eine Wandkarte, auf der man mit Stecknadeln die wichtigsten Akteure markiert hatte. Die Szenerie hatte etwas von einem flüchtigen Déjà-vu-Erlebnis, ein Gefühl, als ob man den Verstand verlöre und jeder einzelnen Bewegung eine bestimmte Bedeutung zumessen würde. Während sich Caroline im Park umschaute, hatte sie den Eindruck, als sei nichts von dem, was sie sah, real – nicht die Frisbees, nicht die Hunde, nicht mal der Fluss und sicher nicht sie selbst: eine junge Mutter, die an einem sonnigen Tag im Park spazieren ging.

Auf der anderen Seite der Brücke saß ein Geschäftsmann auf einer Parkbank und las im *Wall Street Journal* von vorgestern. Er hob den Kopf, fing ihren Blick auf und lächelte. Ihre eigenen Gedanken kamen ihr ohrenbetäubend laut vor – als ob jeder die Gedanken hören könnte und sich fragte, woher sie wusste, dass der Geschäftsmann sich schon den ganzen Tag im Park aufhielt und dass er die gleichen Neunzig-Dollar-Laufschuhe trug wie der Penner und sie selbst.

Caroline mit dem Baby, der Penner mit dem Seesack und der Geschäftsmann mit der Zeitung bildeten eine Art Dreieck um die breite Fußgängerbrücke: Caroline diesseits, die beiden anderen jenseits der Brücke. In der Mitte des Dreiecks, direkt hinter der Brücke auf der Seite mit dem Penner und dem Geschäftsmann, stand ein muskulöser schwarzer Bursche. Er trug ausgebeulte Zimmermannshosen, ein weißes T-Shirt, offene Turnschuhe und eine Footballkappe der New York Giants. Er hieß Kevin Hatch, lief aber in der Szene unter dem Namen Burn. Auch das wusste Caroline. Wenn jemand ihre Gedanken hätte lesen können, hätte er sich darüber gewundert, was sie alles wusste. Diese Person hätte sich gewundert über die kurzsichtige Allwissenheit, die ihr an diesem Tag im Park zur Verfügung stand – wie einem Gott, der alles wusste, nur nicht das, was als Nächstes passieren würde.

Eine knackende Stimme ertönte in Carolines Ohr: *»Bei uns ist alles klar. Bei der nächsten Transaktion geht's los.«*

Caroline setzte sich an dem Brückenpfeiler auf den Boden, zog ein Taschenbuch heraus und blätterte etwa einmal pro Minute um. Nach fünf Seiten stand sie auf, schaute nach dem Baby, setzte sich wieder hin und blätterte weiter. Nach zehn Minuten ging ein Mann mit Sonnenbrille auf Burn zu. Er war um die vierzig, hatte schulterlanges Haar und trug eine Khakihose und ein einfaches schwarzes T-Shirt. Caroline faszinierte der Gedanke, dass sie nichts über den Mann wusste. Sie beobachtete, wie Burn den Mann begrüßte – erst misstrauisch, dann freundlicher, als hätte der Mann den Namen eines gemeinsamen Bekannten erwähnt, um Burns Vertrauen zu gewinnen. Der Mann sprach, während Burn zuhörte und gelegentlich nickte.

Von allen Seiten drangen sich vermischende Gesprächsfetzen an Carolines Ohr – das verliebte Säuseln eines Pärchens, das Quengeln eines Teenagers, das konspirative Geflüster von Männern in Anzügen. Auf der anderen Seite der Brücke stand der Penner langsam auf und setzte sich in Bewegung. Die Sonne lugte durch die dünne Wolkendecke; als hätte man einen Vorhang aufgezogen, wurden der Park und der Fluss in helles Licht getaucht.

Alle warteten sie darauf, dass Burn dem Mann mit den Khakihosen die hohle Hand entgegenstreckte, eine jeden Tag dutzendfach wiederholte Handbewegung – mit dem ersten Händedruck wechselten die Drogen den Besitzer, mit dem zweiten das Geld. Aber nichts passierte. Die beiden unterhielten sich nur, wobei fast ausschließlich der Khaki-Mann redete und Burn ab und zu ein Wort einwarf. Alle beobachteten und warteten auf den Deal. Schließlich steckte Burn die Hand in die Hosentasche. Zehn Meter entfernt faltete der Geschäftsmann die alte Zeitung zusammen, stand auf und griff in die Innentasche seiner Jacke.

Auch Caroline stand auf. Sie war bereit. Dann hörte sie direkt neben sich das gedämpfte vertraute Klingeln eines Handys. War das ihr Handy? Es lag im Kinderwagen. Sie hielt inne, schaute sich um und beugte sich dann nach unten, um es auszuschalten. Die Hand unter das Bündel zwängend, packte sie das Handy und erwischte dabei einen Zipfel der Decke. Ruckartig richtete sie sich wieder auf, und die Decke, die an den Seitenwänden des Kinderwagens in die Ritzen gestopft war, spannte sich unter dem Baby wie das Gummiband einer Steinschleuder. Oder eines zurückfedernden Trampolins.

Es war ein Bild, das sie später noch einmal würde zusammensetzen müssen, denn in dem Augenblick verlor Caroline den Überblick über den Ablauf und den Sinn der Dinge. Völlig unterschiedliche Bilder prallten aufeinander und verzerrten die Zeit, die nötig gewesen wäre, um jedes Ereignis zu verarbeiten.

Menschen schrien. Das Baby wurde in die Luft katapultiert. Ein Mann riss die Arme hoch, doch es war zu spät. Das Baby flog über das Geländer. Menschen strömten auf die Brücke zu. Ob zu gaffen oder zu helfen, das würden sie vielleicht erst später wissen. Das Baby klatschte auf das Wasser. Es tauchte nicht unter, sondern trieb wie Moses rücklings auf seiner Wickeldecke dahin. Die träge graue Masse zog es mitten durch den Stadtpark.

Aufgeschreckt durch das Gekreische, unterbrachen der Drogendealer Burn und sein potenzieller Kunde in der Khakihose ihre Unterhaltung und sahen, wie zwei als Penner und Geschäftsmann verkleidete Undercover-Beamte mit gezogenen Waffen auf sie zuliefen. Kurz verschwanden die beiden Polizisten in der Menschenmenge, die sich auf die Brücke zubewegte, um dem Baby zu Hilfe zu eilen oder sein Ertrinken zu begaffen.

All das beobachtete Caroline von der anderen Seite der Brücke. Sie stand wie versteinert neben dem Kinderwagen und kam nicht mehr dazu, den Satz »Halt! Das ist bloß ...« zu beenden, als schon ein Mann in Jeans und Sweatshirt über das Geländer ins Wasser sprang.

»… eine Puppe!«, schrie Caroline. Wie um den Satz mit einem Ausrufezeichen zu beenden, klingelte wieder ihr Handy.

»*Verdächtige Personen fliehen!*«, plärrte es aus dem Funksprechgerät.

Caroline wandte ihren Blick vom Fluss ab. Die beiden Männer kamen auf sie zu. Die beiden Detectives folgten in fünf Metern Abstand, wurden aber wieder von der glotzenden Menge verschluckt. Sie versuchte nach der Pistole zu greifen, die sie hinten am Rücken trug, doch der Tumult wegen der flussabwärts treibenden Puppe war zu groß – Menschen zerrten an Carolines Armen, deuteten auf den Fluss, wollten sie trösten. Als Burn und der andere Mann an ihr vorbeirannten, grapschte sie nach ihnen und bekam den älteren Mann am T-Shirt zu fassen. Er antwortete mit einem wilden Schwinger, der sie am Nacken erwischte und zu Boden schleuderte.

Eine Sekunde später kniete Sergeant Lane – der Geschäftsmann – neben ihr und fragte, ob alles okay sei.

»Alles in Ordnung.« Caroline rieb sich den Nacken, nickte in die Richtung, in der die zwei Verdächtigen verschwunden waren, und atmete erleichtert auf, als Sergeant Lane weiterlief. Dann hörte Caroline wieder ein Klingeln und sah, dass sie immer noch das Handy in der Hand hielt. Verblüfft schaute sie es an. Sie stand auf, klopfte sich den Staub ab und drückte auf die Taste.

»Ja?«

»*Hey, Baby.*«

Joel.

»*Na, wie ist es gelaufen?*«

Sie schaltete das Handy aus.

Zwei andere Detectives vom Drogendezernat kamen vom Van aus angelaufen; aber sie waren zu spät dran und kamen zudem aus der falschen Richtung. Caroline wandte sich wieder dem Fluss zu. In dem ruhigen Wasser hatte der Held die Puppe, die Caroline eigentlich ihrer Nichte hatte schenken wollen, zwar schnell erreicht, konnte aber auch nichts weiter tun, als sie an einem ihrer Plastikarme hochzuhalten und an Land zu schwimmen. Die Leute auf der Brücke applaudierten trotzdem.

Während Caroline beobachtete, wie er aus dem dunklen Wasser ans Ufer kletterte und peinlich berührt mit den Schultern zuckte, glaubte sie zu wissen, was der Mann gerade fühlte. War er trotzdem ein Held? Auch wenn das Baby kein echtes Baby gewesen war? Was sie selbst betraf, so stellte sich die Frage sogar noch schärfer: Wenn der ganze Tand – das Baby, der Kinderwagen, der Jogginganzug – nicht echt war, was hatte es dann mit ihren Gefühlen auf sich? Ihrem Gefühl der Isolation, ihrem Verlangen nach mehr. War das alles echt?

2

Der Riverfront Park mit den Spokane Falls maß etwa vierzig Hektar. Er umfasste beide Flussufer und eine hügelige Insel in der Mitte des Felsenkanals. Das ehemalige Eisenbahndepot war anlässlich der Weltausstellung 1974 in das Herzstück einer Innenstadt verwandelt worden, die es nie geschafft hatte, sich Leben einzuhauchen – einem Betrunkenen gleich, der ständig vom Trittbrett fiel. Der Park war sicher, viel besucht und hatte Spazierwege und Fußgängerbrücken, Pavillons und Fahrgeschäfte, eine Gondel, einen Uhrenturm und ein altertümliches Karussell zu bieten. Es gab fast keine Kriminalität auf dem offenen, jedem zugänglichen Gelände. Wenn ein Drogendealer anfing bei einer der Fußgängerbrücken seine Geschäfte abzuwickeln, rechneten die Rauschgiftspezialisten der Special Investigations Unit mit höchstens einem Überwachungstag, bevor sie ihn geschnappt hatten.

Ging die Aktion allerdings in die Hose, entpuppte sich die Beschaffenheit des Parks als Nachteil. Er war hügelig, dicht bewachsen mit Bäumen und Büschen, und man konnte ihn an mindestens einem Dutzend Stellen betreten oder verlassen, sodass man sich auf der Suche nach dem Dealer und seinem Kunden schnell verzettelte und dann manchmal nur noch halbherzig zu Werke ging. Daryl Lane, Sergeant der Special Investigations Unit, blies die Suche nach einer Stunde ab, streifte aber noch eine weitere Stunde durch den Park. Er trug immer noch den engen Business-Anzug. Caroline hatte Angst, ihm unter die Augen zu treten. Die uniformierten Streifenpolizisten verließen als Erste den Park, dann zogen die zur Unterstützung aus anderen Einheiten angeforderten Detectives ab. Schließlich waren nur noch Sergeant Lane in seinem verschwitzten Anzug und der obdachlose Gerraghty da. Und Caroline. Sie saß auf den Stufen des Karussells und schaute ein paar Alten beim Entenfüttern zu, als auch Lane und Gerraghty sich zu ihren Wagen aufmachten und bei ihr vorbeikamen.

»Es ist nicht deine Schuld«, sagte Sergeant Lane in einem Tonfall, der genau das Gegenteil andeutete. Er schaute auf einen Punkt links von ihr, dann platzte es aus ihm heraus. »War ein Schlag ins Wasser, okay«, sagte er. »War meine Entscheidung, die Hunde nicht mitzunehmen.« Als hätte sie eine ansteckende Krankheit, traten Lane und Gerraghty einen Schritt zurück. »Komm schon«, sagte Lane. »Ist doch nichts passiert. Ein Tag Vorbereitung im Eimer, mehr nicht. Nur ein paar Stunden. Was soll's.«

Caroline entgegnete nichts. Im nächsten Augenblick drehte sich der Sergeant um und ging. Gerraghty schlurfte hinter ihm her. Er liebte seine speckigen Hosen und Hemden, diese Mann-von-der-Straße-Verkleidung, die er als Undercover-Beamter trug. Wenn er sich die dreckigen Jeans und das schwarze T-Shirt anzog, wenn nicht mehr der akkurate Pferdeschwanz, sondern das offene Haar auf seine Schultern fiel, wenn er sich den vollen Seesack über die Schulter warf, dann verwandelte er sich in eine andere Person. Sie vermutete, dass das der Hauptunterschied zwischen ihr und den anderen Detectives der Special Investigations Unit war. Sie liebten es, sich herauszuputzen, verdeckt zu arbeiten, Leute hereinzulegen. Es gefiel ihnen, jemand anders zu sein.

Caroline hatte geglaubt, dass auch ihr das gefallen würde. Nach zwei Jahren im Dezernat für Eigentumsdelikte hatte sich allerdings alles interessanter angehört, was nicht damit verbunden war, hinter gestohlenen Autoradios herzuhecheln. Aber sie war eben anders gestrickt als Gerraghty. Rauschgiftfahnder waren genauso hinterhältig und doppelzüngig wie die verzweifelten Junkies, die sie verfolgten; das war der Grund, warum nicht wenige ebenfalls in die Abhängigkeit abrutschten. Mit der Verzweiflung konnte Caroline umgehen, aber sie konnte die Heimtücke, die Heuchelei nicht ausstehen. Oder präziser – sie konnte die hinter der Heuchelei lauernde Wahrheit nicht ausstehen. Zum Beispiel das Baby: Die Puppe hatte sie für ihre Nichte in San Francisco gekauft, den Kinderwagen hatte sie aus der Asservatenkammer. Caroline wusste, dass das eine schlechte Tarnung war, dass das emotionale Problem sie von dem ablenken könnte, was sie zu tun hatte. Allerdings hatte sie nur mit einem inneren Schmerz gerechnet, nicht mit dieser Slapstick-Komödie in aller Öffentlichkeit.

Der Kinderwagen stand vor ihr wie ein Kind, das auf eine Standpauke gefasst ist. Caroline trat mit dem Fuß dagegen. Der Wagen kippte um, die Puppe flog zum zweiten Mal an diesem Tag durch die Luft und blieb diesmal dicht am Ufer liegen.

»Soll ich dich jetzt wegen Umweltverschmutzung oder wegen Kindesmisshandlung einbuchten?«

Caroline wandte sich langsam zu der Stimme um und blinzelte in die Sonne. Sie erkannte die Umrisse Duprees und wunderte sich über sein tadelloses Gespür für schlechtes Timing. »Tag, Sergeant Dupree.«

Er trat aus dem Licht, setzte sich neben sie auf die Stufen. Und konnte ein Lächeln nicht unterdrücken. Ein Lächeln, das außerordentlich aufregend war. Dupree war so mager und sehnig, sein Gesicht so knochig, so vertikal, dass wenn er lächelte, all die besorgten, nach unten weisenden Linien verschwammen und weich wurden. Die lagunenblauen Augen bewiesen dann ihre Strahlkraft, und sie wünschte sich auf einmal Dinge, von denen sie nicht glauben konnte, dass sie sie wirklich wollte.

»Los, raus damit«, sagte sie. »Dir liegt doch was auf der Zunge. Oder hat dir noch keiner was erzählt?«

»Doch, doch. Weiß schon Bescheid. Wahrscheinlich setzen sie schon die Meldung für unser Polizeiblättchen auf. Pollard hat sich fast in die Hosen gemacht, als er es gehört hat.«

»Na, wunderbar. Dann hat es sich doch gelohnt«, sagte Caroline. »Dann hab ich wenigstens was zur Unterhaltung für die faulen Säcke vom Dezernat Major Crimes beigetragen.«

Er beugte sich vor und schaute sie über die Ränder seiner kleinen rechteckigen Brille an. »Soll ich dir was sagen?«, meinte er. »Nur Verrückte geben sich für solche Sachen selbst die Schuld. Typen, die vor sich hinbrabbeln. Typen, die einen Christus-Komplex mit sich rumschleppen.«

»Ich geb mir nicht selbst die Schuld. Ich komm mir nur wie ein Idiot vor.«

»Ach ja? Das solltest du auch. Das war nämlich idiotisch.« Er lehnte sich zurück und schaute auf das ruhig dahinfließende Wasser. »Also, vergiss die ganze Sache.« Sie schaute ihn von der Seite an, wobei ihr klar war, dass er genau wusste, dass sie ihn anschaute. Er war ihr erster Vorgesetzter gewesen – als sie noch im David Sector in der Innenstadt Streife gegangen war. Und als sie vor sechs Jahren das bislang einzige Mal ihre Waffe benutzt hatte, war er als Erster am Tatort aufgetaucht. Sie war zu einem Familienstreit gerufen worden und hatte einen Mann getötet, der versucht hatte, seine Frau zu erstechen. Bei der anschließenden Untersuchung war Caroline in jeder Hinsicht entlastet worden. Dennoch hatte sie die Sache so mitgenommen, dass sie vielleicht sogar den Dienst quittiert hätte, wenn Alan Dupree nicht gewesen wäre. Dass er als Person so eine irrationale Anziehungskraft auf sie ausübte, ärgerte und verwirrte sie. Er war kräftig gebaut, hatte schütteres Haar und sah auf eine unangenehme Art abgerissen aus – wie ein alternder Cowboy aus einem Western. Mit seinem schnodderigen Umgangston reizte er die Kollegen und jagte dem Bürger auf der Straße Angst ein. Dauernd machte er unpassende Witze, um seine

Ängste zu überspielen. Er wusste einfach nicht, wann er den Mund zu halten hatte. Und ihr fielen noch jede Menge anderer Gründe ein, ihn nicht anziehend zu finden. Zum Beispiel hatte er die winzigsten Füße, die sie je gesehen hatte. Sie hatte Männern mit kleinen Füßen noch nie getraut. Außerdem war er verheiratet. Das auch noch.

»Eins würde ich noch gern wissen«, sagte er. »Wer hat dich angerufen?«

»Joel.«

Er sagte nichts. Sie konnte spüren, wie sich in seinem Kopf eine dumme Bemerkung zusammenbraute. Sie wartete. Vielleicht etwas über Joels Vorliebe für Fitnesstraining. Manchmal nannte Dupree ihn »Adonis« oder einfach »Fleischberg«. Wahrscheinlicher war jedoch, dass das, was sie gleich zu hören bekäme, etwas mit seinem Alter zu tun hatte. Joel war vierundzwanzig, zwölf Jahre jünger als Caroline.

»Brauchte er jemand, der ihn von der Schule abholt?«

Caroline lächelte. »Das war ja echt lustig. Passt gar nicht zu dir.«

Er stand auf, holte die Puppe und setzte sie wieder in den Kinderwagen. »In einer Woche gabelt eine Streife deinen kleinen Dealer irgendwo im Park auf, wie er gerade an einer Tube Klebstoff rumschnüffelt. Typen wie der tauchen wieder auf, garantiert.«

»Wahrscheinlich.«

»Nicht wahrscheinlich, hundertprozentig.« Dupree schaute zum Karussell. Caroline drehte sich um und sah einen Kerl, der anscheinend auf Dupree wartete. Er trug Dockers, Krawatte und ein mindestens zehn Jahre altes Sportsakko – die Uniform von Zeitungsreportern, Professoren am Community College und neuen Detectives im Morddezernat.

»Ist das Spivey?«, sagte Caroline grimmig, zwang sich zu einem Lächeln und winkte ihm zu. »Sag, dass das nicht Spivey ist.«

»Ist mir zugeteilt worden. Soll ihm was beibringen.«

»Du sollst aus Chris Spivey einen Detective für Mordfälle machen?«

Er zuckte mit den Schultern. »Die machen aus Affen Astronauten.«

»Tja, ich glaube, das hat man inzwischen schon aufgegeben.« Caroline hatte vor sechs Monaten ihre Versetzung zu Major Crimes, dem Dezernat für Schwerverbrechen, beantragt. Ihr war gesagt worden, dass die einzige freie Stelle noch für mindestens ein Jahr nicht wieder besetzt würde. Aber offensichtlich hatte man sie Spivey gegeben.

»Mein Job ist das Ausbilden«, sagte Dupree. »Nicht das Aussuchen.«

Sie wandte sich wieder dem Fluss zu.

»Hey ...« Er streckte die Hand aus und drückte ihren Unterarm, direkt über dem Handgelenk. »Wie geht's eigentlich deiner alten Dame?«

»Gut.«

»Freut mich.« Er ließ ihren Arm los, nickte und ging auf Spivey zu.

Caroline schaute ihm hinterher und rief: »Grüß Debbie von mir!«

Dupree blieb stehen und drehte sich um. »Okay. Grüß mir Joel.« Während er weiterging, murmelte er gerade so laut vor sich hin, dass sie es noch hören konnte: »Ich meine hinterher, wenn er mit dem Zeitungaustragen fertig ist.«

Nachdem er verschwunden war, drehte sich Caroline wieder zum Fluss um. Sie nahm die Puppe in die Hand. Fünfzig Prozent aller Babys sind Jungen, aber die meisten Puppen sind Mädchen. Dekoration und Spielzeuge. Caroline ließ die Puppe wieder in den Kinderwagen plumpsen und machte sich auf den Rückweg. Sie schaute auf die Uhr – fast fünf. Dann gab sie dem Wagen einen kräftigen Stoß, lief hinter ihm her und holte ihn wieder ein. Am Ufer blieb sie stehen und spielte die geplatzte Operation in ihrem Kopf noch mal durch. Warum hatte sie das Handy nicht einfach klingeln lassen? Sie schlug einen Weg ein, der von den Fällen weg einen Hügel hinaufführte. Neben einem dichten Gebüsch blieb sie stehen und schaute sich noch einmal um. Eine Frau in engem Kostüm und Tennisschuhen – wahrscheinlich eine Sekretärin auf dem Weg nach Hause – blieb ebenfalls stehen und beugte sich über den Kinderwagen.

»Darf ich mal schauen?«, fragte die Frau.

Caroline starrte gebannt auf das Gebüsch. »Nein«, sagte sie mit ausdrucksloser Stimme.

»Warum? Schläft es?«

»Nein«, sagte Caroline. »Es ist aus Plastik.«

Sie ließ die Frau und den Kinderwagen stehen, ging auf den Busch zu und dachte gerade an die Khakihose des zweiten Verdächtigen. Als sie die Zweige mit dem Arm zur Seite bog, brach die Hölle los. Wie aufgescheuchte Vögel stürzten Burn und der Khaki-Mann aus dem Gebüsch auf sie zu. Der Zusammenprall oder die Überraschung ließ sie rückwärts stolpern. Als sie ihr Gleichgewicht wieder gefunden hatte, waren die beiden schon zehn Meter weg und entfernten sich schnell, wobei Burn von dem Khaki-Mann am Arm vorwärtsgezerrt wurde.

Caroline lief hinter ihnen her, riss im Laufen das Handy vom Gürtel und versuchte die Nummern zu drücken. Sie folgte den Männern am Karussell vorbei und dann den Fluss entlang. Die beiden vergrößerten ihren Vorsprung. Caroline glitt das Handy aus der Hand. Sie kümmerte sich nicht weiter darum, sondern setzte die Verfolgung der Männer fort, die gerade eine Fußgängerbrücke überquert hatten, die über den toten Seitenarm des Flusses führte, und jetzt tiefer in den Park hineinliefen.

Caroline verfolgte sie über einen Parkplatz, über den leeren Spielplatz eines Kinderhorts und einen mit Gras bewachsenen Damm hinunter bis zu den donnernden Wasserfällen. In diesem Teil des Parks kannte sich Caroline gut aus; sie nahm eine Abkürzung zwischen ein paar Bäumen hindurch und war, als sie wieder auf eine Fußgängerbrücke kamen, nur noch wenige Schritte hinter den beiden Männern. In die Hocke gehend, zog sie mit einer gekonnten und schnellen Bewegung ihre Neun-Millimeter-Pistole.

»Stehen bleiben! Polizei!«

Sie befanden sich auf einer schmalen Hängebrücke. Rechts von ihnen stürzte der Wasserfall über die Felsen, links – stromabwärts – erhob sich der Staudamm. Die beiden Männer blieben genau in der Mitte der Brücke stehen. Das andere Ufer war zu weit entfernt; keine Chance, es nach drüben zu schaffen. Langsam drehten sie sich um. Dunstschwaden, die von den Fällen über die Brücke trieben, leckten an ihren Beinen. Die Schultern hoben und senkten sich nach der Anstrengung. Caroline schaute vom einen zum anderen und ging dann ganz langsam auf sie zu. Ihre Augen waren auf das verschlagene Gesicht und die toten Augen des älteren Mannes geheftet. Ohne den Kopf zu bewegen, wanderte dessen Blick zu Burn.

»Hinlegen! Auf den Bauch!« Gegen das Tosen des Wasserfalls und das dumpfe Brummen des Staudammkraftwerks, das zweihundert Meter stromabwärts das Ende der oberen Fälle markierte, klang ihre Stimme blechern.

Langsam hob Burn die Arme in die Höhe. Der ältere Mann rührte sich nicht, er schien nicht einmal die Existenz ihrer Waffe anzuerkennen. Mit herunterhängenden Armen und vorgerecktem Kinn stand er einfach da und starrte ihr mit seinen schwarzen Augen mitten ins Gesicht.

Caroline blieb stehen. Die starrenden Augen des Mannes hatten etwas schaurig Vertrautes an sich, erinnerten sie an diese verzweifelte Frage, die ihr jetzt wieder in den Sinn kam: *Ist es schon so weit gekommen zwischen uns beiden?* Sie hatte das Gefühl, als übersteige das alles ihr Begriffsvermögen, als drehe es sich hier um mehr als um drei Gestalten auf einer schmalen Brücke. Die Luft war erfüllt von Dunstschwaden und Spannung. Caroline wunderte sich, dass sie trotz des brausenden Wasserfalls ihr stoßweises Atmen hören konnte.

»Los, runter! Auf den Bauch!«, schrie sie wieder und deutete mit der Pistole auf den Boden. Burn nickte und beugte sich vor.

Im selben Augenblick drehte sich der ältere Mann, ohne dass sich an seinem leeren Gesichtsausdruck etwas veränderte, zur Seite und packte mit beiden Händen Burns Schulter. Noch bevor es tatsächlich passierte, wusste Caroline, was er tun würde. Blitzschnell und anscheinend ohne nachzudenken, gab er Burn einen Stoß. Carolines Schrei wurde vom Tosen des Wassers verschluckt, und Burn kippte mit wirbelnden Armen über das Brückengeländer in den Fluss.

Caroline stürzte ans Geländer. Das weiß schäumende Wasser unterhalb der Fälle war tief und aufgewühlt von Strömungen und Unterströmungen. Burn ging unter, und Caroline hielt die Luft an, bis sie ihn endlich im dunkleren Wasser wieder auftauchen sah. Sie stieß einen keuchenden Seufzer aus. Sofort wurde Burn von der Strömung gepackt und Richtung Monroe Street Dam getrieben. Der Khaki-Mann bewegte sich langsam seitwärts – lässig, ohne Eile –, so als verabschiede er sich von einem Picknick. Mit kalten, ruhigen Augen beobachtete er Caroline. Sie schaute ihn entsetzt an. Dann blieb er stehen und wandte seinen Blick langsam dem Fluss zu. Er wusste, dass sie seinem Blick folgen würde, und schien gespannt, wie sie sich entscheiden würde angesichts der schrecklichen Wahl, vor die er sie gestellt hatte: den Verdächtigen auf der Brücke festzunehmen oder den im Wasser zu retten.

Es gibt Augenblicke im Leben eines Polizisten, hatte Dupree oft gesagt, die sind der pure Widersinn, als stünde die Welt auf dem Kopf. Das war eine seiner vielen »Theorien«: Die Arbeit eines Polizisten ist voll von Ereignissen, die auf den ersten Blick so absurd sind, dass jede Reaktion darauf falsch ist – jede Reaktion auf ein irrationales Ereignis ist zwangsläufig irrational. Lachen bei Beerdigungen. Weinen bei Hochzeiten. Wenn man lange genug Polizist war, brachte man das Lachen und das Weinen oft genug durcheinander.

Caroline warf noch einen Blick auf den Khaki-Mann, dann steckte sie die Pistole weg und sprang über das Brückengeländer auf das Hochufer, das aber so steil und felsig war, dass sie dort nicht weiterkam. Sie sah, wie Burn gegen die wogende Strömung ankämpfte, und versuchte den Winkel, in dem er auf das Ufer zuschwamm, und die Entfernung bis zu der Überlaufrinne abzuschätzen. Wenn er nicht in Panik geriet, könnte er es bis an das felsige Ufer schaffen. Falls er dem Sog des schnell fließenden Wassers entkam und nicht nach vorn schaute – das war der entscheidende Punkt. Caroline stellte sich die Lage aus der Sicht des Jungen vor: Hundert Meter von dem Punkt, wo er um sich schlagend gegen den Fluss kämpfte, schwappte das Wasser an der Betonmauer des Damms empor und stürzte dahinter ins Nichts. Caroline schaute sich um und sah, dass der Khaki-Mann verschwunden war.

Sie kletterte die Uferbefestigung wieder hinauf, schlängelte sich durch den dichten Verkehr über die Straße und sprintete um das alte Kraftwerk herum, wobei sie das Flussufer und den Jungen kurzzeitig aus den Augen verlor. Während sie lief, tauchte vor ihrem geistigen Auge Burns Akte auf. Bei der morgendlichen Besprechung der einfachen Ein-Tages-Operation, die Teil einer größeren Operation war, hatten sie sich die Akte alle angeschaut. Kurze Beschattung, den Burschen bei ein paar Deals beobachten und dann während eines Deals zugreifen. Name des Verdächtigen: Kevin C. Hatch. Name in der Szene: Burn. Neunzehn Jahre alt. Dealer und Zuhälter mit einer Latte von Jugendstrafen: Einbruchdiebstahl, Körperverletzung, Rauschgift. Neunzehn.

Als sie den Fluss wieder sehen konnte, war Burn verschwunden. Sie ließ den Blick über den Fluss und den Damm schweifen und entdeckte ihn schließlich ein Stückchen weiter stromaufwärts. Er befand sich auf derselben Seite wie sie und hielt sich an der Steinmauer fest, die am Fluss entlangführte. Zwei Stufen auf einmal nehmend, rannte Caroline die steile Steintreppe zum Ufer hinunter.

Mit brennenden Lungen erreichte sie den Hof des an den Staudamm angrenzenden Kraftwerks. Fünfzig Meter stromaufwärts klammerte sich Burn an den nackten Fels und versuchte, nicht den Halt zu verlieren. Zwei- oder dreimal riss ihn die Strömung weiter, bis er es schaffte, sich hochzuziehen. Seine Beine hingen im Wasser.

»Ich bin gleich da! Warte!«, rief Caroline. Wieder wurde ihre Stimme übertönt. Diesmal von den Turbinen des Kraftwerks und dem Wasser, das unablässig gegen die Überlaufrinne des Damms klatschte. Als sie auf ihn zulief, versuchte er die Steinmauer hochzuklettern. Er hatte sich inzwischen ganz aus dem kalten Wasser gezogen.

»Ich hol ein Seil!« Während sie näher kam, winkte sie mit den Armen, doch der Bursche achtete nicht auf sie und versuchte immer noch, die von dem Wasserdunst glitschigen Steine hinaufzuklettern. »Bitte! Halt still!«

Etwa einen Meter über dem Wasser rutschte sein linker Fuß ab. Als wollte er den Kickstarter eines Motorrads betätigen, trat er mehrmals verzweifelt ins Leere. Kurz schien es so, als könne er sich aufrichten, dann kratzte eine Hand über den Fels und er kippte nach hinten weg. Hilflos musste Caroline mit ansehen, wie er die Wand hinunterrutschte, in den Fluss fiel und für einen Augenblick unter der Wasseroberfläche verschwand. Kurz fand er noch mal Halt, doch dann schien das Wasser seine Arme nach ihm auszustrecken, ihn an den Beinen zu packen und vom Ufer weg zurück in die Strömung zu ziehen.

Verzweifelt suchte Caroline im Hof des Kraftwerks nach einem Seil oder einem langen Stock. Sie fand nichts.

Hastig kletterte sie über den Gitterzaun und trat auf die Plattform des Kontrollhäuschens neben der Staumauer. Unter ihren Füßen brummten die Turbinen. Zwei Meter von der Überlaufrinne entfernt war eine eiserne Laufplanke angebracht – gut einen Meter über den wogenden Wassermassen. Caroline balancierte vorsichtig bis zum Ende der Laufplanke, die wie eine Feuerleiter über das Wasser hinausragte. Dann legte sie sich auf den Bauch und streckte eine Hand durch das Bodengitter. Doch die Laufplanke hing zu hoch über dem Wasser. Sie setzte sich wieder auf, schob den Oberkörper durch das Geländer, hakte sich mit den Kniekehlen an den Geländerpfosten ein und ließ sich rückwärts hinunterfallen. Wie ein Kind am Klettergerüst baumelte sie mit dem Kopf nach unten über den schäumenden Fluten.

Die Geschwindigkeit des rauschenden Wassers und die ihr ins Gesicht schlagende Gischt machten sie benommen, und sie musste gegen das Verlangen ankämpfen, sich wieder hochzuziehen. Stromaufwärts, nur noch dreißig Meter entfernt, stemmte sich Burn gegen den stärker werdenden Sog. Er schaute sich um, und für einen Augenblick sahen sie sich mit verzweifelten Augen an. Sie nickte ihm ermutigend zu, und als er näher auf sie zugetrieben wurde, schien er ihren wahnwitzigen Plan zu verstehen und strampelte so heftig, bis er fast auf ihrer Höhe war. Caroline hielt die Luft an und konzentrierte sich auf ihre Beine, mit denen sie sich krampfhaft an der feuchten Laufplanke festklammerte. Das Wasser reckte ihr seine stechenden weißen Finger entgegen. Wie ein Trapezkünstler hing sie mit ausgestreckten Armen, mit dicht über dem aufgewühlten Wasser baumelnden Händen in der Luft.

Als ihn die Strömung auf ihre Finger zutrieb, streckte er die Hände nach oben, und zum zweitenmal an diesem Tag glaubte Caroline, dass die Welt sich schneller drehte, als sie in der Lage war zu begreifen. Sie fühlte sich wie das einzige klarsichtige Wesen im Zentrum eines riesigen verschwommenen Wirbels.

Seine linke Hand klatschte gegen ihre linke Hand. Sie packte zu, ihr Arm wurde mitgerissen, ihr linkes Bein rutschte von der Laufplanke ... Und dann war er weg. Die Strömung hatte ihn über die Kante gesaugt und auf dem Beton dreißig Meter unter ihr zerschmettert.

Caroline stieß einen Schrei aus, den sie aber wegen des donnernden Wasserfalls nicht hören konnte. Sie spürte ein Pochen in ihrer Hand und fragte sich, ob sie ihn überhaupt erwischt hatte. Die Wucht, mit der ihre Hände aufeinander geprallt waren, ließ sie immer noch hin und her pendeln. Wenig später hing Caroline regungslos an einem Bein über der Stelle, wo das Wasser hinabstürzte. Wo der Fluss, von der Schwerkraft gebeugt und nach unten gezogen, für einen kurzen Augenblick in die Tiefe stürzte.

3

»Wissen Sie, was grauenvoll bedeutet?« Dupree blinzelte in die Sonne.

Spivey dachte kurz nach. »Schlimm?«

Dupree verdrehte die Augen und hielt seinen Becher einem der freiwilligen Helfer hin, der an die Beamten, die nach Kevin Hatchs Leiche suchten, Kaffee ausschenkte. »Hören Sie genau zu. Grauen. Und voll. Grauenvoll. Voller Grauen. Okay? Also: Wie steht's mit wundervoll?«

Spivey dachte wieder nach. »Voller Wunder?«

»Genau. Voller Wunder. Voller Grauen. Und jetzt sagen Sie mir, was der Unterschied ist.« Dupree nippte an seinem Kaffee und rümpfte die Nase. »Grauenvoll und wundervoll. Und? Kapiert, was ich sagen will? Ist eine meiner Theorien. Wir sind alle nur fixe Punkte in einem Kreislauf.« Er kippte den Kaffee ins Unkraut am Straßenrand.

»Ich geb Ihnen ein Beispiel. Ein Kerl geht auf die Veranda vor seinem Haus. Ein paar Burschen einer Jugendgang fahren mit dem Auto vorbei, und einer schießt ihn in den Fuß. Der Kerl ist das Opfer, richtig? Am nächsten Tag zieht er los und verpasst dem Burschen, der ihn angeschossen hat, seinerseits ein Ding. Jetzt ist er der Kriminelle. Am nächsten Tag taucht der Freund von dem Burschen auf, schießt noch mal auf den Kerl und tötet ihn. Jetzt ist er wieder das Opfer. Opfer, Krimineller, Opfer. Fixer Punkt in einem Kreis. Möchte wetten, dass man euch auf dem College davon nichts erzählt hat.«

Sie machten sich wieder auf den Weg zu dem abgelegenen Uferbezirk, wo Streifenbeamte, Feuerwehrleute, freiwillige

Helfer und ein Trupp Pfadfinder, von denen einige mit elektronischen Suchgeräten ausgerüstet waren, durch das dichte Gestrüpp stapften und im Wasser nach der Leiche suchten. Dupree hielt die Suche nach einer Wasserleiche direkt unterhalb der Fälle für Zeitverschwendung. Kevin Hatchs Leiche würde an einem der Dämme weiter stromabwärts auftauchen oder irgendwo an einem Ast oder Felsen hängen bleiben. Natürlich könnte sie theoretisch bis in den Columbia River und dann – wenn sie es irgendwie schaffte, das Dutzend oder mehr Dämme zu überwinden – den ganzen Weg bis in den Pazifik treiben. Dupree hätte nichts dagegen gehabt, die Leichen ab und zu einfach treiben zu lassen, nur um zu sehen, wie weit sie tatsächlich kamen.

Nachdem er Carolines Händen entglitten war, wurde Kevin Hatch – oder Burn – über die Überlaufrinne gespült, knallte auf der anderen Seite auf den Beton und wurde von der Strömung in die Tiefe gezogen. Vor den letzten Stromschnellen wurde er wieder ausgespuckt, und das Wasser im Innern seines Körpers, das er bereits geschluckt hatte, folgte den um und über die Felsen wogenden Fluten, bis diese sich weiter stromabwärts in das kühle, ruhige Wasser der Flutebene ergossen, in eine Niederung mit alten Häusern und dichtem Gebüsch, die jenseits der Straßen der Innenstadt gelegen war, dort, wo der Fluss seinen Weg Richtung Norden und Westen in gemächlicherem Tempo fortsetzte.

Da jemand Burn hinuntergestoßen hatte, wurde sein Tod als Mord eingestuft und Dupree und Spivey zugeteilt. Die beiden kämpften sich durch Unkraut und Gestrüpp und kamen auf eine Lichtung, wo erst kürzlich ein paar Penner campiert haben mussten. Die Feuerstelle, die Zigarettenkippen und die akkurat um den Lagerplatz gesetzten Scheißhaufen deuteten unmissverständlich darauf hin.

»Das Problem mit Wasserleichen ist, dass sie ziemlich eklig sind, wenn man sie nicht gleich findet«, erklärte Dupree. Er drehte sich um, weil er sicherstellen wollte, dass Spivey sich das nicht notierte. Das war eine der irritierenderen Eigenschaften an dem Burschen. Dupree erzählte ihm zum Beispiel, welcher Fast-Food-Laden das beste Klopapier hatte, und Spivey fing sofort an, winzige Zeichen in eins seiner Notizbücher zu kritzeln. Als hätte er kein eigenes Gedächtnis und könnte Informationen nur dann verarbeiten, wenn er sie vorher aufschrieb.

»Das Schlimmste an einer Wasserleiche, die schon ein paar Tage im Wasser gelegen hat, ist der Gestank. Und dass sie so aufgedunsen ist. Man will so was einfach nicht sehen. Können Sie mir glauben. Geht einem jede Achtung vor dem menschlichen Körper flöten.«

Spiveys Antwort war ein Brummen, mit dem er auf jede von Duprees Lebensweisheiten reagierte. »Hmm, hmm.«

Dupree kratzte sich seinen schütteren Haaransatz und schaute flussabwärts. Dann wandte er sich wieder an Spivey. »Wie wär's, wenn ich mal flussaufwärts schaue und Sie checken den Pazifik?«

Spivey nickte und ging nach Westen.

»Hey«, sagte Dupree. »Das war ein Witz.« Aber Spivey war schon unterwegs. Dupree konnte einfach nicht begreifen, warum der Lieutenant eine so hohe Meinung von dem Burschen hatte. Als Spivey außer Sichtweite war, zog Dupree sein Handy hervor und wählte Carolines Handy-Nummer. Es klingelte viermal, dann schaltete sich der Anrufbeantworter ein.

Nach dem Pieps sprach Dupree ein paar schnelle, nervöse Sätze auf Band. »Hey, wollte bloß hören, wie es dir geht.« Er schaute hinter sich auf das ruhig dahinfließende Wasser. »Übrigens, der Bursche, den du ... tja ... den du retten wolltest, mit dem hab ich vor etwa sechs Monaten schon mal gesprochen. War was mit Körperverletzung. Der Kerl ist ein Scheißhaufen.« Er verdrehte die Augen. Das würde ihre Laune auch nicht verbessern. »Ich wollte dir bloß sagen, dass ... na ja ... das war toll, was du da gemacht hast ... Ich meine ...« Er biss sich auf die Lippe. Es gehörte wirklich nicht zu seinen Stärken, andere Leute aufzumuntern. Vor allem sie. Zu viele Emotionen, die noch zu dicht unter der Oberfläche lauerten.

»Irgendeine Ahnung, womit man einen ertrunkenen Drogendealer am besten ködert? Was meinst du? Mit einer Tüte Chips, Cool Ranch Doritos vielleicht? Oder besser mit einem 78er Monte Carlo?« Er hatte das Gefühl, dass er schon viel zu lange redete. »Also gut. Ich wollte nur wissen, ob du mir noch was über den Kerl erzählen kannst, der ihn von der Brücke gestoßen hat. Sieht ganz so aus, als wär das mein Fall. Ruf mich zurück. So schnell wie möglich.«

Er rief bei ihr zu Hause an. Keiner hob ab. Also schaltete er das Handy aus und schaute es kurz an. Caroline hatte einem der Streifenbeamten die Geschichte erzählt und war dann nach Hause gegangen. So der diensthabende Sergeant. Dupree konnte sich vorstellen, wie durcheinander sie war. Ihm gefiel es gar nicht, dass sie die Dinge so schwer nahm. Man musste abschalten können, musste einen Puffer zwischen sich und der Welt schaffen. Wie oft hatte er ihr das schon gesagt?

Dupree ging noch ein paar hundert Meter weiter, wobei er auf weitere Schlafstellen für Penner und mehrere Teenager-Schlupfwinkel stieß. Er hatte den Eindruck, als kämen die Leute nur deshalb zu dieser Stelle am Fluss, um sich zu betrinken, high zu werden oder Sex mit jemandem zu haben, mit dem sie besser keinen haben sollten. Es war, als sickere alles, was anstößig war an Spokane, hinunter ins Tal und über die Fälle bis zu diesem Flussbett.

Jemand schrie und Dupree wirbelte herum.

Der Schrei kam von einer Stelle weiter stromaufwärts, von knapp unterhalb des Damms, dem letzten Abschnitt der Wasserfälle. Zuerst dachte er, jemand hätte Kevin Hatchs Leiche gefunden. Aber der Schrei hatte sich irgendwie entsetzt angehört, und die Leiche war sicher noch nicht in einem Zustand, der so einen Schrei provozieren würde. Noch nicht.

Mit federnden Schritten lief er am Ufer entlang, zog im Laufen seine Waffe und kam zu einer Lichtung, wo eine junge freiwillige Helferin stand und auf etwas deutete, das halb verdeckt von Zweigen am Ufer lag. Es gab keinen Zweifel, was das war. Aber Dupree fiel es schwer, sich auf das Gesamtbild zu konzentrieren. Stattdessen starrte er auf ein einzelnes, mattweißes glänzendes Ding, keine Bierdose oder Münze, sondern etwas Flaches, das kaum das Licht reflektierte.

Knochen.

Dupree ging an der immer noch mit ausgestrecktem Arm dastehenden Freiwilligen vorbei und bog die Zweige zur Seite. Der Knochen gehörte zu einem Unterarm, und der Unterarm zu einem verwesenden menschlichen Körper. Der Geruch war streng, aber nicht sehr streng.

Er spürte ein Rumoren im Magen, bog noch ein paar Zweige beiseite und kratzte etwas von dem Dreck ab, der die Leiche bedeckte. Um die Schultern war die dunkel verfärbte, lederige Haut zusammengeschrumpft und schloss sich eng um die Knochen. Das Fleisch war ausgetrocknet. Weiter unten, an der Brust, war ebenfalls noch etwas Haut zu erkennen. Er schaltete das Funkgerät ein, brachte aber kein Wort heraus. Ihm war klar, dass er mit dem Herumstöbern aufhören sollte, dass er nicht noch mehr Beweismaterial zerstören sollte. Aber er konnte nicht aufhören, riss immer mehr Zweige weg. Ihn trieb die irrationale Angst, dass er die Person, die da lag, vielleicht kannte.

Er legte einen kleinen, über dem Schädelknochen schon zusammengeschrumpften Kopf frei. Die Gesichtszüge waren kaum noch zu erkennen, oben klebten ein paar drahtige Haarbüschel. Eine Frau. Als hätte sie etwas Saures gegessen, spannten sich die Lippen fest über die Zähne. Die Augen waren nur noch dunkle Höhlen. Eingedrückt. Als hätten sie sich in den Kopf zurückgezogen. Dupree spürte, wie sein Mund trocken wurde. Was Männer Frauen antun. Er zerrte an den

Zweigen und zerstörte weiter den Tatort. Zwar wusste er, dass so etwas völlig unmöglich war, aber er musste einfach sicher sein, dass diese Person nicht seine Tochter oder seine Nichte oder seine Frau war. Oder Caroline.

Am Abend würde ihm ein Detective erzählen, dass die Tote eine Nutte und Metamphetaminsüchtige namens Rebecca Bennett war. Niemand konnte sich daran erinnern, sie nach dem 1. April – also in den letzten vier Wochen – lebend gesehen zu haben. Ein Bericht war nicht gemacht worden, weil man angenommen hatte, dass sie zurück nach Seattle oder runter nach L. A. gezogen war. Vielleicht hatte sie auch geheiratet oder war von Außerirdischen entführt worden oder, was am wahrscheinlichsten war, es war einfach keinem aufgefallen, dass sie nicht mehr da war. Eine Nutte, die von der Bildfläche verschwand, war nicht gerade das, was einen vom Hocker haute. Hundert andere Namen hätten auf der Akte stehen können, so austauschbar war der Inhalt: Sexuell misshandelt mit elf, Anklage wegen Drogenmissbrauchs mit dreizehn, von zu Hause abgehauen mit vierzehn, Diebstahl mit fünfzehn, Erziehungsheim, wieder abgehauen, noch eine Drogengeschichte, noch ein Diebstahl. Als sie getötet wurde – erdrosselt und anschließend in den Kopf geschossen –, war Rebecca Bennett zweiundzwanzig gewesen.

Während er vor ihr hockte, stellte Dupree sie sich unablässig als einen Menschen vor, an dem ihm viel lag. Vor allem als Caroline. »Es tut mir Leid«, flüsterte er und schaute in das Gesicht des verwesenden jungen Mädchens. Es kostete ihn mehr Kraft, als man bei einem Mann wie ihm vermuten würde, nicht die Hände auszustrecken und dem toten Mädchen die Haarbüschel aus den Augen zu streichen. Stattdessen bog er noch mehr Zweige zur Seite, bis der andere Arm zum Vorschein kam – Knochen mit Fetzen vertrockneter Haut. Und dann sah er die Hand, deren Finger noch immer das umklammert hielten, was seine Aufmerksamkeit erregt hatte: zwei zusammengefaltete Zwanzig-Dollar-Scheine.

4

Caroline war an ihren Arbeitsplatz zurückgegangen, hatte das Telefon abgestellt und sich die Verbrecherkartei vorgenommen. Nachdem sie auf der Suche nach dem Khaki-Mann die Fotos mit weißen Männern um die vierzig durchgesehen hatte, saß sie da und schaute aus dem Fenster. Die Zeit plätscherte vor sich hin. Sie nahm im Umkleideraum eine Dusche, ließ sich das Wasser zwischen den langen, schmalen Fingern hindurchrinnen und zog sich frische Sachen an. Als sie die Büroräume der Special Investigations Unit betrat, stand Sergeant Lane an ihrem Schreibtisch und hielt ein Foto ihrer Nichte in der Hand, das er schnell wieder zurücklegte.

»Hat man die Leiche des Jungen gefunden?«, fragte Caroline.

»Nein. Noch nicht.« Lane setzte sich. Er sah aufgeschwemmt und blass aus und steckte immer noch in dem Anzug, den er bei dem Einsatz getragen hatte. »Aber Dupree hat gerade angerufen. Sie haben eine andere Leiche gefunden. Eine junge Frau, hat wahrscheinlich schon ein paar Wochen da gelegen.«

»Lieber Himmel. Was für ein Tag.«

»Wie wär's, wenn Sie sich morgen freinehmen?«, fragte er.

»Hatte ich eigentlich nicht vor. Wollten wir uns nicht das Haus in der Sixth vornehmen?«

»Caroline«, sagte er. Sie zuckte zusammen. Er hatte sie bislang immer nur mit »Mabry« angesprochen, noch nie mit ihrem Vornamen. »Ich glaube, Sie könnten professionelle Hilfe gebrauchen.«

Sie musste lächeln. Professionelle Hilfe – der beschönigende Ausdruck für die psychiatrische Abteilung. Sie kannte die Kunden der mürrischen Dame, die für professionelle Hilfe zuständig war: Alkoholiker, denen die Entlassung wegen Dienstuntauglichkeit drohte; Drogenkonsumenten, die kurz vor dem Rausschmiss standen; Männer, die ihre Frauen misshandelten, sich nicht mehr im Griff hatten, ausgebrannt waren; Männer, die bei Routinekontrollen Leute verprügelten. »Das ist nicht nötig, Sergeant.« Caroline kratzte sich unsicher am Kinn, nahm die Hand aber schnell wieder weg.

»Nach so einem Tag, Caroline ...«

»Ich hab eine Festnahme vermasselt. Das weiß ich.«

»Darum geht's nicht.«

Sie bekam sich wieder in den Griff, schluckte ihren Ärger hinunter und schaute ihn konzentriert und ruhig an.

»Sie arbeiten sechzig Stunden die Woche«, sagte er. »Die machen mir schon die Hölle heiß, weil ich Ihre Überstunden und Krankentage vom letzten Jahr nicht hab verfallen lassen. Wenn Sie so weitermachen, können Sie mit vierzig in Rente gehen.«

»Keiner hat Sie darum gebeten, meine Überstunden anzurechnen.«

»Das ist nicht der Punkt.« Er atmete tief ein, legte die Hand vor den Mund und suchte nach einem anderen Ansatz. »Es gehört zu meinen Pflichten, auf alles zu achten, was die Arbeit meiner Detectives beeinflussen könnte.«

Caroline schaute ihn nur an.

»Wenn Sie sich scheiden lassen würden, wäre ich betroffen. Ich würde Ihnen vielleicht raten, mit einem Psychologen zu sprechen. Wenn Sie in eine Schießerei verwickelt würden, wenn Ihnen irgendeine persönliche Krise in die Quere käme ...« Er machte eine Handbewegung, als wäre schon klar, worauf er hinaus wollte.

Caroline erschrak bei den Worten »persönliche Krise«. Sie dachte an ihre Mutter. »Aber das trifft auf mich alles nicht zu«, sagte sie ruhig, ohne allerdings sonderlich überzeugend zu wirken.

»Sicher, sicher«, entgegnete er. »Aber wir wissen doch beide, was passiert, wenn man den Stress in unserem Job ignoriert. Ist sicher nicht leicht für Sie, als einzige Frau in der Abteilung. Wie ich höre, geht es Ihrer Mutter nicht gut. Ich hab bloß gedacht, dass es nicht schaden könnte, wenn Sie mal mit jemandem sprechen würden.«

Caroline stand auf und ging hin und her. »Ist das eine dienstliche Anordnung? Muss ich jetzt die Jungs von der Gewerkschaft einschalten?«

»Nein.« Er stand auf und trat einen Schritt zurück. Irgendwie sah er jetzt kleiner aus. »Nein, das ist nicht nötig.« Er lächelte. »Ich bin nicht der Feind, Caroline.«

Er verließ ihre Arbeitsecke und ging zurück in sein Büro. Caroline ließ den Blick über die von metallenen Stellwänden umgebenen Arbeitsplätze des Büros der Special Investigations Unit schweifen. Glücklicherweise hielten sich gerade keine anderen Detectives dort auf. Wenigstens war er so taktvoll gewesen und hatte gewartet, bis sie allein waren. Sie zitterte, als sie ihre Aktentasche nahm und zur Tür ging.

Draußen vor dem Präsidium blieb sie ein paar Minuten stehen, atmete die kühle Aprilluft ein und betrachtete den spärlichen Verkehr vor dem Gerichtsgebäude. Ein Streifenpolizist, der gerade einen betrunkenen Autofahrer anlieferte, winkte ihr zu und sie antwortete mit einem Nicken. Der Streifenwagen bog in die Sackgasse ein, die zu dem Zellentrakt führte. Sie schlenderte zu ihrem Wagen, stieg ein und blieb hinter dem Steuer sitzen, ohne den Motor anzulassen.

Eigentlich wollte sie noch nicht nach Hause fahren. Da würde sie bloß alleine herumsitzen, darauf warten, dass Joel von der Arbeit kam, und sich fragen, wie viele von diesen kerngesunden College-Miezen sich ihm diesmal an den Hals geschmissen hatten. Allerdings wollte sie auch nicht in die Bar, wo er arbeitete; er würde bloß denken, dass etwas nicht stimmte.

Vielleicht stimmte ja wirklich etwas nicht. Caroline dachte daran, was Sergeant Lane zu ihr gesagt hatte. Der Junge im Fluss war eine schreckliche Geschichte, der Stoff für Albträume. Einmal – sie hatte gerade ihren Job bei der Polizei angetreten – hätte sie ein paar freie Tage nötig gehabt, um wieder einen klaren Kopf zu bekommen. Das war nach der Schießerei gewesen.

Sie hatte an Duprees Schulter geweint wie ein verängstigtes Kind – und selbst das hatte nicht geholfen. Dann nahm sie sich eine Woche frei und hätte wahrscheinlich noch eine zweite gebraucht. Sie schlief schlecht und wurde über Monate immer wieder von Schüttelanfällen geplagt – als hätte der Widerhall ihrer Neun-Millimeter sie bis nach Hause verfolgt. Die Untersuchung dauerte zwei volle Monate, und bei jeder Frage hörte Caroline den Vorwurf heraus, dass ein männlicher Kollege auch ohne »Todesschuss« mit einem Betrunkenen fertig geworden wäre. Sie musste die Frage beantworten, ob sie selbst schon einmal misshandelt worden war (war sie nicht) oder als Kind einmal Zeuge einer Misshandlung gewesen war (war sie nicht). Der Mann war schon vorher zweimal verhaftet worden, weil er seine Frau verprügelt hatte, und war wegen einiger anderer, kleinerer Vergehen aktenkundig. An jenem Abend war er betrunken nach Hause gekommen, hatte den schon abgeräumten Esstisch vorgefunden und war daraufhin mit einem stumpfen Brotmesser auf seine Frau losgegangen. Caroline erreichte als Erste den Tatort, stand in der Hintertür zur Küche und sah, wie der Mann auf die am Boden liegende Frau einprügelte und mit dem Messer auf sie einstach. Sie schrie den Mann an, worauf sich dieser umdrehte und brüllend auf sie zukam. Zweimal rief sie ihm zu, er solle stehen bleiben, doch er stapfte weiter auf sie zu, worauf Caroline über die Treppe in den Garten zurückwich. Dort wollte er sich auf sie stürzen. Als er noch etwa sechs Meter von ihr entfernt war und damit in den Bereich vordrang, den die Polizei als ›kill zone‹ bezeichnet, den Bereich, in dem für einen Polizeibeamten Lebensgefahr besteht – wenn auch nicht unbedingt durch einen Betrunkenen mit einem stumpfen Brotmesser –, schoss Caroline. Danach saß sie im Dunkeln auf dem Boden, starrte die Hauswand an und versuchte sich daran zu erinnern, ob sie den Mann vorsätzlich erschossen hatte. Dupree beharrte darauf, dass sie das Richtige getan habe, was schließlich den Ausschlag für Caroline gab, den Dienst nicht zu quittieren. Obwohl die anderen Beamten alle für sie aussagten und sich auch sonst überaus hilfreich zeigten, spürte sie deren Zweifel. Die beste Eigenschaft eines Polizeibeamten war sein Geschick, eine kritische Situation zu entschärfen. Sie dagegen hatte eine Situation verschärft, war möglicherweise sogar in Panik geraten und hatte einen Mann erschossen, der ihr nicht so nahe gekommen war, dass er ihr hätte ernsthaft Schaden zufügen können. Kein Polizist würde das je so direkt sagen. Aber sie wusste, was alle dachten.

Caroline ließ den Motor an und fuhr los. Wenn sie erst mal da wäre, ging es ihr durch den Kopf, würde sie schon wissen, was sie wollte. Sie fuhr zum Longbotham Pub, wo Joel arbeitete. Die Bar befand sich in der Innenstadt von Spokane, im Erdgeschoss eines früheren Minenarbeiterhotels, das man in ein Yuppie-Lokal umgewandelt hatte. Hier wurde Bier aus kleinen Edelbrauereien und Guinness Black and Tan an aufstrebende Junganwälte sowie süße Martini-Kreationen an ältere College-Semester ausgeschenkt.

Auch Polizisten traf man hier. Jüngere Polizeibeamte gingen oft ins Longbotham, wo Caroline vor anderthalb Jahren auch Joel kennen gelernt hatte. Er hatte hinter der Bar gearbeitet, als sie zusammen mit anderen Detectives nach einer nervenaufreibenden Drogenrazzia noch einen trinken gegangen war.

Seine Anziehungskraft hatte einfache, auf der Hand liegende Gründe. Er war zwölf Jahre jünger und eins neunzig groß, er verfügte über runde, muskulöse Schultern und den flachen Bauch eines Schwimmers, kurzes schwarzes Haar und grüne, schwarz geränderte Augen. Wenn sie sich seiner Treue nicht sicher war, was in letzter Zeit öfter vorkam, dann waren es diese Augen, die sie verunsicherten.

Bei ihrer ersten Verabredung hatten sie davon gesprochen, aus Spokane wegzugehen. Sie spekulierte auf ein Jurastudium, er auf ein Fischerboot in Alaska. Bei fast jedem Date, das Caroline in Spokane gehabt hatte, war das ein Thema gewesen. Jeder war entweder gerade dabei, aus Spokane zu verschwinden, oder er entschuldigte sich dafür, dass er es noch nicht geschafft hatte. Caroline suchte schon Trost in der Hoffnung, dass es in anderen mittelgroßen Städten nicht anders sei, dass es eben Orte gebe, die man nur verlassen könne, Städte, die nichts weiter als halbfette Schriftzüge auf Straßenkarten waren – Dayton, Des Moines und Decatur; Springfield, Stockton und jede Stadt, die ein »Fort« im Namen hatte, Orte, denen es an jeglichem romantischen Flair fehlte, von dem junge Menschen glauben, es bewahre sie vor dem Erwachsenwerden.

Das machte Caroline zu schaffen. Jeder schleppte sich an schweren Koffern voller Ausreden dafür ab, warum er sich noch in Spokane aufhielt. Und ihre eigenen klangen nicht glaubwürdiger als die von jedem anderen. »Eigentlich wollte ich ja schon weggehen, aber dann hab ich diesen Typ getroffen …« – »Ich wär ja schon seit Monaten nicht mehr hier, wenn meine Mutter nicht diese Krankheit hätte.« Sie war sechsunddreißig. Was war ihre Ausrede gewesen, bevor sie Joel getroffen hatte? Bevor ihre Mutter krank geworden war? Bevor sie den Kerl erschossen hatte, der seine Frau umbringen wollte? Vor Dupree?

Sie stand auf dem Gehweg vor den großen Panoramafenstern des Longbotham. Von draußen beobachtete sie, wie

Joel Bier zapfte und die Gläser vor ein paar jungen Männern mit Baseballkappen auf die Theke stellte. Neben den Burschen stand das Mädchen, das ihr Sorgen machte. Sie war schlank, blond und steckte in ausgebleichten Jeans, die sich um eine Wespentaille schmiegten. Das Mädchen beugte sich über die Theke und schrie über die Musik hinweg etwas in Joels Ohr. Caroline versuchte sich den Namen eines Drinks vorzustellen, dessen Bestellung so viel Zeit in Anspruch nahm.

Das College-Girl zuckte zimperlich mit den Schultern. Joel fing an, einen Margarita für sie zu mixen. Er ließ sie nicht aus den Augen, beschwatzte sie, brachte sie auf dumme Gedanken. Caroline dachte daran, sie zu warnen: Verschwinde aus der Stadt, so lange du noch kannst. Es ist nicht echt, was du da in seinen Augen siehst.

Sie trat von der Fensterscheibe zurück, schaute links und rechts die Straße hinunter und ging dann zurück zum Wagen.

Sie durchquerte die Innenstadt, fuhr den ersten Hügel des Stadtteils South Hill hinauf, stellte den Wagen auf dem Parkplatz des Sacred Heart Hospital ab, ging hinein und zeigte dem Wachmann ihre Marke. Dann fuhr sie mit dem Lift in den siebten Stock auf die Onkologie-Station und plauderte ein paar Minuten mit den Schwestern. Sie schienen unangenehm berührt wegen ihres Besuchs, und die Unterhaltung kam nur stockend in Gang.

»Heute Abend ist sie eine Stunde wach gewesen«, sagte eine Schwester. »Sie hat etwas Pudding gegessen.«

Sie gingen bis zum Ende des Flurs, wobei Caroline stur geradeaus schaute, um den Patientinnen in den anderen Zimmern nicht in die Augen sehen zu müssen. Die Tür öffnete sich lautlos. Obwohl es dunkel war im Zimmer, sah Caroline, dass ihre Mutter auf derselben Seite lag wie am Abend zuvor. Auf der linken, damit sich die wund gelegenen Stellen auf der rechten erholen konnten. Morgen früh um sechs Uhr würden die Schwestern sie wieder umdrehen, um sechs Uhr abends dann wieder. Und so weiter und so weiter, mit unfehlbarer Regelmäßigkeit. Ihr kam der Gedanke, dass das Einzige, worum sich die Ärzte ihrer Mutter mit Bestimmtheit kümmerten, ihre wund gelegenen Stellen waren.

Infusionsschläuche aus Plastik quietschten, als sich Caroline über das Gesicht ihrer Mutter bückte und ihre trockene Wange küsste. Die Elektromotoren des Morphiumtropfs und des Sauerstoffgeräts brummten, und aus den Nachbarzimmern drangen die vertrauten, allgegenwärtigen Krankenhausgeräusche. Caroline beugte sich vor, um die Morphiumdosierung abzulesen.

»Haben Sie die Dosierung erhöht?«

»Ja, der Doktor hat das veranlasst«, sagte die Schwester. »Vor ein paar Stunden.«

»Wie soll sie zu Bewusstsein kommen, wenn sie so vollgepumpt wird?«

Die Schwester versteifte sich. »Sie hat ziemlich starke Schmerzen.«

»Ich weiß. Entschuldigen Sie. Ich wollte Sie nicht ...« Caroline strich sich ein paar Haarsträhnen aus den Augen und nahm sich wieder zusammen.

»Sie sollten mit dem Arzt sprechen.«

Caroline drehte sich um und nahm die Hand ihrer Mutter. Die Unterlippe spannte sich über die Zähne, die Haut unter ihren Augen war aufgedunsen. Die dunkle, trockene und lederige Haut einer Achtundsiebzigjährigen, nicht einer Achtundfünfzigjährigen. Caroline versuchte sich an die sarkastische, hagere und zähe Frau zu erinnern, die immer mit übergeschlagenen Beinen, die unvermeidliche Tasse Kaffee in der Hand, an dem kleinen Küchentisch saß – wie jemand, der darauf wartete, dass man vor ihm zu seiner Belustigung das Schauspiel der Welt aufführen würde.

Aber vielleicht war diese Frau schon verschwunden. Vielleicht war das Einzige, was von ihr geblieben war, die verdorrte Haut, die wunden Stellen, der Schmerz. Caroline wollte mit ihrer Mutter über den hinter ihr liegenden Tag sprechen, mehr nicht, wollte ihr von der misslungenen Festnahme und der Brücke erzählen. Was würde sie dafür geben, wenn sie noch einmal mit ihr sprechen könnte, wenn sie noch einmal diese beruhigende, angenehme Küchentischstimme hören könnte. »Alles was du tun kannst, Baby, ist dein Bestes zu geben.«

Ohne aufzuschauen, sagte Caroline zu der Schwester: »Es dauert nicht mehr lange, oder?«

Die Schwester entgegnete nichts.

»Ihre Hände sind so kalt.«

»Sprechen Sie doch bitte mit Dr. Beldick«, murmelte die Schwester. Sie trat verlegen von einen Fuß auf den anderen. »Ihr Darm arbeitet nicht mehr. Manchmal versucht der Körper von selbst, Schluss zu machen ...«

Caroline nickte. Sie verarbeitete die Information, wie sie es immer tat, spürte, wie sie sich langsam ausbreitete, wie sie in ihre Blutbahnen vordrang, wie sie fast ein Prickeln in den Armen und Beinen hervorrief, bis die Grausamkeit des Gehörten sich schließlich verflüchtigte und sie glaubte, die Information könne ihr jetzt nichts mehr anhaben. »Danke«, sagte sie.

Sie wartete, bis die Schwester aus dem Zimmer gegangen war, dann setzte sie sich auf die Bettkante, drückte sich die kalte Hand ihrer Mutter auf den Mund und flüsterte: »Ich bin bei dir.«

5

Nachdem er es schon mehrmals am eigenen Leib erfahren hatte, war Alan Dupree in der Lage zu erkennen, was für ein Jahr er vor sich hatte. Er wusste, wann es so weit war, dass die Stadt eine dunkle Phase durchmachen musste – wenn nach jeder Messerstecherei ein ausgebluteter Körper zurückblieb und hinter jedem Notruf wegen einer Familienstreitigkeit ein irrwitziges Desaster lauerte, wenn bei allen wirklich üblen Burschen die Bewährungsfrist am gleichen Tag abzulaufen schien und sich alle zur gleichen Zeit wieder ans Werk machten. Manche aus der Truppe munterten sich damit auf, dass sie es auf den Vollmond oder das heiße Wetter oder den Zahltag für die Wohlfahrtsschecks schoben. Die Burschen aus der Abteilung Verbrechensanalyse studierten die sich verändernden Verbrechensmuster wie Wetterkarten. Die hohen Tiere suchten das Übel in unzureichenden Finanzmitteln. Streifenbeamte wurden gläubig. Detectives wurden zynisch.

Doch Alan Dupree hatte genug von diesen düsteren Phasen mitbekommen. Ihm kamen sie fast organisch vor, zumindest schienen sie autark. Sie waren fähig, ihre eigene Energie zu produzieren und durch endlose Reproduktion außer Rand und Band zu geraten. Etwas Vergleichbares hatte nur der Sport vorzuweisen – eine Glückssträhne bei Auswärtsspielen oder eine Serie von Doppelfehlern oder verpatzten Freiwürfen. Eine Strähne. Ein Kurssturz. Ein Wettlauf, bei dem aus Ursache Wirkung, daraus Ursache und dann wieder Wirkung wird. Unglück verursacht noch mehr Unglück, bis sich die

Sache ganz einfach totläuft, bis die widrigen Winde sich wieder verziehen. Oberflächlich betrachtet könnten solche Perioden aussehen wie das simple Auf und Ab einer Statistik, die alles wieder ins Lot bringt. Vier Morde in einem Monat und keiner im nächsten ergibt für Spokane einen Durchschnitt von zwei Morden pro Monat. Aber machen Sie mal einem Baseball-Spieler klar, dass er keine Pechsträhne hat, oder versuchen Sie das bei einem Basketballer oder Pokerspieler. Machen Sie ihm klar, dass da keine unsichtbare Macht gegen oder für ihn arbeitet, dass ein Fehlwurf nicht einen weiteren nach sich zieht, dass ein Mord nicht einen weiteren hervorbringt, dass es ganz einfach Zahlen sind, die wieder ins Lot kommen.

Diese Gedanken gingen Dupree um elf Uhr abends durch den Kopf. Er und Spivey setzten sich gerade in den Wagen, um zum Tatort des mutmaßlich dritten Mordfalls an diesem Tag zu fahren. Für eine mittelgroße Stadt wie Spokane, die es in einem schlechten Jahr auf höchstens zwanzig Morde brachte, waren drei Leichen an einem Tag in etwa so unglaublich wie ein dreihundert Pfund schwerer Abwehrspieler, der in einem Spiel drei Touchdowns erzielte. Obwohl man – um genau zu sein – die Nutte, die sie am Nachmittag am Flussufer gefunden hatten, schon vor mindestens zwei Wochen ermordet hatte.

Dupree überlegte, ob er Spivey seine Theorie über Pechsträhnen erläutern solle; das war die Sorte Gesprächsthema, die er gegenüber Caroline bevorzugte. Er liebte es, seinen unermesslichen Schatz an kriminologischen Erkenntnissen mit anderen zu teilen. Auch wenn sich die anderen Detectives über ihn lustig machten und ihn »Sokrates Dupree« nannten, was soll's, er hielt es eben für wichtig, Frischlinge wie Spivey nicht nur auszubilden, sondern auch zu erziehen.

»Irgendwelche Fragen?«, sagte Dupree.

»Ja. Wann darf ich mal fahren?«

Dupree starrte Spivey kurz an, dann startete er den Motor.

Sie sprachen kein Wort, während Dupree in die Monroe Street einbog und über die Brücke am Damm fuhr, wo früher am Tag der Drogendealer ins Wasser gestürzt war. Was hätte er an Carolines Stelle getan? Dem jungen Burschen geholfen oder weiter den anderen Kerl in Schach gehalten? Er fragte sich, ob es möglich gewesen wäre, dem Kerl ins Bein zu schießen. So hätte es ein Fernseh-Cop gemacht. In sechsundzwanzig Jahren hatte er seine Waffe vielleicht dreißigmal ziehen und nicht ein einziges Mal benutzen müssen. Ganz zu schweigen davon, dass er nie mit einer Situation konfrontiert gewesen war, in der er jemanden ins Bein hätte schießen müssen. Wie würde man vorgehen, wenn man das tun wollte? Erstens: Es war gegen die Vorschrift, jemanden ins Bein zu schießen. Was auch passierte – wenn man auf eine Person schoss, dann nur, um sie »aufzuhalten«. Man schoss, bis der Verdächtige keine Bedrohung mehr darstellte, was natürlich bedeutete: bis er tot war. Dennoch wünschte er, die Entscheidung hätte in seinen und nicht in Carolines Händen gelegen. Er hätte – egal, wie seine Reaktion ausgefallen wäre – mit einer falschen Entscheidung leben können. Bei ihr war er sich nicht so sicher.

Er fuhr auf die Interstate Richtung Osten, scheuchte mit der Lichthupe einen anderen Wagen aus dem Weg und beschleunigte auf hundertfünfzig. Auf dem Beifahrersitz zappelte Spivey wie ein junger Hund. Dupree bog an der zweiten Ausfahrt wieder ab und kurvte durch ein vertrautes Viertel; wenn man nonstop im Dienst war, wurde einem jedes Viertel bald vertraut. Er hatte mal vorgehabt, Führungen mit pensionierten Polizisten zu veranstalten – anhand eines mit Sternchen für Mord, Diebstahl und Perversion gespickten Stadtplans. Sein eigener Stadtplan war der gleiche wie der jedes anderen Polizisten: eine Vergewaltigung in dem Haus da drüben; tödlicher Autounfall da vorn vor dem Drugstore; in dem Haus da hinten hat ein Motorradfahrer gestohlene Autoteile verhökert.

Das nächste Sternchen auf seiner persönlichen Karte war ein einfaches eingeschossiges Haus – überall Büsche, die mal wieder gestutzt werden mussten, links und rechts der Einfahrt ein Blumentopf, im Garten ein schmuckes nierenförmiges Blumenbeet. Polizisten in Uniform sperrten die Straße ab, ein Beamter aus der Presseabteilung hielt die Fernsehleute mit ihren Ü-Wagen in Schach.

Dupree stellte den Wagen ab, ging über die Straße und stieg die Stufen zur Vorderveranda des kleinen Hauses hinauf. Er stieß gegen einen Makramee-Topf. Der Geruch von Zigarettenqualm traf ihn wie ein Schlag und erinnerte ihn an die Macht der schlummernden Sucht.

»Langer Tag, was?«, sagte der Verkehrspolizist, der auf der Veranda stand. Er schrieb Duprees und Spiveys Namen ins Tatortprotokoll und ließ die beiden durch.

Außer anderen Detectives waren auch die Beamten von der Spurensicherung schon eingetroffen. Sie streiften sich weiße Gummihandschuhe über, redeten, deuteten und gestikulierten auf eine kühle, gleichgültig Weise, die einen fast über die Tatsache hinwegtäuschte, dass Leichen der dankbarste Teil ihres Jobs waren: eine abgeschlossene Geschichte ohne Geheimnisse; das komplette Beweismaterial lag wie ein offenes Buch vor ihnen; Blutspritzer, Stich- oder Schusswunden; dunkel verfärbtes Fleisch, das ihnen verriet, wo das Blut zuerst ausgetreten war – ein sehr wichtiger Hinweis, wenn schon fast drei Liter aus dem Kerl rausgelaufen waren und sich das bisschen Blut, das ihm geblieben war, im Rücken sammelte.

Und das Beste: Tote logen nicht, vergaßen nichts, sagten nicht zugunsten desjenigen aus, der ihnen den Kopf eingeschlagen hatte. Sie kooperierten – auf ihre Weise; mit Teppichfasern, DNA-Tests und im Computer abgespeicherten Fingerabdrücken. Der Standpunkt war also durchaus einleuchtend, dass der Kerl, den sie hier vor sich hatten, tot nützlicher war als lebend. Nützlicher zum Beispiel als der

Mann, der Dupree gegenübersaß. In den Sechzigern, vorbestraft – woher sollten sie wissen, dass er die Wahrheit sagte? Ein Alkoholiker mit einer Latte von Vorstrafen – was würde dieser alte Penner für einen Zeugen abgeben? Aber wenn sie Fingerabdrücke, DNA-Proben von den Fingernägeln und Fußspuren im Teppich hatten, war das so viel wert wie ein Videoband von der Tat und ein Geständnis des Täters zusammen.

Insgesamt befanden sich zwei Detectives, zwei Leute von der Spurensicherung und ein Gerichtsmediziner im Haus. Sie alle lächelten, als Dupree zur Tür hereinkam.

»Der hat so viel Blut abgelassen«, sagte Dupree in die Runde, »dass ihr ihm mindestens einen Donut und ein Glas Orangensaft spendieren müsst.«

Dupree bückte sich und sah sich die Leiche genauer an. Der Mann war fett, mindestens sechzig und trug einen Overall. Den Schädel zierte ein Ring grauer, struppiger Haare. Er lag in einer dickflüssigen Blutlache. »Wer das Blut wieder aus dem Teppich kriegen will, der braucht schon ein paar Spritzer Ajax.«

Das Blitzlicht der Polaroid-Kamera erleuchtete das Zimmer. Die Beamten stülpten kleine braune Papiertüten über die Hände des Opfers für den Fall, dass er dem Täter vor seinem Tod noch hatte Kratzspuren beibringen können. Das erwies sich vor allem bei Nutten – wie der, die sie erst heute gefunden hatten – als nützlich. Unter deren Fingernägeln fanden sich oft Hautspuren des Täters. Nutten schienen so leicht ums Leben zu kommen, wie andere Leute im Stau stecken blieben. Dupree schnippte mit dem Finger gegen eine der Papiertüten. »Gott o Gott. Sieht so aus, als hätte man ihm sogar die Hände abgehackt.«

Kleine orangefarbene Fähnchen mit Nummern – bis jetzt achtzehn – markierten auf dem Boden rund um die Leiche und auf dem Couchtisch mögliche Beweisstücke, die der Corporal fotografierte: ein Blutspritzer, ein klaffendes Loch im

Teppich, ein blutiger Fingerabdruck auf dem Couchtisch, eine Rohrzange.

Dupree nahm eine der kleinen Stangen mit den orangefarbenen Fähnchen. »Jetzt ist mir alles klar.« Er hielt die Stange hoch. »Der Mann wurde von einem winzigen Slalomfahrer umgebracht.«

Das war zu viel für Spivey, der sich schon bei Duprees unpassenden Witzen vorher kaum noch hatte zusammenreißen können. Er fing so heftig an zu lachen, dass ihm der Kaugummi aus dem Mund fiel. Dupree mochte es, wenn einer schließlich lachte. Es reinigte die Luft, und danach hielt er für gewöhnlich den Mund. Der junge Detective stürzte zur Haustür und hielt sich dabei Mund und Nase zu, als müsse er sich übergeben. Er quetschte sich an Pollard vorbei, der bei diesem Fall der leitende Beamte war. Mit dem dunklen Brillengestell und den öligen schwarzen Haaren sah er aus wie ein Hipster aus den frühen Sechzigern. Er ignorierte den japsenden Spivey, trat in das überfüllte Zimmer und schaute Dupree fragend an. Der zuckte nur mit den Schultern.

Dupree und Pollard standen nebeneinander und schauten auf die Leiche hinunter, als begutachteten sie ein neues Auto. Während sie miteinander sprachen, blickten sie weiter auf den toten Körper.

»Schon von der Scheiße gehört, die heute am Damm passiert ist?«, fragte Pollard.

»Ja.«

»Frag mich, wie Caroline damit klarkommt.«

»Hab bei ihr angerufen. Ihr Freund sagt, sie schläft.«

»Der Typ, den sie bei der Weihnachtsfeier dabei gehabt hat?«

»Ja.«

»Wie alt ist der eigentlich?«

»Weiß nicht. Zweiundzwanzig, neunundzwanzig. Irgendwo dazwischen.«

»Gut so. Wenn ich eine Frau wäre, würde ich es genauso machen.«

Dupree hob den Blick und schaute Pollard an.

»Nein, nein«, sagte Pollard. »Ich meine bloß, wenn ich auf Männer stehen würde, würde ich es genauso machen … Männer machen das doch die ganze Zeit, mit jemandem ausgehen, der viel jünger ist.«

»Du stehst auf jüngere Männer?«

»Nein, ich meine doch bloß …« Er trat von einem Fuß auf den anderen und wechselte das Thema. »Schwierige Entscheidung, die sie da zu treffen hatte. Tut mir Leid, die Kleine.«

»Sie kommt schon wieder hoch. Sie hatte einen guten Ausbilder.«

»Richtig, sie hat ja für dich gearbeitet. Als ob das nicht Unglück genug wär für ein ganzes Leben.«

Dupree stieß mit dem Fuß gegen einen Fuß des Toten. »Wissen die Nachbarn was?«

»Ja. Der Neffe von dem Kerl hat heute vorbeigeschaut. Haben sich angebrüllt. Ungefähr um neun Uhr abends hat der Nachbar gesehen, dass der Neffe mit dem Auto des Opfers weggefahren ist.«

»Autonummer?«

»Hmmm, ja. Nummer, Marke, Typ. Alles da. Warum ich dich angerufen habe … Einer der Nachbarn sagt, dass der Neffe eine Khaki-Hose angehabt hat.«

»Ohne Scheiß?« Dupree schaute sich den toten Mann noch mal genauer an.

»Keine Ahnung, ob das Carolines Typ aus dem Park ist. Könnte nach der Beschreibung möglich sein.«

»Was ist mit dem Rest der Familie von unserm Blutspender hier? Kennt einer von denen den Neffen?«

»Wir sind dran. Die Frau hat Alzheimer, lebt im Heim. Sieht so aus, als gäb's da noch eine Schwester in der Gegend von San Francisco. Wir checken das.«

Dupree nahm ein Fotoalbum in die Hand und blätterte darin herum. »Was ich noch fragen wollte ... Wer kriegt den Pott?«

Pollard deutete auf die riesige Rohrzange, die in einer Zimmerecke neben einem der kleinen Fähnchen lag. Ein Beamter kniete davor und pinselte sie ab.

Dupree schüttelte den Kopf. »Das ist nicht dein Ernst. Eine Rohrzange? Spivey – verdammt.«

Jedes Jahr bei der Weihnachtsfeier suchten sich die Detectives von Major Crimes eine Waffe aus – was auch immer, ob Baseballschläger oder 38er oder Uzi oder irgendeine Art von Messer –, und bei jedem Mord im folgenden Jahr warf jeder der acht Detectives einen Zwanziger in den Pott. Der mit der richtigen Waffe gewann den Pott. Manche zahlten auch für zwei oder drei Waffen, sodass der Pott gewöhnlich über zweihundert Dollar schwer war.

Sie gingen nach Dienstjahren vor. Der zuletzt zur Abteilung Gestoßene musste als Letzter wählen. Und da die wahrscheinlichen Tatwerkzeuge natürlich schon alle weg waren, als Spivey an die Reihe kam, hatte er die Liste angeschaut und in perfektem Tom-Selleck-Timbre gesagt: »Diverse stumpfe Gegenstände.« Bis jetzt – es war gerade mal Ende April – hatten sie schon einen Mord mit einer Schaufel gehabt. Und jetzt das – eine Rohrzange. Unfassbar. Neun Morde in diesem Jahr, und Spivey hatte schon zwei.

»Und, was jetzt? Sollen wir Spivey einbuchten?«

»Gute Idee«, sagte Pollard.

Der stellvertretende Polizeichef James Tucker erschien in der Tür. Da der Polizeichef im nächsten, spätestens im übernächsten Jahr in Pension ging, tauchte Tucker an jedem Tatort auf, wo sich Reporter blicken ließen. Es war ein offenes Geheimnis, dass er die besten Aussichten auf den Job hatte. Obwohl ihn viele der älteren Polizisten ablehnten, weil er nicht dem geschlossenen Kreis der Polizei von Spokane entstammte, sondern aus San Diego gekommen war.

»Was ist es?«, fragte Tucker.

»Stumpfer Gegenstand«, entgegnete Pollard.

»Spivey – verdammt«, sagte Tucker.

Dupree drehte sich um und blätterte wieder in dem Fotoalbum. Er suchte nach einem Foto des Neffen, auch wenn ihm klar war, dass die Erfolgschancen nicht gerade berauschend waren. Aber das war der Punkt bei Pechsträhnen und Siegesserien. Wenn der Typ, der Carolines Dealer von der Brücke gestoßen hatte, auch der Mörder des alten Mannes gewesen war, dann spann sich der Faden schon weiter, dann trieb jede Bewegung die Sache weiter voran und produzierte noch mehr Übereinstimmungen, die nur darauf warteten, enträtselt zu werden.

Folglich war er nicht sonderlich überrascht, als er auf ein Foto stieß, das den toten Mann auf einem Landungssteg in San Francisco zeigte. Neben ihm standen eine stummelbeinige Frau, ein attraktives junges Mädchen mit schwarzen Haaren und ein Mann um die fünfunddreißig, der großkotzig in die Kamera grinste. Auf seinem Unterarm war eine einfache blasse Tätowierung zu erkennen, wie man sie oft bei Sträflingen sieht. Dupree nahm das Foto aus dem Album und steckte es in die Tasche.

Als Dupree das Haus verließ, schlug ihm ein frühlingshafter Wind entgegen. Spivey stand neben ihrem Wagen, den Fuß auf der Stoßstange, und unterhielt sich leise mit einer schnuckeligen Fernsehreporterin.

»Halten Sie eine Pressekonferenz ab?«

Spivey nahm den Fuß von der Stoßstange und streckte sich. »Wir unterhalten uns nur ein bisschen.«

»Haben Sie ihr das von den Neonazis erzählt?«

Spivey versuchte ein lässiges Lächeln aufzusetzen. »Er macht nur Spaß. Er reißt über alles seine Witze.«

»Volltreffer«, sagte Dupree. »Wir haben Order, nicht darüber zu reden. Schönen Dank auch, Partner, dass Sie mir Ärger vom Hals halten.«

Die Reporterin schaute kurz auf ihren Notizblock, und Dupree beugte sich vor, um zu lesen, was sie da notiert hatte.

»Gerüchte, dass man ihn kastriert hat, kann ich weder bestätigen noch dementieren«, sagte er. »Da müssen Sie sich schon an den Chief wenden.«

Sie öffnete den Mund, sagte aber nichts.

»Und zitieren Sie mich ja nicht damit, dass man ihm das Herz rausgeschnitten hätte. Ich werde alles abstreiten.«

»Hören Sie nicht auf ihn«, sagte Spivey. »Er will Sie bloß auf den Arm nehmen.«

Dupree öffnete die Wagentür und nickte Spivey zu, der zögernd einstieg. Sie fuhren stumm die Straße entlang, bis Spivey schließlich sagte: »Das war nicht fair.«

»Ich hab's Ihnen gesagt. Kein Wort zu Reportern. Nicht, ohne mich vorher zu fragen«, entgegnete Dupree. »Und wenn Sie mich fragen ... Ich sage immer nein.«

Spivey starrte aus dem Beifahrerfenster. Dupree schwieg, er war tief in Gedanken versunken. Das Auto schien seinen Weg allein zu finden. Sie überquerten den Fluss und fuhren Richtung Norden.

Dupree kurbelte das Fenster herunter und fuhr in das ruhige Viertel rund um den Corbin Park. Auf den Veranden hinter den weit ausladenden Bäumen in den Vorgärten funkelten Lampen. Sprinkleranlagen versprühten ihr Wasser, das wie zersplittertes Glas auf die Gehwege regnete. Er fuhr langsam und sog den Duft der Blumenbeete und Fliederbüsche ein. Die Gegend um diesen Park hatte er schon immer gemocht; zum Teil deshalb, weil er noch nie wegen eines schweren Verbrechens hier gewesen war. Es war spät und es wäre eigentlich besser gewesen, wenn er das am nächsten Morgen erledigt hätte, aber er wollte wenigstens kurz nachschauen, ob sie wach war. Am Ende des Parks wendete er. Das Licht der Scheinwerfer glitt über ihren Wagen, der in der Einfahrt stand. Er hielt vor dem kleinen eingeschossigen Haus.

Irgendwo im hinteren Teil des Hauses, da, wo er das Schlafzimmer vermutete, brannte noch Licht. Er griff in die Jackentasche, zog das Foto heraus, das er aus dem Album des Toten genommen hatte, hielt es gegen das Lenkrad und stellte sich Caroline hinter dem dunklen Panoramafenster des Hauses vor.

»Wer wohnt hier?«, fragte Spivey.

Dupree reagierte nicht sofort. »Hmm? Ach ... niemand.«

Caroline war aufgeschreckt, als das Scheinwerferlicht über das große Fenster an der Vorderseite des Hauses gehuscht war. Sie saß im Dunkeln auf der Couch, schaute zum Fenster und wartete darauf, dass der Wagen wieder verschwand. Sie wusste, wer das war. Caroline hörte hinter sich die knarzenden Dielen. Joel kam aus der Dusche. Im nächsten Augenblick würde Joel in der Tür stehen, in baumwollenen Boxershorts, mit dem Handtuch seine Haare abrubbelnd.

Sie beneidete die Art, wie Männer sich völlig unbefangen mit jüngeren Frauen verabredeten. Oft genug hatte sie Männer dabei idiotische Sachen sagen hören. Zum Beispiel: »Mit den Jahren wird der Altersunterschied immer geringer.« Sie wünschte, dass sie zu dieser Art Selbstbetrug fähig wäre. Ihr Kopf spielte das Spiel nämlich genau in die entgegengesetzte Richtung. Dauernd stellte sie sich ihn als kleinen Jungen vor – als sie von der Highschool abging, war er sechs gewesen; als sie das erste Mal Sex hatte, vier. Besonders beunruhigend war der Gedanke, dass sie im Jahr seiner Geburt zum ersten Mal ihre Tage bekommen hatte.

»Es tut mir wirklich Leid, Caroline.«

Sie drehte sich um und lächelte. »Es war nicht deine Schuld, das hab ich dir doch schon gesagt. Ich hätte einfach mein Telefon ausschalten müssen.«

»Es war dumm von mir, dich anzurufen.«

Sie wandte sich wieder dem Fenster zu. Draußen lag immer noch ein Streifen Scheinwerferlicht auf dem Bordstein, war immer noch Duprees im Leerlauf brummender Wagen zu hören.

Joel trat ins Zimmer. »Ist da jemand?«

»Nein, glaube nicht.«

Als Caroline aus dem Krankenhaus gekommen war, hatten sie sich geliebt. Sie hatte es gewollt – zum Teil, weil es ihr Wunsch gewesen war, sich abzulenken, sich fallen zu lassen. Sie hatte sich in den taumelnden, fließenden Bewegungen verlieren wollen.

Aber auch weil sie mit ihm nicht über die Ereignisse des Tages reden wollte. Wie auch immer – es war schön gewesen, zärtlich und ohne Hast. Und sie hatte sich nicht eingesperrt gefühlt, so wie manchmal, wenn sich seine kräftigen Arme um sie legten.

Er stand unschlüssig in der Tür. »Ich geh dann schlafen.«

Sie lächelte. »Ja, gut. Ich bleib noch ein bisschen sitzen.«

Er zögerte. »Du hast mir gar nicht erzählt, wie es deiner Mutter geht.«

»Es geht ihr gut.«

»Fühlt sie sich schon besser?«

»Ja.«

»Freut mich«, sagte er und trottete langsam ins Schlafzimmer. Caroline wandte sich wieder dem Fenster zu, zog die Beine auf die Couch und legte die Arme um die Knie.

Dupree schaute noch mal zum Haus und dann auf das Foto in seiner Hand. Der Mann mit der Tätowierung grinste immer noch großkotzig. Er starrte Dupree furchtlos an, so als würde er die Geheimnisse kennen, die auch Dupree kannte – das launische Wesen des Todes, die Verletzlichkeit der Frauen, die Leichtigkeit, mit der man jemanden töten konnte. Dupree stellte sich den Kerl vor, wie er an den Fällen auf der Fußgängerbrücke Caroline direkt gegenüberstand. Er verspürte den Wunsch, ihn umzubringen.

Spivey beugte sich zu ihm herüber und schaute auf das Foto. »Ist das der Kerl, hinter dem wir her sind?«

Dupree klemmte das Foto auf das Armaturenbrett, fuhr los und sagte leise zu der Grimasse, die ihn anschaute: »Was ist? Bist du es? Bist du der Typ, hinter dem wir her sind?«

6

Als der fette Pfandleiher in die Einfahrt bog, das Gittertor aufsperrte und dann aufstieß, saß Lenny auf der anderen Straßenseite im Wagen seines Onkels. Der Pfandleiher trug Trainingshosen mit dem Logo der Seattle Seahawks und ein dreckiges weißes T-Shirt mit einem speckigen Frosch auf der Brust. Lenny war es unbegreiflich, wie man so schmutzige Kleidung tragen konnte. Das machte ihn wahnsinnig. Shelly war genauso. Wenn sie nicht anschaffen ging, sondern zu Hause rumhing, zog sie an, was ihr gerade unter die Finger kam. Obwohl Lenny manchmal sogar ihre Wäsche wusch, schlüpfte sie trotzdem in die winzigen Shorts, die sie schon am Vortag getragen hatte, anstatt sich frische Kleidung anzuziehen. Das war eine von den Sachen, die er nie verstehen würde.

Der Laden hieß Nickel Plate Pawn. Obwohl Lenny die Auswahl an Waffen eher enttäuschend fand, würde er trotzdem eine kaufen. Aber deshalb war er nicht hier. Er war hier, weil die Geschichte im Park alles verändert hatte. Die Zeit wurde knapp.

Lenny stieg aus dem Pontiac und schlenderte über die Straße. Die Hände steckten tief in den Taschen seiner Khaki-Hose. Der Besitzer des Pfandhauses hatte das Gittertor wieder zugemacht und schloss gerade die Ladentür auf, als Lenny hinter ihm auftauchte und die Tür packte, bevor der Mann sie wieder schließen konnte.

Der Mann zuckte zusammen, fuhr herum und schaute Lenny an. Er presste sich die Hand auf die Brust.

»Herrgott noch mal! Ich hab mich fast bepisst. Was soll das, sich von hinten an Leute ranzuschleichen?«

»Tschuldigung«, sagte Lenny und ging an ihm vorbei in den Laden.

»Kommen Sie später wieder«, sagte der Mann. »Ich mache erst um halb neun auf.«

Lenny achtete nicht auf ihn. Er ging vor den Glasvitrinen auf und ab und begutachtete die Jagdmesser. Vielleicht wäre das die bessere Lösung.

Der Ladenbesitzer schaute auf die Uhr. »Halb neun. Das heißt, noch zwanzig Minuten.«

»Ja, ja«, sagte Lenny. »Schon gut.«

Der Mann reckte den Kopf vor und fing an zu grinsen, als Lenny sich über eine der Vitrinen beugte und ein prächtig gearbeitetes Jagdmesser mit mattweißem Griff betrachtete.

»Was ist los? Sind Sie nicht ganz dicht?«

»Genau«, sagte Lenny, riss blitzschnell den linken Arm hoch und ließ den Ellbogen auf den Glaskasten krachen. Ein tiefer Sprung zog sich quer über die Scheibe. Bevor der Besitzer ein Wort sagen konnte, rammte Lenny den Ellbogen noch einmal ins Glas. Diesmal zersplitterte das Glas, und um den Ellbogen klaffte ein kreisförmiges Loch. Während der Mann sprachlos daneben stand, wischte Lenny die Glassplitter weg, griff durch das Loch und holte das Jagdmesser heraus.

Als er sich umdrehte, erkannte der Mann ihn wieder. »Sie waren doch gestern schon hier. Wollten was wissen über ein ... was war das noch gleich?«

»Ein Armband.« Lenny ging ruhig auf den Mann zu, nahm ihm die Ladenschlüssel aus der Hand und schloss ab. Genauso langsam ging er wieder zurück, zeigte ihm den Pfandschein für das Armband und wandte sich erneut den Glaskästen zu.

»Richtig«, sagte der Ladenbesitzer und versuchte so zu tun, als sei alles in bester Ordnung. »Ein Armband. Stimmt. Eine Freundin von Ihnen hat's versetzt.«

»Ja. Aber Sie wollten es gestern nicht rausrücken.«

»Tja, wie ich schon gesagt hab ... Nach einer bestimmten Frist kann ich es zum Pfandwert nicht mehr zurückgeben. Außer an die Person, die es versetzt hat.« Er schaute auf das Jagdmesser in Lennys Hand. »Aber wissen Sie was, für Sie mache ich eine Ausnahme.«

»Danke«, sagte Lenny.

Der Mann atmete auf und ging langsam hinter die Ladentheke. Lenny folgte ihm und stellte sich hinter ihn, als er eine Schublade voller Schmuckstücke öffnete und darin herumkramte. Er schaute Lenny an und lächelte gezwungen. »Ich glaube, ich hab schon ein anderes Preisschild draufgeklebt. Tja, da muss ich erst nachdenken ...«

»Es ist aus Gold.«

»Richtig. Jetzt weiß ich es wieder.« Der Mann öffnete eine andere Schublade.

»Sie haben ihr zehn Scheine dafür gegeben. Wert war es zweihundert. Sie brauchte das Geld.«

Der Pfandleiher schaute ihn wieder nervös an. »Ja, stimmt. Tut mir Leid. Schätze, da hat sie kein großes Geschäft gemacht.« Als Lenny die Goldkette sah, die der Mann jetzt hochhielt, zuckte sein Gesicht. Er nahm die Kette und schaute sie genau an.

Der Mann trat einen Schritt zurück an die Wand. »Jetzt weiß ich wieder, wer Sie sind. Wir haben über den Knast gesprochen. Wegen der Tätowierung. Sie sind gerade erst rausgekommen.«

»Ist schon ein paar Monate her«, sagte Lenny, der immer noch Shellys Armband betrachtete.

»Ja«, sagte der Mann. »Ich hab Sie gefragt, ob Sie froh sind, dass Sie wieder draußen sind, und Sie haben gesagt, dass Sie nie wieder in den Bau gehen würden, und ich hab gesagt: ›Klar, sicher‹. Wissen Sie noch?«

Lenny starrte weiter das Armband an. Er war wütend, dass es so feingliedrig war, und fragte sich, wie sie diese kleinen goldenen Ringe miteinander verbanden. Manchmal wunderte er sich, wie zierlich und fein doch die Hände vieler Menschen waren – und wie plump seine eigenen.

»Jetzt fällt's mir wieder ein«, sagte der Ladenbesitzer. »Sie haben mich über dieses Mädchen ausgefragt. Die, die das Armband versetzt hat. War eine Nutte, oder? Und diesen schwarzen Burschen, der im Park sein Dope verscheuert. Haben Sie ihn gefunden?«

»Ja.« Lenny wandte sich von ihm ab und ging zu der Vitrine mit den Pistolen.

Der Mann redete weiter. Er war nervös, schöpfte aber wieder Hoffnung. »Hat er was gehabt für Sie, der Junge im Park?«

»Hmm, ja.«

Der Mann war erleichtert. »Guter Shit? Ist man doch gleich wieder lockerer drauf, was?«

Lenny deutete auf eine Neun-Millimeter-Pistole. »Haben Sie auch Munition für die?«

»Äh, nein, Munition hab ich nicht.«

Lenny drehte seinen linken Arm um und sah, dass der Ellbogen blutete. Die Glassplitter waren durch den Stoff seines langärmeligen schwarzen T-Shirts gedrungen. Der Ärmel war ganz nass von dem Blut. Lennys Gesichtsausdruck verriet eher Irritation denn Schmerz. Er machte zwei schnelle Schritte vorwärts, stieß das Messer vor und schlitzte dem Pfandleiher, der abwehrend die Hände hochgerissen hatte, eine Handfläche auf.

»Schon gut, schon gut!«, keuchte er. »In der untersten Schublade.« Er schloss die Schublade auf, zog sie heraus und gab Lenny ein volles Magazin und zwei Schachteln Neun-Millimeter-Patronen.

»Machen Sie die Vitrine auf.«

Der Mann zögerte, wischte sich mit der unverletzten Hand über die Stirn und schloss den Glaskasten auf. Lenny griff hinein, nahm die Pistole heraus, wog sie in der Hand, zielte auf die Schaufensterscheibe und besah sie sich von allen Seiten.

Der Pfandleiher presste die blutende Hand mit der anderen zusammen. Lenny schob das Magazin in die Waffe und lud durch. Dann schaute er dem Pfandleiher ins Gesicht. Mit einem fast mitleidigen Blick.

»Warum waschen Sie eigentlich das T-Shirt nicht, bevor Sie es anziehen?«, fragte Lenny.

»Was?«

»Das T-Shirt. Es ist dreckig.«

Der Pfandleiher schaute an seinem T-Shirt herunter und schluckte schwer. »Hab's aus der Schmutzwäsche gefischt. Ich mag's eben.«

Lenny hielt das Armband hoch. Die goldenen Glieder glitzerten im Licht der unter den Schmuckvitrinen montierten Lampen.

»Bin früher schon mal ausgeraubt worden«, sagte der Mann. »Brauchen sich wegen mir keine Sorgen zu machen. Ich halt den Mund. Hab selbst mal sechs Monate abgesessen. Betrug und ein paar Sachen mit Schecks. Ich weiß, wie das ist. Brauchen sich wirklich keine Sorgen zu machen.«

Lenny schaute auf. Sein Gesicht lief rot an. »Warum haben Sie ihr so einen Scheißpreis gemacht? Warum haben Sie ihr keinen anständigen Preis gemacht?«

Der Pfandleiher stand nur da und schaute ihn mit offenem Mund an.

»Was haben Sie noch getan?«, sagte Lenny. »Wozu haben Sie sie noch gezwungen?«

»Ich hab nichts ...« Mehr brachte er nicht heraus.

»Auf die Knie.«

Der Mann war verzweifelt. »Ich dachte, die Sache ist erledigt. Ich dachte, alles wär klar.«

»Runter.«

»Ich hab Ihnen doch einen Gefallen getan ...«

Lenny deutete mit der Pistole auf den Boden, und der Mann ließ sich langsam auf die Knie nieder. Er schaute sich in seinem Laden um, als suchte er nach einem Schalter, mit dem er alles wieder auf null stellen könnte, nach einer Rückstelltaste oder einer Falltür oder jemandem, der bereit wäre, ihm zu helfen. Lenny sah den Mann an, der da vor ihm kniete, ganz klein, schlotternd in seiner Trainingshose und dem dreckigen T-Shirt. Er spürte ein Zittern in seinem Arm. Vielleicht war das gar nicht nötig. Er könnte ihm ein bisschen Angst einjagen und es dabei belassen. Er hielt immer noch den Pfandschein in der Hand. Der Mann schien nicht zu merken, dass sein Kinn zitterte. Lenny versuchte sich vorzustellen, was jetzt im Kopf des Ladenbesitzers vor sich ging, was Shelly an Lennys Stelle jetzt fühlen würde. Der Mann wünschte sich sicher, dass jemand da wäre, mit dem er reden könnte, dass er manche Dinge anders hätte machen sollen. Aber das waren die Gedanken eines Erwachsenen. Lenny schätzte, dass die Gedanken des Pfandleihers eher die eines kleinen Kindes waren, dass er sich zusammengerollt in den Schoß seiner Mutter wünschte oder dass er sich unter sein Bett verkriechen wollte. Wenn ein Tier starb, dann sagten die Leute, es sei jetzt von seinem Leiden erlöst. Da war was dran, dachte er. Sich den Bauch zu kratzen und ein bisschen rumzuvögeln ist auch ein Leben. Was macht's letztlich für einen Unterschied – man macht's richtig oder man macht's falsch. Jedes Leben geht mal zu Ende.

Als Lenny die Pistole hob, begann der Mann zu weinen.

»O Gott.« Der Mann kniff die Augen zusammen und schlug die Hände vors Gesicht. »Was ist gestern bloß passiert?«

7

»Das ist er.«

Dupree legte eine Hand auf Carolines Schulter und deutete auf die fünf Aktenbögen mit jeweils sechs Polizeifotos. »Schau sie noch mal durch«, sagte er. »Nur um ganz sicher zu gehen.«

»Nicht nötig. Das ist er.«

Dupree lächelte sie an. »Mir zuliebe.«

Caroline blätterte die Bögen durch und hielt erneut beim zweiten inne. Ihr Blick wanderte von links nach rechts über die Fotos. Sie klopfte mit dem Finger auf eines der Fotos und schob den Stuhl zurück. »Ganz sicher. Nummer vier.«

»Richtig«, sagte Spivey.

Dupree wandte den Kopf und sah ihn an: »Das ist keine Schulaufgabe.«

Sie befanden sich im Vernehmungszimmer. Spivey stand hinter Dupree und sprach in sein neuestes Spielzeug, ein kleines Diktaphon, das den allgegenwärtigen Notizblock ersetzt hatte. »29. April. Officer Mabry identifiziert Person auf Foto Nummer 4 als den Mann, der am 28. April Kevin Hatch alias ...«

Dupree nahm Spiveys Zeigefinger und drückte damit auf die Stopptaste des Diktiergeräts. »Hören Sie auf damit«, sagte er. »Das wird ja langsam peinlich.«

Spivey verließ den Raum und murmelte dabei etwas in sein Bandgerät.

»Tut mir Leid wegen Spivey.« Dupree sammelte die Fotos zusammen und setzte sich auf die Kante des Schreibtischs.

Etwa einen Meter neben ihm starrte Caroline ein Loch in die Tischplatte. »Schätze, die hatten ihre Gründe, warum sie keine Affen mehr ins All geschickt haben.«

Caroline nahm Dupree die Fotos aus der Hand. »Die Haare sind ein bisschen länger«, sagte sie. »Aber er ist es. Die Augen … Wie heißt er?«

»Lenny Ryan. Hat in Kalifornien gesessen. In Lompoc. Körperverletzung, Diebstahl, Drogenbesitz – Kleinscheiß. Ist seit zweieinhalb Monaten wieder draußen. Vorzeitig auf Bewährung entlassen. Hätte sich in Oakland melden müssen, ist aber abgehauen. Bis er deinem Typen die Tauchstunde verpasst hat, wusste keiner, dass er hier ist.«

Caroline schaute das Foto an. »Hat er Angehörige hier?«

»So weit wir wissen, nur Onkel Rohrzange. Wir haben den Namen erst seit einer Stunde, von seiner Mutter. Hat ihn seit seiner Entlassung nicht mehr gesehen.«

»Und um sich ein bisschen Stoff zu besorgen und seinem Onkel einen zwölf Jahre alten Pontiac zu klauen, kommt er extra hierher? Das macht keinen Sinn.« Caroline hielt das Foto hoch und schaute Lenny Ryan in die Augen. »Warum ist er dann hier?«

»Wer weiß«, sagte Dupree. »Vielleicht gibt's gar keinen Grund. So wie der drauf ist.«

»Wie ist er denn drauf?«

»Wie ein Kreisel«, sagte Dupree.

»Ein Kreisel?«

»Du bist zu jung, um dich noch dran zu erinnern. Ein Kreisel ist ein Spielzeug, ein Kegel, der nach unten in einer Spitze ausläuft. Oben hat man einen Bindfaden drumgewickelt, kräftig angezogen, dann hat sich das Ding auf der Spitze gedreht.« Dupree konnte nicht glauben, dass er Caroline von dieser Theorie – seiner Kreisel-Theorie – noch nie etwas erzählt hatte. »Bei so einem Kerl, da reißt man am Bindfaden und er fängt an sich zu drehen, knallt gegen Sachen und torkelt hin und her, bis er vom Tisch fällt oder gegen irgendein Hindernis, das ihn stoppt. Bei einem Ding, das so im Kreis rumwirbelt, kannst du die Regeln von Vernunft und Logik vergessen.«

Sie grinste. »Und du meinst, ich hätte an seinem Bindfaden gerissen?«

»Nein.« Dupree bedauerte, dass er das Thema wieder angeschnitten hatte. »Nicht du. Die Sache im Park. Der Kerl kommt gerade aus dem Knast. Und jetzt soll er gleich wieder einrücken? Weil er sich ein bisschen Dope besorgt? Er will nicht zurück, also stößt er den Jungen in den Fluss. Bumm. Und schon dreht sich der Kreisel.«

»Er will nicht geschnappt werden wegen eines kleinen Rauschgiftdelikts, also begeht er einen Mord? Das macht doch überhaupt keinen Sinn.«

»Meine Rede. Ein Kreisel macht keinen Sinn. Er dreht sich. Sonst nichts.«

»Und jetzt? Warten wir einfach, bis er aufhört, sich zu drehen?«

Dupree schenkte der Frage nicht halb so viel Beachtung wie den Falten über ihren Augen. »Wie geht's deiner Mutter?«, fragte er.

»Gut«, sagte Caroline.

»Fühlt sie sich schon besser?«

»Ja.«

»Schön. Freut mich zu hören.«

Caroline betrachtete noch mal das Foto. Dupree hatte den Eindruck, als prägte sie sich jede Einzelheit von Lenny Ryans Aussehen ein. Das einfältige Gesicht, das dichte rotblonde Haar, die dunklen Augenbrauen, die gespitzten Lippen. Dann gab sie Dupree das Foto zurück. »Sonst noch was?«

»Nein. Ich glaube, das war's. Was steht heute auf dem Programm?«

»Razzia in East Central. Um zehn. Das Haus von Burns Lieferanten.«

»Undercover?«

Caroline lachte. »Ohne mich. Ich bleib im Wagen. Glaube nicht, dass sie mich die nächste Zeit bei ihren Tarnkappenspielchen dabeihaben wollen.«

»Wahrscheinlich.« Dupree druckste herum. Er wusste nicht, wie er das unangenehme Thema angehen sollte. »Du scheinst ein bisschen ... Wie fühlst du dich?«

»Lane will, dass ich mit der Psychologin rede. Ich hab ihm nur das Wort Gewerkschaft hingeworfen, und er ist davongeschossen wie ein Kugelblitz.«

Dupree nickte, stand auf und steckte die Hände in die Hosentaschen. Vielleicht, dachte er, könnte er ihr irgendwie mittels Körpersprache sagen, was er mit Worten nicht zustande brachte, nämlich seine Gefühle für sie auszudrücken, ohne wie ein Vollidiot dazustehen. Genau das war nämlich absolut möglich angesichts dessen, was ihm gerade durch den Kopf ging. »Es ist keine Schande, mit jemandem zu sprechen. Hab ich Recht? Könnte sogar ganz nützlich sein.«

»Stimmt, da hast du ganz Recht«, sagte sie. »Mach das ruhig.«

Er musste lächeln über ihre Scharfzüngigkeit. Fast spürte er eine Art Stolz und Verantwortungsgefühl, die sich von dem unterschieden, was er sonst in ihrer Gegenwart empfand, wenn sein Atem schneller ging und ihre Anwesenheit ihn gleichzeitig sanft anzog und verspottete. Manchmal starrte er auf bestimmte handgroße Stellen an ihrem Körper, oberhalb der Hüfte, an der Wade oder hinten am Hals. Dann fürchtete er um die Zuverlässigkeit seiner Hände und verlor sich in Träumereien über ihrer beider Treuebruch. Und er wünschte, dass er sich damit begnügen könnte, die Hand auf eine dieser Stellen zu legen. Obwohl er wusste, dass ihm das nie genügen würde.

Das Vernehmungszimmer war lang und schmal. In der Mitte ein Tisch. Keine Fenster, kein Einwegspiegel wie im Kino. Nur eine Tür und Wände, die Dupree erdrückten, die vibrierten vor Hoffnung auf Nähe, vor Bedrohung durch

Nähe. Er räusperte sich und schaute wieder Lenny Ryans Foto an.

»Hey, ist das nicht der Schwimmlehrer meiner Kinder?«

Sie lächelte. Auch sie hatte diese Anziehung gespürt. Sie rutschte in ihrem Stuhl etwas von ihm weg und beruhigte sich mit den üblichen Ausreden: Er ist verheiratet, hat ein loses Mundwerk, ist dürr und zynisch und viel zu alt. Bei dem letzten, ziemlich scheinheiligen Punkt musste sie lächeln. Dupree war zwölf Jahre älter als sie, und sie war zwölf Jahre älter als Joel. Außer mit Joel hatte sie nur ein einziges Mal – vor fünfzehn Jahren im College – mit einem wesentlich älteren Mann eine Affäre gehabt. Er war Dozent für den Abschlussjahrgang der Anglistik-Abteilung gewesen und fast genauso dünn wie Dupree. Sie lächelte bei dem Gedanken, wie alt er ihr mit seinen dreißig Jahren damals vorgekommen war und dass sie heute sechs Jahre älter war. Er hatte sie nach allen Regeln der Kunst verführt – wenn für einen Mann wie ihn überhaupt Regeln existierten. Nach dem Sex auf einer Matratze, die inmitten von Büchern auf dem Fußboden lag, hatte er Neruda zitiert; jedes Wort von ihr schien er in sich aufzusaugen und ging bei der Liebe mit der zappeligen Begeisterung eines Jungen zu Werke. Für sie als Hauptfachstudentin in Strafrecht waren Gedichte von Neruda – *Und husche über deine glühende Hülle* – eine nette Abwechslung gewesen. Was es ihr jedoch als Erstes angetan hatte, waren eine Flasche Wein und ein Gedicht von Wallace Stevens gewesen – »Der Eiskrem-Kaiser«. Jenseits der Schuldgefühle, der Wasserfälle und der Schwermut des Jobs klang auch heute noch dieser Refrain nach: *Lasst Sein doch sein das Finale von Schein; der Eiskrem-Kaiser ist Kaiser allein.* Der Lehrer hatte angefangen, ihr das Gedicht zu erklären, das existentielle Beharren dieses »Lasst Sein doch sein das Finale von Schein«, den Triumph eines Augenblicks über das Materielle, über das Abstrakte, der Eiskrem über den Tod. Doch da hatte sich Caroline ohnehin schon entschieden, mit dem

Mann zu schlafen und einen Doppelabschluss in Poesie und Strafrecht zu machen.

Sie dachte darüber nach, was damals der Grund für die Anziehungskraft gewesen war und was jetzt. Eine derartige Anziehungskraft sagte etwas aus über ein Mädchen, dessen Vater die Familie im Stich gelassen hatte. Die Anziehungskraft eines älteren Mannes, der eine Autoritätsperson darstellte, die Vermischung von Vaterfigur und Liebhaber, war eine dem Wesen nach ungesunde. Sie ließ für die Zukunft – zumindest was die männliche Spielart betraf – auf gefährliche, enttäuschende Erfahrungen schließen. Bauchansatz, graue Haare, ein immer ausgefeilteres Geschick zur Selbsttäuschung und – in Duprees Fall – die harte Schale, die er sich zum Selbstschutz im Laufe der Jahre zugelegt hatte.

Lärm von außerhalb des Vernehmungszimmers riss sie beide aus ihren Gedanken. Caroline stand auf. »Tja, schätze, ich muss …«

»Ja«, sagte er. »Die Razzia in deinem Drogenbunker wartet.«

Sie verließen das Vernehmungszimmer und gingen zurück ins Major-Crimes-Büro, wobei sie sich wie ein Pärchen, das gerade ein Schäferstündchen hinter sich hatte, verstohlen umschauten. Im Büro herrschte allgemeine Aufbruchstimmung. Pollard zog seine Jacke an, nahm Notizblock und Kugelschreiber vom Schreibtisch und ging Richtung Tür. Dupree und Caroline standen vor dem langen Aktenschrank neben der Tür.

»Was ist passiert?«, fragte Dupree.

»Irgendein Typ hat ein Pfandhaus ausgeräumt und auf den Besitzer geschossen«, sagte Pollard.

»O Gott.« Dupree schüttelte den Kopf. »Das ist schon der vierte in vierundzwanzig Stunden. Das muss neuer Rekord sein.«

»Noch nicht«, sagte Pollard. »Er lebt noch.«

»Ehrlich?«

Pollard wiegte anerkennend den Kopf. »Frag mich nicht, wie er das geschafft hat. Der Kerl hat das Ding mitten ins Gesicht gekriegt und sitzt dann eine Stunde auf seinem Hosenboden, bevor einer reinkommt und ihn findet.«

Caroline ging zur Tür. Dupree drehte sich zu ihr um. »Wir sehen uns dann später.«

»Okay«, sagte sie. »Bis dann.«

Er wartete, bis sie verschwunden war, dann atmete er tief durch und fuhr sich mit der Hand übers Gesicht. Wenn beruflicher Stress herrschte, wurde die Anziehungskraft und Spannung zwischen ihnen stärker; das war eine nicht zu leugnende Tatsache. Wahrscheinlich galt das für Polizisten überall auf der Welt. Kein Beruf begünstigte Untreue so sehr wie Polizeiarbeit, besonders seit in den Siebzigern und Achtzigern immer mehr Frauen Polizisten wurden. Je länger man arbeitete, je mehr Adrenalin durch den Körper pumpte und je wahrscheinlicher es wurde, dass einer irgendwo auf einem Fußboden liegend zurückblieb, desto mehr fraß jeder die wirklich schlimmen Sachen in sich hinein – als könnten sie einen ablenken oder Heilung bringen. Und Dupree konnte sich an keine Zeit erinnern, wo die Dinge schlimmer gestanden hatten als jetzt, konnte sich an keine Pechsträhne erinnern, die schwärzer war als diese.

»Weißt du was?«, sagte Pollard. »Wenn der Kerl den Löffel abgibt, hast du den Pott.«

Dupree drehte sich zu ihm um. »He?«

Grinsend zog Pollard den linken Mundwinkel und im gleichen Tempo die linke Augenbraue hoch. »Der Kerl aus dem Pfandhaus. Neun Millimeter. Ist doch deine Waffe, oder?«

Dupree dachte an die Weihnachtsfeier und wie überrascht er gewesen war, dass eine so alltägliche Waffe wie die Neun-Millimeter noch frei war, als er an die Reihe kam. Die anderen hatten gegrölt und gekichert und ihre Witze gemacht, dass er jetzt selbst – Detectives trugen Neun-Millimeter-Pistolen – jemanden abknallen würde. Doch er hatte das alles andere als lustig gefunden. Er hatte sich noch auf keiner einzigen Weihnachtsfeier so volllaufen lassen können, dass er die Ziehung nicht als das erkannt hätte, was sie wirklich war.

Pollard stand noch da. Vielleicht wartete er, dass Dupree irgendeine witzige Bemerkung loswerden wollte. Aber es kam keine.

8

In Unterhose und einem früher mal weißen T-Shirt saß Fat Jay vornübergebeugt vor einem Couchtisch. Sein Rücken wölbte sich, während er aus einer gläsernen Wasserpfeife Rauch in die Lungen sog. Nachdem er ihn zehn Sekunden hatte wirken lassen, entfernte er den Netzfilter und inhalierte aus der Glasröhre auch den Rest des Rauchs. Er steckte den Pfeifenkopf wieder auf die Glaskugel und lehnte sich auf der Couch zurück. Langsam ließ er die Rauchwolke aus dem Mund quellen. »Mittags raus aus den Federn und um eins schon stoned, Alter. Geht doch nichts über ein nettes Lungenfrühstückchen.«

Chase schaute von seinem Teller Cornflakes auf. »Warum benutzt du immer noch dieses alte Ding, he?«

»Weiß nicht«, sagte Fat Jay. »Nostalgie.« Um sich etwas Platz zu schaffen, wischte er eine Pizzaschachtel von der Couch auf den mit Abfall übersäten Boden.

Katrina kam ins Zimmer. Das zu einem Zopf zusammengebundene Haar fiel ihr teilweise schon wieder ins Gesicht. »Herrgott, Jay, kümmerst du dich jetzt um ihn oder was?«

Jay reckte den Kopf in Richtung des hinteren Schlafzimmers, von wo ein krächzendes Wimmern zu hören war. »Tja, ich hab gerade was zu tun. Könntest du nicht vielleicht ...«

»Keine Chance, Jay. Das ist deine Aufgabe. Ich geh eben Zigaretten holen.« Sie öffnete die Haustür und verschwand. Jay schaute Chase an und verdrehte die Augen.

Ein Mann steckte den Kopf durch die offene Tür. Ein Kerl in den Dreißigern mit langen zerzausten Haaren und einem Seesack über der Schulter. Er trug verwaschene Jeans, ein schwarzes Tank-Top und neue Laufschuhe. Er winkte kurz. »Hey, Mann. Was hat denn die Tageskarte heute zu bieten?«

Fat Jay und Chase schauten auf. Jay lächelte. »Hey, schon wieder da?«

»Ja«, sagte der Typ. »Hast du was für mich?«

»Willst du damit sagen, dass du den Brocken von gestern schon weggedampft hast? Wer bist du, Mann? Sir Eisenlunge?«

»Komm schon, hatte gestern eine kleine Party.«

Fat Jay und Chase schauten sich an. »Haben wir eine Einladung bekommen, Chase?«

Chase schüttelte feierlich den Kopf.

»Da sollten wir aber noch mal nachschauen, oder?«, sagte Fat Jay.

»Ja«, sagte Chase. »Vielleicht mal zu Hause die Post checken? Könnte ja sein, dass ich die Einladung übersehen hab.«

»O Mann.« Der Typ mit dem Seesack hob die Hände.

»Verarsch mich nicht, klar?«, sagte Fat Jay. »Du hast mit meinem Stoff eine Party geschmissen und mich nicht eingeladen. Das ist echt Scheiße, Mann.«

Im Überwachungswagen überprüfte Caroline gerade das Magazin ihrer Pistole, als Gerraghtys Stimme aus dem Lautsprecher krächzte. »Ich war so am Arsch, Mann ... Ich hab gedacht, ihr wärt da.«

Sergeant Lane verzog das Gesicht und schaute Caroline und die vier anderen Detectives an. Caroline zuckte mit den Schultern. War doch ein gute Antwort. Nach einer kurzen Pause am anderen Ende der Leitung brachen die beiden Verdächtigen in lautes Gelächter aus. Normalerweise war der Lautsprecher abgestellt und nur einer der Beamten hörte über Kopfhörer mit. Aber Lane machte die Ungewissheit, wann sie endlich zuschlagen könnten, wahnsinnig, und so ließ er alle mithören.

»*Ohne Scheiß?*«, fragte der ältere der beiden Verdächtigen, den Gerraghtys Informant als »Fat Jay« Pringle identifiziert hatte, Mitglied einer Motorradgang aus Portland, der von dem überwachten Haus aus mit Crack und Metamphetamin dealte. Das Meth war keine Überraschung; Motorradgangs hatten ihre Finger seit vierzig Jahren in dem Geschäft. Außerdem war Spokane eine Meth-Stadt. Das Crack allerdings war schon verwunderlich. Gerraghty war davon überzeugt, dass Fat Jay der Lieferant von Burn gewesen war, und sie hatten gehofft, über Burn an Jay und über Jay an dessen Lieferanten heranzukommen. Mit Meth dealte jeder, aber die Spur von Crack konnte man immer noch ziemlich leicht zurückverfolgen, und Fat Jay schien der Einzige zu sein, der jede gewünschte Menge liefern konnte.

»*Ohne Scheiß, Mann?*« Wieder die Stimme von Jay. »*Hab ich dir doch gesagt, dass der Stoff erste Sahne ist. Hat dir echt die Schädeldecke weggehaun, he?*«

Im Hintergrund hörte Caroline das heisere Winseln eines Hundes. Sie hockte zusammengekauert auf dem Boden des Lieferwagens, verlagerte ihr Gewicht und wünschte, das Ganze würde sich ein bisschen schneller entwickeln, damit sie endlich ins Haus könnten, um diesen Idioten Handschellen zu verpassen. Dann wäre es ihr möglich, noch schnell ins Krankenhaus zu ihrer Mutter zu fahren. Was hatte die Schwester gesagt? Ein Körper weiß selbst, wann er Schluss machen muss.

»*Was ist, hast du noch was für mich?*«

Den Funkverkehr mitzuhören machte Sergeant Lane fast genauso wahnsinnig, wie nicht mitzuhören. Zu seinem Besten wünschte Caroline, dass die Sache endlich auf Touren kam. Nach jedem Wortwechsel schaute sich Lane im Wagen um und versuchte anhand der Reaktion der anderen einzuschätzen, wie die Sache stand.

»Scheiße, Mann! Ein qualmender Schornstein ist nix gegen dich!«

Der andere Verdächtige, von dem Gerraghty nur den Vornamen – Chase – herausbekommen hatte, lachte anerkennend und wiederholte Jays Worte. *»Qualmender Schornstein …«*

Im Wagen warteten sie ungeduldig. Jedes Geräusch, jedes Husten, untermalt von dem regelmäßigen schwachen Winseln im Hintergrund, machte sie nervöser.

»Herrgott noch mal«, sagte Solaita, der vorne saß und mit dem Fernglas das Haus beobachtete. »Jetzt lass halt mal einer den verdammten Hund raus.«

Sie hörten, wie die Fliegengittertür aufging und wieder zufiel. Solaita hob einen Finger und tippte sich auf die Brust – das Zeichen, dass die Frau, die vorhin das Haus verlassen hatte, zurückgekommen war.

»Was läuft hier ab, Jay?«, fragte die Frau.

»Was wohl? Kleines Geschäft natürlich.«

Für einen Augenblick war es ruhig im Haus. Dann hörte man das nervöse Lachen der Frau. *»Kann ich dich mal kurz sprechen, Jay?«*

Den Insassen des Lieferwagens fiel sofort der veränderte Tonfall auf. Sergeant Lane schaute vom einen zum andern. Alle waren in Schwarz, alle trugen kugelsichere Westen. Vier Streifenwagen standen auf Abruf bereit. Lane sprach leise in das Mikro seines Kopfhörers und beorderte sie her.

»Kurz ist echt klasse. Wär froh, wenn du das könntest«, sagte Jay gerade.

Das Mädchen wurde sauer. *»Scheiße, Jay. Was bist du bloß für ein Vollidiot. Das ist ein Bulle.«*

»Scheiße!« Lane fuhr hoch und machte dem Fahrer ein Zeichen, der sofort Gas gab und quer über den Parkplatz raste.

Wie er es gelernt hatte, versuchte Gerraghty sich dumm zu stellen. *»Ihr spinnt wohl, ich und ein Scheißbulle!«*

Das Mädchen lachte. *»Du hast mich vor sechs Monaten eingebuchtet. Hast du den Job etwa inzwischen geschmissen?«*

»Runter!«, schrie Gerraghty. *»Runter auf den Boden!«*

Der Lieferwagen bog in eine Gasse, schleuderte um die eigene Achse und schlitterte auf das braune Gras vor dem Haus. Caroline sah das Haus und wusste von den vielen Razzien, die sie schon mitgemacht hatte, sofort und exakt, was sie vorfinden würden: eine Couch auf der Veranda; Bettlaken vor den Fenstern; abgeplatzte Farbe an den Wänden; graue, vermodernde Dachschindeln.

Die Hecktür des Lieferwagens flog auf, die Detectives stürmten heraus und stürzten über den Rasen die Veranda hinauf. Zwei Stufen auf einmal nehmend, sprang Caroline die Stufen hoch und rannte als Dritte ins Haus. Gerraghty hatte Jay schon überwältigt. Er lag mit seinem mächtigen Bauch auf dem Boden, während Gerraghty ihm das Knie ins Kreuz drückte und brüllte: »Hände an die Seiten! Los, mach schon!« Unterdessen knöpfte Solaita sich Chase auf die gleiche Weise vor. Dessen Gesichtsausdruck war das Blödeste, was Caroline je vor Augen gekommen war – als bekäme er zum ersten Mal in seinem Leben eine Pistole zu sehen.

Die Frau, die an diese Art von Razzia anscheinend gewöhnt war, lag schon bäuchlings auf dem Boden und hatte die Hände hinter dem Kopf verschränkt. Caroline übergab sie einem der beiden anderen Detectives und begann mit der Durchsuchung des verwahrlosten Hauses. Sie stieg über einen Müllhaufen und gelangte in einen Gang, der ins Badezimmer führte. Offensichtlich hatte man ihnen das Wasser abgedreht. Caroline kannte solche Badezimmer. Wenn die Kloschüssel voll war, schissen die Bewohner einfach in die Badewanne. Sie presste sich die Hand vor den Mund und ging rückwärts wieder hinaus. »Keiner im Bad«, sagte sie ins Mikro und setzte die Durchsuchung fort.

Trotz des Geschreis und Gepolters aus dem Wohnzimmer konnte sie das Winseln jetzt deutlicher hören. Der Hund befand sich in einem Schlafzimmer im hinteren Teil des Hauses.

Caroline durchquerte langsam die Küche. Auf dem Tisch stapelten sich eine Pfanne mit kalten Makkaroni und Käse, die Überreste zahlloser anderer Mahlzeiten, Sandwiches, Kartoffelchips-Tüten und Bierdosen. Eine Windel. »Keiner in der Küche«, sagte sie ins Funksprechgerät.

Das Schlafzimmer lag hinter der Küche und hatte früher mal als Veranda oder Essecke gedient. Noch bevor sie den wackeligen Türgriff herunterdrückte, überkam sie eine furchtbare Ahnung. Sie hörte das Jammern jetzt noch deutlicher, und ein beißender Geruch hing in der Luft. Noch bevor sie durch die Tür trat, wusste Caroline, was sie erwartete.

Der Junge war vielleicht sechs Monate alt, lag auf der Seite und schlug mit den Händen gegen die Gitterstäbe seines Bettchens. Vor lauter Weinen war er schon ganz heiser. Er war nackt, und noch bevor sie es sehen konnte, roch Caroline, dass er sich schon seit längerem in seinen eigenen Exkrementen wälzte. An seiner Backe hing an einem Stück Klebeband ein Schnuller, den man ihm im Mund festgeklebt hatte. Das Weinen war in ein regelmäßiges, krampfhaftes Schluchzen übergegangen – es hörte sich an wie eine Schallplatte, auf der die Nadel endlos durch die letzte Rille kratzte. Caroline bezweifelte, dass das Baby noch irgendjemand auf sich aufmerksam machen wollte. Es war das einzige Geräusch, zu dem es fähig war.

Auf einem Stuhl in der Küche fand sie ein Baumwollhemd, das sie um den kleinen Körper wickelte. Dann hob sie den Jungen aus dem durchnässten, verdreckten Bettchen. Er war nicht schwerer als ihre Brieftasche und schien gar nicht zu registrieren, dass er in jemandes Armen lag.

Caroline zog vorsichtig den Klebestreifen mit dem Schnuller von der Backe, hielt den Jungen dicht unter ihr Kinn und wiegte ihn hin und her. Er hörte nicht auf zu weinen. Durch die Küche und den Gang sah sie die drei Detectives in ihren Schutzwesten, die Fat Jay, Chase und der Frau Handschellen anlegten. Sie öffnete den Mund, um den anderen zu sagen, was sie gefunden hatte, brachte aber kein Wort heraus. Das Baby lag schlaff an ihrer Schulter. Es berührte sie nicht, wehrte sich nicht, es lag einfach nur auf ihrem Arm. Das Geräusch des eigenen Atmens dröhnte in Carolines Kopf.

Sergeant Lane kam durch die Küche auf sie zu. Wegen des beißenden Geruchs hielt er sich die Hand vor den Mund. Das baumwollene Bündel an Carolines Schulter reagierte nicht sofort auf ihn. Als es sich dann bewegte, nahm der Sergeant die Brille ab und rieb sich den Nasenrücken. Carolines Hand zitterte, als sie ihm das Klebeband und den Schnuller zeigte. »Ich ruf die Jugendfürsorge an«, sagte er leise.

Während Sergeant Lane telefonierte, schaute sich Caroline nach einer Flasche um. In den Küchenschränken herrschte Chaos – in einem lagen halb leere Chips-Tüten und zwei schwarze Bananen, im nächsten ein Beutel Reis und ein Fotoalbum. Nirgendwo Babynahrung. Schließlich fand sie im Kühlschrank eine Babyflasche – leer, mit angetrockneten Milchflecken, der Gummisauger alt und rissig.

Das Wimmern hörte nicht auf, also steckte Caroline ihren kleinen Finger in den Mund des Jungen, so wie es ihre Schwägerin immer tat, wenn Chelsea weinte. Er fing an zu nuckeln, wobei er alle paar Sekunden innehielt, Luft holte und dann weiternuckelte. Kurze Zeit später hörte er auf zu weinen, und wiederum kurze Zeit später war er eingeschlafen.

Ganz vorsichtig, damit das Baby nicht aufwachte, wanderte Caroline im Haus herum. Die anderen Detectives waren völlig baff, als sie sahen, was sie da herumtrug und was sie für einen winselnden Hund gehalten hatten. Caroline ging ins Wohnzimmer, wo die drei Verdächtigen auf ihren Bäuchen lagen. Sie wischte die Kleidungsstücke und den Abfall von der Couch, legte das Baby auf die Polster, warf das vergammelte Hemd weg, nahm ein weicheres T-Shirt und wickelte es um den kleinen Körper. Als das Baby die Wärme des anderen Körpers nicht mehr spürte, fing es wieder an zu weinen – diesmal jedoch nicht mehr so wimmernd – und streckte die gekrümmten Finger nach ihr aus.

Fat Jay, der das Geräusch hörte, hob den Kopf. »Hey, was machst du da mit meinem Jungen?«

Caroline war sich gar nicht bewusst, dass sie den Raum durchquert hatte. Mit einer Hand packte sie Jays Arm, mit der anderen seine Haare. Er schrie, als sie ihn an Schultern und Kopf in die Höhe riss. Detectives und Streifenpolizisten stürmten ins Zimmer und sahen, wie Jay auf seinen Fußballen vor Caroline hin und her trippelte. Sein Gesicht war schmerzverzerrt. Caroline riss an seinem Arm und seinen Haaren. Dann knallte sie seinen Kopf gegen den Kamin. Jay knickte in den Knien ein und stürzte zu Boden. Caroline schaute auf ihn hinunter. Sie hielt ein Büschel brauner Locken in der Hand.

Sergeant Lane und ein Streifenpolizist zogen Caroline weg und schoben sie in Richtung Haustür. Ruckartig blieb sie stehen und starrte auf die Haare zwischen ihren Fingern. Das Baby wimmerte jetzt wieder so laut wie vorher im Schlafzimmer. Sie ließ die Haare auf den Boden fallen und schaute sich nach Jay um. Seine Nase blutete, ansonsten schien er okay zu sein.

Hände drückten ihr gegen den Rücken und schoben sie nach draußen. Sie sackte auf den Verandastufen zusammen und lauschte auf das heisere Quäken des Babys im Innern des Hauses.

9

Als Dupree an jenem Nachmittag zum Fluss gerufen wurde, war sein erster Gedanke, dass ein Fischerboot endlich die aufgedunsene Leiche von Kevin Hatch aufgegabelt hätte. Als er dann aber am Ufer stromabwärts Richtung Peaceful Valley fuhr und sich von Lieutenant Branch am Handy die Lage erklären ließ, wusste er, dass es etwas anderes war. Etwas, womit er sich zwar schon in Gedanken befasst, das ihm aber noch nie begegnet war – ein seltenes Naturphänomen, das kriminalistische Äquivalent eines Schwarzen Loches, eine Sache, die seine allumfassende These, dass Gewalt autarken Pechsträhnen, dunklen und hellen Jahren folgte, gleichzeitig belegte und in den Schatten stellte.

»Meine fachmännische Meinung?«, sagte Lieutenant Branch gerade am anderen Ende der Leitung. »Ich glaube, wir haben es da mit einem ziemlich üblen Burschen zu tun.«

Die neue Leiche hatte man an derselben seichten Uferstelle gefunden wie die von Rebecca Bennett am Morgen zuvor. Die Spurensicherung hatte den ganzen Abend den Tatort untersucht und war erst nach Mitternacht abgerückt. Das Areal, das sie mit zwischen Bäumen gespannten Plastikbändern markiert hatten, war nur von Streifenpolizisten im Rahmen der üblichen Rundgänge kontrolliert worden. Als dann der für den Fall verantwortliche Detective, Chris Laird, am Nachmittag des folgenden Tages wieder am Tatort auftauchte, fand er die Leiche einer anderen Frau – in der gleichen Lage, in der gleichen Lichtung und unter dem gleichen Blätterdach wie Rebecca Bennett. Als ob ihr Mörder darüber verärgert gewesen wäre, dass ihr Grab geschändet wurde, und dass er deshalb eine neue Leiche dort abgelegt hatte. Die Unverfrorenheit des Mannes machte Dupree sprachlos. Er hatte es mit einem Killer zu tun, der so großkotzig war und sein Handwerk so gut beherrschte, dass er an einem Tatort, der noch untersucht wurde, eine zweite Leiche zurückließ.

»Ich kann's einfach nicht fassen. Diese Woche ist einfach ...«

»... Wahnsinn«, sagte Lieutenant Branch und vollendete Duprees Gedankengang. »Wir haben schon so viel Überstunden auf dem Buckel, dass jeder bis Herbst in Urlaub gehen könnte.«

Aber Dupree dachte nicht über die unbegreifliche Tatsache von vier Morden – fünf, wenn der Pfandleiher starb – an zwei Tagen nach, sondern über etwas anderes. Er dachte an kritische Massen, an Schwarze Löcher, an Zonen von so großer Dichte und Schwerkraft, dass sie in sich selbst zusammenstürzen, Raum und Zeit krümmen, physikalische Gesetze aushebeln und ihre eigene Energie produzieren konnten. Die Menschen neigen dazu, Gewalttätigkeit als etwas Abweichendes zu betrachten, als etwas Falsches, Unnatürliches. Aber was könnte natürlicher sein als Gewalt? Und könnte man nicht auch die Gewalt – wie jedes Gesetz der Natur – so weit auf die Spitze treiben, dass sie ein Stadium erreicht, wo sie sich selbst speist, wo sie ihre Kraft, Dichte und Geschwindigkeit erhöht, bis sie schließlich implodiert?

Dupree hatte Spivey im Präsidium zurückgelassen, mit dem Auftrag, eine Personenbeschreibung von Lenny Ryan zu erstellen. Der andere Grund war, dass der Kerl ihn wahnsinnig machte. Dupree hatte schon einige unterbelichtete Polizisten kennen gelernt, aber er hatte noch nie jemanden getroffen, der über so wenig Sinn für Ironie und komplexe Zusammenhänge verfügte. Als Dupree oben am Ufer seinen Wagen neben dem von Laird abstellte, kam ihm der Gedanke, Branch seine Theorie vom Schwarzen Loch zu erklären. Aber das hätte wohl keinen Sinn.

»Okay«, sagte Dupree in den Hörer. »Ich bin jetzt da. Was soll ich tun?«

»Ich will, dass Sie die Sache in die Hand nehmen.«

Während er antwortete, rieb sich Dupree gegen den zu erwartenden Gestank die Oberlippe mit Wick VapoRub ein. »Ich dachte, das wäre Lairds Fall.«

Dupree konnte förmlich hören, dass Branch sich den Kopf darüber zerbrach, wie er Lairds allgemein bekannte Unfähigkeit in Worte fassen sollte. »Die Geschichte könnte sich zu einem Fall auswachsen, der uns am Ende alle betrifft«, sagte er schließlich.

»Okay.« Dupree legte auf, ging über den Randstreifen und schlug sich ins Gebüsch. Unter seinen Schuhen knackten Äste und Zweige. Schließlich erreichte er die Lichtung, wo die Pfadfinderin gestern Rebecca Bennetts Leiche gefunden hatte.

Es war noch heißer als gestern, fast dreißig Grad. Für April im Nordwesten eine geradezu aberwitzige Hitze. Das Wasser des von den Frühjahrsniederschlägen angeschwollenen Flusses schwappte ans Ufer und schoss durch den dahinter liegenden Kanal. Die Strömung zerrte an Bäumen, die dem Irrglauben erlegen waren, am Ufer seien sie sicher.

Die gesamte Lichtung war jetzt mit Plastikbändern abgesperrt. Detectives und Mitarbeiter der Spurensicherung drehten jeden Ast und jedes Stückchen Rinde um, fotografierten die Lichtung von allen Seiten und stocherten im Sand und Dreck. Die mit einem Raster aus Schnüren überzogene Lichtung sah wie ein Schachbrett aus; so konnte man auf einem Diagramm exakt verzeichnen, an welcher Stelle welches Beweisstück gelegen hatte. Da die Lichtung als Übernachtungsplatz für Penner diente, lagen überall leere Flaschen, Tüten und Schachteln herum. Jedes Teil wurde fotografiert, katalogisiert und mit Gummihandschuhen einzeln in Beutel gesteckt, dann versiegelt und mit einer kurzen Beschreibung des Inhalts und des Fundorts nach einem bestimmten System abgelegt. Der Abfall würde sich als logistisches Problem ganz eigener Art erweisen, dachte Dupree. Man würde jedes Teil auf Fingerabdrücke untersuchen, dann musste man der Spur jedes einzelnen Stücks nachgehen und dabei auf scheinbare Spuren stoßen, die zu allen möglichen Pennern führen würden, die allesamt weder den Mut noch die Fähigkeit hatten, eine Leiche an der Stelle zu platzieren, von der die Polizei erst Stunden zuvor eine andere Leiche weggeschafft hatte. Nein, das hatte jemand anders getan, jemand, der ein Auto und Kontakt zu Nutten hatte, jemand, der in den Fernsehnachrichten die Entdeckung der ersten Leiche mitverfolgt und sich einfach noch ein Opfer besorgt hatte. Er hatte es getötet und wieder an die gleiche Stelle gelegt.

Der Killer hatte Kontakt zu Nutten. Er war mobil und wusste, dass die Polizei den Tatort nicht mehr bewachte. Könnte ein Einwohner von Peaceful Valley gewesen sein, das nur ein Stück stromaufwärts lag. Er könnte gesehen haben, wie die Polizei den Tatort verlassen hatte. Könnte ein Taxifahrer gewesen sein. Oder ein Polizist.

Steif und ungelenk, mit viel zu viel Fett auf den Hüften, bewegte sich Laird über die Lichtung – ein fast zwei Meter großer Bowlingkegel. Vorsichtig stakste er über das Gitterwerk aus Schnüren auf Dupree zu.

»Ich hab's Ihnen tausendmal gesagt«, begrüßte ihn Dupree. »Die Wurzel kriegen wir nie in die Finger, die Leichen wachsen einfach nach.«

Dupree duckte sich unter dem Plastikband hindurch. Die Schnüre des Gitterwerks überspannten auf Kniehöhe im Abstand von einem Meter die Lichtung. Der gesamte Tatort wurde von oben fotografiert, jeder einzelne Quadrant. Man analysierte jeden Quadratmeter, entfernte den Müll, untersuchte Zweige und Äste auf frische Knickstellen, die Erde auf Vertiefungen und Fußspuren, sogar der Dreck selbst wurde überprüft. Die beiden arroganten Typen vom FBI-Büro Spokane, zwei Ex-Soldaten, die Dupree nur Jerry und Lewis nannte, offerierten großspurig, mit Lasertechnik und Computer-Datenbanken auszuhelfen. Sie führten sich auf wie die reichen Cousins auf einem Familientreffen.

Laird bugsierte Dupree von den beiden FBI-Agenten weg. »Das ist wirklich übel«, sagte er. Dupree warf einen ersten Blick auf die Leiche. Sie war blond; das andere Mädchen war brünett gewesen. Nach den wimmelnden Maden zu urteilen, war sie erst vor kurzer Zeit getötet worden. Ansonsten wies der Mord eine schaurige Ähnlichkeit mit dem an Rebecca Bennett auf. Die Leiche lag im selben Erdloch und wurde von den gleichen Zweigen bedeckt. Dupree spürte einen Stich im rechten Arm. Er drehte sich zum Fluss und tat so, als überlegte er, aus welcher Richtung der Täter gekommen sein könnte. In kurzen Stößen atmete er ein und aus. Dann räusperte er sich und spürte das vertraute Verlangen, Debbie und die Kinder in die Arme zu schließen, sie gleichzeitig zu beschützen und zu verstecken.

Seine Stimme klang rau und dünn. »Wo war die Streife?«

»Einmal pro Stunde hat ein Wagen vorbeigeschaut«, sagte Laird. »Zwischen zwei Stopps muss er sie reingeschmuggelt haben.«

Dupree nickte und schaute wieder über die Lichtung. Er versuchte den Blicken der beiden FBI-Ärsche auszuweichen, die herummarschierten, den Leuten von der Spurensicherung Befehle erteilten und sich ganz so aufführten, als wollten sie den Fall an sich reißen. Aber irgendetwas am Verhalten der FBI-Typen war anders als sonst, irritierender.

»Irgendwelcher Stress mit den FBI-Pennern?«, fragte Dupree.

»Nee. Sind halt ein bisschen aufgekratzt. Verkünden, dass ein Profiler im Anmarsch ist.«

»Na, wunderbar. Einer von den Experten, die hinterher immer schon alles vorher gewusst haben.« Dupree versuchte dem Anblick der Leiche auszuweichen und wandte sich wieder Richtung Straße. »Haben Sie den Straßenrand nach Reifenspuren absuchen lassen?«

Laird kniff die Augen zusammen. »Verdammt. Hab ich vergessen.«

»Ist nicht weiter schlimm«, sagte Dupree. Er hielt den Atem an und ließ den Blick über die Lichtung schweifen. »Ich muss sowieso wieder hoch.«

Laird drehte sich wieder zu der Leiche um. »Was meinen Sie – ob das ein Nachahmungstäter war?«

Dupree atmete tief durch und schaute sich dann die zusammengekrümmte Leiche der jungen Frau an. Nur der obere Teil des Kopfes und die nackten Füße waren zu sehen, der Rest war von Buschwerk verdeckt. Er streifte sich einen Gummihandschuh über die rechte Hand und bog ein paar Äste zur Seite.

»Alan, warten Sie, bis die Spurensicherung ...«

Vorsichtig bog Dupree einen Zweig nach dem anderen beiseite. Der rechte Arm kam zum Vorschein, dann das Handgelenk und schließlich das, was Dupree sehen wollte – die Hand. Er zuckte zurück und richtete sich auf. Wie zerknitterte Papierblumen steckten zwei Zwanzig-Dollar-Scheine zwischen den Fingern des Mädchens. Genau wie bei Rebecca Bennett. Dupree und Laird standen stumm da und wiegten wie im Museum den Kopf hin und her, als begutachteten sie ein Ausstellungsstück, seine Einfachheit, seine Kühnheit. Dupree machte ein pfeifendes, keuchendes Geräusch. Laird nickte. »Gottverdammt«, sagte er.

Die FBI-Agenten näherten sich, stiegen vorsichtig über die Schnüre und bauten sich neben Laird und Dupree auf. Sie waren ganz zappelig.

»Wir haben einem Kollegen aus Quantico Bescheid gesagt, ist zufällig in der Gegend«, sagte der Größere, den Dupree Lewis nannte. »Ein Profiler.«

»Und Sie glauben, der war's?«

Lewis überhörte die Bemerkung. »Ihr Lieutenant hat uns gebeten, die Daten durch den Computer zu jagen.« Das FBI unterhielt in Quantico eine Abteilung für Verhaltensforschung mit einer Datenbank, in der alle Serienmorde des Landes gespeichert waren und die man nach Übereinstimmungen bezüglich Motiv oder Beweismaterial durchforsten konnte. Einen Moment lang starrten alle auf den Körper, als warteten sie darauf, dass die Frau irgendetwas tat.

Schließlich wandte der Mann, den Dupree Jerry nannte, den Blick ab. »Nicht zu fassen. Die Stadt dreht langsam durch.«

Dupree dachte an die beiden vergangenen Tage. Er stellte sich etwas vor, das sich wie eine Welle oder eine Strömung vorwärts bewegte, etwas, das unsichtbar blieb, bis es den eigenen Weg kreuzte, bis man zu zittern anfing oder sich einem die Nackenhaare aufstellten, wenn sich ein Windhauch mit anderen Winden verband und Blätter aufwirbelte oder Flüsse aufpeitschte, die anschwollen und über die Ufer traten. Er stellte sich vor, wie dieses Etwas an Tempo gewann, wie es sich verwirbelte, seine Dichte und Schwerkraft verdoppelte, verdreifachte, in immer schnelleren Wirbeln dahinjagte. Ein Strudel. Ein Schwarzes Loch. Flieg in ein Schwarzes Loch – so die Theorie – und du tauchst auf der anderen Seite des Universums wieder auf. Dupree stellte sich vor, dass er auf dem Gipfel eines Vulkans stand, der unablässig tote Menschen ausspie.

Er verließ den Tatort und suchte jenseits der abgesperrten Lichtung nach Hinweisen. Er entfernte sich immer weiter vom Fluss, untersuchte jedes Erdloch, jede Bodensenke, jede Baumgruppe. Obwohl sich dieser Uferabschnitt nur ein paar Meilen flussabwärts vom Riverfront Park und der Innenstadt befand, kamen nicht viele Leute hierher. Als natürliche Flutebene war er nach dem Bau des Damms von städtebaulicher Erschließung verschont geblieben. Das Areal hatte sich zu einem Ort entwickelt, wo Highschool-Kids ihre Saufgelage veranstalteten, Penner ihr Nachtlager aufschlugen und in die Jahre gekommene Hippies Sonnenbäder nahmen. Der Abfall war der einzige Hinweis darauf, dass Dupree sich noch innerhalb der Stadt befand. Und diesen Abfall untersuchte er. Flaschen, Schachteln, Zigarettenstummel. Alles, wovon er sich einen Hinweis versprach, steckte er vorsichtig in Sandwich-Beutel.

Als er zurück zur Lichtung kam, strahlten die beiden FBI-Typen förmlich vor Freude. Sie warteten auf die Ankunft ihres Experten. Das versprach einiges mehr an Glanz als der übliche Trott, der ihnen lediglich Bankräuber, vollgedröhnt mit Speed, und verblödete Neonazis bescherte. Sie beugten sich über Laptops und Hightech-Apparaturen zur Spurensicherung und vermaßen mit Lasergeräten das Gelände, das die Polizei von Spokane wie Neandertaler mit einem Netz aus Schnüren überzogen hatte. Abwechselnd sprachen Jerry und Lewis in ihre Handys. Die Aufregung in ihren Gesichtern widerte Dupree an, weil er sie so gut verstand. Es war der demütigende Nervenkitzel einer Morduntersuchung.

Im Gegensatz zu den herumwuselnden FBI-Agenten schlaffte Dupree im Laufe des Tages immer mehr ab. Er beaufsichtigte die Beamten der Hundestaffel, die mit ihren Hunden das Ufer nach weiteren Beweisstücken absuchten. Oder nach weiteren Leichen. Es war einleuchtend, dass der Killer, wenn er so an dieser Stelle hing, noch andere Leichen hier abgelegt haben könnte.

Als Dupree dreihundert Meter von der Lichtung entfernt einer Biegung des Flusses folgte, stieg ihm plötzlich der vertraute süßliche Verwesungsgestank in die Nase. Der Hügel aus Laub und Dreck, den einer der Polizeihunde beschnüffelte, war dem anderen so ähnlich, dass Dupree unwillkürlich aufstöhnte. Der Beamte, der den Hund hielt, war ein rechtschaffener, tumber Kerl namens Farley, der die Ohren seines Hundes kraulte, sich aber nicht traute, Dupree in die Augen zu blicken. Angesichts ihrer Entdeckung befiel beide ein scheußliches und gleichzeitig prickelndes Schuldgefühl.

Dupree trat an den Hügel heran, zog ein paar Zweige beiseite und wischte etwas Dreck weg, sah einen Fetzen vertrockneter, dunkler Haut und wusste Bescheid. Er trat ein paar Schritte zurück und sagte dem Lieutenant per Handy, was er gefunden hatte und dass er die Spurensicherung herschicken solle. Als Dupree sich wieder umdrehte, starrte Farley ins Leere, während der Hund weiter in der Erde scharrte. Dupree war überrascht, als er seine eigene Stimme hörte.

»Schaffen Sie den verdammten Hund von hier weg!«, blaffte er Farley an.

Ohne ein Wort zu sagen, zog Farley den Hund, dessen Kopf hin und her schnüffelnd am Boden klebte, zum Fluss hinunter. Dabei drehte er sich noch einmal um und schaute Dupree an, der nur entschuldigend mit den Schultern zuckte.

Dupree stand vor dem Hügel, der ihm eher wie eine Art Hinweisschild denn wie ein Versteck vorkam. Der das getan hatte, brauchte einen Wegweiser, damit er den Körper wiederfand, um ihn sich anschauen zu können. Plötzlich wünschte er sich, dass er mehr wüsste, und beneidete die FBI-Agenten. Die Verfolgung von Serienmördern unterschied sich von gewöhnlicher Polizeiarbeit, sie war eine Disziplin mit eigenen Regeln. Obwohl Dupree es in der Regel vorzog, auf das FBI-Gerede von Täterprofilen, Handschrift, Typologie von sexuellen Gewalttätern und all den anderen Aspekten der Fahndung nach Serienmördern nichts zu geben, hatte er doch an zahllosen Konferenzen und Seminaren zu den Themen Beweismittel und Ermittlungsmethoden teilgenommen. Das alles kam ihm eher wie Voodoozauber vor, wie etwas, das viel zu weit jenseits des intuitiven Menschenverstandes lag, auf den er sich bei seiner Arbeit verließ. Jetzt wünschte er, er hätte sich mehr darum gekümmert.

Die Sonne versank hinter den Hügeln. Streifenpolizisten schafften Scheinwerfer und einen Generator herbei, die das

Ufer in helles Licht tauchten. Die Spurensicherung und die Detectives verteilten sich über die zweite Lichtung und Dupree half ihnen dabei, das Gelände mit Plastikbändern abzusperren. Nachdem der Hügel fotografiert und vermessen worden war, kniete sich Dupree auf den Boden und fing an, die Zweige – einen nach dem andern – von der rechten Körperseite des Mädchens zu entfernen. Schließlich trat Dupree zurück und bedeutete dem Corporal mit der Videokamera, dass er jetzt an der Reihe wäre. In der verwesenden Hand des Madchens befanden sich zwei Zwanziger. Diesmal waren sie mit einem Gummiband befestigt.

Dupree ging in die Hocke. Das Mädchen war klein, sehr klein. Er musste sofort an seine Tochter denken und spürte, wie sein Magen rebellierte. Er wandte sich ab, ließ den Kopf zwischen die Knie sinken und starrte auf den Boden, einen Teppich aus Stechapfelkraut und Gras.

Spivey legte eine Hand auf Duprees Schulter. »Alles in Ordnung?«

Dupree war erleichtert, als Spivey die Hand wieder wegzog. Er atmete noch einmal tief durch, nickte und stand auf. »Ist bloß meine Allergie.«

Spivey machte sich wieder auf den Weg stromaufwärts. Immer noch leicht benommen, schlug sich Dupree durch die Büsche Richtung Straße. Er kam sich vor wie gefesselt, als litte er an Klaustrophobie. Bald geriet er in dichtes Unterholz. Die Zweige stachen in seine Haut, zerrten an seiner Kleidung. Das Unwohlsein steigerte sich zu Verzweiflung und Panik. Schließlich teilte sich das Dickicht, und er stand auf der Straße. Streifenpolizisten errichteten Absperrungen, die stromabwärts auf zwei Meilen das Flussufer abriegelten.

Als Dupree den Blick stromaufwärts wandte, sah er den Einsatzposten, wo sich der stellvertretende Polizeichef und Branch einrichten würden, denen er dann regelmäßig einen Lagebericht liefern müsste. Er machte sich auf den Rückweg. Sein Atem und seine Nerven beruhigten sich wieder; doch der

Schweiß, den er sich von der Oberlippe wischte, trat in der nächsten Sekunde wieder aus den Poren. Hinter dem Einsatzposten reihten sich die Ü-Wagen der Fernsehgesellschaften auf. Die Satellitenschüsseln auf den Dächern waren zum Herzen der Stadt ausgerichtet.

Der Kommandostand vor Ort war Blendwerk, der linkische Versuch, das Hauen und Stechen der Vertreter der konkurrierenden Zuständigkeitsbereiche zu vertuschen. Das FBI und das Polizeipräsidium von Spokane »boten sich freiwillig an«, gewisse Teilaspekte des Falles zu handhaben, während der County-Sheriff mitmischte, um darauf hinzuweisen, dass bestimmte Uferabschnitte schon jenseits der Stadtgrenzen lägen. Nach der Entdeckung der dritten Leiche trudelten pausenlos weitere Polizeibeamte ein, zivile und uniformierte. Dupree hielt nach Caroline Ausschau. Einerseits war er erleichtert, andererseits enttäuscht, dass er sie nirgends entdecken konnte. Erleichtert, weil das hier das Letzte war, was sie jetzt gebrauchen konnte. Dennoch konnte er nicht leugnen, dass er sie gern gesehen hätte.

Nachdem die Sonne untergegangen war, kroch frostige Kühle aus dem Boden. Als ob die Aprilwärme des Tages nur ein Hohn gewesen wäre. Hinter den Absperrgittern des Kommandostands lungerten Detectives herum, mampften Pizza und schlürften Kaffee aus Styroporbechern. Die Scheinwerfer tauchten die am Straßenrand parkenden Vans und Streifenwagen in ein surreales Licht. Unter dem Zeltdach neben dem Kommandostand besprachen Dupree, Lieutenant Branch und der stellvertretende Polizeichef die Lage. Sie drängten sich um eine Karte und zeigten auf die Stellen, wo Beweismittel sichergestellt worden waren. Gerade hatten sie beschlossen, das Gebiet die ganze Nacht bewachen zu lassen, als ein großer, kräftiger Weißer in eng anliegendem geripptem Pullover durch die Absperrung marschierte. Die FBI-Ausweise baumelten an seinem Hals wie Glocken. Dupree kannte ihn von irgendwoher. Vielleicht aus dem Fernsehen.

Tucker eilte ihm entgegen und schüttelte ihm die Hand. »Danke, dass Sie kommen konnten, Jeff.« Dann wandte er sich an Dupree. »Alan – das ist Special Supervisory Agent Jeffrey McDaniel. Er gehört zur Investigative Support Unit des FBI.«

McDaniel war älter, als Dupree nach dem ersten Eindruck gedacht hatte. Das Haar war an den Schläfen schon grau, und er zog den Bauch ein. Sein Gebiss knetete einen Kaugummi durch. Er schaute Dupree scharf an, ohne ihm jedoch in die Augen zu blicken. Als Dupree nichts sagte, drückte McDaniel ihm die Hand, als wollte er sie zerquetschen. »Quantico«, sagte er.

»Richtig«, entgegnete Dupree. »Die australische Fluglinie.«

McDaniel zuckte nicht mal mit der Wimper. »Quantico, Virginia. Abteilung für Verhaltensforschung.«

»Tja, das macht schon mehr Sinn.«

McDaniel ließ Duprees Hand los und marschierte zielstrebig auf die erste Leiche zu. Eine Sekunde später setzten sich die anderen in Bewegung und folgten ihm wie Unteroffiziere ihrem General.

»Echter Glücksfall«, flüsterte der stellvertretende Polizeichef Dupree über die Schulter zu. »Jeff war gerade an einem Fall in Portland. Hat sofort eingewilligt, kurz rüberzukommen und sich den Tatort mal anzuschauen. So was macht er sehr selten.«

»Da haben wir ja mächtig Glück«, sagte Dupree.

McDaniel schaute auf den Körper hinunter. Sein Blick wanderte von Kopf bis Fuß, als wolle er die Länge eines Holzbalkens abschätzen. Er stellte eine Serie von Ein-Wort-Fragen – »Zeit?« »Name?« –, gab seinerseits aber keinerlei Informationen preis. Dann ging er um den Körper herum, betrachtete ihn aus verschiedenen Blickwinkeln, wandte sich der offenen Rasenfläche zu, streckte die Arme aus und zeichnete mit den Händen unverständliche Muster in die Luft, so als wollte er Bewegungen nachahmen. Die Wirkung war die eines Schauspielers, der sich auf seine Rolle vorbereitet. Jeder – Dupree eingeschlossen – beobachtete ihn und wartete darauf, was er zu sagen hatte.

»Das Opfer ist woanders getötet worden«, erklärte McDaniel. »Ist hier runtergeschleift worden. Die Schüsse sind von nebensächlicher Bedeutung, Overkill. Abgebrochene Fingernägel, möglicherweise beim Kampf, wahrscheinlicher, um Spuren zu verwischen.« Der FBI-Agent ging in die Hocke und kaute auf einem Grashalm herum.

Dupree schaute Laird an, dann den Lieutenant. Und, war's das etwa? Darauf hatten sie den ganzen Tag gewartet? Abgebrochene Fingernägel? Spivey näherte sich unterwürfig McDaniel. Es sah aus, als wollte er ein Autogramm von ihm. »Wollte der Mörder uns mit den Geldscheinen sagen, dass wir es mit Nutten zu tun haben?«

Ohne aufzuschauen, nickte McDaniel. »Er sagt uns, dass sie den Tod verdient hatten.«

»Genau«, erwiderte Spivey. »Das glaube ich auch. O Mann. Das ist fantastisch.« Spivey scharrte nervös mit den Füßen. Dann sagte er: »Ihr Buch, das hab ich mindestens zehnmal gelesen.«

Jetzt hatte er McDaniels Aufmerksamkeit. Er schaute hoch.

»Dieser Fall in Detroit ...«

»Der Küchenkiller«, sagte McDaniel, und Dupree glaubte ein Lächeln auf seinem Gesicht zu erkennen.

»Das war Wahnsinn. Wie der auf Handschellen und so was abgefahren ist. Und dann der Kerl in Fort Worth. Und der Pacific Coast Killer. O Mann!«

McDaniel erhob sich und warf Spivey einen wütenden Blick zu. »Das ist Blantons Buch.«

Spivey sah aus, als hätte man ihm einen Magenschwinger verpasst. »Was?«

»Der Fall des Pacific Coast Killer stand in dem kleinen beschissenen Buch von Blanton. Agenten im Dienst, so wie ich, dürfen mit Büchern oder Fernsehauftritten kein Geld verdienen. Deshalb hat sich Blanton pensionieren lassen. Damit er mit Büchern und Beraterverträgen für jede gottverdammte Fernsehshow in Hollywood einen Haufen Kohle abzocken kann.« Völlig erledigt stand Spivey mit herunterhängenden Armen da.

Das war zu viel für Dupree. Er kletterte die Böschung hinauf und ging ostwärts Richtung Peaceful Valley. Hier standen die Häuser entlang drei parallel zum Fluss verlaufender Straßen. Die Bewohner lehnten an Gartenzäunen, standen in Gruppen auf den Rasenstreifen vor ihren mit Schindeln verkleideten Häusern herum und suchten ihre Angst mit dem Austausch von Gerüchten zu beschwichtigen. Fremde Autos oder den »etwas beschränkten Mann«, der früher mal Zeitungen ausgeliefert hatte, sah man in einem ganz neuen Licht. Fehlzündungen von Autos fielen ihnen wieder ein oder der alte Kerl, der Kinder aus der Nachbarschaft mit Süßigkeiten in sein Haus gelockt hatte.

Die aufdringlicheren Gaffer unter ihnen wagten sich bis zu den Absperrbändern vor und drängten sich um den Tatort wie die Zuschauer bei einem Golfturnier um das Grün. Dupree machte in der Menge vereinzelt Stimmen aus, die von anderen Verbrechen berichteten, die ihre im Fernsehen erworbenen Kenntnisse über Serienmörder weitergaben und die von den heulenden Sirenen zu theatralischen Geschichten inspiriert wurden.

»Na, wenigstens bringt er bloß Huren um«, hörte Dupree eine Frau sagen. Er fuhr herum. Seine Arme zitterten vor Wut. Er konnte nicht mehr feststellen, wer das gesagt hatte, und fragte sich, ob er einer Einbildung erlegen war. Vielleicht hatte er das nur geträumt, vielleicht hatte er vor Übermüdung und Anspannung fantasiert. Vielleicht war er ja der gleichen Meinung. Er schaute in die erwartungsvollen Gesichter und fühlte sich plötzlich schutzlos und allein. Gelegentlich befiel ihn die Anwandlung, dass sich die gesamte Bevölkerung ausschließlich aus Kriminellen zusammensetzte und dass er ganz allein gegen alle stand.

Dupree ließ den Blick über die Gesichter hinter der Absperrung schweifen, konnte aber nichts Auffälliges entdecken. Er winkte Corporal Galatta herbei und wies ihn an, Fotos von der Menschenmenge zu machen. Vielleicht war ja der Killer selbst unter den Schaulustigen.

Dupree spürte, dass er nicht mehr lange durchhalten würde. Er war zu müde, um sich noch zu konzentrieren, und schaute auf die Uhr. Kurz vor Mitternacht. Er wollte nicht wieder zurück und dem arroganten FBI-Profiler bei der Arbeit zuschauen, also klingelte er per Handy Lieutenant Branch an und sagte ihm, dass er eine Pause einlegen wolle, sein erste an diesem Tag. Er würde schnell nach Hause fahren, eine Dusche nehmen und sich andere Sachen anziehen.

Als er auf der südlichen Seite des Flusses den Hügel hinauffuhr, fielen ihm fast die Augen zu. In der Einfahrt blieb er noch kurz im Wagen sitzen, bevor er endlich ausstieg. Auf dem Rasen lag Marcs Baseball-Handschuh. Er hob ihn auf und ging durch die unverschlossene Tür ins Haus. Wobei er sich fragte, ob Debbie die Tür absichtlich offen ließ, wenn er nicht zu Hause war – nur um ihn auf die Palme zu bringen.

Er ging ins Haus. Seine Frau saß im Esszimmer und las in einer Zeitschrift. Sie nahm die Brille ab und lächelte ihn traurig an. Er lächelte traurig zurück. Ihr langes schwarzes Haar war zu einem Pferdeschwanz zusammengebunden, der ihr über die Schultern fiel. Trotz der Falten konnte er in dem inzwischen fülligeren Gesicht immer noch das Mädchen erkennen.

»Du hast die Tür nicht abgeschlossen«, sagte er.

Sie nickte. »Du hast die Sitzung verpasst.« Seit zwei Monaten gingen sie zusammen zu einem Eheberater. Sie hatten beschlossen, gegen die schleichende Unzufriedenheit in ihrer

Ehe anzugehen. Schon seit zwei Jahren war sie in Therapie – in der Hoffnung, so den Depressionen entgegenzuwirken, an denen ihre Mutter zugrunde gegangen war. Doch Dupree verpasste zwei von drei Sitzungen. Und wenn er im Augenblick überhaupt ein Gefühl ihrerseits spürte, dann war das Unzufriedenheit.

»Das war vielleicht ein verrückter Tag«, sagte er.

Sie zuckte mit den Schultern. »Ich hab's in den Nachrichten gesehen. Kannst du auch nichts dran ändern.«

Die Antwort machte es irgendwie nur noch schlimmer. »Was liest du da?«, fragte er. Er selbst las nicht gern, ließ sich aber gern erzählen, was sie las.

Sie klappte die Zeitschrift zu, sodass er den Titel sehen konnte – etwas über viktorianische Häuser. Sie hatte immer eins gewollt, und nicht dieses rustikale Haus, in dem sie jetzt lebten. »Alles in Ordnung?«

»Müde.« Er lehnte sich an die Wand. »Debby, es tut mir wirklich Leid ...«

»Ist schon okay, Alan.« Die Art, wie sie seinen Namen aussprach, traf ihn wie ein Tiefschlag.

Er knöpfte sich das Hemd auf und ging Richtung Schlafzimmer. »Wie war Stacis Elternabend?«

»Da liegt was auf dem Tisch.«

Dupree schaute zuerst nach Marc. Die verwuschelten strohblonden Haare seines elfjährigen Sohnes lugten unter der Bettdecke mit den Logos der NFL-Teams hervor. Staci schlief mit offenem Mund. Am Fußende vor dem Bett lagen fein säuberlich schon ihre Sachen für den nächsten Tag: ein geblümtes ärmelloses Kleid und weiße Sandalen. Er blieb noch eine Zeit lang in der Tür stehen und ging dann ins Bad.

In der Dusche legte er die Stirn an die Wand, schloss die Augen und ließ sich das kalte Wasser über den Rücken laufen. Er sah die Körper, die Hände, die Füße, das dunkle Fleisch. Die Blätter und Zweige hatten die Leichen nicht ganz verdeckt. Als wollte derjenige, der die Mädchen getötet hatte, dass man noch etwas sah, dass man das Geld in der Hand sah.

Der Uferstreifen hatte sich in seine Augenlider gebrannt. Er öffnete den Mund und ließ das Wasser hineinlaufen. Er wollte den Geschmack, den Geruch loswerden – den Geschmack und Geruch von Sommerwurz, Pennerschlafplätzen und verwesendem Fleisch, doch dann sackte er unter dem prasselnden Wasser gegen die Wand. Plötzlich schreckte er auf, wie ein Autofahrer, der hinter dem Steuer kurz eingenickt war. Für den Bruchteil einer beunruhigenden Sekunde war er weg gewesen. Die Muskeln spannten sich wieder, er schüttelte sich wie ein Hund das Wasser vom Kopf, stellte die Dusche ab und verließ wenige Minuten später das Bad. Es überraschte ihn nicht, dass Debbie nicht mehr im Esszimmer saß und dass das Licht im Schlafzimmer schon gelöscht war.

10

Caroline erwartete mehr vom Tod. Sie wusste nicht, ob das an irgendeiner pompösen Filmmusik oder einer verklärenden Kindheitserinnerung an eine Beerdigung oder einfach an verworrenen, in ihrem Unterbewusstsein schlummernden Ängsten lag. Sie hatte sich das Sterben jedenfalls immer als etwas Gewichtiges vorgestellt. Als etwas, das ein bestimmtes Gefühl zurückließ, das man mit anderen teilen konnte, die ebenfalls Zeuge eines langsamen Sterbens geworden waren. »Ja, stimmt, ich kann mich noch genau erinnern, wie das war.« Verbunden mit dem Gespür für einen Geist, der – vielleicht – die Atmosphäre des Zimmers erleuchtete, veränderte, der einem direkt ins Gemüt fuhr. Wie auch immer, sie erwartete, dass sich mit dem Tod *irgendein Gefühl* verband.

Sergeant Lane hielt Caroline gerade einen Vortrag wegen des Vorfalls, als sie Fat Jays Kopf gegen den Kamin geknallt hatte, und darüber, dass er sie wohl suspendieren müsse, als ihr Pager sich meldete. Es war das Krankenhaus. Sie telefonierte vom Apparat des Lieutenants und erwischte den Arzt ihrer Mutter. Der erklärte ihr, was ihr schon die Schwester erklärt hatte. Der Körper ihrer Mutter wäre dabei aufzugeben, Schluss zu machen.

Der Sergeant hatte keine Ahnung gehabt, dass es um Carolines Mutter so schlimm stand. Er zeigte Verständnis für ihre Lage und sagte, dass er dem Chef erklären würde, dass ihr Verhalten mit der Krankheit ihrer Mutter zusammenhinge. Caroline nickte nur. Als Sergeant Lane ihr vorschlug, sie ins Krankenhaus fahren zu lassen, nahm sie zu ihrer eigenen Überraschung an.

Der Arzt stand mit Caroline im Krankenzimmer ihrer Mutter und starrte auf einen Punkt etwa einen Meter neben Caroline. Er flüsterte hinter vorgehaltener Hand, als heckten sie einen Bankeinbruch aus. »Ich habe mit ihrer Mutter gesprochen und sie gefragt, wie wir ihrer Meinung nach in diesem Stadium weiter vorgehen sollten ...«

»Ich weiß schon«, sagte Caroline. »Sie möchte nicht, dass noch irgendetwas unternommen wird.«

Der Arzt nickte und sprach weiter, wobei er sorgfältig seine Worte wählte. »Falls Sie das wünschen, könnten wir Ihre Mutter nach Hause verlegen und versuchen, ihr dort den nötigen Beistand zu gewähren, bis sie sanft ...«

»Bleibt uns noch so viel Zeit?«

»In den beiden letzten Tagen hat sich ihr Zustand dramatisch verschlechtert.« Zum ersten Mal blickte er ihr in die Augen. »Ich glaube nicht ... nein.«

Caroline drehte sich um und schaute ihre ruhig daliegende Mutter an. Der Arzt klopfte ihr sanft auf die Hand und verließ das Zimmer.

Caroline setzte sich auf einen Stuhl, lehnte sich zurück und nahm die sterile, weihevolle Atmosphäre des Krankenzimmers in sich auf. Das Licht der Lampen war gedämpft, die Tür geschlossen. Die Schwestern hatten den Kampf, den sie während des vergangenen Monats gegen die wund gelegenen Stellen geführt hatten, eingestellt und ihre Mutter auf den Rücken gebettet. Sie hatten auch die Beatmungsmaschinerie abgestellt und ihr die Infusionsschläuche mit der Morphiumlösung abgenommen. Zum ersten Mal in diesem Frühjahr lag Carolines Mutter ohne Kabel und Schläuche in ihrem Bett. Der Atem ging unregelmäßig und rau, als ersticke sie in einer Staubwolke. Caroline beugte sich über das Bett, nahm das Gesicht ihrer Mutter in beide Hände und drückte die Stirn gegen ihre Stirn. Sie spürte den schwachen Atem auf ihrer Haut. Als ihre Mutter vor vier Tagen in Bewusstlosigkeit versunken war – zum letzten Mal, wie sich nun herausstellte –, waren Caroline tausend Dinge, die sie ihr noch hatte sagen wollen, durch den Kopf gegangen. Die Zeit für Worte war jetzt vorüber, Caroline wollte sie nur noch in ihren Armen halten, wollte nur noch diese konfuse Mixtur spüren, die das Wesen ihrer Mutter ausgemacht hatte – die Knochen und das Fleisch, der Humor und die Klugheit, die Wärme ihres Schoßes. Im letzten Stadium der Krankheit hatte Caroline keine Zeit mehr für Selbstmitleid gehabt, nur noch Mitgefühl für ihre Mutter und den Wunsch, irgendwie ihren Schmerz zu lindern. Doch jetzt stellte sie sich das Leben ohne sie vor, und zum ersten Mal überkam sie das Gefühl, dass sie schlimmer dran war als ihre Mutter.

Vielleicht war ihre Mutter schon gestorben, und geblieben waren nur dieses reflexartige Atmen und das schwache Glühen ihrer Synapsen. Vielleicht träumte sie auch tief in ihrem Innern noch einen Traum: Sie sitzt auf der Veranda vor dem Haus, neben sich eine Tasse Kaffee und einen Liebesroman, hält der auf den Verandastufen sitzenden Caroline eine Standpauke wegen irgendwelcher Ungezogenheiten und kann sich dabei ein Lächeln doch nicht ganz verkneifen.

Caroline flüsterte mit zitternder Stimme: »Ich liebe dich, Mama.« Dann gab sie das Gesicht ihrer Mutter frei und sank auf dem Stuhl zusammen. Es war alles gesagt. Hatten sie einen Sinn, diese flüchtigen Liebesbezeigungen und Augenblicke des Verstehens? Hatten sie irgendeine Bedeutung? Oder waren sie im Augenblick, da sie ausgesprochen wurden, schon wieder verschwunden? Null und nichtig im gleichen Moment, nur ein Finale des Scheins?

Der Arzt hatte ihr gesagt, dass es vierundzwanzig Stunden dauern könne, sogar bis zu sechsunddreißig. Die Macht der Gewohnheit wäre in der Lage, selbst den hinfälligsten menschlichen Körper immer wieder zu aktivieren. Achtundfünfzig Jahre Atmung, Blutkreislauf und Denken konnte man nicht wie mit einem Kippschalter einfach ausknipsen. Sie könnte noch Tage am Leben bleiben, ihr Körper könnte sich immer wieder aufraffen und einen neuen Anlauf nehmen. Es könnte sich aber auch nur um Stunden handeln. Wie auch immer, Caroline hatte beschlossen, so lange im Krankenhaus zu bleiben, bis es aus war. Sie kauerte sich in dem Stuhl zusammen, nahm die Hand ihrer Mutter und wippte mit dem Oberkörper langsam vor und zurück.

Irgendwann schreckte Caroline auf. Sie war eingeschlafen, war in einen verschwommenen Traum abgedriftet, wusste nicht mehr, ob ihre Augen offen oder geschlossen waren. Wenn sie sich des Schlafes bewusst war, hieß das, dass sie wach war? Sie hörte nichts und sie sah nichts. Aber vielleicht gab es ja nichts zu hören oder zu sehen. Vorsichtig tastete sie nach der Hand ihrer Mutter. Als sie die Augen aufriss und die Hand sah, deren Finger schlaff über der Bettkante herunterhingen, wusste sie, dass ihre Mutter gestorben war.

Sie fühlte sich betrogen; keine erhebende Veränderung der Atmosphäre, kein Hauch höherer Erkenntnis. Ihre Mutter war einfach gestorben. Caroline ging hinaus auf den Flur. Sie sah auf die Uhr. Halb drei morgens. Sie war so erschöpft gewesen, dass sie sechs Stunden geschlafen hatte. Da die Schwester nicht im Stationszimmer war, hob sie den Hörer ab und wählte die Nummer für ein Ferngespräch.

Eine verschlafene Frau meldete sich. »Ja. Hallo?« Carolines Stiefmutter.

»Ramona? Ich muss meinen Vater sprechen?«

»Caroline?«

»Ist mein Vater da? Ich hab ihm gesagt, dass ich anrufen würde.«

»Sicher. Augenblick.«

Sie hörte Geflüster, das Rascheln einer Bettdecke, das Räuspern ihres Vaters. »Caroline?«

»Sie ist gestorben, Dad.« Und dann brachen die Tränen aus ihr heraus. Sie zitterte am ganzen Körper. Das krampfhafte Schluchzen hallte durch den Flur und schreckte die Nachtschwester im Zimmer nebenan auf.

»Caroline?« Die Stimme ihres Vaters klang schwach. »Caroline, bist du das?« Caroline gab den Hörer der Schwester und brach weinend zusammen. Sie schlang die Hände um den Kopf. Ihr Körper schüttelte sich in Krämpfen. Die Schwester sprach kurz mit Carolines Vater, legte auf und half Caroline wieder auf die Füße. Zusammen gingen sie zum Ende des Flurs und traten auf einen Balkon, von dem aus man die Stadt überblicken konnte. Dort standen sie, bis Caroline sich allmählich wieder beruhigte, aufhörte zu weinen und tief durchatmete.

»Ich muss meinen Bruder anrufen«, sagte Caroline.

»Später. Das hat noch Zeit.«

Caroline nickte.

»Ich geh jetzt wieder rein und sag dem Doktor Bescheid, damit er nach Ihrer Mutter schaut«, flüsterte die Schwester.

»Ich bleib noch ein bisschen hier draußen.« Die Schwester nickte und ging wieder hinein. Caroline trat an den Rand des Balkons und beugte sich über das Geländer. Sie schaute hinaus in die Dunkelheit und spürte auf der Haut den kühlen Luftzug, der die Tränen in ihren Augenwinkeln trocknete. Auf dem Freeway und den Straßen der Innenstadt waren vereinzelt Autos zu sehen. Leute verließen Bars und gingen nach Hause, stolperten mit Fremden in die Nacht oder machten sich auf, um sich vor den Fenstern verflossener Liebschaften auszuheulen. Verkehr um halb drei morgens – das ist der Strom der Verzweiflung.

Jenseits des Freeways strömte der Fluss, ein Riss, der mitten durch die Stadt verlief. Kerzengerade strömte er in die Stadt, teilte sich dann, umkurvte Canada Island und den Riverfront Park, überwand die Fälle und den Damm und mäanderte langsam weiter Richtung Westen. Caroline dachte an Burn, der immer noch irgendwo da draußen war, erinnerte sich an den Bruchteil der Sekunde, in dem sich ihre Hände berührt hatten, bevor er gestorben war. Sie öffnete und schloss die Hand und betrachtete sie traurig. Sie schämte sich dafür, dass sie sich mit dem jungen Drogendealer verbunden fühlte, fragte sich, ob sie genauso viel Anstrengungen unternommen hatte, um ihre Mutter zu retten. Wieder kamen die Tränen, diesmal lautlos. Sie rollten über die Wangen und tropften auf den Boden.

Und dann begriff Caroline, dass der Tod doch eine ganz eigene Aura hatte, und sie begriff, warum ihr das früher nie aufgefallen war. Es war etwas ganz Vertrautes, etwas, das sich tagtäglich in flüchtigen Blicken von Fremden, in einsamen Spaziergängen am Fluss, in Augenblicken der Stille offenbarte. Sie erkannte, dass letztlich – trotz all der Menschen, mit denen wir ständig zu tun haben – jeder ganz allein stirbt.

11

In liebendem Gedenken
Theresa Marie Mabry

Geboren: 9. August 1942
Gestorben: 30. April 2001
Geliebte Mutter und Freundin

»Siehe, ich sage euch ein Geheimnis:
Wir werden nicht alle entschlafen,
wir werden aber alle verwandelt werden;
und dasselbe plötzlich, in einem Augenblick …
und die Toten werden auferstehen unverweslich,
und wir werden verwandelt werden.«

I Korinther 15, 51–52

Trauerfeier am Grab im engsten Familienkreis.

Kein Empfang.

Zweiter Teil

Mai

Eine Schachpartie

12

Der Stuhl war ein Thron aus Leder und dunkelfleckigem Eichenholz. Er wirkte imposanter als die Person, die darin versank – eine plumpe, dunkelhaarige weiße Frau, die mit einem Stift gegen das Gestell ihrer Bifokalbrille klopfte, während sie das von Caroline ausgefüllte Formular beäugte. Wenn sie mit einer Seite fertig war, schaute Vicki Ewing über den Rand ihrer Brille und dann wieder zurück auf das Blatt.

»Sie haben die Zeile für die Notfallnummer frei gelassen.«

Caroline hatte auf die Zeile gestarrt und über ihre Mutter nachgedacht. Dann war ihr auch Dupree eingefallen. Doch sie sagte: »Mein Freund. Joel Belanger. Selbe Adresse.«

Dr. Ewing füllte die Zeile aus, nahm dann die Brille ab und schaute Caroline an. »Sie haben auch diesen ganzen Abschnitt frei gelassen. Wo Sie Ihr Probleme beschreiben sollten, Ihre Ängste.«

Caroline stand auf und nahm ein medizinisches Lehrbuch aus dem Regal neben der Tür. Sie las den Titel auf dem zerschlissenen Buchrücken und hielt das Taschenbuch hoch. »Scheint so, als hätten Sie ein paar von denen hier gelesen.«

»Einige schon, ja. Aber wir haben gerade von Ihrem Problem gesprochen.

»Ich glaub nicht, dass ich eins habe.«

»Na, wunderbar. Dann wird das ja ein ganz lockerer Tag für mich. Aber vierzig Minuten bleiben uns noch. Wie wär's, wenn Sie mir erzählen, warum Sie hier sind?«

Caroline dachte kurz nach. »Ich bin hier, weil mein Sergeant glaubt, dass eine Frau den Druck nicht aushält, dem man als Detective ausgesetzt ist.«

»Und, halten Sie ihn aus?«

»Ich hab einem Kerl den Kopf an den Kaminsims geknallt. Schätze, das war etwas unpassend.«

»Und das ist letzten Monat passiert, oder? Am Tag, als Ihre Mutter gestorben ist.«

Caroline nickte. »Vor drei Wochen. Was hat es eigentlich mit dem Stuhl auf sich?«

Dr. Ewing drehte sich leicht in dem riesigen Lederstuhl. »Mein Vater war ganz weg, dass er jetzt einen Doktor in der Familie hat. Ich hätte das Ding schon längst rausgeschmissen, wenn ich nicht dauernd Angst davor hätte, dass mein Vater hier jeden Moment reinplatzt.«

Caroline schaute auf das Buch in ihrer Hand, das sie zufällig beim Kapitel über Kleptomanie aufgeschlagen hatte. Sie schaute sich in dem Zimmer um und lächelte. »Professionelle Hilfe. Wirklich lustig. Ist eigentlich schon mal jemand aufgetaucht, der seine Steuer gemacht haben wollte? Oder dem Sie eine Warze rausschnipseln sollten?«

Dr. Ewing lächelte. »Nein.«

»Dann ist die einzige Hilfe, die Sie anbieten, Gehirnreparatur? Ist das alles? Sonst nichts?«

»Ich berate Strafverfolgungsbehörden in Sachen kriminelles Verhalten und Angstneurosen bei Verbrechensopfern. Und nebenher repariere ich auch noch das eine oder andere Gehirn. Reicht das? Jetzt setzen Sie sich bitte.«

Caroline setzte sich. Die Zeit verging schneller, als sie angenommen hatte, und die Ärztin war lockerer und witziger als erwartet. Sie sprachen über den furchtbaren April, den Caroline hinter sich hatte. Da Fat Jay behauptete, dass seit der »Attacke« sein Sehvermögen beeinträchtigt sei und er unter Schwindelanfällen leide, hatte er sich zu einer ziemlichen Nervensäge entwickelt. Gegenüber den Zeitungen hatte der

Polizeichef den Vorfall als »Auseinandersetzung eines Verdächtigen mit einem Detective« geschildert, doch Jays Anwalt hatte verlauten lassen, die Stadt verklagen zu wollen. Der Staatsanwalt hoffte auf einen Handel: Er bot an, die Anklage wegen Drogenhandels zu entschärfen, wenn Jay im Gegenzug auf jedwede Klage verzichtete. Zu Carolines Glück weigerte sich der Staatsanwalt aber gleichzeitig, einen Handel wegen der Klage betreffs Kindesmisshandlung überhaupt in Betracht zu ziehen, sodass Fat Jay, auch wenn er dem ersten Handelsangebot zustimmte, in jedem Fall eine gewisse Zeit würde absitzen müssen.

Caroline war für eine Woche vom Dienst suspendiert worden – Zeit, die sie ohnehin brauchte, um ihre Mutter zu betrauern. Zudem wurde in ihre Personalakte ein Verweis aufgenommen, der besagte, dass sie gegen den »Verhaltenskodex der Polizei« verstoßen habe. Sie hatte den Eindruck, dass man sie ganz einfach gefeuert hätte, wenn nicht am gleichen Tag ihre Mutter gestorben wäre. Doch der Tod ihrer Mutter hatte nun wirklich nichts mit ihrem groben Verhalten gegenüber Fat Jay zu tun. Davon war sie überzeugt.

»Glauben Sie das wirklich?«, fragte Dr. Ewing.

Caroline fühlte sich plötzlich schläfrig. Ihre Mutter war jetzt seit einundzwanzig Tagen tot und noch immer konnte sie kaum länger als ein oder zwei Stunden am Stück schlafen. Es war, als streckte sie immer noch die Arme aus, um ihrer Mutter das Sterben zu erleichtern. »Ich weiß nicht«, sagte sie schließlich. »Wenn es jemand anders gewesen wäre, könnte ich vielleicht einen Zusammenhang erkennen. Aber in dem Moment habe ich nur daran gedacht, was dieser Kerl dem Baby angetan hat. Ich wollte es ihm einfach heimzahlen.«

»Haben Sie selbst Kinder?«

»Nein.«

»Sie haben einen Freund erwähnt …«

»Er ist etwas jünger als ich, aber ich würde ihn nicht gerade als Kind bezeichnen.«

Dr. Ewing lachte. »Das habe ich auch nicht gemeint ... Wie viel jünger ist er?«

»Was hat das mit meiner geistigen Verfassung zu tun?«

»Fünf Jahre jünger?«

Caroline zuckte mit den Schultern, senkte den Kopf und lächelte.

»Zehn Jahre?«

»Also gut«, sagte Caroline. »Mein Freund ist sechs. Er geht in die erste Klasse.«

Dr. Ewing schaute auf die Uhr und blickte ihr dann freundlich ins Gesicht. »Wir sind schon fünf Minuten über die Zeit. Das mit Ihrem Freund können wir ja das nächste Mal bereden.«

»Das nächste Mal?«

»Wollen Sie etwa nicht?«

»Wenn man mich dafür bezahlen will, dass ich mich mit Ihnen zum Kaffeeklatsch treffe ... bitte. Soll mir recht sein. Aber ehrlich, ich weiß nicht, was das Ganze überhaupt soll. Geht nicht gegen Sie, aber ...«

»Natürlich nicht.«

»Ich brauche das wirklich nicht. Ich hatte hinsichtlich meines Jobs einen harten Monat, und meine Mutter ist gestorben. Das ist alles. Ende der Geschichte. Wollen Sie wissen, ob ich meinen Vater dafür verachte, dass er meine Mutter hat sitzen lassen? Da können Sie drauf wetten. Mache ich mir Sorgen darüber, dass ich immer älter werde, dass ich wahrscheinlich nie heiraten und Kinder haben kann? Jeden Tag. Habe ich die Schnauze voll davon, Kinder hochgehen zu lassen, weil sie einen Beutel Dope in der Tasche haben? Bis oben hin. Aber ich müsste doch verrückt sein, wenn mir das alles nicht an die Nieren gehen würde. Meinen Sie nicht auch?«

Eine Zeit lang schaute Dr. Ewing vor sich hin. Auf ihren Lippen lag die Andeutung eines Lächelns. »Sie sind auf einen Verdächtigen losgegangen, der in Handschellen auf dem Boden gelegen hat. Sie haben seinen Kopf gegen einen Kaminsims aus Backstein geschlagen. Ist nicht gerade das, was man von einer Polizistin erwartet.«

»Sie würden sich wundern.«

Wieder herrschte Stille. Dann stand Dr. Ewing auf. »Lassen Sie sich Zeit, Caroline«, sagte sie. »Manchmal braucht man eben zwei Sitzungen, um ein gutes Gehirn zu reparieren.«

13

Gehen wir von 450 000 Menschen aus, die in Spokane und Umgebung leben – inklusive Coeur d'Alene, der Stadt im Idaho Panhandle im Osten, den College-Ortschaften von Cheney im Westen, Pullman im Süden und Deer Park im Norden. Ist ungefähr die Hälfte davon weiblich, bleiben 225 000 männliche Bewohner, von denen wiederum die Hälfte zwischen sechzehn und fünfundfünfzig Jahre alt ist – die Altersgruppe, aus der potenzielle Serienmörder kommen.

Dupree hielt das Notizbuch Pollard und Spivey unter die Nase. »Bleiben 112 500 in Frage kommende Verdächtige«, sagte er. Pollard betrachtete Duprees Zahlen, als seien sie das Werk eines Wahnsinnigen, Spivey übertrug sie in sein eigenes Notizbuch. Damit er sich leichter tat, hielt Dupree ihm das beschriebene Blatt etwas näher hin.

»Hab ich recht verstanden?«, erkundigte sich Pollard. »Du willst hunderttausend Leute befragen?«

»Nein. Ich sag nur, dass es in einer Stadt dieser Größe machbar wäre.«

»Machbar.«

»Na ja, machbar ist vielleicht nicht das richtige Wort. Aber das, was wir bis jetzt getan haben, ist auch nicht das Gelbe vom Ei. Seit drei Wochen hecheln wir Hinweisen von irgendwelchen Anrufern hinterher und ackern uns durch Zeugenaussagen. Scheiß drauf. Warum legen wir nicht von jedem einzelnen eine Akte an? Hunderttausend Verdächtige.«

Pollard schaute ihn an, als spräche er französisch.

»Es ist doch so«, sagte Dupree. »Ein Serienmörder kann in einer Stadt, die viel kleiner ist als Spokane, gar nicht operieren. Wann haben Sie das letzte Mal von einem Kleinstadt-Serienmörder gehört? Nach dem ersten Mord würde doch Grandpa Andy sofort lostrotten, den bescheuerten Friseur Floyd aus seinem Laden ziehen und ihn zusammen mit Freund Otis runter in die Gefängniszelle schaffen, und dann käme jeden Tag Floyds Tantchen Bee vorbei, um ihm Sandwiches zu bringen. In einer großen Stadt liegt der Kreis der Verdächtigen bei vielleicht einer Million. Hunderttausend hört sich zwar nach ziemlich viel an, aber wenn wir zehn Detectives drauf ansetzen, die jeden Tag zehn abhaken? Bingo, nur hundert Tage, und wir könnten jedes Verbrechen in der Stadt knacken.«

Pollard bemühte sich immer noch, den Witz zu kapieren, während Spivey tatsächlich darüber nachzudenken schien. Als Dupree mit keiner Pointe aufwarten konnte, schüttete Pollard seinen Kaffee hinunter, zerquetschte den Styroporbecher und stand auf.

»Du machst mir Sorgen, mein Junge«, sagte er zu Dupree. »Ich muss mir jetzt den Burschen aus dem Pfandhaus vorknöpfen. Sieht ganz so aus, als ob der Pott doch an dir vorüberginge.«

Da man Dupree die Leitung der Serienmörder-Task-Force übertragen hatte, musste sich Pollard um Duprees andere Fälle kümmern – inklusive der beiden Morde, die Lenny Ryan zur Last fielen.

Pollard verließ die Cafeteria. Dupree schaute Spivey an, dessen Blick auf die Ziffern geheftet war, die er in sein Notizbuch geschrieben hatte. »Was ist mit Durchreisenden wie Lastwagenfahrern oder sonstwem von außerhalb der Stadt?«

Dupree betrachtete den Jungen. Er hatte kurzes dunkles Haar, dessen Locken in die Stirn fielen, und dichte, halbkreisförmige Augenbrauen, die den ständigen Ausdruck der Verwirrung auf seinem Gesicht noch verstärkten. Dupree hatte sich beim Lieutenant über ihn beschwert, doch der hatte ihn mit dem Argument verteidigt, dass er bei der Eignungsprüfung als bester Detective-Anwärter abgeschnitten und auf dem College nur Bestnoten abgeliefert habe. Der Lieutenant sagte, er sei ernsthaft und willig, und wenn Dupree etwas mehr Geduld hätte, könnte er sogar noch etwas von ihm lernen.

»Wir werden nicht hunderttausend Leute befragen«, sagte Dupree. »War bloß so ein Einfall, um klarzumachen, wie schwierig es ist, dem Kerl auf die Spur zu kommen.«

Spivey erlaubte sich ein leichtes Grinsen. »Ein Witz also.« Er zwinkerte ihm zu, als hätte er seinen Teil dazu beigetragen, dem armen Pollard eins auszuwischen.

Dupree stand auf, zog einen Ein-Dollar-Schein aus der Tasche und legte ihn auf sein halb aufgegessenes Blätterteighörnchen. Sie verließen das Gerichtsgebäude und überquerten den kleinen Innenhof zum Polizeipräsidium. Dupree tippte den kurzen Code ein, die Tür öffnete sich summend, und sie betraten die Eingangshalle, von der aus man zu den Büros der verschiedenen Abteilungen gelangte.

Jenseits der Büroräume von Major Crimes befand sich eine weitere Tür mit Nummerncode. Dupree gab wieder eine Nummer ein, die Tür öffnete sich, und sie kamen in ein kleines Konferenzzimmer, das zur Kommandozentrale für die Serienmörder-Untersuchung umfunktioniert worden war. Es gab drei Doppelschreibtische mit gegenüberliegenden Arbeitsplätzen, die mit Tischkalendern, Telefonen, Adressenkarteien, Eingangs- und Ausgangskörben bestückt waren. Die Telefone hatte man an einen Zentralcomputer angeschlossen, der Name und Adresse jedes Anrufers speicherte. An einem Tisch, auf dem drei Computer standen, saß eine Sekretärin und nahm die Anrufe entgegen: Seitdem die Stadt für Informationen, die zur Festnahme des »Southbank Stranglers« führen würden, eine Belohnung von fünftausend Dollar ausgesetzt hatte, klingelte es ununterbrochen.

Der Name »Southbank Strangler« hatte Fleisher fünfundzwanzig Dollar eingebracht. Sein Vorschlag beinhaltete alles, was einen guten Serienmördernamen auszeichnete: Präzision, Alliteration und – wie die Immobilienmakler sagen würden – Location, Location, Location. Andere Vorschläge waren Riverbank-Killer, Peaceful-Valley-Würger und die allseits als geschmacklos eingestufte Bezeichnung Spokane-Nuttenschlitzer gewesen. Weil er irgendwo gelesen hatte, dass das der momentan beliebteste Jungenname im Land sei, hatte Dupree mit seinen fünf Dollar dafür votiert, den Killer »Brandon« zu nennen. Doch sein Genie schien immer mehr an Wertschätzung einzubüßen. Also trieben Fernseh- und Zeitungsredakteure ihre Graphik-Designer zu fieberhafter Kreativität, die schließlich in Southbank-Strangler-Logos und -Tatortplänen gipfelte und das nötige Ambiente für die Schlagzeilen lieferte. Was jetzt noch fehlt, dachte Dupree, ist ein passender Song.

An die Wand des Task-Force-Büros hatte man über eine Karte des Uferabschnitts Fotos der drei Opfer geheftet. Das erste Foto zeigte Rebecca Bennett, die möglicherweise schon Anfang April – also vor fast zwei Monaten – getötet worden war. Das zweite war das des letzten Opfers, der neunundzwanzigjährigen Prostituierten Sharla McDonald, die man an der gleichen Stelle wie Rebecca Bennett gefunden hatte. Niemand konnte sich daran erinnern, Sharla in den letzten Tagen vor ihrem Tod gesehen zu haben. Obwohl der Mord erst ein paar Tage zurücklag, war die Spur genauso kalt wie beim ersten. Das dritte Bild zeigte die einunddreißigjährige Prostituierte Jennifer Skaggs aus Portland, die vor fünf Wochen das letzte Mal jemandem aufgefallen war.

Der Killer hätte sich kaum Opfer aussuchen können, die man weniger vermissen würde, dachte Dupree. Die Morde zeitigten keinerlei Folgen. Keine Zeugen. Keine Eltern, die sich bei der Polizei meldeten. Keine Freunde oder Familienangehörige oder wenigstens Zuhälter, die sich Sorgen machten. Mit dem Tatort verhielt es sich kaum besser. Fußabdrücke oder Reifenspuren fehlten. Bis auf die vierzig Dollar in den Händen der Opfer nichts, was der Täter zurückgelassen hatte. Keine Fingerabdrücke am Geld oder an den Leichen. Der Killer hatte die Hände der Toten zur Sicherheit mit Seifenlauge abgewaschen. Und obwohl die Morde wie Sexualverbrechen aussahen, hatte man seltsamerweise keine Spuren von Sperma gefunden. Die ermittelnden Beamten konnten nicht mal sagen, wie der Killer die Opfer an ihre Fundorte geschafft hatte. Sie jagten ein Gespenst.

Dupree, Laird und Spivey waren die von der Stadt für den Fall abgestellten Detectives. Sie wurden unterstützt von einem verschlagenen Detective aus dem Büro des County-Sheriffs, einem State Trooper und – in beratender Funktion – dem muskelbepackten FBI-Profiler Jeff McDaniel, der nach zwei Tagen zurück nach Quantico geflogen war und versprochen hatte, von dort aus Kontakt zu halten. Nach Duprees Meinung bestand dessen Hauptbegabung allerdings mehr darin, sich mit den hohen Tieren zum Lunch zu treffen und Sekretärinnen anzubaggern. McDaniel sicherte zu, mit einem »Komplett-Profil« des Southbank Stranglers zurückzukommen. Dupree versicherte, dass er so lange den Atem anhalten wolle.

In den Tagen nach der Entdeckung der zweiten und dritten Leiche war das Geschäft auf der East Sprague, der Straße, auf der seit Generationen Nutten ihrem Gewerbe nachgingen, fast zum Erliegen gekommen. Das Polizeipräsidium wurde mit Hunderten von Hinweisen überschwemmt; die besten leitete man ans Büro der Task Force weiter, wo Dupree und die anderen Detectives sich Tag für Tag eine Hand voll Zettel mit neuen Hinweisen schnappten, die Anrufer zurückriefen und sich dann auf den Weg machten, um die vermeintlichen Freunde und Verwandten der Opfer zu befragen. Die meisten Hinweise waren schon auf den ersten Blick lächerlich.

»Mein Freund ist ein bisschen abgedreht« stand zum Beispiel auf einem Zettel, oder: »Mein Nachbar schaut sich immer Pornos an.« Trotzdem mussten sie jedem Anruf nachgehen. Nichts war peinlicher für die Polizei als ein Interview vier Monate nach der Festnahme, in dem die Nachbarin einem Fernseh-Reporter berichtete, dass sie der Polizei doch alles über den Kannibalen mit den perversen Videos erzählt hätte.

Doch in den Wochen nach den Morden kehrte die Stadt allmählich zu ihrem gewohnten Trott zurück; die Nutten flanierten wieder auf der East Sprague und die Hinweise tröpfelten nur noch spärlich ein. Dupree ging inzwischen schon die abgehakten durch, die Hinweise, bei denen kaum eine Chance bestand, das sie irgendetwas Neues ergeben würden.

Ein Stoß von zwanzig oder dreißig Zetteln lag noch in Duprees Eingangskorb. Er nahm sich die beiden obersten vor: ein Mann auf Bewährung, dem ein Taxifahrer »echt Angst eingejagt« hatte, und ein Kerl, dessen Bruder von ein paar Nutten ausgenommen worden war und der deshalb immer noch stinksauer war. Dupree versuchte es mit dem Zweiten zuerst. Er wählte die Nummer und stellte sich vor.

»Auf meinem Zettel steht, dass Ihr Bruder von einer Prostituierten ausgeraubt worden ist.«

Der Kerl am anderen Ende der Leitung räusperte sich. »Ja, stimmt. Kann aber auch eine Stripperin gewesen sein. Bin mir nicht sicher.«

»Wann war das?«

»Puuh, ist schon ein paar Jahre her.«

»Ist er jemals gewalttätig gegenüber Frauen geworden?«

»Er hat seine Freundin vermöbelt. Deshalb sitzt er ja.«

»Er ist im Gefängnis? Jetzt?«

»Äh ... ja.«

»Sie sagen mir also, dass er im Augenblick im Gefängnis sitzt?«

»Ja.«

»Wie lange schon?«

»Paar Monate.«

Dupree sackte zusammen. »Ist Ihnen klar, dass der letzte Mord vor drei Wochen passiert ist?«

»Ja. Hab mir gedacht, Sie könnten mal checken, ob er vielleicht Freigang hatte oder so.«

»Freigang.«

»Ja, klar. Brauchen Sie noch eine schriftliche Aussage, bevor ich die Belohnung kriege?«

Nachdem er aufgelegt hatte, jagte Dupree den Namen des Bruders durch den Computer und fand heraus, dass er schon drei Jahre saß. Er druckte das Vorstrafenregister des Kerls aus, klemmte den rosa Notizzettel dran und warf alles in den Ausgangskorb.

Dann probierte er es bei dem Taxifahrer. Niemand hob ab. Er griff nach dem nächsten Zettel in seinem Eingangskorb, ließ die Hand aber auf dem dicken Stapel liegen. Ihre Vorgehensweise kam ihm immer zielloser vor, als hätten sie sich tatsächlich dazu entschlossen, jeden einzelnen männlichen Bewohner in der Region zu befragen. Die Spur war die kälteste seiner Laufbahn. Bei den meisten Morden kannte die Polizei den Täter binnen vierundzwanzig Stunden, nachdem man die Leiche gefunden hatte. Dann blieb zwar noch das Problem der Beweisführung, aber man hatte einen Tatverdächtigen. Wird eine Frau erschossen, rede mit dem Ehemann. Wird ein Barbesitzer erschossen, rede mit seinem Geschäftspartner. Wird ein Gangmitglied erschossen, finde raus, mit wem er Zoff hatte. Wenn er sich die Zahlen vornähme, da war sich Dupree sicher, und ein Schaubild zeichnete, würde sich ein Zusammenhang ergeben zwischen der Aufklärungsrate bei Morduntersuchungen und der Zeit, die man benötigte, um einen Verdächtigen aufzutun. Finde einen Verdächtigen während der ersten vierundzwanzig Stunden, und du hast eine neunzigprozentige Chance auf eine Verurteilung. Zweiundsiebzig Stunden? Wahrscheinlich sechzig Prozent. Danach fiel die Kurve steil ab. Und heute – drei Wochen nachdem sie die letzte Leiche gefunden hatten? Dupree schätzte die Chancen auf eins zu zwanzig ein, dass sie jetzt noch einen Tatverdächtigen finden würden, den sie vor Gericht stellen könnten. Besonders wenn die Opfer Prostituierte waren. Um zu erkennen, wie schlecht die Chancen standen, brauchte er sich nur die Faxe und Untersuchungsberichte aus anderen Städten anzuschauen. Portland hatte acht ungelöste Prostituiertenmorde, Vancouver mehr als dreißig. Fast in jeder Stadt schien es ungelöste Prostituiertenmorde zu geben. Aus irgendeinem Grund war es im Nordwesten schlimmer als anderswo. Sogar Spokane konnte noch auf weitere Mordserien an Prostituierten zurückblicken; fast ein Dutzend Tote in den letzten zehn Jahren, die nichts mit dem aktuellen Fall zu tun hatten. Die letzte Ermordete war eine Frau namens Shelly Nordling gewesen, die man erstochen und dann aus einem Wagen geworfen hatte. Und dann gab's da noch den Meister aller Klassen: Der Green-River-Killer aus der Gegend von Seattle. Neunundvierzig Frauen, die fast alle mit Prostitution zu tun gehabt hatten. Der Fall war bis heute ungelöst.

Duprees Task Force versuchte es natürlich auch mit anderen Methoden. Sie überprüften Sexualstraftäter auf Bewährung und Männer, die schon mal wegen tätlichen Angriffs auf Prostituierte vor Gericht gestanden hatten, kontrollierten stichprobenartig Freier und Prostituierte und installierten in einschlägigen Gegenden sogar Überwachungskameras. Eine Hand voll weiblicher Detectives – darunter auch Caroline – befragte Nutten auf dem Straßenstrich und notierte sich deren Aussagen hinsichtlich übler Tricks oder Einschüchterungsversuchen der Freier. Heute Abend würde die Special Investigations Unit einen weiblichen Beamten – wahrscheinlich Caroline – an einer Ecke postieren und dann jeden Freier befragen, der sie ansprach. Doch das glich alles nur dem Stochern im Heuhaufen. Vielleicht war sogar eins zu zwanzig noch viel zu hoch gegriffen. Eins zu fünfzig war realistischer, oder eins zu einer Million. Natürlich wusste Dupree, was ihre Chancen wieder erhöhen würde. Eine weitere Leiche. Ein neuer Tatort, den man unter die Lupe nehmen könnte. Bis dahin würde er hier herumsitzen, Telefonate führen, die so wenig Erfolg versprachen, dass er genauso gut blind Nummern wählen könnte, und darauf warten, dass der nächste Mord passierte.

Dupree nahm einen weiteren Zettel aus seinem Korb. Er betraf eine Frau namens Amend, die in West Central in der Nähe des Flusses wohnte. Ihr Nachbar ging oft um sieben Uhr abends aus dem Haus und kam erst nachts um zwei wieder zurück. Zweimal hatte er eine Frau dabei gehabt, die sie als »nuttig« beschrieb.

»Glückspilz«, murmelte Dupree.

Dupree drehte den Zettel um. War das alles? Er wollte den Zettel gerade aussortieren, als sein Blick auf den Namen des Mannes fiel. Verloc. Der Name kam ihm bekannt vor. Dupree wählte die Nummer der Frau, doch niemand hob ab. Verloc. Er klopfte mit dem Zettel gegen sein Brillengestell. Dann schlug er das Telefonbuch auf und fand »Verloc, Kevin«. Der in seinem Kopf herumspukende Name machte ihn ganz nervös. Er gab den Namen in den NCIC-Computer ein – keine Vorstrafen. Trotzdem – irgendetwas hatte es mit dem Namen auf sich. Er wusste, dass es besser wäre, zuerst mit der Frau zu sprechen, doch nachdem sich die vergangenen drei Wochen als einzige Sackgasse erwiesen hatten, war seine Neugier einfach zu groß. Er schaute den hohen Korb voller wertloser Hinweise an und wusste, dass er es nicht aushalten würde, sich den Rest des Tages durch die Zettel zu quälen. Manchmal musste man einfach eine Bombe in einen Busch werfen. Er wählte die Nummer.

Nach dem ersten Klingeln antwortete eine Männerstimme. »Kevin.«

»Mr. Verloc? Meine Name ist Alan Dupree. Polizeipräsidium Spokane. Ich bin Mitglied der Task Force, die die Morde an den drei Prostituierten untersucht. Ein Anrufer hat uns den Tipp gegeben, dass wir uns mit Ihnen in Verbindung setzen sollen.«

»Okay. Was kann ich für sie tun?«

Okay? Dupree war sprachlos. Er hatte Leugnen, Abwehr, Verwirrung erwartet. Aber Freundlichkeit, Begeisterung? Derart auf dem falschen Fuß erwischt, feuerte er einen Schuss ins Blaue ab. »Tja, wir suchen nach Leuten, die uns mit ein paar Informationen weiterhelfen können und, wie ich schon gesagt habe, da ist Ihr Name aufgetaucht.«

»Klar. Ich hab eine Schicht, die unten auf der East Sprague arbeitet, bei Landers' Cove, dem Jachthändler. Die kriegen jede Menge Nutten zu sehen. Müssen sie dauernd aus den Booten rausscheuchen. Ich kann Ihnen die Nummern geben. Wenn Sie wollen, kann ich Ihnen auch die Dienstbücher geben.«

»Dienstbücher ... Hmm.«

Kevin Verloc sprach weiter. »Tja, was mich betrifft, ich sitz nur hier im Büro und pass auf, dass der Laden läuft. Mitteldíng zwischen Spät- und Nachtschicht. Ich kriege kaum mal jemand zu Gesicht.«

»Büro?« Dupree fühlte sich langsam unwohl.

»Ja, in meinem Sicherheitsunternehmen. Deshalb rufen Sie doch an, oder?«

Schlagartig wusste er Bescheid.

Kevin Verloc war ein State Trooper, den ein Autofahrer vor sechs oder sieben Jahren während einer Routinekontrolle in den Rücken geschossen hatte. Eine wirklich erbauliche Geschichte. Er hatte danach ein Sicherheitsunternehmen aufgemacht, dessen Wachleute in reichen Gegenden mit älteren Leuten patrouillierten und die man für Konzerthallen, Schulen und Bürogebäude anheuerte. Dupree fühlte sich beschissen. Kevin Verloc war ein guter Polizist gewesen und hatte viele ehemalige Streifenpolizisten bei sich eingestellt. Aber das war noch kein Grund, warum er nicht der Killer sein konnte.

»Hallo?«

»Tschuldigung. Ich habe gerade eine Nachricht auf den Tisch bekommen.«

Verloc klang verwirrt. »Und, was ist damit?«

»Es tut mir furchtbar Leid …« Dupree rieb sich die Stirn.

Am anderen Ende der Leitung brach Verloc in lautes Gelächter aus. »Lieber Himmel. Ich wette, dass Mrs. Amend Sie angerufen hat. Hält sie mich etwa für einen Serienmörder? Wahnsinn. Die Frau ist völlig irre. Ich kann nicht mal die Zeitung ins Haus holen, ohne dass sie vor mir davonläuft. Das ist echt witzig.«

»Hören Sie, es tut mir wirklich Leid. Als ich Ihren Namen gelesen habe, kam er mir irgendwie bekannt vor. Aber ich wusste nicht, wo ich ihn hinstecken sollte.« Dupree legte den Zettel in den Ausgangskorb. »Was soll ich sagen … Es tut mir Leid.«

»Nein, nein. Sie haben mich erwischt. Ich wusste, dass es mal passieren würde.« Kevin Verloc lachte. »Ich gestehe alles. Ich habe die Frauen mit meinem Rollstuhl über den Haufen gefahren.«

Seitdem man ihn angeschossen hatte, war Kevin Verloc querschnittgelähmt.

Während Verloc nicht aufhörte zu lachen, ließ Dupree den Kopf auf die Tischplatte sinken.

»Mein Komplize ist alt und blind. Aber er fährt nur den Wagen. Für die schweren Lasten bin ich zuständig.«

Dupree ließ den Spott über sich ergehen – eine Blamage, die kaum zu ertragen war, kam sie doch von einem anderen Polizisten, der genau wusste, wie schlampig er mit dem telefonischen Hinweis umgegangen war. Als Verloc schließlich aufhörte zu lachen, trat Dupree so taktvoll wie möglich den Rückzug an.

Dann starrte er auf den Stapel der noch zu erledigenden Hinweise. Ging das jetzt immer so weiter? Taxifahrer, die die Hosen voll hatten, Knastbrüder, Ex-Bullen im Rollstuhl? Mit dem Handrücken wischte er den Korb vom Tisch, und die rosa Zettel flatterten auf den Boden. Und das Beste war – nicht einer von den anderen Detectives hob auch nur den Kopf.

14

Auch wenn sie es behauptete – sie konnte unmöglich schon zwanzig sein. Sie war dünn und blass, hatte kurzes fettiges Haar, trübe Augen und trug einen Ring in einer Augenbraue. Das Mädchen kam kaum zum Luftholen, so gierig schlang sie die Suppe hinunter, die Caroline ihr spendiert hatte. Als sie ihr Sauerteigbrötchen aufgegessen hatte, langte sie über den Tisch und nahm sich auch noch Carolines Vollkornbrötchen.

»Hab ich Ihnen schon von dem Typ erzählt, der drauf steht, einen zu beißen?«

»Ja.«

»Und von dem Typ, der mir mit seinem Feuerzeug die Haut versengt hat?«

»Der hieß Dave oder Mike, richtig?«

»So was, ja. Irgendein stinknormaler Name.« Nach der Suppe machte sich die junge Prostituierte über die Schachtel mit den Crackers her. »Da gibt's noch einen, der steht auf Haare ausreißen und so'n Scheiß. Gleich büschelweise. Soll ich Ihnen von dem erzählen?«

»Klar«, sagte Caroline und schob ihr auch noch ihren Teller Suppe hin. Draußen vor der Tür hatte das Mädchen ein bisschen hin und her überlegt und schließlich gesagt, so als probierte sie einen neuen Hut auf, dass ihr Name Jacqueline sei. Caroline hatte sie nicht vergrätzen wollen und nichts weiter gesagt.

»Wollen Sie Ihre Suppe nicht?«, fragte Jacqueline.

»Ich hab keinen großen Hunger.«

Zwei Löffel später redete sie weiter. »Den Typ hatte ich drei- oder viermal, weiß nicht mehr so genau. Der wollte immer erst vögeln, und dann sollte ich ihm einen blasen. Und dabei hat er mir dann wie bescheuert an den Haaren rumgerissen. Ich sag, hey, ich versuch hier meinen Job zu machen. Hätte ihm für die Haare extra was abknöpfen sollen.«

»Wie hieß der Kerl?«

»Irgendein normaler Name.«

Caroline schaute auf ihren Block. »Dave oder Mike?«

»So was in der Art.«

»Hat der Kerl auch einen Nachnamen?«

»Bin sicher, dass er einen hat.« Jacqueline tunkte mit Carolines Brötchen den Rest der Suppe auf.

»Was für einen Wagen hat er gefahren?«

»Pick-up.«

Bis jetzt schien jeder schräge Kunde weiß zu sein, Dave oder Mike zu heißen und einen Pick-up zu fahren. »Amerikanischer Wagen?«, fragte Caroline.

»Glaub schon.«

»Welches Baujahr?«

Sie zuckte mit den Schultern.

»Neu? Alt?«

»Weiß ich wirklich nicht.«

»Welche Farbe?«

»Dunkel. Hab nicht so drauf geachtet.«

»Kannst du den Mann beschreiben? War er groß?«

»Mittel, würde ich sagen.«

»Wie alt, was würdest du schätzen?«

»Alt. Dreißig, vierzig oder so.«

»Dreißig oder vierzig? Hatte er eine Glatze? Trug er eine Brille? Einen Anzug? Lange Haare? Ein oder zwei Beine? Papagei auf der Schulter?«

»Nein. Nichts davon. Er war einfach … stinknormal.«

»Hmm. Wie steht's mit Kunden, die nicht zahlen wollten?

Oder mit Typen, die versucht haben, dich zu vergewaltigen, die es brutal haben wollten?«

Jacqueline lachte, starrte auf den Teller und wurde plötzlich ernst. »Wie viele Seiten hat Ihr Notizbuch?«

Eine halbe Stunde später bezahlte Caroline die Rechnung und kaufte ihr noch ein Sandwich. Sie versuchte ihren richtigen Namen herauszubekommen, doch Jacqueline bestand darauf, dass das ihr richtiger sei und dass sie keinen Ausweis dabei habe. Caroline drückte dem Mädchen ihre Visitenkarte in die Hand und sagte, sie solle vorsichtig sein und darauf achten, dass andere Frauen in der Nähe wären, wenn sie arbeite. Falls ihr noch etwas einfiele oder ihr ein Typ komisch vorkäme, sollte sie sich melden.

»Was meinen Sie damit?«

»Weißt schon«, sagte Caroline. »Wenn dir ein Kerl Angst einjagt oder er dir irgendwie gefährlich vorkommt.«

Jacqueline warf einen Blick auf Carolines Karte und lachte leise. »Gute Frau – die jagen mir alle Angst ein.«

Im Auto ging Caroline ihre Notizen durch. Sie hatte an diesem Tag mit sechs Nutten gesprochen. Bestimmte Worte sprangen ihr ins Auge: ›gebissen‹, ›geschlagen‹, ›angeritzt‹, ›gewürgt‹, ›blaue Flecken‹. Geschichten von Bandenvergewaltigungen mit vorgehaltenem Messer, von Vergewaltigungen mit Bierflaschen und Pistolen, von Belästigungen durch Onkel, Lehrer und Bewährungshelfer. Worte blieben ihr im Hals stecken. Namen, Details, Beschreibungen vermischten sich. Alles stinknormale Typen – Mikes und Daves. Caroline fragte sich, ob sie es nicht falsch anpackten, wenn sie nach Kerlen mit schaurigen Perversionen suchten. Vielleicht wäre es einfacher, wenn sie erst mal weiße Männer in Pick-ups aussortierten, die Nutten keine Angst einjagten. *Gute Frau – die jagen mir alle Angst ein.*

Caroline erkannte eine Straßenhure auf den ersten Blick. Ihre Polizeieinheit war aus dem alten Sittendezernat hervorgegangen, das sich um Prostitution, Glücksspiel und Drogen gekümmert hatte – eine sonderbare Kollektion von Verbrechen, die früher unter Laster geführt wurden. Nach der Ausbreitung der Drogen in den Siebzigern wurde aus der Sitte die Special Investigations Unit, die sich hauptsächlich auf Drogenhandel konzentrierte. Allerdings beteiligten sie sich gelegentlich an Operationen auf dem Gebiet Prostitution, indem sie eine Streifenbeamtin auf Nutte herrichteten und hüftschwingend auf Kundenfang schickten. Wenn sie keine Streifenbeamtin oder Studentin von der Polizeiakademie dazu überreden konnten, sich für einen Abend zu erniedrigen, übernahm Caroline den Job. Ihre Kollegen machten ihre Witzchen, dass sie für eine Nutte viel zu gesund und attraktiv aussähe. Die Nutten im Kino sahen aus wie Julia Roberts oder Jamie Lee Curtis, aber die meisten Nutten auf den Straßen waren hässlich oder fett oder krank oder high. Sogar die, die ganz manierlich aussahen und hauptsächlich in Hotels oder für einen Hostessen-Service arbeiteten, hatten in der Regel eine Dusche nötig.

Diese Art von Dienst war Caroline die unangenehmste. Als jedoch die Task Force, die die Serienmorde bearbeitete, die Special Investigations Unit um Hilfe bat, wusste Caroline sofort, dass sie sich freiwillig melden würde. Wie sie sich auch freiwillig dazu gemeldet hatte, die Nutten zu befragen, ein Job, der schwierig genug war angesichts der Tatsache, dass diese vierundzwanzig Stunden am Tag versuchten, Polizisten aus dem Weg zu gehen. Nach den Befragungen würde sie heute Abend auch noch den Köder spielen – ein Freier sollte hochgenommen werden. Caroline würde in Nutten-Outfit vor den Pornoläden und Strip-Bars auf und ab flanieren. Nuttendienst.

Schon den ganzen Tag hatte es ihr vor den billigen Klamotten gegraut, der Lüge, die dahinter steckte, dem Mikrokabel unter ihrem Kleid. Sie würde unter einer Straßenlampe stehen, sich alle Mühe geben, dass sie sich mit dem Lippenstift nicht die Zähne verschmierte, und so mit dem Arsch wedeln, dass ihr am nächsten Morgen das Kreuz weh tat. Vielleicht hätte sie Jacqueline um Rat fragen sollen – wie man das anstellte, ohne kreuzlahm zu werden.

Es war schon eigenartig, Untersuchungen in einer Sache durchzuführen, die man gewöhnlich nicht registrierte. Meistens nahm man Prostitution als etwas Gegebenes hin, etwas, das nicht mal der Erwähnung wert war. Viele Drogendealer hatten ihre Finger in dem Geschäft. Burn zum Beispiel hatte von seiner Wohnung aus ein paar Nutten dirigiert, die auf Crack waren. Das gehörte ganz einfach zu ihrem Leben, war nichts weiter als ein Eintrag in ihrem Vorstrafenregister – wie Alter, Wohnort, Arbeitsstelle. Sie bezweifelte, ob viele Polizisten Prostitution überhaupt noch für ein Verbrechen hielten oder ob sie das Gewerbe mehr als Symptom betrachteten, als ganz normales Geschäft.

Caroline ging noch mal die Liste der Scheußlichkeiten durch, von denen ihr die Nutten erzählt hatten. Es überraschte sie nicht, dass die Frauen anscheinend nichts gegen Männer hatten, die für normalen Sex Geld bezahlten. Alle verfügten offenbar über eine gewisse Kontrolle im Hinblick auf diese Art von Transaktion. Die Lügen von Macht, Status und Handel und die Rolle der Nutte als Handelsvertreter, Rechnungssteller, Dienstleister und – natürlich – Ware, verschmolzen miteinander.

Deshalb war Caroline auch nicht überrascht, dass die Mädchen kaum Namen erfuhren, die der Polizei hätten weiterhelfen können. Das Geschäft basierte auf Anonymität. Deshalb liefen alle Kunden unter dem Markennamen der Heiligen und Baptisten, der Waynes und Kennedys, unter dem christlichsten und amerikanischsten aller Namen: John. Oder unter ›Date‹, wie die Frauen ihre Kunden einfach nannten, oder ›Trick‹, wenn man es etwas geheimnisvoller anging. Egal, ob das anonyme ›John‹, das irreführend lockere ›Date‹ oder das geheimnisvolle ›Trick‹ – die Männer waren schwer ausfindig zu machen und die Frauen … tja, für Caroline waren sie entweder tot oder fast tot.

Sie blätterte in ihrem Notizbuch zur ersten Seite des Gesprächs mit Jacqueline. Nachdem sie den falschen Namen genannt hatte, war Caroline so naiv gewesen, sie nach ihrem Geburtsdatum zu fragen. Sie hatte nur mit den Schultern gezuckt. Dann hatte sie erzählt, dass sie aus einer Kleinstadt bei Spokane stamme (»wollte den Namen nicht verraten«), ein Kind habe (»acht Monate, im Heim«), regelmäßig Drogen nehme (»Heroin, Meth, Pot«), noch nie geschnappt worden wäre (»sagt, sie sei eben clever«) und möglicherweise HIV-positiv sei (»verweigert den Test«).

Caroline warf den Block auf den Beifahrersitz und startete den Wagen. Sie würde zurückfahren, für die Task Force den Bericht über die Befragungen aufsetzen und sich dann in eine Nutte verwandeln. Am Morgen war Joel dabei gewesen, wie sie die Sachen – kurzer Nylonrock, winziges T-Shirt – zurechtgelegt hatte. Ohne ein Wort zu sagen. Das war einer der Punkte, warum sie nie dazu fähig wäre, ihm ganz zu vertrauen. Es lag nicht daran, was er tat oder sagte, es lag daran, was er nicht tat und nicht sagte. Sie legte sich nuttige Klamotten zurecht und er verschwand einfach zum Training, ohne mit der Wimper zu zucken.

Caroline hatte Joel auch nichts davon erzählt, dass ihr Vater am nächsten Tag vorbeikommen würde, um sich ein paar Sachen ihrer Mutter zu holen. Wahrscheinlich hatte sie deshalb nicht darüber geredet, weil sie nicht daran denken wollte. Es kam ihr zu früh vor, ihre Mutter war erst vor drei Wochen gestorben. Sie hatte ihren Bruder gebeten, ebenfalls zu kommen, doch Peter hatte gesagt, dass er noch nicht so weit sei. Caroline war über sich selbst überrascht, als ihr der Gedanke kam, dass sie sich gern mit Dr. Ewing über die kommenden vierundzwanzig Stunden unterhalten würde. Über ihre Nuttenverkleidung und wie sie mit der Verlegenheit und den Schuldgefühlen umgehen sollte, die sie hatte, wenn sie mit dem Arsch wedelte, um irgendwelche Typen reinzulegen. Und sie hätte gern mit Dr. Ewing über ihren Vater und Peter gesprochen. Sie dachte, dass man von ihrem Vater nicht verlangen konnte, seiner Ex-Frau beim Sterben zuzusehen. Aber von Peter war sie enttäuscht. Er war zwar zur Beerdigung gekommen, hatte sich danach aber nicht mehr blicken lassen. Als sie ihn danach gefragt hatte, war er ausgewichen und hatte gesagt, dass seine Jungs wichtige Fußballspiele hätten und seine Frau nicht gern nach Spokane fahre. Doch dann hatte er sich geräuspert und erklärt: »Ich kann damit einfach nicht umgehen, Caroline. Ich bin nicht so wie du.«

Wie war sie? War sie jemand, der auf Flüsse starrte? Der die Hände von sterbenden Müttern und Drogendealern hielt? Der am Tag Sandwiches für sterbende Nutten kaufte und sich bei Nacht als solche verkleidete? Der eine Nutte, aber keine Mutter im Park spielen konnte? Der seine eigene Mutter verlor, aber besessen war von einem ertrunkenen Drogendealer? Sie legte den Gang ein und fuhr Richtung Innenstadt, vorbei an der Bar, vor der Jacqueline immer herumhing. Sie lehnte an einem Laternenpfahl und aß das Sandwich, das Caroline ihr gekauft hatte. Vom Auto aus konnte sie einen Kerl sehen, der hinter Jacqueline in der Tür der Bar stand und sie beobachtete. Der Kerl trug eine Sonnenbrille und eine Baseball-Kappe. Als Caroline vorbeifuhr, sah sie, wie der Kerl auf Jacqueline zuging, wahrscheinlich, um das langwierige, zähe Spiel der Vorverhandlungen aufzunehmen. Ein weiteres Hollywood-Zerrbild – der Ablauf des Handels. Der Freier im Kino fährt an den Randstein, kurbelt das Fenster runter und fragt nach dem Preis. Tatsächlich lief der Handel oft wie ein trauriges, hohles Werben ab. Der Mann versucht vielleicht sich einzureden, dass er ihr wirklich gefällt, und die Frau versucht sich einzureden, dass sie nicht ist, was sie ist. Das Geld kommt manchmal erst später ins Spiel. Manchmal sind beide von Dope und Alkohol zugedröhnt, manchmal fragt er nur, ob er sie irgendwohin mitnehmen kann oder bietet ihr für die Nacht ein Dach über dem Kopf an. Diese Art von Tauschgeschäft war eine andere Form der Lüge, es war die Lüge, dass die Intimität der Transaktion sich nicht von Transaktionen des normalen Lebens unterschied – wenn man Lebensjahre für einen Ring eintauschte, Sex für Stabilität, wenn man Babys, Häuser, Komfort, Mahlzeiten und ganze Leben in den Handel einbrachte. Caroline hatte bei ihren Befragungen eine Art spöttischen Trotzes seitens der Frauen gespürt, den Vorwurf, dass jeder menschlichen Beziehung ein Handel zugrunde lag. Egal ob die Frau von dem Mann vierzig Dollar für einmal Blasen forderte oder vierzig Jahre, sein ganzes Leben. Was ist eine Ehe anderes als ein Vertrag, die Festschreibung eines Handels? Ist Flucht aus der Einsamkeit eine moralisch wertvollere Motivation als Habgier?

Während sie so dahinfuhr, fragte sich Caroline, ob Jacqueline die Welt so sah oder ob sie sich eine eigene Märchenwelt zurechtgezimmert hatte. Vielleicht glaubte Caroline schon selbst an diese düstere Sichtweise der Mann-Frau-Beziehung. Dabei fiel ihr wieder der Mann in der Trainingshose ein. Sie fügte das Bild, das sie gerade gesehen hatte, vor ihrem inneren Auge wieder zusammen: Jacqueline an den Laternenpfahl gelehnt, der Mann ging von hinten auf sie zu …

Der Mann …

Etwas kam ihr bekannt vor … Wegen der Baseball-Kappe und der Sonnenbrille hatte sie sein Gesicht nicht genau sehen können. Zudem hatten am Straßenrand geparkte Autos und der Laternenpfahl ihr die Sicht versperrt. Doch irgendetwas an der Art seiner Körper- und Kopfhaltung erinnerten sie an jemanden. Als ihr einfiel, an wen, lenkte sie den Wagen unvermittelt an den Randstein.

Ihr Gehirn spielte ihr einen Streich – was sonst. Es war unmöglich, dass der Mann, den sie auf Jacqueline hatte zugehen sehen, Lenny Ryan war. Ein verständlicher Irrtum. Seit er Burn über das Brückengeländer gestoßen hatte, spukte sein Bild dauernd in ihrem Kopf herum. Es war nur natürlich, dass sie das flüchtige Bild des Mannes mit Ryan verband, dass sie die Entschlossenheit seiner furchtbaren Tat auf den

Prostituiertenmörder projizierte und dann diesen in irgendeinem unschuldigen Kerl, der mit Jacqueline redete, wiederzuerkennen glaubte.

Doch der Gedanke hatte sich festgesetzt. Sie wendete und raste die Sprague zurück – vorbei an Parkplätzen, auf denen zwischen den Autos das Unkraut wucherte, an Motels, die Zimmer stundenweise vermieteten, an Pornoläden und Bars mit geschwärzten Scheiben. Vor dem Eight Ball Tavern, Jacquelines Stammkneipe, parkte sie. Keine Spur von der jungen Hure oder dem Mann mit der Baseball-Kappe. Sie ging in die Bar und fragte, ob jemand die beiden zusammen gesehen habe oder ob Jacqueline in irgendein anderes Auto gestiegen sei. Der Barkeeper und die vier Männer, die um vier Uhr nachmittags vor ihrem abgestandenen Bier saßen, zuckten nur mit den Schultern und sagten, sie wüssten von keiner Jacqueline und hätten sie auch nicht gesehen.

»Der Kerl hat erst vor ein paar Minuten hier an der Tür gestanden.«

Der Barkeeper hob wieder die Schultern.

»Und draußen?« Caroline wurde langsam wütend. »Haben Sie das Mädchen gesehen, draußen auf dem Gehweg?«

Sie sagten nicht nein, sie schüttelten nicht die Köpfe, sie schauten sie nur an.

Sie trat vor die Tür, stützte sich an dem Laternenpfahl ab und versuchte sich genau zu erinnern. Es kam ihr immer unwahrscheinlicher vor. Der gesunde Menschenverstand sagte ihr, dass Lenny Ryan sich längst abgesetzt hatte – wahrscheinlich zurück nach Kalifornien. Den Wagen seines Onkels hatte man auf einem LKW-Rastplatz gefunden, wo ein anderer Wagen gestohlen worden war. Da dieser bislang noch nicht wieder aufgetaucht war, vermuteten sie, dass Ryan den Staat verlassen hatte.

Nicht mal das Gesicht des Mannes hatte sie gesehen. Je länger sie darüber nachdachte, desto unwahrscheinlicher kam es ihr vor, dass es sich bei ihm um Lenny Ryan gehandelt haben könnte, und desto peinlicher war ihr die eigene Besessenheit. Was würde Dupree dazu sagen? Dass sie das alles viel zu persönlich nähme? Und Dr. Ewing, was würde sie in der nächsten Sitzung dazu sagen? Dass sie nach dem Tod ihrer Mutter und dem Vorfall am Staudamm unter Angstneurosen litte, dass sie durch die Wahl, vor die Lenny Ryan sie auf der Brücke gestellt habe, immer noch traumatisiert sei, dass sich das immer wieder in ihrem Kopf abspule und dass sie nicht damit zurechtkomme, beim Rettungsversuch für den jungen Drogendealer versagt zu haben. Vielleicht sogar: bei dem Rettungsversuch für ihre Mutter versagt zu haben. Sie konnte nicht genau erklären, warum, aber die Tatsache, dass man Burns Leiche nie gefunden hatte, nagte an ihr. Ebenso, dass man auch von Lenny Ryan noch keine Spur hatte.

Beide waren sie noch da draußen. Sie warteten auf Carolines nächsten Schritt. Im Verborgenen trieben sie dahin, gesteuert von kalten, schwarzen Strömungen.

15

Dupree war auf dem Weg ins Krankenhaus. Er hielt das Handy gegen das Lenkrad, im Display leuchtete die Nummer auf und er hatte den Satz, den er sagen wollte, schon auf den Lippen: »Tut mit Leid, aber es wird etwas später heute.« Da fiel ihm etwas auf, das er durch das rechte Seitenfenster sah. So etwas passierte ihm manchmal, wenn er im Auto saß. Ihm fiel eine Ungereimtheit auf, deren er sich erst vergewissern musste, dass er sie tatsächlich gesehen hatte, dass er sich nicht etwas eingebildet hatte, was gar nicht da gewesen war.

Er befand sich ein paar Straßen vom Polizeipräsidium entfernt auf einer vierspurigen, viel befahrenen Straße mitten in einer Wohngegend. An einem Auto in einer Eckeinfahrt lehnte ein Kerl mit Irokesenhaarschnitt. Hinter dem Wagen stand ein Schild mit der Aufschrift ›Beanie Babys zu verkaufen‹. Der Wagen war ein AMC Javelin aus den frühen Siebzigern.

Das war alles, aber trotzdem hatte das Bild eine lähmende Wirkung auf Dupree. Als zwei Kreuzungen weiter die Ampel auf Grün sprang, saß er einfach da und starrte zum Beifahrerfenster hinaus. Er setzte das Bild wieder zusammen – unvereinbare Details aus unterschiedlichen Zeiten. Ein Haarschnitt aus der Achtzigern, ein Auto aus den Siebzigern und ein Schild, das Spielzeug aus den Neunzigern anpries. War das wirklich alles? Oder beunruhigte ihn irgendeine andere Erinnerung, ein anderer Traum, gab es eine andere Verbindung zu dem Auto, dem Haarschnitt, den Beanie Babys?

Sein Blick fiel auf das Handy und die leuchtende Nummer, ohne dass er im ersten Moment etwas damit anfangen konnte. Der Daumen lag auf der Taste, den er unbewusst gedrückt haben musste, denn plötzlich schreckte ihn ein Klingeln auf. Im nächsten Moment sagte sie »Hallo«. Sie musste am Telefon gesessen und auf den Anruf gewartet haben.

Er erwachte aus seiner Trance, hielt sich das Handy ans Ohr und sagte ebenfalls »Hallo«. Als er auf die Kreuzung fuhr, wunderte er sich, dass die Ampel auf Gelb sprang. Wie lange war er so dagesessen?

»Alan?«

Er versuchte sich daran zu erinnern, was er hatte sagen wollen. Alles kam ihm so deplatziert, so durcheinander, so unwirklich vor.

»Was ist? Hast du vergessen, wo wir wohnen?«

»Entschuldige.« Er schüttelte den Kopf, versuchte wieder einen klaren Kopf zu bekommen. »Ich sitz im Wagen. Bin abgelenkt worden.«

»Wann kommst du?« Im Hintergrund hörte er den Fernseher. Er versuchte sich das Bild vorzustellen: Debbie am Telefon in der Küche, die Kinder auf dem Teppich im Wohnzimmer, vertieft in irgendeinen Film im Kinderprogramm.

»Kann noch dauern. Mindestens ein oder zwei Stunden.«

»Ist was passiert?«

»Letzten Monat ist der Besitzer von einem Pfandhaus angeschossen worden, mit dem muss ich noch reden.«

»Also nicht die andere Geschichte.« Debbie interessierte sich sehr für die Untersuchung der Prostituiertenmorde, mehr als für alles andere, womit er in den letzten Jahren zu tun gehabt hatte.

»Bei der Sache drehe ich mich nur im Kreis.« Tatsächlich hatte er den ganzen Morgen damit verbracht, einem Haufen nutzloser Hinweise nachzugehen. Am Nachmittag hatte er die drei Staudamm-Morde mit anderen ungelösten Mordfällen verglichen, darunter auch die an ein paar Nutten. Er hatte vergeblich versucht, ein paar Verbindungen herzustellen.

»Alan?«

Er umklammerte das Handy. »Ja? Tschuldige. Ich dachte, du wolltest was sagen.«

»Ich dachte, du wolltest was sagen«, erwiderte sie.

Nachdem sie sich verabschiedet hatten und er noch »Ich liebe dich« gesagt hatte, drückte er das Telefon gegen seine Stirn und hielt es dann noch einen Augenblick in der Hand. Er versuchte sich daran zu erinnern, wann er auf diesem Ding, diesem Boten der Angst, der schrecklichen Neuigkeiten, das letzte Mal ein angenehmes Gespräch geführt hatte. Gleich darauf bog er in den Parkplatz des Krankenhauses ein und stellte den Wagen vor der Notaufnahme auf einem der für Polizeifahrzeuge reservierten Plätze ab. Auf dem Weg nach oben stürzte er im Schwesternzimmer eine Tasse Kaffee hinunter. Er hoffte, das würde ihn wieder etwas frischer machen. Als er zusammen mit einer Schwester und einem kleinen Jungen im Fahrstuhl nach oben fuhr, schaute er starr geradeaus.

Auf dem Flur der Intensivstation ging Pollard nervös auf und ab. Sein Sakko mit den Filzflicken an den Ellbogen hing über einer Stuhllehne. »Herrgott, wo bleibst du denn?«

»Tut mir Leid, Honey. Hätte vorher anrufen sollen.« Er gab Pollard den Ordner, den er verlangt hatte. Er enthielt die dreißig Polizeifotos, die Caroline vor drei Wochen durchgegangen war.

Pollard deutete mit dem Kopf auf eine Tür. Dupree trat nach Pollard in das Halbdunkel des Krankenzimmers. Etwas an dem Raum irritierte Dupree. Dann wusste er, was es war: Er hatte vorher noch nie ein Krankenhauszimmer ohne Blumen gesehen. Der Pfandhausbesitzer, Denny Melling, lag auf dem Rücken in seinem Bett. Der Kopf wurde von einem Kissen gestützt, auf der Ablage am Kopfende des schräg gestellten Bettes kringelten sich Infusionsschläuche. Das Gesicht war von der Oberlippe bis zum Haaransatz mit Verbänden und einer Plastikmaske bedeckt – als wäre er gerade von einem Kostümball gekommen.

Sein Atmen glich einem flachen, krampfhaften Pumpen. Jeder Atemstoß wurde von einem leisen Stöhnen begleitet. Pollard beugte sich an sein Ohr hinunter und sagte leise: »Mr. Melling. Ich bin's noch mal, Detective Pollard.«

»Ich brauche mehr Morphium ... haben Sie denen Bescheid gesagt?«

»Klar, hab ich. Aber erst müssen Sie uns noch ein paar Fragen beantworten. Okay?«

Melling brummte irgendetwas, und Pollard zog den ersten Bogen mit sechs Fotos aus dem Ordner. »Mr. Melling, Detective Dupree hat ein paar Fotos mitgebracht. Vielleicht ist der Kerl dabei. Ich muss Ihnen das jetzt vorlesen, also hören Sie zu.« Er drehte den Bogen um und überflog den Text auf der Rückseite. »Also dann. ›Der Tatverdächtige kann, muss aber nicht eine der auf den Fotos gezeigten Personen sein. Denken Sie daran, dass Frisur, Vollbart oder Schnauzbart das Aussehen eines Menschen verändern können.‹ Okay, ich mache jetzt die Klappe auf. Das Licht wird am Anfang ein bisschen grell sein. Alles klar?«

Die Maske hatte eine Klappe aus Klebeband, die Mellings Augen bedeckte. Pollard hob die Klappe hoch, und Dupree stockte der Atem. Das rechte Auge war zwar blutunterlaufen, aber ansonsten unversehrt. Der Rest jedoch hatte nichts mehr von einem Gesicht an sich, es war ein Brei aus Fleisch und Haut. Die linke Augenhöhle wölbte sich unter dem Verband nach innen, die Nase war praktisch nicht mehr vorhanden. An ihrer Stelle war nur knotige rote Haut, die von schwarzen Fäden zusammengehalten wurde. In der Zeitung hatte Dupree gelesen: »... das Opfer wurde durch einen Schuss ins Gesicht verletzt ...« Eine sowohl unvollkommene wie unzutreffende Beschreibung. Das Opfer hatte überhaupt kein Gesicht mehr.

Mellings Blick glitt über die Fotos auf dem ersten Bogen.

»Und?«, fragte Pollard.

»Nein«, sagte Melling. Pollard hielt ihm den zweiten Bogen hin, und Mellings Blick huschte schnell darüber hinweg. »Nummer vier«, sagte er, und sein Augenlid klappte herunter. »Das ist er ... Sagen Sie jetzt Bescheid ...? Wegen dem Morphium ...? Ich bin müde.«

Pollard tätschelte ihm die Schulter und klappte die Augenklappe herunter. Er gab Dupree den Bogen mit den Fotos. Obwohl Dupree genau wusste, wer es war, schaute er sich das Foto Nummer vier an. Er hatte sich zwar seit Wochen eine kritische Masse des Bösen ausgemalt, doch hatte er sie sich nicht als eine einzelne Person vorgestellt. Doch hier war sie. Ihre Verbrechensserie. Lenny Ryan.

»Können Sie Detective Dupree noch mal erzählen, was Sie schon mir erzählt haben?«, sagte Pollard. »Was dieser Lenny von Ihnen gewollt hat?«

»Das hab ich doch schon«, platzte es aus Melling heraus. Er hörte sich an, als würde er jeden Augenblick anfangen zu weinen.

»Ich weiß. Nur noch einmal und dann sag ich Bescheid, dass Sie Ihnen noch ein Schmerzmittel geben.«

»Am Tag vorher war er schon mal da ... er hat auf mich geschossen ... wollte was wissen über ...«, Melling atmete ein paar Mal flach ein und aus und konzentrierte sich wieder, »... den Burschen, der im Park Dope verkauft.«

Melling dachte nach, versuchte sich an den Namen zu erinnern.

Dupree ging langsam auf das Bett zu. »Burn«, sagte er.

»Ja. Burn.« Er atmete tief durch.

»Warum war er hinter Burn her?«, fragte Pollard.

»Weiß nicht. Wollte vielleicht Stoff kaufen. Der Bursche hat auch ein paar Nutten am Laufen.«

Pollard warf Dupree einen kurzen Blick zu. »Hat der Kerl auch nach Nutten gefragt?«

»Am Anfang war er ganz umgänglich. Hat gefragt, wo die immer so rumhängen.«

»Hat er irgendeine bestimmte erwähnt?«

»Ja. Deshalb war er ja im Laden. Die kommen oft vorbei. Eine von den Nutten, die er kannte, hat wohl bei mir mal ein Armband versetzt.«

»Hatte er den Pfandschein?«

»Ja. Ist dann richtig sauer geworden, als ich das Armband nicht zum Pfandwert rausrücken wollte.«

»Die Nummer von dem Pfandschein, haben Sie die irgendwo?«

»Nein. Die Buchhaltung bei mir ist nicht gerade die beste.«

Dupree glaubte das aufs Wort. Pfandleiher waren berüchtigt für ihre schlechte Buchführung. So schützten sie die Diebe, von denen sie mit Ware versorgt wurden.

»Was ist dann passiert?«

»Er ist einfach wieder abgehauen. Und dann ist er noch mal zurückgekommen. War ziemlich angesäuert. Wollte unbedingt das Armband.«

Dupree schaltete sich ein. »Hat er den Namen erwähnt? Den von der Nutte?«

»Nein. Hat gesagt, sie ist tot.«

Pollard schaute Dupree triumphierend an. »Was ist dann passiert?«

»Als er wiedergekommen ist, am nächsten Tag, war er anders drauf. War ziemlich ... musste vor ihm auf die Knie.« Melling fing an zu weinen. Sein Brustkorb bebte.

Pollard tätschelte ihm wieder die Schulter und drückte auf den Summer für die Schwester. »Okay, Mr. Melling. Sie ruhen sich jetzt etwas aus, und später reden wir weiter.«

Als sie wieder auf dem Gang waren, betrachtete Dupree das Foto von Lenny Ryan. Er rieb sich das Kinn und versuchte, das Puzzle zusammenzusetzen. Ein paar Punkte konnte er zwar miteinander verbinden, aber es ergab sich kein Gesamtbild. Es ergaben sich sogar weitere Fragen, die das Bild, gleich Mellings zerfetztem Gesicht, unvollständiger als vorher erscheinen ließen. Man musste vorsichtig sein, durfte sich nicht zu viel vorstellen, durfte nicht von einem vorhandenen Auge auf ein zweites schließen, durfte nicht zwangsläufig auf eine Verbindung der einzelnen Bilder schließen – dass nämlich der Javelin dem Kerl mit der Irokesenbürste gehörte, der Beanie Babys verkaufte. Man musste seine Sehschärfe auf die Fähigkeit trimmen, dem Bild neue Einzelheiten hinzuzufügen, während man gleichzeitig andere wegließ.

Er hatte versucht, das Spivey zu erklären. Doch jetzt erkannte er, dass auch Pollard von solchen Feinheiten nicht den geringsten Schimmer hatte. Der starrte ihn an wie ein Hund, der seinem Herrchen einen toten Vogel vor die Füße legt.

Dupree gab ihm den Bogen mit den Polizeifotos zurück. »Also, strengen wir mal unsere Köpfe an.«

»Da ist zunächst der zeitliche Ablauf«, sagte Pollard. »Ryan ist vor zweieinhalb Monaten aus dem Gefängnis gekommen. Die erste Nutte ist vor zwei Monaten ermordet worden.«

Manchmal fällt es einem schwer, die Bruchstücke nicht zu früh zu einem Ganzen zusammenzufügen, sich, obwohl man noch gar nicht weiß, was man überhaupt verbindet, keine Verbindungslinien vorzustellen. Doch Dupree hatte es gepackt. Er schlenderte mit Pollard den Gang hinunter. Eigentlich hätte er Spivey anrufen sollen, doch bei dem Gedanken, diesem alles zu erklären, wurde ihm ganz schlecht. Er schaute Pollard an. »Wie sieht's aus, Dan, hast du etwas Zeit übrig, um mir bei dieser Sache ein bisschen unter die Arme zu greifen?« Dupree hätte gar nicht zu fragen brauchen. Pollard steckte mitten in seiner zweiten Scheidung. Zeit war alles, was er hatte. Und die Task Force war ein Sahnestückchen.

Pollard nickte. »Was soll ich tun?«

Während sie das Krankenhaus verließen, dachte Dupree an Debbie und an Pollards erste Scheidung vor zwei Jahren.

Fast alle Polizisten seiner Generation waren geschieden; ihre Ehen hatten sich im Laufe der Zeit aufgelöst – in Pechsträhnen: eine Zeit lang keine einzige Scheidung, und dann gleich ein Dutzend, als ob ein Sturm durch die Stadt gebraust wäre. Die Trennung war der Blitzschlag, er schreckte dich auf, überraschte dich. Die Scheidung war der Donner, er raubte dir den Atem und veranlasste dich, darüber nachzugrübeln, wie weit das Grollen von dir selbst noch entfernt war. Pollards erste Frau hieß Natalie, und es hatte eine Zeit gegeben, da hatten sie und die jungen Duprees immer die Wochenenden zusammen verbracht. Alan erinnerte sich an einen Abend, als sie sich in einem italienischen Restaurant bei jeder Menge Drinks unterhalten hatten über … tja, über was?

Er konnte sich nicht mehr erinnern. Er erinnerte sich noch daran, dass ihre Arme auf den Stuhllehnen der Frauen gelegen hatten. Er und Dan hatten so gelacht, dass der Wein aus den Gläsern geschwappt war. Damals waren sie andere Menschen gewesen – ihm hing noch eine Haartolle in die Stirn, und Pollard war um den Bauch herum schlanker. Doch der wesentliche Unterschied lag darin, dass sie so unerschrocken gewesen waren, so unbekümmert. Wie Spivey. Dupree sah den Abend deutlich vor sich – die Pasta, den Wein, das Lachen. Aber um nichts in der Welt konnte er sich daran erinnern, was damals so lustig gewesen war.

16

Die Frontscheinwerfer waren immer das Erste. Jedes Mal, wenn das Licht auf Carolines Gesicht fiel, war sie überrascht, dass sie keine Hitze erzeugten, sondern nur kaltes Licht. Manchmal trat der Fahrer auf die Bremse oder setzte wieder zurück. Doch meistens hielt sich der Fahrer für besonders schlau, wenn er einmal vorbeifuhr, den Häuserblock umrundete und überprüfte, ob irgendwo Streifenwagen standen. Doch der Wagen kam immer zurück. Dann beugte sich der Fahrer über den Beifahrersitz und lächelte. Ein Lächeln, das sich kaum von dem Lächeln unterschied, das Männer in Bars, in Lebensmittelläden oder auf den Fluren der Detective-Büros aufsetzten, ein abschätzendes, den Körper der Frau taxierendes Lächeln. Hier draußen zogen die Wagen ihre Kreise wie rote Blutkörperchen; ihre Fahrer wollten Sex oder Drogen oder beides zusammen. Auf der East Sprague gab es keinen zufälligen Verkehr. Keiner kam hier einfach nur durch.

An einer Bushaltestelle blieb Caroline stehen. Die Bank zierte ein Reklameschild eines Selbstbedienungs-Restaurants. Sie trug nur wenig Make-up und war auch nicht mit dem Drum und Dran ausstaffiert, das man von Nutten aus dem Fernsehen kannte – Pelzjäckchen oder Lederstiefel, die bis zu den Oberschenkeln reichten. Stattdessen trug sie Second-Hand-Klamotten – einen kurzen, engen Nylonrock und ein kleines geknöpftes Top, das den Bauch freigab. Ihr Outfit ließ nicht mehr nacktes Fleisch sehen als das anderer junger Frauen, die sich an diesem Abend in den Clubs aufhielten. Es sah nur billiger aus und lag enger an. Der Rest war Körpersprache. Wie sie auftrat, sich bewegte, ging. Auf eigene Rechnung arbeitende Straßennutten lehnten sich nicht an Laternenpfähle, sie flanierten mit fließenden Bewegungen, stellten ihre Körperrundungen anzüglich zur Schau, betonten den Kontrast zwischen konvex und konkav, vom Knöchel über Knie, Oberschenkel, Hüfte, Taille und Busen bis zum Hals. Da alles, was ein Mann wollte, in diesen Kontrasten enthalten war, sagte sich Caroline das, was sich Mädchen wie Jacqueline wahrscheinlich jeden Tag sagten: Sie wollen nicht dich, sie wollen deinen Körper. Wenn ein Freier unterscheiden konnte zwischen ihr und ihrem Körper, dann konnte sie das auch. Sie schlenderte den Abschnitt der Sprague Avenue entlang, der als Marktplatz der Straßennutten fungierte – eine merkwürdige Ansammlung von Gebrauchtwagenhändlern für eher klamme Kundschaft, China-Restaurants, Pfandhäusern, Säuferkneipen, Stundenmotels, schmierigen Saunas und Massage-Salons. Von den wenigen normalen Unternehmungen, die ihren Geschäften tagsüber nachgingen, war Landers' Cove – Vertrieb von Booten und Jachten der Oberklasse – die auffälligste. Die Firma, die fast den gesamten Häuserblock einnahm, versteckte sich wie eine Trutzburg hinter einem hohen Gitterzaun, an dem Caroline jetzt entlangging.

Hinter sich hörte sie das Geräusch eines abbremsenden Motorrads. Eine noch ziemlich neue Rennmaschine tauchte neben ihr auf. Obwohl sie nur noch ausrollte, lag der Mann in seiner Lederkombi auf dem Tank, als hätte er ein Höllentempo drauf. Sie tippte sofort auf Fairchild Air Force Base. Die Soldaten trieben sich überall in der Gegend herum. Die meisten waren zwar harmlos, doch eine Handvoll aggressiver kleiner Arschlöcher bekam es immer wieder mal mit der Polizei zu tun. Nichts Ernstes: Unzucht mit Minderjährigen, einfache Körperverletzung und Kneipenschlägereien. Sie klapperten den Straßenstrich ab, kauften Speed und jagten mit ihren kleinen Roadstern und bunten japanischen Reisschüsseln – das Einzige von Wert, zu dem sie es während ihrer Dienstjahre brachten – in der Gegend herum. »Was läuft denn so?«, fragte der Kerl. Die lässig hingeworfenen Worte passten ganz und gar nicht zur Härte seines Blicks.

»Häng bloß so rum«, sagte sie. »Warte auf jemanden.« Sie drückte sich bewusst vage aus. Auf keinen Fall durfte das Angebot von ihrer Seite kommen.

»Klar. Geht hier irgendwo was ab? Irgendwas gehört?«

»Nein. Du?«

Er zuckte mit den Schultern. »Ich wollte eigentlich rüber zur Staatsgrenze. Oder weißt du was Besseres?«

Was er wollte, lag auf der Hand. Er stellte sich an wie ein Tennisanfänger beim ersten Aufschlag. Weder kunstfertig noch kraftvoll. Einfach den Ball in hohem Bogen übers Netz. Sie lächelte. »Könnte schon sein, dass ich was weiß.«

»Da wette ich drauf.«

Und dann nichts mehr. Er saß auf seinem Motorrad, behielt den Helm auf und schaute sie nur an. Für einen Moment fürchtete Caroline, dass sie nicht attraktiv genug sei oder dass er einen anderen Typ wollte. Ein weiteres Paar Scheinwerfer tauchte auf. Das Auto bremste ab, fuhr vorbei.

Der Air-Force-Typ hielt die Stellung und sie schaute ihn mit zunehmend verwirrtem Blick an. »Willst du irgendwas?«, fragte sie schließlich. »Du hältst nämlich den Verkehr auf.«

Das machte ihn ein bisschen nervös und er wusste nicht genau, was er als Nächstes tun sollte. Sie sah ihm an, was er wollte – was sie alle wollten, was man ihnen allen erzählt hatte, damit sie nicht verhaftet würden. Bring die Nutte dazu, dass sie den Deal vorschlägt. Wenn er das schaffte und sich dann herausstellte, dass er einer Polizistin auf den Leim gegangen war, dann hatte ein Anwalt die Chance, den Richter davon zu überzeugen, dass er in eine Falle gelockt worden war.

Er musterte sie von oben bis unten. »Weiß nicht. Hab irgendwie das Gefühl, dass du ein Bulle bist.«

»Ach ja? Und ich hab das Gefühl, dass du ein ziemliches Arschloch bist.«

Er schien ehrlich verletzt zu sein. »Hey, kein Grund, sich so aufzuregen.«

»Verpiss dich. Ich hab keine Zeit für Spielchen.«

Er nahm den Helm ab und ein militärischer Haarschnitt und ein schmaler Schnauzbart kamen zum Vorschein. Air Force, alles klar. Sie stellte befriedigt fest, dass sie richtig gelegen hatte.

»Hey, ich hab's nicht so gemeint. Ist nur so, dass ich dich hier noch nie gesehen hab.«

»Warst du schon mal im Barrel? Ist ein Laden am Stadtrand, im Norden.« Das war ein piekfeiner Schuppen, der für den Kerl sicher eine Nummer zu groß war.

»Nein.«

»Tja, ich bin da nicht mehr so gern gesehen. Fürs Erste bin ich mal hier gelandet. Ich versuche zu arbeiten, warum machst du also nicht, dass du weiterkommst?«

»Verdammt noch mal, jetzt reg dich nicht auf. Ich will bloß sichergehen, dass du kein Bulle bist.«

Inzwischen war er abgestiegen und stand neben seinem Motorrad. Caroline spürte, wie ihr Adrenalinspiegel stieg. Er hatte angebissen und ließ alle Vorsicht fahren. »Entspann dich. Wie wär's, wenn wir zusammen irgendwo hinfahren?«

Sie nickte in Richtung des Motorrads. »Auf dem Ding da fahr ich nirgendwo hin.«

Er schaute die Straße hinunter. »Wir könnten uns ein Zimmer besorgen.«

»Ein Zimmer? Romantiker, was?« Tatsächlich war das ein guter Vorschlag. Sie hasste es, wenn sie in Autos einsteigen musste, hasste die Sekunden, bis die anderen Detectives aus ihren Verstecken kamen, den Kerlen Handschellen anlegten, ihnen ihre Rechte vorlasen und ihre Wagen beschlagnahmten. Benutzten sie eine jüngere Streifenbeamtin oder eine Studentin als Köder, war der Kreis der Verstecke enger gezogen und es kam erst gar nicht dazu, dass die Mädchen einsteigen mussten. Bei Caroline jedoch hielt die Kavallerie etwas mehr Abstand. Und deshalb war der gefährlichste Teil das Auto, dort war sie am verwundbarsten. Vom Standpunkt des eingreifenden Polizisten war dieser Teil auch deshalb der unangenehmste, weil sie – im Fall, dass der Freier den Akt im Auto vollziehen wollte – das Auto konfiszieren mussten und sie dann jede Menge Schreibkram am Hals hatten.

Caroline warf einen kurzen Blick über die Straße, wo schräg gegenüber in einem flachen Motelbau Gerraghty und Solaita saßen, sie beobachteten und dem Gespräch lauschten, das das Mikro an ihrem Körper übertrug. »Schätze, ich könnte ein Zimmer auftreiben.«

»Wie viel?«

Bingo. Straftat. Caroline sah Sergeant Lane vor sich, der immer ganz kribbelig war, wenn er am Lautsprecher hing. Er würde sich jetzt entspannen, vielleicht sogar nicken. Caroline trat auf den Air-Force-Kerl zu. »Kommt drauf an, was du willst.«

»Weiß nicht. Halb und halb vielleicht.«

Blasen und vögeln. Der Kerl war entschlossener, als er aussah. »Schätze, das hab ich auf Lager. Fünfundachtzig und du zahlst das Zimmer.«

»Scheiße, du spinnst wohl. Sechzig und du zahlst das Zimmer. Weiß doch jeder, dass ihr Sonderpreise kriegt.«

Das stimmte. Nutten bekamen Rabatt auf den Stundenpreis oder machten einen Deal aus – zum Beispiel einmal Blasen für den Zimmerpreis von vier Stunden. Obwohl sich der Kerl schon strafbar gemacht hatte, musste Caroline, auch wenn sie langsam das Interesse verlor, weiter verhandeln. »Eigentlich müsste ich schon fünfzig dafür kriegen, dass ich nur hier rumstehe und mit dir quatsche. Wie wär's mit fünfundsiebzig?«

»Zu viel.«

Sie spielte die Enttäuschte. »Fünfundsiebzig und ich zahle das Zimmer.«

Er lächelte. »Du bist kein Bulle, richtig?«

»Ich? Ich bin der Polizeichef.«

Er lachte. Sie schaute nach links, nach rechts und trat auf die Straße. Er ging hinter ihr her, wobei er ihr den Arsch tätschelte. Sie musste sich zusammenreißen; am liebsten hätte sie sich umgedreht und wäre dem kleinen Wichser an die Gurgel gegangen. Der Kerl begrapschte wahrscheinlich schon sein ganzes Leben lang Ärsche. Sie hasste solche Typen. Typen, die einen auf dem Flur anrempelten und sich an einen drückten, die wie Highschool-Kids ganz hippelig wurden, wenn sie sich an fremden Leuten rieben.

Er plapperte nervös auf sie ein, was ihn noch jünger erscheinen ließ. »Ich heiße Albert«, sagte er. »Ich komme aus Salem. Und du? Woher kommst du? Ist ja nicht wichtig, aber ist doch immer wieder erstaunlich, wenn ich sage ›Hey, ich komm aus Salem‹ und dann heißt's ›Scheiße, ehrlich? Mein Onkel wohnt da‹ oder so was in der Art.«

Sie führte ihn in die Lobby des Motels und öffnete die Tür zum Treppenaufgang. Dort saß Gerraghty auf einem Stuhl und lehnte sich an die Eismaschine. »Alles paletti, Kumpel?«

Albert zuckte zusammen und fasste sich an die Brust. Caroline schaute Gerraghty wütend an. Alles paletti? Die schlechtesten Polizisten, dachte Caroline, waren die, die sich aufführten, als wären sie die Hauptdarsteller in ihrem eigenen kleinen Film. Sie warfen mit Schlagworten und knackigen Sprüchen um sich, die sich anhörten, als hätten sie sie vor dem Spiegel auf der Männertoilette eingeübt.

»Polizei«, sagte sie und zog ihre Dienstmarke, da Gerraghty keine Anstalten machte, seine vorzuzeigen. »Sie sind verhaftet wegen Anstiftung zur Prostitution.«

»Was? Nein!« Er schien zu schrumpfen, schien mit jeder Sekunde immer jünger zu werden. »Ich hab kein Wort davon gesagt, dass ich was zahlen würde. Ich dachte … na ja, ihr wisst schon …«

Gerraghty stand auf und ging auf ihn zu. Seine Hand lag auf der Pistole in seinem Hosenbund. »Leg die Hände hinter den Kopf und dreh dich um.«

»O nein. Ich glaub's einfach nicht.« Er konnte es nicht fassen. Anstandslos ließ er es zu, dass Caroline seine Arme packte und um eins seiner Handgelenke die Handschelle zuschnappen ließ.

»Sie haben das Recht zu schweigen …« Gerraghty spulte sein Programm ab.

Unter der trüben Lampe des Treppenvorraums brach Albert in Tränen aus. Caroline ließ seine gefesselte Hand los. »Bitte nicht!«, bettelte er. »Das ist schon das zweite Mal. Die nehmen mir das Motorrad weg, ich werde unehrenhaft entlassen.« Er brabbelte noch etwas über Darlehen fürs College und schlug dann die Hände vors Gesicht, wobei die Handschelle schepperte.

Die Heulerei schien Gerraghty zu amüsieren, denn er setzte ein breites Grinsen auf und verdrehte die Augen. Caroline hingegen fühlte sich beschissen. Als Solaita von seinem Beobachtungsposten aus einem der Erdgeschosszimmer zu ihnen stieß und Gerraghty beim Verlesen der Rechte ablöste, verdrückte sie sich.

Gleich darauf stand Caroline wieder vor dem Motel und ließ sich die kühle, ungestüme Frühlingsluft ins Gesicht wehen. Sie hörte das Weinen des Air-Force-Burschen, während Solaita ihm geduldig erklärte, dass ihm ein Anwalt gestellt würde. Sie atmete tief durch, überquerte den Parkplatz des Motels und die Straße und blieb kurz vor dem Motorrad stehen. Nach dem Ende der Operation würde man es abholen.

Sie entfernte sich von dem Motorrad und fing wieder an, auf und ab zu schlendern. »Gott, wie ich das hasse«, sagte sie leise zu sich selbst, obwohl sie genau wusste, dass alle Beamten ihre Worte hören konnten – Gerraghty und Solaita auf der anderen Straßenseite, der Sergeant und die Detectives in dem Lagerhaus zwei Straßen weiter. Sie würden sich anschauen, die Augenbrauen hochziehen und sich einmal mehr darin bestätigt sehen, dass Caroline nicht für diese Art Job gemacht sei, dass sie dem allem nicht gewachsen, dass sie einfach zu weich sei. Sie ging weiter.

Die gefährlicheren Freier parkten in den dunklen Seitenstraßen, die im rechten Winkel von der Sprague abzweigten. Wie Fischer in ihren Booten warteten sie darauf, dass die Frauen an ihnen vorbeischwammen. Als ein Scheinwerferpaar über den Gehweg glitt, trat Caroline ins Licht und gab dem Fahrer Gelegenheit, die Ware zu begutachten. Doch der Wagen bremste nicht mal ab. Caroline war verwirrt darüber, dass sie sich fühlte, als hätte man ihr einen Korb gegeben. Während sie zwei Häuserblocks weit die Sprague entlangschlenderte, dann wieder umkehrte und auf das Gebäude des Bootshändlers zuging, fuhren mehrere Autos an ihr vorbei. Nach zehn ereignislosen Minuten sah Caroline Sergeant Lanes Zivilwagen um die Ecke biegen und auf sie zukommen. Gleichzeitig verließen gegenüber Solaita und Gerraghty ihr Motelzimmer. Zwischen ihnen trottete der gefesselte Albert. Sergeant Lane parkte hinter dem japanischen Motorrad und stieg aus.

»Das war's für heute«, sagte er und gab ihr ihre Sporttasche. »Ich hab die Streifenwagen zurückgeschickt. Wir haben fünf erwischt – plus Ihrem Freund hier.« Er deutete in Richtung Albert, der zusammengesunken auf dem Randstein saß. »Macht genau ein halbes Dutzend. Gute Beute für eine Nacht.«

Caroline schaute auf die Uhr. »Es ist erst zehn.« Die zweite Schicht hatte gerade erst begonnen. Sie ging von zehn bis um drei, eine Stunde nachdem die Bars zusperrten.

»Ich hab den Jungs von Major Crimes gesagt, dass sie uns nur für ein paar Stunden haben können. Jetzt haben sie ihre paar Stunden bekommen. Das ist nicht unser Fall. Sollen ruhig selber ein bisschen Drecksarbeit machen.« Er schaute zu Solaita, Gerraghty und dem zwischen ihnen kauernden Air-Force-Burschen. »Wer von euch will die verschissene Japsenschüssel fahren?«

Gerraghty zuckte mit den Schultern und spielte den Desinteressierten. »Wenn's denn sein muss.«

»Sollten wir nicht noch eine Stunde dranhängen?«, fragte Caroline.

»Das ist doch bloß ein Punkt zum Abhaken auf ihrer Checkliste, Caroline. Dann können sie behaupten, dass sie alles unternommen hätten. Ich weiß Ihr Engagement zu schätzen, aber die Kerle, die wir hier schnappen, sind doch bloß Vollidioten.« Er drehte sich zu Albert um. »Der Typ, den die suchen, macht nicht einfach eine Nutte an, die er vorher noch nie gesehen hat.«

»Sie sind der Boss.« Obwohl sie sich fragte, ob Lane ihr den Job vielleicht nicht zutraute oder ob er fürchtete, dass sie wieder Mist bauen könnte, war Caroline doch erleichtert. Vielleicht glaubte er, dass das alles nur sinnlos verschwendete Zeit wäre. Eigentlich egal. Hauptsache, es war Schluss für heute. Caroline drehte sich um und griff unter ihr T-Shirt, riss das zwischen ihren Brüsten mit Klebeband befestigte Mikro ab und warf es in ihre Tasche. Sie streifte ein Sweatshirt über und schlüpfte in eine Jogginghose, die sie bis unter den Rock hochzog. Dann öffnete sie den Reißverschluss des Rocks, der auf das Pflaster fiel. Als sie wieder aufschaute, waren alle Augen auf sie geheftet – die der Detectives und die des Air-Force-Burschen. Der Sergeant räusperte sich.

Gerraghty stieg auf das Motorrad, drehte den Zündschlüssel und ließ den Motor aufheulen. Er bedachte seine Kollegen mit einem leichten Lächeln.

»Auspuff ist ein bisschen locker«, sagte der Air-Force-Bursche. Er schaute Caroline entschuldigend an und zuckte mit den Schultern. »War ein Baum im Weg.«

Carolines Wagen stand eine Straße entfernt von der Sprague Avenue, gleich hinter dem gitterumzäunten Gelände des Bootshändlers. Der Sergeant begleitete sie ein Stück. Er lobte sie für die gerade geleistete Arbeit und dafür, dass sie nach der drohenden Suspendierung wieder mit so viel Begeisterung und Professionalität bei der Sache sei. Auf Dr. Ewings Rat hin versuchte Caroline nicht zynisch zu werden, den gönnerhaften Ton ihres Kollegen zu überhören und von den Worten, als stünden sie auf einem Blatt Papier, nur deren Inhalt aufzunehmen. Aber es half nichts. Caroline hörte auch zwischen den Zeilen. Wenn er sie für ihr Engagement und ihre Professionalität lobte, dann hieß das, dass sie die vorher hatte vermissen lassen. Wenn die gerade geleistete Arbeit die Ausnahme war, dann war der Bockmist und der emotionale Aufruhr vom letzten Monat die Regel gewesen. *Vielen Dank, dass du die Frau in dir diesmal zu Hause gelassen hast.*

»Also dann«, sagte Lane und drehte sich um, weil er zu seinem Wagen zurückgehen wollte. »Ich wollte Ihnen nur sagen, dass ich das zu schätzen weiß.«

»Danke«, sagte sie. Dann trennten sie sich, und jeder machte sich auf den Weg zu seinem Wagen. Doch plötzlich blieb Caroline stehen und wandte den Kopf. Sie wollte sehen, ob er umkehrte und so seine eigenen Worte Lügen strafte. Doch er ging – wie noch vor ein paar Minuten sie selbst – unter den Straßenlampen der Sprague Avenue bis zu seinem Wagen, stieg ein, ließ den Motor an und fuhr davon.

Sie wurde langsam verrückt, lauerte bei jeder Bewegung und jeder Äußerung auf eine andere Bedeutung, vermutete Zusammenhänge bei Dingen, die nichts miteinander zu tun hatten. Das Schlimmste war, dass sie anfing, hinter dem Verhalten der Menschen bestimmte Gründe und Muster zu vermuten. Für einen Polizisten konnte die Annahme, dass es auf der Welt wie in einem Kindermärchen zugehe und dass das Gute belohnt und das Böse bestraft wurde, gefährlich werden.

Caroline warf die Tasche in den Wagen. Auf einmal wurde sie sich der Dunkelheit bewusst, des Kontrastes zwischen der dunklen Seitenstraße, in der sie sich befand, und der East Sprague mit den grellen Lichtern der China-Restaurants und Säuferkneipen.

Jemand beobachtete sie. Sie spürte es, bevor sie es hörte – es kam aus einer Gasse, die von der anderen Straßenseite abzweigte. Leise Schritte, ein Knirschen, ein Schuh auf bröckeligem Asphalt, jemand, der sich alle Mühe gab, leise aufzutreten. Sie drehte sich um, doch die Gasse lag trübe und dunkel da. Nichts zu sehen. Die Lichter von der Sprague blendeten sie. Sie hielt sich die Hand vor die Augen. Nichts. Sie griff in die Sporttasche, zog die Pistole heraus und steckte sie sich in den Hosenbund. Dann trat sie auf die Straße und tauchte etwa in der Mitte ins Dunkel ein. Der Tag im Park schoss ihr durch den Kopf. Als sie Lenny Ryan hatte stehen lassen, um dem todgeweihten Burn hinterherzujagen. Langsam gewöhnten sich ihre Augen an die Dunkelheit. Sie sah in gut zehn Metern Entfernung einen Mann, der sich umdrehte und in die Gasse zurückzog.

»Hey!«, rief sie und ging schneller. Sie kam an Mülltonnen und einer Laderampe vorbei und fing schließlich an zu laufen. Als sie in die Gasse eintauchte, sah sie, wie der Mann am anderen Ende hinauslief. Sie wusste, dass es falsch war, was sie tat. Sie wusste, dass sie umkehren, zum Auto zurücklaufen und Verstärkung rufen sollte. Aber Caroline lief über das grobe Pflaster der engen Gasse. Sie wusste, dass der Mann, den sie verfolgte, keine unterbewusste Reaktion auf Stress, keine von ihren Ängsten hervorgerufene Sinnestäuschung war. Nein, sie war sich jetzt sicher. Er war es. Sie verfolgte Lenny Ryan.

17

Das Bild, das um zehn Uhr abends in Duprees Kopf herumgeisterte, war zwar größer, aber immer noch nicht klarer. Pollard hatte Ryans Foto Verwandten und Freunden der drei Opfer vorgelegt – ohne Ergebnis. Dupree überprüfte, ob eines der Opfer im Norden Kaliforniens gelebt hatte, was sich jedoch ebenfalls als Sackgasse herausstellte. Sie gingen Burns Strafakten und die Bücher von Mellings Pfandhaus durch, doch nirgends tauchte der Name einer der drei toten Prostituierten auf.

Was Ryan selbst betraf, so stimmte das Kaliber der bei den drei Prostituiertenmorden benutzten Waffe nicht mit dem des Überfalls auf Melling überein. Es existierten weder Kreditkartenbelege noch Mietüberweisungen noch sonst etwas, das Aufschluss darüber gab, wo sich Ryan in den zweieinhalb Monaten seit seiner Entlassung aus dem Gefängnis aufgehalten hatte. Laut Bericht seines Bewährungshelfers war er nur zu einem Treffen erschienen und dann verschwunden. Bis zu dem Tag, als er Burn von der Brücke stieß, hatte er in Spokane keinerlei Spuren hinterlassen. An den drei Leichen fanden sich weder Fingerabdrücke noch Spermareste; nichts, das auf Ryan hingedeutet hätte. Im Grunde standen sie mit leeren Händen da.

So war der Job. Informationen tröpfeln so langsam ein, dass man sich in einzelne Details verbeißt und dabei den Rest aus den Augen verliert. Ein Beispiel: Vor zwei Wochen hatte Dupree die Laborberichte auf den Tisch bekommen, die besagten, dass man in den Mägen von zwei der drei Opfer Reste von Hühnchen-Sandwich gefunden hatte. Also fing er an sich vorzustellen, wie der Mörder die Opfer vor einem bestimmten Restaurant abfing oder ihnen Hühnchen-Sandwiches spendierte, bevor er sie umbrachte. Dieses Detail wurde so beherrschend, dass es ihn ziellos unter großem Zeitaufwand in alle möglichen Richtungen trieb, bis er sogar Restaurants ausspionierte und die Angaben auf Tiefkühlpackungen mit gefrorenen Hühnchenteilen las. Schließlich stellte sich das Hühnchen-Sandwich als Hauptangebot eines Restaurants auf der East Sprague heraus, wo sich die Nutten spät nachts regelmäßig trafen. Die Aufregung um eine einzelne Information hatte etwas geklärt, dem keinerlei Bedeutung zuzumessen war, und der ganze Aufwand war eitles Theater gewesen, das zu nichts geführt hatte.

Tatsächlich waren die Dinge nicht immer miteinander verbunden, oder wenn sie es waren, dann konnte der Aspekt, der zwei verschiedene Fakten miteinander verband, durchaus das unwichtigste Merkmal dieser beiden Fakten sein.

Mit anderen Worten – Zufall. Kaum eine Sache, über die sich die meisten Leute, für die Zufälle gewöhnlich etwas Erfreuliches sind, Gedanken machten. Du träumst von deinem alten Lehrer aus der achten Klasse, und am nächsten Tag läufst du ihm in einem Geschäft über den Weg. Was für ein netter Zufall. Doch für jemanden, der ein Verbrechen untersucht? Für den gibt es keine ›netten‹ Zufälle. Zufall ist der Teufel. Manche Polizisten – Spivey war so einer – hielten sich für immun gegen Zufälle, sie hielten jede Art von Information für gleichwertig, für sie waren Ermittlungen gleichbedeutend mit die Wahrheit finden. Doch Dupree wusste es besser.

Wenn man einen Treffer landete wie bei Melling, dem Pfandhausbesitzer, der auf das Foto von Lenny Ryan zeigte und was von Nutten brabbelte, dann ging man dem nach mit einer Art abergläubischer Vorsicht. Weil ein Typ wie Lenny Ryan bezahlt hat für seinen Anteil an Sex und Dope und diese beiden Welten die Kreise der Ermittlungen sicher überschneiden werden – nur dass man nicht weiß, wo. Man kennt nur separate Tatsachen: die Tatsache, dass Lenny Ryan in der Stadt auftaucht, mindestens zwei Menschen tötet und versucht, einen dritten umzubringen; und die Tatsache, dass Lenny Ryan danach fragt, wo sich Nutten rumtreiben, und dass er von einer toten Nutte erzählt. Der Mann tötet Prostituierte. Man sucht Überschneidungen im zeitlichen Ablauf; in der primitiven Dreistigkeit der Tat; in Daten, Blutspuren, Kreditkartenbelegen, Zwanzig-Dollar-Scheinen.

Möglicherweise überschneiden sich diese beiden voneinander unabhängigen Tatsachenkomplexe nie. Möglicherweise knallen sie aufeinander, ohne dass das irgendetwas zu bedeuten hat. Möglicherweise existieren andere Details, die sie miteinander verbinden, Dinge, die man kennt, die aber schon wieder aus dem Blickfeld verschwunden sind, Aspekte, die eine entscheidende Überschneidung belegen, aber im Dunkeln bleiben. Eine Ermittlung ist der Versuch, sich an etwas zu erinnern, dessen Wesen einem unbekannt ist. Es ist die Anwendung analytischer Mittel auf die Intuition; der Versuch, Geruch sichtbar zu machen. Und dieser Prozess verändert einen Menschen, trübt sein Gespür für die Gegenwart, für das Lebendige, für den Stoff des Lebens – sogar für die eigene Ehe.

Man bezahlt einen Menschen dafür, dass er anderer Leute Leben aufdröselt, und schon bald findet er sich dabei wieder, dass er sein eigenes aufdröselt und dunklen Motiven nachspürt. Er sitzt an der Theke, richtet sich plötzlich auf und fragt sich: »Was geht hier eigentlich mit mir vor?«

»Was ist los?«, fragte Pollard.

Dupree blinzelte und kehrte aus seiner Trance zurück. »Was?«

»Du starrst Löcher in die Luft«, sagte Pollard. »Hat richtig gruselig ausgesehen.«

Dupree schaute auf die Uhr. »Ich hab über was nachgedacht.« Er dehnte die Arme und schaute Pollard ernst an. »Erinnerst du dich an das italienische Lokal, wo wir vor ein paar Jahren immer hingegangen sind? Wir beide, mit Debbie und Natalie?«

Pollard überlegte kurz. Dann entspannte sich sein Gesicht, und er lächelte. »Ja. In South Hill. Mann, da bin ich seit Jahren nicht mehr gewesen.« Er schaute ebenfalls auf die Uhr. »Glaubst du, die haben jetzt noch auf?«

»Ich rede nicht von jetzt. Ich hab versucht, mich an diesen einen Abend damals zu erinnern.«

Pollard machte es sich auf seinem Stuhl bequem. »Ich weiß. Wir hatten jede Menge Spaß. Debbie hat echt Gas gegeben damals.«

»Und Natalie erst.«

Sie lächelten über ihre alte Angewohnheit, die Qualitäten ihrer Ehefrauen mit Worten zu beschreiben, als wären sie Autos. Mit freundlichen Worten, ohne Hintergedanken, ohne herabwürdigende Absicht. Und dennoch verrieten sie den geringen Stellenwert, den die Ehe in ihrer beider Leben einnahm.

»Ich hab versucht, mich daran zu erinnern, worüber wir eigentlich so gelacht haben.«

Pollard runzelte die Stirn. Er starrte die Tischplatte an und schaute wieder auf. »Keine Ahnung. Mann, ich glaube, ich werde langsam alt.«

»Wie lange danach habt ihr euch …«

»Ein Jahr«, sagte er, bevor Dupree seine Frage nach der Scheidung beenden konnte.

Jenes Abendessen war eine singuläre Tatsache: Sie hatten sich prächtig amüsiert. Nun stellte man die andere singuläre Tatsache – Pollards Ehe – daneben: Ein Jahr später war sie am Ende. Es ging nicht nur um Zufälle, sondern auch um Abweichungen. Wenn man etwas ganz aus der Nähe betrachtete – woher sollte man wissen, ob man es mit einem strukturell bedingten Bruch oder nur mit einem harmlosen Riss zu tun hatte? Dupree hatte seit sechs Uhr nicht mehr mit Debbie gesprochen. Vor fünf Stunden hatten sie zu Abend gegessen, vor drei Stunden – um acht – hatte er nach seiner letzten Schätzung zu Hause sein wollen.

Pollard stand auf. »Wie wär's mit einem Bier? Vielleicht fällt es mir noch ein.«

»Okay.« Dupree schob lose Blätter in Aktenordner, Aktenordner in Kartons, Kartons unter den Schreibtisch. Einen Augenblick lang schoss ihm der Gedanke durch den Kopf, dass er, wenn er etwas mehr Ordnung in seine Arbeit bekäme, auch seine familiären Dinge besser im Griff hätte, dass seine Probleme mit Debbie organisatorische und keine strukturellen wären. Vielleicht müsste er sich nur an mehr Dinge erinnern, um ein gewissenhafter Ehemann und Vater zu sein. Sein Dienstjubiläum stand vor der Tür. Debbie wünschte sich zum Muttertag einen Ring. Was waren die Geburtssteine seiner Kinder? Wann hatten sie überhaupt Geburtstag?

Beim Gedanken an Ringe und Geburtssteine fiel ihm etwas ein. Er schaute Pollard an. »Lenny Ryan war doch bei dem Pfandleiher, weil er hinter dem Armband von irgendeiner Nutte her war.«

»Ja, das hat er zumindest gesagt.«

»Und er hatte von der toten Nutte den Pfandschein bekommen. Richtig?«

»Bei Mellings Unterlagen haben wir aber nichts gefunden«, sagte Pollard. Tatsächlich hatten sie alle Quittungen Mellings überprüft, ohne dass sie auf den Namen von einer der drei Toten gestoßen waren.

Dupree sprang auf und zog die beiden Kartons mit den Belegen über den Tisch. Wieder so eine Sache, die dauernd passierte. Man versuchte Verbindungen herzustellen zwischen bestimmten Einzelheiten und vergaß darüber andere. Sie hatten die Belege auf Namen von toten Nutten überprüft.

Aber sie hatten sie nicht im Hinblick auf Armbänder inspiziert. Dupree schob einen Karton zu Pollard rüber, nahm sich selbst den anderen vor und fing an, die Quittungen durchzugehen.

Pollard nahm zögernd die erste Quittung in die Hand. »Wonach suche ich überhaupt?«, fragte er.

»Schmuck«, sagte Dupree, ohne den Blick von seinem Papierberg abzuwenden.

»Schmuck?«

»Genau.«

»Bei einem Pfandhaus?«

»Genau.«

»Bist du nicht ganz sauber? Der hat mindestens fünfhundert Belege über irgendwelchen Schmuck und locker noch mal so viele Stücke ohne Beleg.« Pollard hatte Recht. Wenn Mellings Laden auch nur annähernd so lief wie die anderen einhundertfünfundzwanzig Pfandhäuser in Spokane, dann war ein Großteil seiner Sachen gestohlen. Das galt vor allem für Schmuck. Weil er leicht zu transportieren war, nahmen Diebe Schmuck als Erstes mit, und weil er nur selten mit Seriennummern versehen war, konnten sie ihn bei Pfandleihern auch als Erstes losschlagen. Pfandhäuser waren verpflichtet, genau Buch zu führen. Wenn also ein Pfandleiher auch nur den leisesten Verdacht hatte, dass ein Stück gestohlen war, dann kaufte er es ohne Quittung oder machte, um seinen Kunden zu schützen, falsche Angaben. Melling hielt die Angaben auf seinen Belegen so vage wie möglich, nur eine Nummer und ein Wort wie etwa ›Schmuck‹ oder ›Elektronik‹ oder ›Münzen‹. Viele der Namen waren ganz offensichtlich falsch – außer den Smiths und Johnsons gab es sogar einen Walt Disney.

Dupree und Pollard stapelten die Schmuck-Belege zwischen den beiden Kartons auf dem Schreibtisch auf. Dann verglichen sie jeden Namen mit den bekannten Aliasnamen, Adressen und Telefonnummern der drei Opfer. Dupree hatte sich schon auf zwei weitere Stunden im Büro eingestellt; doch als er gerade den zehnten Beleg kontrolliert und abgelegt hatte, stutzte er. Er nahm den Zettel nochmals in die Hand und starrte auf das Wort ›Armband‹ und einen Namen, mit dem er nie gerechnet hatte. Shelly Nordling. Dupree stand auf.

»Was ist?«, fragte Pollard.

Dupree ging zu einem Aktenschrank, öffnete ihn und zog einen mit »Fälle ohne direkten Bezug« beschrifteten Ordner heraus, in dem ungelöste Prostituiertenmorde, Körperverletzungen und Vermisstenanzeigen der letzten zehn Jahre in Spokane abgelegt waren. »Nordling, Shelly, geb. 09. 12. 1972. Ermordet am 8. Februar.« Wie andere ungelöste Mordfälle und Vermisstenanzeigen von Frauen in der Stadt war Dupree diesen Fall ein Dutzend Mal durchgegangen, hatte aber keine Verbindung zwischen Shelly Nordling und den drei aktuellen Morden herstellen können. Die Details waren vollkommen verschieden. Zum Beispiel, dass Serienmörder die Art und Weise, wie sie ihre Opfer versteckten, nie änderten. Solche Details waren nicht zufällig, sondern grundlegend. Shelly Nordling war anscheinend nach einem Streit mit einem Freier oder Zuhälter mit ihrem eigenen Messer erstochen worden. Bei den drei aktuellen Fällen waren die Opfer stranguliert und dann erschossen worden. Shelly Nordlings Leiche hatte man scheinbar ohne besonderen Grund in einer Gasse abgeladen. Bei den anderen drei war der Mörder planvoll vorgegangen: Er hatte ein paar Fingernägel entfernt, hatte ihnen vierzig Dollar in die Hand gedrückt und die Leichen in flachen Mulden abgelegt und mit Zweigen zugedeckt. Also konnte es nicht derselbe Mörder sein. Oder doch?

Dupree fing an, die Akte durchzulesen und gab jedes Blatt an Pollard weiter. Vor knapp vier Monaten, im Februar, hatte man in einer Gasse die Leiche einer Frau mit durchschnittener Kehle gefunden. Weder Fingerabdrücke noch andere Spuren gaben einen Hinweis auf den Täter. Man hatte geringe, zu vernachlässigende Mengen von Metamphetamin, Kokain und anderen verschreibungspflichtigen Medikamenten festgestellt. Sie hatte Geschlechtsverkehr gehabt, aber nichts sprach für Vergewaltigung. Unter ihren Fingernägeln hatte man Stoff- und Teppichfasern, aber keine Hautpartikel gefunden. Man vermutete Raub oder einen Streit mit einem Freier. Es hatte einige Zeit gedauert, bis man außer ihrem Straßennamen – Pills – auch den richtigen Namen festgestellt hatte. Bevor man sie gefunden hatte, war sie eine Woche lang nicht mehr gesehen worden. Sie war eine Straßennutte, die für längere Zeit, manchmal über Wochen, mit einem Freier zusammenblieb und für Sex einen Platz zum Schlafen, Lebensmittel und Geld für Drogen erhielt. Anders als bei den meisten Nutten existierte im Staat Washington keine Akte über sie. Kein Strafregister, keine Fingerabdrücke. Weder Verwandte noch Freunde meldeten sich. Sie lag einen Monat lang unidentifiziert als Nummer 22 im Leichenschauhaus, bis sich irgendeine Frau daran erinnerte, dass sie bei sich zu Hause noch einen Karton mit Pills' Habseligkeiten stehen hatte.

So fanden die Ermittlungsbeamten heraus, wer sie war. In dem Karton befand sich ein alter, in Kalifornien ausgestellter Führerschein auf den Namen Shelly Nordling. Es stellte sich heraus, dass sie aus der Gegend um San Francisco, aus Richmond, stammte. Dort fanden die Beamten die Nordlings, ihre Adoptiveltern, die sie seit Jahren nicht mehr gesehen hatten, aber keine leiblichen Verwandten.

Das war alles. Dupree starrte auf die Fotokopie des Führerscheins. Wieder einmal hatte er nur den Ausschnitt eines Bildes vor sich und suchte nach einer Überschneidung. Wobei er nur zu gut wusste, dass die Möglichkeit bestand, dass es überhaupt keine gab. Vielleicht war Lenny Ryan auf der Suche nach Shelly Nordling in Spokane gelandet und hatte dann erfahren, dass sie bei einem Raubüberfall oder wegen

Geldstreitigkeiten getötet worden war. Und das war's dann auch schon. Als Pollard das letzte Blatt gelesen hatte, schaute er auf und versuchte Duprees Gedanken zu erraten. Obwohl dieser ihm nur eine Seite voraus gewesen war, schien er schon viel weiter zu sein.

Dupree konnte den Blick nicht von der Fotokopie des Führerscheins wenden. Auf dem Foto hatte Shelly Nordling glattes, dunkles Haar, das ihr bis auf die Schultern fiel. Sie hatte runde, weit auseinander stehende Augen. Ein schnuckeliges Gesicht. Er legte das Foto auf den Schreibtisch und griff nach dem Klemmbrett, auf das er das Foto mit Lenny Ryan und dessen totem Onkel aus San Francisco gepinnt hatte. Das zwischen Ryan und seinem Onkel stehende Mädchen mit dem glatten schwarzen Haar und den runden Augen hatte er ganz vergessen. Er hielt Pollard das Foto hin. Das Mädchen war Shelly Nordling.

Jetzt wusste Pollard, wo Duprees Gedanken gewesen waren. »Als man das Mädchen getötet hat, saß Ryan noch im Knast«, sagte Pollard.

»Genau«, erwiderte Dupree.

»Was heißt das? Dass sie schon seine Freundin war, bevor er eingefahren ist? Dass sie nach Spokane geht, wo man sie umbringt, und dass Ryan deshalb durchdreht?«

»Kann sein.«

»Und dass er anfängt Nutten zu killen, weil er völlig durchgedreht ist?«

»Kann sein.« Dupree klappte einen weiteren Ordner auf. Den mit den Notizen, die die ermittelnden Detectives zu Shelly Nordlings Tod gemacht hatten. Er fuhr mit dem Finger eine Liste mit Telefonnummern entlang, bis er die fand, die er gesucht hatte, und wählte die Nummer. Als ein Mann abhob, entschuldigte sich Dupree für die späte Störung. Mr. Nordling beteuerte, dass er noch nicht im Bett gewesen sei. »Ich bin eine Nachteule.« Bei ihm klang das wie ein Gebrechen.

»Wir arbeiten da an ein paar Fällen, die könnten mit Shellys Tod in Verbindung stehen«, sagte Dupree. »Ich würde Ihnen gern ein paar Fragen stellen.«

»Wir wissen auch nur das, was ihr Jungs uns erzählt habt.«

»Verstehe. Ich habe mich gefragt, ob Sie wussten, dass Shelly einen Freund hatte, der damals im Gefängnis saß«, sagte er. »Einen gewissen Ryan.«

»O Mann, ich hab keinen Schimmer. Wir hatten schon ... tja ... bestimmt sechs Jahre kein Wort mehr miteinander gesprochen. Tut mir Leid. Sie konnte nicht gerade viel mit uns anfangen.«

Dupree legte seinen Stift auf die Schreibtischplatte und überlegte gerade, wie er das Gespräch elegant beenden könnte, als Mr. Nordling sagte: »Das hab ich alles schon dem anderen Typen erzählt.«

»Dem anderen Typen?«

»Ja. Einem Detective von hier.«

»Ein Detective hat wegen Shelly mit Ihnen Kontakt aufgenommen?«

»Ja. Ist schon ein paar Monate her.«

»Was hat er gewollt?«

»Hat nur gesagt, dass er an einem Fall arbeitet, in den sie verwickelt wäre. Sie müssen wissen, dass das zu der Zeit, als sie noch hier gelebt hat, nichts Ungewöhnliches war. Die Polizei hat immer mal wieder angerufen, da war ständig was.« Mr. Nordling lachte bitter. »Wenn wir schon dabei sind – ihr solltet euch mal mit den Cops von hier kurzschließen. Der Typ hat nicht mal gewusst, dass sie tot ist.«

»Wie meinen Sie das?«

»Na ja, er schien ziemlich überrascht zu sein. Ich meine, wirklich von den Socken, so, als würde er es persönlich nehmen. Ich hab ihn noch gefragt, ob ich damit seine Ermittlungen in den Sand gesetzt hätte, und er sagte: ›Ja‹. Dann hat er gefragt, ob ich noch was wüsste, und da hab ich ihm den

Schuhkarton mit ihren Sachen gegeben, den, den ihr hierher geschickt habt, mit ihren Habseligkeiten oder was davon noch übrig war. Er hat den Karton mitgenommen, und das war alles.«

Der Schuhkarton, den sie bei einer Freundin deponiert hatte. »Können Sie sich daran erinnern, was in dem Karton drin war?«

»Paar Ohrringe. Ein Parkschein. So was halt. Ich weiß noch, als der Karton mit der Post ankam, da hat Theresa pausenlos geweint. Kann man gar nicht fassen, dass das alles sein soll, was von einem Menschen übrig bleibt. Schachtel voll Ramsch, Zeug, das man vielleicht auf der Kommode oder so rumliegen lässt. Zettel, wertloses Zeug.«

»Für uns aber wichtig. Wann war das, als dieser Detective bei Ihnen war?«

»Tja ... Schätze, das war im März. Anfang, vielleicht Mitte März.«

Dupree und Pollard schauten sich an. »Können Sie sich daran erinnern, ob in dem Karton ein Pfandschein war?«, fragte Dupree.

»Ja«, sagte Nordling. »Genau so was war da drin. Ich glaube, sie hatte irgendwelchen Schmuck versetzt.«

»Sonst noch was, woran Sie sich erinnern?«

»Ein Rezept war drin. Handschuhe. Ein paar Zettel mit Nummern drauf.«

»Telefonnummern?«

»Ja. Vielleicht auch von Pagern.«

»Erinnern Sie sich noch an irgendwelche Nummern oder Namen?«

»Nein.«

Dupree griff nach dem Foto mit Lenny Ryan und Shelly Nordling auf dem Landungssteg in San Francisco. »Mr. Nordling, ich faxe jetzt der Polizei von Richmond ein Foto von einem Mann durch. Morgen kommt dann ein Detective bei Ihnen vorbei. Vielleicht könnten Sie für uns ein paar Fotos durchsehen. Ist gut möglich, dass Sie den Mann wiedererkennen, der damals bei Ihnen war.«

»Sie meinen, das war gar kein Polizist? Was war er dann?«

Dupree nahm den Hörer in die andere Hand. »Ich bin mir nicht ganz sicher.«

18

Die Gasse führte zur Rückseite eines Pornoladens. Auf dem Parkplatz vor dem Hintereingang des Bruchsteingebäudes standen einige Autos. Caroline sah gerade noch, wie ein Mann in dunkler Jacke in den Laden ging, und rannte hinter ihm her. In dem schmalen Flur war es genauso dunkel wie draußen in der Gasse. Überall Regale voller eingeschweißter Magazine und Taschenbücher mit schauerlichen Titelbildern. Vor den brusthohen Regalen, die den gesamten Verkaufsraum ausfüllten, standen – vorgebeugt, mit eingezogenen Schultern – ein paar Männer. Während Caroline sich noch umschaute, hörte sie die Türglocke am Vordereingang. Sie hastete durch die engen Gänge. Vor einem Regal mit Sexspielzeug und Pornovideos biss sich ein älterer Mann in Sakko und Krawatte so heftig auf die Unterlippe, dass die Haut schon ganz weiß war.

Caroline stürmte durch den Vordereingang. Erst jetzt merkte sie, dass sie fast die ganze Zeit die Luft angehalten hatte. Sie sah, wie der Mann in der dunklen Jacke um eine Ecke bog und von der Sprague wieder in die Dunkelheit der Seitenstraßen eintauchte.

Sofort rannte sie den Gehweg entlang, blieb aber kurz vor der Ecke stehen. Das war Wahnsinn. Sie war drei Häuserblocks von ihrem Auto entfernt. Was, wenn sie Ryan tatsächlich zu fassen bekäme? Was dann? Sie stand regungslos da, etwa einen Meter vor der Hausecke, und starrte auf die senkrechte Linie, wo die Backsteinmauer endete und die Dunkelheit begann. Gespannt lauschte sie auf Schritte, konnte aber nichts hören. Ein Auto raste vorbei und ließ sie zusammenzucken. Sie dachte an Jacqueline. Dann war der Typ, der Jacqueline vor der Bar im Visier gehabt hatte, tatsächlich Ryan gewesen. Das gab den Ausschlag. Caroline machte einen Schritt vorwärts, dann noch einen und schaute um die Ecke. Nur zu gern hätte sie dieses kleine Mädchen mit dem großen Appetit in Sicherheit gewusst. Sie wünschte es sich so sehr, wie sie wünschte, dass dieser Mann doch nicht Lenny Ryan war.

Vorsichtig drückte sie sich um die Hausecke. Ihre Augen gewöhnten sich an die Dunkelheit – wie bei jemandem, der mitten in der Nacht langsam eine Treppe hinuntergeht. Als sie ihn sah, stöhnte sie unwillkürlich auf. Er war stehen geblieben, stand mit den Händen in der Tasche am Ende der kurzen Gasse und wartete auf sie. Sein Haare waren kürzer und er hatte sich einen Schnauzer stehen lassen, aber er war es. Als er sicher war, dass sie ihn gesehen hatte, drehte er sich lässig um und verschwand hinter dem Hauseck in der nächsten Gasse.

Caroline atmete in kurzen Stößen ein und aus, ihre Muskeln waren verkrampft. »Gottverdammt!« Ihm in die Gasse zu folgen, war kompletter Wahnsinn. Sie schaute sich um. In den Läden auf der Sprague gab es Telefone, gab es Hilfe. Ein Schauer durchlief sie, ein fröstelndes Gefühl von Wut und Niedergeschlagenheit. Dann zog sie die Pistole aus dem Hosenbund und setzte sich in Bewegung. Sie scherte sich nicht um das Geräusch ihrer Schritte auf dem Pflaster, sie marschierte vorwärts, stur, ohne nachzudenken. »Also gut«, sagte sie leise. »Ich komme.«

Die Gasse mündete in eine weitere Seitenstraße und diese wieder in eine Gasse, an deren Ende sie einen Gitterzaun erkannte. Dahinter befand sich eine Art kleiner Innenhof, in dem sich Berge von Sperrmüll auftürmten – Elektrogeräte, Fenster, Türen und Bauholzreste. Der Schein einer Straßenlampe tauchte die Hälfte des Hofs in trübes Licht. Die andere

Hälfte lag im Dunkeln. Sicher stand er irgendwo im Schutz der Dunkelheit und beobachtete sie. Vor dem Zaun blieb sie kurz stehen, griff nach oben und tastete nach dem Riegel. Er hing herunter. Sie drückte gegen das rostige Tor, das knirschend aufschwang.

»Mr. Ryan. Sie sind verhaftet.« Sie war überrascht, wie zerbrechlich ihre Stimme klang. Keine Antwort. Mit beiden Händen umklammerte sie die Pistole und schlüpfte durch das Tor. Der Sperrmüll war entlang der Backsteinmauern in Reihen und Haufen sortiert – zersplitterte Türen, Schränke, vermoderte Fensterrahmen, Holzbalken, Elektrogeräte, Sanitäreinrichtungen. Sie zog sich in den Schatten zurück und wartete einen Moment, bis sich ihre Augen wieder an die Dunkelheit gewöhnt hatten. Nichts. Zwischen Bergen alter Waschbecken und Badewannen schlich sie weiter. Am anderen Ende des Hofes lag direkt am Zaun ein umgestürzter alter Kühlschrank. Anscheinend war er auf diesem Wege entkommen. Oder er wollte, dass es so aussah. Vorsichtig ging sie auf den Kühlschrank zu. Ihre Gedanken überschlugen sich: Warum nötigte er sie förmlich, ihm zu folgen, wenn er sich dann einfach über einen Zaum schwang und verschwand? Trotz der Dunkelheit sah sie, dass auf dem Kühlschrank etwas Viereckiges lag. Ein Schuhkarton. Caroline bewegte sich langsam darauf zu, wobei sie jede Reihe, jeden Haufen Sperrmüll überprüfte, an dem sie vorbeiging. Je näher sie dem Karton kam, desto beißender stieg ihr ein moderiger Geruch in die Nase. Sie bückte sich, hielt sich Mund und Nase zu und stieß mit dem Pistolenlauf den Deckel von dem Karton. Er enthielt einige Papierblätter und ein Paar Ohrklipse. Sie nahm einen Ohrklips aus der Schachtel und hielt ihn gegen das Licht. So klein, wie er war, musste der Stein echt sein. Nachdem Caroline eine Zeit lang die Luft angehalten hatte, musste sie wieder einatmen. Der Gestank war noch stärker geworden. Doch nichts in dem Karton konnte so einen Geruch absondern.

Der Kühlschrank. Sie stellte den Karton auf den Boden. Unter einer Laderampe in etwa fünf Metern Entfernung standen noch drei Kühlschränke. Sie waren mit Ketten und Vorhängeschlössern verrammelt. Dieser hier war offen. Was mache ich hier eigentlich, dachte Caroline. Langsam bewegte sie sich rückwärts, zurück zum Tor. Die Pistole hielt sie mit ausgestreckten Armen im Fünfundvierzig-Grad-Winkel zum Boden. Sie spürte, dass er sie beobachtete, dass er enttäuscht war. Er wollte, dass sie den Kühlschrank öffnete.

»Tu's nicht«, sagte sie leise zu sich selbst. Doch dann fiel ihr wieder Jacqueline ein. Sie biss die Zähne zusammen und blieb stehen. Um sie herum stapelten sich Bauholz und Sperrmüll. Sie stand jetzt in der Mitte des eingezäunten Innenhofes, halb im matten Licht der Straßenlampe, halb im Dunkeln. Bestimmt sah sie aus wie die in zwei Teile zerschnittene Assistentin eines Magiers. Vier Stockwerke hoch ragten links und rechts die Backsteinmauern empor. Sie hörte ihren eigenen Herzschlag.

Caroline zog sich das Sweatshirt über Nase und Mund und ging langsam wieder vorwärts. Als sie vor dem Kühlschrank stand, streckte sie die Hand aus und packte den Türgriff – einer von der alten Sorte, die noch mit einem Riegel einrasteten. Sie zog den Griff hoch. Ein Klicken, die Tür öffnete sich leicht. Caroline hob die Tür ein paar Zentimeter an, bis sie im Licht der Straßenlampe einen verwesenden Körper erkennen konnte. Fetzen schwarzen Fleisches. Wirres schwarzes Haar, Blue Jeans, eine geblümte Bluse. Obwohl sie das Sweatshirt auf die Nase presste und obwohl sie den Atem anhielt – der Gestank war so stark, dass sie unwillkürlich ein paar Schritte zurücktaumelte.

Die Tür fiel zu, der Riegel rastete wieder ein. Caroline stand mit abgewandtem Gesicht vor dem Kühlschrank, atmete keuchend in die auf den Mund gepresste Hand und wartete darauf, dass sich ihr Magen und ihre Nerven wieder beruhigten. Gehetzt ließ sie den Blick über das Gelände schweifen. Jede Sekunde rechnete sie damit, dass Ryan sich auf sie stürzen würde. Doch nichts passierte.

Nach und nach nahm das Gesicht, das sie gerade gesehen hatte, vor ihrem inneren Auge Gestalt an. Entsetzt stellte Caroline fest, dass es ihr irgendwie bekannt vorkam. Die Art des Geruchs und das Stadium der Verwesung sagten ihr, dass es unmöglich Jacqueline sein konnte. Trotzdem – die Ahnung, dass sie das Gesicht kannte, drückte ihr wie ein Stein auf die Brust.

Als ihr Puls wieder gleichmäßig schlug, holte Caroline tief Luft und wandte sich wieder dem Kühlschrank zu. Sie hob die Tür an und betrachtete das verwesende Gesicht.

Natürlich war es nicht Jacqueline. Das Mädchen war schon mindestens eine Woche tot – vielleicht sogar länger. Das hing davon ab, wie der Kühlschrank den Prozess der Verwesung beeinflusst hatte. Aber Caroline hatte das Gesicht schon einmal gesehen, und zwar nicht, als die Frau noch lebte. Die eigenartige Form der Augen, des Mundes – alles war an seinem Platz, doch verzerrt und verrutscht. Ganz und gar nicht wie ein schlafender Mensch. Wenn sie Streife ging, stupste sie manchmal mit dem Fuß einen schlafenden Penner an, weil sie fürchtete, er könnte tot sein. Sie würde nie mehr einen Schlafenden mit einem Toten verwechseln. Die Gleichgültigkeit, die einen aus dem Gesicht eines Toten anschaute, war das Traurigste, was Caroline je gesehen hatte. Mit wie vielen toten Menschen war sie konfrontiert worden in den zwölf Jahren, die sie Polizistin war? Vielleicht ein Dutzend pro Jahr: Autounfälle, Selbstmorde, alle Arten von grausamen Verbrechen. Doch bis ihre Mutter gestorben war, hatte sie nie einen toten Menschen wirklich angesehen. Nicht so, wie sie lebende Menschen ansah, mit Einfühlungsvermögen und Verständnis.

Caroline ließ die Kühlschranktür vorsichtig wieder herunter und rastete den Griff fest ein. Dann ging sie rückwärts, die Pistole auf den Boden gerichtet, durch den Hof bis zum

Tor. Dort drehte sie sich schnell um. Niemand war zu sehen. Sie lehnte sich an die Backsteinmauer, legte den Kopf zurück und versuchte erneut, gleichmäßig zu atmen. Von der Sprague her hörte sie den Verkehr, die wummernden Bässe der Autostereoanlagen. Und sie hörte leise Schritte, oder bildete sich das zumindest ein. Vorsichtige Schritte auf der anderen Seite des Innenhofs. Als ob jemand wegginge.

19

Die Reifen schrappten am Randstein entlang, Dupree stieg auf die Bremse, brachte den Wagen quietschend zum Stehen und stieß die Tür auf. Scheinwerferlichter von Streifenwagen glitten über die Backsteinfassaden der East Sprague und über die gespannten Gesichter der Menschen, die sich Schulter an Schulter hinter den Absperrungen drängten. Die Lichter und die Hektik entwickelten einen Sog, eine Strömung, die Dupree mitriss, der er instinktiv folgte, bis er schließlich am Eingang der Gasse stand, in der man die Leiche gefunden hatte.

Als Carolines Anruf ihn erreichte, waren er und Pollard gerade auf dem Weg gewesen, um sich ein Bier zu genehmigen. Während Dupree sich durch das Durcheinander zum Tatort vorkämpfte, fragte er sich, über wen er sich mehr ärgerte: über Lane, weil er Caroline nach ihrem Einsatz allein gelassen hatte, oder über Caroline, weil sie in dunklen Gassen hinter Ryan herzockelte. Während der ganzen Fahrt vom Polizeipräsidium zur East Sprague hatte er sich für beide den passenden Anschiss überlegt.

Der erste Beamte von der Spurensicherung war schon in der Gasse und wartete auf den Rest seines Teams und darauf, dass die Detectives die erste Begutachtung beendeten. Dann würden sie sich an die Spurensicherung machen und den Tatort filmen und fotografieren. Streifenbeamte standen herum und warteten auf Befehle zur Regelung des Verkehrs und Befragung von potenziellen Zeugen. Alle schauten Dupree an. Etwas – ob es nun die späte Stunde oder die Hilflosigkeit der immer wieder gleichen Prozedur war – hinterließ einen bitteren Geschmack in seinem Mund. Alle wussten, was zu tun war. Was wollten sie noch von ihm? Er war jetzt seit achtzehn Stunden nonstop im Dienst. Wenn er jetzt nach Hause wollte, könnte ihm das keiner verübeln. Wie spät war es? Fünf? Sechs? Würde er es überhaupt nach Hause schaffen, bevor Debbie und die Kinder um sieben aufstanden? Würde er überhaupt noch jemals nach Hause kommen? Scheiße. Warum nicht gleich rund um die Uhr arbeiten und bis ans Lebensende Leichen zählen?

Bis der Wagen der Spurensicherung mit den Scheinwerfern eintreffen würde, sorgte eine Handlampe für Licht. Doch selbst mit der Lampe lag die Gasse fast im Dunkeln, und Dupree schnauzte Caroline an, was sie sich dabei gedacht habe, sich hier alleine herumzutreiben, während Ryan ihr irgendwo im Schatten auflauerte.

Er ging zu dem Kühlschrank, holte ein Taschentuch aus der Tasche und zog die Tür vorsichtig am Griff nach oben, wobei er darauf achtete, die Oberfläche nicht mehr als nötig zu berühren. Mit einem Ellbogen hielt er die Tür auf, während er mit dem Taschentuch in der anderen Hand Mund und Nase bedeckte. Als er den Körper sah, spürte er wieder dieses Ziehen in der Brust. Als ob ein Draht seine Zehen, seine Eier und seine Kehle miteinander verbinden würde. Der Strahl einer Taschenlampe beleuchtete über seine Schulter hinweg die Leiche.

»Opfer weiblich«, hörte er die Stimme Spiveys, die von irgendwo hinter dem Lichtstrahl herkam. »Schusswunde. Strangulierung. Würgemale. Offensichtliche Gewalteinwirkung mit Todesfolge.«

Dupree nahm das Taschentuch von seinem Mund. »Unfall schließen Sie also aus?«

Spivey ignorierte Duprees Bemerkung und sprach weiter in sein Diktiergerät. »Spuren von Umwelteinflüssen.« Er redete von Insekten. Maden. »Memo: Anforderung eines Entomologen zwecks exakter Bestimmung der Aktivität von Mikroben und Insekten.«

Dupree war zu müde, um sich mit Spivey anzulegen. Während der junge Detective seinen Bericht fortsetzte, streifte er sich ein Paar Gummihandschuhe über und wandte sich wieder der Leiche zu. »Eintrittswunde im linken oberen Quadranten des Rumpfes. Mögliche Austrittswunde wegen Lage des Körpers nicht zu lokalisieren. Sichtbare Würgemale am Hals. Körper im Zustand der Verwesung.«

Sic lag zusammengekrümmt auf der rechten Seite. Dupree streckte den Arm in den Kühlschrank, hob sie etwas an, leuchtete unter den Körper und sah, was er erwartet hatte: zwei Zwanzig-Dollar-Scheine, die mit einem Gummiband an ihren verkrampften Fingern befestigt waren. »Mein Gott«, sagte Dupree leise.

»In der rechten Hand des Opfers, befestigt mit einem Gummiband, das Kennzeichen des Täters: zwei Zwanzig-Dollar-Scheine«, fuhr Spivey fort. »Anscheinend wurden zwei Fingernägel entfernt.«

Dupree machte vorsichtig die Kühlschranktür zu und wandte sich an Spivey. »Könnten Sie vielleicht Ihre Litanei mal kurz unterbrechen und sich darum kümmern, wo die Spurensicherung bleibt? Und dann unterhalten Sie sich bitte mit den Leuten von dieser Baustoffhandlung; finden Sie raus, wer sich so alles hier in der Gasse rumtreibt.« Als Dupree sah, dass Spivey sogar die Anweisungen auf Band sprach, nahm er ihm das Diktiergerät weg und sprach hinein: »Memo in eigener Sache: Chef sagen, dass er einen Knackarsch hat.«

Spivey schnappte sich den Recorder und stapfte davon. Dupree sah, wie er zum Ende der Gasse ging, wo sich Sergeant Lane mit dem Special Investigations Detective Gerraghty unterhielt. Dupree ging zu den beiden und wandte sich an den Sergeant: »Also, du hast diese Operation am Laufen, und die ganze Zeit wurde Caroline von Lenny Ryan beobachtet. Kann man das so sagen?«

»Tja«, sagte Lane und versuchte Duprees Blick auszuweichen. »Sieht ganz so aus.«

Lane zeigte auf die Abschnitte der Sprague, auf denen Caroline flaniert war, auf das Motel, in dem Gerraghty und Solaita gewesen waren, und auf das Lagerhaus vier Häuserblocks weiter, wo er und die anderen Detectives gewartet und die ins Netz gegangenen Männer verhaftet und deren Autos konfisziert hatten. Dupree ließ den Blick über die Straße schweifen und versuchte sich vorzustellen, wie die Sache abgelaufen war – Caroline ging unter dem grellen Licht der Straßenlampen auf und ab. Ryan war ganz in der Nähe. Aber wo? In einer der Bars?

»Tu mir einen Gefallen«, sagte Dupree. »Geh, bevor die dichtmachen, mit Ryans Foto in die Bars und hör dich ein bisschen um. Vielleicht hat ihn ja jemand gesehen.«

Lane zupfte sich nervös am Kragen. »Tja ... das macht Caroline gerade.«

»Sie ist nicht nach Hause?« Dupree konnte es nicht fassen. »Sie zieht da allein in der Gegend rum?«

»Ich schick gleich Gerraghty, dass er ihr hilft.«

Dupree winkte ärgerlich ab. »Mach dir keine Mühe. Das übernehme ich selber.«

Lane druckste herum und schaute Dupree schließlich in die Augen. »Ich versteh das nicht, Alan. Wenn dieser Ryan die Frauen getötet hat, warum lockt er dann Caroline in die Gasse und ... Warum hat er sie nicht ...?«

Gerraghty schaute wie Lane in Richtung Gasse. »Als er sie erst mal drin hatte«, sagte Gerraghty, »warum hat er sie dann nicht ... Ich meine, es wäre ganz leicht gewesen ...«

Dupree schnitt ihm mit einer Kopfbewegung das Wort ab. »Ich weiß es nicht.« Er ging auf die nächstgelegene Bar zu. Er weigerte sich, darüber nachzudenken, was leicht gewesen wäre für Ryan, was Ryan mit Caroline hätte machen können.

Dupree zog sein Handy aus der Tasche und rief sie an. Als Caroline nicht sofort antwortete, schaltete er das

Handy wieder aus und drückte die Taste für Wahlwiederholung. Ein paar Sekunden später schaltete sie zwar die Leitung frei, sagte aber nichts. Sie machte weiter mit dem, was sie gerade tat. Dupree hörte ihre Stimme, blecherne Countrymusik aus einer Musicbox und das Klacken von Billardkugeln.

»Und Sie kennen keine Jacqueline?«, hörte Dupree eine leise Stimme sagen. *»Na gut. Verstehe. Was ist mit dem hier, kennen Sie den?«* Dupree ging weiter. Während er die Befragung mithörte, fühlte er sich ihr auf merkwürdige Weise verbunden. Die Art, wie sie Kunstgriffe und Methoden anwandte, die er ihr vor zehn Jahren beigebracht hatte, vermittelte ihm ein Gefühl der Intimität. *»Und Sie sind sicher, dass er heute Abend nicht hier war?«*

Ein kratzendes Geräusch, dann war sie dran. »Mabry.«

»Was kriegt man denn heutzutage für eine Partie Wasserbettschach?«

»Einer wollte für einmal halb-und-halb fünfundsiebzig anlegen.«

Er wechselte den Tonfall. »Herrgott, Caroline ... Du rennst hinter diesem Scheißkerl in eine dunkle Gasse. Allein. Was ist bloß in dich gefahren?«

Caroline war auf den Anpfiff vorbereitet. »Wenn ich Verstärkung geholt hätte, wäre er weg gewesen.«

»Hattest du dein Handy nicht dabei?«

»Nur meine Pistole. Was hättest du denn gemacht?«

Dupree seufzte. »Wo bist du jetzt?«

»Südfrankreich. Am Strand. Lass mir die Sonne auf den Bauch scheinen.« Dann sah er sie. Drei Häuserblocks vor ihm trat sie in den Lichtkegel einer Straßenlampe. Sie musste aus einer Bar gekommen sein, doch für ihn sah es so aus, als wäre sie wie ein Geist aus der schwarzen Hauswand getreten. Sie hielt sich das kleine Handy ans Ohr. Die Trainingshose, die sie trug, hob die langen Beine und die schmale Taille besonders hervor. Sie sah gut aus. Ihre Blicke begegneten sich.

Sie gingen aufeinander zu und setzten dabei ihr Gespräch per Telefon fort.

»Was glaubst du, wollte er?«, fragte Dupree. »Warum hat er dich so gezielt herumgelotst?«

»Weiß nicht ... Vielleicht wollte er, dass ich die Leiche finde.«

Sie waren jetzt noch einen Block voneinander entfernt, schauten sich an und unterhielten sich weiter per Handy. »Glaubst du, er hat sie getötet?«, fragte Dupree.

»Weiß ich nicht«, sagte Caroline. »Und du? Was glaubst du?«

»Seine Freundin war eine Nutte, die man vor ein paar Monaten hier in Spokane umgebracht hat. Während er selbst im Gefängnis gesessen hat. Immerhin.«

»Immerhin *was*?«

Dupree überquerte an der nächsten Ecke die Straße. Ohne sich aus den Augen zu lassen, sprachen sie jetzt von den gegenüberliegenden Enden desselben Blocks miteinander. Als sie sich in der Mitte trafen, nahmen sie langsam die Handys herunter.

»Alles in Ordnung?«, fragte Dupree.

»Müde.« Sie streckte die Hand aus und lockerte seine Krawatte. »Geht's im Hause derer von Dupree inzwischen so formell zu?«

»Fakt ist, dass ich überhaupt noch nicht zu Hause war. Hab eine Spätschicht eingelegt.«

»Dann fahr jetzt nach Hause.«

Sie hatte Recht. Wieder ging ihm eine seiner Theorien durch den Kopf: Schick eine junge Frau und einen jungen Mann zusammen auf Streife, und sie landen zusammen im Bett. Es gab Polizisten, die das dem Adrenalin oder dem für den Job unabdingbaren gegenseitigen Vertrauen zuschrieben, doch Dupree hatte eine bessere Erklärung: Die Anziehungskraft zwischen zwei Menschen war direkt proportional zu ihrer beider Nähe zum Tod. Je mehr zwei Menschen mit dem

Tod zu tun hatten, desto stärker zogen sie sich an. Weibliche und männliche Polizisten waren in Zeiten von Stress und Gefahr am anfälligsten für Affären – wie zum Beispiel bei diesem Fall. Oder bei dem Fall vor sechs Jahren, als Caroline zu dem Familienstreit gerufen worden war und den Betrunkenen erschossen hatte. Ja, sie hatte Recht. Er sollte jetzt unbedingt nach Hause fahren.

Dennoch sagte er nichts. Stattdessen machten sie sich zurück auf den Weg zum Tatort. Caroline erzählte ihm von dem Mädchen, das sich Jacqueline genannt hatte, und alles andere, was in dieser Nacht passiert war. Dupree brachte sie auf den neuesten Stand der Ermittlungen und berichtete, was er von dem Pfandhausbesitzer und Shelly Nordlings Pflegevater über Lenny Ryan erfahren hatte.

»Deshalb nehmen wir an, dass der Tod der Freundin Ryan dazu gebracht hat, Nutten zu töten«, sagte Dupree. »Aufgestaute Wut, was in der Art ... Ich weiß auch nicht.«

»Dann hältst du ihn für den Täter?«

»Zumindest hat er unsere Aufmerksamkeit. Im Moment.«

»Wie hast du das genannt? Aufgestaute Wut?«

Er zuckte mit den Schultern. »Ich weiß es auch nicht, Caroline. Bis wir eine bessere Erklärung finden. Scheiße, das ist der Grund für jedes zweite Verbrechen in der Stadt.«

»Meinst du, die Psychologen können was damit anfangen?«

»Weiß nicht«, erwiderte er. »Ich geb's nachher an die Jungs vom FBI weiter.« Der lokale FBI-Agent Jerry Castle – Lewis – war der Kontaktmann der Task Force zur Abteilung für Verhaltensforschung in Virginia. Er würde wahrscheinlich den Muskelmann-Profiler vom FBI einschalten, Jeff McDaniel.

Als sie zu dem Pornoladen kamen, wo sie die Verfolgung Lenny Ryans aufgenommen hatte, blieb Caroline stehen. Sie betrachtete die schmutzigen Vorhänge, die schwere Holztür und die gelbe Leuchtreklame. Plötzlich fühlte sie sich hundemüde. »Hier ist er durchgerannt«, sagte sie. »Und ich durch den ganzen Laden hinter ihm her.«

Dupree brauchte nur einen Blick auf das Gebäude zu werfen und wusste alles – Peep-Shows, Sexspielzeuge, Pornohefte. Er fühlte sich peinlich berührt. »Spivey soll sich um den Laden kümmern.«

»Okay«, sagte Caroline. »Ich schau noch in ein paar von den Bars am anderen Ende der Straße. Vielleicht finde ich das Mädchen ja. Jacqueline. So hat sie sich zumindest genannt«, sagte sie leise, wie in Gedanken. In Carolines Gesicht las Dupree die Hoffnung, dass ein Name – auch wenn der offensichtlich falsch war – dem Mädchen eine Identität, einen Platz in dieser Welt verschaffen würde.

»Ich komm mit«, murmelte Dupree.

Sie hatte nichts dagegen, und so gingen sie zusammen die Sprague hinunter. Die zuckenden Lichter spielten auf ihren Rücken, während die Gaffer sich vor den Polizeiabsperrungen drängten wie Leute, die um Eintrittskarten anstanden. Ohne ein Wort zu sagen, gingen sie nebeneinander her, bis Caroline ihn schließlich anschaute.

»Wirst du Debbie davon erzählen, dass wir bei diesem Fall zusammenarbeiten?«

Er antwortete nicht sofort. Vor sechs Jahren hatte sein Versprechen, nicht mehr mit Caroline zusammenzuarbeiten, wahrscheinlich seine Ehe gerettet. Sie hatten nur diese eine Nacht zusammen verbracht, hatten noch nicht einmal miteinander geschlafen, und trotzdem hatte sich Dupree dazu durchgerungen, es Debbie sofort zu erzählen. Es war das einzige Mal geblieben, dass er seine Frau betrogen hatte. Nie war die Versuchung so groß gewesen wie in jener Nacht, als Caroline den betrunkenen Ehemann erschossen hatte. Nach dem Chaos am Tatort saßen sie in ihrer Wohnung und unterhielten sich. Sie zitterte am ganzen Körper, und Dupree nahm sie in den Arm und küsste sie. Sie wälzten und rollten sich auf dem Bett herum, bis sie plötzlich still liegen blieben, sich aber weiter so fest umschlungen hielten, dass es unmöglich war, sich auszuziehen, dass es gar nicht zu mehr kommen konnte. Schließlich waren sie eingeschlafen. Hinterher, als sie sich aus ihrer Umklammerung gelöst hatten und er ein paar Stunden in der Gegend herumgefahren war, marschierte Dupree nach Hause und erzählte es Debbie ohne Umschweife. Am nächsten Tag eröffnete er Caroline, dass er um seine Versetzung aus dem Streifendienst einkommen würde. Er erzählte ihr, dass er mit seiner Frau glücklich sei und dass es nicht Debbie wäre, deren er überdrüssig sei – er sei seines Lebens überdrüssig.

Die Neonlichter der Sprague verliehen seinen Erinnerungen einen unwirklichen, verblassenden Glanz. »Debbie und ich reden nicht mehr viel miteinander«, sagte er.

»Du musst dich dagegen wehren, Alan«, erwiderte Caroline leise.

»Ich versuch es ja«, sagte er ruhig. »Aber ... irgendwas geht mir verloren.«

»Du bist ein feiner Kerl«, sagte Caroline. »Bist du immer gewesen.« Sie kamen zu einer dunklen Bar, auf deren Türschild nur das Wort ›Drinks‹ stand. Dupree ging hinter Caroline hinein, atmete die rauchgeschwängerte Luft. Seine müden Augen brauchten eine Minute, bis sie sich an die Dunkelheit gewöhnten. Ein schmuddeliger blauer Teppich bedeckte den gesamten Boden und stülpte sich an den Seiten noch dreißig Zentimeter die Wände hoch. Vier Barhocker lehnten an der vergammelten Theke. Dahinter stand ein kränklich aussehender Barkeeper, der ein Stützkorsett trug. Drei runde wackelige Stehtische und ein Pooltisch mit zerrissenem Filzbezug vervollständigten das Mobiliar. Die einzigen Gäste waren zwei abgerissene alte Kerle und eine betrunkene Frau in dreckigen Jeans. Der Reißverschluss war abgerissen, sodass die Hose halb offen stand.

Der Barkeeper erkannte sie sofort als Polizisten und fing an, um seine betrunkenen Gäste herumzuscharwenzeln. Dass sich der Barkeeper plötzlich so aufmerksam drei Leuten widmete, die wahrscheinlich seit einem Jahr keinen nüchternen Tag mehr erlebt hatten, konnte nur bedeuten, dass sie ihn erst kürzlich wegen Überziehung der Sperrstunde am Wickel gehabt hatten.

»Sperrstunde«, sagte der Barkeeper und lächelte dabei Caroline an. »Los, trinkt aus. Bill ... wird Zeit für dich.«

Dupree setzte sich auf einen Barhocker, während Caroline neben ihm stehen blieb und das Foto von Lenny Ryan aus der Tasche zog. Geduldig beobachtete sie, wie der Barkeeper zu seinen zahlenden Gästen am anderen Ende der Theke ging. Er beugte sich über einen der alten Kerle, der sein Bierglas mit beiden Händen gegen die Brust drückte. Der Barkeeper tat ausgesprochen höflich und drehte sich nochmals lächelnd zu Caroline um, bevor er den Mann freundlich ansprach. »Beeil dich ein bisschen. Zeit zu gehen.« Der alte Mann schaute auf. »Komm schon, Bill«, sagte der Barkeeper leise. Bill kippte sein Bier hinunter und hielt dem Barkeeper zaghaft das Glas hin, der es nahm und weiter zu der Frau und dem anderen Mann ging. »May, bist du so weit? Lou?« Er streckte die Hände aus, um ihre Gläser in Empfang zu nehmen. »Bitte beeilt euch etwas. Sperrstunde.« Jetzt hatte er zwar alle Gläser, doch keiner der drei Alten rührte sich vom Fleck. Anscheinend wusste der Barkeeper jetzt auch nicht mehr weiter, sodass er die Gläser ins Spülbecken stellte und sich Caroline zuwandte.

»Ich suche nach einer Nutte, Weiße, nennt sich möglicherweise Jacqueline. Ihren richtigen Name kenne ich nicht.«

»Wie sieht sie aus?«

»Zwanzig Jahre alt. Fransige braune, kurze Haare. Glubschaugen. Dünn, sieht nicht gerade gesund aus.«

Er lächelte. »Die Hälfte von denen sieht so aus.« Er machte eine Handbewegung Richtung Straße. »Das ist nicht zufällig die, die man ...?«

»Nein«, sagte Caroline. Sie schob Ryans Foto über den Tresen. »Was ist mit dem hier? Mit kürzeren Haaren. Schon mal gesehen?«

Der Barkeeper schüttelte den Kopf. »Nee, glaub nicht.«

»Schauen Sie genau hin«, sagte Caroline. »Ich will eine klare Antwort.«

Er nahm das Foto in die Hand und schaute es genau an. »Nein. Hab ich nie gesehen.«

»Treibt sich hier in der Gegend ein Zuhälter oder Dealer rum, der besonders viele Mädchen laufen hat?«

»Da gibt's mehrere. Meistens ziemlich junge Burschen. Wer den Stoff hat, ist am Drücker.«

»Irgendwelche Namen?«

»Einer heißt Michael.«

»Na endlich«, sagte Caroline und drehte sich zu Dupree um. »Vielleicht ist das der große Durchbruch.«

Sogar der Barkeeper musste lachen. »Tut mir Leid. Aber mit einem Nachnamen kann ich nicht dienen. Er ist ein paar mal hier gewesen, das ist alles. Michael Soundso.«

»Und wo wohnt er, dieser Michael Soundso?«

»Keine Ahnung. Hab ihn nur hier gesehen. Typen kommen rein, fragen nach Frauen oder Stoff, und jemand sagt: ›Frag doch mal Michael.‹ So was in der Art.«

»Wer sagt das?«

»Was?«

»Sie haben gesagt, irgendwelche Leute sagen, dass sie nach Michael fragen sollen. Wer sind diese Leute?«

»Weiß ich auch nicht ... So Typen halt.«

Sie hielt ihm wieder das Foto vor die Nase. »Der vielleicht?«

Der Barkeeper lachte wieder. »Ich hab's Ihnen doch schon gesagt. Ich kenne den Kerl nicht.«

Caroline lächelte den Mann an, und Dupree war verblüfft, wie gut sie mit Menschen umging. »War bloß ein kleiner Test.«

»Ich sag ja nicht, dass der Typ nie hier war. Jede Menge Typen kommen hier rein und warten drauf, dass draußen die Nutte vorbeimarschiert, auf die sie Bock haben. Ich kümmer mich da nicht groß drum.«

»Ich mach Ihnen einen Vorschlag. Sie kümmern sich ab jetzt einen bisschen besser, und ich verkneif mir den Anruf bei den Jungs, die hier die Sperrstunde kontrollieren. Okay?«

Er nickte.

Dupree wandte die Augen von dem Barkeeper ab, und sein Blick blieb an Carolines Taille hängen. Ihr Gewicht ruhte auf einem Bein, mit den Armen stützte sie sich auf den Tresen. Ein Muster an Gleichgewicht. Die Art, wie sie den Barkeeper befragte, hatte einen seltsam erotischen Touch. Obwohl Befragungen der nüchternste Aspekt der Polizeiarbeit waren. Dupree streckte die Hand aus und stoppte die Bewegung kurz vor ihrer Taille, nur Zentimeter von dem Punkt entfernt, wo das Sweatshirt unter dem elastischen Bund der Trainingshose verschwand. Er berührte sie nicht. Als er wieder aufschaute, sah er, dass der Barkeeper ihn merkwürdig betrachtete. Er ließ die Hand fallen.

Caroline drehte sich zu ihm um und er merkte, wie er rot wurde. »Gibt's noch irgendwas, was wir den Typ hier fragen sollten, Sergeant Dupree?«

Er schüttelte den Kopf.

»Alles in Ordnung?«, erkundigte sie sich.

»Ja.«

»Also gut«, sagte sie. Sie gab dem Barkeeper ihre Karte und zeigte ihm noch mal das Foto von Lenny Ryan. »Wenn der Bursche hier auftauchen sollte, oder Michael oder eine junge Frau, die Ähnlichkeit mit der hat, die ich Ihnen beschrieben habe, dann rufen Sie mich an. Abgemacht?«

»Ja, sicher.« Der Barkeeper zuckte mit den Schultern, kaute auf seinem Daumennagel herum und schaute dann wieder Dupree an – als ob er genau wisse und wohlwollend dem zustimme, was dem Detective gerade durch den Kopf gegangen war.

»Haben Sie vielleicht ein Bier für mich?«, fragte Dupree. Die Frage überraschte ihn selbst.

»Aber klar«, sagte der Barkeeper. Er schaute Caroline mit hochgezogenen Augenbrauen an, doch sie schüttelte den Kopf und setzte sich auf den Hocker neben Dupree.

»Ist wirklich alles in Ordnung?«, fragte sie.

»Hab nur Durst.«

Sie schaute zum Fenster hinaus und dann wieder Dupree an. »Da draußen wartet ein Mordfall auf uns. Glaubst du, das ist der richtige Zeitpunkt für ein Bier?«

»Kann mir keinen besseren vorstellen.« Als das Bier kam, kippte er die Hälfte in einem Zug hinunter. Er versuchte, einen lässigen Ton anzuschlagen. »Und, geht's jetzt ab nach Hause?«

»Schätze, ich schau mich noch ein bisschen nach dieser Jacqueline um. Vielleicht kann ich wenigstens ihren richtigen Namen herausfinden. Ich meine, wenn ich euch nicht bei der Arbeit störe.«

Er war erleichtert und fühlte sich auf eine Art zu ihr hingezogen, die etwas Nostalgisches an sich hatte. »Nein«, sagte er. »Du störst natürlich nicht.« Als sie vor sechs Jahren in seinen Armen gelegen war, hatte Dupree ihr von seiner Theorie erzählt, dass das Leben für jeden Menschen zweite Aufschläge bereithalten sollte, genau wie beim Tennis; sodass man sich einen Fehler erlauben konnte, der nicht zählte, der niemanden verletzte. *Es ist nicht so, dass ich meine Frau verlassen will,* hatte er in jener Nacht gesagt. *Ich möchte nur einen zweiten Aufschlag.*

Dupree trank sein Bier aus. Sie standen auf, und er folgte Caroline zur Tür. Plötzlich blieb Dupree stehen, drehte sich um und schaute zum Ende der Theke, wo die alten Säufer auf den Abmarsch der Polizisten warteten, damit der Barkeeper endlich die Trockenzeit beenden konnte. Er wollte sie fragen, ob ihnen das Leben einfach so zwischen den Fingern zerronnen war oder ob es so etwas gegeben hatte wie einen Moment der Erleuchtung – als ob jemand einen Schalter umlegt und man plötzlich erkennt, dass das Beste, was das Leben einem bieten wird, eine Flasche billiger, süßer Wein ist. Die Alten schauten ihn nervös an. Dupree verbeugte sich und ließ einen Zehn-Dollar-Schein auf die Theke fallen.

»Die nächste Runde geht auf mich«, sagte er und freute sich, dass er sich noch an die Namen erinnerte. »Bill … Lou … May. Schönen Abend noch.«

20

Das dünne, erschöpfte Mädchen, das erst an jenem Morgen seinen Namen geändert hatte, ging langsam die Sprague entlang. Sie starrte auf das blitzende Blaulicht sechs Häuserblocks vor ihr. *Jacqueline.* Hörte sich älter an. Exklusiv. Auf jeden Fall klang es nicht nach jemandem, der bis zum Hals in Straßenstrichscheiße steckte; mit so was hätte eine Jacqueline nichts zu tun. Sie war barfuß, die Schuhe baumelten an ihrer Hand. Je näher sie dem Licht kam, desto langsamer ging sie. Mein Gott, nicht schon wieder. Sie drehte sich um und schaute Richtung Innenstadt. Vielleicht sollte sie sich ein Taxi nehmen und zu dem Motel fahren, wo Michael und Risa auf sie warteten. Wahrscheinlich vögelte das Arschloch sie gerade. Oder sie rauchten Michaels Crack oder das Gras, das Risa für sie besorgt hatte. Aber selbst mit einem Taxi würde sie es nicht mehr rechtzeitig schaffen, noch was davon abzubekommen.

Jacqueline war jetzt noch fünf Blocks entfernt. Sie dachte an die Polizistin, die ihr heute den Lunch bezahlt und all diese seltsamen Fragen über perverse Freier gestellt hatte. Manche waren wirklich ekelhafte Freaks. Da war dieser eine Kerl, der ihr erst vor einer Woche einen Schauer über den Rücken gejagt hatte. Er hatte sie im Lamplight aufgegabelt, einer Bar in der Innenstadt, in der sie manchmal auf Kundenfang ging. Jacqueline hatte den Kerl die ganze Zeit angeschaut, auch noch im Motelzimmer, in das sie gegangen waren. Aber erst als die Sache vorbei war und er gerade mit zitternden Fingern das Geld aus der Tasche zog, erkannte sie ihn.

»Hey«, sagte sie. »Du bist doch Biologielehrer, oder? An der Ridgeview Junior High School.«

Der Kerl sagte nichts.

»Rae … Lynn, erinnerst du dich? Ich hatte dich in der achten Klasse.«

Sein starrer Blick ließ sie frösteln. Als ob er sie überhaupt nicht wahrnähme.

»Na ja, war sowieso unwahrscheinlich, dass du dich an mich erinnerst. Ich bin bloß zwei Monate auf die Schule gegangen.« Sie zuckte mit den Schultern und tat so, als kümmerte es sie nicht weiter. »Und, bist du noch an der Schule?«

Immer noch sagte der Typ kein Wort.

»Hey, ich erzähl's schon niemand.«

Er schaute sie nur an, mit einem völlig durchgeknallten Gesichtsausdruck. Als ob er ihr was Schlimmes angetan hätte. Na ja, scheiß drauf, verglichen mit den kranken Hirnen, die ihr sonst so über den Weg liefen … Es war zwar nicht wie mit Michael, mit dem sie morgens aufwachen wollte, bei dem sie sich fallen lassen konnte und der ihr das Gefühl von Sicherheit gab. Aber es waren fünfzig Dollar, und weh getan hatte es auch nicht. Sie hatte irgendwas sagen wollen, um den Kerl ein bisschen aufzumuntern. Aber was gab es da schon zu sagen?

Also schnappte sie sich einfach ihre Sachen und machte sich aus dem Staub.

Die Polizistin hatte sie nach Typen gefragt, bei denen sie ein komisches Gefühl gehabt hatte. Vielleicht hätte sie ihr das von dem Lehrer erzählen sollen? Er hatte ihr nicht wirklich Angst eingejagt, aber ein bisschen abgedreht war der Kerl schon gewesen. Das ganz sicher. Sie griff in ihre Hosentasche und zog die Visitenkarte hervor. Detective Caroline Mabry. Special Investigations Unit. Sie warf einen Blick auf die Rückseite und steckte sie wieder in die Tasche.

Jacqueline lehnte sich an die Bank der Bushaltestelle. Besser, wenn sie dem Blaulicht nicht zu nahe kam. Vielleicht war die Polizistin auch da und würde sie mit noch mehr Fragen nerven. Vielleicht kannten sie auch schon ihren richtigen Namen und wussten, dass sie steckbrieflich gesucht wurde. Scheiße.

Hinter ihr ragte der hohe Gitterzaun von Landers' Cove auf, wo sie Boote und Caravans verkauften. Eine Zeit lang – im letzten Herbst und Winter – hatte sie oft die Kabinen der größeren Boote benutzt. Das war billiger als ein Hotelzimmer, sodass viele der Mädchen ihre Freier mit auf das Bootsgelände genommen hatten. Damals, bevor sie bei Michael hängen geblieben war, als Burn noch ihr Zuhälter gewesen war. Doch dann hatte der Besitzer die Nase voll davon, mit dem Wasserschlauch immer alles abspritzen und die herumliegenden Kondome aufklauben zu müssen. Er ließ einen höheren Zaun bauen und heuerte einen Sicherheitsdienst an, der das Gelände die ganze Nacht kontrollierte. Schade. Die großen, luxuriösen Boote hatten ihr gefallen.

Jacqueline lehnte sich gegen den Zaun und beobachtete den alten Wachmann, Paul Soundso. Mit der Taschenlampe in der Hand marschierte er auf dem Gelände herum. Trotz der grauen Haare, der eingezogenen Schultern und des hinkenden Gangs war er gar kein so übel aussehender Bursche – dafür, dass er schon Großvater war. Sie fand es cool, einen Kerl zu beobachten, der nicht wusste, dass er beobachtet wurde.

Der Wachmann ging ziellos umher und bewegte dabei die Lippen, als singe er vor sich hin. Vor einer riesigen Jacht blieb er stehen und strich mit der Hand über den Rumpf.

»Was ist, Paul? Lässt du mich rein für heut Nacht?«

Erschrocken fuhr er herum und leuchtete ihr ins Gesicht. Er lächelte. »Hi, Girlie.« Er nannte jede Nutte Girlie. »Willst du dir so ein Ding kaufen?«

»Kommt drauf an. Kannst du mir eins empfehlen?«

Er wandte seine schmächtigen Schultern wieder dem Boot zu. »Bei einem Traum wie diesem hier kannst du nichts falsch machen. Hat allerdings grade mal nur einen Fernseher an Bord.«

»Tja, das ist natürlich echt Scheiße. Wie viele Fernseher braucht man denn auf so einem Boot?«

»Kommt drauf an, wie groß die Mannschaft ist«, sagte er.

»Keine Mannschaft. Zutritt für Männer verboten.«

Er schaute wieder das Boot an. »Früher hatte ich auch mal ein Boot. Hab ich dir davon erzählt?«

Sie sagte nein, obwohl er es ihr jedes Mal erzählte, wenn sie sich unterhielten.

»Nicht so ein Cadillac wie das hier.« Er schlurfte zu ihr an den Zaun. »War nur ein kleines Fischerboot. Mit einem Motor für die Schleppangel und einem Kapitänssitz. Das war damals, als ich mich das erste Mal zur Ruhe gesetzt hab.«

»Was ist passiert?«

»Mit dem Boot oder dem Ruhestand?«

»Mit beidem.«

»Das Boot hab ich verkauft. Und als meine Frau gestorben ist, hat das mit dem Ruhestand auch keinen Spaß mehr gemacht.« Er lächelte sie an. »Also hat mich mein Sohn in der Glitzerwelt der Nachtportiers untergebracht. Und da bin ich nun.«

»Wie alt bist du eigentlich?«

»Achtundsechzig. Aber ich hab den Körper eines Siebenundsechzigjährigen.« Er war inzwischen am Zaun angekommen und richtete den Strahl der Taschenlampe auf ihre Arme. Sicher suchte er nach Einstichnarben. »Alles klar bei dir, Girlie? Immer vorsichtig da draußen? Und du bleibst auch sicher von meinen Booten weg?«

»Klar, mir geht's bestens.« Sie nickte. »Wie spät ist es, Paul?«

»Kurz nach drei. Feierabend für heute?«

»Ja. Mein Freund wartet schon. Wohnt gleich hier ums Eck.«

»Soll ich dir ein Taxi rufen?«

»Nein«, sagte sie. »Trotzdem, danke.«

Er machte eine Kopfbewegung zur Straße hin. »Haben die da drüben wieder eine von euch gefunden?«

Jacqueline nickte.

Der Alte biss sich auf die Lippe. »Du solltest den Job hinschmeißen.«

»Noch zwei Wochen«, sagte sie. Ihre Standardantwort, wenn jemand ihr den Rat gab, aufzuhören. Bewährungshelfer, Drogenberater, die Frau, die ihr im Krankenhaus die Kondome gab. Es waren immer noch zwei Wochen.

»Ich hab dich ein paar Tage nicht gesehen«, sagte er.

Sie hob eine Schulter. »So ein Typ hatte mich als Tänzerin angeheuert. Für einen neuen Laden drüben an der Staatsgrenze. Ich fahr also hin, und da sitzen dann nur der eine Typ und ein paar von seinen Kumpels und er sagt, sie müssten erst mal sehen, was ich so drauf hab. Wären einfach zu viele Mädchen, die scharf wären auf den Job.«

»Und, was hast du gesagt?«

»Dreißig für einmal blasen, fünfzig für die Show. Umsonst vögeln ist nicht, auch nicht für Clubbesitzer.« Sie lächelte. »Wenn natürlich ein Klassetyp wie du mal umsonst …«

Paul schüttelte den Kopf. »Wenn's geht, versuche ich Sex mit wunderschönen jungen Damen aus dem Weg zu gehen. Setzt einem bloß Flausen in den Kopf. Wenn du verstehst, was ich meine.«

Bei dem Wort wunderschön errötete sie. Ihr gefiel es, mit alten arglosen Männern zu flirten. Es erinnerte sie an Hollywoodfilme.

»Und da ist noch was«, sagte er. »Wie kommst du bloß drauf, dass ich so einfach zu haben bin?« Er leuchtete sich ins Gesicht. »Glaubst du etwa, so einen Charakterkopf gibt's umsonst?«

»Du bist echt ein witziger Kerl«, sagte sie und stieß sich vom Zaun ab. »Tja, ich muss dann …«

Paul hob die Arme und hakte die Finger in das Gitter ein. »Pass auf dich auf.«

»Mach ich.« Sie lächelte, fuhr ihm sanft über die Finger und drehte sich um. Langsam entfernte sie sich von dem Bootsgelände und ging die Straße entlang, bis sie an einer Ecke einen Pick-up sah und stehen blieb. Der Mann in dem Wagen schaute sie an. Als Jacqueline auf ihn zuging, fing er an zu lächeln.

21

Sie saßen in Duprees Wagen vor Carolines Haus. Es war schon komisch. Noch vor ein paar Stunden hatte Caroline versucht, Männer zu Sex in deren Wagen zu animieren, und jetzt – um drei Uhr morgens – saß sie im Auto eines Mannes, mit dem sie wirklich Sex haben wollte.

»Das ist eine schlechte Idee«, sagte sie.

»Ach ja?« Sie hatten am Tatort darüber gesprochen, ob sie nicht zur Task Force stoßen wolle. Die Idee war Dupree gekommen, weil sie einen so guten Draht zu den Nutten hatte und weil sie Lenny Ryan schon begegnet war. Sie war ihm die Antwort schuldig geblieben, also war er ihr hinterhergefahren, und nun saßen sie in seinem Wagen und redeten darüber. »Du willst also nicht an dem Fall mitarbeiten?«, fragte er.

Sie lächelte ihn an. »Nein. Ich glaube nicht, dass wir miteinander schlafen sollten.«

»Das hab ich nicht …« Er unterbrach sich und sie konnte spüren, dass er sich ertappt fühlte. »Ich will dich nicht deshalb in der Task Force haben, weil ich mit dir schlafen möchte.«

»Aber du wirst mir doch nicht erzählen wollen, dass du nicht daran gedacht hast. Ich hab dran gedacht. Ich glaube einfach, dass das eine schlechte Idee ist. Das war's auch damals schon.«

Er schaute zur Seite, fuhr sich mit der Hand über den glatten Schädel und schluckte. Dann lachte er. »Die meisten guten Sachen fangen mit einer schlechten Idee an«, sagte er ruhig.

»Es ist ja nicht so, dass ich nicht wollte.« Sie berührte seine Hand. »Wahrscheinlich wäre das alles kein Problem, wenn es uns nichts bedeuten würde. Wenn wir einfach nur scharf aufeinander wären.«

»Oho, ich kann ganz schön scharf sein.«

»Sicher, aber nicht nur. Und nicht in unserem Fall.«

Er machte den Mund auf, um ihr zu widersprechen, wusste aber nicht, wie. »Ich komme mir vor wie jemand, dem man die Schuld für etwas gibt, das er überhaupt nie angesprochen hat.«

»Ich gebe dir keine Schuld für irgendwas. Schau uns doch an. Ich habe eine Beziehung mit einem Zwölfjährigen, der seit sechs Monaten kein vernünftiges Wort mehr mit mir geredet hat. Und mir gefällt's auch noch so, weil ich dann nämlich nicht darüber reden muss, dass ich eigentlich gar nicht mehr mit ihm zusammen sein will.«

»Du willst nicht mehr mit ihm zusammen sein?«

Caroline schaute Dupree an. Aber nur für eine Sekunde, denn Augenkontakt schien ihr im Moment die schlechteste aller Möglichkeiten zu sein. »Nein«, sagte sie bestimmt.

»Bist du sicher?«

Caroline nickte.

Jeder schaute an seiner Seite aus dem Fenster. Dupree fing an zu lachen, und dann lachte auch Caroline.

»Damals vor sechs Jahren, da hätten wir es tun sollen und gleich wieder vergessen«, erklärte sie. »Jetzt würde das nicht mehr funktionieren.«

»So alt bin ich nun auch wieder nicht.« Keiner sagte ein Wort. Dann räusperte sich Dupree. »Ich wollte dich nicht ...«

»Du hast doch gar nichts getan«, erwiderte sie. »Kann gut sein, dass ich dich eine Viertelstunde später selbst gefragt hätte, ob wir uns nicht irgendwo ein Zimmer nehmen sollen.«

»Was dagegen, wenn ich warte?«

Sie drückte ihm den Arm, öffnete die Tür und stieg aus.

»Soll ich jetzt deine Versetzung zur Task Force beantragen?«

Caroline schaute ihn ernst an. »Glaubst du, dass ich das schaffe?«

»Ja.«

Sie stand in der kühlen Nachtluft und überlegte. »Okay«, sagte sie.

»Okay«, sagte er.

Er ließ den Motor an. Sie verabschiedete sich mit einem Kopfnicken, warf die Wagentür zu, schaute ihm noch kurz hinterher und drehte sich dann zum Haus um. In jener Nacht, als sie fast zusammen geschlafen hätten, war ihm diese dumme Bemerkung über den zweiten Aufschlag beim Tennis eingefallen. Nettes Bettgeflüster. Doch es war nicht der unromantische Gedanke eines zweiten Aufschlags, der sie beschäftigte. Was sie traurig machte, was sie von ihm trennte, war der Gedanke an das, was anschließend passieren würde. Sie stellte sich das billige, schale und leere Gefühl vor, das Objekt von jemandes Untreue zu sein. Ihr Leben bestünde dann im Wesentlichen daraus, die Frau eines anderen und dessen Anständigkeit zu verraten.

Sie schloss die Haustür auf und stellte ihre Tasche ab. Aus dem Wohnzimmer hörte sie Atemgeräusche. Sie machte das Licht an und sah statt Joel ihren Vater. Er lag schlafend auf der Couch. Unter der Decke schauten kurze graue Haare hervor.

»Daddy?«

Er schreckte auf, brauchte aber noch einen Augenblick, bis er wusste, wo er war.

»Ich dachte, du kommst erst morgen«, sagte Caroline.

Er setzte sich auf und rieb sich das Gesicht, das faltiger war, als sie es in Erinnerung hatte. Das kräftige Kinn bedeckten silbrige Bartstoppeln. Er trug einen Geschäftsanzug, die Krawatte hatte er abgelegt. »Ich hatte einen Termin in Seattle, deshalb bin ich schon einen Tag früher da. Joel hat mich vom Flugplatz abgeholt. Ich hoffe, es macht dir nichts aus, dass ich mich hier ausgebreitet habe.«

»Nein«, sagte sie. »Natürlich nicht. Schläft Joel?«

»Ja.« Ihr Vater gähnte. »Wo kommst du jetzt her?«

Sie setzte sich neben ihn, nahm eine seiner großen Hände und streichelte über die Adern und schwarzen Härchen. Dann drückte sie die Hand und lehnte sich an seine Schulter. Erst jetzt merkte sie, wie müde sie war. Sie wollte schlafen und weinen. Der Gedanke an den Fall lastete wie ein Mühlstein auf ihr. Gesichter schoben sich ineinander – das tote Mädchen im Kühlschrank, der über die Staumauer schießende Burn, ihre sterbende Mutter. Caroline fühlte sich von allen im Stich gelassen, wie ein Kind, wenn es plötzlich merkt, dass es allein im Bett liegt. Die Gesichter und Joel und Dupree und die Hand ihres Vaters ... Caroline drückte ihren Kopf an die Schulter ihres Vaters.

»Ist schon gut«, flüsterte er ihr ins Ohr. »Weine nur, lass es raus.«

Und sie weinte noch, als zehn Minuten später ihr Handy klingelte.

22

Der Kerl kaute vor Anstrengung auf seiner Zunge herum. Jacqueline bearbeitete ihn schon eine Zeit lang, doch er wollte einfach nicht kommen. Er wollte es so lange wie möglich hinauszögern. Normalerweise war ihr das völlig egal. Aber ein Kerl, der sie auf dem Nachhauseweg abfing, um sich ganz simpel einen runterholen zu lassen, und dann die ganze Chose in eine verdammte Beziehung ausarten ließ, ging ihr gewaltig auf den Keks. Vierzig Dollar war zwar ein Haufen Geld, aber trotzdem ... Eigentlich sollte sie aussteigen und ihn einfach sitzen lassen. Aber sie saß ganz allein mit diesem Kerl auf der Vorderbank seines irgendwie komisch riechenden Pick-ups – wonach er roch, konnte sie nicht genau sagen – und dachte sich, dass es besser wäre, die Sache so schnell wie möglich hinter sich zu bringen.

Der Kerl hatte feste, kräftige Arme, sein Hals glich einem Baumstamm. Er schloss die Augen und presste stöhnend abgehackte Wortfetzen hervor, die Jacqueline frösteln ließen: »Mmm ... ja, ja ... los, blas mich ...« Diese Art Gestammel fand sie wie immer abstoßend, aber wenigstens plapperte er keine Namen. Sie hasste es mehr als alles andere, wenn ihr die Kerle irgendwelche Namen gaben. Viele steigerten sich in Fantasien über frühere Freundinnen oder Frauen aus ihrem Büro oder manchmal sogar über ihre Schwestern hinein. Eigentlich konnte es ihr egal sein, aber sie musste dann immer an die Frauen denken, die mit diesen Arschlöchern zu tun hatten.

Als das Stöhnen lauter wurde, schaute Jacqueline aus dem

Fenster. Sie konnte den Anblick der Gesichter nicht ertragen, wenn die Typen kamen. Risa sagte, dass ihr dieser Augenblick am besten gefiel, weil dann selbst die härtesten Kerle völlig hilflos waren. Sie sagte, in dem Moment, wo sie abspritzten, könnte sie jede Woche zwanzig von den Kerlen töten. Doch Jacqueline hielt sich nie für stärker als diese Typen, nicht mal für ein paar Sekunden. Das war sowieso gleich wieder vorbei. Jacqueline schaute den Typ wieder an, der sich immer noch plagte. Das weiche, weiße Fleisch seiner Armmuskeln zuckte. Die Finger taten ihr weh und sie hörte für einen Moment auf. Der Typ würde sich eher eins seiner Eier abbeißen, als endlich zu kommen.

»Jetzt komm schon.«

Und dann drehte der Kerl durch: Sein Arm schoss hoch, er packte ihren Nacken und zog ihren Kopf zwischen seine Beine. Er war stark, stärker als er aussah. Seine Finger umklammerten fast ihren ganzen Hals, und plötzlich wusste sie, wonach es so beißend roch. Nach Reinigungsmittel. Dann stopfte er ihr die andere Hand in den Rachen.

Die Finger bohrten sich ihr in die Luftröhre und sie merkte, dass der Mann – etwas, das sie normalerweise immer abschreckte – Handschuhe trug, Autofahrerhandschuhe aus Veloursleder. Er drückte fester zu und langsam dämmerte es ihr: Er wollte sie nicht erwürgen, er wollte ihr das Genick brechen. Risa sagte immer, dass man sich vorsehen müsse vor kleinen, kräftigen Kerlen, die hätten einen Hass auf die ganze Welt.

Dann hörte sie ihn knurren, wie einen Hund, und Jacqueline wusste, dass sie in diesem Pick-up sterben würde, und sie kapitulierte vor dem, was sie schon immer gewusst hatte – dass sie alle stärker waren als sie selbst, dass es zwangsläufig so enden muss. Sie wusste das seit ihrem sechsten Lebensjahr. Dieser Ausdruck in den Augen der Männer. Dunkle Höhlen voller Erregung, Abscheu und Wut. Sie hatte nie einen Mann gekannt, der nicht wütend war. Das war etwas, worüber die

Mädchen nicht redeten, doch genau das war das Teuflische am Straßenstrich. Für viele von diesen Typen waren Sex und Gewalt zwei Seiten ein und derselben Sache.

Der Schwanz des Kerls war jetzt härter. Ohne nachzudenken, griff Jacqueline ihm mit der linken Hand wieder zwischen die Beine, packte fest zu und verdrehte ihm den Schwanz – nicht um sich zu retten, sondern einfach weil sie wütend war. Er stöhnte auf, und die ihren Nacken umklammernden Finger lockerten sich etwas. Sie drückte so fest zu, dass ihr ein Fingernagel abbrach. Er versuchte sich ihr zu entwinden, doch das Gewicht ihres Körpers nagelte ihn auf dem Sitz fest.

Verzweifelt hieb sie ihm – genauso, wie Michael es ihr beigebracht hatte – mit der rechten Faust mit aller Kraft auf den Adamsapfel. Seine Hände fielen von ihr ab, doch erst nach ein paar Sekunden, in denen er pfeifend nach Luft rang, erkannte sie ihre Chance. Sie stieß die Beifahrertür auf und sprang aus dem Wagen. Sein lautes Stöhnen dröhnte ihr lauter in den Ohren als das klatschende Geräusch ihrer nackten Füße auf dem Asphalt, während sie mit rudernden Armen über den Parkplatz eines Supermarkts rannte. Sie lief an einer Reihe festgeketteter Einkaufswagen vorbei und stürzte sich in ein Gebüsch. Dann hörte sie – alles im selben Augenblick – den aufheulenden Motor, das krachende Getriebe, die quietschenden Reifen.

Wie erstarrt kauerte sie auf dem Boden. Ihr Nacken schmerzte, und sie war den Tränen nahe. Neben ihr lag eine leere, sauer riechende Milchtüte. Sie kam gar nicht auf den Gedanken, sich noch mal umzuschauen und die Nummer des Pick-ups zu merken.

Auf der Suche nach ihr kurvte der Kerl in der Gegend herum und kam noch ein paar Mal an dem Gebüsch vorbei. Einmal leuchteten an der Wand hinter ihr die Scheinwerfer auf. Sie blieb regungslos liegen, hörte nur ihr eigenes Schlucken. Der Pick-up entfernte sich wieder. Dennoch wagte sie nicht, sich zu bewegen. Ein paar Minuten später hörte sie, wie er noch mal langsam über den Parkplatz fuhr.

Als sie glaubte, dass er sich nun endgültig aus dem Staub gemacht hatte, stand sie auf und lief entlang der Vorderseite des Supermarkts über den Parkplatz in Richtung Motel und Michael. Sie hatte etwa eine Meile vor sich. Ihr war so schlecht, dass sie dauernd würgte. Ihr Hals fühlte sich an wie rohes Fleisch. Sie betrachtete Michael nicht als ihren Beschützer – sie verabscheute Huren, die ihre Zuhälter für ihre Freunde hielten –, doch in ihrer momentanen Lage war das der sicherste Ort, den sie kannte. Bevor Risa und Jacqueline noch mal losgezogen waren, um ein paar Dollar zu verdienen, hatten sie mit Michael einen draufgemacht. Er hatte ihnen noch gesagt, sie sollten vorsichtig sein. Das machte sie ganz irre. Michael hatte ihnen extra noch gesagt, vorsichtig zu sein. Aber nein, was macht sie? Steigt in den erstbesten Wagen, der neben ihr anhält. Und das in einer Nacht, wo sie wieder ein totes Mädchen aufgelesen haben. Sie konnte es nicht fassen. Jacqueline lief an Vorgärten mit verdorrten Rasenflächen entlang. Hin und wieder drang das Licht einer Verandalampe bis zum Gehweg vor und warf ihren Schatten auf den geplatzten Beton. Sie duckte sich unter Bäume, schlich zwischen Autos hindurch und hielt sich von belebten Straßen und hell erleuchteten Kreuzungen fern. Der Weg kam ihr endlos vor.

Das Motel lag im Schatten der East Sprague an einer abschüssigen Straße, die gleich hinter der Third abzweigte. Während Jacqueline lieber in Autos arbeitete, gingen viele Nutten hier auf Kundenfang. Auf dem Schild stand nur ›Motel‹. Jacqueline wartete, bis keine Autoscheinwerfer mehr zu sehen waren, und lief dann über die Straße auf den zweigeschossigen Kasten zu. Obwohl der Schmerz in ihrem Nacken zunahm, war sie erleichtert. Sie hastete durch die Lobby und schaute hinauf zu dem Zimmer im ersten Stock. Michael und Risa hatten das Dope sicher schon geraucht. Sie fragte sich, warum sie überhaupt in den Wagen gestiegen war, obwohl sie wusste, dass hier das Dope auf sie wartete. Als sie die Treppe schon halb hinaufgegangen war, sah sie den roten Pick-up mit der weißroten Abdeckplane. Er stand in fünfundzwanzig Metern Entfernung jenseits des Parkplatzes unter einer Straßenlampe.

Jacqueline drückte sich an die Wand des Treppenaufgangs. Erst glaubte sie jemanden aussteigen zu sehen, doch dann erkannte sie, dass jemand einstieg. Risa.

Jacqueline wollte schreien, brachte aber keinen Ton heraus. Risa stieg ein, und die Beifahrertür schloss sich. Der Wagen bewegte sich nicht. Jacqueline tappte eine Treppenstufe hinunter, dann noch eine. In diesem Moment löste sich der Wagen vom Randstein und fuhr davon.

Sie lief die Treppe hinauf und hämmerte gegen die Tür. Keine Antwort. Sie drehte am Türknopf. Es war nicht abgeschlossen. Auf dem Tisch standen ein paar leere Schnapsflaschen. Sonst nichts. Der Inhalt ihrer Handtasche lag auf dem Bett verstreut. Keine Spur von Michael. Die Möglichkeit, dass der Pick-up wieder vor dem Motel auftauchen könnte, und zwar, weil der Kerl ganz genau wusste, wo sie war, versetzte sie in Panik. Arme Risa. Jacqueline musste so schnell wie möglich weg von hier, so weit weg von dem Kerl in dem roten Pick-up, wie es nur ging. Wenn nötig, würde sie sogar zurück nach Hause gehen. Sie hatte Gewissensbisse wegen Risa, sagte sich aber, dass sie ohnehin nichts für sie tun könne.

Doch, etwas konnte sie tun. Sie zog die Visitenkarte der Polizistin aus der Hosentasche. Da das Zimmer kein Telefon hatte, lief sie aus dem Haus und zur Telefonzelle an der nächsten Ecke. Ihre Arme zitterten so sehr, dass sie Mühe hatte, die Visitenkarte auf den Telefonkasten zu legen und die Nummer zu wählen. Dann hielt sie sich die Hand vor den Mund, weil sie befürchtete, sich übergeben zu müssen.

Es klingelte dreimal, dann meldete sich eine Frau. Sie hörte sich an, als hätte sie gerade geweint.

»Sind Sie es?« Jacqueline war so abgehetzt und atemlos, dass sie kaum ihre eigene Stimme erkannte. »Spreche ich mit der Polizistin?«

»Wer ist da?«

Die Worte sprudelten aus ihr heraus. »Dieser Wichser, er wollte mich erwürgen, ich bin grad noch rausgekommen, er ist grad weggefahren, mit Risa, helfen Sie ihr, um Himmels willen!«

»Beruhigen Sie sich doch«, sagte die Polizistin. »Jacqueline, sind Sie das?«

Sie brauchte eine Sekunde, bis ihr Gehirn wieder auf den falschen Namen umschaltete. »Ja«, sagte sie. »Tun Sie was. Schnell. Es ist ein roter Wagen. Auf der Sprague. In östlicher Richtung.«

»Beruhigen Sie sich. Wo sind Sie jetzt?«

Doch Jacqueline knallte den Hörer auf die Gabel, stand keuchend da und starrte das Telefon an. Verdammte Scheiße. Sie hob die Hände, ballte sie zu Fäusten und brach in Tränen aus. Sie musste weg. Sofort. Sie stürzte aus der Zelle, blieb aber plötzlich stehen, riss die Tür wieder auf und nahm Caroline Mabrys Visitenkarte vom Telefonkasten.

Dritter Teil

Juni

Die Feuerpredigt

23

Untersuchungsbericht Task Force
Nachtrag
(Vertraulich)
Datum: 4. Juni

Aktenzeichen: 00-10643, 00-20054, 00-20154-A, 00-20159, 00-20161, 00-20179, 00-22390, 00-24911, 00-25212, 00-26055.
Verdächtiger: Leonard M. Ryan und/ oder Unbekannt
Anschuldigung: mehrfacher Mord
Beamter: Sgt. Alan Dupree
Abteilung: Task Force Serienmorde

Fakten: Am 21. Mai gegen 11.00 Uhr beobachtete SIU Det. Caroline Mabry eine verdächtige Person (männlich, weiß), die sie für Leonard Miller Ryan (geb. 20.07.63) hielt. Zu dieser Zeit war Ryan Tatverdächtiger in mindestens zwei laufenden Morduntersuchungen und einem Fall von versuchtem Raubmord (siehe beigefügte Akten). Am 21. Mai sah Det. Mabry von ihrem Dienstfahrzeug aus, wie Ryan eine junge Prostituierte (weiß, ca. 20 Jahre alt, Name nach eigenen Angaben ›Jacqueline‹), die Mabry kurz zuvor am selben Tag befragt hatte, beobachtete und möglicherweise verfolgte. Det. Mabry wendete und fuhr zu dem Ort zurück, wo sie ›Jacqueline‹ und die Person, die sie für Ryan hielt, beobachtet hatte, fand jedoch keinen von beiden und konnte auch nicht definitiv feststellen, ob es sich bei dem Mann, den sie gesehen hatte, um Leonard Ryan handelte.

Am Abend des 21. Mai, gegen 23.00 Uhr, während einer Straßenstrich-Operation auf der East Sprague, beobachtete Det. Mabry einen männlichen Weißen, den sie definitiv als Ryan identifizierte. Det. Mabry folgte der Person in eine von der Magnolia Street abzweigende Gasse zwischen Sprague Avenue und First Avenue, wo sie in einem alten Kühlschrank die Leiche einer weißen Frau entdeckte. Nachfolgende Ermittlungen der Task Force ergaben, dass der Name der toten Frau Andrea Jean McCrea (geb. 13.02.81) lautete. Todesursache: Mord durch Strangulieren. Frakturen der Luftröhre und des Kehlkopfes. In der Brust Eintrittswunde einer Kugel Kaliber .38, offensichtlich post mortem. Druckstellen an beiden Handgelenken, jedoch keine Anzeichen sexueller Gewalt. Wie bei den anderen Opfern mehrere abgebrochene Fingernägel, was auf eine mögliche Abwehrverletzung hindeutet. Andererseits konnten unter den Fingernägeln keine Hautpartikel sichergestellt werden. Die Hände des Opfers sind mit einem Reinigungsmittel abgewaschen worden. An einer Hand waren mit einem Gummiband zwei Zwanzig-Dollar-Scheine befestigt. Der Werdegang des Opfers war geprägt durch Drogenmissbrauch, Prostitution und eine ›riskante‹ Lebensführung. Laut Obduktion trat der Tod um den 14. Mai ein, also sieben Tage bevor man die Leiche fand. An der Tür bzw. dem Griff des Kühlschranks befanden sich zwei latente Fingerabdrücke, die mit Leonard Ryans im Staatsgefängnis Lompoc, CA, genommenen Fingerabdrücken übereinstimmen.

Ca. fünf Stunden später, am 22. Mai gegen 4.50 Uhr, erhielt Det. Mabry auf ihrem Mobiltelefon einen Anruf von einer Frau, die sich als ›Jacqueline‹ ausgab und behauptete, eine männliche weiße Person in einem roten Fahrzeug hätte versucht sie zu erwürgen. ›Jacqueline‹ beobachtete später eine weitere, unter dem Namen ›Risa‹ bekannte Prostituierte, die in das rote Fahrzeug einstieg. Nachdem Det. Mabry die Einsatzzentrale alarmiert hatte, begab sich Det. Mabry zum Uptowner Motel (Block 1200, East Sprague), traf dort aber weder ›Jacqueline‹ noch ›Risa‹ an. Weitere Bemühungen, die Identität oder den Aufenthaltsort von ›Jacqueline‹ oder ›Risa‹ oder den Aufenthaltsort von Leonard Ryan festzustellen, blieben erfolglos.

Während der folgenden zwei Wochen konzentrierten sich die Bemühungen der Task Force darauf, die Verdachtsmomente gegen Ryan im Zusammenhang mit mindestens vier Morden an Prostituierten und dem Verschwinden zweier weiterer Prostituierter zu erhärten. Nach einem Artikel in der Lokalzeitung (siehe beigefügten Artikel vom 28. Mai, ›Straßen der Angst: Polizei tappt weiter im Dunkeln‹) hat man mich beauftragt, den aktuellen Stand der Ermittlungen seitens der Task Force darzulegen und die Verzögerungen bei der Erstellung eines Täterprofils des Verdächtigen durch das FBI zu erklären. Zu diesem Zweck habe ich von der Abteilung für Verhaltensforschung des FBI Unterstützung angefordert und habe Det. Caroline Mabry zur Befragung eines pensionierten FBI-Agenten und Experten für die Erstellung von Täterprofilen nach New Orleans, LA, geschickt.

Hintergrund: Lenny Ryan ist der Hauptverdächtige im Mordfall Kevin Hatch, alias ›Burn‹, vom 28. April. Hatch und der Verdächtige waren offensichtlich mit der Abwicklung eines Drogendeals beschäftigt, als sie sich dem Zugriff durch ein SIU-Observierungs-Team durch Flucht entziehen wollten. Bei der anschließenden Verfolgungsjagd wurde Ryan dabei beobachtet, wie er Hatch in den Spokane River stieß. Hatchs Leiche ist nie gefunden worden. Er gilt als verschollen. Ryan konnte entkommen (siehe beigefügte Akte 00-10643).

Ebenfalls am 28. April wurden Det. Pollard und ich zu einem Mordfall im Block 900 der South Stone Street gerufen. Als Todesursache wurde ein Kopftrauma, hervorgerufen durch einen Schlag mit einem stumpfen Gegenstand, festgestellt. Die Waffe war eine am Tatort gefundene Rohrzange. Das Opfer hieß Albert Stanhouse (geb. 01.07.37) und die folgenden Ermittlungen ergaben, dass er der Onkel von Leonard Ryan war. Nachbarn gaben zu Protokoll, dass sie einen Streit zwischen einem jüngeren Mann und Stanhouse beobachtet hatten. Später identifizierten sie Ryan anhand eines Fotos als den Mann, der mit Stanhouses Auto den Tatort verlassen hatte. Das Auto wurde später auf einem offenen Feld gefunden (siehe Akte 00-20159)

Am 29. April erlitt der Pfandhausbesitzer Daniel C. Melling (geb. 04.06.62) während eines Raubüberfalls auf sein Geschäft im Block North 900 der Division Street eine Schussverletzung im Gesicht. Anhand eines Fotos identifizierte Melling Lenny Ryan als den Mann, der auf ihn geschossen hatte und der im Besitz eines Pfandscheins für ein Armband gewesen war, das einer toten Prostituierten gehört hatte.

Ermittlungen meinerseits und von Det. Pollard ergaben, dass die Prostituierte Shelly Nordling (siehe Akte 00-20161) hieß und dass Leonard Ryan eine Beziehung zu Nordling (geb. 16.09.72) unterhalten hatte. Nordling war zusammen mit Ryan 1996 in Richmond, CA, wegen Drogenbesitzes und Drogenhandels verhaftet worden. Nordling sagte in diesem Fall gegen Ryan aus. Ende 1999 zog Nordling zurück nach Spokane, um als Prostituierte zu arbeiten, und wurde am 8. Februar ermordet. Der Fundort der Leiche war weniger als einen Block entfernt vom Tatort des Mordes vom 21. Mai. Ryan kommt als Täter in diesem Fall nicht in Frage; er saß zur fraglichen Zeit eine Haftstrafe im Staatsgefängnis Lompoc, CA, ab.

Ryan wurde am 5. März entlassen und verstieß umgehend gegen seine Bewährungsauflagen. Sein Aufenthaltsort ist seitdem unbekannt. Forensisches Beweismaterial und Zeugenaussagen (siehe beigefügte Schriftstücke) datieren den Tod des ersten Opfers (Rebecca Bennett) auf den 1. oder 2. April, also vier Wochen nach Ryans Haftentlassung.

Laut Shelly Nordlings Pflegevater, David Nordling, besuchte zwischen dem 16. und 18. März ein Mann, auf den die Beschreibung Ryans passt, Nordling in seinem Haus in Richmond, CA, und gab sich als Polizeibeamter aus. Mr. Nordling übergab ihm einen Schuhkarton mit persönlichen Dingen Shelly Nordlings, der Mr. Nordling von der Polizeibehörde Spokane ausgehändigt worden war. Der Karton lag auf dem Kühlschrank, in dem man am 21. Mai Andrea McCreas Leiche entdeckte.

Die Bemühungen der Task Force, Ryans Aufenthaltsort zwischen dem 20. März und dem 4. Juni festzustellen, also dem Zeitraum, in dem die vier Prostituierten ermordet wurden und zwei weitere verschwanden, blieben erfolglos.

Aktueller Ermittlungsstand: Die Untersuchungen werden fortgesetzt. Nach Auswertung von Tausenden von Hinweisen betrachtet die Task Force Leonard Ryan als Hauptverdächtigen. Das mögliche Motiv lautet aufgestaute Wut (siehe Definition in beigefügtem Quellenmaterial der Abteilung für Verhaltensforschung des FBI) über den Tod von Shelly Nordling und allgemeiner Hass auf Prostituierte.

Nach der Kritik in den lokalen Medien wurde mir von höchster Stelle in der Polizeibehörde Spokane geraten, mich bei Special Agent Jeff McDaniel von der Special Investigative Unit des FBI für mein ›schroffes Verhalten‹ und meine ›Ignoranz‹ gegenüber seinen einzigartigen Fähigkeiten und seinem Charme zu entschuldigen. Zudem wurde ich angewiesen, mit dem ehemaligen FBI-Profiler Curtis Blanton – im Moment als Berater für die Strafverfolgungsbehörden in New Orleans, LA, tätig – Kontakt aufzunehmen. Ich wurde des Weiteren angewiesen, beide Experten um ihre Bewertung der Tatortmerkmale und der Methodik des Täters zu bitten sowie um ihre Meinung bezüglich der Wahrscheinlichkeit von Ryan als Täter. Zu diesem Zweck wird Det. Mabry, deren Beitrag zur Arbeit der Task Force beispielhaft gewesen ist, noch in dieser Woche nach New Orleans, LA, fliegen, um sich Blantons Einschätzung anzuhören und seine generelle Kritik an den bis zu diesem Zeitpunkt durchgeführten Ermittlungen entgegenzunehmen.

Empfehlung: Am 2. Juni führte ich ein Telefongespräch mit Special Agent McDaniel in Sacramento, der die dortigen Behörden bei der Untersuchung eines mehrfachen Mordes unterstützt. Er nahm meine Entschuldigung an und erklärte, dass er frühestens in einem Monat die Zeit fände, eine eingehendere Analyse unseres Falles zu erstellen. Am selben Tag telefonierte ich mit Curtis Blanton, der in unzweideutigen Worten sein mangelndes Interesse an einer Mitarbeit an unserem Fall sowie seine Geringschätzung unserer bis dato unternommenen Anstrengungen zum Ausdruck brachte. An diesem Tag schlug ich vor, Mr. McDaniel für sein bislang gezeigtes Engagement unseren respektvollen Dank auszusprechen und Mr. Blantons Wunsch, ihn in Ruhe zu lassen, und seinen Rat, dass wir doch versuchen sollten »unsere Scheißarbeit selbst zu erledigen«, zu beherzigen. Da meine Vorgesetzten – ohne mich in Kenntnis zu setzen – zwei Tage später die gesamten Unterlagen zu dem Fall dennoch an Mr. Blanton nach New Orleans schickten, liegt es auf der Hand, dass man meine Empfehlung wie einen feuchten Furz behandelt hat. Nehmen Sie es mir also nicht übel, wenn ich mich nicht gleich wieder auf den Hosenboden setze und mir für Sie eine weitere sinnlose Stellungnahme aus dem Kreuz leiere.

Nachtrag: Heute Morgen, am 5. Juni um 8.00 Uhr, wurde ich davon in Kenntnis gesetzt, dass der Pfandhausbesitzer

Daniel Melling in der vergangenen Nacht an den Folgen seiner Verletzungen gestorben ist. Die Anklage wegen versuchten Mordes gegen Leonard Ryan wurde umgewandelt in eine weitere Anklage wegen Mordes.

24

Als kleines Kind hatte Caroline zum Sonnenaufgang ›Mister Pink‹ gesagt. Sie war immer als Erste auf den Beinen gewesen und in ihrem Strampelanzug mit der Schmusedecke unter dem Arm nach unten gegangen, wo sie sich auf den Fenstersitz neben das Treppengeländer gehockt hatte. Dort saß sie dann und beobachtete die sich permanent verändernden Farben des Lichts über dem Horizont. Sie liebte den Gesichtsausdruck ihres Vaters, wenn der die Treppe herunterkam und sie dort sitzen sah. Als sie dann älter wurde, entwickelte Caroline eine wissenschaftliche Faszination für den Sonnenaufgang, indem sie versuchte, den exakten Zeitpunkt des Tagesanbruchs zu bestimmen. Sie ermahnte sich dazu, besser aufzupassen, aber immer wieder erregte irgendein kleines Detail ihre Aufmerksamkeit – die Form einer Wolke, die Kiefernnadeln an einem Baum, der Tau auf dem Rasen –, und schon hatte sie den entscheidenden Augenblick verpasst. Vielleicht gab es ja gar keinen fest definierten Zeitpunkt. Aber wie sollte sie das jemals herausbekommen? Es kam ihr vor, als hätte man ihr diese Augenblicke gestohlen, als hätte man sie betrogen. Es war wie eine Ahnung, dass man immer Gefahr lief, das Beste im Leben zu verpassen, dass man so von den wuselnden Details des Lebens abgelenkt wurde und das wirkliche Leben versäumte. Am nächsten Wochenende würde sie noch früher auf ihrem Fenstersitz Platz nehmen, würde sich noch stärker konzentrieren, würde versuchen die Details auszublenden und nur das aufgehende Licht zu beachten. Manchmal hielt sie diese Art des unfokussierten Sehens mehrere Minuten durch.

Wenn ihr Vater dann die Treppe herunterkam und sich das Baumwollhemd, das er an den Wochenenden immer anzog, in die Hose stopfte, fand er sie wie in Trance auf ihrem Sitz verharrend vor. Die Bilder spielten auf ihrer Netzhaut, die das Licht absorbierte, ohne es zu verarbeiten. Caroline blinzelte ein paar Mal, schüttelte die Trance ab und lächelte ihren Vater an. War es Samstag, zogen sie ihre Mäntel an und spazierten zusammen in die Innenstadt, während ihre Mutter und ihr Bruder noch schliefen und im Osten die Glut des Morgens immer noch kühl glimmte.

»Fantastisch«, sagte ihr Vater manchmal. »Der schönste Augenblick des Tages, und fünfundneunzig Prozent der Leute kriegen es gar nicht mit.«

Wenn sie an diesen Samstagen über die Monroe Street Bridge gingen, Carolines Hand lag vergraben in der ihres Vaters, verlangsamten sie ihre Schritte, und Caroline fuhr mit der anderen Hand über das Betongeländer. Durch die Schlitze sah Caroline dann die blitzenden Lichtreflexe der Wasserfälle.

»Das Wasser steht ziemlich hoch«, sagte ihr Vater dann. Oder: »Später Abfluss.« Oder: »Die müssten das Überlauftor zumachen.« Oder tausend andere Bemerkungen über den Fluss, die sich aber nie wiederholten. Sein Wissen hinsichtlich der Strömung und der Jahreszeiten und der vielen verschiedenen Dämme weiter stromabwärts faszinierte sie. Wenn sie die Brücke überquert hatten, schaute sie sich manchmal um und ließ den Blick über das Ufer schweifen, bis zu dem Punkt, wo der Monroe Street Dam den Fluss über die Staumauer lockte. Sie erinnerte sich daran, wie ihr einmal ein Wasserstrudel voller Abfall – leere Flaschen und Pappkartons – aufgefallen war, der sich wirbelnd vorwärts bewegt hatte und dann hinter der Dammkrone verschwunden war.

Im Lebensmittelladen kaufte ihr Vater die Zeitung, für sich und Carolines Mutter Bagels und für Caroline und ihren Bruder Donuts. Und dann gingen sie auf dem gleichen Weg wieder nach Hause. Es machte ihr nichts aus, dass sie ihren Donut erst dann essen durfte, wenn auch ihr schlafmütziger Bruder aufgestanden war, denn sie hatte für eine weitere Stunde ihren Vater und die Offenbarungen des immer heller strahlenden Lichts ganz für sich.

Joels Hand auf ihrer Schulter holte sie zurück. »Alles in Ordnung?«

Sie stand vor der großen Fensterfront am Ende des Rollfeldes und schaute hinaus zum Horizont. Der Sonnenaufgang nahm sie völlig gefangen. Caroline lächelte. »Ich hab's so lange verpasst.«

Joel drehte sich zum Ausgang um, wo die ersten Passagiere an Bord gingen. »Verpasst? Wieso? Die laden immer noch Gepäck ein.«

Sie drehte sich zu ihm um. Er hatte die Augen niedergeschlagen wie ein kleiner Junge, der Angst hat, ein falsches Wort zu sagen. Sie fuhr ihm mit den Fingern durch sein kurz geschnittenes Haar. »Ich hab an was anderes gedacht.«

Er nickte. Er fragte nie, woran sie gerade dachte. »Hast du deine Bücher dabei?«

Sie griff in ihre Tasche und hielt zwei schwarze Taschenbücher hoch, deren Rückseite das gleiche Foto zierte. Mit leicht misstrauischem Blick sah ein ziemlich übergewichtiger Curtis Blanton in die Kamera. Der ehemalige FBI-Profiler und landesweit führende Experte in Sachen Serienmörder hatte sich seinen Ruf durch die Befragung und das Studium von Psychopathen erworben, vor allem des Pacific Coast Killers, dessen Spitzname auf der Gewohnheit beruhte, die von ihm ermordeten Nutten auf eben jenem Pacific Coast Highway abzuladen. Blanton arbeitete jetzt als eine Art freischaffender Profiler, der mit örtlichen Polizeibehörden zusammenarbeitete, wenn er sich nicht gerade als Berater für

Film- oder Fernsehproduktionen verdingt hatte. Außerdem war er Autor zweier Bücher: *Wie ich Amerikas berüchtigste Killer jagte* und *Wie ich Amerikas berüchtigste Serienmörder zur Strecke brachte.*

Als sie im Internet nach Blantons Büchern gesucht hatte, hatte sie einen Anflug von Ekel verspürt. Anstatt den Namen Blanton in das Suchfeld einzugeben, tippte sie das Wort ›Serienmörder‹ ein. Das Ergebnis: achtundsechzig derzeit lieferbare Sachbücher zum Thema Serienmörder. Die Titel sprangen ihr förmlich ins Auge. Es wimmelte von ›furchterregenden‹ und ›bösen‹ Killern, von ›fantastischen‹ und ›bizarren‹ Fällen. Außerdem gab es eine Enzyklopädie über Serienmörder, Sammelbilder sowie eine im Selbstverlag erschienene Ratgeberbroschüre. Sie war angetreten, um einen Mordfall zu untersuchen, und war über ein Genre der Buchbranche gestolpert. Die Mordserie, die ihre Stadt verseuchte, produzierte eine boomende Industrie. Lebend brachte es eine Frau wie Jacqueline auf ein paar hundert Dollar pro Tag – bis sie nicht mehr attraktiv genug war, an Aids oder Hepatitis starb oder von einem wütenden Freier erschossen wurde. Aber wenn dieses Monster sie erwischte, dann brachte sie es vielleicht zu einem eigenen Kapitel in einem dieser Bücher oder sogar zu einer eigenen Folge in einer TV-Miniserie.

Blantons Bücher waren vor zwei Tagen mit der Post gekommen. Von Anfang an hatten sie seine Beschreibungen der Seriensexualmorde abgestoßen. Sie fand so viele der Details wieder, die auch in ihrem Fall vorkamen, dass ihr seine Schilderungen wie Prophezeiungen vorkamen. Außerdem waren die Bücher eine seltsame Mixtur aus überzeichneten drastischen Details und psychiatrischen Mutmaßungen. Es wimmelte von Schlagwörtern, die sich anhörten wie willkürlich zusammengestoppelte Phrasen eines Hobby-Psychologen: ›psychosexuelle Objektivierung‹ oder ›postmortale, postkoitale Obsession‹.

Sie schob die Bücher wieder in die Tasche. »Hast du für die nächsten Tage schon irgendwas vor?«, fragte Caroline.

Joel zuckte mit den Schultern. »Weiß nicht. Nichts Bestimmtes. Vielleicht gehe ich mit Derek und Jay zum Klettern. Ich warte halt, bis du wieder da bist.« Seit dem Tod ihrer Mutter hatte er sich rührend um sie gekümmert. Nach dem Kurzbesuch ihres Vaters war er sogar noch fürsorglicher gewesen. Sie fragte sich, ob ihr Vater ihm vielleicht gesagt hatte, dass er gut auf sein kleines Mädchen aufpassen solle.

Joel küsste sie so zärtlich, dass ihr ein leichter Schauer über den Rücken lief. Dann drehte sie sich um und ging auf die Gangway zu. Sie musste wieder an ihren Vater denken. Als Caroline noch ein Kind war, hatte ihn immer die ganze Familie zum Flughafen begleitet, wenn er auf Geschäftsreise ging. Jedes Mal ging er bis zur Mitte der Gangway, drehte sich dann um und winkte ihnen allen mit den Fingern – so wie man kleinen Kindern zuwinkt – noch mal zu. Nach seinem Besuch im letzten Monat hatte ihn Caroline zum Flughafen gefahren. Eigentlich hatten sie die Sachen ihrer Mutter durchgehen wollen, doch dann kam Bewegung in den Fall, sie stieß zum Team der Task Force und das Wochenende war wie im Flug vergangen. Also hatten sie ausgemacht, dass Caroline im August Urlaub nehmen würde und dass sie sich dann die Sachen ihrer Mutter vornehmen wollten. Sie hatte das Gefühl, dass sie beide an einem Punkt angekommen waren, der es ihr vielleicht ermöglichte, ihm ein klein wenig zu verzeihen. Zumindest ging ihr dieser Gedanke durch den Kopf, als sie ihren Vater die Gangway entlanggehen sah. Auf halbem Wege blieb er stehen und drehte sich um. Sie wartete auf das Winken, doch er rührte sich nicht, sondern lächelte nur traurig, während die anderen Passagiere um ihn herumgingen. Eine Zeitlang schaute er sie an, dann drehte er sich wieder um und verschwand im Flugzeug.

»Ma'am?« Die Angestellte der Fluglinie streckte die Hand aus. Zum zweitenmal an diesem Morgen wurde Caroline aus ihren Erinnerungen gerissen. Sie gab der Frau ihr Ticket, fasste den Schulterriemen ihrer Tasche fester und betrat die Gangway. Auf halbem Weg wandte sie sich um, doch Joel war schon verschwunden.

25

Die Torhüterin kam direkt auf Marc Dupree zu. Er hatte seine Gegenspieler mit ein paar Dribblings hinter sich gelassen und wollte sich den Ball zum Schuss zurechtlegen, als er sah, wie die Torhüterin aus ihrem Kasten kam. Sie kam auf ihn zu, wie sie es im Training gelernt hatte, wie es Elfjährige nach Marcs Erfahrungen im Spiel aber nur selten taten. Kein Zweifel, diese Torhüterin kam auf ihn zu. Mit gefletschter Zahnspange, die Augen zu grimmigen Schlitzen verengt, kam sie näher. Sie hatte es auf Marc abgesehen. Und sie war groß.

Er hörte, wie sein Trainer »Schieß doch!« brüllte, doch er konnte nicht. Wie Wurzeln bohrten sich die Stollen seiner Schuhe in den dunklen Rasen. Sein Gewicht lag auf dem linken Bein und die große Zehe des rechten Fußes zeigte senkrecht nach unten. Er sah aus wie eine Figur, die mitten in der Bewegung für einen Augenblick in Bewegungslosigkeit verharrte. Etwas hatte Marc erstarren lassen, etwas an der Art, wie das große Mädchen aus ihrem Tor gestürzt war. Er kam sich vor wie eine Figur in einem Video oder auf einer PlayStation, wenn man auf die Standbild-Taste drückt, weil einer aufs Klo muss.

Nach ein paar Sekunden verdrängte Angst die Unentschlossenheit. Marc zwang sich zur Bewegung, schob den Ball nach rechts, holte mit dem rechten Fuß aus und schoss. Als er den Ball traf, war auch die Torhüterin zur Stelle und trat im selben Augenblick von der anderen Seite gegen den Ball. Das Geräusch hörte sich an wie der Schlag auf eine

Basstrommel. Der Ball rührte sich zwar nicht vom Fleck, doch Marc flog vorwärts über den regungslosen Ball und das Bein der Torhüterin hinweg, drehte sich in der Luft und schlug mit dem Rücken auf dem Rasen auf. Scheißfußball, dachte er und wünschte sich, er hätte wie im letzten Jahr Baseball gewählt.

Dann war er nur noch stinksauer. Er sprang auf und rannte hinter dem Ball her, der von der Torhüterin über einen Verteidiger inzwischen beim besten Spieler der Lancers gelandet war; einem Burschen, von dem Brians Cousin erzählt hatte, dass er schon mal ein Mädchen – obendrein eins aus der siebten Klasse – befingert hatte und der jetzt mit dem schwarzweißen Ball die rechte Außenlinie entlangsprintete. Entgegen aller Maßgaben seines Trainers, der ihnen beizubringen versuchte, dass sie ihre Positionen einhielten und nicht wie Kraut und Rüben durcheinanderliefen, hechelte Marc mit zusammengebissenen Zähnen, ächzend durch die Nase atmend und mit rotem Kopf über das Spielfeld.

Als er durchs Mittelfeld rannte, hörte er die Stimme des Trainers wie einen vorbeirasenden Rennwagen an sich vorbeizischen – »Dupreeee!« Marc ignorierte die Stimme, rannte weiter und hatte den Jungen fast erreicht, als dieser langsamer wurde und einen Haken schlug. Marc, der schon direkt hinter ihm und zu schnell war, um noch auszuweichen, rannte ihn wie ein Footballspieler von hinten über den Haufen. Zum zweitenmal binnen dreißig Sekunden ging Marc Dupree zu Boden. Er schaute den verblüfften Lancers-Jungen an, der mit aufgeplatzter Lippe neben ihm lag, und hatte für den Bruchteil einer Sekunde die Frage auf den Lippen, was genau das eigentlich bedeutete – befingern.

Der Schiedsrichter gab Elfmeter und zeigte ihm die gelbe Karte. Marc schaute einfältig zur Außenlinie und spürte förmlich die Wut des Trainers, während er versuchte, seinen Vater zu entdecken. Er sah ihn schließlich neben einer Menschentraube von mit Camcordern bewehrten Vätern und

Müttern. Er stand mit dem Rücken zum Spielfeld, gestikulierte mit dem Arm und redete auf sein dämliches Handy ein. Der Trainer wechselte aus. Andrew kam für Marc, der mit herunterhängenden Schultern zur Außenlinie trottete.

»Was geht eigentlich in deinem Kopf vor, wenn du da draußen rumrennst, he?«, sagte der Trainer. »Du bist in der fünften Klasse, Dupree. Wird Zeit, dass du dich auch so aufführst.« Marc setzte sich auf die Kühlbox, die zwischen dem Trainer und seinem Vater stand, der immer noch mit dem Rücken zum Spielfeld telefonierte.

»O ja, ich bin abweisend«, sagte sein Vater ins Telefon. »Wenn Sie die Untersuchung leiten würden und der Chief würde über Ihren Kopf hinweg irgendeinen pensionierten FBI-Agenten einschalten, um ihre Ermittlungen beurteilen zu lassen, dann wären Sie auch abweisend.«

Sein Vater hörte kurz zu. »Ich weiß, wer er ist. Ich hab auch einen Fernseher. Herrgott, Lieutenant, ich hab den Kerl um Hilfe gebeten und er hat mir mehr als deutlich zu verstehen gegeben, dass er was Besseres zu tun hat.« Er hörte wieder zu und legte dann erst richtig los. »Der Typ hat mich behandelt, als wär ich das Groupie seiner Rockband. Ich schick also meinen besten Detective nach Louisiana, damit Mr. Forrest Gump unsere Berichte lesen und sich einen Haufen Voodoo-Psychologie aus seinem fettem Arsch leiern kann. Und was erzählt er uns dann? Dass Lenny Ryan einen Rochus auf Nutten hat? Fuck!«

Marc schaute sich nach den anderen Eltern um. Ein paar hatten sich umgedreht, als sein Vater lauter geworden war. Sie schauten zu Marc und dann wieder aufs Spielfeld. Marc schaute ebenfalls aufs Spielfeld. Der Lancers-Crack hatte inzwischen einen klaren Kopf und lief zum Elfmeter an. Ein echter Schlappschuss, der locker anderthalb Meter am rechten Pfosten vorbeikullerte. Marc schaute wieder seinen Vater an. Als er einmal ein Matchbox-Auto in die Kaltluftdüse der Klimaanlage gesteckt hatte, war seinem Vater das Wort

›Scheiße‹ über die Lippen gekommen, aber Marc hatte ihn noch nie dieses F-Wort sagen hören. Andere Erwachsene benutzten es oft, und es war ihm immer irgendwie komisch vorgekommen, so als wären sie Verrückte oder Kriminelle oder wollten vor den Freunden ihrer Kinder damit angeben. Marc gefiel der Gedanke nicht, dass sein Vater zu den Leuten gehörte, die so ein Wort benutzten.

»Das sind keine Ausreden.« Sein Vater rieb sich die Stirn. »Als ich den Brief vom Chief gelesen hab ... wo er diesen FBI-Pinseln den Arsch küsst ... Kann schon sein, dass mir da ein bisschen die Pferde durchgegangen sind.«

Abgesehen von den Schimpfworten war das, worüber sein Vater da redete, sicher todlangweilig. Marc vermutete, dass es mit den Schwierigkeiten zwischen seinem Vater und seiner Mutter und der Wohnung, in die sein Vater gezogen war, zu tun hatte. Nicht, dass Marc etwas gegen eine Scheidung einzuwenden gehabt hätte – wenn es denn dazu kam. Zuerst war er zwar wütend gewesen, aber seine Mutter schien nicht gerade todtraurig darüber zu sein, und wenn sein Vater ihn und Staci abholte, gab es immer Pizza und Hamburger. Ein paar von den Kindern, deren Eltern geschieden waren, bekamen sogar mehr Sachen als vorher. Seine Cousine Andrea zum Beispiel hatte jetzt ein Handy und eine Playstation in ihrem Zimmer.

»Wenn Ryan noch in der Stadt wäre, hätten wir ihn schon längst.« Sein Vater entfernte sich ein paar Schritte von der Außenlinie. »Er ist weg. Gibt keinen Grund, warum er noch hier sein sollte. Und wenn er tatsächlich noch hier wäre, wie sollte uns ein fetter FBI-Arsch in New Orleans dabei helfen können, ihn zu schnappen? Der Punkt ist, dass Sie diese FBI-Typen maßlos überschätzen.«

Langweiliger Scheiß. Marc stand auf, öffnete die Kühlbox, nahm sich eine Tüte Saft und trank sie aus. Er schaute zum Trainer, ob er ihn vielleicht wieder einwechseln würde, doch der würdigte ihn keines Blickes.

Sein Vater wandte sich jetzt wieder dem Spielfeld zu. Als er ausgezogen war, hatte er Marc gesagt, dass es nur vorübergehend sei, dass er zurückkäme, wenn er und seine Mutter sich über ein paar Dinge klar geworden wären. Doch Marc hatte nichts davon bemerkt, dass sie sich über etwas klar werden wollten, er hatte nur mitbekommen, dass sie sich aus dem Weg gingen. Wenn er aus der Wohnung seines Vaters – wo es gar nicht so schlimm war, außer dass er kein Kabelfernsehen hatte – wieder nach Hause kam, wusste Marc nie, ob er seiner Mutter was darüber erzählen sollte. Es war wie ein Spiel, in dem er, seine Schwester und seine Mutter so taten, als sei der Vater tot. Manchmal fragte sein Vater nach ihr, aber das hörte sich immer so an, als erkundigte er sich nach einer Kranken, über die man eigentlich gar nichts wissen wollte. »Wie geht's eurer Mutter?« – »Gut.« – »Freut mich.«

Brian hatte zu Marc gesagt, dass sich sein Vater sicher irgendeine Tussi anlachen würde. Marc hatte nichts dagegen, vielleicht bekäme er sie ja mal in Slip und BH zu sehen. Aber bis jetzt war noch nichts passiert, und wenn er so drüber nachdachte, dann war sein Vater eigentlich nicht der Typ, der sich Tussis anlachte.

»Das war ein Witz, Lieutenant. Ein Witz in einem trockenen Bericht.« Sein Vater hörte zu, nickte und brummelte vor sich hin, während er direkt an Marc vorbeiging und sich zwischen zwei Camcorder-Väter an die Außenlinie stellte. »Ich kann jetzt nicht kommen«, sagte er. »Ich schau mir gerade ein Fußballspiel von meinem Jungen an. Ja, mach ich als Erstes morgen früh. Bis dann.« Er schaltete das Telefon aus und steckte es in die Jackentasche. Marc saß schräg hinter ihm und konnte sehen, wie sein Vater versuchte, betont lässig zu wirken. Er schaute aufs Spielfeld, und Marc wurde plötzlich bewusst, dass sein Vater gar nicht wusste, dass er nicht mehr im Spiel war. Zu beobachten, wie sein Vater das Spielfeld nach ihm absuchte, wie sich allmählich sein Gesichtsausdruck veränderte, als ihm klar wurde, dass der Mensch, wegen dem er sich herbemüht hatte, gar nicht mehr da war, bereitete ihm einen merkwürdigen Nervenkitzel.

Es hatte auch sein Gutes, dass er draußen war. Sonst wäre ihm nie klar geworden, dass sein Vater telefoniert und ihm gar nicht zugeschaut hatte. Hinterher hätte er ihm erzählt, dass er etwas disziplinierter hätte spielen sollen oder früher abspielen oder irgendeine andere Scheiße, wie er sie nach den Spielen immer auftischte. Und Marc hätte es einfach geglaubt. In Wahrheit hatte sein Vater das dämliche Spiel nicht mal gesehen. Das war eine verblüffende Erkenntnis, die ihn gleichzeitig traurig und stark machte. Und als sich der Kopf seines Vaters immer hektischer hin und her bewegte, da kam Marc der Gedanke, sich hinter dem Trainer zu verstecken, um seine Entdeckung so lange wie möglich hinauszuzögern. Doch plötzlich drehte sich sein Vater um, sah ihn auf der Kühlbox sitzen und grinste.

»Da bist du ja«, sagte er. »Was ist passiert?«

Marc zuckte nur mit den Schultern. Sein Vater schaute ihn an, wobei sich sein Gesichtsausdruck auf merkwürdige Weise veränderte. Das hatte nichts mit dem Spiel zu tun. Sein Blick war so, wie sich Marc seinen eigenen vorstellte. Ein Blick, der ausdrückte, dass sich alles um einen herum veränderte, der einem das Gefühl vermittelte, dass es nichts mehr zu sagen gab, nie mehr.

»Alles in Ordnung?«, fragte sein Vater.

Obwohl es ihm gut ging, erwiderte Marc nichts, sondern drehte sich einfach nur um und schaute wieder dem Spiel zu.

26

Es stank in der Burgundy Street. Natürlich nicht so wie in der Bourbon Street, wo sich entlang der mit Kopfsteinpflaster gesäumten Straße ein dünner Strom ausgekotzter Hurricanes und Daiquiris hinzog. Es war der alltägliche Geruch des French Quarters, der in den engen Straßen hing, Ströme heißen, nassen Gestanks, die die Pfosten durchhängender Balkone und die Mauern heruntergekommener Reihenhäuser umspülten. An der Ecke Burgundy und Dumaine stand ein junger weißer Bursche – Sonnenbrille, Kellnerjacke, Shorts und Schlappen – vor seiner Haustür und spülte mit einem Gartenschlauch eine nicht zu identifizierende Brühe über den Gehweg. Allerdings ohne viel Aussicht auf Erfolg: Er machte das Pflaster nicht sauber, er schwemmte den Dreck einfach ein bisschen weiter die Straße hinunter.

»Hallo, Süße«, sagte der Mann und zwinkerte mit den Augen, als würde er nicht Kotze wegspülen, sondern Klavier spielen oder Gewichte heben. »Warum so eilig?«

Sie ging weiter, ohne ihn zu beachten, hing weiter Gedanken nach, die ihr schon den ganzen Tag im Kopf herumspukten. Das French Quarter lag unter dem Meeresspiegel. Wie lange Caroline auch darüber nachdachte, sie konnte es nicht begreifen, nicht ohne alles zu vergessen, was sie über Wasser wusste. Das Viertel lag so träge da, dass sie es sich unmöglich als etwas vorstellen konnte, das nicht unter Wasser lag. Heute Nachmittag – sie hatte noch ein Stunde Zeit gehabt – hatte sie die Fähre über den schlammfarbenen Mississippi genommen und war überrascht gewesen, wie unscheinbar der mächtige Strom war, wie wenig Trost er der Welt entlang seiner Ufer bot. Er bewegte sich mit der gleichen Geschwindigkeit, mit der gleichen Trägheit wie die ganze Stadt. Der Spokane River war ein unbedeutender Fluss, sicher, aber er bahnte sich auf dramatische Weise seinen Weg durch Basalt und Granit und bildete einen scharfen Kontrast zu der ihn umgebenden Stadt. Er legte ein Tempo vor und demonstrierte eine Ernsthaftigkeit, die zum Ausdruck brachte, dass ein Fluss eine gewaltige Kraft war – nicht gerade etwas, das vom Menschen nicht zu beherrschen war, das aber doch Furcht einflößte. Im Gegensatz dazu war der Mississippi nicht furchteinflößender als das Viertel, durch das sie gerade ging – vielleicht nicht mal das.

Sie hörte das Geräusch von Schritten hinter sich und wusste sofort, dass der Kellner ihr folgte. »Hey, Schätzchen, warum so abweisend?«

Als er dicht hinter ihr war, blieb sie stehen und drehte sich so ruckartig um, dass sie fast zusammenprallten. Aus Erfahrung wusste sie, dass die meisten Männer zurückwichen, wenn man ihnen fest in die Augen sah. Genauso dieser Kerl. Er wurde kleinlaut, seine Körpersprache veränderte sich völlig. »Ich will ja nicht unhöflich sein«, sagte sie bestimmt, sorgsam darauf bedacht, die Worte nicht wie eine Rechtfertigung klingen zu lassen. »Aber ich hab's ziemlich eilig.« Damit drehte sie sich um und ließ ihn stehen.

Sie hatte sich schon ein paar Schritte von ihm entfernt, als er antwortete. »Na ja, du weißt ja jetzt, wo ich wohne!«, rief er ihr hinterher.

Caroline bog in die St. Philip ein und entdeckte das Eckhaus mit der Bar, nach der sie gesucht hatte. Der Lafitte's Blacksmith Shop befand sich in einem mit dunklen Flecken übersäten Holzgebäude, das immer noch wie der Mietstall aussah, der es mal gewesen war. Ein kleines Schild verkündete, dass es sich bei der Bar um die älteste Amerikas handelte. Das Gebäude schien sich an seiner Schäbigkeit, seiner abblätternden Farbe und seiner Düsterkeit zu ergötzen. Die Vorderseite war zur Straße hin offen. Die Bar hatte keine Fenster, und das Innere sah aus wie eine niedrige Höhle, die man in einen alten, schmutzigen Klumpen aus dunklem, urzeitlichem Holz gegraben hatte. Auf jedem Tisch flackerte eine Kerze. Caroline blieb im Eingang stehen, bis sich ihre Augen an die Dunkelheit gewöhnt hatten, und ging dann hinein. Auf der schmalen Theke konnte sie einen Mixer für Hurricanes und Zombies, eine Registrierkasse und ein paar Zapfhähne mit Biersorten aus der Gegend erkennen. Neben der einzig sichtbaren Lampe, die über der Bar hing und die Kasse beleuchtete, befand sich eine Überwachungskamera für die Barkeeper. Der Anblick der Kamera verunsicherte Caroline. Sie drehte sich um, ließ den Blick durch das ganze Lokal schweifen und entdeckte Lampen, die ihr zunächst nicht aufgefallen waren: grüne Neonpfeile, die entlang der Wände am Boden angebracht waren und zum Ausgang deuteten, und kleine Lämpchen, die die Stufen beleuchteten, die in den hinteren Teil der Bar führten. Der Besitzer des Ladens hatte sich alle Mühe gegeben, die Lampen und die Kamera zu verstecken, um den Touristen trotz der amtlichen Bauvorschriften und vorgeschriebenen Notausgänge des ausgehenden 20. Jahrhunderts die alte Düsterkeit zu bewahren.

»Miss Mabry?« Curtis Blanton wirkte massiger als auf dem Umschlagfoto. Vor allem am Hals, in den der Hemdkragen einschnitt, obwohl der oberste Knopf offen stand. Mit der kräftigen rechten Hand schüttelte er einen Mixdrink – mit Bourbon oder Rum –, und mit der linken Hand umfasste er den stämmigen Nacken. Er trug einen kurz geschnittenen Vollbart und eine runde Brille. Das einfältige Gesicht war an den Wangen gerötet. Er stand auf, um ihr die Hand zu schütteln.

»Danke, dass Sie sich die Zeit nehmen«, sagte sie.

Sie hatte damit gerechnet, die Akten wiederzusehen, die man ihm geschickt hatte – verstreut auf dem Tisch oder zumindest auf dem Stuhl neben ihm. Doch außer dem Drink befand sich nichts auf dem Tisch. Sie setzte sich ihm gegenüber, und er winkte nach dem Barkeeper.

»Zum ersten Mal in New Orleans?«, fragte er.

»Ja. Schöne Stadt.«

Er schaute sie kurz an. »Nicht zu heiß?«

»Nein, ganz angenehm.«

»Aber heißer als in Spokane«, sagte er. Ihr fiel auf, dass er den Namen richtig aussprach, die letzte Silbe wie in ›hä‹ und nicht wie in ›hey‹, wie die meisten Leute es aussprachen.

»Waren Sie schon mal in Spokane?« Sie hatte die Frage kaum über die Lippen gebracht, da wusste sie schon, dass das eine dumme Frage gewesen war. Tatsächlich verzog ein leicht enttäuschtes Lächeln seine Mundwinkel. Wie bei einem Lehrer, der merkt, dass ein Schüler die Hausaufgaben nicht gemacht hat.

»Ich habe an dem Fall in Green River mitgearbeitet«, sagte er. »Einer der Verdächtigen war aus Spokane.«

William Stevens. Caroline erinnerte sich. Stevens war entlastet worden durch Kreditkartenbelege, die ihm für einige der Morde ein Alibi verschafft hatten. Und dann war er ganz einfach gestorben. Manche Leute waren auch danach noch der Meinung gewesen, dass er ein paar der Morde begangen hatte. In einem seiner Bücher schrieb Blanton, dass er Stevens nicht für den Mörder hielt. Obwohl er aus der Methodik der Green-River-Fälle den Schluss zog, dass nicht alle neunundvierzig Morde von einem einzigen Täter verübt worden waren. »Stimmt. Ich hätte mich dran erinnern müssen«, sagte Caroline. »Ich habe Ihre Bücher gelesen.«

Er trank sein Glas aus und wedelte damit dem Barkeeper zu. »Im Flugzeug.«

Einen Augenblick dachte sie daran zu lügen. »Ja. Auf dem Flug hierher.«

Er nickte. »Als mich der leitende Detective bei Ihnen … Dupree, oder?«

Caroline nickte. »Als mich Sergeant Dupree angerufen hat, ob ich Sie bei den Morden beraten könnte, habe ich ihm gesagt, dass ich mit dem Fall hier unten genug zu tun habe. Aber damals in Green River habe ich mit Ihrem stellvertretenden Polizeichef zusammengearbeitet und der hat mir die Akten trotzdem geschickt. Ich sagte ihm, dass ich keine Zeit hätte, um mir die Akten anzuschauen, und er meinte, egal, sie würden einen Detective runterschicken, der sich mit dem Fall auskennt, und der würde mich dann schon ausquetschen. Ich habe ihm gesagt, dass ich keine Lust hätte, mich ausquetschen zu lassen. Und er entgegnete, das wär ruckzuck erledigt. Darauf ich: Ich kann nicht mal versprechen, dass ich Zeit genug habe, um auch nur einen Blick in die Unterlagen zu werfen.«

Der Barkeeper kam mit einem weiteren Drink für Blanton zurück. Er schaute Caroline an, die nur mit dem Kopf schüttelte. »Haben Sie die Akten trotzdem gelesen?«, fragte sie Blanton.

Er schaute sie wieder an und blickte dann auf seinen Drink. »Ihr Mann ist Weißer. Zwischen vierundzwanzig und achtundvierzig. Fährt eine Limousine, amerikanisches Fabrikat. War nie verheiratet. Sexuell dysfunktional. Stammt aus einer ziemlich wohlhabenden Familie. Scheinbar umgänglicher, vielleicht sogar charmanter Typ. Scheinbar. Irgendein Trauma in Zusammenhang mit seiner Mutter. Vielleicht etwas, auf das Sie noch stoßen werden. Ein Todesfall oder eine Scheidung. Vielleicht auch etwas, das Sie nie herausfinden könnten, zum Beispiel, dass er seine Mutter beim Sex beobachtet hat.« Blanton grinste. »Er lächelt angesichts der unpassendsten Anlässe. Vielleicht ist er als Kind oft umgezogen, vielleicht ist er geschlagen worden, vielleicht war es etwas ganz Banales, zum Beispiel, dass er später als andere in die Pubertät gekommen ist. Aber von Anfang an ist er der klassische introvertierte Außenseiter-Typus, der scheinbar alles im Griff hat, aber in Wirklichkeit …« Er unterbrach sich und nahm sein Glas.

Caroline öffnete ihre Aktentasche und holte das Bandgerät heraus, doch Blanton schüttelte den Kopf. »Nein«, sagte er. »Bestellen Sie sich was zu trinken. Ich trinke nicht gern allein.«

»Tja, dann nehme ich einen Gibson«, sagte sie. Blanton winkte dem Barkeeper und trank seinen Cocktail aus, als wäre er Wasser.

»Bringen Sie der Lady einen Gibson und mir noch mal das Gleiche.« Der Barkeeper verschwand wieder. »Ich arbeite nicht an zwei Fällen gleichzeitig, Miss Mabry. Das war einer der Gründe, warum ich beim FBI aufgehört habe. Jeder Fall hat seine eigene Sprache, seinen eigenen Kontext. Wenn ich Ihnen von hier aus einen Ratschlag geben würde, dann könnte ich Ihnen genauso gut die Wettervorhersage für Spokane machen. Wie viele Frauenopfer haben Sie denn?«

Sie wunderte sich noch über die seltsame Formulierung, als der Barkeeper wieder auftauchte. »Vier sicher. Wahrscheinlich gibt's noch mehr, die wir aber nicht gefunden haben.«

»Wie viele davon Huren?«

Bei dem Wort zuckte sie leicht zusammen, hielt jedoch seinem Blick stand. Vielleicht war das eine Art Test. Vielleicht wollte er herausfinden, wie sie auf seine rüde Ausdrucksweise reagierte. In seinen Büchern benutzte er eine klinische, distanzierte, aber dennoch drastische Sprache, wie beispielsweise: »Der Hass äußert sich im Einführen von Gegenständen in Vagina bzw. After des Opfers« usw. usw.

»Alle«, sagte Caroline. »Sie sind alle Prostituierte.«

»Drogenabhängig?«

»Ja. Alle.«

Er schaute sie wieder an. »Täterprofile zu erstellen ist ziemlich einfach, Miss Mabry. Sie studieren den Tatort und bauen sich Ihren Mann von Grund auf zusammen. Allerdings gibt es Fälle …«

Er griff in seine Jackentasche, zog ein Foto heraus und gab es Caroline. Es war eins von diesen Schülerporträts, die man vor glitzernd blauem Hintergrund aufnimmt. Das Mädchen auf dem Foto trug eine Zahnspange und sah nicht älter als zwölf aus.

Er ratterte die Daten herunter: »Neunzehn Opfer in New Orleans in den vergangenen drei Jahren. Zwölf Prostituierte, fünf weitere Frauen, die Heroin oder Kokain nahmen, eine Studentin und dieses Mädchen.« Er klopfte auf das Foto. »Fünfzehn Jahre alt. Sie hatte sich heimlich aus dem Haus ihrer Eltern geschlichen und wollte zu einer Studentenparty auf dem Gelände der Tulane University – wo sie aber mit ziemlicher Sicherheit nie angekommen ist.« Er nahm Caroline das Foto aus der Hand. »Jede der Frauen ist aus freien Stücken in ein Auto gestiegen, wurde dann auf den Kopf geschlagen und in die Sümpfe gefahren. Ungefähr die Hälfte starb an den Verletzungen durch die Schläge, die andere Hälfte lebte noch und war möglicherweise noch bei Bewusstsein während der Horrorfahrt. Na, haben Sie das Bild vor Augen, wie mein Mann in den Sümpfen ankommt?« Die Frage war offensichtlich eine rhetorische, denn Blanton redete sofort weiter und schwenkte dabei sein Glas in Richtung Barkeeper. »Manchmal leben die Frauen noch. Manchmal sind sie schon tot. Können Sie sich das bildlich vorstellen?«

»Ja, schätze schon«, sagte Caroline.

»Glauben Sie, dass mein Mann die lebenden Frauen anders behandelt als die, die schon tot sind?«

»Keine Ahnung.«

»Nun, was glauben Sie?«

»Muss er wohl«, sagte sie.

»Das glauben Sie also. Tut er aber nicht. Denken Sie über folgenden Punkt nach: Er kümmert sich gar nicht drum, ob sie noch leben oder schon tot sind. Ist ihm egal. Ob tot oder lebendig – er zieht sie alle an den Haaren aus dem Wagen. Dann hat er Geschlechtsverkehr mit ihnen, danach Analverkehr und dann macht er es noch mal, mit einem Rohr, einem Reifenheber, irgendwas in der Art.«

Jetzt musste Caroline doch den Blick abwenden.

»Und dann prügelt er noch mal auf sie ein, aber nicht mit dem Reifenheber, sondern mit etwas, das am Tatort herumliegt, einem Stein oder einem Ast. Damit tötet er die, die bis jetzt überlebt haben. Dann vergewaltigt er sie noch mal, auf die gleiche Art wie vorher, in der gleichen Reihenfolge. Und schließlich bringt er sie in eine bestimmte Lage, spreizt ihre Beine oder verschränkt ihnen die Arme über der Brust. Was schätzen Sie, wie lange gibt sich mein Mann mit jedem Opfer ab?«

Caroline schüttelte den Kopf. Sie brachte kein Wort heraus.

»Na los«, sagte er. »Wie lange?«

Wieder schüttelte sie den Kopf.

»Vier bis sechs Stunden. Klar, er hat jede Menge zu tun, prügeln, ficken, zurechtmachen. Aber vier bis sechs Stunden zwischen der ersten sexuellen Handlung und der zweiten?« Der Barkeeper tauchte wieder mit einem Drink auf, den Blanton in zwei langen Zügen hinunterkippte. »Ein Haufen Arbeit, sicher, aber vier bis sechs Stunden? Was tut er in der übrigen Zeit?«

Caroline war so übel, dass sie nichts darauf sagen konnte. Doch er schaute sie weiter an. Er ließ nicht locker. Sie blinzelte mit den Augen. »Er fährt in der Gegend herum oder er sitzt einfach nur da. Er wartet darauf, dass seine Wut, oder was immer er fühlt, sich wieder aufbaut. Er macht Fotos von den Frauen. Vielleicht empfindet er Reue.«

»Ja«, sagte Blanton und nickte, als sei er froh über die Zustimmung. »Das glaube ich auch.« Er machte einen etwas verlegenen Eindruck. Als wäre ihm in diesem Augenblick aufgefallen, dass er im Gegensatz zur Sprache seiner Bücher – Geschlechtsverkehr mit dem Opfer – in ihrer Unterhaltung in einen Prügeln-und-Ficken-Jargon verfallen war. »Hat man Ihnen erzählt, was ich auf die Frage, ob ich Sie bei dem Fall beraten würde, geantwortet habe?«

»Sergeant Dupree hat gesagt, dass Sie nur dann interessiert wären, wenn es außer Nutten noch andere Opfer gäbe.«

»Was sonst noch?«

»Dass Sie eventuell Interesse hätten, wenn es mehr Leichen gebe.«

»So hat er sich ausgedrückt?«

Sie schaute auf ihren Drink. »Er hat mir erzählt, dass Sie ein arroganter Pinsel wären, der ihm gesagt hätte, wir bräuchten erst dann zurückzurufen, wenn wir bei den Toten mindestens zweistellig würden.«

Er quittierte die genauere Wiedergabe seiner Worte mit einem Lächeln und einem Nicken. »Exakt. Das habe ich gesagt. Zweistellig. Interessieren Sie sich für Baseball, Miss Mabry?«

»Nein.«

»Bei Baseball geht's um Statistik. Deshalb mag ich das Spiel. Es geht um Zahlen. Sie haben eine Hand voll Leichen – erstes Base. Hier unten habe ich es mit neunzehn zu tun. Drittes Base. In Vancouver warten einunddreißig auf mich. In Detroit nur zwölf, aber zwei davon Hausfrauen. Seattle, Green River ... Scheiße, das waren neunundvierzig Leichen. Verstehen Sie? Das ist Joe DiMaggio. Homeruns in sechsundfünfzig Spielen hintereinander. Den Rekord bricht keiner. Nicht in Amerika.«

Caroline schaute auf die Tischplatte und versuchte die Fassung zu bewahren.

»Verstehen Sie, warum ich Ihnen das alles erzähle, Miss Mabry? In ein paar Dutzend amerikanischen Städten sind Serienmörder unterwegs, die es auf die gleichen Frauen abgesehen haben wie Ihr Kerl in Spokane. Auf Drogensüchtige, Nutten, Obdachlose. Diese Frauen sind das Futter, der Müll, den wir liegen lassen, damit diese kranken Bastarde sich nicht unsere Sekretärinnen, unsere Hausfrauen, unsere fünfzehn Jahre alten Töchter greifen. Es hört sich brutal an, aber Sie müssen sich klar darüber sein, dass ich mich nicht um alle kümmern kann. Ich habe einfach nicht die Zeit für höfliches Geschwätz.« Er machte einen verwirrten Eindruck. Als hätte er Probleme, sich klar auszudrücken. »Die erste Prostituierte, die man bei Ihnen umgebracht hat ... Wie ist das abgelaufen?«

Caroline verwirrte die hin und her springende Ausdrucksweise: mal Nutte, mal Hure, mal Prostituierte, vom Cajun-Dialekt zu etwas, das sich vage nach Mittelwesten anhörte, dann wieder die klinische Exaktheit der Ostküste. »Rebecca Bennett«, sagte sie.

Er wedelte mit seiner Pranke vor ihrem Gesicht herum. Das war nicht das, was er hören wollte. Namen zu nennen schien eine Verletzung seiner Regeln darzustellen. »Ich habe nicht gefragt, wer, sondern wie.«

»Würgemale. Dann erschossen. Sie lag am Flussufer.«

Er nickte. »Was haben Sie unternommen? Ich meine, was hat die Polizei von Spokane angesichts dieses grässlichen Verbrechens unternommen?« Jetzt sprach er Spokane falsch aus. Spok-ey-ne.

»Das war, bevor ich mit dem Fall betraut wurde.«

Er schaute sie enttäuscht an.

»Nicht viel«, sagte sie. »Ein Beamter. Die übliche Untersuchung des Tatorts.«

»Und wenn es sich um eine Hausfrau gehandelt hätte?«

Sie seufzte. »Wir hätten einen Monat lang an jeder Tür geklingelt.«

»Genau. Und nach dem letzten Opfer?« Er beantwortete die Frage selbst. »Man hat eine Task Force ins Leben gerufen und das FBI eingeschaltet. Lasertechnik, Teppichfasern, Computer, die ganze Quantico-Palette. Man hat eine Belohnung ausgesetzt und die ganze Stadt abgeklappert auf der Suche nach verwertbaren Hinweisen. Was schätzen Sie? Wie hoch war der Aufwand? Zehnmal so hoch wie beim ersten Opfer? Zwanzigmal?«

Caroline fühlte sich wie ein schwerfälliger Boxer, der

Blantons Schlägen auszuweichen versuchte. »Weiß nicht … sicher zwanzigmal.«

»Richtig«, erwiderte er und prostete ihr zu, als hätte er ihr gerade etwas bewiesen. »Das fünfte Opfer ist also zwanzigmal so wichtig wie das erste. Und jetzt stellen Sie sich vor, wie wichtig das fünfzehnte Opfer ist. Oder das neunzehnte. Und Hausfrauen sind zwanzigmal so wichtig wie Nutten. Richtig? Und wie sieht's mit fünfzehnjährigen Mädchen aus, he? Verstehen Sie jetzt, Miss Mabry? Verstehen Sie das Selektionsprinzip?«

»Ja«, sagte Caroline.

»Wenn Sie nämlich über das Stadium der Selektion nicht hinauskommen, dann können Sie gar nicht …« Er beendete den Satz nicht, sondern nahm die Kerze, die zwischen ihnen auf dem Tisch stand, und schwenkte sie hin und her. Das geschmolzene Wachs leckte an der flackernden Flamme, die fast erlosch. Dann stellte er die Kerze ab und war wieder ganz der Professor. »Wie schnappen wir einen Mörder, Miss Mabry? Irgendein Durchschnittstyp bringt im Streit seine Frau um. Wo fangen wir an?«

Caroline dachte kurz nach. »Beim Motiv.«

»Richtig«, sagte er. »Wenn wir es also mit einem Serienmord zu tun haben, dann setzen wir unseren besten Detective darauf an. Zum Beispiel Ihren Dupree. Er steigt in den Fall ein, wie er es auch bei all seinen anderen simplen kleinen Fällen macht. Er sucht nach einem Motiv. Nur dass das hier nichts bringt. Diese Typen sind anders. Das Motiv ist nur die Oberfläche. Sex. Kontrolle. In all diesen Fällen ist das Motiv Sex und Kontrolle. Also muss man tiefer bohren, muss sich in diese Typen hineinversetzen, um das zu finden, was sich unter dem Motiv verbirgt.«

»Unter dem Motiv?«

»Die Fantasie. Bei diesen Typen lässt sich alles auf ihre Fantasien zurückführen. Wenn man ihre Fantasien zusammensetzt, dann fängt man an, den Menschen zusammenzusetzen. Alles – Tatort, Waffe, Durchführung, Erscheinungsbild des Opfers – alles fügt sich in ein Fantasiebild.« Er beugte sich über den Tisch und schaute Caroline scharf an. »Sie kommen zum Tatort und stellen sich vor, was er gedacht hat. Warum die Bissspuren an der Schulter? Warum liegt das Gesicht nach unten? Welche Fantasie steckt dahinter? Ab dem dritten oder vierten Opfer suchen Sie nach Mustern. Ab dem zehnten nach Abweichungen vom Muster. Denn mit der Abweichung kriegen Sie ihn am Ende. Anhand des einen Opfers, das vom Muster abweicht. Das verrät ihn.«

Blanton schaute ein paar Sekunden auf den Tisch, bevor er ohne den Blick zu heben weitersprach. »Das Mädchen haben wir achtundvierzig Stunden, nachdem er mit ihr fertig war, gefunden. Die anderen erst fast ein Jahr später. Huren oder Drogensüchtige, die keiner vermisst hat. Erst anhand der Gebissabdrücke konnten wir sie identifizieren. Aber das Mädchen war erst fünfzehn. Ihr Verschwinden ist sofort aufgefallen. Wir haben mit Hunden die Sümpfe durchgekämmt und sie gefunden. Da war ich schon drei Wochen hier …

Mit diesem Opfer hatte er nur einmal Sex. Alles andere lief ab wie immer. Die Schläge, der Reifenheber, das An-den-Haaren-aus-dem-Auto-zerren, das Zurechtlegen der Leiche. Aber nur einmal Sex. Als sie noch gelebt hat. Warum? Was war anders?«

Wieder schienen seine Gedanken abzuschweifen. »Wir haben ihren Mageninhalt untersucht. Wissen Sie, was wir gefunden haben?«

Caroline schüttelte den Kopf.

»Zimtbrötchen. Aus einem Einkaufszentrum. Von einem Stand, der nur diese Brötchen verkauft. Gibt's die in Spokane auch?« Jetzt sprach er es wie Spok-äh-ne aus. Vielleicht machte er das unbewusst. Als sei Leuteverarschen eine Angewohnheit wie Fingernägelkauen. Er winkte wieder mit dem leeren Glas. Als der Barkeeper mit einem weiteren Drink an den Tisch kam, gab Blanton ihm seine Kreditkarte. »Für mich war's das.« Er schaute Caroline an und hob eine Augenbraue, worauf sie den Kopf schüttelte. Sie hatte nicht mal den einen Gibson ausgetrunken.

»Also, dann erzählen Sie mir mal was über meinen Mann«, sagte er.

Sie hatte eine trockene Kehle. »Ihren Mann?«

»Ja. Warum hatte er mit diesem Opfer nur einmal Sex? Was war anders? Die Abweichung. Was ist schief gelaufen mit seiner Fantasie?«

Caroline versuchte sich an Einzelheiten aus Blantons Buch zu erinnern, in dem er anscheinend mühelos aus Beweisstücken bestimmte Schlüsse zog. Sie versuchte zu ähnlichen Schlüssen über die psychologische Struktur seines Mannes zu kommen. Doch plötzlich war sie so müde und überwältigt und ausgelaugt vom Versuch, dieser Aufgabe gewachsen zu sein, dass sie sich außer an einen Wust von Vermutungen und unausgegorenen wissenschaftlichen Feststellungen an nichts mehr erinnern konnte. In ihrem Kopf wirbelten nur Bewegungen, Muster, fließende Ströme; Menschen, die ziellos umherirrten.

»Schätze, er hat ihr ein Zimtbrötchen gekauft«, sagte sie.

Blanton schien überrascht. »Wie kommen Sie darauf?«

»Sie haben gesagt, dass er sie vergewaltigt hat, als sie noch lebte. Wenn das Brötchen noch in ihrem Magen war, dann muss sie es kurz vorher gegessen haben.« Sie dachte kurz nach. »Ich würde sagen, er hat es in einem Einkaufszentrum gekauft, das näher an seinem als ihrem Wohnort liegt.«

»Ja«, sagte Blanton. »Das stimmt. In der Nähe ihres Elternhauses gibt es kein Einkaufszentrum. Außerdem kann ich mir nicht vorstellen, dass ein Mädchen auf dem Weg zu einer Party sich noch etwas zu essen kauft.«

»Als Erstes würde ich mir das Einkaufszentrum anschauen«, fuhr Caroline fort. »Ich würde nach einem Fotoladen suchen.«

Blanton reckte den Kopf vor.

»Sie haben gesagt, dass er die Leichen besonders hergerichtet hat. Vielleicht hat er auch Fotos gemacht«, sagte Caroline. »Da er sie nicht zum Entwickeln in einen Laden bringen kann, muss er über eine eigene Dunkelkammer verfügen. Und er muss sich irgendwo die Ausrüstung dafür gekauft haben. Ziemlicher Schuss ins Blaue, ich weiß …«

Blanton schaute verdutzt drein.

»Dann würde ich mir die Fotogeschäfte in der weiteren Umgebung vornehmen«, sagte sie. »Anhand der Kreditkartenbelege könnte man überprüfen, welche Kunden schon wegen Sexualdelikten aktenkundig sind.«

Blanton sagte kein Wort.

»Könnten wir jetzt über meinen Mann sprechen?«, fragte Caroline. »Wie war das noch mal? Zwischen vierundzwanzig und achtundvierzig. Amerikanische Limousine. Nie verheiratet. Mittelklasse. Irgendein Trauma, bei dem seine Mutter eine Rolle spielte. Vielleicht was Außergewöhnliches, vielleicht auch nicht. Späte Pubertät. Klassischer Außenseiter.«

Blanton schaute sie ausdruckslos an.

Caroline redete weiter. »Aber trifft das nicht auf alle diese Typen zu, Mr. Blanton? Das ist das Standardprofil. Treffer bei vier von fünf Fällen. Mich würde mehr interessieren, was Sie sagen, nachdem Sie unsere Akten gelesen haben.«

Er lächelte. »Also gut, Miss Mabry. Ich werde sie noch heute Abend lesen. Morgen früh habe ich einen Termin mit dem Leichenbeschauer. Die haben eine junge Frau aus dem Lake Pontchartrain gefischt. Ich muss mich davon überzeugen, dass sie nichts mit meinem Killer zu tun hat. Wollen Sie mitkommen?«

Als er den Beleg abzeichnete, sah sie den Rechnungsbetrag. Achtundsechzig Dollar. Stramm.

Er bemerkte ihren Blick. »Vorher waren noch ein paar Freunde da«, sagte er. Dann stand er auf und schaute auf sie hinunter. »Wollen Sie sich meine Theorie anhören, warum Frauen sich nicht so für Baseball interessieren wie Männer?«

Beim Wort ›Theorie‹ dachte sie sofort an Dupree. Unwillkürlich musste sie lächeln. »Klar.«

»Natürlich können auch Frauen Baseball-Fans sein. Aber sie verinnerlichen das Spiel nicht so sehr wie Männer. Sie haben kein Gefühl für den Wert von Zahlen. Wir haben schon drüber gesprochen, Zahlen sind wichtig. Fünf, neunzehn, neunundvierzig, sechsundfünfzig. Die Zahlen bedeuten gar nichts, wenn man keine Fantasie hat; wenn man sich nicht in den Baseball-Spieler hineinversetzt. Männer tun das. Sie sind darauf getrimmt. Und auch wenn sie es nicht wären ... es ist ihre Natur. Sie sehen sich selbst, wie sie das Spiel spielen. Verstehen Sie? Auch die, die nie Baseball gespielt haben. Wir verstehen die Fantasie. Alles was zählt, ist die Fantasie. Kapiert?«

»Ja.«

Er wandte den Blick ab und schaute auf den Boden. »Wenn ich Sie beunruhigt haben sollte, Miss Mabry, möchte ich mich dafür entschuldigen. In Quantico hatten wir immer eine Frau in der Investigative Support Unit. Aber, um ehrlich zu sein, ich habe nie eine Frau kennen gelernt, die zur Lösung von Fällen dieser Art viel beigetragen hätte. Frauen haben das Glück, dass sie diese Sorte Mörder nicht verstehen können. Sie verstehen die Fantasie nicht.«

»Und Sie glauben, dass das eine wesentliche Voraussetzung ist?«

Er dachte kurz darüber nach. »Ja, das glaube ich. Natürlich muss man sich auch mit Zimtbrötchen beschäftigen. Aber letztlich kann man diese Typen nicht schnappen, wenn man nicht in sie eintauchen, wenn man sie nicht in seinem eigenen Kopf sehen kann.«

Er schaute sie auf die gleiche gespannte Art an, wie er sie angeschaut hatte, als sie in die Bar gekommen war. Caroline hatte das Gefühl, dass jedes seiner Worte eine Prüfung war, ein grausames Spiel. »Und, Miss Mabry, können Sie eintauchen in Ihren Mann?« Als er weitersprach, war seine Stimme nur noch ein heiseres Flüstern. »Können Sie ihn sehen?«

Sie stand erschöpft da und schaute sich um. Sie sah eine Bar, die um jeden Preis ihre Dunkelheit bewahren wollte. Sie sah Lenny Ryan im Dunkeln. Er würde Burn bis in alle Ewigkeit in den Fluss stoßen, während sie hilflos daneben stand und zuschaute. Er würde sich immer wieder langsam zu ihr umdrehen und darauf warten, dass sie etwas unternahm. »Ja«, sagte sie. »Ich kann ihn sehen.«

27

Kurz nachdem sich die betrunkenen Mädchen zu ihnen an den Tisch gesetzt hatten, spürte Joel, dass die Dinge außer Kontrolle gerieten. Die Herumtreiberin – in seinem eigenen Laden hätte er erst mal ihren Ausweis kontrolliert – machte es sich auf seinem Knie bequem, als sei nichts dabei, in einer gerammelt vollen Bar den Schoß eines Kerls als Stuhl zu benutzen. Das Mädchen, das ihm gegenüber saß, hatte es auf Derek abgesehen. Sie erzählte gerade einen langen ausufernden Witz, der aus einer Aneinanderreihung haarsträubender Zufälle bestand und der von einer Frau handelte, deren Freund den Wagen in einen Straßengraben gesetzt hatte und der ihre Klamotten unter die Reifen stopft, damit die Räder in dem Dreck nicht durchdrehen. Derek lachte, als wäre das die lustigste Geschichte, die er je gehört hatte. Jay lachte ebenfalls und drehte sich alle paar Sekunden zu dem Mädchen um, das sich neben ihn gequetscht hatte. Als die Geschichte ihrem Höhepunkt zustrebte, stand Dereks Mädchen auf und zog sich die Schuhe aus. »Sie geht also splitternackt zu dem Farmhaus und klopft an die Tür …« Das Mädchen hielt sich die Schuhe vor den Schoß. »Mein Freund sitzt fest. Könnten Sie ihm wohl raushelfen?«

Joel grinste höflich, während das Mädchen auf seinem Knie laut loslachte. Sie drehte sich um und lächelte ihn an.

»Herrgott, Sandy, du bist unmöglich«, sagte Jays Mädchen, die als Einzige der drei dunkle Haare hatte. Jay legte ihr die Hand aufs Knie.

»Der ist witzig«, sagte Derek. »Echt witzig.«

»Umwerfend«, sagte Jay. »Zum Brüllen.«

Sie saßen zusammengequetscht auf den Bänken einer Sitzgruppe im hinteren Teil von McCool's, einer langen, schmalen Bar mit dem üblichen irischen Ambiente – grüne Wände, Kleeblätter, irische Fahnen, Landkarten der Insel, Wimpel der Uni von Notre-Dame.

»Echt witzig«, sagte Derek noch einmal.

»Herrlich«, sagte Jay. »Mein Freund sitzt fest.«

Das Gelächter beruhigte sich zu gelegentlichem Kichern und Grinsen, und wie auf Kommando verwickelten die drei Mädchen die Männer in Gespräche.

»Was machst du so?«, fragte das Mädchen, das auf Joels Knie saß.

»Ich bin Barkeeper.«

»Ehrlich?«

»Nein. Ich sag das nur, um Eindruck zu schinden.«

»Cool.« Sie nickte und schaute hinunter auf Joels Bein. »Bist du verheiratet?«

»Nein, aber ich bin mit jemandem zusammen.«

»Wo ist sie?«

»Verreist.« Joel fragte sich, warum er das gesagt hatte. Hätte nicht einfach genügt: *Sie ist zu Hause* oder *Sie kommt etwas später*? Er fühlte sich durchschaut. Warum gab es da immer diese Kluft zwischen dem, was man war, und dem, was man sein wollte? Er trank sein Glas aus, schob das Mädchen von seinem Bein und stand auf. Ich hol mir noch einen Drink«, sagte er. »Soll ich dir was mitbringen?«

»Einen Manhattan.«

Was sonst. Heutzutage trank jeder Martini oder Mixdrinks mit Martini. Vor drei Jahren hatte Joels Job darin bestanden, die Kronkorken von Bierflaschen knallen zu lassen, heute machte beim Trinken jeder Student auf Handelsvertreter. Schnaps war wieder in Mode, weil irgendwann alles wieder in Mode kam. Bürschchen aus Studentenverbindungen hielten einem Vorträge darüber, welchen Gin sie bevorzugten, und oberschlaue zwanzigjährige Mädchen bestellten Manhattans. Es war schon komisch. Caroline war ihm deshalb aufgefallen, weil sie einen Gibson bestellt hatte, einen Drink, der nie wieder in Mode gekommen war. Als Joel ihr den Gibson – mit Wodka – mixte, redete sie mit ihm wie mit einem zehnjährigen Jungen, belehrte ihn über das exakte Mischungsverhältnis und die korrekte Anzahl der Cocktailzwiebeln. Als sie dann einen zweiten bestellte, brachte er ihr einen Halbliterkrug voll Gin, dessen Rand er mit fünfzehn auf eine Schnur gezogenen Perlzwiebeln drapiert hatte, die aussahen wie schnapsgetränkte Perlen.

An der Theke zog Joel ein Geldbündel aus der Tasche, zählte ein paar Scheine ab und beobachtete den glatzköpfigen Barkeeper, der eine Reihe Gläser mit Eiswürfeln füllte. Er erledigte seinen Job mit angemessener Hingabe, um nicht zu sagen, mit perfekter Technik. An den Gläsern sah er sofort, dass in dem Laden sparsam eingeschenkt wurde: Fast randvoll mit Eis und nichtalkoholischen Ingredienzien, damit man so wenig Schnaps wie möglich benötigte. Er schaute sich die besseren Flaschen an, die an der Wand hinter der Bar thronten wie Zuschauer auf der Haupttribüne. Wenn in einem Laden schlecht eingeschenkt wurde, lauerten gewöhnlich noch andere Gefahren. Der Schnaps wurde mit Wasser verdünnt, oder die schlechten mit den guten Sorten vermischt – der Plastikflaschengin mit Bombay, der billige Whiskey mit Glenfiddich. Scheiß drauf, welches zweiundzwanzigjährige Bürschchen schmeckt schon den Unterschied zu achtzehnjährigem Scotch? Vielleicht haben sie es nicht anders verdient.

»Was soll's denn sein?«

»Einen Manhattan, einen Knob Creek und ein Glas Eis extra.« Joel ging auf Nummer sicher, damit er zu einem vollen Glas Whiskey kam. »Das ist doch Knob Creek in der Flasche da? Oder würden Sie mir was anderes empfehlen?«

Der Barkeeper taxierte ihn kurz. »Nein, der ist okay.«

Er drehte sich um und tat das, was jeder zweite Mann auf der Welt tat, wenn er auf seine Drinks wartete – er schaute sich in der Bar um. Noch eine Enttäuschung. Linker Hand sah er einen Mann, der ihn musterte. Es dauerte eine Zeit lang, bis er ihn erkannte. Es war Carolines Kollege Alan Dupree, der allein vor seinem Drink saß. Er hob zur Begrüßung kurz das Glas. Joel erschrak. Wahrscheinlich hatte Dupree das Mädchen auf seinem Schoß gesehen.

Joel trat an seinen Tisch. »Hallo. Wie geht's?«

»Gut«, sagte Dupree. »Und Ihnen?«

»Na ja. Meine Kumpels da hinten spielen ein bisschen verrückt.«

Er schaute zur Theke, doch der Barkeeper hantierte noch mit den Limonen für ein paar Gin Tonics herum. »Nur für den Fall, dass sie ... ich meine, das Mädchen ...«

»Hab's gesehen. Schnuckelig.«

»Wollte Ihnen nur sagen, dass da nichts läuft. Sitzt bloß auf meinem Schoß.«

Dupree nickte und Joel meinte in der Kopfbewegung einen Anflug von Enttäuschung zu entdecken. Als ob es ihm lieber wäre, wenn Joel die Kleine anmachen würde. »Schon was von Caroline gehört?«

»Telefonieren ist nicht gerade ihre Stärke.« Joel warf einen Blick zum Tisch seiner Freunde und schaute dann wieder Dupree an. »Wie wär's, wenn Sie sich zu uns setzen?«

Dupree warf einen Blick zu den Mädchen hinüber. Joel hörte ihn leise seufzen. »Nett von Ihnen, danke. Aber ich habe morgen früh eine wichtige Besprechung. Wenn Caroline anruft, sagen Sie ihr doch ...« Er schaute auf das leere Glas in seiner Hand. »Ich sag's ihr selber, wenn sie wieder da ist. Lassen Sie sich nicht aufhalten.«

»Na gut«, erwiderte Joel. »Bis dann mal.«

Joel nahm seine Drinks und legte einen Dollar Trinkgeld auf die Theke. Auf dem Weg zum Tisch griff er sich einen Stuhl. Das Mädchen machte ein enttäuschtes Gesicht und wedelte ihm mit ein paar Dollarscheinen zu. Er winkte ab und setzte sich mit dem Stuhl ans andere Ende des Tisches.

Als er sich wieder umschaute sah er, wie Dupree sich durch die Menschen Richtung Ausgang drängte. Der drahtige Detective ging nach draußen, blieb unter der Lampe vor der Tür stehen und senkte den Kopf. In diesem Augenblick stellte Joel sich vor, wie er selbst da draußen auf dem Gehweg stehen würde: fünfundvierzig Jahre alt, schütteres Haar, Schwabbelbauch. Plötzlich kam ihm sein eigenes Leben so vorherbestimmt und unbedeutend vor wie das einer blind hin und her hechelnden Labormaus. Einsam bleiben oder sesshaft werden. Joel wusste keine Antwort. Er spürte die bedrückende Zwangsläufigkeit, die Klaustrophobie des Alters.

Die Tür fiel ins Schloss und Dupree war verschwunden. Joel kippte seinen Whiskey und wandte sich wieder dem Tisch zu. Dereks Mädchen fing gerade mit dem nächsten Witz an: »Also, da war dieses Mädchen, das hatte anstatt Titten Fische ...«

28

Nach Mitternacht war die Bourbon Street ein dünner, aber enthusiastischer Strom von Idioten, der in der Mitte der Straße taumelnd vorwärtsdrängte – durch Schnapslachen und durch Wasser, das aus überforderten Abwasserkanälen durch die Gullydeckel nach oben drängte. Es waren fast ausschließlich Männer, die mit entblößten Oberkörpern vor den Bars herumtanzten und in Schlangen vor den Läden anstanden, wo in Plastikbechern jede nur denkbare Mischung giftigen Gebräus über die Straßentheken ging. Die Straße wogte vor Menschen. Die Jungen und die Alten zeichneten sich durch ihre Unfähigkeit aus, mit Alkohol umzugehen. Der Rest, die etwa Fünfundzwanzig- bis Fünfzigjährigen, verschmolz zu einer einförmigen, vor Geilheit brummenden Masse. Die Funktionsfähigkeit der gallertartigen Gelenke und glasigen Augen schien zumindest zweifelhaft. Einer torkelte mit einem monströsen Glas in der Hand auf Caroline zu. Er sah sie mit verhangenen Augen an, seine Lippen glänzten von der undefinierbaren Flüssigkeit, die er gerade in sich hineingeschüttet hatte. »Hey, Schätzchen, wo geht's denn noch hin so spät?«

Caroline umkurvte vorsichtig das Hindernis und setzte ihren Weg fort. Beim Einchecken gestern hatte ihr der Mann an der Rezeption versichert, dass es im Juni ziemlich ruhig sei im Quarter: Keine Musik-Festivals, die Studenten entweder schon zu Hause in den Sommerferien oder noch bei den letzten Prüfungen. Es sei zu heiß und schwül für ausufernde Orgien, hatte der Mann gesagt. New Orleans im Juni verströme eine ländliche, friedliche Atmosphäre, etwas vom trägen Charme des alten Südens.

»Zeig uns deine Titten!« Das Gegröle kam von einer Gruppe junger Burschen, die ihr zugewandt mitten auf der Straße standen. Irgendeine Sportlertruppe auf Sauftour. Caroline blieb unwillkürlich auf dem Gehweg stehen. Sie war schockiert. Ach was, damals im College, da hätte sie sich nicht so angestellt. Der flüchtige Gedanke wurde verdrängt von dem anhaltenden Verdruss über das Gespräch mit Blanton, der wiederum verdrängt wurde von dem Verlangen, den Burschen eine Kugel zu verpassen. Sie brauchte ein paar Sekunden, bis sie begriff, dass gar nicht sie gemeint war, dass die Horde zum Balkon über ihr hinaufschaute. Sie trat unter dem Balkon hervor und schaute nach oben. Dort drängten sich etwa zwanzig betrunkene Nachtschwärmer. Am Geländer tanzten mit ausgestreckten Armen ein paar junge Mädchen und verlangten nach Mardi-gras-Perlenketten, die auch noch nach dem Karneval als Währung dienten.

Als eines der Mädchen, ein pummeliges Landei mit ernstem Gesicht, ihre Bluse hochzog, bombardierten die johlenden Sportsfreunde ihren blanken Busen mit Zwei-Dollar-Ketten. Ein anderes Mädchen zog eine größere Show ab. Sie schwang die Hüften, entblößte zögerlich erst die eine, dann die andere Brust. Schließlich präsentierte sie ihnen im Stil eines Showgirls beide Brüste. Sie wurde mit noch mehr Perlen belohnt.

Was mache ich hier eigentlich, fragte sich Caroline. Nach dem Treffen mit Blanton hatte sie nicht einschlafen können. Das Foto des fünfzehnjährigen toten Mädchens ging ihr nicht aus dem Kopf. Um zwei Uhr stand sie wieder auf und suchte im Telefonbuch nach Zimtbrötchenläden, die in den Einkaufszentren der Stadt Filialen unterhielten. Sie notierte sich drei Adressen und überprüfte, ob es in diesen Einkaufszentren auch Fotoläden gab.

Dann ging sie wieder ins Bett, fand aber immer noch keinen Schlaf. Sie stand wieder auf, zog sich ihre Jogginghose an und verließ das Hotel, um am Fluss einen Spaziergang zu machen. Als sie vor dem Hotel stand, hörte sie die Musik und das Gegröle, ging zur zwei Straßen entfernten Bourbon Street und tauchte vor ein paar Läden, die Live-Sex-Shows verhießen, in die Menge ein. War es der Polizist in ihr, der sie unwillkürlich in Richtung des Lärms einer feiernden, außer Kontrolle geratenen Menge zog? Oder war es etwas anderes, etwas, das mit dem Objekt ihrer Jagd zu tun hatte, mit dem beunruhigenden Gedanken, der in ihrem Kopf Gestalt annahm?

Angefangen hatte alles mit der Prostituierten Jacqueline und ihrem Fatalismus. Dann war die von Blanton beschriebene, vor nichts zurückschreckende Schlechtigkeit gewisser Typen dazugekommen. Die Polizei – wie auch der Durchschnittsamerikaner – zog es vor, Serienmörder als etwas Böses zu betrachten, das sich jeder Vorstellungskraft entzog. Caroline hatte ein Buch über diese Menschen gelesen, in dem all die Aspekte aufgelistet waren, die Blanton aufgezählt hatte: alleinstehend, zwischen zweiundzwanzig und achtundvierzig etc. etc. Diese Faktoren, in Verbindung mit anderen Faktoren, schufen ein Monster, ein Wesen jenseits aller Norm, einen Übermenschen – den Fleisch gewordenen Mythos des Bösen: Jeffrey Dahmer, Ted Bundy, Hannibal Lecter. Schauergeschichten, mit denen man seine fünfzehnjährigen Töchter davon abhielt, abends auszugehen.

Das Buch beunruhigte Caroline. Zweiundzwanzig bis achtundvierzig? Alleinstehend? Probleme mit Beziehungen, mit Intimität? Ungeklärte Geschichten, in denen die Mütter eine Rolle spielten? Jeder Mann, den Caroline je kennen gelernt hatte, wollte unbedingt Single bleiben, hatte seine Probleme mit Intimität und konnte ihr nicht in die Augen schauen, wenn er über seine Mutter redete.

Was hatte Jacqueline gesagt, als Caroline sie gefragt hatte, welche Typen ihr Angst einjagten? »Die jagen mir alle Angst ein.« Caroline ging im Kopf noch mal die Liste der üblen Geschichten durch, die Jacqueline ihr erzählt hatte. Geschichten von Freiern, die bissen, prügelten, Haare ausrissen und sich gewaltsam über sie hergemacht hatten. Das waren einfach nur Männer gewesen, keine Monster. Bankangestellte, Handelsvertreter, Rancher, Biologielehrer. Wahrscheinlich auch Polizisten – und Barkeeper.

Es waren Jacquelines Geschichten, die ihr nicht aus dem Kopf gingen, während sie über Blantons These nachdachte, dass nur ein Mann einen Serienmörder fangen könne: Ein Serienmörder war nicht Ausdruck einer Verirrung, sondern die Erweiterung der männlichen Fantasie. Vielleicht gab es gar keine Monster. Vielleicht hatte im Grunde jeder Mann, der im *Penthouse* blätterte, den Weg schon betreten, an dessen Ende er eine Frau totprügelte oder mit einem Schraubenschlüssel vergewaltigte. Kein Wunder, dass Blanton sich über Carolines Aufgabe bei der Untersuchung nicht im Klaren war. Wenn sie sich schon die gewalttätigen Fantasien nicht vorstellen konnte, was konnte sie sich dann vorstellen? Das Opfer. Die Angst. Und was nutzte das?

Caroline beobachtete die Burschen, die zum Balkon hochstarrten. Die Münder waren leicht geöffnet, die Körper starr vor Spannung. Ein neues Mädchen – jung und mager, in Jeans und T-Shirt – war aufgetaucht, oder besser, nach vorn gestoßen worden. Der Körper lehnte schlaff am Geländer, der Kopf kippte immer wieder zur Seite weg. Hinter ihr stand ein etwa doppelt so alter Kerl und hielt sie aufrecht. Ein Arm lag um ihre Taille, mit der anderen Hand hielt er einen Arm des Mädchens und winkte damit der Menge zu. Das Mädchen öffnete die Augen, wandte den Kopf um und lächelte den Mann an. Dann schloss sie die Augen wieder, und ihr Kopf sank an seine Brust. Der Mann hob ihr T-Shirt hoch und fuhr mit der Hand über ihre kleinen Brüste. Die Sportsfreunde tobten. Das Gejohle weckte das Mädchen wieder auf, und wieder lächelte sie dem Mann zu. Dann schaute sie hinunter auf die Straße, bevor ihr Kopf wieder auf seine Brust fiel. Die Burschen warfen Perlenketten nach oben, die der Mann aufschnappte und ihr um den Hals hängte. Dann lüpfte er erneut das T-Shirt und massierte ihre Brüste. Das Mädchen grinste verschlafen. Der Kopf mit den geschlossenen Augen bewegte sich in kleinen Kreisen.

»Zeig uns ihre Pussy!«, schrie einer der Sportsfreunde.

Caroline ging weiter, blieb jedoch kurz darauf stehen und schaute sich noch mal zu der Menschentraube um. Schließlich drehte sie sich ganz um und ging zielstrebig durch die Menge in die unter dem Balkon gelegene Bar. Der Laden war gerammelt voll und sie brauchte ein paar Minuten, bis sie zwischen den grapschenden Händen hindurch in den hinteren Teil der Bar gelangte, wo ein rotes Seil aus Samt den Zugang zur Treppe versperrte. Auf einem Holzstuhl vor dem Seil saß ein riesiger Mann und wedelte mit den Fingern auf und ab, als wollte er ihr Luft zufächeln.

»Los, zeig her«, sagte er.

Caroline ballte die Fäuste. »Was?«

Er wandte die Augen zur Decke. »Der Balkon gehört mir.« Er deutete auf seine Brust. »Die Leute erwarten, dass ich ihnen eine klasse Show biete. Also, lass sehen, was du auf Lager hast.« Er nahm eine der Perlenketten, die in seinem Schoß lagen, und hielt sie ihr hin.

Caroline schaute ihn nur an.

Er griff nach ihrem T-Shirt. »Mach schon. Wenn du jetzt schon Angst hast, was wird das erst da oben?«

Sie stieß seine Hand zur Seite und sagte mit klaren, knappen Worten: »Da oben steht ein Mädchen, das höchstens sechzehn ist.«

Der Kerl schaute sie nur an.

»Und ein vierzig Jahre alter Mann, der sie vor allen Leuten betatscht.«

Der Kerl sagte nichts.

»Ich bin Polizeibeamtin. Ich habe gerade dienstfrei. Und das soll auch so bleiben. Also: Wie regeln wir das? Oder muss ich mir das Telefon bringen lassen?«

Der Kerl seufzte, stand auf und ließ das Seil herunter. Sie gingen nach oben und kamen in einen dunklen Gang, in dem zu beiden Seiten reich verzierte Holztüren zu sehen waren. Am Ende des Ganges konnte sie die Umrisse tanzender Menschen erkennen. Von der Straße drang das Gejohle herauf.

Während sie sich dem Balkon näherten, fing der Rausschmeißer aufgeregt zu plappern an. »Ich hab keine minderjährigen Mädchen hier oben. Wir machen scharfe Ausweiskontrolle, das können Sie mir glauben, extrem scharfe.«

Sie traten auf den schmalen Balkon, der von taumelnden, Bier- und Daiquirigläser schwenkenden Menschen überquoll. Die Frauen hoben ihre T-Shirts und schnappten nach den Perlen, die ihnen von unten zugeworfen wurden. Caroline drückte sich an ihrem Begleiter vorbei und drängte sich durch die Leute. Sie sah das Pummelchen und ihren Freund. Das Mädchen, das noch vor ein paar Minuten fast umgekippt wäre, war nicht da.

Sie schaute hinunter auf die Sportsfreunde, die immer noch die Stellung hielten. Unten hatten sie groß gewirkt, ihre Körpersprache aufdringlich und herrisch. Aus dieser Perspektive sahen die nach oben blickenden Gesichter einfach nur wie die Gesichter von Jungen aus. Caroline drehte sich wieder um.

»Hooaa!« Ein dürrer Kerl mit Sonnenbrille stand plötzlich vor ihr. In seinem Gesicht hing das breite Grinsen des hoffnungslos Betrunkenen. »Hoa-hoa-hoo!« Caroline quetschte sich an ihm vorbei.

»Ich seh keine Sechzehnjährigen«, sagte der Rausschmeißer.

Caroline schaute sich im Gang um. »Was ist hinter den Türen?«

»Hotelzimmer.«

»Haben Sie einen Generalschlüssel?«

Er zog grinsend einen Mundwinkel hoch. »Wenn Sie in die Zimmer reinschauen wollen, dann muss ich wohl doch das Telefon bringen.«

Caroline ließ den Kerl stehen und ging wieder auf den Balkon, wo das Pummelchen inzwischen zur gemächlicheren Variante ihrer Freundin übergewechselt war. Erst die eine Brust, dann die andere. Als Caroline sie am Arm packte, drehte sie sich ängstlich um – als rechnete sie damit, ihre Mutter zu sehen.

Caroline musste ihr ins Ohr brüllen, um die Musik zu übertönen. »Das Mädchen, das neben dir gestanden hat. Jeans, T-Shirt. Betrunken, kurz vorm Umkippen. Wo ist die?«

Das Mädchen drehte sich ganz zu Caroline um. Die billigen Plastikperlen baumelten vor ihrer Brust. »Wieso? Ist ihr was passiert?«

»Keine Ahnung«, sagte Caroline. »Hast du sie weggehen sehen? Mit einem älteren Typen?«

»Die sind runter. Auf einen Drink.« Das Mädchen lächelte. »Die braucht wohl noch einen. Damit sie ein bisschen lockerer wird.«

Caroline verließ wieder den Balkon und lief an dem inzwischen gelangweilt dreinblickenden Rausschmeißer vorbei in den Gang. »Und? War's das jetzt?«

Im Vorbeilaufen sagte Caroline: »Wenn dem Mädchen was passiert ist, sorg ich dafür, dass der Laden dichtgemacht wird.«

An der obersten Treppenstufe blieb Caroline kurz stehen und ließ den Blick über die dicht gedrängte Menschenmenge in der Bar schweifen. Wegen der dicken Holzbalken, die die Decke trugen, konnte sie nicht den ganzen Raum überblicken. Sie stieg die Treppe hinunter und zwängte sich durch die Menschen, ging von Tisch zu Tisch, bis sie schließlich in einer kleinen Sitzgruppe, die an der Wand zur Bourbon Street lag, fündig wurde. Eines der beiden Pärchen, die sich an dem

Tisch gegenübersaßen, waren der Mann und das Mädchen, die beiden, die Caroline gesucht hatte. Die Frau war älter, als Caroline gedacht hatte, vielleicht fünfundzwanzig, der Mann jünger, vielleicht fünfunddreißig. Lachend berichteten sie ihren beiden Freunden von dem kurzen Augenblick des Ruhms auf dem Balkon. Die Frau war über und über mit Mardigras-Perlen behängt. Während sie redete, schwankte ihr Kopf hin und her. Sie war völlig betrunken. Zwischen den Lippen glänzte klebriger Speichel. Aber sie wusste sicher, was sie tat. Und sie war sicher volljährig.

»Hab gedacht, ich werd seekrank«, nuschelte sie, wobei sich das letzte Wort wie *schee-kraa* anhörte. »Seit den Flitterwochen hat sich der Mistkerl nicht mehr so um meine Titten gekümmert.«

Der Mann verteidigte sich. »Jetzt mach mal halblang, du wolltest doch unbedingt da hoch.«

»Ich mach doch nur Spaß, Schätzchen.« Dann kippte ihr Kopf gegen seine Schulter, und ihr Mann küsste sie auf die Haare.

In diesem Augenblick bemerkte der Mann, dass Caroline vor dem Tisch stand. »Was ist«, sagte er, »kriegen wir noch eine Runde?«

Caroline nickte, drehte sich um und verließ die Bar. Draußen ging sie auf dem Gehweg schnurstracks bis zur nächsten Kreuzung und bog in eine Seitenstraße ab. Während sie mit den Händen in den Taschen an Pfandhäusern und Buchläden vorbeimarschierte, wurde das Lärmen und Kreischen der Bourbon Street immer leiser. Am Café du Monde, dem rund um die Uhr geöffneten Café am French Market, setzte sie sich und verschnaufte. Sie bestellte sich einen Café au lait und dachte darüber nach, wie unzuverlässig das menschliche Wahrnehmungs- und Erinnerungsvermögen doch war. Ihr fiel ein, dass sie einmal eine Frau befragt hatte, in deren Haus eingebrochen worden war: Die Frau hatte ihr zehn Minuten lang den Einbrecher beschrieben. Hinterher schaute sich die

Frau die Phantomzeichnung des Täters an und erkannte erst dann, dass die Skizze fast hundertprozentig dem Bild ihres verstorbenen Sohnes glich, das zu Hause auf dem Kaminsims stand. Caroline vermutete, dass manche Leute sehen, was sie sich wünschten, und andere, was sie fürchteten.

Auf ihrem schmiedeeisernen Stuhl sitzend, beobachtete Caroline die Kellner mit den schmutzigen Papphüten. Die schwüle Luft roch und schmeckte leicht faulig. Ungefähr zwanzig Menschen saßen in dem Café. Männergrüppchen, die langsam ihren Alkoholpegel senkten, Paare, die in ernsthafte Unterhaltungen vertieft waren, einsame Männer, die in Zeitungen, Büchern oder Notizbüchern lasen. Männer. Keine Monster.

Caroline trank ihren Kaffee aus und schlenderte weiter, bis sie den Damm am Nordwestufer des Mississippi erreichte. Eine leichte Brise strich über das Wasser – so träge wie der Fluss selbst – und verwirbelte die dicke, zähflüssige Luft. Sie fühlte sich leichter in der Nähe eines Flusses, selbst wenn er so breit und schwerfällig war wie dieser. Vielleicht sollte sie für den Rest der Nacht hier bleiben.

Nachdem ihr Vater die Familie verlassen hatte, litt ihre Mutter an Anfällen von Schlaflosigkeit, die mit der Zeit immer schlimmer wurden. Caroline erinnerte sich noch an die extreme Unruhe ihrer Mutter, wenn sie nachts um zwei Uhr bei ihr anrief. Noch bevor Caroline überhaupt ein Wort sagen konnte, sprudelte es schon aus ihr heraus. Es hörte sich an, als verschluckte sie die Hälfte der Sätze. Sie entschuldigte sich für schon lange vergessene Bemerkungen, grübelte wie besessen über die Speisenfolge für ein Feiertagsessen nach, das nur für sie selbst und Caroline bestimmt war, schlug Jungen- und Mädchennamen für Carolines zukünftige Kinder vor. Maxwell und Corinna. Blake und Sandra. Caroline hörte geduldig zu, wie sich ihre Mutter ausgiebig über zwei, drei Themen ausließ und dann dazu überging, ihr von Dingen zu erzählen, die sie im Fernsehen gesehen oder in der Zeitung gelesen hatte. »Geh schlafen«, sagte Caroline dann.

»Ich kann nicht«, sagte ihre Mutter mit einer Stimme, der man den Schmerz und die Niedergeschlagenheit anhörte. »Ich bin viel zu müde zum Schlafen. Ich hab noch viel zu viel zu tun.«

Seit dem Tod ihrer Mutter litt auch Caroline unter Schlaflosigkeit. Es hatte angefangen, als sie eines Morgens um drei aufgewacht war, weil sie sich eingebildet hatte, das Telefon zu hören. Sie war so durcheinander gewesen, dass sie geglaubt hatte, ihre Mutter sei der Anrufer. Sie hatte fantasiert, dass ihre Mutter sie fragen wolle, ob man in den Pastatellern, die sie aus Genua mitgebracht hatte, auch Suppe servieren könne, oder ob Tracy sich besser als Jungen- oder als Mädchenname eigne. Doch als sie sich aufgerafft hatte, war es totenstill gewesen, und sie hatte sich unwillkürlich gefragt, ob sie den Anruf verpasst habe.

Seit jenem Tag kam es mindestens einmal pro Woche vor, dass Caroline die ganze Nacht wach lag. Nur, dass nie mehr das Telefon klingelte, dass nie mehr ihre Mutter am anderen Ende der Leitung war. Sie wanderte im Haus herum, schrieb Merkzettel an sich selbst oder unternahm lange Spaziergänge, bis die Müdigkeit sie so aufgerieben hatte, dass sie reif war für Diskussionen über Namen für Kinder, die es nie geben würde, oder über Speisenfolgen für Labor-Day-Dinners. Oder bis sie so weit war, dass sie ein Ehepaar auf einem Balkon für einen Mann hielt, der eine Minderjährige belästigte.

Caroline hatte Dr. Ewing von ihren schlaflosen Nächten erzählt. Die Polizeipsychologin hielt das angesichts des Drucks, dem sie ausgesetzt war, für völlig normal: der Tod ihrer Mutter, die problematische Beziehung mit Joel, die Erlebnisse mit Lenny Ryan und Fat Jay, die Schuldgefühle wegen des Mannes, den sie vor sechs Jahren erschossen hatte, der aktuelle Fall.

Der aktuelle Fall. Dupree, Jacqueline, Blanton. Deren irrationale, manische Stimmen hatten die Stimme ihrer an Schlaflosigkeit leidenden Mutter verdrängt. Es waren diese Stimmen, die Caroline heute Nacht keinen Schlaf finden lassen würden. Blanton, der die elementare Bedeutung der männlichen Sexualfantasien betonte; Jacqueline mit ihrer Geschichte von dem Mann, der sie an den Haaren gerissen hatte; Duprees Theorie von Lenny Ryan als außer Kontrolle geratenem Kreisel. Und es gab weitere Stimmen, die ihr Unterbewusstsein bedrängten.

Die ihres Bruders: »Ich bin nicht wie du, Caroline.« Die ihres Vaters: »Alles in Ordnung, mein Schatz?«

Sie ging bis zu einer Parkbank, von der man den Mississippi überblicken konnte. An dieser Stelle sah der Fluss wie der Spokane River aus. Alle Gewässer waren miteinander verbunden. Ob im Spokane River oder im Mississippi oder im Nil oder im Indischen Ozean – Burn konnte überall sein. Ihre Mutter auch. Am Ende steigt das Wasser, holt uns und nimmt uns mit. In einer Stadt wie New Orleans, die unterhalb des Meeresspiegels liegt, war das eine Tatsache, der man nicht entrinnen konnte. Hier durfte man die Menschen nicht einfach begraben. Man setzte sie in überirdischen Familiengruften aus zweihundert Jahre altem Marmor und Granit bei, in denen die sterblichen Überreste von bis zu einhundert Menschen lagerten. Ab und zu öffnete man die Gruften, kehrte den alten Staub, die alten Knochen zur Seite und legte den nächsten Körper hinein. Der älteste Friedhof von New Orleans wurde ›Stadt der Toten‹ genannt. Und von weitem sah er auch genauso aus: eine Skyline aus Gruften und Statuen, die sich vor Ort als ein chaotisches Sammelsurium aus nacktem Backstein und zerbröckeltem Granit entpuppte. Der Friedhof war seit Jahren überfüllt und diente nur noch als Touristenattraktion und als Schlupfwinkel für Taschendiebe, die sich zwischen den Gruften versteckten.

Von mir aus kann ihn das Gesindel behalten, dachte Caroline. Spielt keine Rolle. Das Wasser würde letztlich doch siegen, sogar in der Stadt der Toten. Das Wasser holt uns letztlich alle. Es tost über die Statuen hinweg, strömt zwischen den Gruften hindurch, stürzt die Grabsteine um, zermalmt die Gräber. Caroline setzte sich auf die Parkbank. Sie war zu müde zum Schlafen. Es gab noch viel zu viel zu tun. Sie zog die Beine an, schaukelte mit dem Oberkörper und ließ sich die Brise ins Gesicht wehen.

29

Polizeipräsidium Spokane
Büro des Stellvertretenden Polizeichefs
Sitzungsprotokoll

Datum: 6. Juni, 8.00 Uhr
Fall: Task Force Serienmorde

Teilnehmer an der Sitzung: Stv. Polizeichef James Tucker; Major Crimes Lt. Charles Branch; Major Crimes Sgt. Alan Dupree.

[Beginn der Aufzeichnung]

Tucker: Okay. Läuft das Ding? Gut. Für das Protokoll: Anwesend sind James Tucker, Stv. Polizeichef, und … Wollen Sie selbst?

Branch: Nein, nein, machen Sie nur weiter.

Tucker: … Major Crimes Lieutenant Branch. Wir warten noch auf Sergeant Dupree, den leitenden Beamten der Task Force Serienmorde, um uns über den derzeitigen Stand der Ermittlungen berichten zu lassen, und vor allem, um über sein Benehmen …

Branch: Wie wär's, wenn wir stattdessen Arbeitsweise sagen?

Tucker: Ja, das ist besser. Über seine Arbeitsweise zu sprechen.

Branch: Wird schon schwierig genug, da brauchen wir nicht auch noch … Sie wissen schon …

Tucker: Persönliche Dinge erörtern. Okay.

Branch: Er hatte in letzter Zeit ein paar private Probleme. Ich glaube, es wäre ...

Tucker: Ich hab davon gehört. Er hat seine Frau verlassen, oder?

Branch: Wäre besser, wenn wir das Thema nach Möglichkeit nicht berühren.

Tucker: Ganz Ihrer Meinung.

Branch: Er wird noch genug damit zu tun haben, das in den Griff zu kriegen.

Tucker: Verstehe.

Branch: Also dann.

Tucker: Glauben Sie nicht, dass wir Detective Spivey hinzuziehen sollten?

Branch: Um Himmels willen, nur das nicht. Es sei denn, Sie wollen noch mehr Blut auf Ihrem Schreibtisch.

Tucker: Okay. Kaffee?

Branch: Nein, danke.

[Ende der Aufzeichnung]

[Beginn der Aufzeichnung]

Dupree: Hallo, Schätzchen. Ich bin wieder da.

Tucker: Kommen Sie rein, Sergeant.

Dupree: Wär wahrscheinlich einfacher, wenn ich einfach hier stehen bleibe und Sie erschießen mich gleich von Ihrem Schreibtisch aus.

Branch: Hi, Alan.

Dupree: Kann ich den Stuhl hier nehmen?

Tucker: Klar. Setzen Sie sich.

Dupree: Hören Sie, ich weiß, dass meine Witzchen in dem Bericht fehl am Platze waren. Ich möchte mich dafür entschuldigen ... Hey, was soll das Mikro da?

Tucker: Angesichts des Gesprächsthemas würden wir die Unterhaltung – mit Ihrer Erlaubnis – gerne aufzeichnen.

Dupree: Um was für ein Thema geht's denn?

Tucker: Sitzungen mit Angestellten, in denen es um arbeitsrechtliche Dinge geht, zeichnen wir vorsichtshalber immer auf.

Dupree: Was soll der ... [Kraftausdruck gestrichen]? Wollen Sie mich feuern?

Branch: Keiner feuert Sie, Alan. Wir suchen nur nach einem Ansatz, um diesen Fall in den Griff zu kriegen. Setzen Sie sich wieder.

Tucker: Ich übergebe Sergeant Dupree jetzt die ...

Dupree: [Unverständlich]

Tucker: ... Kopie eines Memos mit Datum vom 5. Juni betreffs ...

Dupree: Sechs Seiten? Sechs volle Seiten?

Branch: Alan. Setzen Sie sich. Lassen Sie uns das jetzt zu Ende bringen. Okay?

Tucker: ... betreffs seiner Arbeitsweise als leitender Beamter der Task Force zur Untersuchung einer Serie von Mordfällen. Wie Sie sehen, Sergeant, haben wir als Punkt eins unkooperatives und feindseliges Verhalten gegenüber Kollegen und Ermittlungsbeamten anderer Behörden notiert. Es sind neun Beispiele aufgelistet, die Sergeant Duprees launenhaftes und gelegentlich unpassendes Verhalten dokumentieren. Und so weiter.

Dupree: Was soll das hier heißen? Feindseliges Benehmen gegenüber anderen Behörden?

Tucker: Ich glaube, es ist nicht nötig, jeden Punkt einzeln abzuhandeln.

Dupree: Dann erklären Sie mir nur diesen einen.

Tucker: Das ist doch ziemlich offensichtlich. Am 22. Mai haben Sie dem FBI von einem schon ad acta gelegten Hinweis berichtet, Ryan sei als Caddy auf einem Golfplatz im Norden Idahos gesehen worden. Sie behaupteten, man könne dem Hinweis nicht nachgehen, weil man zu diesem Zweck Staatsgrenzen überschreiten müsse.

Dupree: Das war als Witz gedacht. Hab gedacht, die

Jungs vom FBI würden einen Witz zu schätzen wissen. Ich hab doch nicht damit gerechnet, dass die wirklich ihre Zeit damit verplempern. Ist es meine Schuld, dass die so blöde sind?

Tucker: Und danach haben Sie sich über FBI-Agent Jerry Castle lustig gemacht, weil er dem Hinweis nachgegangen ist. Immerhin ein Hinweis, für den Sie verantwortlich waren.

Dupree: [Unverständlich]

Tucker: Bei einer anschließenden Sitzung der Task Force haben Sie sich weiter über Agent Castle lustig gemacht, indem Sie ihm einen Golfball ans Bein gepfeffert haben.

Dupree: Eigentlich hatte ich auf die Eier von Secret Agent Castle gezielt. Waren aber zu klein. Keine Chance, die zu treffen.

Branch: Glänzende Idee, Alan. Machen Sie nur weiter Ihre Witze.

Dupree: Und wer hat euch den ... [Kraftausdruck gestrichen] erzählt? Offensichtlich ist keiner in der Lage, korrekte Verhörprotokolle anzufertigen.

Tucker: Wir wollen hier nicht auf jeden einzelnen Punkt eingehen, Sergeant Dupree. Der Bericht wird dem Protokoll der Sitzung beigeheftet werden. Können wir jetzt ...

Dupree: Und das hier. Nicht in der Lage, unterstützende Maßnahmen von außerhalb zu koordinieren? Das ist lächerlich.

Tucker: Ich wiederhole, Sergeant Dupree: Wir haben nicht vor, Punkt für Punkt den ganzen Bericht durchzugehen.

Dupree: Nicht in der Lage, angemessene Ermittlungsmethoden anzuwenden. Was soll das jetzt wieder heißen?

Branch: Herrgott, Alan. Die Tatsache, dass Sie nicht mal kapieren, worüber wir überhaupt reden, ist doch schon das halbe Problem. Wir haben extra zehntausend Dollar beantragt, damit wir vom FBI die Software für eine Datenbank kriegen, die Beweisstücke analysiert und nach Prioritäten auswertet. Und was machen Sie? Sie benutzen sie nicht mal.

Dupree: Ich hab Hinweise reinbekommen, dass sich Lenny Ryan mit einem Raumschiff abgesetzt hat. Soll ich die etwa in den Computer eingeben, damit er mir ausspuckt, ich soll mich nach kleinen grünen Männchen umschauen? Also los, sagt mir jetzt endlich, woher das alles kommt.

Tucker: Was ist mit dem Entomologen?

Dupree: Dem was?

Tucker: Ein Detective behauptet, dass Sie seine Anregung, einen Entomologen beizuziehen, ignoriert haben. Einen Entomologen, der die Insekten und Mikroorganismen analysieren kann, um den Verwesungsgrad der Leichen exakter bestimmen zu können.

Dupree: Spivey. Dieser ... [Kraftausdruck gestrichen]. Ich hätte es wissen müssen. Spivey hat seinen Fliegendoktor nicht bekommen und dann ist er zu euch gerannt. Dieser kleiner Kotzbrocken.

Branch: Darum geht es jetzt nicht, Alan. Wir sind einfach nicht überzeugt davon, dass Sie das zur Verfügung stehende gesamte Spektrum an Ermittlungsmethoden ausreichend zu schätzen wissen. Vielleicht wäre ein Detective, der mit den neuesten Methoden der ...

Dupree: Ich weiß zu schätzen, was es heißt, Bulle zu sein. Ich weiß zu schätzen, wenn mich jemand ausweiden will wie einen ... [Kraftausdruck gestrichen] Fisch.

Branch: Alan, selbst wenn alle anderen Beschwerden nicht zuträfen, dann bleibt immer noch, dass Sie es versaut haben, einen Profiler in den Fall ...

Dupree: Voodoo-Bockmist.

Branch: Das ist der Punkt, Alan. Egal, was Sie davon halten, wir brauchen in diesem Fall einen Experten für psychologische Täterprofile. Und Ihre Feindseligkeit war der Grund, warum Agent McDaniel und Curtis Blanton es abgelehnt haben, sich uns als Berater zur Verfügung zu stellen.

Dupree: Meine Feindseligkeit? Blanton hat mir gesagt, ich soll mich ins ... [Kraftausdruck gestrichen], so lange wir nicht mindestens zweistellige Opferzahlen haben. Meine ... [Kraftausdruck gestrichen] Feindseligkeit?

Tucker: Der Zweck dieses Treffens ist nicht, die Stichhaltigkeit der einzelnen Punkte zu erörtern, Sergeant Dupree. Und auch nicht, dass Sie uns über Ihren ziemlich beeindruckenden Schatz an Schimpfworten in Kenntnis setzen. Der Zweck ist, Ihnen die Gründe darzulegen, die uns zu der Entscheidung veranlasste, Sie als leitenden Beamten der Task Force abzulösen.

Dupree: Abzulösen? Und wie haben Sie über meine zukünftigen Aufgaben entschieden?

Branch: Das liegt ganz bei Ihnen, Alan. Sie können weiter als Ermittler bei der Task Force bleiben, quasi auf Bewährung ...

Dupree: Hier ist noch was. Machte am Tatort gegenüber der Presse falsche und irreführende Angaben. Was ist denn damit gemeint?

Tucker: Am 28. April wurden Sie wegen eines Mordfalls zum Haus von Leonard Ryans Onkel gerufen. Dort haben Sie einer Fernsehreporterin erzählt, dass man das Opfer kastriert und ihm das Herz herausgerissen habe.

Dupree: [Unverständlich]

Tucker: Würden Sie bitte ins Mikrofon sprechen, Sergeant.

Dupree: Ich habe gesagt – Spivey, dieser ... [Kraftausdruck gestrichen], diese miese kleine ... [Kraftausdruck gestrichen].

Branch: Alan, ich bitte Sie. Setzen Sie sich wieder.

Dupree: Wer übernimmt jetzt die Task Force?

Branch: Ich glaube nicht, Alan, dass ...

Dupree: Jemand von außerhalb? Oder fällt jemand aus unserem Laden die Leiter hoch? Pollard vielleicht?

Tucker: Detective Spivey.

Dupree: Er ist ein ... [Unverständlich] zehn Jahre alter Kindskopf.

Branch: Er ist einunddreißig, Alan.

Dupree: Er ist ein Trottel.

Branch: Spivey ist nicht an uns herangetreten, Alan.

Tucker: Wir sind an ihn herangetreten und haben ihn um eine Beurteilung Ihrer Arbeitsweise gebeten. McDaniel mag ihn. Mit ihm wird McDaniel zusammenarbeiten.

Dupree: Ich hab gedacht, dass ich Spivey ausbilden soll.

Branch: Um ehrlich zu sein, Alan, hatte ich gehofft, wenn ich Sie beide zusammenspanne, dass Sie etwas von den neuen Methoden …

Dupree: Was?

Branch: Besonders, was seine hervorragenden Kenntnisse auf den Gebieten der Beweissicherung und der Forensik betrifft.

Dupree: Ich glaub's einfach nicht. Das ist doch …

Tucker: Sergeant Dupree, der Misserfolg der Task Force bei der Suche nach Mr. Ryan bzw. der Beschaffung von ausreichend Beweismaterial, um im Falle seiner Ergreifung Anklage erheben zu können, ist allein schon Grund genug für Ihre Ablösung. Dies plus Ihrem Versagen bezüglich …

Dupree: Sie verstehen nichts. Dieser Ryan ist wie ein Schwarzes Loch, wie extrem verdichtete Dunkelheit, wie ein Kreisel …

Tucker: Sie werden im Anschluss an diese Sitzung Gelegenheit zur Rechtfertigung Ihres Benehmens …

Branch: Arbeitsweise.

Tucker: Richtig, Ihrer Arbeitsweise erhalten.

Dupree: Ich weiß nicht, was ich … Man hat mich noch nie gefeuert.

Branch: Niemand wird gefeuert. Das habe ich Ihnen doch schon gesagt.

Dupree: Du reißt dir für deinen Job den Arsch auf und eines Morgens wachst du auf und alles ist [Unverständlich]

Tucker: Detective Spivey hat ausdrücklich betont, dass Sie – falls Sie das wollen – weiter im Team der Task Force arbeiten können.

Dupree: Das ist ja einmalig.

Branch: Oder Sie kehren zurück auf Ihre alte Stelle bei Major Crimes.

Dupree: Kommt gar nicht in Frage. Dann fahr ich lieber wieder Streife.

Branch: Alan, jetzt machen Sie das Ganze nicht noch schlimmer.

Dupree: Offensichtlich kann ich es gar nicht mehr schlimmer machen. Ihr wollt mich aus der Sache raushaben, gut, dann fahr ich wieder Streife.

Tucker: Sergeant Dupree. Setzen Sie sich. Ich versichere Ihnen, Sie werden Gelegenheit erhalten, die Vorwürfe zu entkräften.

Dupree: Schafft mich zurück auf die Straße. Ihr habt gewonnen. Antrag angenommen. Keine Gegenstimmen. Was steht als Nächstes auf der Tagesordnung?

Tucker: Stellen Sie das Mikrofon auf den Tisch, Sergeant.

Dupree: Die Frage der Vorgehensweise. Antrag auf einvernehmliche Trennung. Vertagung der Sitzung.

Branch: Alan, jetzt hören Sie endlich …

Dupree: Wo führt das eigentlich hin?

Tucker: Sergeant Dupree, legen Sie das Mikrokabel wieder hin.

Dupree: Ah, da haben wir es ja …

[Ende der Aufzeichnung]

30

»Okay, und jetzt wenden Sie die Verhaltensmuster des Täters vor und nach der Tat auf Ihren Kerl an.«

Caroline wusste nicht weiter. »Tut mir Leid.«

»Die Verhaltensmuster.« Blanton biss die Zähne zusammen, wandte kurz den Blick von der Straße und schaute sie an. »Die Verhaltensmuster. Worüber haben wir gerade gesprochen?«

»Über die Tatorte von planvoll und planlos vorgehenden Tätern.«

»Genau.«

Caroline klopfte mit dem Stift auf den gelben Notizblock und versuchte sich zu konzentrieren. Blanton fuhr so rasant durch eine Kurve, dass die McDonald's-Schachteln quer durch den Leihwagen flogen. Curtis Blanton machte heute einen tatkräftigeren und gleichzeitig geduldigeren Eindruck. Allerdings war es eine drängende, manipulative Geduld, die er benutzte, um ihr das nötige Wissen einzutrichtern. Seine Ausdrucksweise war knapp, keine einzige Redewendung erinnerte an den Cajun-Dialekt vom Vortag. Außerdem machte er einen geistesabwesenden Eindruck, was allerdings nicht gerade zu seinem Fahrstil passte. Blanton fuhr, als hätte er eine Ladung Speed eingeworfen. Er glich einem bedröhnten Professor, der ein Seminar abhielt und gleichzeitig versuchte, die Bullen abzuhängen.

»Denken Sie immer dran, wenn Sie wieder in Spokane sind«, sagte er, wobei die Aussprache des Stadtnamens diesmal wieder perfekt klappte. »Planloses Vorgehen ist nicht gleich impulsives Vorgehen. Ihr Kerl kann impulsiv sein und doch planvoll handeln. Zum Beispiel können sich die Tatwerkzeuge durchaus die ganze Zeit im Auto befinden, was bedeuten würde, dass er sich im Stadium der Planung befindet. Andererseits kann das der Tat direkt vorangehende Verhalten – die Auswahl des Opfers oder mit anderen Worten: die Jagd – durchaus spontan sein.«

Die Ampel sprang auf Gelb, Blanton trat aufs Gas, merkte aber gerade noch rechtzeitig, dass der Wagen vor ihm abbremste und stieg so abrupt auf die Bremse, dass die Coladosen und McDonald's-Schachteln von der Rückbank flogen und das Auto mit quietschenden Reifen zum Stand kam.

Caroline ignorierte seine Fahrweise. »Ich würde sagen, er handelt planvoll und gleichzeitig impulsiv.«

»Wie äußert sich das Planvolle?«

»Er präpariert die Körper. Er deponiert die Leichen, säubert die Hände mit Reinigungsmittel, bricht ihnen die Fingernägel ab und steckt ihnen dann Geldscheine zwischen die Finger. Und dann deckt er sie mit Zweigen und Abfall zu.«

»Okay. Was ist mit seinem impulsiven Verhalten?«

»Wenn wir einen Körper entdeckt haben, scheint er den Drang zu verspüren, mit einer neuen Leiche sofort wieder nachziehen zu müssen.«

»Genau.« Blanton schaute sie von der Seite an. »Das ist der entscheidende Punkt in seinem Verhalten. Für Ersatz, für neue Körper zu sorgen. Das war bei dem Fall am Pacific Coast Highway exakt genauso. Töten, deponieren, und wenn nötig, die Leiche an den späteren Fundort transportieren. Die Körper sind Werkzeuge für ihn, Schachfiguren. Deshalb die abgebrochenen Fingernägel und das Geld. Ihr Kerl hat den Drang, mittels dieser Körper zu kommunizieren.«

Jedes Mal, wenn Blanton den Mörder ›Ihr Kerl‹ nannte, zuckte sie leicht zusammen. Das lag wahrscheinlich daran, dass sie sich, weil sie die Aktion im Park vermasselt und ihm

Gelegenheit zur Flucht gegeben hatte, für Lenny Ryan verantwortlich fühlte.

Die Ampel sprang auf Grün. Blanton ließ den vorsichtigen Fahrer bei der erstbesten Gelegenheit hinter sich und trat aufs Gas. »Warum drückt Ihr Kerl den Frauen vierzig Dollar in die Hand?«

»Damit alle Welt weiß, dass es Nutten sind, die er tötet.«

»Und warum sorgt er immer wieder für Ersatz?«

»Damit die Leute sehen, was er getan hat?«

»Leute?« Der Wagen rumpelte über die Bordsteinkante, als Blanton in einen kleinen Parkplatz einbog. »Welche Leute?«

»Ich weiß nicht. Jeder halt.«

Die Leichenhalle war ein zweigeschossiges weißes Haus mit zwei riesigen Säulen an der Vorderseite. Neben dem Gebäude parkten Stoßstange an Stoßstange zwei Leichenwagen. Blanton hielt neben den Leichenwagen. Sie stiegen aus und Blanton schaute Caroline über das Wagendach hinweg an. »Denken Sie darüber nach, welche Leute er aufmerksam machen will.«

Caroline ging hinter Blanton eine schmale Treppe hinunter, die vor einer Kellertür endete. Er klopfte mit der flachen Hand an, und die schwere Tür öffnete sich. Vor ihnen stand ein Mann in den Fünfzigern, der sie aus müden Augen anblickte. Er trug eine lange graue, verschlissene Schürze, die Hände steckten in ebenfalls grauen und verschlissenen Handschuhen. Sie traten hinter ihm in den dunklen Kellergang.

»Na, Curty«, sagte der Mann. »Wie läuft's?«

»Hallo, Russell.« Blanton verfiel sofort wieder in den rührseligen Dialekt des Mississippi-Deltas. »Das ist Agent Mabry. Spezialistin aus Washington.«

Caroline fragte sich, warum er sie als FBI-Agentin vorstellte, und warf ihm einen neugierigen Blick zu. Er schaute weiter geradeaus.

Russell deutete ein Kopfnicken an. »Erfreut, Sie kennen zu lernen. Für jemanden von der Regierung sind Sie eine ziemlich attraktive junge Dame. Wenn Sie mir die Bemerkung gestatten.«

»Russell gehört zu der seltenen Spezies Gentleman, die einen Leichnam einbalsamiert und in der nächsten Sekunde den Charmeur alter Schule gibt.«

»Renaissancemensch halt«, sagte Russell.

»Ist der Leichenbeschauer schon da?«

»No, Sir«, erwiderte Russell. »Er hat angerufen und Bescheid gesagt, dass es noch eine Stunde dauert. Nur wir beide. Und die Lady natürlich.«

Sie folgten Russell durch eine Stahltür in den eiskalten Leichensaal. An einer Wand standen zwei fahrbare Bahren aus rostfreiem Stahl; an der gegenüberliegenden Wand stand ein alter, verstellbarer Rasierstuhl. Caroline wollte gerade dem alten Mann in dem Stuhl zunicken, als sie erkannte, dass er tot war. Der nackte Körper war mit einer dünnen Decke zugedeckt, die Haut schien geschrumpft, verschrumpelt und blass. Die Finger der linken Hand waren zu einer steifen Faust geballt, während der rechte Arm so ausgestreckt war, als hätte er im Moment des Todes jemandem die Hand schütteln wollen. Zwischen den Fingern, die man offensichtlich zu diesem Zweck so zurechtgebogen hatte, klemmte eine Dose Coca-Cola.

Blanton schaute jetzt ebenfalls in die Richtung. »Äh, Russell … dein Freund da drüben.«

»O Gott. Tschuldigung, ist nur mein Becherhalter.« Russell ging hinüber und nahm dem toten Mann die Dose aus der Hand.

Alle drei starrten den Toten stumm an. Dann schnalzte Russell mit der Zunge und nahm einen Schluck. »Einundachtzig Jahre alt. Vorgestern Abend im Schlaf gestorben. Wenn wir alle so viel Glück hätten … Was, Curty?« Russell drückte den Arm des toten Mannes nach unten, der schnellte jedoch sofort wieder nach oben. Dann strich er ihm mit der Hand über die widerspenstigen Haare. »Ich muss mich noch eben um diese netten Menschen kümmern, Mr. Beauchamp. Danach bin ich gleich wieder da.«

Caroline schaute erneut Blanton an, doch der starrte weiter mit vorgestrecktem Kopf Mr. Beauchamp an. Er war gefesselt von den leeren Augen des Toten. Als er merkte, dass Caroline ihn beobachtete, räusperte er sich. »Keine Ahnung, wann ich das letzte Mal einen Menschen gesehen habe, der eines natürlichen Todes gestorben ist«, sagte er leise.

Russell entfernte sich von Mr. Beauchamp und ging auf eine Tür zu. »Willst du auf den Leichenbeschauer warten?«

»Nein«, sagte Blanton. »Schadet ja keinem, wenn wir einen kurzen Blick riskieren.« Er wandte sich an Caroline. »Sie brauchen nicht mit rein …«

»Schon okay«, sagte Caroline.

Russell hielt ihnen ein Glas Wick VapoRub hin, und Blanton und Caroline schmierten sich damit die Haut unter der Nase ein. Sie traten durch eine weitere Stahltür in einen kleineren Raum, in dessen Mitte in einer Zinkwanne eine mit einer Plastikplane zugedeckte Leiche lag. Auf dem Boden führten rostfarbene Streifen zu einem Gully. Trotz des Wick VapoRub musste Caroline würgen. Sie erinnerte sich an das Formaldehyd und den fauligen Gestank im Biologielabor ihres Colleges.

»Schätze, das ist kein gutes Mittel gegen meine Schlaflosigkeit«, sagte Caroline leise.

Blanton drehte sich um und schaute sie verständnisvoll lächelnd an. Sie fragte sich, was sich in seinen Träumen abspielte.

»Das Mädchen hat mindestens zwei Tage im Wasser gelegen«, sagte Russell. »Überraschenderweise ist sie trotz der Hitze gar nicht so aufgedunsen. Sie trieb dicht unter der Wasseroberfläche. Hat den halben See geschluckt. Als man sie rausgefischt hat, wog sie über zweihundert Pfund.«

Blanton streifte sich ein Paar Gummihandschuhe über und hielt Caroline auch ein Paar hin. Sie schüttelte den Kopf und blieb stehen, während Russell und Blanton an die Wanne traten. Russell zog die Plane zurück und Caroline schaute Blanton an, der jedoch keinerlei Reaktion zeigte. Dann betrachtete sie die Füße des Mädchens – einer steckte noch in einem Tennisschuh. Ein alter Reebok. Die gleichen, die Caroline früher in ihren Aerobicstunden getragen hatte.

»Entschuldigen Sie mich bitte.« Caroline drehte sich um und ging zurück in den Leichensaal. Sie setzte sich mit dem Rücken zu Mr. Beauchamp auf einen Stuhl, zog ihr Notizbuch hervor und machte sich noch ein paar Notizen zu ihrem Gespräch mit Blanton.

Blanton und Russell blieben etwa zehn Minuten bei dem Mädchen. Als sie zurückkamen, machten sie beide einen verlegenen Eindruck. Blanton streifte sich die Handschuhe ab, und Russell trank seine Cola aus. Caroline wusste sofort, dass die beiden sich über sie unterhalten hatten, und sie überkam das Gefühl, sie hätte dadurch, dass sie den Raum verlassen hatte, irgendeine Art Test vermasselt, als wäre sie jetzt nicht mehr die Spezialistin aus der Hauptstadt Washington, sondern nur noch ein x-beliebiges zimperliches Mädchen aus dem Staat Washington.

»Ich möchte mich für mein grobes Benehmen von vorhin entschuldigen, Miss Mabry«, sagte Russell. »Wenn ich hier unten bin, vergesse ich mich manchmal.«

»Kein Grund, sich zu entschuldigen«, entgegnete Caroline. Sie wandte sich an Blanton und versuchte sich in dem Tonfall, den Blanton wohl anschlagen würde. »Und? Ist es Ihr Kerl?«

»Nein«, sagte Blanton. Der Delta-Zungenschlag war wieder verschwunden. »Keine Anzeichen sexueller Gewalt. Mit dem Wasser in ihrer Lunge könnte man einen Wagen waschen. Sie ist einfach ertrunken. Die Angehörigen wollen keine Autopsie, die wollen erst gar nicht wissen, auf was für Drogen sie war.«

»Also keine Autopsie?«

»Muss der Leichenbeschauer entscheiden.«

Russell begleitete sie zur Tür und verbeugte sich zum Abschied vor Caroline. Auf dem Weg zum Auto sagte Blanton kein Wort.

Sie setzte sich auf den Beifahrersitz. Blanton ließ den Motor an und drehte sich dann zu Caroline um. »Miss Mabry, haben Sie schon mal daran gedacht, aus dem Fall auszusteigen?«

»Wie bitte?«

»Niemand würde Ihnen einen Vorwurf machen. Die finden Ihren Kerl auch ohne Sie. Es gibt nämlich einen sehr guten Grund, warum man in solchen Fällen kaum mit weiblichen Ermittlungsbeamten zu tun hat. Sich über die Leichen von vergewaltigten, erschossenen oder ertränkten Frauen zu beugen ist nichts für Frauen. Wenn Sie sich allerdings stark genug fühlen …«

Caroline fiel ihm ins Wort. »Sie haben den Bericht über den Vorfall auf der Brücke gelesen. Stimmt's?«

»Ich wollte nicht im Entferntesten andeuten, dass Sie für den Job nicht …«

»Ach ja? Ich schätze, dass Sie genau das wollten.« Caroline hatte das Verlangen, sich zu erklären. »Der Junge, den ich retten wollte, der an Lenny Ryan Stoff verkauft hat – haben Sie den Bericht gelesen?«

Blanton seufzte, wandte den Kopf ab und legte den Gang ein. Er fuhr über den Parkplatz der Leichenhalle. »Ja. Ich hab ihn gelesen. Die Geschichte am Staudamm.«

»Genau. Seine Hand ist gegen meine Hand geprallt, und für eine Sekunde hab ich gedacht, ich hätte ihn. Aber in Wirklichkeit hat er versucht, *mich* nach unten zu ziehen.« Schon bei der Schilderung der Szene fröstelte es sie. »Ich habe versucht, ihn festzuhalten. Vielleicht habe ich ihn auch wieder losgelassen. Vielleicht hatte mir der Fluss Angst eingejagt.«

»Glauben Sie das wirklich?«

»Ich bin mir nicht sicher. Ich dachte, ich hätte mein Möglichstes getan. Aber das Gehirn lässt einem keine Ruhe, es spielt die Szene immer wieder durch, immer wieder anders. Man fängt an, sich Fragen zu stellen. Die Leiche ist nie aufgetaucht. Ich denke ununterbrochen an den Jungen und ich fühle mich furchtbar dabei. Dauernd geht mir im Kopf herum, was passiert wäre, wenn er mich ins Wasser gerissen hätte.«

Caroline deutete mit dem Kopf zur Leichenhalle. »Da drinnen, als Russell die Plane weggezogen hat, da wusste ich sofort, dass das nicht Ihr Kerl war. Wegen dem Schuh.«

»Wegen dem Schuh?«

»Sie haben gesagt, dass er hinterher die Leichen in eine bestimmte Lage bringt. Er ist ein Perfektionist. Er hätte nie den Schuh an ihrem Fuß gelassen. Schätze, die Wahrheit ist ...« Sie seufzte. »Die Wahrheit ist, dass ich den Anblick einer weiteren Leiche nicht ertragen hätte, Mr. Blanton. Erst recht nicht den einer Ertrunkenen. Die Details meiner Träume reichen mir.« Sie schaute aus dem Seitenfenster. »Wenn Sie der Meinung sind, dass das ein Zeichen von Schwäche ist ...«

Während sie stumm dahinfuhren, betrachtete Caroline die Villen, die an ihrem Seitenfenster vorüberzogen. Dunkle Kletterpflanzen rankten sich an den Mauern mit den Toren und an den schmiedeeisernen Veranden empor.

»Hat er Sie beobachtet?«, fragte Blanton.

»Hmm?«

»Ihr Killer. Mr. Ryan. Hat er gesehen, dass Sie versucht haben, den jungen Drogendealer zu retten?«

»Keine Ahnung. Hab nie drüber nachgedacht.«

»Nehmen wir mal an, er hat es gesehen. Was glauben Sie, wie hat er sich gefühlt dabei?«

Caroline fragte sich, worauf Blanton hinauswollte. Doch ihr Kopf lag wie in dichtem Nebel. »Ich kann Ihnen nicht ganz folgen ...«

»Sie haben gesagt, dass er Ihnen die Wahl gelassen hat. Ihn zu verhaften oder den Jungen zu retten. Glauben Sie nicht, dass er danach den Rettungsversuch beobachtet hat? Und wenn er Sie beobachtet hat, glauben Sie nicht, dass er irgendwas dabei gefühlt haben muss?«

Caroline versuchte sich in Ryan hineinzuversetzen. Wie er auf der Fußgängerbrücke stand, den Fluss hinunterschaute, sie mit den Beinen an der Laufplanke hängen und dann den Jungen mit dem schäumenden Wasser über die Staumauer hinabstürzen sah.

»Ihr Kerl ist ziemlich einzigartig. Als ich den Bericht gelesen habe, war ich einigermaßen verwirrt, Miss Mabry. Diese Kombination von Verhaltensweisen – zumindest der meisten – habe ich noch bei keinem der Serienmörder, mit denen ich bis jetzt zu tun hatte, erlebt. Die Fingernägel, das Geld, die Präparierung und der Transport der Körper, die Trophäen, die wechselnden Fantasien – manchmal legt er sie akkurat zurecht, manchmal tobt er sich aus. Die Wut ist das Einzige, das sich nicht verändert. Er bricht dem Opfer mit bloßen Händen das Genick, und *danach* erschießt er es. Diese Art von Overkill, Miss Mabry, ist ein Zeichen von großem Zorn, von einem unbändigen Drang, Vergeltung zu üben.«

Da Caroline die ganze Nacht nicht geschlafen hatte, konnte sie kaum noch die Augen offen halten.

»Der Ablauf derartiger Verbrechen entwickelt sich entlang eines psychologischen Kontinuums«, sagte Blanton und fuhr mit der Hand über das Armaturenbrett. »An einem Ende steht die Erregung. Der Sex. Am anderen die reine Wut, die Rache an einem symbolischen Opfer. Wo würden Sie Ihren Kerl einordnen?«

Da Caroline nicht antwortete, fuhr er fort: »Bei keinem seiner Morde waren Spermaspuren zu finden. Das ist an sich schon bemerkenswert. Wie groß seine Erregung am Anfang auch ist, sie verwandelt sich schnell in den Drang nach Vergeltung. In Wut. Ihr Mr. Ryan hatte eine Liebesbeziehung zu einer Prostituierten. Also hat er ein Verlangen nach Prostituierten. Als er ins Gefängnis musste, arbeitete sie wieder als Hure und schlief mit anderen Männern. Dafür hasst er sie. Er hasst Huren und er sehnt sich nach Huren. Er konnte seine Freundin nicht retten, und die beiden anderen Frauen können nun auch nicht mehr gerettet werden. Wenn er mit Huren zusammen ist, wird er sich irgendwann der Tatsache bewusst, dass sie ihn wieder verlassen und mit anderen Männern schlafen werden. Und damit wird er nicht fertig.

Nehmen wir an, er gabelt die erste Prostituierte auf und will mit ihr Sex haben. Er kann aber nicht. Er bekommt keinen Orgasmus. Auf dem Kontinuum bewegt er sich nun schnell vom Punkt Sex zum Punkt Wut. Er bricht ihr das Genick und findet darin die Erlösung. Hinterher will er nicht mal mehr das Geld aus dem Geschäft. Er versteckt den Körper am Fluss, und bei nächster Gelegenheit gabelt er wieder eine Prostituierte auf und beginnt das Spiel von vorn. Sie haben jetzt Leiche Nummer eins und zwei. Meine Vermutung ist, dass es noch mehr gibt. Sie haben sie nur noch nicht gefunden. So weit ist daran nichts Ungewöhnliches. Die Fantasie bewegt sich entlang eines gängigen Kontinuums.« Er schaute sie an. »Erinnern Sie sich noch, was ich Ihnen gesagt habe? Wie schnappen wir diese Typen?«

Sie dachte nach. »Mit der Abweichung.«

»Genau. Wo ist hier die Abweichung? Was ist anders? Was verändert sich?«

»Hmm ... Er änderte sein Verhalten, nachdem wir die erste Leiche gefunden hatten. Er hat die Leiche am Fluss durch eine andere ersetzt.«

»Exakt. Die Fantasie änderte sich völlig. Es gab einen Grund für diese Veränderung. Es ist etwas passiert, das in ihm den Wunsch erzeugte, die Leichen zur Schau zu stellen, durch die Leichen mit der Außenwelt zu kommunizieren, die von der Polizei aufgespürten Leichen durch andere zu ersetzen. Er fing an, andere Menschen zu töten – seinen Onkel, den Pfandhausbesitzer. Was ist der Auslöser? Was ist mit Lenny Ryan passiert, das ihn so verändert hat? Mit wem will er kommunizieren, Miss Mabry?«

Caroline schlug die Hand vor den Mund. »O Gott.«

Blanton schlich inzwischen nur noch mit zehn Meilen am Straßenrand dahin. Je langsamer er fuhr, desto schneller redete er.

»Er hat beobachtet, wie Sie versucht haben, den Jungen zu retten. Das hat ihn berührt. Sie sind der Grund für seine Veränderung. Er hat Sie in eine Gasse gelockt, um Sie zu einer Leiche zu führen. Dann ist er verschwunden, um sich die nächste Hure zu schnappen. Und hinter welcher war er her? Hinter Jacqueline, einem Mädchen, mit dem Sie gerade erst gesprochen hatten. Verstehen Sie? Er spielt Ihr erstes Zusammentreffen zu Ende, er gibt Ihnen Gelegenheit, Menschen das Leben zu retten.«

Caroline atmete flach und hastig, und er fuhr fort: »Sie haben gesagt, dass er die Leichen durch neue ersetzt, damit die Leute sie sehen. Das stimmt. Jetzt weiter. Wer soll die Leichen sehen? Wer kann nach seiner Meinung diesen Nutten das Leben retten? Wer kann nach seiner Meinung die Zeit zurückdrehen und seine Freundin retten?«

Ihre Stimme klang heiser und schwach. »Ich?«

»Ja«, sagte Blanton. »Sie.«

31

Lenny Ryans Bart machte sich prächtig. Er drehte den Kopf hin und her und zupfte mit den Fingern an den dichten schwarzen Haaren. Mit dem Nassrasierer fuhr er sich noch ein paar Mal über den kahlen Schädel und wischte mit einem Handtuch die Rasierschaumreste von der Klinge; dann setzte er die Brille wieder auf und begutachtete sein Gesicht im Spiegel. Er sah aus wie ein auf den Kopf gestelltes Porträt seiner selbst: Auf dem Kopf kein einziges Haar, am Kinn jede Menge davon. Für die Brille hatte er sich die geringste Glasstärke machen lassen. Dann hielt er den Führerschein hoch, betrachtete im Spiegel sein Gesicht von allen Seiten und verglich es mit dem Foto von Angelas Ex-Mann David Nickell – einem Glatzkopf mit Bart und Brille.

Er hörte Angelas Stimme. »Gene? Bist du bald so weit?«

Als er die Badezimmertür öffnete, stand sie im Bademantel vor ihm. Lächelnd rubbelte sie seinen kahlen Schädel. »Du brauchst ja länger im Bad als jedes Weibsstück.«

Sie ging an ihm vorbei ins Bad. Er fühlte sich wohl bei Angela, obwohl er kräftig gebaute Frauen eigentlich nicht mochte. Sie gab ihm ein Gefühl der Sicherheit und der Ruhe. Er ging in die Küche und zog sich die Stiefel an. Das war das Beste daran, dass er Angela an diesem Abend in der Autobahnraststätte kennen gelernt hatte. Ihr Mann hatte sich so überstürzt aus dem Staub gemacht, dass er nicht nur seinen Führerschein, sondern auch seinen Wagen und einen Großteil seiner Klamotten zurückgelassen hatte. Verdammt, das meiste von den Sachen passte ihm, bis auf die Hose, die um die Taille etwas zu weit und an den Beinen etwas zu kurz war. Aber die Stiefel waren perfekt. Egal, wie die Sache mit Angela ausging, die Stiefel würde er auf jeden Fall behalten.

Er ging nach draußen. Ihm gefiel es, wenn man vor die Tür gehen konnte und nicht ein einziges Auto hörte. Nur das Brummen der einzelnen Stromleitung und das Flüstern und Rascheln des Waldes, in dem Angelas Steinhäuschen lag. Das kleine Gebäude befand sich etwa eine Stunde nördlich der Stadt, an einer Landstraße in einem engen Tal, in dem jedes Farmhaus und jeder Trailer mindestens eine Meile voneinander entfernt waren. Als er das Haus gesehen hatte, war ihm sofort wieder bewusst geworden, wie wohl er sich auf dem Land immer gefühlt hatte.

Es war schon warm. Die Sonne brannte zwischen den Zweigen der Kiefern und Föhren hindurch. Er stapfte über die Schottereinfahrt zum Hühnerstall, entriegelte die Tür und ging hinein. Trockene Luzerne und Stroh knisterten unter seinen Schuhen. Er griff in das erste Nest unter der Hühnerstange und nahm ein Ei heraus, worauf die gackernde Henne nach seinem Bein pickte. Reflexartig trat Lenny nach der Henne – wie ein Fußballspieler, viel härter, als er vorgehabt hatte – und wirbelte dabei eine Stroh- und Dreckwolke auf, die die kreischende Henne einhüllte. Er war selbst schockiert über das Ausmaß seiner aufgestauten Wut und er betrachtete erstaunt den Aufruhr – den aufwirbelnden Dreck, der sich im Licht der einfallenden Sonnenstrahlen langsam wieder setzte, und die in panischer Angst aus dem Stall flüchtende Henne.

Dann suchte er weiter. Er fand acht Eier, die er vor dem Bauch in seinem weißen T-Shirt verstaute. Mit vorsichtigen kleinen Schritten tappte er zurück zum Haus. Als er die Hintertür öffnete, klingelte das Glöckchen über der Tür. Er ließ die Eier vorsichtig aus dem T-Shirt auf den Tisch rollen. Während er die Eier in einer Metallschüssel aufschlug, hörte er im Hintergrund das prasselnde Wasser der Dusche. Er gab einen Schuss Milch und eine Prise Zimt in die Eier, so wie es seine Mutter immer getan hatte. Sie hatte auf diese Weise wohl nur die wenigen Eier strecken wollen. Er mochte sie so. Dann schlug er die Eimasse, stellte die Schüssel beiseite, rieb etwas Käse und schnitt eine kleine Zwiebel, eine grüne Paprika und die Schinkenreste vom Vortag auf.

Als Lenny das Streichholz an das zischende Gas hielt, sprühten ein paar Funken, dann glühte die Flamme blau auf. Er warf ein Stück Butter in die Pfanne, die er dicht über die Flamme hielt, bis die Butter ganz geschmolzen war und schon leicht braun wurde. Dann stellte er die Pfanne auf den Herd, ließ die Eimasse hineingleiten und deckte sie zu.

»Mann, das riecht vielleicht gut.« Angela schlurfte an ihm vorbei und ging Richtung Treppe, um sich oben anzuziehen. An der untersten Stufe blieb sie stehen. »Was hast du heute vor, Gene?«

Er hob die Ränder des Omelettes an und ließ den noch flüssigen Teil der Eimasse unter das Omelette fließen. Dann setzte er den Deckel wieder auf. »Ich fahre in die Stadt.«

»Nach Spokane?«

»Hmm.«

»Ich muss heute Abend arbeiten. Aber wenn wir bis zwei wieder da wären, könnte ich mitfahren.«

Er schaute nicht auf. »Dauert wahrscheinlich länger.«

»Na gut. Ich habe sowieso genug im Haus zu tun.« Sie drehte sich um und ging nach oben.

Er steckte zwei Scheiben Brot in den Toaster und schenkte zwei Gläser Orangensaft ein. Dann verteilte er den Käse, den Schinken und das Gemüse auf das Omelette, klappte es zusammen und deckte es wieder zu. Er setzte sich an den Küchentisch, schlug die Sonntagszeitung auf, die Angela aus der Raststätte mitgebracht hatte, blätterte zum Immobilienteil und schaute die gewerblichen Angebote durch. Nichts. Es war verrückt zu glauben, dass er auf diese Weise etwas herausfinden würde. Er stützte die Ellbogen auf und schaute aus dem Fenster.

Als sie in ihrer Kellnerinnentracht wieder herunterkam, schien sie über etwas nachzudenken. Er schnitt das Omelette durch und legte eine Hälfte mit einer Scheibe Toast auf ihren Teller.

»Was hast du eigentlich zu erledigen in Spokane?«

»Hab ich dir doch gesagt. Post abholen, ein paar Leute treffen. Noch ein paar andere Sachen.«

»Was für Sachen?«

Er hörte zu kauen auf und schaute sie an, sagte aber nichts.

Sie stocherte in ihrem Omelette herum. »Wird wohl spät werden, oder?«

»Kann ich noch nicht sagen.«

Sie schaute ihre Gabel an. »Na ja, ist bloß, weil du schon lange nicht mehr in Spokane gewesen bist.«

»Ist schon ein paar Wochen her.«

»Tja, scheint so, als ob das mit uns ganz gut läuft, oder?«

Er kaute und schaute sie dabei an. Sie trank einen Schluck von ihrem Orangensaft. Obwohl Lenny sich darüber im Klaren war, dass sie allen Grund gehabt hätte, war es nicht ihre Art, viele Fragen zu stellen. Sicher wusste sie, dass er sich versteckte. Noch in der Nacht, als sie sich kennen gelernt hatten, war er bei ihr eingezogen. Am nächsten Tag hatte er sich den Kopf kahl geschoren und sich seitdem auch nicht mehr rasiert. Und obwohl sie seltsam berührt gewesen war, dass er ihrem Ex-Mann immer ähnlicher sah, hatte Angela kein Wort gesagt. Irgendwann vor langer Zeit schien sie beschlossen zu haben, dass sie von bestimmten Dingen nichts wissen wollte. Nur wenn Lenny selbst darauf zu sprechen kam, fragte sie ihn nach seinen Angelegenheiten. Lenny wusste, dass er jetzt etwas sagen musste, wenn er sein Frühstück in Ruhe beenden wollte.

»Also, was gibt's?«, fragte er.

»Es ist bloß ... Wenn es da jemand Besonderen gäbe in Spokane, dann würdest du mir das doch sagen, oder?«

»Es gibt niemand Besonderen.«

»Aber du warst doch mal mit so einer Frau zusammen, oder nicht?«

»Ja.«

»Wohnt sie noch hier in der Gegend.«

»Nein.«

Angela knabberte an ihrem Toast herum. »Tut mir Leid, dass ich davon angefangen habe. Du hältst mich wahrscheinlich für eine alte eifersüchtige Nervensäge.«

Er schaute sie an. »Ganz und gar nicht.«

Sie verdrehte die Augen, lachte und schob sich ein Stück Omelette in den Mund. »Die Eier sind wirklich gut, Gene. Eines Tages wirst du mal eine gute Hausfrau abgeben.«

Lenny aß seinen Teil.

32

Den ganzen Flug von New Orleans bis Salt Lake City rutschte Caroline unruhig hin und her. Sie schlief immer wieder ein, wachte aber Sekunden später wieder auf, schaute auf die Uhr und konnte einfach nicht fassen, dass die Zeit nicht verging. Im Mittelwesten gerieten sie in einen Sturm und das Flugzeug musste steigen. Als sie die Sonnenblende an ihrem Fenster herunterzog, sah sie unten Blitze aufleuchten. Das Brummen der Turbinen und das Ächzen des aufsteigenden Flugzeugs bildeten den Soundtrack für Carolines kurze Träume – Frauen, die in Kühlschränken ertranken; Russell, der im Leichensaal mit ihrer Mutter eine Tasse Kaffee trank; der Mississippi, der sich über eine Klippe in die Tiefe stürzte.

Neben ihr saß eine Frau, die ihr längst schlummerndes Baby immer noch in den Schlaf summte. Das Gesäusel zerrte so an Carolines Nerven, dass sie schließlich aufstand. Als sie durch den schmalen Gang Richtung Toilette im Heck des Flugzeugs ging, schauten die anderen Passagiere sie an, als wollten sie etwas von ihr. Sie spürte die Schweißperlen auf ihrer Stirn.

Am Endes des Gangs stand ein Mann, der sich zu einer attraktiven jungen Frau hinunterbeugte und auf sie einredete. Caroline wartete geduldig, bis sich der Mann schließlich aufrichtete und ohne seinen Redefluss zu unterbrechen gegen den Sitz drückte, damit Caroline sich vorbeizwängen konnte.

In der Toilette spritzte sie sich Wasser ins Gesicht und betrachtete sich im Spiegel.

Der Abflug von Salt Lake City verspätete sich um eine Stunde. Sie saß mit ihrem Notizblock in einem Coffee Shop und verfasste einen vorläufigen Bericht über das Treffen mit Blanton. Er hatte das knappe Täterprofil einer fiktiven Person entworfen, die exakt mit Ryan übereinstimmte (»... lebt durch ein tiefes Trauma hervorgerufene Vergeltungsfantasien aus ... an einem Objekt, das als Ersatz für das ursprüngliche Objekt seines Traumas fungiert ...«) Glücklicherweise war der Teil seines Berichts, der sich auf Caroline bezog, nicht mehr als eine kurze Randbemerkung. (»... könnte in seinen Fantasien Detective Mabry möglicherweise als rivalisierende oder symbolische Figur eine Rolle spielen ...«)

Der Flug von Salt Lake City nach Spokane war angenehmer. Sie saß am Fenster, der Platz neben ihr blieb frei. Sie schloss die Augen und wollte endlich schlafen, als die Stimme des Piloten sie wieder aufschreckte. »Wir beginnen jetzt unseren Landeanflug auf Spokane ...«

Caroline schaute auf die Uhr und konnte es nicht fassen. Sie hatte den ganzen Flug durchgeschlafen. Und wenn sie geträumt hatte, so konnte sie sich nicht mehr daran erinnern.

Als sie die Gangway hinunterging, fühlte sie sich wie unter Drogen. Die Mutter, die auf dem ersten Teilstück mit dem Baby auf dem Arm neben ihr gesessen hatte, ging direkt vor ihr. »Da ist er!«, sagte sie immer wieder. »Da ist er! Da ist er!«

Der Vater des Babys, ein großer Mann mit langen Haaren und einer Kniemanschette, löste sich aus der Menge und schloss Frau und Kind in die Arme. Er zog sie zur Seite, hinaus aus dem Strom der Passagiere. Im Vorbeigehen behielt Caroline sie im Auge und sah, wie der Vater das Kind auf den Kopf küsste.

Es kam ihr seltsam vor, wie voll es im Flughafen sogar um Mitternacht noch war. Joel saß zwei Gates weiter, etwas abseits der Menschenmenge. Als er Caroline sah, ging er auf sie zu und nahm ihr die Reisetasche ab. Sie hatte nichts dagegen. Er beugte sich zu ihr vor und küsste sie.

»Hi«, sagte er. »Du siehst müde aus.«

Er trug ihr Gepäck zu seinem Jeep. Nachdem sie eingestiegen waren und sich angeschnallt hatten, saß Joel einfach nur da.

»Was ist los«, fragte Caroline.

Er schaute sie an. »Ich muss dir etwas sagen. Ich wollte damit bis zu Hause warten, aber ich muss es dir gleich jetzt sagen.«

Caroline hatte ein flaues Gefühl im Magen, sie fühlte sich wie betäubt. »Okay.«

»Gestern Abend, da war ich mit Derek und Jay unterwegs ... Ich weiß auch nicht, ich hab nicht geglaubt, dass mir das passieren könnte, aber ... Da war dieses Mädchen ... Tut mir Leid ...«

Caroline nickte und sagte: »Okay.« Sie lehnte sich zurück und schloss die Augen.

Vierter Teil

Juli

Tod durchs Wasser

33

Das Verschwinden der Stromschnellen nahe der Staatsgrenze war wie immer das erste Anzeichen. Der Wasserspiegel fiel und weiß glänzende Felsen, die wie blank gescheuerte Knochen aussahen, kamen zum Vorschein. Rund gewaschene Findlinge und Steinplatten mit abstehenden steinernen Fingern, die von Gletschern vor zehntausend Jahren ins Tal befördert und entlang des Kies- und Schlammbetts des Flusses wahllos verstreut worden waren. Ein paar Meilen stromabwärts ließen sich drei alte, mit Metalldetektoren ausgerüstete Männer von der schwächer werdenden Strömung in einen ruhigeren Abschnitt in der Mitte des Flusses treiben. Es ging das Gerücht, dass an dieser Stelle ein Boot gesunken war, das wertvolle Ladung aus den Minen an Bord gehabt hatte. Die Männer suchten entlang der gerade aus dem Wasser aufgetauchten Felsbänke. Jeder für sich lauschte über Kopfhörer seiner eigenen Geschichte. Jeder spulte in seinem Gehirn eine andere Geschichte von alten Münzen und Silbernuggetts ab. Und jeder von ihnen hätte sich auch mit einem alten Pflug oder ein paar Autoteilen zufrieden gegeben – mit allem, dessen Geschichte irgendetwas Geheimnisvolles barg. Denn das war es, was ihnen fehlte. Wie alle Menschen erkannten auch sie viel zu spät, dass das Geheimnisvolle das einzige Mittel gegen die Abstumpfung war, dass es das Einzige war, das sie von ihrem gesicherten Leben ablenken konnte, dass ein Mann strampelt und klein beigibt und strampelt und klein beigibt, bis ihn die Tretmühle schließlich umbringt. Doch keiner der alten Männer wollte dem anderen sein Elend eingestehen. Stattdessen arbeiteten sie sich kopfnickend und stirnrunzelnd das glitzernde Flussbett hinunter, schwenkten die Metalldetektoren hin und her wie Blinde ihre Stöcke und nahmen das tiefe Wasser in ihrem Rücken gar nicht wahr – dort, wo das Leben seinen Lauf nimmt, wo Schwimmer, Fischer und Boote das Wasser zerschneiden und winzige Wassertropfen explodieren und wieder auf den Fluss herabregnen.

Seit hundert Jahren zog es die Menschen an den Spokane River, nahmen sie jene zwanzig im Juli zahmen Meilen in Beschlag, wo der Fluss den Lake Coeur d'Alene und die sattgrünen Wälder Idahos verließ und in die kanalisierte, verschorfte Ebene des Westens floss, wo der Fluss, nachdem er die Wälder hinter sich gelassen hatte und in die weite, harte Wüste strömte, kurz verschnaufte. Genau in der Mitte zwischen Wald und Felswüste lag das Zentrum der Stadt, wo sich der flache Fluss allerdings nicht erholte, sondern verzweifelt aufbäumte. Hier gab es keine weiß glänzenden, den Lauf des Wassers sanft brechenden Felsen, hier waren die Felsen schwarz und hart: vulkanische Basaltsäulen, die, von der Strömung zerfressen und zerfurcht, wie gigantische Pfeilspitzen, wie mächtige steinerne Wurfspeere aussahen. Hier kämpften die Felsen gegen das Wasser, zwangen es durch enge Kanäle, trieben es an schroffen Felseninseln vorbei und peitschten es gegen jeden Felsvorsprung. Und jedem, der an die Übermacht des Wassers glaubte, bewiesen die schwarzen Felsen Sommer für Sommer, dass bis zu seinem endgültigen Sieg noch einige Zeit vergehen würde. Doch wenn die Fälle zu einem Rinnsal verkommen waren, blieben die Besucher aus. Wer will schon Felsen fotografieren?

Vielleicht war das der Grund, warum niemand die Dürre zur Kenntnis nahm. Wie auch immer, der ausbleibende Regen machte sich in der Stadt allmählich bemerkbar. Als die Lokalzeitung das Farbfoto eines Weizenfarmers der zweiten Generation brachte, der trockenen Boden durch seine Finger rieseln ließ – als ob das irgendetwas beweisen würde –, hatte es schon vierundfünfzig Tage nicht mehr geregnet. Die Leute sahen das Foto und lasen den Artikel, als ob sie sich irgendeinen Film im Fernsehen anschauten. Für sie war die Dürre etwas Abstraktes und Theoretisches, etwas, das die Zeit zwischen Abendessen und Schlafenszeit ausfüllte. Wussten die Leute überhaupt noch, dass Wasser als Regen vom Himmel fiel, dass es immer noch Farmen gab? Die Wasserhähne sprudelten doch noch. Und wenn die Lebensmittelregale leer waren, füllte man sie eben auf. Was machte schon eine Dürre, wenn jeden Morgen die Sprinkleranlage ansprang und den Rasen bewässerte?

Das waren die Dinge, nach denen man den Wert von Wasser bemaß, nicht danach, ob ein ausgelaugter Fluss sich über die Fälle quälte, aus der Stadt schleppte und in der Ebene zwischen Peaceful Valley und Nine Mile zum Sterben niederlegte. Wenn die Dämme geschlossen waren, sammelte sich das Wasser jenseits der Stadtgrenzen zu regungslosen Seen, die einen sicheren Tummelplatz abgaben für betrunkene Schlauchbootfahrer, heulende Jet-Skis und Tennisbällen hinterherpaddelnden Hunde. Den Überresten des Flusses gestattete man, sich durch Turbinen zu zwängen, durch Wasseraufbereitungsanlagen mit runden Schlicktümpeln, durch Wohnsiedlungen und Pferde- und Rinderfarmen, bis er nur noch ein schmales Flüsschen war, das sich an den Spokane- und Colville-Indianerreservaten vorbeischlängelte und schließlich in den Columbia River mündete, der schon lange nicht mehr einer der mächtigsten Ströme Amerikas, sondern nur mehr eine Aneinanderreihung von Dämmen und Seen war.

Der Mythos der Ströme des Westens erzählt von Gleichgewicht und Frieden, vom Fliegenfischer im Einklang mit dem Wasser. Doch die Fäkalien der Rinder und der Dreck von den Straßen hatten die Bäche verschmutzt. Die Flüsse waren alle zerstört. Was die Felsen nicht geschafft hatten, schafften die

Dämme mit deprimierender Leichtigkeit. Aus großen Strömen machten sie trostlose Tümpel mit leblosem Wasser.

In einem dieser Stauseen – nur zwölf Meilen vom Zentrum Spokanes entfernt – ging der Wasserspiegel so weit zurück, dass das Gerippe eines alten Mähdreschers auftauchte. Ein Farmer hatte ihn vor achtzig Jahren ausgemustert und in Zeiten der Dürre, die in Abständen von etwa zehn Jahren die Gegend heimsuchten, kam er wieder zum Vorschein und wurde von irgendeinem am Fluss herumstromernden Wanderer entdeckt. Diesmal entdeckten ihn zwei Jungen, die stromaufwärts marschierten und dabei auf der Suche nach Fröschen mit Ästen im Uferschlamm herumstocherten. Lange, rippenähnliche Metallstäbe und der Fahrersitz, der wie ein überdimensionierter Fahrradsattel aussah, ragten aus dem Wasser.

Sie stapften durch den Schlamm zu dem verrosteten Mähdrescher. Den Fernsehreportern erzählten die Jungen später, dass ein merkwürdig fauliger Gestank in der Luft gehangen hatte. Dann sahen sie etwas zwischen den Metallstäben hängen, das aussah wie ein Mensch, den man aus Ballonen zusammengesetzt hatte. Der Körper war aufgedunsen, kaum noch als solcher zu erkennen und hatte die bleiche Farbe des Uferschlamms angenommen. Alle Konturen eines menschlichen Wesens waren verschwunden. Keiner, der ihn gekannt hatte, hätte wohl über ausreichend Vorstellungskraft verfügt, dieses Etwas als den Schlägertypen, Weiberhelden und Gesetzesbrecher wiederzuerkennen, der er einmal gewesen war. Der junge Mann, den so viele gefürchtet, dem so viele nachgeeifert hatten, war verrottet zu einer schleimigen, wässerigen Masse, deren komplexe Mixtur aus chemischen Verbindungen einmal ein Mensch gewesen war. Der Fluss hatte seine älteste Waffe eingesetzt und seine Arbeit getan. Drei Monate nachdem der Fluss sich Burn gegriffen hatte, gab er ihn wieder frei.

34

Caroline war selbst überrascht, wie angenehm das Arbeiten in Spiveys reorganisierter Task Force war. Er war professionell und gründlich. Sein penibler, detailbesessener Charakter, den sie früher für penetrant gehalten hatte, war perfekt für eine Aufgabe, die im Wesentlichen einen ermittelnden Buchhalter, einen kriminalistischen Erbsenzähler erforderte. Binnen sechs Wochen hatte er das kleine Besprechungszimmer, Duprees chaotisches Kabuff voller Zyniker und Paranoiker, in das Hauptquartier einer funktionierenden Task Force verwandelt. An den Wänden hingen Karten, Tabellen und Fotografien, auf einer drehbaren Scheibe standen akkurat aufgereiht die Ordner mit den Berichten über Bodenproben, Teppichfasern und Bakterienanalysen. Natürlich stammte einiges von dem Material noch von Dupree, die Organisation und die Arbeitsatmosphäre waren jedoch deutlich anders. Die antiquierte Aura einer Kommandozentrale, in der Polizisten mit hochgelegten Beinen Kaffee tranken und pausenlos telefonierten, hatte sich verflüchtigt. Waren früher die Beamten jeden Abend mit dem Gefühl nach Hause gegangen, bei der Jagd nach einem Killer versagt zu haben, so gingen sie jetzt nach Hause, nachdem sie die Überprüfung von Prostituierten-Strafakten oder den Untersuchungsbericht über die auf den Leichen gefundenen Insekten oder irgendeine andere überschaubare Aufgabe abgeschlossen hatten. Der mit relevantem Material jeder Art gefütterte Computer arbeitete auf Hochtouren und brachte Ordnung in die Unmenge von Informationen: Hinweise, Vernehmungen, Gerichtsakten, Berichte, Folgeberichte, Protokolle von Befragungen vor Ort – jede Art von Datenmaterial über ähnlich gelagerte Fälle im ganzen Land. Die Ermittler trugen das Rohmaterial zusammen, als könnte schon der schiere Umfang den Fall lösen, als würde sich Lenny Ryan irgendwo unter den Papierbergen verstecken. Jeder Detective hatte seinen eigenen Computer auf dem Schreibtisch. Jede Datenverknüpfung, die ein Detective herstellte, wurde automatisch in den Zentralcomputer eingegeben, abgelegt, auf Querverweise überprüft und war auf Tastendruck für jeden Ermittler verfügbar. Ein Techniker war ausschließlich damit beschäftigt, die Software an die Bedürfnisse der Task Force anzupassen und den frustrierten Computer-Analphabeten Detective Laird im Auge zu behalten. Wenn der Computer nicht das machte, was Laird von ihm verlangte, bestand höchste Gefahr, dass der Bildschirm sich eine Kugel einfing. Die sechs Detectives der Task Force hatten die Arbeit in bestimmte Gebiete aufgeteilt: Hintergrundinformationen über die Opfer, Befragung anderer Prostituierter (Carolines Aufgabe), Tatortanalyse, Gerichtsprotokolle, die Verfolgung von Lenny Ryan. Einmal am Tag setzten sie sich zusammen, berichteten über die jeweiligen Fortschritte und diskutierten über das weitere Vorgehen.

Natürlich gab es immer noch einiges an Spivey, das Caroline auf die Nerven ging. Zum Beispiel seine Angewohnheit, die Ärmel seines Jacketts zurückzuschieben. Er sah immer aus wie ein Banker, der irgendwas aus der Kloschüssel fischen wollte. Oder dass er permanent alle mit Kaffee und Gebäck versorgte. Während der täglichen Besprechungen hätte man ihn kaum für den Leiter einer Task Force gehalten, sondern eher für einen gönnerhaften Kellner.

»Na, Caroline. Das letzte Hörnchen geht doch noch, oder?«

»Nein, danke. Nehmen Sie es ruhig, Chris.«

»Noch etwas Kaffee?«

»Nein. Ich brauch nur noch die Rechnung.«

»Jeff? Das Hörnchen lacht Sie ja direkt an.«

McDaniel schaute Caroline stirnrunzelnd an. »Ich esse keinen raffinierten Zucker. Ist nicht gut für den Stoffwechsel.« Das war die andere wichtige Veränderung. Profiler Jeffrey McDaniel war zur Task Force gestoßen. Spiveys erste Amtshandlung war gewesen, die Investigative Support Unit des FBI vom PR-Potential des Falles zu überzeugen und sich so die Mitarbeit von McDaniel zu sichern. Das FBI hatte seinen Experten nicht nur als wissenschaftlichen Berater abgestellt, sondern als aktiven Mitarbeiter der örtlichen Polizeibehörden bei der Fahndung nach einem Serienmörder.

An seinem ersten Arbeitstag hatte McDaniel – unter dem Vorwand, sich nach Lenny Ryans Verhalten erkundigen zu wollen – Caroline ohne Umschweife aufs Korn genommen. McDaniel war ein muskelbepackter, von seiner körperlichen Fitness geradezu besessener Mann, der seinen ergrauenden, widerspenstigen Haarschopf mit einem Seitenscheitel zu bändigen versuchte. Er war siebenundvierzig Jahre alt, bezeichnete sich aber immer noch als »Enddreißiger«. Wenn Caroline ihm auf der Straße begegnet wäre, hätte sie ein Monatsgehalt darauf gewettet, dass er ein Bulle war. McDaniel war erst eine Stunde im Büro, da machte er sie schon an. Er lehnte mit verschränkten Armen an ihrem Schreibtisch und ließ unter seinem eng anliegenden Anzughemd die Muskeln spielen.

»Hoffentlich finde ich hier jemanden, der mit mir zum Training geht«, sagte er und begutachtete sie von oben bis unten. »Sie scheinen ja ganz gut in Schuss zu sein.«

»Tja, ist schon erstaunlich, was man mit Prothesen alles anstellen kann«, sagte sie.

»Na, na. Sieht man doch gleich, dass Sie regelmäßig trainieren.«

»Ich glaube kaum, dass ich einen guten Turnlehrer für Sie abgeben würde.«

»Ich brauche niemanden, der auf mich aufpasst«, sagte er. »Nur jemanden, mit dem ich trainieren kann. Ich trainiere lieber mit Frauen. Frauen sind vertrauenswürdiger. Ich brauche jemanden, dem ich vertrauen kann.«

»Na dann«, sagte Caroline. »Viel Glück beim Suchen.«

Wenn er nicht gerade Caroline oder das Mädchen am Empfang anmachte, spielte er eine Rolle, die weniger klar umrissen war. Er beherrschte ganze Sitzungen mit seinen theoretischen Ausführungen über Lenny Ryans »passive Perioden« oder darüber, warum sich Ryans Handschrift veränderte: »Gummibänder dienen ihm nicht nur zur Befestigung von Geldscheinen an den Händen von Opfern, sie offenbaren uns auch sein gesteigertes Bedürfnis nach Macht und Kontrolle.« Dupree nannte FBI-Profiler »Experten, die hinterher immer schon alles vorher gewusst haben« – eine Beschreibung, die Caroline ziemlich treffend erschien. Jede neue Information, die die Detectives über Lenny Ryan zu Tage förderten (zum Beispiel die Tatsache, dass man seinen Vater wegen Misshandlung seiner Mutter verhaftet hatte), quittierte McDaniel mit einem Nicken, sagte »Passt exakt« oder »Wie aus dem Lehrbuch« und fügte das Detail seinem immer umfangreicheren Profil hinzu.

Ansonsten war er Spiveys Mentor. Er folgte dem eifrigen jungen Detective überallhin und erzählte ihm Kriegsgeschichten. Er hing im Büro herum und fühlte sich pudelwohl – außer, wenn Curtis Blantons Name fiel. Als sie den Bericht diskutierten, den Blanton Caroline in New Orleans gegeben hatte, wurden McDaniels Lippen weiß und schmal. Er schaute hinunter auf seine Schuhe und hob den Blick erst wieder, als sie das Thema wechselten. Offen ablehnend äußerte er sich nur über eine von Blantons Thesen, zum Beispiel die, dass Lenny auf irgendeine Weise von Caroline besessen sei. »Lächerlich, melodramatischer Quatsch«, blaffte McDaniel. »Es liegt doch auf der Hand, dass er mit der ganzen äußeren Welt kommuniziert, mit uns allen.«

Nur ein einziges Mal hörte Caroline, dass McDaniel sich über Blanton selbst äußerte. Eines Morgens nahm sie am Telefon eine Nachricht von einer Frau entgegen, die sich als McDaniels Agentin vorstellte. »Richten Sie Jeff aus, dass der Deal mit Court TV geplatzt ist«, sagte die Agentin. »Ich habe dem Produzenten gesagt, dass er nächsten Monat in Pension geht und dann frei wäre, aber es war nichts zu machen. Sie nehmen wieder den fetten alten Bastard.«

Als Caroline ihm den Zettel gab, schüttelte McDaniel verbittert den Kopf und murmelte vor sich hin: »Wenn ich mich vor ihm zur Ruhe gesetzt hätte, wäre jetzt ich der Millionär.« Dann schaute er Caroline an. »Haben Sie ihn schon mal gesehen, im Fernsehen? Er stottert. Wiederholt sich dauernd. Der Kerl ist so telegen wie ein Warzenschwein.« Er schaute sich um, beugte sich zu ihr vor und sprach leise weiter. »Eigentlich hat er sich gar nicht zur Ruhe gesetzt. Man hat ihm nahe gelegt, seinen Abschied zu nehmen. Ganz unter uns. Er ist etwas ... labil. Sie verstehen?« Nickend und mit wippendem Oberkörper stand er vor Carolines Schreibtisch und las die Notiz immer wieder durch. Schließlich zerknüllte er den Zettel, warf ihn in den Papierkorb und verließ das Büro.

Auch wenn Blanton McDaniels Erzfeind war, ihre Profile des Southbank Stranglers stimmten fast völlig überein. Beide Profiler schlossen von den am Tatort gefundenen Beweismitteln auf den extremen Fall eines »Erregungs-/Vergeltungs-Serienmörders«. Ryan wurde von Prostituierten sowohl angezogen wie abgestoßen. Die Opfer standen symbolisch für die Freundin, die ihn verraten hatte, indem sie für Geld mit anderen Männern geschlafen hatte. Fehlende Samenspuren und die zwanghafte Säuberung der Hände der Opfer nach der Tat demonstrierten eine so tief greifende Abscheu vor diesen Frauen, dass es ihm sogar unmöglich war, sie zu vergewaltigen. Einerseits wollte er die Polizei wissen lassen, dass er der Mörder war (warum sonst hätte er Caroline zu den Leichen führen sollen?), andererseits wollte er an den Frauen keine

Spuren von sich zurücklassen – weder auf ihren Körpern, noch unter ihren Fingernägeln. Das Geld in ihren Händen war seine Art, der Polizei mitzuteilen, dass das Opfer ›nur eine Nutte‹ war. Beide Profiler hielten es für möglich, dass Ryan sich mit der Polizei irgendwie verbunden fühlte. Er tat ihnen einen Gefallen, indem er die Straßen von unreinen Frauen säuberte. Das Geld war allerdings auch als Botschaft an eine ganz bestimmte Nutte gedacht. Abschließend notierten beide Profiler, dass Ryan seiner Freundin die Schuld für ihren eigenen Tod und für seine Mordserie gab. Sie trägt die Verantwortung für seine Taten.

McDaniel erweiterte Blantons Profil mit Details aus seinem Spezialgebiet, über das er auch seine Doktorarbeit geschrieben hatte: Parallelen in der Kindheit von Seriensexualstraftätern. McDaniels Schema listete Kindheitserfahrungen auf, die für den späteren Frauenmörder prägend gewesen sein könnten. Als sie Lenny Ryans Vergangenheit mit McDaniels Profil verglichen (»... der Täter ist als Heranwachsender wahrscheinlich mit den Behörden in Konflikt geraten und ist als jugendlicher Straftäter aktenkundig ... Frühe intime Erfahrungen wurden erworben im Kontakt mit Prostituierten ...«), ergaben sich perfekte Übereinstimmungen.

Als Caroline den Bericht von McDaniel zum ersten Mal las, war sie genauso verwirrt wie in New Orleans. Sie hatte das Gefühl, dass es vielleicht besser wäre, die Beweggründe, warum ein Mensch so leicht und effektiv mordete, *nicht* zu verstehen. McDaniels Bericht hatte sieben Abschnitte. Der erste hieß »Die vorpubertäre Erfahrung des Straftäters von elterlicher Vernachlässigung oder Rivalität unter Geschwistern«. Sie kannte nicht einen einzigen Menschen, der davon nichts erzählen konnte. Die Kapitel wurden zunehmender spezifischer. Eins rief eine alte Geschichte in ihr wach: »Als frühe Ersatzhandlung für die Auslebung seiner Wut neigt der Straftäter in seiner Jugend zu Tierquälerei.« Sie dachte kurz an die furchtbare Erkenntnis, die sie schon in New Orleans gequält hatte, dass diese Profile deshalb so schrecklich waren, weil sie alle so normal waren. Sie erinnerte sich, wie sie an der Bushaltestelle vor ihrer Grundschule zum ersten Mal davon gehört hatte, dass ein Junge zum Spaß Katzen in eine Mülltonne steckte und sie mit dem Schrotgewehr erschoss. Sie versuchte sich an den Namen des Jungen zu erinnern – Pete Soundso. War dieser Pete Soundso jetzt ein Serienmörder? Pete ... Pete ... Wie zum Teufel hieß er mit Nachnamen? Irgendwann im Laufe des Tages würde ihr der Name schon noch einfallen, und dann würde sie ihn in den Computer eingeben, nur um zu sehen, was er ausspuckte. Dupree hätte seinen Spaß daran gehabt. Bei dem Gedanken musste sie lächeln. Am Anfang hatte sie sich noch gewünscht, dass Dupree weiter bei der Task Force oder zumindest bei Major Crimes geblieben wäre. Doch nach einem Monat Arbeit unter Spiveys Kommando hatte sie erkannt, dass es für Dupree unmöglich gewesen wäre, mit Profilern und Buchhaltern zusammenzuarbeiten, die in jeder Hinsicht das genaue Gegenteil von dem darstellten, was er sechsundzwanzig Jahre als Polizist für richtig gehalten hatte.

Besonders die täglichen Besprechungen hätte er gehasst – Spiveys Morgensitzungen. Wenn sie erst mal mit Spiveys Muffins und Kaffee, der Verbesserung der Methodik, McDaniels neuesten Einblicken in die Verhaltensweisen des jungen Lenny Ryan und all den irrelevanten Informationen, die sie am Vortag zusammengetragen hatten, durch waren, gab es nichts mehr, was sie hätten besprechen können. Keine Spur von Ryan. Keine neue Leichen. Kein Lebenszeichen von den verschwundenen Prostituierten, nicht von Jacqueline, nicht von Risa. Das Wenige, das ihnen auf den Tisch flatterte – Berichte über merkwürdige Blutpritzer oder Teppichfasern –, führte sie nirgendwohin.

An diesem Morgen saß McDaniel auf seinem Stuhl, knetete mit offenem Mund einen Kaugummi durch und wartete geduldig darauf, dass er an die Reihe kam. Spivey beendete gerade einen Vortrag über das immer ausgefeiltere Computersystem und leitete zum Tagesgeschäft über. Er schrieb das Wort »Opfer« an die Tafel und wandte sich an Caroline.

»Wollen Sie anfangen, Caroline?«, sagte er. »Gibt's irgendwas Neues von den Prostituierten?«

Natürlich waren sie den Bericht schon durchgegangen. Spivey fragte seine Detectives schon während der Arbeit ständig nach dem neuesten Stand. Um zu verhindern, dass nichts unter den Tisch fiel, dass Informationen, die zum Beispiel die für die Verdächtigen zuständigen Beamten gesammelt hatten, auch denen mit den Opfern befassten zugänglich wurden, bestand er darauf, dass alles während der gemeinsamen Sitzungen noch mal durchgesprochen wurde.

Caroline verteilte sechs Kopien des Protokolls ihrer Befragung von Lynn Haight. Die Stripperin und Gelegenheitsprostituierte war vor etwa drei Wochen – in einem Vorort beim Verlassen eines Nachtclubs – von einem etwa vierzig Jahre alten Weißen angesprochen worden, der eine rote Limousine gefahren hatte. Der Mann gab sich als Polizist aus, der mit den Serienmorden befasst sei. Er machte einen freundlichen Eindruck und stellte ihr ein paar Fragen über Prostitution: Ob ihr irgendjemand verdächtig vorgekommen sei, ob sie auch auf der East Sprague arbeite. Im Laufe des Gesprächs bot der Mann ihr an, sie mitzunehmen. Sie wurde misstrauisch und fragte nach seinem Ausweis. Als er sie hinzuhalten versuchte, bekam sie es mit der Angst zu tun und lief zurück in den Club. Die Stripperin hatte den Vorfall nicht gemeldet, weil sie zu einem Gerichtstermin wegen unerlaubten Drogenbesitzes nicht erschienen war und deshalb per Haftbefehl gesucht wurde.

»Wie aus dem Lehrbuch«, sagte McDaniel. »Ryan gibt sich wieder als Polizist aus. So wie damals in Kalifornien. Er glaubt wirklich, dass er einer von uns ist.«

Caroline mischte sich ein, bevor er die Chance nutzen konnte, das Kommando zu übernehmen. »Nach wie vor besteht unser größtes Problem darin, die Prostituierten zur Mitarbeit zu bewegen«, sagte sie, wobei sie an Jacqueline dachte. »Sie misstrauen uns.«

Caroline fuhr fort, dass der Mann, der versucht hatte, Lynn Haight in sein Auto zu locken, eine Baseball-Kappe und einen Vollbart getragen hatte. Deshalb hatte sie Ryan auf den ihr vorgelegten Fotos zunächst auch nicht identifizieren können. Mit dem Computerprogramm zur Manipulation von Fotos, einem von Spiveys neuen Spielzeugen, hatten sie dann alle Gesichter mit Vollbärten versehen und Lynn Haight erneut vorgelegt. Sie hatte sofort auf Lenny Ryan gezeigt.

»Laut Staatsanwalt haben wir keine Chance, mit einer Identifizierung mittels manipuliertem Foto bei Gericht durchzukommen«, sagte Caroline. »Aber darüber können wir uns später den Kopf zerbrechen. Falls es überhaupt jemals zu einer Verhandlung kommt.«

»Ausgezeichnete Arbeit«, sagte Spivey. »Wie steht's mit der Registrierung der Prostituierten? Sind wir damit weitergekommen?«

Das war einer von Spiveys besseren Einfällen gewesen. Caroline hatte mit den Polizeiberichten angefangen und sich dann mit Streetworkern, kirchlichen Sozialarbeitern und anderen Personen in Verbindung gesetzt, die zu Straßenhuren, Stripperinnen und Callgirls Kontakt hatten. Sie hatte eine Art Nuttenkatalog zusammengestellt, eine – so weit das möglich war – vollständige Liste aller Frauen, die in Spokane in den letzten fünf Jahren in irgendeiner Form in diesem Geschäft tätig gewesen waren. Sie hatte Namen oder Szenenamen von dreihundert Frauen zusammengetragen, von denen sie zwei Drittel aufspüren konnte. Die Hälfte davon saß im Gefängnis, war auf Bewährung oder tot. Einerseits hofften die Detectives, mit Hilfe des Registers die auf freiem Fuß befindlichen Nutten besser überwachen zu können und herauszufinden, ob noch andere vermisst wurden. Andererseits befiel sie angesichts der gewaltigen Aufgabe ein Gefühl der Ohnmacht. Auf der Liste standen die Namen von über hundert Prostituierten, deren Aufenthaltsort unbekannt war. Frauen wie Jacqueline, von denen sie nicht mal den richtigen Namen kannten.

Prostituierte gehörten nicht zum sesshaften Teil der Bevölkerung. Die meisten konsumierten Drogen. Eine Frau setzte sich vielleicht nach Seattle ab, wenn man ihren Dealer verhaftete, oder ging zurück nach Portland zu ihrem früheren Zuhälter. »Wir haben die Namen an Obdachlosenasyle im ganzen Nordwesten geschickt. Andere Dienststellen sind eingeschaltet und führen Razzien durch.«

»Ausgezeichnet«, sagte Spivey. »Noch Kaffee?«

Die meisten Detectives waren mit der Fahndung nach Lenny Ryan beschäftigt. Nachdem sein Foto in der Zeitung erschienen war, hatte ein Motelbesitzer aus Spokane angerufen und gesagt, dass die Beschreibung auf einen Mann zutreffe, der unter dem Namen ›Gene Lyons‹ zwischen dem 22. und 27. April bei ihm abgestiegen sei. Sie hatten zwar keine Fingerabdrücke von Ryan gefunden, aber ein Schriftsachverständiger stellte fest, dass die energische Unterschrift im Gästebuch mit der Unterschrift aus Ryans Akte in Lompoc übereinstimmte.

Spivey strahlte und bedachte die Gruppe mit einem anerkennenden Nicken. »Sehr gute Arbeit, Leute«, sagte er. »Allererste Sahne. Wir haben einen falschen Namen. Wir haben Mr. Ryan, der sich als Polizist ausgibt und versucht, Nutten in sein Auto zu lotsen. Und er war mindestens schon fünf Tage vor der Drogen-Operation im Riverfront Park hier in Spokane. Und das Allerbeste: Wir haben wieder ein paar Informationen für unsere Zeittafel.«

Die Zeittafel – ein riesiger Rasterplan, der die Hälfte einer Wand einnahm – war Spiveys Steckenpferd. Die Namen von Ryan und seinen Opfern waren links in einer senkrechten Tabelle von oben nach unten notiert. An der Oberkante der

Tafel waren waagerecht die Kalendertage verzeichnet. Wann immer ein Detective auf eine für die Zeittafel relevante Information stieß – wie zum Beispiel, als Caroline herausgefunden hatte, dass Opfer Nr. 1, Rebecca Bennett, am 14. März eine Freundin im Krankenhaus besucht hatte –, rief Spivey »Ausgezeichnet!« und machte eine große Aktion daraus, die Information auszudrucken, das Blatt mit der Schere fein säuberlich zurechtzuschneiden und es dann auf die Zeittafel zu kleben. Er führte sich auf wie ein Handelsvertreter, der in seiner Tabelle für die Quartalsergebnisse die Zahlen für eine erfolgreiche Woche einträgt.

Trotz Spiveys Enthusiasmus hatte Caroline den Eindruck, dass die Untersuchung auch nicht besser vorankam als unter Duprees Leitung. Es waren keine neuen Leichen aufgetaucht, und außer den Aussagen von ein paar unzuverlässigen Zeugen gab es keinerlei Spur von Ryan, Jacqueline oder Risa. Der letzte Kontakt mit Ryan, die letzte Identifizierung seiner Person lag schon zwei Monate zurück. Das war in der Gasse gewesen, als er Caroline zum vierten Opfer geführt hatte. Die Medien hatten das Foto jeden Tag gebracht – »Serienmörder immer noch auf freiem Fuß«. Trotzdem hatten sie gerade mal zwei Augenzeugen: zwei Frauen, die behaupteten, sie wären von einem Mann mit Baseball-Kappe und Vollbart angesprochen worden. Das war alles. Die Zeittafel, das Prostituierten-Register, die Tierquälerei im Kindesalter – wenn Lenny Ryan seine Sachen gepackt hatte und abgehauen war, dann war das alles für die Katz.

»Sehr gute Arbeit, Leute«, sagte Spivey.

Sie hörten ein leises Klopfen. Ein freiwilliger Helfer mit Nickelbrille betrat den Konferenzraum und schaute sich verwirrt um. Er sah aus wie jemand, der auf der Suche nach der Toilette die falsche Tür erwischt hatte. Er ging zu Caroline und gab ihr einen Zettel. »Sind Sie das?«, fragte er.

Sie schaute auf das Blatt Papier, auf dem ihr Name stand und darunter der kurze Satz: »Kevin Hatchs Leiche bei Nine

Mile gefunden.« Die Annahme, dass er irgendwo da draußen im Fluss trieb, war jetzt schon so lange ein Teil ihres Lebens gewesen, dass ihr beim Lesen der Nachricht der Atem stockte.

»Ja«, sagte sie mit schwacher Stimme. »Das bin ich.«

35

Dupree bückte sich, leuchtete mit der Taschenlampe unter die Äste des Baumes und erhaschte einen Blick auf eine Zahnspange, einen weißen BH und einen Jungen, der sich die Hose hochzog. Kurz schoss ihm der Gedanke durch den Kopf, einfach weiterzugehen und das Spiel des jungen Pärchens nicht abzupfeifen. Nach dem Zustand ihrer Klamotten und den Erinnerungen an seine eigenen Teenagererfahrungen waren sie ohnehin schon in der Nachspielzeit. Doch es war zu spät. Sie hatten ihn gesehen. Man hatte sie erwischt, und religiös erzogene Kinder wie diese hier stellten hohe Ansprüche an ihre Strafe, wenn man sie erst mal geschnappt hatte. Sie krabbelten unter den Blättern hervor und strichen sich die Kleidung glatt. Das Mädchen schaute verlegen auf den Boden, der Junge kämpfte noch mit seinem Gürtel.

»Für so was gibt's doch wirklich angenehmere Plätzchen«, sagte Dupree.

»Wir haben nach was gesucht«, sagte der Junge.

»Kann mir schon denken, wonach du gesucht hast.« Dupree leuchtete dem Jungen in die Augen. Er war etwa vierzehn. Das Mädchen war im gleichen Alter. »Geht zurück zu den anderen.«

Glücklicherweise konnte das Konzert, das auf der Rasenfläche unterhalb des alten Eisenbahn-Uhrenturms im Riverfront Park stattfand, nicht mehr lange dauern. Die Hauptattraktion war eine Band namens *Loaf and Fish*. Der Veranstalter hatte sie dem ungläubig lauschenden Dupree als eine »fundamentalistisch christliche Rap-Punk-Band mit Ska-Einflüssen« beschrieben.

Dupree begleitete das verlegene Pärchen bis zur Wiese, wo es in der etwa dreihundert Menschen zählenden Menge verschwand. Die Zuhörer schwenkten die Fäuste oder reckten die Handflächen der offenen Ladefläche eines Lastwagens entgegen, die als Bühne diente. Dupree nahm die Stöpsel aus den Ohren und konzentrierte sich auf das Lied, das der weiße Sänger mit den blonden Rastalocken gerade sang. Er brauchte ein paar Sekunden, bis er den Text verstand. »*Jew and Gentile ... Abel's brother Cain ... Fire from heaven, cursed writhe in pain!*« Dupree steckte sich die Stöpsel wieder in die Ohren. Dann gab das Funkgerät, das er an einem Riemen über der Schulter trug, knackende Geräusche von sich, und er musste einen der Ohrstöpsel wieder herausnehmen. Er wandte sich von der Musik ab. »David vier an David eins«, hörte er eine krächzende Stimme. »Sergeant Dupree?«

David vier war ein junger, etwas übergewichtiger Schwarzer mit Brille namens Kelvin Teague. Nach einem Monat Streifendienst hielt ihn Dupree für den hellsten Kopf seiner Schicht. Dupree drückte auf Empfang und hielt die Hand über die Ohrmuschel. »Was gibt's, Teague? Macht unser christlicher Nachwuchs Ärger?«

»Nein, Sir. Ich hab mich nur gerade gefragt, ob ich mit dem Argument ›angemessene Gewaltanwendung‹ durchkäme, wenn ich diese grausame Band aus meinem elenden Dasein verbanne.«

»Schätze, das können wir durchdrücken.«

»Die sind unerträglich. Das ist das genaue Gegenteil von Musik. Glauben Sie, dass die Schluss machen, wenn ich ihnen einfach ein paar Kugeln über die Köpfe jage? Ich bemühe mich auch, keinen zu treffen.«

Dupree schaute auf die Uhr. »Zehn Minuten. Halten Sie noch zehn Minuten aus. Dann drehen wir noch eine Runde durch den Park und machen Feierabend.«

»Okay. Aber wenn die noch ein einziges Lied über Gott kreischen, dann werde ich zum Atheisten und Sie müssen es meiner alten Dame beibringen.«

Dupree steckte die Taschenlampe wieder an seinen Gürtel. Es kam ihm schon wieder ganz normal vor, in Uniform Dienst zu tun. Vor allem das Gewicht des Gürtels und die Sicherheit, die ihm die Waffe im Halfter vermittelte, waren ein vertrautes Gefühl. Der Gürtel gab ihm etwas von der moralischen Autorität zurück, von dem eindeutigen Gespür für richtig und falsch, das ihm als Detective in Zivil abhanden gekommen war. *Klar gehöre ich zu den Guten. Ich trage den Gürtel.* Er setzte sich auf eine Parkbank.

Teagues Stimme in seinem Ohr redete weiter. »Welche Kirche unterstützt eigentlich so einen Scheiß?«

»Keine Ahnung.«

»Wünschte, die würden sich wie die Jungs damals in Jonestown ein bisschen Zyankali in die Cola mischen und die Sache hinter sich bringen.«

»Was halten Sie davon, Teague, wenn wir die Leitung wieder freimachen?«

»Ist nur so ... wenn es in der Bibel heißt, dass man den Herrn preisen und seine Wunder kundtun soll, meinen Sie nicht auch, dass ...?«

»Ich habe wirklich keine Ahnung.«

»Das hat doch nichts mit der Hautfarbe zu tun, oder? Oder habe ich da was nicht richtig mitgekriegt? Das Evangelium ist doch wohl nicht nur für Weiße, oder?«

»Nein, sicher nicht.«

»Bei dem Gedanken, dass diese Typen da mal im selben Himmel landen wie Al Green, kommt's mir hoch.«

Dupree lehnte sich auf der Parkbank zurück. »Okay, Teague, machen Sie jetzt die Leitung wieder frei.«

Das Konzert endete mit einer Punk-Version von »Amazing Grace«. Danach bat der Sänger jeden, der erlöst werden wolle, nach vorn zur Bühne. Die Menge teilte sich, und etwa zwanzig Leute kamen mit erhobenen Händen nach vorn. Das Punk-Konzert verwandelte sich in eine Erweckungsveranstaltung. Der schweißnasse Leadsänger zog die Jacke seines Lederanzugs aus, ließ sich auf die Knie nieder und legte jedem, der ihm den Kopf entgegenreckte, die Hand auf die Stirn und murmelte ein paar Worte. Diejenigen, die nur wegen der Musik gekommen waren, gingen, doch die meisten blieben und hielten sich an den Händen, während der Sänger ein Gebet sprach. »*… Herr, wir bitten dich, dass der Geist, der diese Band leitet, in die Herzen eines jeden hier übergehen möge …*«

Teague ging über die Wiese auf Dupree zu. »Mann«, sagte er. »Das werde ich so schnell nicht vergessen.«

Während die Band ihre Anlage einpackte und die Menge sich zerstreute, gingen Dupree und Teague noch einmal durch den Park, wobei Teague immer wieder auf das Konzert zu sprechen kam. »Ich fass es einfach nicht, was ich da gerade gesehen hab. Als wenn ich ein Huhn hinterm Steuer eines Autos gesehen hätte. Ich stell mir vor, ich wär Gott und müsste mir von einem Bürschchen mit Nasenring diese Scheiße über mich anhören. Feuersbrünste. Heuschrecken. Plagen. Der ganze Scheiß.«

An der Westseite des Parks gingen sie einen Abhang zum Fluss hinunter und kamen zu der Fußgängerbrücke, auf der vor drei Monaten Caroline mit Burn und Lenny Ryan gestanden hatte. Sie hatte die beiden – Lenny auf der Brücke, Burn im Wasser – angestarrt und versucht, eine Entscheidung zu treffen. Dutzende Male hatte er sich in ihre Lage versetzt. Als er noch die Task Force geleitet hatte, hatte er das kurze Drama in seinem Kopf immer wieder durchgespielt und nach etwas gesucht, das er übersehen hatte, das den Schlüssel zu allem barg. Er hatte nichts gefunden. Es war ein Dreieck mit drei sich bewegenden Eckpunkten gewesen. Caroline hier, Ryan dort, Burn im Fluss. Sie hatte sich entscheiden müssen. Das war alles. Dupree trat ans Geländer und schaute hinunter. Unmöglich, sich jetzt noch ihre Verzweiflung vorzustellen. Der Fluss war nur noch ein Rinnsal, das Wasser jenseits des Damms ein seichter, regloser Tümpel, und die aufragenden schwarzen Felsen der Fälle sahen aus wie die Kulisse aus einem Horrorfilm.

Teague stand neben ihm. »Den Dealer, der über den Damm gerauscht ist, haben sie ja jetzt gefunden. Schon davon gehört?«

Dupree drehte sich zu ihm um. »Ja, hab davon gehört.«

»Ein paar Jungs haben ihn heute Morgen am Long Lake gefunden.«

»Hmm.«

»Glauben Sie, dass der Kerl noch in der Stadt ist, der den Dealer von der Brücke gestoßen und die Nutten umgebracht hat?«

In einem Polizeirevier gab es keine Geheimnisse. Seit Dupree wieder Streifendienst tat, bombardierte ihn Teague mit Fragen über seinen Job bei der Task Force. War auf Schauergeschichten oder Klatsch aus dem Autopsiesaal aus, auf alles, was er seinen Kollegen beim Kaffee auftischen konnte. Dupree wich Teagues Fragen immer aus. »Wenn Sie was darüber wissen wollen, fragen Sie Spivey.«

»Ziemliche Scheiße, wenn er wirklich noch in der Stadt ist. Der Typ ist eine richtige Killermaschine, wie im Kino.« Da Dupree nichts darauf sagte, schüttelte Teague nur den Kopf und schaute ebenfalls hinunter auf das trockene Flussbett unter der Brücke. Eine Zeit lang blickten sie auf das Wasser, das sich in den Mulden der Felsen sammelte, auf den schmalen Wasserlauf in der Mitte des felsigen Flussbetts, das noch vor wenigen Monaten die reißenden Fluten kaum hatte bändigen können und deren eindrucksvolles Tosen jedes Gespräch hatte verstummen lassen.

»Ich hasse Wasserleichen«, sagte Teague schließlich.

»Hmm.«

Als sie vor dem Park auf dem Seitenstreifen neben ihren

Wagen standen, fragte Teague Dupree, ob sie nicht die letzten zehn Minuten ihrer Schicht mit einem Milchkaffee in diesem neuen Kaffeehaus totschlagen sollten. Dupree hatte den Namen des Lokals noch nie gehört.

»Gleich beim Präsidium. In dem alten Backsteingebäude auf der Monroe. Gegenüber von den Kautionsbüros. Die gepiercten Typen, die diese Bidis qualmen, hängen da immer rum. Macht Spaß, da reinzumarschieren und zuzuschauen, wie sie ganz hektisch in ihren Taschen rumwühlen, um nachzusehen, ob sie keinen Stoff dabei haben.«

»Fahren Sie ruhig vor«, sagte Dupree.

Als Teague in seinen Streifenwagen gestiegen und abgefahren war, ließ auch Dupree den Motor an. Er wartete, bis sich Teague per Funk in der Zentrale abgemeldet hatte, und meldete sich dann ebenfalls ab.

Er fuhr langsam durch die Innenstadt. Die Lichtkegel der Straßenlampen strichen über den Streifenwagen hinweg, der an den Bars vorbeiglitt, die in etwa viereinhalb Stunden dicht machten. Dann würden jede Menge streitsüchtige Schläger, Betrunkene, Vergewaltiger, Randalierer und noch schlimmere Typen die Straßen überschwemmen. Im Augenblick ließen sie sich noch voll laufen und machten sich startklar. Die Wechselschicht endete um halb zehn, Dupree wäre also schon außer Dienst, wenn es so weit war. Er säße zu Hause in seiner kleinen Wohnung, würde sich im Fernsehen das *Sports Center* anschauen und darauf warten, dass der Summer an seiner Mikrowelle den tiefgefrorenen Burrito freigab.

An einer Ampel hielt neben Dupree ein Wagen mit ein paar lachenden Burschen. Als sie zu ihm herüberschauten, verstummten sie sofort und starrten wieder nach vorn. Dupree folgte dem Ford Escort ein paar Straßen, verlor dann jedoch das Interesse und bog in die Sprague ein.

Hinter einer Eisenbahnunterführung wurden die normalen Geschäfte von schäbigen Ladenfronten, Pornoschuppen und Bars abgelöst. So lange er sich zurückerinnern konnte, bildete die Gegend das Zentrum der Prostitution in der Stadt. Zu seiner Überraschung war die Straße an diesem Abend fast völlig ausgestorben: Vor den einschlägigen Bars parkten nur wenige Autos. Nichts zu sehen von den Frauen, die normalerweise die Sprague auf und ab flanierten oder auf den Rücklehnen der Bänke an den Bushaltestellen hockten und in ihren winzigen T-Shirts auf Kundenfang gingen. Er erinnerte sich an eine Zeit vor zwölf oder dreizehn Jahren, als Gangs aus Los Angeles zum ersten Mal in Spokane aufgetaucht waren und einen Bandenkrieg angezettelt hatten, der sich auch auf die für die Gangs arbeitenden Prostituierten ausgedehnt hatte. Die Prostituierten, die Dupree als die Professionellen bezeichnen würde, hatten sich damals in ihre eigenen Wohnungen, in Bars und billige Absteigen zurückgezogen oder waren zur anderen Seite der Innenstadt nach West Central abgewandert, wo die Unterklasse der Prostitution angesiedelt war: von zu Hause abgehauene Teenager, Strichjungen, Obdachlose, Geisteskranke.

Diesmal herrschte eine andere Atmosphäre in den leeren Straßen. Damals im Sommer schien jeder zu spüren, dass die Veränderung eine vorübergehende war. Die jungen Männer würden sich so lange gegenseitig abknallen, würden so lange die Huren ihrer Konkurrenten abknallen, bis die Sache entschieden war und die Frauen wieder auf ihre Bänke an den Bushaltestellen und in ihre Reviere zurückkehren konnten. Der Unterschied zu damals war die Art und Weise, wie Lenny Ryan sich dem Zugriff der Polizei entzog. Seit er wieder auf Streife ging, war Dupree aufgefallen, wie die Leute über Lenny Ryan redeten – wie über einen Geist, wie über etwas, das aus dem Jenseits kam. Es erinnerte Dupree an das, was er gleich zu Anfang über Ryan gesagt hatte. Dass er ein Naturphänomen sei, etwas, das alle Scheiße und Dunkelheit der Welt in sich vereinigte.

Ab der Kreuzung Napa Street bot sich die Sprague wieder als normale Straße mit Läden und Geschäften dar, die ein

Spiegelbild der Stadt abgaben – einer Stadt, deren Charakter eher für Gebrauchtwagen und Wohnmobile als für Computer und Eigentumswohnungen stand. Spokane war eine Stadt, die manche Leute als »altmodisch« bezeichneten, was andere mit »provinziell«, wieder andere mit »unterer Mittelklasse« und wieder andere mit »weißem Abschaum« gleichsetzten.

Dupree hörte den Polizeifunk mit. Nicht viel los an diesem Abend. Er bog in die Freya ein und fuhr die steile Straße zum South Hill hinauf. Das weit verbreitete Bild von Spokane als dem Wohnwagenabstellplatz des Nordwestens bekam durch South Hill ein paar Risse. In Spokane gab es sowohl jede Menge altes Geld und alte Wurzeln wie auch neues Geld. Aus welchen Quellen es auch sprudelte, das Geld in Spokane lebte zum größten Teil auf dem South Hill, zwischen der Zwölften und der Fünfundsiebzigsten Straße. Da sich die untere Mittelklasse mit jedem Jahr weiter den Hügel hinaufarbeitete, zog sich der Geldadel nach und nach auf die Rückseite des South Hill oder weit in den Norden der Stadt zurück. Dort entstanden neue Wohngebiete mit Anwesen, deren Garagen über ein zusätzliches Plätzchen für das Wohnmobil verfügten und deren Straßen die Bauträger, um den Eindruck von Exklusivität und Luxus zu erwecken, auf britische Namen wie Lancaster Circle oder Nottingham Place getauft hatten. Trotzdem beherbergten die durchnummerierten Straßen auf dem South Hill immer noch einige der ältesten und besten Adressen der Stadt. Obwohl sie beide nur über das Gehalt eines Polizisten und einer Sprachtherapeutin mit halber Stelle verfügten, war es Debbie wichtig gewesen, hier oben zu wohnen und ihre Kinder auf South-Hill-Schulen zu schicken. Sie hatten die Grundregel des Immoblienmarktes beherzigt und das billigste Haus in einer teuren Gegend gekauft. Es lag in einer angenehmen Gegend zwischen der Zwanzigsten und Fünfundzwanzigsten Straße, vielleicht ein bisschen zu weit im Osten, aber so weit im Süden, wie es ihre Mittel erlaubten.

War das Straßenbild im westlichen Teil von South Hill von Fachwerkhäusern und Gebäuden im viktorianischen Stil geprägt, so dominierten in ihrer Straße neuere Häuser im Ranchero-Stil oder Bungalows im kalifornischen Stil. Weiße und braune Häuser mit Basketballkörben über den Garagentoren und Fahrrädern in den Einfahrten, die darauf hinwiesen, dass hier Familien mit Kindern lebten. Vor sechs Jahren kam es Alan und Debbie perfekt vor. Jeder in der Straße hatte Kinder, es war, als wären sie Teil einer perfekten demographischen Struktur geworden, die auf ewig Bestand haben würde.

Ihr Haus – noch war es auch Duprees Haus, zumindest so lange, bis sie den Papierkram erledigt hatten – befand sich in der Mitte zwischen zwei Kreuzungen. Es war ein weißes, mit Stuck verziertes, eingeschossiges Haus mit Keller und einer Mansarde unter dem Schrägdach. Es war etwas kleiner als die Nachbarhäuser. Garage für ein Auto. Alle anderen in der Straße hatten Doppelgaragen. Dupree fuhr langsamer und hielt vor dem Haus an. Es brannte kein Licht. Keine fremden Autos in der Einfahrt. Keine Spielsachen oder Fahrräder auf dem Rasen. Dupree schob den Schaltknüppel auf ›Park‹, drehte den Schlüssel um und der Motor verstummte. Die Straße lag still da. Er schaute auf die Uhr. Es war nach zehn. Seine Schicht war vorbei. Er dachte an seine Wohnung, die nördlich von hier lag, und konnte sich nicht vorstellen, jetzt dort zu sein. Er betrachtete sein altes Haus und stellte sich Marc vor, wie er unter der zerwühlten Bettdecke lag. Mit dem Kopf am Fußende, oder quer, die Füße über der Bettkante. Und er stellte sich Staci vor. Sie lag immer so reglos da, dass er manchmal nicht anders konnte, als seine Hand unter ihre Nase zu halten, um den warmen Atem zu spüren.

Dupree stellte das Funkgerät ab. Er saß still in seinem Streifenwagen und beobachtete das Haus. Mittwochabend. Er fragte sich, ob Debbie zu ihrem Literaturabend gegangen war. Was lasen sie wohl gerade? Das letzte Buch auf ihrem Nachttisch, an das er sich erinnern konnte, war *Yo-Yo Sisters* gewesen. Das war ungefähr zu der Zeit gewesen, als er ausgezogen war. Sicher hatten sie das Buch schon ausdiskutiert und lasen jetzt ein anderes. Trotzdem verspürte Dupree auf einmal den Wunsch zu wissen, worum es darin gegangen war. Wahrscheinlich so eine Hilf-dir-selbst-Geschichte von irgendeiner Rapperin. Oder irgendwas anderes, das Frauen einen Vorwand bot, über Sex zu reden. Was es mit der Literaturgruppe auf sich hatte, hatte er schnell erkannt: Einer der Hauptgründe war der, dass Frauen nur in einem bestimmten Zusammenhang über Sex reden konnten. Deshalb auch die Sex-Fragebögen in den Frauenmagazinen – »Wie viele Punkte geben Sie Ihrem Liebhaber?« Entgegen der landläufigen Meinung, dass Männer verstockt seien, konnten sie doch mit ihren Freunden jederzeit über Sex reden – beim Football, auf dem Pissoir, bei einer Beerdigung. Frauen brauchten jemand anders, der das Thema zur Sprache brachte. Trotzdem fand er den Gedanken irgendwie erregend: Seine Frau und andere Frauen – lebenstüchtige und tugendhafte Mütter und Hausfrauen – saßen zusammen und benutzten ein Buch über Sex als Vorwand, um über Sex reden zu können. Komischerweise war das Erregende für Dupree allein die Tatsache, das Debbie überhaupt las. Er selbst hatte sich aus Büchern nie etwas gemacht. Er hatte nicht die Geduld. Doch aus irgendeinem seltsamen Grund hatten ihn lesende Frauen immer besonders angezogen. Und Debbie war eine leidenschaftliche Leserin. Nicht, weil sie ihre Zeit totschlagen oder Eindruck schinden wollte, nein, es bedeutete ihr wirklich viel. Und er mochte diese Seite an ihr. Sie hatte ihm mal gesagt, dass er sie behandele, als sei sie der einzige Mensch auf der Welt, der fähig sei, ein Buch zu lesen. Auch wenn sie sich dabei natürlich über ihn lustig gemacht hatte, so wussten sie doch beide, wie recht sie damit hatte. Jene Bemerkung berührte den Kern ihrer Beziehung. Sie fungierte über die Jahre wie eine Art Signalfeuer, das manchmal nur schwach flackerte, aber kräftig aufloderte, wenn die Routine von Kindererziehung und

Haushalt verdrängt wurde von der Geilheit ihrer College-Tage. Er konnte nicht sagen, wann genau ihre Leseleidenschaft und seine Wertschätzung dafür beim Liebesakt ins Spiel kamen, aber er wusste, dass es so war – irgendwann, während sie sich im Dunkeln auszogen, sich mit geschlossenen Augen aneinander pressten, auf die Lippen bissen und schließlich stöhnend wieder voneinander abließen.

Mit den Jahren sprachen sie immer weniger über Dinge, über die es wichtig gewesen wäre zu sprechen. Dazu gehörte auch Duprees Bewunderung für die Leseleidenschaft seiner Frau, und so redeten sie kaum noch über die Bücher, die Debbie las. Heute war Dupree der Meinung, dass alles mit der Weihnachtsfeier vor acht Jahren angefangen hatte, als Debbie darauf bestanden hatte, alle Mitglieder seiner Schicht auf einen Drink zu sich nach Hause einzuladen. Das war, bevor Caroline den prügelnden Ehemann erschossen hatte, bevor sie jene Nacht zusammen verbracht hatten, bevor er aus dem Streifendienst ausgeschieden war. Aber man kann nicht einen Polizisten einladen und glauben, es bliebe bei einem einzigen Drink. Und so sahen sich Caroline und Debbie spätabends in eine etwas verlegene Unterhaltung verwickelt, an der auch Dupree und der Trottel, den Caroline von der Highschool kannte, teilnahmen. Der Kerl kam auf die vollen Bücherregale – Debbies Bücherregale – zu sprechen, und Caroline, die schon so betrunken war, dass sie ihr Bier auf dem Teppich verschüttete, hatte verschämt zugegeben, dass sie auf dem College Poesie studiert hatte. »Poesie und Strafrecht. Unschlagbare Kombination. Wie Tiermedizin und Präparator.« Sie lachte. »Mein Studienberater hat mich angeschaut, als ob ich nicht ganz dicht wäre.« Debbie hatte ihn dabei ertappt, wie er Caroline angestarrt hatte. Vielleicht war Debbie da zum ersten Mal eifersüchtig auf Caroline gewesen war – zumindest war es Dupree zum ersten Mal aufgefallen. Poesie und Strafrecht. Als Dupree die Augen von der jungen, lebenslustigen und belesenen Caroline abgewandt hatte, hatte ihm seine Frau einen gleichzeitig anklagenden wie verständnisvollen Blick zugeworfen. Und Dupree hatte die Augen gesenkt und auf den besudelten Teppich geschaut.

Es war schon seltsam. Seit zehn Jahren stellte sich Dupree vor, wie es wäre, unverheiratet und mit Caroline zusammen zu sein. Und jetzt, da er seine Frau verlassen hatte, hatte er noch nicht ein Wort mit ihr gesprochen. Er kam sich vor wie jemand, der auf etwas wartete. Aber auf was? Vielleicht lag es an Joel. Vielleicht war ihm die zufällige Begegnung mit Joel in der Bar an die Nieren gegangen. Vielleicht lag es daran, dass Joel sich wie Dupree abmühte, ein guter, ehrlicher und aufrechter Mensch zu sein. Vielleicht wollte er Joel die Chance geben, das auf die Reihe zu bekommen, was er selbst vermasselt hatte. Vielleicht kam er sich ihr auch nicht ebenbürtig vor, jetzt, da er nicht mehr bei der Task Force und sie immer noch dabei war. Vielleicht hatte er aber einfach nur Schuldgefühle gegenüber seinen Kindern und Debbie. Vielleicht, vielleicht, vielleicht …

Er schaute das große Wohnzimmerfenster seines alten Hauses an. Die Vorhänge waren zurückgezogen. Merkwürdig. Debbie machte die Vorhänge nachts immer zu. Na ja, fast immer. Dupree konnte sich nur an ganz wenige Male erinnern, dass er spätabends nach Hause gekommen war und die Vorhänge immer noch offen gewesen waren. Nur wenn Debbie über einem Buch oder vor dem Fernseher eingeschlafen war. Vielleicht war sie ja auch jetzt nur eingeschlafen. Er schaute die Straße hinauf und hinunter. Eine ruhiges, sicheres Wohnviertel. Kein Rehabilitationszentrum für Drogensüchtige oder Ähnliches in der Nähe, keine protzigen Häuser, die Diebe anlockten, keine Bars, aus denen Säufer torkelten. Er konnte sich in der ganzen Stadt kein besseres Viertel für seine Kinder vorstellen.

Trotzdem – die offenen Vorhänge machten ihn nervös. Er hatte mal einen kleinen Dieb verhaftet, einen Typ namens Turner, der sich die Häuser danach aussuchte, ob die Vorhänge zurückgezogen waren. Der Gedanke an Turner oder irgendeinen anderen Gauner, der vor dem Wohnzimmerfenster seines Hauses stand und den Fernseher und die Stereoanlage beäugte, machte ihn fast krank. Er öffnete seinen Gürtel und lehnte sich zurück. Er stellte sich vor, dass er die ganze Nacht, jede Nacht, im Streifenwagen saß und seine Familie bewachte – ohne noch an ihrem Leben teilzuhaben. Er stellte sich vor, dass er für immer in diesem Streifenwagen sitzen würde, dass morgens die Kinder aus dem Haus kämen und er den Wagen anlassen und langsam hinter ihnen herfahren würde. Vielleicht würde er das Blaulicht einschalten, nur um sicherzugehen, dass ihnen bis zur Bushaltestelle nichts zustieß. Nach einer gewissen Zeit hätten sie und ihre Freunde sich daran gewöhnt, dass ihnen immer, wenn sie mit dem Rad eine Runde drehten, ein Streifenwagen folgte. Er versuchte sich daran zu erinnern, wann er Marc zum letzten Mal in die Augen geschaut hatte. Er hatte das Gefühl, dass er im Leben des Jungen überhaupt keine Rolle mehr spielte, dass er gar nicht mehr existierte, seit er ausgezogen war. Wieder kam ihm der Gedanke, wie angenehm es wäre, hier draußen vor dem Haus in seinem Auto zu leben. Er könnte seine Kinder aufwachsen sehen, ohne sich der Tatsache stellen zu müssen, wie sehr er sie verletzt hatte.

36

Beim Zappen durch die Kanäle tauchten für ein paar Sekunden Bilder von einem Sumpf auf. Erst drei oder vier Kanäle später begriff Caroline, was sie da gerade gesehen hatte, und schaltete wieder zurück auf CNN. Der Moderator verkündete in munterem Tonfall, dass man in New Orleans im Zusammenhang mit den Morden an neunzehn Frauen, der schrecklichsten Mordserie seit drei Jahren, einen Verdächtigen verhaftet habe. Der Mann war Hausmeister an einer Highschool im Stadtteil Lakeshore. Eine Überwachungskamera hatte ihn dabei aufgenommen, wie er aus dem Raum, in dem die Abschlussklasse der Highschool an ihrem Jahrbuch arbeitete, Fotomaterial gestohlen hatte. Vom Rektor der Schule zur Rede gestellt, hatte er diesen mit dem Geständnis schockiert, dass er ein Serienmörder sei. Einfach so.

Caroline lag zusammengekuschelt auf ihrer Couch und konnte angesichts der Ironie der Geschichte nur staunen. Da hatte sich Blanton mit all seinem Expertenwissen abgemüht, dem Mörder auf die Spur zu kommen, und dann kam ein Highschool-Rektor daher und schnappte den Kerl durch puren Zufall. Caroline kramte den Zettel mit Blantons Büronummer aus ihrer Aktentasche, nahm das Telefon und wählte. Sie erwischte seinen Anrufbeantworter und überlegte, ob sie ihm eine Nachricht hinterlassen sollte. Sie sah auf die Uhr. Fast elf. In New Orleans war es jetzt kurz vor eins. Während Caroline sich noch amüsiert fragte, wie Blanton wohl auf eine Nachricht um ein Uhr morgens reagieren würde, war der Ansagetext auf seinem Anrufbeantworter zu Ende. Es piepste.

»Hallo, Mr. Blanton«, sagte sie. »Caroline Mabry. Polizeipräsidium Spokane. Ich wollte Ihnen nur gratu ...« Sie besann sich eines Besseren. »Ich wollte Ihnen nur sagen, wie froh ich bin, dass Sie Ihren Kerl geschnappt haben. Tja, das war's eigentlich schon.«

Eine Minute später klingelte das Telefon.

»Bin ich jetzt völlig verrückt geworden oder haben Sie mir etwa gerade gratuliert?« Blantons Stimme klang wie an dem Abend, als sie sich zum ersten Mal getroffen hatten. Abgestumpft oder betrunken oder beides. Caroline bereute jetzt schon, dass sie angerufen hatte.

»Was hätte ich sonst sagen sollen? Sind Sie etwa noch im Büro?«

»Ja.«

»Was tun Sie da jetzt noch?«

»Rumsitzen.«

»Um ein Uhr morgens?«

»Schon so spät? Na ja, jetzt weiß ich wenigstens, warum keiner mehr da ist.«

»Warum haben Sie nicht abgehoben?«

»Hatte keine Lust zu reden.«

»Aber zurückgerufen haben Sie trotzdem.«

»Wollte nur wissen, weshalb man mir gratuliert.«

»Na ja, ich hab halt gedacht, dass Sie doch froh sein müssen, dass man den Kerl geschnappt hat.«

»Hab vorhin mit ein paar Detectives einen Schluck drauf getrunken. Die sind natürlich ganz happy. Vielleicht wollen Sie mit einem von denen sprechen?«

Caroline fiel auf, dass von seinem näselnden New-Orleans-Akzent nichts mehr zu hören war. Als gäbe es nach der Aufklärung des Falles keine Verwendung mehr dafür. Seine Stimme klang hohl und flach, und die darin anklingende Bitterkeit ließ sie frösteln wie bei ihrem ersten Zusammentreffen.

Nach einer kurzen Pause seufzte er. »Und jetzt wollen Sie mich sicher fragen, inwieweit mein Profil mit der Wirklichkeit übereinstimmt, oder?«

»Inwieweit stimmte Ihr Profil mit der Wirklichkeit überein?«

»Hat weitgehend gepasst. Was die Intelligenz angeht, habe ich allerdings mal wieder zu hoch gegriffen. Ich hatte ihm einen College-Abschluss zugetraut. Dabei ist er ein Volltrottel, ein beschissener Hausmeister. Reine Glückssache, dass er sich nicht selbst gekillt hat.«

Sie wusste nicht, was sie darauf sagen sollte. Wieder entstand eine Pause.

»Und jetzt wollen Sie doch sicher wissen, ob mich das beunruhigt, oder?«, fragte er.

»Beunruhigt Sie das?«

»Gute Frage. Ja, tut es. Es beunruhigt mich, dass der Kerl in der Realität bei weitem nicht so interessant ist, wie ich ihn mir ausgemalt hatte. Da frage ich mich schon, wonach ich überhaupt suche. Anscheinend wünsche ich mir fast, dass diese Kerle einen gewissen Charakter haben und ... na ja, sagen wir, richtig böse sind. Der ist nur völlig kaputt.«

»Sie haben schon mit ihm gesprochen?«

»Ja.«

»Wie ist er?« Caroline wunderte sich, dass ihre Stimme so ruhig blieb.

Blanton antwortet genauso ruhig. »Wie jeder von diesen kranken Wichsern. Unauffällig. Etwas über vierzig. Weiß. Klein, dunkle Haare. Absolut nichts, was irgendwie besonders wäre. Sie hörte ihn seufzen und dann einen Schluck trinken. »Wie läuft's bei Ihnen, Miss Mabry? Soll ich ihn rüberschicken, unseren Schulleiter. Vielleicht kriegt der ja was raus?«

»Könnte nicht schaden«, sagte Caroline. »Allerdings haben wir schon einen Profiler?«

»Wen?«

»McDaniel.«

»Wie bitte?«

»Der Boss unserer Task Force hat ihn sich geangelt.«

»McDaniel?« Blantons Stimme klang jetzt betroffen. Wie an dem Nachmittag, als sie sich die Ertrunkene angeschaut hatten und er sie darüber aufgeklärt hatte, was sie für eine Rolle in Lenny Ryans Fantasien spielte. »Herr im Himmel, Jeff McDaniel könnte nicht mal sein eigenes Profil erstellen?«

»Was läuft da zwischen Ihnen beiden?«

Blanton antwortete nicht sofort. »Was meinen Sie?«

»Immer wenn Ihr Name fällt, würde er am liebsten aus dem Zimmer stürzen.«

Zum ersten Mal hatte Caroline den Eindruck, dass Blanton nicht recht wusste, was er sagen sollte. »Ich bin ausgestiegen. So bin ich an die guten Fernsehverträge gekommen.« Er machte eine Pause. Plötzlich klang seine Stimme besorgt. »Warum? Was hat er Ihnen erzählt?«

»Nichts. Ich frage mich nur, ob er uns von Nutzen sein kann.«

»McDaniel? Nee. Der ist Freudianer. Durch und durch. Das Einzige, was der euch nach sechs Monaten auftischt, ist die Erkenntnis, dass euer Kerl eine beschissene Kindheit hatte.«

Caroline musste lächeln. »Er redet ziemlich oft von den Eltern des Täters. Dass sie oft umgezogen sind, dass der Täter in der Schule ein Außenseiter war, dass er Tiere gequält hat und so was.«

»Hab McDaniel schon immer für einen klasse Profiler gehalten – aber nur, wenn der Killer nicht älter als neun ist.«

Ein paar Sekunden sagte keiner ein Wort.

»Ich habe unseren Typen hier nach dem fünfzehnjährigen Mädchen gefragt«, sagte Blanton.

Caroline sagte nichts.

»Behauptet, er kann sich nicht dran erinnern, dass er sie überhaupt aufgegabelt hat.«

»Was heißt das? Dass er Sie verarscht?«

»Weiß nicht. Er hat sich freiwillig einem Lügendetektortest unterzogen. Alle anderen Morde hat er gestanden. Nur nicht den an dem Mädchen.«

»Vielleicht ein Nachahmungstäter.«

»Nein. Er war es. DNA, Fingerabdrücke – alles passt zusammen. Schätze, dass er mit seinem simpel gestrickten Hirn die Crack-Huren und die Drogen-Freaks vor sich selbst verantworten kann. Aber dass ein Mensch einem fünfzehnjährigen Mädchen so was antun kann, kann sich vielleicht nicht mal er vorstellen.«

Und dann fügte Blanton leise hinzu: »Wie kommt's, dass ich mir das sehr wohl vorstellen kann?«

Caroline sagt nichts darauf. Sie hörte das schwere Atmen Blantons.

»Ach übrigens, das mit dem Einkaufszentrum hat nicht ganz gestimmt«, sagte Blanton. »Das Einkaufszentrum mit dem Zimtbrötchenladen lag nicht in der Nähe seiner Wohnung, sondern gleich bei der Schule. Das Mädchen ist auf die Schule gegangen, wo er gearbeitet hat. Wahrscheinlich war es deshalb kein Problem für ihn, sie in sein Auto zu kriegen.«

»Sie hatten Recht damit, dass der Fall bei dem Mädchen anders lag«, sagte Caroline. »Sie haben gesagt, dass man so einen Kerl nur erwischt, wenn man auf die Abweichung kommt.«

»Ach ja?«, sagte Blanton. »Ich sag viel, wenn der Tag lang ist.«

»Sie sollten sich mal richtig ausschlafen«, sagte Caroline.

Nach einer kurzen Pause sagte Blanton: »Sie auch, Miss Mabry.«

Dann war die Leitung tot. Caroline starrte kurz den Hörer an und schaute auf die Uhr. Kurz nach elf. Sie schaltete zu einem lokalen Nachrichtensender, der gerade einen Bericht über die Entdeckung von Burns Leiche brachte. Der Reporter stand an der Straße oberhalb des Long Lake und zeigte den Abhang hinunter. Caroline drehte lauter.

»... eine Leiche gefunden, die nach Aussage der ermittelnden Beamten vermutlich die des wegen Drogenhandels vorbestraften Kevin Hatch ist. Leonard Ryan, der Hatch im April von einer Brücke gestoßen hatte, wird von der Polizei im Zusammenhang mit den Mordfällen an ...«

Ihr fielen wieder Blantons Worte ein. Wie kommt's, dass ich mir das sehr gut vorstellen kann? Als er das gesagt hatte, hatte sie an den Tag im Park denken müssen und daran, dass Burn wieder aufgetaucht war. Warum hatte sie Blanton nicht erzählt, dass man Burns Leiche gefunden hatte? Wenn jemand imstande war, ihre Zerrissenheit, ihre Verwirrung über das Auftauchen der Leiche und die Ereignisse auf der Brücke zu verstehen, dann war es Blanton. Er würde verstehen, dass sie dem Bedeutungsunterschied von – wie hatte Blanton das genannt – *kaputt und böse* auf den Grund gehen wollte, dem Unterschied zwischen den Kevin Hatches und Lenny Ryans dieser Welt, dem elementaren Unterschied zwischen diesen beiden und ihr selbst.

Wie kommt's, dass ich mir das sehr gut vorstellen kann?

Caroline schloss die Augen und sah wieder Lenny Ryan, der die Arme ausstreckte und Burn übers Geländer stieß. Und dann? Der Blick. Ryan hatte sie angeschaut wie ... Ja, wie eigentlich? Sein Blick verfolgte sie. Burn von der Brücke zu stoßen hatte Ryan ermöglicht zu fliehen, hatte sie zu der Entscheidung zwingen sollen, entweder ihn festzunehmen oder Burn zu retten. So hatte sie es immer gesehen. Aber was bedeutete dieser Blick? Es hätte für Ryan einfachere Fluchtmöglichkeiten gegeben. Wenn er Burn nur deshalb ins Wasser gestoßen hatte, um sie abzulenken, warum war er danach nicht sofort weggelaufen? Warum war er stehen geblieben? Warum hatte er sie angeschaut?

Sie hätte natürlich noch eine andere Wahl gehabt. Sie hätte Lenny Ryan erschießen können. Ein Teil von ihr hatte das auch gewollt. Vielleicht war es das, was sein Blick ausgedrückt hatte: eine Mischung aus Wut, Herausforderung und Resignation.

In ihrer Vorstellung wurden aus Lennys Augen die Augen des betrunkenen Mannes, den sie vor sechs Jahren getötet hatte. In letzter Zeit wurde sie so von Selbstzweifeln geplagt, dass sie sich schon fragte, ob sie sich nicht deshalb für Burn entschieden hatte, weil sie aus Angst, noch einmal einen Menschen erschießen zu müssen oder selbst getötet zu werden, Lenny Ryan aus dem Weg gegangen war.

Sie stand auf, ging in die Küche und schenkte sich ein Glas Leitungswasser ein. Sie schaute aus dem Fenster in den dunklen Garten hinter dem Haus. Sie sah den Tag im Park und alles, was damals falsch gelaufen war, vor sich. Es war eine Serie unglaublicher Zufälle und absurder, wenn auch gut gemeinter Aktionen gewesen. Eine Serie von Überreaktionen.

Auf dem Küchentisch lag ein Notizbuch. Sie klappte es auf und machte eine kleine Skizze von dem Teil des Parks, wo sie die Überwachung Burns aufgezogen hatten. Sie markierte ihre und die Position ihrer Kollegen mit einem X und die von Burn und Ryan mit einem B und einem R. Sie starrte auf das Blatt Papier, als könnte sie die Buchstaben zum Leben erwecken.

Vom ersten Augenblick an hatte sie Ryan als Drogenkonsumenten eingestuft. Sie sah ihn auch jetzt noch genau vor sich: weite Khakihosen, schwarzes T-Shirt, strubbelige Haare. Er hatte diesen Blick. Aber es wurden keine Drogen übergeben. Sie schrieb neben die Skizze: »Warum kam es nicht zur Drogenübergabe? Vielleicht war es gar kein Drogendeal?«

Burn und Ryan waren geflüchtet und hatten sich versteckt. Zusammen. Das ergab keinen Sinn. So liefen sie viel eher Gefahr, geschnappt zu werden. Ihr fiel ein, dass Ryan beim Laufen Burn am Arm mitgezerrt hatte. Sie schrieb ins Notizbuch: »Warum haben sie sich nicht getrennt? Warum sind sie zusammen geflüchtet? Warum wollte Ryan Burn bei sich haben?«

Dann die Brücke. Sie blätterte zurück zu ihrer Skizze mit den drei X, dem B und dem R. Sie machte noch eine Skizze. Die Brücke, sie selbst, Burn, Ryan. Burn stürzte ins Wasser. Sie erinnerte sich an Ryans Gesichtsausdruck, nachdem er Burn den Stoß versetzt hatte. Starrsinn. Resignation. Er würde sich nicht verhaften lassen. Sie würde ihn schon erschießen müssen. Aber sie hatte es nicht gekonnt. Wie so oft in letzter Zeit dachte sie an Jacqueline. Seit der Nacht, als ihre Freundin Risa verschwunden war, hatte es kein Lebenszeichen mehr von ihr gegeben. Waren sie beide tot? Waren sie tot, weil Caroline unfähig gewesen war, mit Ryan – ob mit einem Schuss oder durch seine Festnahme – fertig zu werden? Sie schrieb: »Was zum Teufel ist bloß los mit mir?«

Sie schleuderte das Notizbuch an die Wand. Es prallte an der Kante des kleinen Telefontischchens ab und fiel auf den Boden.

Wie kommt's, dass ich mir das sehr gut vorstellen kann?

Sie versuchte sich in Blantons Denkweise hineinzuversetzen. Sie übertrug das Prinzip der Abweichung auf ihren Fall, suchte nach einem Bruch im Muster. Der Hausmeister aus New Orleans hätte noch ewig in der Gegend herumfahren und ihm unbekannte Prostituierte und Drogensüchtige aufgabeln und töten können. Aber was war mit dem fünfzehnjährigen Mädchen? Es war ihre Schule, an der er gearbeitet hatte.

Caroline vergegenwärtigte sich Lenny Ryans Muster: Er tötet Nutten, weil er seiner Freundin vorwirft, ihn verraten zu haben, weil er ihr vorwirft, eine Nutte zu sein und ihren Tod selbst verschuldet zu haben. Bei Raubüberfällen tötet er seinen Onkel und den Pfandhausbesitzer. Warum soll er Burn töten? Bei dem Mord an Burn waren sie immer von einem Ablenkungsmanöver ausgegangen. Gab es vielleicht einen anderen Grund?

Sie waren von Anfang an ausschließlich auf Ryan fixiert gewesen. Alle. Doch was hatte es mit dem jungen Drogendealer auf sich? Sie war erschrocken, wie wenig sie über Burn wusste. Sie hatte seine Akte gelesen und keine einzige Verbindung zu Lenny Ryan gefunden – außer der Aussage des Pfandhausbesitzers, dass Burn mal der Zuhälter von ein paar Mädchen gewesen war. Sie waren noch mal seine Akte durchgegangen und hatten mit Freunden und Leuten gesprochen, mit denen er Geschäfte machte, ohne jedoch einen Hinweis auf eine der toten Prostituierten zu finden. Caroline versuchte, sich an Einzelheiten aus Burns Akte zu erinnern. Ihr fiel nichts ein. Sie wusste, dass sie kein Auge zumachen würde, wenn sie nicht sofort ins Büro fahren und die verdammte Akte noch mal ganz von vorn durchgehen würde. Sie ging ins Schlafzimmer, zog sich Trainingshose, Socken und Tennisschuhe an und band ihr Haar zu einem kurzen Pferdeschwanz zusammen. Als sie im Wohnzimmer das Licht ausschaltete, strichen die Lichtbalken von Autoscheinwerfern über die geschlossenen Vorhänge. Auf der anderen Straßenseite fuhr ein Wagen vor.

Dupree. Sie erwartete ihn schon seit Wochen. In manchen Nächten hatte sie seinen Besuch herbeigesehnt, in manchen hatte ihr davor gegraut. Heute Abend war sie sich über ihre Gefühle nicht im Klaren. Sie schob den Sicherheitsriegel zurück, öffnete die Tür und trat auf die Veranda. Sie erstarrte. Es war nicht Dupree, der sie von der gegenüberliegenden Straßenseite anschaute. Von der Veranda konnte sie von dem Mann, der in einer kleinen roten, im Leerlauf brummenden Limousine saß, nur die Baseballkappe und den Bart sehen.

37

Dupree schreckte auf. Er saß immer noch im Wagen vor seinem alten Haus. Er schaute auf die Uhr. Halb zwölf. Er musste eingeschlafen sein. Er wischte sich mit dem Ärmel über den Mund, streckte sich und schaute hinüber zum Haus. Die Vorhänge waren jetzt geschlossen. Er stellte sich vor, wie Debbie aufgewacht war, sich von der Couch erhoben hatte und zum Fenster gegangen war. Sie hatte den Streifenwagen eine Zeitlang angeschaut und dann die Vorhänge zugezogen. Der Anblick muss ihr als das perfekte Bild ihres Ehemannes vorgekommen sein: ein Mann, der jahrelang nach Hause gefahren war, ohne je wirklich anzukommen.

Er blinzelte mit schlaftrunkenen Augen, ließ den Motor an und fuhr los. An der ersten Kreuzung stellte er die Scheinwerfer an. Er hatte seit zwei Stunden Feierabend. Er arbeitete wirklich hart daran, dass man ihn feuerte. Bei Schichtende musste er den Wagen zurückbringen oder zumindest anrufen, dass er sich verspäten würde. Der diensthabende Beamte war wahrscheinlich schon durchgedreht bei dem Versuch, ihn aufzuspüren. Verständlicherweise nahmen es die Jungs in den oberen Etagen nicht von der lustigen Seite, wenn man in seinem Streifenwagen einschlief. Vor allem bei Schichtende – schließlich konnte ja niemand wissen, ob er nicht vielleicht schon tot an einer Ecke lag. Dupree stellte sein Funkgerät an und machte sich schon mal darauf gefasst, dass man ihn über den Äther zur Sau machen würde. Stattdessen plärrte ihm aus dem Lautsprecher hektische Geschäftigkeit entgegen. »Charley-zehn unterwegs …

Charley-zwei unterwegs.« Mehrere Streifenwagen steuerten irgendein Ziel an. »Achtung, laut Anrufer ist männliches Objekt im Besitz eines Messers.« Der Diensthabende in der Zentrale hatte offensichtlich einen Zeugen am Telefon, der eine Prügelei zwischen einem Mann und einer Frau meldete. »Baker-sechs. Braucht ihr Hilfe?« Wagen aus anderen Bezirken boten ihre Hilfe an.

Dupree stellte Sirene und Blaulicht an und gab Gas. Sein ausgelaugtes, benebeltes Gehirn machte ihm Hoffnung, dass seine zweistündige Abwesenheit in dem Trubel vielleicht unterging.

Eigentlich hätte er der Zentrale mitteilen müssen, dass er ebenfalls unterwegs war, aber das hätte die Situation nur zusätzlich kompliziert. Während der Fahrt bekam er das eine oder andere Detail mit. Ein Ehestreit? Eine Frau wurde verprügelt. Er schnappte die Adresse auf: Der 800er Block auf der East Sprague. Jetzt verstand er den Aufruhr. Das war genau in der Mitte der Sprague Avenue, da, wo Lenny Ryan seine Opfer aufgegabelt hatte.

Dupree raste den Freya Hill hinunter. Bei jeder Querstraße, die waagerecht in den Hügel schnitt, hob das Wagenheck ab und knallte dann krachend auf den Beton, bevor es weiter steil bergab ging. Er überfuhr jede rote Ampel, bremste dabei aber so weit ab, dass er einem betrunkenen Fahrer rechtzeitig hätte ausweichen können. Ein paar Minuten später hielt er vor dem hohen Gitterzaun von Landers' Cove. Zwei andere Streifenwagen waren gerade angekommen. Die Beamten brüllten auf ein Paar auf dem gegenüberliegenden Gehweg ein. Eine große Latina in Minirock und ein betrunkener Weißer in dreckigen Jeans, die sich wie Sumoringer an den Schultern umklammerten, kreischten sich an und schlugen sich gegenseitig auf den Kopf.

»Lass sie los!«, schrie einer der Polizisten, den Dupree als Vazquez erkannte. Dupree ging auf die andere Straßenseite. Er, Vazquez und der andere Polizist näherten sich aus drei verschiedenen Richtungen mit beschwichtigenden Handbewegungen dem Paar.

»Sie bringt mich um!«, schrie der Mann. Als ob die Frau seine Aussage bestätigen wollte, löste sie sich aus der Umklammerung, stieß mit einem kleinen Messer nach dem Mann und erwischte ihn oberhalb der Hüfte. Der Kerl heulte auf und schlug ihr ins Gesicht. Kreischend, weiter aufeinander einschlagend torkelte das Paar von Dupree weg.

Sie taumelten jetzt auf den anderen Polizisten zu, einen jungen Burschen, den Dupree nicht kannte. Dieser versuchte den Arm der Frau zu packen. Sie riss den Kopf herum und stach nach dem Beamten, der sich mit einem Satz rückwärts in Sicherheit brachte. Aus Nase und Mund der Frau lief Blut. Durch die ruckartige Bewegung geriet die Frau aus dem Gleichgewicht, riss den Mann mit, und beide stürzten auf das Pflaster. Die Frau ließ das Messer fallen. Bevor Vazquez, Dupree oder der andere Polizist reagieren konnten, schnappte sich der Mann das Messer und stieß damit nach dem blutverschmierten Gesicht der Frau. Sie riss eine Hand hoch, worauf die Klinge die Handfläche aufschlitzte. Blut tropfte auf das Pflaster.

Vazquez stürzte sich auf den Mann, riss ihn von der blutenden und schreienden Frau und schlug ihm das Messer aus der Hand. Die beiden wälzten sich vom Gehweg auf die Straße, wo der Mann plötzlich auf Vazquez' Brust saß, dessen Kopf packte und auf den Randstein knallte. In der nächsten Sekunde klatschte der Gummiknüppel des anderen Beamten mit voller Wucht auf die Schulter des Betrunkenen. Aus Duprees Blickwinkel sah es so aus, als würde der Mann buchstäblich abheben. Der Hieb beförderte ihn von Vazquez' Körper direkt vor Duprees Füße. Dupree stürzte sich auf den Mann, riss ihm den linken Arm auf den Rücken und rammte ihm seinen eigenen Schlagstock ins Genick.

»Keine Bewegung!«, schrie er und drehte sich dann zu Vazquez um. »Alles klar, Vazquez?«

»Ich bring diese Scheißschlampe um!«, kreischte der Mann.

»Alles klar«, sagte Vazquez, der gerade wieder den Mund aufmachte, um noch etwas zu sagen, als Dupree hinter sich ein Geräusch hörte. »Pass auf!«, schrie Vazquez.

Dann spürte Dupree einen scharfen, stechenden Schmerz in seiner Schulter.

»Lass ihn los!«, kreischte die Frau. »Donnie! Donnie!«

Dupree riss seinen Schlagstock hoch und versetzte der Frau einen Hieb, worauf sie das Messer, das in seiner Schulter steckte, losließ und zurücktaumelte. Der andere Beamte packte die Frau und drückte sie auf den Boden.

»Alles okay, Baby?«, schrie der Mann, der sich gegen Duprees festen Griff wehrte. Dupree verdrehte den Arm des Mannes noch ein bisschen mehr, damit er sich endlich um das Messer in seiner Schulter kümmern konnte. Der Mann schrie auf, gab aber schließlich auf und ließ sich Handschellen anlegen.

Weitere Streifenwagen und der Notarzt tauchten auf. Dupree betastete die Rückseite seiner Schulter und den Messergriff. Er zog das Messer heraus. Es war ein kleines Obstmesser. Die Fleischwunde war nicht sonderlich tief, vielleicht ein paar Zentimeter. Dennoch wusste Dupree, was das bedeutete. Angst, große Angst. Es gab jede Menge kleiner Ängste, wenn man auf Streife ging. Misch dich in eine Schlägerei ein und du stehst knietief in einer Petrischale, in der es von unbekannten Keimen, Bakterien und Viren nur so wimmelt. Schlepp einen Säufer zum Entgiften und du denkst automatisch an Kopfläuse und fängst an, dich zu kratzen. Doch die große Angst war etwas völlig anderes. Bei jedem Kratzer auf deinem Arm, bei jedem fremden Tropfen Blut auf deiner Haut lief es dir kalt den Rücken hinunter.

Er kannte nicht einen einzigen Polizisten, den nicht wenigstens einmal die große Angst gepackt hatte. Bei den täglichen Adrenalinschüben beim Streifendienst fielen einem

Bissspuren oder getrocknetes Blut erst später auf – wenn man mit seinen Gedanken allein war. Natürlich standen die Chancen eins zu einer Million. Doch was hilft dir das, wenn du um drei morgens neben deiner Frau im Bett liegst und dir den Kopf darüber zerbrichst, wessen Blutzellen sich mit deinen vermischen. Dupree kannte keinen Kollegen oder Notarzt, der es sich auf der Straße geholt hatte, aber deshalb war die Angst nicht weniger groß. Das kleine Obstmesser hatte das Fleisch von beiden dieser Säufer aufgeschlitzt, war dann in Duprees Schulter eingedrungen und hatte ihr Blut wie bei einer Transfusion mit seinem Blut vermischt.

Ein Notarzt zog Dupree das Uniformhemd und dann das T-Shirt aus. Das Blut hatte auf dem Rücken des T-Shirts einen runden Fleck von der Größe eines Baseballs hinterlassen.

»Ich liebe dich, Donnie!«, schrie die betrunkene Frau. Die Notärzte hatten sie verbunden und die Polizisten verfrachteten sie jetzt in einen Streifenwagen.

»Ich liebe dich auch, Baby!«, schrie Donnie zurück.

»Herzzerreißend«, murmelte Dupree vor sich hin. Die Salbe, die der Notarzt auf der Wunde verrieb, brannte mehr als die Wunde selbst.

»Das muss genäht werden«, sagte der Arzt.

Dupree schaute ihn an. »Können Sie das nicht erledigen? Ich will nicht ins Krankenhaus.«

»Tut mir Leid. Ich kann die Wunde nur provisorisch verbinden. Zum Nähen müssen Sie ins Krankenhaus.« Der Arzt griff in seine Tasche. »Wann haben Sie die letzte Tetanusspritze bekommen?«

»Hab mir erst zum Lunch eine gesetzt«, sagte Dupree.

Ein Corporal fotografierte Duprees Verletzung. Dann beäugte Dale Henderson mit seinem Zombie-Blick die Wunde. Der Sergeant der Nachtschicht, der ein paar Jahre jünger als Dupree war, versuchte sich an einer witzigen Bemerkung. Aber selbst dabei fand Dupree seinen herablassenden Tonfall abstoßend. »Tja, so was passiert halt, wenn man nach Schichtende auf einen Notruf reagiert.«

»Tja«, sagte Dupree.

»Wir haben uns ein bisschen Sorgen gemacht«, sagte Henderson. »Warum haben Sie Ihr Funkgerät ausgeschaltet?«

»Weiß nicht. Meine Schicht war vorbei. Hab nicht weiter drüber nachgedacht.«

Ohne den Blick von der Wunde zu wenden, fragte Henderson: »Haben Sie heute Abend noch irgendwo was getrunken, Alan?«

»Ich hab nichts getrunken!« Dupree ärgerte sich über den barschen Tonfall in seiner Stimme. Henderson musste diese Frage stellen. »Ich hab nichts getrunken«, wiederholte er in versöhnlicherem Ton.

Henderson schaute auf die Uhr. »Okay. Aber Sie verstehen die Frage, oder? Zwei Stunden nach Ende Ihrer Schicht fahren Sie zufällig durch ein Einsatzgebiet, das nicht das Ihre ist, und folgen einem Notruf.«

»Ich hab nichts getrunken, Dale.« Er hauchte den Sergeant an.

Henderson zuckte nur mit den Schultern und schrieb etwas in sein Notizbuch. »Keine Affäre. Sie sind jedenfalls stocknüchtern.«

Doch Dupree konnte dem Drang nicht widerstehen, sich zu erklären. »Debbie und ich haben uns vor knapp zwei Monaten getrennt«, sagte er. Er erzählte Henderson alles: vom Konzert der Fundamentalisten bis zu seinem Entschluss, nach Schichtende zum Haus seiner Frau zu fahren. Henderson machte sich wortlos Notizen. »Ich saß vor dem Haus im Wagen. Es war so friedlich«, sagte Dupree. »Schätze, dass ich deshalb den Funk abgestellt habe. Weil es so still war.« Dann berichtete er Henderson von der Schlägerei und wie das Messer in seine Schulter gekommen war. Als Dupree fertig war, lachte er auf: »Schreiben Sie einfach, dass ich einen getrunken habe. Das ist nicht so jämmerlich.«

Dupree erinnerte sich an das Chaos von Hendersons Scheidung vor sechs oder sieben Jahren. War das gleiche Auf und Ab von Trennung und Versöhnung gewesen wie bei Pollard. Er hatte eine Affäre mit einer Frau aus dem Büro des Staatsanwalts gehabt, einer Sekretärin, die er später geheiratet hatte. Duprees Geschichte hatte ihn anscheinend etwas milder gestimmt. »Na ja«, sagte er. »Auf jeden Fall waren Sie eine große Hilfe bei unseren Turteltäubchen hier.«

»Hätte einfach weiterschlafen sollen, als ich da in meiner Kiste saß.«

»Sie hätten anrufen und Bescheid geben sollen, dass Sie Feierabend gemacht haben«, sagte Henderson mit leicht vorwurfsvoller Stimme. »Machen Sie jetzt Ihren Bericht. Schreiben Sie genau auf, wie es dazu gekommen ist, dass Sie außerhalb Ihres Bezirks zwei Stunden nach Schichtende in diese Messerstecherei geraten sind.«

»Okay«, sagte Dupree. »Hatte mir schon so was gedacht.«

Henderson klappte sein Notizbuch zu und schaute Dupree eindringlich an. »Kommen Sie klar, Alan?«

Dupree nickte und schaute dem sich entfernenden Henderson hinterher. Der Notarzt beendete die Arbeit an Duprees Schulterverband und gab ihm ein paar kleine Salbentuben, die an den Enden wie Würste miteinander verbunden waren. »Passen Sie auf, dass sich die Wunde nach dem Nähen nicht entzündet«, sagte der Arzt.

»Danke«, sagte Dupree. Er zog das Uniformhemd wieder an und gab einem Beamten das T-Shirt als Beweismittel mit. Dupree stand auf und knöpfte sich gerade das Hemd zu, als er auf der gegenüberliegenden Straßenseite am Gitterzaun des Jachthändlers einen alten Mann stehen sah, der die Uniform einer Wachgesellschaft trug. Dupree überquerte die Straße.

»Ich beneide euch wirklich nicht«, sagte der alte Mann.

»Die Selbstbeherrschung möchte ich haben, um solche Penner nicht einfach abzuknallen.«

»Haben Sie unsere kleine Party hier mitbekommen?«

»Ich hab bei euch angerufen. Die beiden kamen hier gerade vorbei. Voll bis Oberkante Unterlippe, haben pausenlos gelacht. Hab noch gedacht, ist doch schön, wenn sogar Schnapsdrosseln wie die so verknallt sein können. Dann wollte er in die eine Richtung und sie in die andere. Den Rest kennen Sie ja.«

Dupree schaute auf die Jachten und kleineren Boote, die in Reih und Glied auf dem Verkaufshof von Landers' Cove standen. Den Mittelpunkt des riesigen Geländes bildete das Ausstellungsgebäude, eine Konstruktion aus Stahl und Glas, die gerade umgebaut wurde. Ein Wohnwagen und ein kleiner Kran einer Baufirma standen daneben. Von der Glasfront des eingeschossigen Gebäudes, das offenbar vergrößert werden sollte, stand nur noch das stählerne Skelett.

»Was machen die da?«, fragte Dupree.

Der Wachmann drehte sich kurz um und wandte sich dann wieder an Dupree. »Vergrößern den Laden. Jetzt kommen noch Jet-Skis und Schneemobile und – wie heißen die Dinger noch gleich? – Snowboards dazu. Glaube, der Teil von dem Laden heißt dann Landers' Mountain.«

Landers' Cove existierte an dieser Stelle schon seit mindestens vierzig Jahren. Und all die Jahre waren die reichen Bewohner South Hills gezwungen gewesen, sich in das immer weiter verrottende Viertel zu begeben, um sich ihre Boote zu kaufen. In der Hoffnung die schlechten Zeiten des Viertels aussitzen zu können, steckte der Besitzer nach wie vor Geld in das Geschäft. Natürlich hatte es Dupree schon erlebt, dass ein Stadtviertel wieder auf die Beine kam. Doch diesem Viertel gab er keine Chance. Ein dreistöckiger Backsteinbau auf der anderen Straßenseite wurde ebenfalls renoviert. So lange sich Dupree zurückerinnern konnte, hatte das Gebäude eine üble Säuferkneipe und zwei Etagen mit Wohnungen der billigsten Kategorie beherbergt. Jetzt wurde die Fassade gereinigt und eine Abbruchfirma hatte damit begonnen das Gebäude auszuweiden. Über eine Rutsche wurden Balkenreste und Bauschutt aus dem Haus in einen Müllwagen befördert.

»Und was kommt da drüben rein?«, fragte Dupree.

»Elektronikgeschäft«, sagte der alte Mann. »Wenn die so weitermachen mit der Renovierung des Viertels bin ich bald meinen Job los.«

Dupree fiel ein Telefonat ein, das er noch als Leiter der Task Force getätigt hatte. Er hatte Kevin Verloc angerufen, weil er ihn fälschlicherweise für einen möglichen Verdächtigen gehalten hatte. Der Anruf hatte ihm wieder in Erinnerung gerufen, dass Verloc eines der größten Sicherheitsunternehmen der Stadt leitete. »Sie arbeiten sicher für Verloc, oder?«, sagte Dupree.

»Genau«, sagte der Wachmann.

»Wie lange arbeiten Sie schon hier?«

»In dem Jachtladen? Sieben, acht Monate.«

»Und für Kevin? Wie lange arbeiten Sie schon für den?«

Der alte Mann lächelte gequält. »Seitdem ihm die Hebamme auf den Arsch gehauen hat.«

»Sie sind sein Vater?«

»Paul Verloc«, sagte der Mann und streckte die Hand aus – zum Zeichen, dass er ihm die Hand schütteln würde, wenn der Zaun nicht wäre.

»Gut, dass ich Sie treffe«, sagte Dupree. »Mein Name ist Alan Dupree.«

Verlocs Vater nickte. Dupree hatte das Gefühl, dass seit der Zeit, als er auf der Suche nach Hinweisen auch Kevin Verloc angerufen hatte, schon Jahre vergangen waren.

»Haben Sie mal mit jemandem über die Morde hier in der Gegend gesprochen?«, fragte Dupree.

»Ja, ist ein paar Wochen her«, sagte Paul Verloc. »Eine Frau war hier und hat gefragt, ob mir was aufgefallen ist, das nicht normal ist.« Der Alte lachte. »Ist schon komisch, was man so alles für normal hält. Ich hab hier um die Ecke schon Jungs gesehen, halbe Kinder, fünfzehn, sechzehn Jahre alt, die Nadel hat noch im Arm gesteckt, die haben irgendeinem alten Suffkopf einen runtergeholt. Und dann kommt ein Bulle und fragt mich, ob ich was gesehen hab, was nicht normal ist, und mir fällt absolut nix ein.«

Dupree nickte. »Verstehe.«

»Aber die Girlies, die gehen mir schon ab«, sagte der Alte. »Manche waren ja ziemlich übel, denen konnte man nicht über den Weg trauen. Aber die meisten haben mir einfach nur Leid getan.« Wo früher mal sein Haaransatz gewesen sein musste, berührte Paul mit dem Mittelfinger einen Altersflecken. Geistesabwesend fuhr er sich mit dem Finger unterhalb des weißen Haares quer über die hohe, runzelige Stirn. »Was meinen Sie? Haben die sich in ein anderes Viertel verzogen?«

»Fürs Erste schon«, sagte Dupree und schaute auf die Uhr. Schon fast drei. »Also dann«, sagte er. »War nett, mit Ihnen zu plaudern.«

Paul Verloc tippte zum Abschied mit dem Funkgerät gegen seine Schläfe.

Dupree blieb noch kurz im Wagen sitzen und betrachtete den blutverschmierten Gehweg. Schläge, Tritte oder Kratzer hatte er als Streifenbeamter einmal pro Woche abbekommen. Meistens, wenn er wie vorhin versucht hatte einen Streit zu schlichten. Die Stichwunde war jedoch die schlimmste Verletzung, die er sich als Polizist je eingefangen hatte. Als junger Bursche hatte er sich Polizeiarbeit wie eine Serie von Tagträumen à la Walter Mitty vorgestellt. Man handelte sich Messerstiche oder Streifschüsse ein, während man wunderschöne junge Frauen beschützte oder die Verbrechen irgendeines Superhirns aufklärte. Die Wirklichkeit sah so aus, dass einem von einer betrunkenen Frau, der man zur Hilfe eilen wollte, mit einem Obstmesser die Schulter aufgeschlitzt wurde.

Dupree zog sein kleines Notizbuch aus der Tasche und notierte sich ein paar Einzelheiten für seinen Bericht. Er schrieb genau auf, was die Frau geschrien hatte, notierte den Namen der Seitenstraße, die Namen der angrenzenden Geschäfte und die Entfernung zwischen dem Gitterzaun und dem Gehweg. Er ließ den Motor an, fuhr los und war schon auf dem Weg zum Krankenhaus, als ihm einfiel, dass es vielleicht besser wäre, den Bericht noch heute Nacht zu schreiben. Er wendete und fuhr Richtung Präsidium.

Er überquerte die Monroe Street Bridge und stellte den Wagen vor dem Präsidium ab. Die Erklärungen an der Garage für die Dienstfahrzeuge konnten warten. Mit seiner Ausweiskarte öffnete er eine Hintertür und trat in einen dunklen Gang, an dem die Büroräume der Detectives lagen. Auf dem Weg in den vorderen Teil des Gebäudes kam er an der Tür des Task-Force-Büros vorbei. Er blieb kurz stehen und lauschte. Nichts. Er zog wieder die Ausweiskarte mit dem schwarzen Magnetstreifen aus der Tasche. Eigentlich hätte das Schloss schon ausgewechselt oder sein Name von der Liste der berechtigten Personen gestrichen sein müssen. Als er jedoch die Karte durch den Schlitz zog, klickte es und das Schloss öffnete sich.

Bis auf zwei Schreibtischlampen, die man vergessen hatte auszuschalten, war es dunkel. Dupree ging direkt zu Spiveys Schreibtisch, der früher sein Arbeitsplatz gewesen war. Was ihn ärgerte, war nicht, dass das Dezernat einen Arsch wie Spivey für besser hielt als ihn. Er war lange genug im Geschäft, um zu wissen, dass sich die Herren in den höheren Etagen wie jeder andere von der Kraft der Jugend, von einer Person, die anscheinend neue Wege ging, verführen ließen. Das galt vor allem für Polizisten, die vor einem Kollegen, der gerade mal einen Computer einschalten konnte, fast auf die Knie fielen. Auch das störte Dupree nicht wirklich. Zugegebenermaßen war er nicht der Eifrigste gewesen, wenn es darum ging, Neuerungen einzuführen. Es wäre sicher schlauer gewesen, wenn er einen Profiler hinzugezogen, eine Datenbank aufgebaut und sich mehr um die Folgeberichte gekümmert hätte. Was Dupree wirklich störte, war, dass er die Entwicklung nicht vorausgesehen hatte. Vom rein politischen Standpunkt aus hatte er Spivey völlig unterschätzt. Seine Abneigung gegen den Burschen hatte ihn dazu verleitet, ihn zurückzuweisen. Er hätte seine Kenntnisse nutzen sollen, das hätte ihnen beiden weitergeholfen. Stattdessen hatte er ihn links liegen lassen. Und was hatte das gebracht?

Zwei Plätze weiter stand Carolines Stuhl. Er war tief unter die Schreibtischplatte geschoben, über der Rückenlehne hing ein Pullover. Spivey hatte den Job bei Major Crimes bekommen, der eigentlich ihr zugestanden hätte. Das war der Grund, warum er Spivey so hatte auflaufen lassen.

Er ging zu ihrem Schreibtisch, nahm das Foto ihrer Mutter in die Hand und stellte es wieder hin. Instinktiv zog er an einer der Schubladen. Sie war abgeschlossen. Er trat einen Schritt zurück und sah sich in dem Raum um, in dem er mal Chef gewesen war – sicher nicht mit Spiveys Kenntnissen, was wissenschaftliche Methoden, Erstellung von Täterprofilen und Computer betraf, aber doch mit einer gewissen Integrität. Im Wesentlichen, so kam es ihm zumindest vor, verlief ein Lebensweg doch immer bergauf. Jetzt fragte er sich, was passierte, wenn dieser Aufstieg ins Stocken geriet, wenn das Äußerste, was ein Mensch noch erwarten konnte, der Ruhestand war, der Verlust von Verantwortung und Möglichkeiten, der Verlust von Arbeit und Freunden.

Er stützte sich mit den Handflächen auf die Schreibtischplatte. Seit zehn Jahren war seine Beziehung zu Caroline die eines Sergeants zu einer einfachen Polizistin, die von Mentor zu Student. Und an diese Beziehung klammerte er sich mit der Hitze und der Leidenschaft einer Liebesaffäre. Er unterrichtete sie, spornte sie an, redete ihr zu. Hinter den Kulissen ergriff er Partei für sie, lobte sie in seinen Berichten, brachte bei Beförderungen oder großen Fällen ihren Namen ins Spiel, betrieb mit Vorsicht und uneigennütziger Hingabe ihre Karriere. Er tat noch mehr, mehr, als er eigentlich hätte tun sollen, mehr, als sie wusste. Es lag schon etwas Ironie darin: Dieser Frau war er immer treu gewesen. Und jetzt, da sie endlich drin war, stand er draußen vor der verschlossenen Tür. Es kam ihm so vor, als ob jeder, an dem ihm etwas lag, drin war, während er nur auf geschlossene Vorhänge starrte. Er fuhr mit den Fingern über ihren Pullover und schämte sich der Erregung, die die bloße Berührung ihrer Kleidung in ihm hervorrief. Plötzlich kam ihm sein Leben vor wie ein Schiff, das irgendwo vom Kurs abgekommen war. Irgendwo stimmte nicht ganz, er wusste genau, wo und auch wann das passiert war. Wie oft hatte er den Film jener Nacht in seinem Kopf abgespielt? Als er nur noch zwei Straßen von ihr entfernt war und über Funk ihre verängstigte Stimme hörte. Als er schrie: Tu nichts, warte, ich bin gleich da! Und sie: Es ist zu spät. Und dann der fürchterliche Knall des Schusses. Er stürzte aus dem Wagen, rannte hinters Haus und da stand sie. Über ihrem Kopf knisterte die Mückenlampe. Mit der Waffe zielte sie immer noch auf den betrunkenen Schläger, der vor ihr auf dem Boden lag. Dann das Chaos am Tatort. Die Befragungen, das Gedränge, die Hektik. Und dann ihre Wohnung. Die Nacht, die sich bis ins Morgengrauen dehnte. Die schwerer auf ihm lastete als das Gewicht aller Nächte, die er je erlebt hatte. Die Nacht, in der sie sich hätten lieben sollen. Dann – so dachte Dupree – wäre diese Nacht keine strahlende, quälende Verheißung mehr, sondern lediglich eine Erinnerung: einfach, süß, vorbei.

38

Zitternd rannte Caroline zurück ins Haus, schnappte sich das Handy vom Esszimmertisch und riss die Pistole aus dem Halfter, das über einem Stuhl hing. Nachdem sie die Notrufnummer gedrückt hatte, schoss ihr der Gedanke durch den Kopf, dass das vielleicht gar nicht Lenny Ryan gewesen war. Der Anruf konnte noch warten. Sie presste sich gegen die Wand, damit sie keinen Schatten auf den Vorhang warf. Dann drückte sie sich langsam die Wand entlang, machte das Licht aus und lugte zum Fenster hinaus. Das rote Auto war weg. Sie fragte sich, ob es überhaupt da gewesen war. Sie nahm die Autoschlüssel von der Kommode im Flur, legte sich auf den Boden und robbte zur offenen Haustür. Nichts. Sie schaute nach links und rechts, erhob sich langsam und ging gebückt, den Lauf der Pistole auf den Boden gerichtet, zu ihrem Wagen und stieg ein. Mit quietschenden Reifen setzte sie rückwärts aus der Einfahrt.

Sie fuhr in Richtung der nur ein paar Blocks entfernten Division Street, der wichtigsten Nordsüdachse durch die Stadt. Auf dem Weg dahin schaute sie links und rechts in die Wohnstraßen und suchte nach dem roten Wagen. Sie versuchte ruhig zu bleiben. So wie sie bei einem unzuverlässigen Zeugen vorging, stellte sie nun ihre eigenen Annahmen in Frage. Sie hatte gerade eine Stripperin befragt, die von Ryan, der einen roten Wagen gefahren hatte, angesprochen worden war. Vielleicht hatte sie also nur einen langsam an ihrem Haus vorbeifahrenden roten Wagen gesehen (was dauernd vorkam, da es an der Kreuzung vor ihrem Eckhaus keine Ampeln gab und die Autos abbremsen mussten) und sich eingebildet, der Fahrer mit Baseball-Kappe und Bart sei Ryan gewesen. War der Wagen tatsächlich rot gewesen? Nachts täuschte man sich leicht mit der Farbe. Es war alles so schnell gegangen, dass sie weder Nummer, Fabrikat oder Modell hatte erkennen können. Aber es war eine kleine Limousine gewesen, so viel war sicher. Viertürig. Vielleicht ein Ford, aber eher ein Japaner – ein Nissan oder ein Mazda. Genau, ein Nissan. Könnte ein Sentra gewesen sein. Ziemlich sicher ein roter.

Wenn sie die Beschreibung jetzt durchgäbe, stünden die Chancen gut, dass man ihn aufspüren würde. Wieder zwang sie sich zur Vorsicht. Wenn es überhaupt Ryan gewesen war. Und wenn nicht? Wer weiß, was Spivey ihr alles erzählen würde. Sie schaltete das Funkgerät ein. Der Diensthabende kümmerte sich gerade um eine andere Sache – zwei Streifenpolizisten, die sich auf der East Sprague massiv in eine Schlägerei von zwei Betrunkenen einmischten. Caroline drehte gerade am Funkgerät herum, als sie glaubte, sechs Blocks weiter ein rotes Auto zu sehen, das an einer Ampel rechts in eine Seitenstraße einbog. Sie trat aufs Gas, schaltete die Zusatzscheinwerfer am Kühlergrill ein und überholte die vor ihr trödelnden Wagen.

Sie umklammerte das Lenkrad. Die Pistole mit ihrem tödlichen Gewicht lag in ihrem Schoß – ein idiotischer Platz für eine Waffe, wenn man so in der Gegend herumschoss. Vorsichtig legte sie die Waffe auf den Boden vor dem Beifahrersitz. Caroline bog scharf in die Seitenstraße ein und sah nur drei Blocks vor sich den roten Wagen. Er bewegte sich ruhig und gleichmäßig – als sei sein Fahrer auf dem Weg zur Arbeit.

Zwei Blocks weiter hatte sie ihn eingeholt. Er lenkte den Wagen an den Randstein, schien es sich anders zu überlegen und fuhr noch ein Stück, bevor er schließlich vor einem mit

Schindeln verkleideten Haus anhielt. Der Fahrer wandte den Kopf nach links, sodass Caroline die Umrisse der Baseball-Kappe erkennen konnte. Dann schaute er wieder geradeaus und blieb still sitzen.

Eigentlich müsste sie jetzt Verstärkung anfordern. Sie hätte schon, als sie den Wagen entdeckt hatte, Verstärkung anfordern sollen. Doch die Zweifel an der Richtigkeit ihrer Beobachtung hatten ihre Urteilskraft getrübt. Ohne die Gestalt auf dem Fahrersitz aus den Augen zu lassen, bückte sie sich vor und tastete auf dem Boden vor dem Beifahrersitz nach der Pistole. Sie nahm sie fest in die Hand und stieg langsam aus, wobei sie die Tür als Schutzschild benutzte. Sie richtete die Waffe auf den roten Wagen, kam langsam hinter der Tür hervor und ging gebückt auf das Auto zu. Das Fenster der Fahrertür glitt langsam nach unten.

»Arme aus dem Fenster! Beide!«, schrie Caroline. Sie hielt die Waffe fest umklammert.

Als sie die dünnen, zitternden Arme sah, wusste sie sofort, dass sie nicht Lenny Ryan vor sich hatte. Caroline ging etwas näher heran und sah, dass sie einen jungen, vielleicht achtzehnjährigen Burschen erwischt hatte, der nervös auf seinen Strafzettel wartete. Sie ließ die Waffe sinken und trat neben die Fahrertür des roten Nissan Sentra. Der Junge mit der Baseball-Kappe schaute sie an.

»Bist du vorhin am Corbin Park vorbeigefahren?«, fragte Caroline.

»Nein, ich schwöre«, sagte der Junge etwas zu schnell und übertrieben abwehrend – als sei es verboten, am Corbin Park vorbeizufahren.

Caroline stand schwer atmend neben dem Wagen. Sie schaute links und rechts die Straße hinunter und dann wieder auf den nervösen Burschen. Unter dem Fahrersitz lugte ein Flaschenhals hervor. Der Junge versuchte die Flasche mit dem Fuß zurückzuschieben. »Gib mir mal die Flasche da unten«, sagte sie.

Er griff unter den Sitz, zog eine Flasche Budweiser hervor und gab sie ihr.

»Findest du das okay?«, fragte sie.

Er zuckte mit den Achseln. »Ist nicht für mich.«

Sie lachte. Ihre Anspannung löste sich allmählich. Sie kippte das Bier auf die Straße und warf die leere Flasche auf den Rücksitz.

»Entsorg das vorschriftsmäßig«, sagte sie. »Und ...« Sie überlegte, was sie ihm noch mit auf den Weg geben könnte. »Blink gefälligst, wenn du abbiegst, okay?«

Caroline ging zurück zu ihrem Wagen und stieg ein. Als sie die Pistole im Handschuhfach verstaute, fiel ihr Blick auf das Handy, das auf dem Beifahrersitz lag. Auf dem Display blinkte immer noch die Notrufnummer. Sie schaltete das Handy aus.

Wie lange konnte sie sich schon nicht mehr auf ihre fünf Sinne verlassen? Seit New Orleans? Seitdem sie davon überzeugt gewesen war, dass man auf einem Balkon ein Mädchen belästigte? Oder noch länger? Seitdem sie Ryan nicht hatte daran hindern können, Burn von der Brücke zu stoßen? Oder hatte der Zersetzungsprozess schon vor sechs Jahren begonnen?

Caroline ließ den Motor an und fuhr zurück in ihr Viertel, wobei sie eine Abkürzung nahm, die um den Corbin Park herumführte. Die Qualität der Häuser entlang der schmalen Seitenstraße veränderte sich schnell: Auf ansehnliche Einfamilienhäuser folgten Apartmentgebäude und dann heruntergekommene Häuser mit Autos in den Vorgärten und Bretterbuden im Hinterhof.

Als Caroline in ihre Straße einbog, in der kleine Einfamilienhäuser aus Backstein und renovierte Bungalows das Bild bestimmten, war sie zunächst überrascht, dass in ihrem Haus kein Licht brannte.

Dann fiel ihr aber ein, dass sie es ausgemacht hatte – um sich vor einem Bürschchen in Sicherheit zu bringen, das mit einer Pulle Bier in einem roten Nissan durch die Gegend fuhr.

Bei dem Gedanken, jetzt in das dunkle Haus zu müssen, sträubten sich ihr die Haare. Außerdem war das genau eine von jene Nächten, in denen sie ohnehin keinen Schlaf finden würde, in denen sie gegen die von ihrer Mutter geerbte Schlaflosigkeit ohnehin keine Chance hätte. Also fuhr sie in südlicher Richtung die Monroe Street hinunter, eine Straße, an der sich dreistöckige, fünfzig Jahre alte Sandsteinhäuser mit neueren Gebäuden – Hamburger-Läden, Elektrogeschäfte, Drugstores – abwechselten. Fast jedes dritte Auto, das ihr entgegenkam, war rot.

Sie stellte den Wagen an einer Parkuhr vor dem Polizeipräsidium ab. Vor dem Eingang stieg gerade Dale Henderson aus seinem Wagen. Henderson war der Sergeant der Nachtschicht. Er war früher – nachdem man Dupree aus dem Streifendienst abgezogen hatte – eine Zeit lang Carolines Vorgesetzter gewesen. Henderson wartete auf sie, dann gingen sie zusammen zum Vordereingang.

»Was machen Sie hier noch so spät?«, fragte er.

Sie lächelte. »Die Jungs haben es ganz gern, wenn ich ein bisschen früher komme und schon mal den Kaffee mache. Und Sie? Hab gehört, dass Sie heute Nacht schon viel Scheiße am Hals hatten.«

»Woher wissen Sie das denn?«

»Hab's über Funk gehört.«

Henderson nickte und hielt ihr die Tür auf. »Kann ich Sie was fragen?«

»Klar«, sagte Caroline.

»Sie sind doch immer noch ganz gut mit Dupree befreundet, oder?«

»Tja, schon«, sagte sie vorsichtig. Die Art, wie er die Worte ›immer noch‹ und ›befreundet‹ aussprach, ließ sie aufhorchen. »Warum, ist was passiert?«

»Na ja, erstens ruft er nach Schichtende zwei Stunden

lang nicht an. Und dann platzt er auch noch in eine Schlägerei, bei der er sich einen Messerstich in der Schulter einfängt.«

Caroline Nackenmuskeln versteiften sich. »Geht's ihm gut?«

»Ja. Musste nur genäht werden. Als ich ihn gefragt habe, warum er sich nicht gemeldet hat, ist er richtig aus dem Leim gegangen. Hat sich den Mund fusselig geredet. Hat gesagt, er wäre vor dem Haus seiner Frau im Wagen eingeschlafen.«

Sie standen in der großen Lobby des Präsidiums und schauten sich an. Geradeaus stand der Schreibtisch des Sergeants, dahinter befand sich die Tür zu den Büros der Detectives.

Caroline fühlte sich nicht wohl in ihrer Haut. »Warum erzählen Sie mir das?«, fragte sie.

Henderson schaute auf den Boden. »Nun ja, vielleicht geht mich das gar nichts an. Aber ich habe auch schon eine Scheidung hinter mir und, na ja, manchmal ...« Er suchte nach den richtigen Worten. »Manchmal versteht der andere nicht, wie viel für den auf dem Spiel steht, der seine Familie verlässt.«

Der andere? Caroline ballte die Fäuste. »Ich weiß nicht, was Sie glauben, Dale, aber ...«

Er fiel ihr ins Wort. »Wenn man unverheiratet ist, so wie Sie, dann lässt man sich eben so treiben. Aber bei jemandem wie Alan ... Was er tut, hat auch Auswirkungen auf andere.«

Caroline drehte sich um und ging weiter.

Henderson ging hinter ihr her. »Ich weiß ja, dass die Sache mich nichts angeht ...«

Ohne stehen zu bleiben, wandte sie ihm den Kopf zu und sagte: »Da gibt's keine Sache, Dale.«

»Ich verurteile Sie doch gar nicht ...«

Sie blieb abrupt stehen und drehte sich um. »O doch, Dale, genau das tun Sie. Sie haben nur Scheiße im Hirn.« Sie ging weiter und diesmal folgte er ihr nicht. An der Tür zu den

Büros der Detectives tippte sie den Code ein, betrat den langen, hellen Gang und stand kurz darauf vor der Tür zur Special Investigations Unit. Ihre Wut wurde nach und nach verdrängt von der Sorge um Dupree. Hendersons Auftritt war nun wirklich nichts, worüber man sich wundern musste. Es gab auf der ganzen Welt keine größeren Tratschbacken als Polizisten.

Caroline zog ihre Karte durch den Automaten und betrat das SIU-Büro. Einmal mehr war sie verblüfft über den Unterschied zwischen ihrem alten und ihrem neuen Büro. Die Wände im Büro der Task Force waren bepflastert: mit Fotos von den toten Frauen; mit Karten, auf denen die Fundorte der Leichen oder die Orte, wo man sie zuletzt lebend gesehen hatte, markiert waren; und natürlich mit Spiveys alles beherrschender Zeittafel.

Dagegen herrschte im SIU-Büro eine fast altmodisch anheimelnde Atmosphäre. Hier und da das Foto eines Hauses nach einer Drogenrazzia, Abbildungen von Kokain und Metamphetamin in ihren geläufigsten Variationen, eine Liste, auf der Designerdrogen wie Ecstasy verzeichnet waren. Der Raum sah aus wie das Chemielabor einer Highschool. Caroline ging zu ihrem alten Schreibtisch, öffnete eine der Schubladen und nahm Burns Akte heraus. Der dicke Ordner enthielt die Kopien aller Gerichtsakten, inklusive der Jugendstrafsachen, sowie Kopien der Zeitungsberichte nach seinem Tod. Der längste Artikel war einen Monat nachdem Burn über den Damm gespült worden war, erschienen. Die Überschrift lautete: »Familie bangt um ertrunkenen Drogendealer«. Zu der Geschichte hatten sie ein Bild gebracht, auf dem eine junge schwarze Frau zu sehen war. Burns Mutter, die ein Foto hielt: Burn in der sechsten Klasse, im Football-Dress, mit dem Helm unter dem Arm stolz in die Kamera blickend.

Caroline klemmte sich den Ordner unter den Arm und verließ das SIU-Büro. Sie vergewisserte sich, dass das Schloss einrastete, und ging zum Task-Force-Büro. Sie dachte an

Henderson, an seine Anspielung, dass sie für Duprees Zustand verantwortlich war. Sie war stinksauer, fühlte sich aber dennoch schuldig.

Mit der Chipkarte öffnete sie Tür, betrat den Raum und stand vor Dupree – als sei er aus ihren Gedanken direkt in die Realität gesprungen. Er stand mit dem Rücken zu ihr vor ihrem Schreibtisch und hielt ihren Pullover in der Hand. Als die Tür ins Schloss fiel, schreckte er auf, legte schnell den Pullover auf die Stuhllehne und drehte sich um.

Der Anblick der Uniform erinnerte sie an ihre gemeinsame Zeit als Streifenpolizisten. Zum ersten Mal wurde ihr bewusst, wie lange ihre Leben schon miteinander verwoben waren und wie viel Kraft sie das schon gekostet hatte.

»Du hast mich erschreckt«, sagte Dupree.

»Tut mir Leid.«

»Schon gut«, sagte er. Ihm wurde plötzlich klar, dass sie sich fragen musste, was er hier zu suchen hatte. Er wedelte mit seiner Ausweiskarte. »Hätte nicht gedacht, dass die noch funktioniert. Tut sie aber. Müsste mal in Ordnung gebracht werden.«

»Was machst du hier?«, fragte Caroline.

»Muss noch einen Bericht schreiben. Wie ich bei einem Rockkonzert war, wie ich in meinem Wagen eingeschlafen bin, wie mich ein paar Besoffene mit dem Messer erwischt haben. Und du?«

Es hatte mal eine Zeit gegeben, damals, als er diese Uniform jeden Tag getragen hatte, da hätte sie Dupree sofort angerufen, als der rote Wagen vor ihrem Haus aufgetaucht war. Doch jetzt war alles anders. Hendersons Anspielung ging ihr nicht aus dem Kopf. *Der andere.* »Muss noch was aufarbeiten«, sagte Caroline.

Er spürte den abweisenden Unterton in ihrer Stimme. Plötzlich kam er sich vor wie ein Streifenbeamter auf Wechselschicht, der im Büro einer höchst bedeutenden Task Force herumschnüffelte.

Sie ging um ihren Schreibtisch herum zu dem Konferenztisch, der in der Mitte des Raumes stand. Ihr Schreibtisch und der Konferenztisch standen jetzt zwischen ihr und Dupree. »Wo hat dich das Messer erwischt?« Nach ihrem Tonfall zu urteilen, hätte sie ihn auch fragen können, was er denn am letzten Wochenende so getrieben habe.

»An der Schulter«, sagte er.

»Hmm.« Sie legte den Ordner auf den Tisch und fing an, darin herumzublättern. »Ist die Wunde genäht worden?«, fragte sie, ohne den Blick von den Papieren zu heben.

»Wollte gerade ins Krankenhaus.« Ihr sachlicher, herablassender Ton war ihm ein Rätsel. »Was ist passiert?«

»Nichts.«

»Kannst du nicht drüber reden? Was ist los? Bin ich auf einmal ein Sicherheitsrisiko?«

»Hat nichts damit zu tun. Ich muss nur was nachschauen. Du weißt doch, wie das ist. Man stolpert über etwas und kann einfach nicht aufhören, drüber nachzudenken.«

»Ja«, sagte Dupree. »Ich kenn mich aus mit Sachen, die man nicht los wird.« Ihre kalte Reserviertheit wirkte ernüchternd auf ihn. Er wurde sich der Ironie bewusst, dass die Frau, über die er sich die meisten Gedanken machte, sich am weitesten von ihm zurückgezogen hatte. »Tja«, sagte Dupree. »Dann werde ich mal meinen Bericht aufsetzen. Sonst werde ich am Ende nicht mal gefeuert.«

Caroline lächelte traurig, als Dupree sich umdrehte, den Raum verließ und die Tür hinter sich ins Schloss fallen ließ.

Er stand im Gang und versuchte zu begreifen, was gerade passiert war. Wenn sie nicht mit ihm zusammen sein wollte, okay. Schließlich konnte er sich in letzter Zeit selbst nicht ausstehen. Aber diesen mitleidsvollen Ton konnte er nicht ertragen. Wieder dachte er an Debbie, an die zugezogenen Vorhänge, daran, dass er ausgesperrt war. Und plötzlich verspürte er den Wunsch, reinen Tisch zu machen, Caroline alles zu gestehen, seine Empfindungen, seine Schuldgefühle, alles.

Alles, was er für sie getan hatte, hatte er getan, weil er mit ihr zusammen sein wollte, weil er für sie sorgen wollte. Ihn konnte sie ignorieren, aber nicht, was er für sie getan hatte.

Er rammte die Karte in den Automaten, das grüne Lämpchen blinkte und er stieß die Tür auf. Caroline stand vor ihm und starrte auf den Boden – als wäre Dupree nicht einfach aus dem Raum gegangen, sondern im Teppich versunken. Sie hob den Kopf und schaute ihn an. *Ich habe dich immer geliebt.* Er fragte sich, ob es irgendeinen Sinn hatte, die Worte auszusprechen. Oder ob er lieber alles vergessen sollte. Sofort, als ihm die Worte durch den Kopf geschossen waren, hatte er gewusst, dass sie sich platt und banal und völlig daneben anhören würden. Sie wusste, dass er sie liebte. Das war ohnehin nicht der Punkt. Lieben ist einfach; die beiden Schnapsdrosseln, die sich heute Abend auf der Straße geprügelt hatten, liebten sich. Was Dupree Caroline gegeben hatte, hatte er nicht mal seiner Frau geben können: sechs Jahre Loyalität, Treue, Aufopferung. Als er jetzt vor ihr stand, rasten im Bruchteil einer Sekunde die sechs Jahre an ihm vorüber und ließen ihn glauben, dass sie für alles verantwortlich war – für seine Misere im Job, für seine gescheiterte Ehe, für all das andere Elend. Er hatte das Verlangen, sich zu erklären, ihr zu zeigen, dass er wegen ihr so tief gefallen war. Seine Schulter schmerzte. Selbst das schien ihre Schuld zu sein. Er suchte nach stärkeren, entblößenderen Worten als »Ich liebe dich«, Worten, die all das ausdrückten, was er für sie getan hatte.

»Als ich damals vor sechs Jahren zu dem Haus gekommen bin«, sagte er leise und gefasst, »da hast du vor dem Kerl gestanden, den du gerade erschossen hattest. Und das Messer …« Er schloss die Augen. Er wusste, dass sie das zerbrechen würde. Doch er wusste auch, dass das immer der Punkt gewesen war: Dass er sie verletzt hatte, wie er sie jetzt verletzte, dass er immer dafür gesorgt hatte, dass sie ihn wieder brauchen würde.

»Was?«, fragte sie. Sie ahnte, was kommen würde. Ihr wurde übel. »Was war mit dem Messer?«

»Es hat auf dem Küchenboden gelegen«, sagte er. »Neben der Frau. Als der Kerl dich angegriffen hat, hat er das Messer nicht in der Hand gehabt. Ich hab es aufgehoben und neben dem Mann auf den Boden fallen lassen.«

39

Lenny Ryan musste plötzlich an den Hund denken, den er damals in Vallejo aufgezogen hatte. Ein Labradormischling, den sein alter Herr als Wachhund gekauft hatte. Der dumme Köter saß nächtelang vor der Tür und hörte nicht auf zu winseln. Vom Schlafzimmer aus schleuderte sein Vater Schuhe nach ihm und schrie ihn an, er solle endlich sein Scheißmaul halten. Jeden Morgen führte sein Vater den Hund nach draußen, band ihn an einem Verandapfosten fest und ließ dann das Halsband los. Der Hund schoss über den Hof, bis sich nach etwa zwanzig Metern die Leine straffte und den Hund mit einem Peitschenknall zurückriss.

Der Hund stand dann wieder auf, pisste, rannte in einer anderen Richtung davon, bis ihn die knallende Leine nach der gleichen Distanz wieder stoppte. Lennys Dad johlte und lachte, was den Hund nur noch wilder machte. Er rannte wieder los, wieder in eine andere Richtung und … Ping! Jeden Morgen das Gleiche. Sein Vater amüsierte sich prächtig, während Lenny es traurig fand, dass der Hund die Lektion des einen Tages am nächsten Morgen anscheinend wieder vergessen hatte. Jeden Morgen schoss er im gleichen Tempo über den Hof. Wenn er sich dem Rand der braunen Grasfläche näherte, die das Ende seiner Leine markierte, legte der dumme Hund sogar noch einen Zahn zu. Als wolle er alle Lektionen der Welt Lügen strafen, als käme er dieses Mal endlich auf immer frei und würde laufen und laufen.

Lenny wunderte sich, dass ihm gerade jetzt, auf dem Hof eines Gebrauchtwagenhändlers an der Division Street, der

Hund einfiel. Er lag auf dem Bauch unter einem Lieferwagen und beobachtete die Straße. Er hatte keine andere Wahl gehabt, als sich zu verstecken – nur eine Meile vom Haus der Polizistin entfernt, viel zu nah. Jeden Augenblick würde es von Streifenwagen wimmeln. Und dann ging's ab nach Lompoc, oder wie immer sie den Staatsknast hier in Washington nannten. Im Gefängnishof würde er dann bis zum Ende seiner Tage seine Runden drehen – mit Vergewaltigern und Drogensüchtigen, mit dummen, miesen und kranken Typen, die von nichts anderem redeten als davon, wie sie es würden krachen lassen, wenn sie erst mal draußen wären. Die von irgendeiner Tussi, einem Job oder Rache schwafelten und davon, dass sie dieses Mal endlich auf immer frei wären und laufen und laufen würden.

Lenny hob den Kopf und schaute aus seinem dunklen Versteck hinaus auf die dunkle Straße. Nichts. Hatte ihn die Polizistin etwa gar nicht gesehen? Unmöglich. Sie war vor die Tür getreten und hatte ihm direkt in die Augen geschaut. Sie musste ihn gesehen habe. Vielleicht errichteten sie schon Absperrungen und kreisten ihn ein. Er drückte sich wieder flach auf den Boden.

Vielleicht war es ja gar nicht Knast, was auf ihn wartete. Wie machten sie es eigentlich hier in Washington? Mit Gas, mit dem elektrischen Stuhl? War das nicht einer der Staaten, der einem die Wahl ließ? Der Strang kam auch noch in Frage. Gott, wie das wohl wäre? *Ping*.

Shelly hatte auch so einen Kläffer gehabt. Deshalb achtete Lenny an dem Morgen auch nicht weiter drauf, als die Töle so einen Lärm machte. Plötzlich standen die Bullen vor der Tür, stellten das ganze Haus auf den Kopf und fanden schließlich Shellys Stoff – genug Metamphetamin, um ihr eine Klage wegen Drogenhandels anzuhängen. Er hatte gedacht, mit einem Jahr weniger als Shelly aus der Sache rauszukommen. Aber da er der Mieter des Hauses gewesen war, hatten sie ihn richtig drangekriegt. Dass ihm die Schlampe von Staatsanwältin – eine verkniffene Alte mit Krampfadern – fünf Jahre aufbrummen würde, damit hatte er nicht gerechnet. Sie stand in ihrem kurzen grauen Kostüm vor der Jury und forderte fünf Jahre, weil er nun schon das dritte Mal *zugeschlagen* habe. Bei ihr hörte sich das an, als hätte er bei den beiden ersten Malen Babys den Kopf abgeschnitten und nicht ein Autoradio geklaut und einem Penner die Fresse poliert.

Er spuckte aus und dachte, dass die Lady mit den Krampfadern jetzt allen Grund für ihre Wortwahl hätte.

Er kroch unter dem Lieferwagen hervor und quetschte sich unter einen, der näher an der Straße stand. Er schaute die Division Street hinunter. Kein Blaulicht in Sicht. Hin und wieder kam ein Auto vorbei. Anscheinend hatten sie die Straße nicht abgesperrt. Die einzige Erklärung dafür ergab keinen Sinn: Sie hatte keine Verstärkung angefordert.

Vom ersten Moment an – als sie ihn und den Zuhälter im Visier gehabt hatte – ergab nichts von dem, was diese Frau tat, irgendeinen Sinn. Nachdem der Zuhälter in den Fluss gestürzt war, hatte er angespannt dagestanden und darauf gewartet, dass sie ihn erledigte. Aber sie schoss nicht. Stattdessen lief sie dem im Fluss treibenden Zuhälter hinterher. Lenny hätte eins zu tausend gewettet, dass sie keine Chance hatte, ihn noch zu erwischen. Aber das verdammte Weib schaffte es. Lenny hatte sich über das Geländer gebeugt, ihr hinterher geschaut und verwundert festgestellt, dass er hoffte, sie würde es schaffen.

Dann sah er sie auf der Straße wieder, verkleidet als Nutte. Und da machte es klick. Er konnte einfach nicht aufhören, sie anzustarren. Die Länge und Farbe ihrer Haare war genau wie bei Shelly. Das war ihm vorher nicht aufgefallen. Während sie in dieser Nacht auf der Sprague flanierte, knackte er ihr Auto und fand im Handschuhfach einen Briefumschlag mit ihrer Adresse. Er war gerade wieder aus dem Auto gestiegen, als er sie kommen sah. Er führte sie zu dem Kühlschrank mit dem Mädchen, weil es ihm plötzlich wichtig erschien, dass jemand wusste, worum es ihm ging. Deshalb hatte er auch die Schachtel mit Shellys Sachen dagelassen. Deshalb fuhr er auch manchmal an ihrem Haus vorbei. So wie heute.

Er hatte eigentlich gar nicht vorgehabt, heute nach Spokane zu fahren. Am Vormittag hatte er ein paar Arbeiten auf Angelas Grundstück erledigt, das in den Wäldern nördlich der Stadt lag. Er hatte einen neuen Maschendrahtzaun gesetzt und das Pumpenhaus repariert, das unter der Last des Schnees nachgegeben hatte. Wenn er körperlich arbeitete, stellte sich Lenny manchmal vor, dass er nicht anders war als die Männer auf den Ranches rund um Springdale. Sein früheres Leben kam ihm dann wie das Leben eines anderen Menschen vor. Sein und Shellys früheres Leben bestand ausschließlich aus der Jagd nach noch mehr Shit – was bedeutete: noch mehr Sex, noch mehr Kicks, noch mehr Leben. Vielleicht hatte Angela begriffen, dass dieses ewige ›noch mehr‹ reine Zeitverschwendung war, weil das Leben ihr schon zu viele Schläge versetzt hatte. ›Noch mehr‹ bedeutete, dass das Ende der Leine den Hund immer wieder zurückreißt. Vielleicht konnte das Leben ja eine Serie von kleinen, erträglichen Augenblicken sein – Arbeit in der Sonne, ein Sandwich nach Feierabend, Fernsehen vor dem Zubettgehen.

Mittags war Lenny ins Haus gegangen, hatte sich ein Sandwich gemacht und den Fernseher angestellt. Die Nachrichten hatten gerade angefangen. Die Leiche des Zuhälters war schließlich aufgetaucht. Lenny stand in seinen Arbeitsklamotten, das Sandwich in der Hand, lange vor dem Fernseher. Er hinterließ Angela eine Nachricht und fuhr mit ihrem Auto nach Spokane. Er parkte vor der City Hall, überprüfte im Rückspiegel Glatze und Bart, atmete tief durch und ging hinein. Die ständige Sorge, dass man ihn erkennen könnte, stellte sich als unbegründet heraus. Die meisten Angestellten schauten hinter ihren Schalterscheiben nicht mal auf, und der

Einzige, der ihn nach seinem Ausweis fragte, vergewisserte sich nicht mal, ob sein Aussehen mit dem von Angelas Ex-Mann auf dem Foto übereinstimmte. Etwas anderes dagegen war komplizierter, als er gedacht hatte. Er irrte von Abteilung zu Abteilung, bis er schließlich die Baugenehmigungen und die Bauanträge beisammen hatte. Er fragte sich, ob er sich leichter getan hätte, wenn er aufs College gegangen wäre.

Für die Urkunden musste er aufs Gericht, das sich direkt gegenüber dem Polizeirevier und dem Gefängnis befand. Als er durch die Metalldetektorschranke am Eingang zum alten Gerichtsgebäude ging, lief er sogar einem Polizisten in Uniform über den Weg, der ihm zunickte und freundlich grüßte. Eine Stunde später hatte er alles – Dokumente, Urkunden und den Papierkram von der Stadt. Er hatte sogar die Gerichtsakten eines Zivilprozesses angefordert und einem Kerl zwanzig Dollar in die Hand gedrückt, damit er sie ihm per Post schickte. Doch nichts von alledem brachte ihn irgendwie weiter. Was hatte er erwartet? Dass Shellys Name irgendwo auftauchte? Er ging in eine Bar und trank etwas, fuhr in der Gegend herum und stand plötzlich vor dem Haus der Polizistin. Und dann kochte die Scheiße über.

Er schaute wieder auf die Uhr. Vierzig Minuten – immer noch nichts. Sie kamen nicht. Es gab nur eine Erklärung dafür. Er dachte wieder an die Gasse, wie Caroline ihm gefolgt war und nicht mal Verstärkung angefordert hatte, als sie die Leiche schon entdeckt hatte. Die Lady war einfach komplett verrückt.

Lenny kroch unter dem Lieferwagen hervor und ging zurück zu Angelas Wagen. Er ließ den Motor an und fuhr von der Division Street in die kleineren Straßen der angrenzenden Wohnviertel. Immer wenn ein Scheinwerferpaar vor ihm auftauchte, bog er ab. Er fuhr ein paar Meilen in nordöstlicher Richtung, wobei er darüber nachdachte, dass die ganze Sache langsam zu Arbeit ausartete. Dann hielt er plötzlich an, trommelte eine Zeit lang mit den Daumen auf das Lenkrad, wendete und fuhr wieder zurück zu ihrem Haus.

Er fuhr auf Seitenstraßen in westlicher Richtung an ihrem Viertel vorbei und dann über die Maple Street bis North Hill. Dann schlängelte er sich über Nebenstraßen wieder Richtung Osten, überquerte die Monroe Street und kam auf der anderen Seite des Corbin Park wieder heraus. Er fuhr etwas in ihrem Viertel herum, bevor er schließlich in ihre Straße einbog. Umsonst. Ihr Auto war weg. Im Haus brannte kein Licht. Plötzlich fühlte Lenny sich müde. Als hätte er zu lange unter großer Anspannung gestanden.

Irgendwann hatten sie die Schnauze voll gehabt von dem Gewinsel. Der Hund blieb jetzt die Nacht über draußen. Als schließlich ein wütender Nachbar die Leine durchschnitt, rannte der Hund mitten auf der Straße davon, bis ihn drei Blocks weiter das erste Auto, das ihm entgegenkam, überfuhr. Sein Vater fand das in Ordnung, er sagte, jetzt sei er endlich von seinem Elend erlöst. Sie hatten nie ein Haustier gehabt, das normal gestorben war. Auf die eine oder andere Weise waren sie alle von ihrem Elend erlöst worden. Vielleicht war das ja zum Besten der Tiere, Lennys Einstellung zum Leben verbesserte es nicht.

Er fuhr noch einmal um den Block und hielt dann gegenüber dem Haus an, an der gleichen Stelle wie beim ersten Mal. Der Motor brummte im Leerlauf. Warum nicht einfach den Motor abstellen, sich zurücklehnen und die Augen schließen? Wenn er das täte, wäre alles vorbei. Die Polizistin würde nach Hause kommen, ihn im Schlaf überraschen und festnehmen. Vielleicht wäre das das Beste. Die Nächte im Gefängnis hatten ihm nie was ausgemacht. Es war ruhig. Da drin war er wenigstens nie müde gewesen, nicht so wie hier draußen. Die meisten Typen im Knast sahen es genau anders herum, die konnten die bleierne Einsamkeit der Nächte nicht ertragen. Lenny hatten immer die endlos langen Tage zugesetzt, die sich dahinschleppende Zeit im Gemeinschaftsraum, die traurig scharrenden Füße der Häftlinge, wenn sie darauf warteten, dass der Münzfernsprecher frei wurde, die bleischwere Angst vor dem, was einem da draußen im Gefängnishof blühte.

Keinen einzigen dieser Tage würde er mehr ertragen können. Und der Gedanke, dass man ihn hängen würde, war erst recht unerträglich. Er legte den Gang ein und machte sich auf den Weg zu Angelas Haus. Trotzdem war ihm klar, dass er zurückkommen würde, dass er die Polizistin zwingen würde, sich mit seinen Taten zu befassen und irgendwie aktiv zu werden. Auch wenn das bedeutete, dass einer von ihnen beiden den anderen tötete.

Seine Fantasien waren die eines Kindes vom Krieg – heldenhaft und schmerzlos. Sie nahmen sogar ganz exakte Formen an: Er trieb auf den Damm zu, sie streckte die Arme nach ihm aus, sie packte seine Hände. Und dann würden sie zusammen über den Damm gespült und fortgetrieben, von ihrem Elend erlöst, im Schlaf vereint.

40

Ihr erster Gedanke war, sich am nächsten Morgen bei der Abteilung für Innere Angelegenheiten zu melden, reinen Tisch zu machen und darauf zu hoffen, dass ihre Entlassung ohne großes Getöse vonstatten ging. Der Gedanke hatte etwas Befreiendes. Kein Lenny Ryan mehr. Kein Spivey, kein McDaniel, kein Blanton. Aber einen Menschen würde sie nicht vergessen können. Caroline ließ sich auf einen Stuhl fallen. »Alan«, sagte sie. Sonst nichts. Er stand immer noch vor ihr.

»Tut mir Leid«, sagte er. »Ich hätte es dir nicht erzählen sollen.«

Wenn sie Meldung machte, wäre das das Ende ihrer Laufbahn. Ganz einfach. Wenn sie die Untersuchung überstanden hätte, wäre das Äußerste, worauf sie hoffen konnte, ein stinklangweiliger Job bei der Drogenberatung oder als Lehrkraft in der Polizeiakademie oder bei irgendeinem städtischen Hilfsprogramm. Messer hin oder her, der Angreifer hatte sich innerhalb der ›kill zone‹ von acht Metern befunden, der laut Ausbildungsrichtlinien Gefahr für Leib und Leben signalisierte, auch wenn das Objekt unbewaffnet war. Jede Bedrohung innerhalb dieses Bereichs erforderte eine Entscheidung darüber, ob mit Waffengewalt zu reagieren war oder nicht. Sie würden für den Gebrauch der Schusswaffe zwar Erklärungen verlangen, aber die würden standhalten. Bei Dupree lag die Sache anders. Er hatte Beweismittel am Tatort frisiert, er würde ins Gefängnis wandern.

Dupree beugte sich über den Schreibtisch und versuchte

Blickkontakt herzustellen. »Es tut mir wirklich Leid, Caroline. Ich weiß auch nicht, warum ich dir das erzählt habe.«

In Wahrheit wussten sie es beide. Henderson wusste es, Duprees Frau wusste es, und ziemlich sicher wusste es auch die ganze Abteilung. Weil nämlich nicht so wichtig war, was im Bett passierte zwischen zwei Menschen, sondern was die Welt um sie herum wahrnahm. Das Lächeln, die vielen, etwas zu langen Blicke.

Die Verheißung einer Sache war auf vielfältige Weise schlimmer als die Sache selbst. Sie konnte jedem anderen vormachen, dass es nichts mit ihr zu tun hatte, wenn Dupree seine Frau verließ. Sie konnte sich sagen, dass sie nicht miteinander geschlafen hatten. Sie konnte auch eine angemessene Zeit verstreichen lassen, bevor sie zusammenkamen, doch hatten sie oder er – oder auch Henderson – je daran gezweifelt, dass sie letztlich zueinander finden würden? Der bittere Gedanke schoss ihr durch den Kopf, dass es tausend Spielarten des Selbstbetrugs gab, die sich doch alle gleich waren.

»Ich habe nie etwas verlangt von dir«, sagte sie. »Ich habe dich nicht gebeten ...« Sie führte den Gedanken nicht zu Ende, dass sie ihn nicht gebeten hatte, seine Frau zu verlassen.

»Ich weiß«, sagte er und schaute auf den Boden.

Es stimmte; sie hatte ihn nie gebeten, seine Frau zu verlassen. Doch in gewisser Weise war das, was sie getan hatte, schlimmer gewesen. Gerade weil Caroline ihn nicht gebeten hatte, hatten sie sich beide um so mehr an die Möglichkeit geklammert. Wenn sie damals in jener Nacht – oder in einer anderen Nacht – miteinander geschlafen hätten, wenn sie Ansprüche aneinander gestellt hätten, dann hätte das auch der Beginn eines langen Prozesses der Loslösung sein können. Sie hätten sich täuschen und betrügen können. Stattdessen hatte ihre gegenseitige Anziehungskraft die schlimmstmögliche Form angenommen: Sie war rein. Sie hatten die unschuldige Schwärmerei des ersten Augenblicks eingefangen und dann egoistisch, jeder für sich, konserviert.

Keine Ehefrau, kein Ehemann, kein vierundzwanzigjähriger Barkeeper konnten dem Vergleich mit einem Menschen standhalten, mit dem man *nicht* ins Bett wollte. Traumgespinste rochen nicht aus dem Mund oder vergaßen wichtige Daten. Wenn man jetzt noch die Opfer hinzurechnete, die Dupree für Caroline gebracht hatte – die kleinen, von denen sie wusste, das große, von dem sie gerade erfahren hatte –, dann verwandelte sich jeder Blick, jedes Lächeln, jedes Schlucken in all den sechs Jahren, in denen sie zusammengearbeitet, sich aus dem Weg gegangen, voneinander geträumt hatten, in eine fadenscheinige Lüge. Caroline fühlte sich, als hätte man sie zusammen im Bett erwischt.

»Ich wollte dir helfen«, sagte er.

»Soll ich mich jetzt bedanken dafür?«, fragte sie kalt.

»Nein. Natürlich nicht.«

»Du hattest nicht das Recht, Alan, für mich zu entscheiden. Wenn ich Scheiße baue, dann ...«

»Du hast keine Scheiße gebaut«, sagte er. »Du hast das Richtige getan. Du hast nicht gewusst, dass er das Messer nicht mehr in der Hand hatte. Was, wenn er dir die Waffe abgenommen hätte?«

»Herrgott, er war sturzbesoffen.«

»Hör auf, Caroline, es war richtig zu schießen.«

Sie war schon fast so weit gewesen, ihm zu verzeihen, ihn zu verstehen. Doch sein gönnerhafter Ton brachte sie zur Weißglut. »Was redest du da? Wenn es richtig war zu schießen, warum zum Teufel hast du dann das Messer da hingelegt?«

Er hob die Hände. »Du warst völlig durcheinander. Ich wollte nur, dass die Sache leichter wird für dich.«

»Aber jetzt macht es dir nichts aus, dass ich völlig durcheinander bin, dass es wirklich hart wird für mich.«

Dupree rieb sich die Schläfen. »Nein, nein. Ich hab's dir erzählt, weil ...«

»Du gehst jetzt besser«, fiel ihm Caroline ins Wort.

»Ich hab's dir erzählt, damit du weißt, wie sehr ich dich ...«

Sie sprang auf und schnitt ihm wieder das Wort ab. »Wie sehr! Wie sehr!« Zitternd stand sie vor ihm und schnappte nach Luft. »Verdammt, Alan. Glaubst du, ich weiß das nicht? Ich bin auch da gewesen die letzten sechs Jahre. Und die meiste Zeit davon war ich allein!« Ihre Stimme zitterte, sie biss die Zähne zusammen. »Ich will, dass du jetzt gehst. Sofort!« Sie klappte Burns Akte auf und blätterte darin herum. Die Schrift verschwamm ihr vor den Augen.

Als sie wieder aufschaute, stand er mit ausgebreiteten Armen vor ihr. Kapitulierte er? Bat er um Verständnis? Sie war weder gewillt, das eine noch das andere zu akzeptieren. Er ließ die Arme sinken und nickte. »Okay«, sagte er.

Nach ein paar Schritten in Richtung Tür blieb er stehen und drehte sich um. Was immer ihm auf der Zunge gelegen hatte, er sprach es nicht aus, sondern drehte sich gleich wieder um und verließ den Raum. Die Tür fiel hinter ihm ins Schloss. Caroline hielt die Luft an, bis das Summen ihr signalisierte, dass die Tür verriegelt war. Sie blieb noch eine Weile stehen, drehte sich dann um und warf den Ordner auf ihren Schreibtisch. Mit einer müden Handbewegung wischte sie das Telefon vom Schreibtisch, das klirrend auf den Boden fiel.

In jener Nacht vor sechs Jahren hatte Dupree sie im Arm gehalten und ihre Haare gestreichelt. Er sagte ihr, dass sie richtig gehandelt habe, obwohl sie beide wussten, dass sie in Panik verfallen war. Später setzte Carolines Mutter ihr geballtes Fernsehkrimiwissen ein, um sie zu trösten. »Du hast also auf jemanden geschossen. Dafür hat man doch eine Pistole, oder etwa nicht?« Obwohl Caroline nur einen einzigen Kollegen kannte, der einen Menschen erschossen hatte, hatte ihre Mutter irgendwie Recht. Irgendwie hatte ihre Mutter immer Recht. Natürlich war die Waffe für derartige Situationen bestimmt. Das war genau das, was sie vergessen hatte. Es war nicht der Schuss selbst, der sie aus der Bahn geworfen hatte. Der Punkt war, dass sie sich vormachte, die ganze Sache *nicht* vermasselt zu haben. Sie hatte nicht gewusst, dass Dupree das Messer an einer anderen Stelle platziert hatte. Aber sie täuschte sich selbst, indem sie ihre innere Stimme ignorierte, die ihr sagte, dass sie falsch reagiert hatte. Sie ignorierte die Stimme, sagte nichts, und ließ es zu, dass eine offizielle Lüge ihre eigene gefühlsmäßige Beurteilung verdrängen konnte.

In jener Nacht waren bis zum Schuss noch ein oder zwei Sekunden Zeit geblieben. Vielleicht war der Schuss ganz überflüssig gewesen. Und trotzdem hatten die Kollegen ihr immer den Rücken gestärkt. Sie hatte aus sechs Metern einen Mann erschossen; einen betrunkenen Mann, der außer sich vor Wut schnell auf sie zukam, der sie attackierte, nachdem er seine Frau fast zu Tode geprügelt hatte. Als sie wieder klar denken konnte und nachdem Dupree anscheinend den Tatort präpariert hatte, hatte Caroline erleichtert aufgeatmet, als sie das Messer neben der Leiche des Mannes wahrnahm. Tatsächlich sah sie in diesem Augenblick das Messer zum ersten Mal. Was sie beunruhigte, was ihr wie ein Schwindel vorkam, war die Tatsache, dass die Kollegen ihr korrektes Verhalten, ja sogar ihren Mut – *Mut!* – lobten, obwohl sie einfach nur Angst gehabt hatte.

Glenn Ritter. So hatte er geheißen. In ihren Gedanken trug er allerdings fast nie einen Namen, da kam er nur als »der Schläger« oder »der Kerl« vor. Nach der Beerdigung hatte sie Ritters Frau die Hand geschüttelt. Sie war mit Blutergüssen übersät, trug noch die Verbände und stützte sich auf zwei Krücken. Mrs. Ritter sagte, dass ihr Mann in der ersten Zeit nach der Hochzeit nur gelegentlich getrunken und ihr Gewalt nur angedroht habe. Doch schon bald sei aus der Drohung

Wirklichkeit geworden – Schläge und blaue Flecken, die sich ankündigten, wenn sie seine Schritte im Flur hörte. Mit der Zeit betrank er sich an jedem Wochenende und manchmal auch während der Woche. Die Gewalt entwickelte ein bestimmtes Muster, was die Häufigkeit und die Härte der Prügel anging. Mrs. Ritter behauptete allen Ernstes, dass sie, wenn sie nur ein bisschen aufmerksamer gewesen wäre, seine Ausfälle hätte vorhersehen können – wie den Wechsel der Gezeiten.

Dann verstummte sie, bedankte sich ganz sachlich dafür, dass Caroline ihr das Leben gerettet hatte, und wandte sich ab. Caroline war natürlich deshalb zu der Beerdigung gegangen, weil sie gehofft hatte, dass Mrs. Ritter ihr verzeihen, sie von Schuld freisprechen würde. Aber das war wohl zu viel verlangt von einer Frau, die den Mann, der sie systematisch verprügelt hatte, immer noch liebte.

Caroline hatte nicht nur den Eindruck, dass die Kollegen an ihren Fähigkeiten zweifelten, sie selbst hegte diese Zweifel ebenfalls. Sie hatte einen unbewaffneten Mann erschossen. Es ging dabei nicht darum, ob ihr Verhalten einer rechtlichen Prüfung standhielt oder ob es der Mann verdient hatte oder gar, ob Caroline sich in Gefahr befunden hatte. Das war so strittig, wie es den Kern der Sache verfehlte. Unstrittig war, dass Caroline *glaubte,* sie hätte die Situation nicht optimal gehandhabt. Genau das war der Fall. Sie hatte sich sechs Jahre lang hinter dem Argument ›kill zone‹ versteckt und damit ihre intuitive Urteilskraft und den Glauben an sich selbst geschwächt. Mit dem Gedanken, dass sie fehlbar war, konnte sie leben, mit Betrug nicht.

All die Jahre hatte sie sich daran geklammert, dass der Schuss auf Glenn Ritter unumgänglich gewesen war, was bedeutete, die simple These von den Guten und den Bösen zu akzeptieren und daran zu glauben, dass manche Menschen eben gewissenlos waren; eine Auffassung, die vielen ihrer Kollegen als Rechtfertigung diente, die Caroline aber immer abgelehnt hatte. Deshalb hatte sie auch so viel Wert auf ihr Doppelstudium gelegt: Sie wollte Strafrecht und sie wollte Poesie; Menschlichkeit war ihr so wichtig wie Ermittlungsarbeit. Das war weniger eine Sache der Leidenschaft als eine der Redlichkeit und der Effektivität. Die Bösen nur aufzuspüren brachte gar nichts. Aber wenn man der Wahrheit auf die Spur kam, davon war sie überzeugt, dann enthüllte sie sich als eine mit winzigen Brüchen und Sprüngen – Risse, die einen Blick gewährten auf die Schattenseiten unserer Natur.

Wieder fielen ihr Blantons Worte ein: *Der ist nur völlig kaputt*. Das war für Polizisten das Bequemste: Die sind kaputt und wir sind gesund. Aber was, wenn deren Brüche und Sprünge sich von unseren nur graduell unterscheiden, wenn wir uns von den gleichen Selbsttäuschungen hinters Licht führen lassen? Die meisten Polizisten gingen solchen Überlegungen lieber aus dem Weg. Sie zogen glasklare Sachverhalte vor – wie das Baby im Hinterzimmer von Fat Jays Drogenhöhle. Caroline war nicht der Meinung, dass ihr Schuss auf Glenn Ritter und Lenny Ryans Mord an Burn das Gleiche waren.

Allerdings war der Unterschied auch nicht so groß, wie sie sich gern gewünscht hätte. Wenn sie etwas über sich wusste, dann waren es die quälende Angst und der Selbstekel, die sie immer dann befielen, wenn sie etwas bereute. Sie musste sich Lenny Ryan als jemanden vorstellen, der die gleichen Qualen durchmachte, der etwas – was auch immer – fühlte, das sie begreifen konnte. Sie hatte noch nie einen Verbrecher getroffen, der sich selbst für *das Böse* gehalten hätte. Immer gab es einen, der noch schlimmer war; sogar Kindermörder und Kinderschänder erzählten einem von Leuten, deren Verbrechen noch weniger zu rechtfertigen und noch brutaler waren. Am Ende, so glaubte Caroline, hofften wir alle darauf, dass uns unsere eigenen Sünden vergeben würden. Das war der Punkt, den sie vergessen hatte, den Dupree ihr unwissentlich verraten hatte: Die Lügen, die wir der Welt erzählen, sind nichts im Vergleich zu denen, die wir uns selbst erzählen.

Caroline schaute auf den vor ihr liegenden Ordner und fuhr mit den Fingern über den Namensaufkleber: »Hatch, Kevin C., geb. 09.11.81.«

Blanton hatte gesagt, dass man diese Sorte Mörder erwischte, wenn man auf die Abweichung, den Unterschied stieß. Aber das stimmte nicht ganz. Schon auf minimalen Druck seines Rektors hatte der Hausmeister gestanden, ein Serienmörder zu sein. Den Mord an dem fünfzehnjährigen Mädchen hatte er jedoch abgestritten. Etwas, das sich tief in den Rissen und Sprüngen verbarg, veranlasste den Hausmeister, an dieser Lüge festzuhalten. Vielleicht drang man bei dieser Sorte Mörder über den gleichen Weg zum Kern vor, dachte sie, wie man auch bei sich selbst zum Kern vordrang – über die Lüge.

Was auch immer Lenny Ryan vordergründig dazu veranlasst hatte, Burn von der Brücke zu stoßen, es musste noch einen anderen Grund geben. Egal, wie idiotisch dieser Grund auch sein mochte, Caroline musste ihn herausfinden. Typen wie Blanton gaben vor, den Killer verstehen zu wollen. Dabei wollten sie sich nur des Unterschieds versichern, der zwischen diesen Monstern und ihren eigenen dunklen Fantasien bestand. Das war Spiveys Lüge, vermutete sie, und auch die von McDaniel und Dupree. Und natürlich Blantons. *Der ist nur völlig kaputt.*

Caroline klappte den Ordner auf und fing an zu lesen. Der erste Eintrag stammte aus dem Jahr 1986. Auf Anordnung des Familiengerichts wurde der Junge in die Obhut seiner Großmutter überstellt, da die Mutter in eine Drogenklinik eingewiesen worden war. Nach ihrer Entlassung im Jahre 1988 kehrte Kevin Hatch zu seiner Mutter zurück. 1989 starb der Vater in Seattle. Kevins Erbe laut Nachlassgericht: »ein Ford Escort, Bj. 1983, eine Armbanduhr und diverse persönliche Gegenstände.« 1991 kam Kevin zum ersten Mal in Kontakt mit dem Jugendgericht, wegen Diebstahls. Er war neun Jahre alt. Danach wurde er in regelmäßigen Abständen verhaftet: Drogenbesitz mit dreizehn, Körperverletzung mit vierzehn, Autodiebstahl mit fünfzehn. Laut SIU-Berichten und Erkenntnissen des Staatsanwalts war Burn Mitglied einer Gang und operierte von einer Wohnung in einer Seitenstraße der East Sprague als Drogendealer und Zuhälter. Mit siebzehn war er neunmal verhaftet und fünfmal verurteilt worden. Caroline rechnete kurz nach: Zwischen vierzehn und siebzehn hatte er mehr Zeit in Jugendstrafanstalten als in Freiheit verbracht. In den beiden letzten Jahren seines Lebens war Burn nur dreimal verhaftet und einmal – wegen eines minderen Drogendelikts – verurteilt worden. Caroline erkannte das Muster: Aus Burn war ein junger Mann geworden, der zwar nicht weniger häufig gegen das Gesetz verstieß, der jedoch gelernt hatte, weniger häufig geschnappt zu werden.

Caroline hatte solche Lebensläufe schon oft gelesen. Doch diesmal versuchte sie, zwischen den Zeilen zu lesen. Die Dürftigkeit der Polizeiberichte frustrierte sie: der beschränkte Blickwinkel, der Mangel an Zusammenhängen und Hintergrundinformationen. Bei derartigen Berichten kam es immer nur darauf an, Beweise für einen mickerigen Sachverhalt zu liefern: »Bei seiner Befragung am 11.09.98 war Kevin Hatch in Besitz von Metamphetamin.« Oder: »Am 04.01.96 wurde ein männlicher Schwarzer, der später als Kevin Hatch identifiziert wurde, dabei beobachtet, wie er den Tatort verließ.«

Sie zog ein Notizbuch aus der Schublade, klappte es auf und unterteilte die erste Seite mit einem senkrechten Strich in zwei Hälften. Auf der linken Seite notierte sie alle Adressen, alle Namen von Geschäften und alle Daten, die in den Akten auftauchten. Rechts notierte sie alle Personennamen: »Hatch wurde beim Verkauf von Drogen an Carl M. Higuera beobachtet ...« etc. etc. Daten, Adressen und Vorkommnisse plus vierunddreißig Namen von Verwandten, Geschäftspartnern, Anwälten und Zeugen seiner Verbrechen füllten schließlich vier Seiten. Als sie fertig war und auf die Uhr schaute, stellte sie erstaunt fest, dass es schon fast drei Uhr morgens war.

Dann schaltete Caroline den Computer ein. Sie gab nacheinander jeden Namen ein und verglich sie mit allen in der Datenbank gespeicherten Namen, die im Laufe der Ermittlungen, bei Befragungen der Nutten oder in den Profilen der Opfer aufgetaucht waren. Nach einer Stunde ohne jedes Ergebnis war sie beim sechzehnten Namen angelangt: Rae-Lynn Pierce. Sie blätterte in Burns Akte. Er war 1998 wegen Drogenbesitzes verhaftet worden. Mit ihm im Wagen war eine junge Frau gewesen, die sich nicht hatte ausweisen können und ihren Namen mit Rae-Lynn Pierce angegeben hatte. Die Anklage musste später wegen Schlampereien bei der Beweissicherung fallen gelassen werden.

Sie tippte den Namen in die erste Rubrik ein. Treffer. Das Prostituiertenregister der Datenbank listete folgende Daten auf:

Pierce, Rae-Lynn, geb. 09.04.81
Verurteilung wegen Prostitution 1996
Verurteilung wegen Drogenbesitz 1999
Haftbefehl wegen Nichterscheinens vor Gericht,
13.10.00
Letzter Kontakt mit der Polizei: 1999
Letzte bekannte Adresse: 2144 W. First Ave.,
Spokane,
01. 07. 00

Caroline starrte das Geburtsdatum an. Einundachtzig. Rae-Lynn Pierce war zwanzig Jahre alt. Zwanzig. Caroline sprang so ruckartig auf, dass ihr Stuhl umfiel. Sie hastete durch den Raum zu Spiveys Bücherregal und riss das Adressverzeichnis heraus, das nicht nach Namen, sondern nach Adressen geordnet war. Rae-Lynn Pierces letzte bekannte Adresse war ein Rehabilitationszentrum für Drogenabhängige.

Caroline ging zurück zu ihrem Schreibtisch, stellte den Stuhl wieder auf und tippte den Namen in die nächste Rubrik. Der Computer spuckte die Information aus, dass der Name im Zusammenhang mit einem anderen Fall in die Datenbank aufgenommen worden war – dem Mord an Shelly Nordling, Lenny Ryans alter Freundin. Als Caroline aufstand, kippte der Stuhl wieder um. Im Aktenschrank, der unter Spiveys Zeittafel stand, fand sie Shelly Nordlings Akte. Da sie von einem Freier oder Zuhälter getötet worden war, bevor Lenny Ryan seinen ersten Mord begangen hatte, war sie unter der Rubrik »Fälle ohne direkten Bezug« abgelegt worden.

Caroline arbeitete sich Seite um Seite durch die traurigen Ereignisse von Shelly Nordlings Leben und stieß schließlich auf die einzige Stelle im ganzen Bericht, an der Rae-Lynn Pierce – zumindest unter diesem Namen – erwähnt wurde.

> Eine frühere Bekannte, Rae-Lynn Pierce, gab eine Schuhschachtel ab, die sie für eine Prostituierte, die ihr unter dem Namen ›Pills‹ bekannt war, aufbewahrt hatte. Anhand des Inhalts der Schachtel waren die Detectives in der Lage, die Leiche als die von Shelly Nordling zu identifizieren.

Die Frau, die die Schuhschachtel mit den Habseligkeiten von Lenny Ryans Freundin abgeliefert hatte, kannte also auch Burn. Caroline spürte, wie sich das Knäuel der zusammenhanglosen Einzelheiten allmählich entwirrte. Lenny Ryan und Burn hatten sich schon früher gekannt. Und Rae-Lynn Pierce hatte sowohl Burn als auch Ryans Freundin gekannt. Wie immer wurde auch in diesem Fall die Enthüllung von einem gewissen Gefühl der Enttäuschung und der Selbstzweifel getrübt. Rae-Lynn Pierces Name war – wenn auch nur am

Rande – die ganze Zeit Teil des Falles gewesen, ohne dass er Caroline aufgefallen wäre. Sie starrte den Namen und das Geburtsdatum an. Rae-Lynn war zwanzig. Sie wurde wegen Nichterscheinens vor Gericht per Haftbefehl gesucht. Ein guter Grund, um ihren richtigen Namen zu verschweigen.

Caroline ging in eine andere Ecke des Raumes und setzte sich an den NCIC- und WASIC-Computer, der mit den Namen landesweit gesuchter Verbrecher gefüttert war. Sie gab »Pierce, Rae-Lynn« und das Geburtsdatum ein. Noch bevor das Fahndungsfoto auf dem Bildschirm erschien, fiel Caroline das nervöse, abgemagerte Mädchen ein, das so lange gezögert hatte, bis sie einen Namen erfunden hatte, das Mädchen, dem jeder Mann Angst einjagte. Caroline war jetzt schon so lange vergeblich hinter ihr her, dass ihre bloße Existenz zum Synonym ihrer Selbstzweifel geworden war. Zwei Monate hatte Caroline Polizeifotos durchforstet, Barbesitzer und Sozialarbeiter befragt, Krankenhäuser und Obdachlosenasyle abgeklappert und hatte nicht den geringsten Hinweis auf ihren Aufenthaltsort gefunden. Auf dem Foto, das jetzt auf dem Bildschirm auftauchte, hatte sie ein etwas volleres Gesicht. Aber sie war es, kein Zweifel. Wenn sie es irgendwie geschafft hatte, am Leben zu bleiben, dann könnte dieses zierliche Mädchen die Verbindung zwischen Lenny Ryan und Burn herstellen und etwas Licht in all die dunklen Räume bringen. Nachdem sie das Foto heruntergeladen hatte, lehnte sich Caroline zurück. Ihre Arme fielen schlaff herunter, sie fühlte sich plötzlich restlos erledigt. Sie betrachtete die unergründlichen Züge von Rae-Lynn Pierce, dem Mädchen, das sich über ein Sandwich hergemacht hatte, als hinge ihr Leben davon ab, dem Mädchen, das sich Jacqueline nannte.

41

Laut Rezept musste es Premium-Champignonbrühe sein. Sie hatte aber nur normale. Rae-Lynn schaute die Dose an und fragte sich, was den Unterschied zwischen normal und Premium ausmachte. Kurz dachte sie daran, im Laden anzurufen. Vielleicht musste man nur braunen Zucker oder Butter oder ein paar Champignons zusätzlich oder was auch immer hinzufügen, um eine normale in eine Premium-Champignonbrühe zu verwandeln. Oder sie versuchte es einfach mit der normalen und wartete ab, was dabei herauskam.

Sie schichtete Kartoffelschnitze und Hamburgerscheiben in eine tiefe Kasserolle, verteilte die Champignonbrühe darüber, stellte den Backofen auf 225 Grad und schob die Kasserolle ins Rohr. Dann schaute sie auf die Uhr. Es war halb sieben morgens. Um sieben würde Kelly von der Nachtschicht aus dem Krankenhaus nach Hause kommen. Der Gedanke, dass er aus dem Krankenhaus zu ihr nach Hause kam, gefiel ihr. Auch wenn er nur Krankenpfleger war. Manchmal erzählte er den Leuten, er sei Assistenzarzt oder absolviere gerade sein Praktikum. Hinterher sagte er ihr dann zwinkernd, der Kerl sei so hochnäsig gewesen, dass er es nicht anders verdient habe. Ihr war es egal, wenn er den Leuten solche Sachen erzählte.

Er hatte es gern, wenn er morgens von der Arbeit nach Hause kam und das Essen auf dem Tisch stand. Auch für Rae-Lynn war der Morgen zur schönsten Tageszeit geworden. Sie stand schon vor Sonnenaufgang auf, nahm eine Dusche, zog sich was Hübsches an und sorgte dafür, dass das Essen fertig war, wenn er um sieben nach Hause kam. Sie aßen zusammen und er erzählte ihr von seiner Arbeit – Geschichten über Patienten, die er vor größerem Schaden durch faule Ärzte und dumme Schwestern bewahrt habe. Obwohl das meiste sich wie Geschwafel anhörte, war es doch interessant. Außerdem war sie irgendwie stolz darauf, dass er sich solche Geschichten überhaupt ausdenken konnte. Bevor er sich schlafen legte, genehmigten sie sich noch ein Pfeifchen und schliefen miteinander. Danach machte sich Rae-Lynn auf den Weg zu ihrer Arbeitsstelle, einem kleinen Drive-in-Espressoladen in einer Seitenstraße etwas abseits des Freeways.

Als das Essen fertig war, machte sie den Backofen aus, ließ es aber im Rohr, damit es nicht kalt wurde. Um halb acht machte sie den Ofen wieder an und rief im Krankenhaus an, wo man ihr sagte, dass Kelly wie immer um halb sieben gegangen sei.

Um acht holte sie die Kasserolle aus dem Rohr und machte sich ernstlich Sorgen. Sie schaute aus dem Fenster ihrer Wohnung und kaute an den Fingernägeln. Kurz vor neun kam er schließlich. Er hatte einen Freund aus dem Krankenhaus dabei, einen kleinen, etwas älteren Typen, der Scott hieß. Sie flüsterten sich etwas zu, als sie die Wohnung betraten. Rae-Lynn hörte Scott so was Ähnliches wie »Licht passt« sagen und Kelly flüsterte, er solle den Mund halten, er würde das schon regeln.

Ich bin nicht sauer, wollte sie sagen. *Ihr braucht nicht zu flüstern. Ist schon okay.* Doch als sie Kelly ins Gesicht sah, wusste sie, dass es etwas anderes war.

»Hi, Baby«, sagte er und gab ihr einen Kuss auf die Backe.

»Wo warst du?«

»Erinnerst du dich noch an Scott?«

»Klar«, sagte Rae-Lynn und nickte ihm zu. Er war etwas kleiner als Kelly, hatte schütteres Haar und trug eine Brille. Er lächelte sie mit zusammengepressten Lippen an und starrte mit verhangenen Augen auf ihre Titten.

»Riecht verdammt gut«, sagte Kelly.

»Wo warst du denn so lange, Kelly?« Sie ärgerte sich darüber, wie kleinlaut sie sich anhörte.

»Scott und ich waren nur kurz auf ein Bier und haben ein bisschen gequatscht. Über Computer und so, hab ich dir doch erzählt, dass Scott sich mit so was auskennt.«

»Für drei wird's mit dem Essen etwas knapp«, sagte sie.

»Mach dir darüber keine Sorgen«, sagte Kelly. »Ich muss mal kurz mit dir sprechen.« Er zog sie in Richtung Küche.

»Ich hol schon mal das Zeug rein«, sagte Scott.

»Was für ein Zeug?«, fragte Rae-Lynn.

Kelly zog sie weiter. In der Küche hängte er seinen Autoschlüssel an den Haken neben dem Kühlschrank. Dann tunkte er den Finger in die Soße der Kasserolle. Er wiegte den Kopf und zwinkerte ihr zu. »Allererste Sahne, Rae. Ehrlich.«

»Ist schon kalt.«

»Ehrlich, schmeckt klasse.«

»Ich hatte nur normale Champignonbrühe«, sagte sie.

»Es ist hervorragend, Baby.«

»Ich hatte keine Premium-Champignonbrühe.«

»Schmeckt viel besser so«, sagte Kelly.

»Hast du es anders überhaupt schon mal gegessen?«

»Na klar. So ist es viel besser.«

»Ehrlich?«

Er zog sie an seine breite Brust, die nach Zigarettenrauch und Bier roch. Dann küsste er sie auf die Stirn, tätschelte ihren Hintern und trat wieder an den Tisch. Er nahm eine Gabel von einem der beiden fein säuberlich aufgedeckten Tisch-Sets und schob sich einen großen Bissen in den Mund. »Mmm. Wirklich klasse«, sagte er mit vollem Mund.

Rae-Lynn hörte das Schlagen der Wohnzimmertür. »Was ist das für ein Zeug, das er da reinholt?«

»Hmm?«

»Dein Freund. Was schleppt er da rein?«

Kelly verdrehte die Augen und machte eine abwiegelnde Kopfbewegung. Schließlich sagte er: »Ich hab dir doch von Scott erzählt, oder? Er arbeitet auch im Krankenhaus.«

Sie breitete die Arme aus. »Ja und? Was meinst du?«

»Er kennt sich mit Computern und so was aus. Ich hab dir davon erzählt. Weiß ich sicher.« Er aß weiter, ohne sich um die Teller auf dem kleinen Küchentisch zu kümmern. »Er macht Web Sites fürs Internet, macht einen Haufen Kohle damit. Wird mal ein zweiter Bill Gates. Eigene Computer-Firma und so. Deshalb will ich da jetzt einen Fuß in die Tür kriegen. Ist genau die richtige Zeit.«

Sie wusste nicht, was sie sagen sollte. Sie nickte einfach.

»Ich hab dir doch gesagt, dass ich nicht ewig in dem Krankenhaus hängen bleiben will.«

»Was macht er?«, fragte sie.

»Du meinst, mit dem Computerkram?«

»Ja.«

»Ich bin zwar sicher, dass ich's dir schon mal erzählt hab, aber okay. Er hat da so zwei Web Sites am Laufen.« Er drehte sich zum Spülbecken um und nahm ein Glas vom Bord. Während das Wasser ins Glas lief, sprach er weiter. »Auf der einen sind hauptsächlich Fotos von Titten und Muschis, so was. Auf der anderen, da geht's schon härter zur Sache. Ist aber wirklich gut gemacht.«

Er wandte sich wieder der Kasserolle zu und pickte sich aus der Mitte eine Gabel voll heraus, wobei er darauf achtete, den braunen Rändern nicht zu nahe zu kommen. Er kaute, ohne sie anzuschauen. »Scott ist wirklich ein Genie, wenn's um Computer geht.«

»Kelly …«

»Was war das noch mal für eine Brühe, die du da reingetan hast?« Er deutete mit der Gabel in ihre Richtung.

»Ganz normale Champignonbrühe.«

»Echt gut.« Er schluckte den Bissen herunter, legte dann die Gabel auf den Tisch und nahm ihre Hand. »Du solltest denen einen Brief schreiben, dass das Rezept mit der normalen Brühe genauso gut funktioniert wie mit der anderen.«

»Kelly ...«

Wieder schnitt er ihr das Wort ab. »Hör mal zu, Rae. Das ist wirklich wichtig für mich. Ich weiß, dass ich dir von der Sache erzählt habe. Ist einfach nicht fair, dass du jetzt auf einmal nicht mehr mitmachen willst. Jetzt, wo er mit seinem ganzen Kram hier ist.«

Die Geräusche aus dem Wohnzimmer hörten sich an, als packte Scott Kisten aus.

Kelly lächelte sie an. »Ist keine große Sache. Nur wir beide und Scott mit der Kamera. Wo ist der Unterschied? Wir machen doch nur das, was wir jeden Morgen auch machen.«

Rae-Lynn konnte ihn nicht anschauen. »Und was ist mit ihm?«

Kelly zuckte mit den Achseln und schaute auf den Boden. »Na ja, wenn wir fertig sind, dann ... ich meine, wenn du auch mit ihm ...«

»Kelly ...«

»Nein, nein«, sagte er. »Nicht so. Wenn du ihm, na ja, du könntest ihm einen blasen oder so.«

»Ich will mit keinem anderen Kerl ...«

»Hey, wegen mir brauchst du dir keine Sorgen zu machen«, sagte er. »Ehrlich, ich bin nicht eifersüchtig. Ist schon okay. Ich meine, wenn's mir nichts ausmacht, warum soll's dann dir ...«

Sie schaute auf die Kasserolle, in deren Mitte das Loch klaffte, das Kelly herausgepickt hatte. Sie lehnte sich an die Tischkante.

»Mach dir keine Sorgen. Wir rauchen vorher noch eine Pfeife, dann sind wir ganz locker.«

Rae-Lynn stützte sich mit den Händen auf dem Tisch ab.

»Ist da so ein großer Unterschied zu dem, was du früher gemacht hast?«, fragte Kelly. »Ich meine ... du kannst es doch mir zuliebe machen. Nur dieses eine Mal.«

Sie sagte nichts, sondern starrte nur die Kasserolle an.

Er küsste sie und tätschelte ihren Hintern. »Ich wusste, dass du mitmachen würdest. Wirst sehen, Rae, es macht Spaß.«

Kelly war acht Jahre älter als sie. Als sie noch ein Kind gewesen war, waren sie immer mit demselben Bus gefahren. Sie hatte seinen jüngeren Bruder Ted gekannt. Nachdem dieser Kerl sie fast getötet hatte und dann mit Risa verschwunden war, hatte sie beschlossen, in ihren Heimatort Moses Lake zurückzukehren. Schon nach ein paar Tagen war sie in einem Lebensmittelladen Kelly über den Weg gelaufen. Das war jetzt sechs Wochen her. Seitdem hatte sie nur Marihuana geraucht, hatte keinen harten Stoff mehr angerührt. Sie hatte ganz einfach beschlossen, kein Junkie mehr zu sein. Ohne Behandlung, ohne Methadon. Sie hatte sich wieder wie jemand gefühlt, der ein gutes und normales Leben führte. Doch jetzt, da alles wieder aus war, fragte sie sich, was das für einen Unterschied machte – sechs Wochen oder sechs Monate. Oder sechs Stunden. Es war aus und es hatte keinerlei Bedeutung mehr, dass sie sich gut gefühlt hatte. Es war, als betrachtete man ein Foto einer längst vergangenen Geburtstagsparty, als betrachtete man das Foto eines Menschen, den man zu lieben geglaubt hatte.

Sie wusste, dass alles sein Ende hatte. Sie war kein Kind mehr. Während sie Kelly dabei zusah, wie er Scotts Teller füllte, fragte sie sich, ob das, was sie gleich tun würde, die Erinnerungen an die vergangenen Wochen auslöschen würde. Es ging nicht um das, was Kelly von ihr verlangte. Das würde sie überstehen. Sie hatte Schlimmeres überstanden. Es ging auch nicht darum, dass sie danach gehen würde. Sie war immer gegangen. Doch diesmal hätte es Rae-Lynn unendlich viel bedeutet, etwas von diesen Wochen für sich bewahren zu können. Sie wünschte, sie wäre einen Tag früher gegangen.

42

Über das breite Gesicht des Drogenberaters huschte ein Lächeln. »Überrascht mich nicht, dass Sie ihren richtigen Namen nicht rausfinden konnten«, sagte er. »Während der drei Monate, die ich Rae-Lynn betreut habe, hat sie sich jede Woche anders genannt.« Mit seinen Korkenzieherlocken sah der Sozialarbeiter aus wie Stevie Wonder. Zärtlich schaute er das Foto an. »Mal hat sie sich Hippienamen wie Moonlight oder Zenshine gegeben. Dann wieder sollte es sexy klingen – Monique, Sasha. Namen halt, von denen kleine Mädchen glauben, dass sie sich irgendwie erwachsen anhören.«

»Wie Jacqueline«, sagte Caroline leise. Die beiden saßen an einem langen Tisch im Esszimmer der Wohngemeinschaft, wo Rae-Lynn Pierce in Behandlung gewesen war.

»Ja, wie Jacqueline«, sagte der Drogenberater. »Ich habe gerne mit ihr gearbeitet. Viele der Frauen kommen hier rein und versuchen einen an der Nase herumzuführen.« Er zupfte nervös an seiner Unterlippe. »Wenn man dann jemanden wie Rae-Lynn trifft ... Menschen, die gegen jeden Widerstand hartnäckig daran arbeiten, sich ihren Optimismus zu bewahren, haben mir schon immer imponiert. Wissen Sie, was ich meine, Detective Mabry?«

Caroline gab ihm ein Foto von Burn. Er schaute es sich genau an.

»Ja, den kenne ich. Der Name fällt mir im Moment nicht ein.«

»Burn.«

»Richtig, Burn. So hat er in der Szene geheißen. Wir geben uns zwar alle Mühe, dass diese Typen nicht an die Frauen rankommen.« Er legte das Foto auf den Tisch. »Aber wenn sie sich einsam fühlen, rufen sie sie manchmal doch an.«

»Wissen Sie, ob er Rae-Lynn mal besucht hat?« Caroline zeigte auf das Foto.

»Kann mich nicht erinnern. Tut mir Leid. Ich arbeite jetzt schon so lange hier, da vergisst man schon mal was.«

»Aber Sie glauben, dass er mal hier gewesen sein könnte?«

Er zuckte mit den Achseln. Plötzlich hob er die Augenbrauen und klatschte in die Hände. »Da fällt mir was ein. Chloe war damals auch schon hier.« Er schaute sich um. »Vielleicht weiß sie ja was. Wir können uns oft nicht so kümmern, wie das nötig wäre. Da helfen sich die Frauen gegenseitig. Mal sehen, ob sie mit Ihnen sprechen will.«

Er wollte aufstehen, doch Caroline schob ihm noch ein anderes Foto über den Tisch. Das von Shelly Nordling.

»Was ist mit der?«

»Shelly.« Er seufzte. »Das war wirklich ein übler Fall. Shelly war zur gleichen Zeit hier wie Rae-Lynn. Ich glaube, sie haben sich ziemlich nahe gestanden. Na ja, so weit das eben möglich ist. Wenn Sie wissen, was ich meine.«

Als Caroline nichts sagte, redete er weiter.

»Sie dürfen eins nicht vergessen«, sagte der Drogenberater. »Wer hier landet, der hat vorher seine Eltern oder seine Freunde bestohlen oder die Spielsachen von seinem Kind verkauft, um das Geld für seine Sucht aufzutreiben. Das sind nicht gerade die zutraulichsten Leute.« Er stand auf. »Ich schau jetzt mal nach Chloe.«

Caroline nickte und machte sich ein paar Notizen. »Ich brauche alles, was Sie über die beiden Frauen haben. Kontaktpersonen, Akten, Nachsendeadressen, Versicherungen. Alles, was Sie haben.«

»Ich schau mal, was ich finde.« Dann ging er durch die Küche in sein Büro.

Caroline stand auf und schaute sich etwas um. Die zwei langen Tische mit den Sitzbänken an jeder Seite erinnerten an die Cafeteria einer Schule. Die Einrichtung befand sich in einem alten Prachtbau in Browne's Addition, einem Viertel, dessen herrschaftliche Häuser aus dem neunzehnten Jahrhundert hauptsächlich Etagen- und Gemeinschaftswohnungen beherbergten. Es war zehn Uhr. Die zwölf Frauen, die in dem Haus lebten, hatten zwischen sieben und neun gefrühstückt und waren jetzt entweder in ihren Zimmern oder außer Haus an ihrem Arbeitsplatz oder in der Schule. Sie strampelten sich für das Nötigste in irgendeinem miesen Job ab und hofften auf ein Leben, das die meisten nur als hart und ungerecht bezeichnen würden. An den Wänden hingen nichts sagende Poster mit Sonnenaufgängen, Kätzchen und rollenden Wellen. Doch eins mit einem etwas rätselhafteren Motiv fesselte Carolines Aufmerksamkeit. Es zeigte einen alten Holzeimer, der bis zum Rand mit Wasser gefüllt war. Unter dem Bild standen die Worte: »Hackst du Holz, dann trägst du Wasser.«

Als sie sich umdrehte, stand ein Rollstuhl in der Tür, in dem eine dünne schwarze Frau saß.

»Da kommt man ins Grübeln, stimmt's? Was könnte das wohl bedeuten?«

Caroline schaute wieder das Poster an und wandte sich dann der jungen Frau im Rollstuhl zu. »Sie sind Chloe, nicht? Ich bin Caroline Mabry.«

»Chris hat gesagt, dass Sie mich sprechen wollten.«

»Stimmt«, sagte Caroline. Sie deutete zum Tisch, auf dem wie Bilder aus einem Highschool-Jahrbuch die Fotografien von Burn, Rae-Lynn und Shelly lagen. Nach kurzem Zögern rollte Chloe auf den Tisch zu. Sie stemmte sich hoch, wobei sich unter der Haut ihrer winzigen Arme dünne Muskelstränge abzeichneten. Sie warf nur einen flüchtigen Blick auf die Bilder und ließ sich dann mit einem Seufzer wieder zurückfallen.

»Sind Sie extra hergekommen, um mir Fotos von Toten zu zeigen?«

»Sind sie alle tot?«

Chloe tippte auf die Bilder von Shelly und Burn. »Sie ist seit sechs Monaten tot, und den hier hat eine Polizistin von einer Brücke gestoßen.«

Caroline musste lächeln, sagte aber nichts zu Chloes Interpretation des Vorfalls auf der Brücke. »Und was ist mit der?« Sie zeigte auf das Foto von Rae-Lynn, doch Chloe warf nicht mal einen Blick darauf.

»Wenn sie noch nicht tot ist, dann kann es nicht mehr lange dauern.«

»Warum glauben Sie, dass sie tot ist?«

Chloe lächelte. »Weil ich glaube, dass wir alle tot sind.« Sie verlor das Interesse an ihrer Art von Humor und reckte den Hals Richtung Küche. »Ob wohl noch Kaffee da ist?«

»Nur noch eine Minute, dann bin ich wieder weg.« Caroline schob die Fotos so nah zu Chloe hin, dass sie ein paar Zentimeter über den Rand des Tisches ragten.

Chloe schaute die Fotos an. »Haben Sie es eilig?«, fragte sie.

»Tja, eigentlich schon.«

»Ach ja? Müssen wohl schnell wieder nach Hause? Damit die Kinder keinen Unsinn machen.«

»Ich habe keine Kinder«, sagte Caroline. »Ich muss zu einer Beerdigung.«

Das schien Chloe zu interessieren. »Beerdigung von wem?«

Caroline stupste Burns Foto an, das wippend an der Tischkante hängen blieb. »Von dem da. Man hat die Leiche im Fluss gefunden. Seine Familie beerdigt ihn heute Nachmittag.«

»Schade drum.«

»Haben Sie ihn etwa gemocht?«

»Nein. Schade, dass sie ihn gefunden haben. Von mir aus hätten sich die Fische um den Wichser kümmern können.«

»Hat er Ihnen irgendwas getan?«

Sie zuckte mit den Achseln. »Nichts Besonderes.«

»Hat er etwa damit was zu tun?« Caroline deutete auf den Rollstuhl.

Chloe schaute hinunter auf das große Speichenrad des Rollstuhls. Sie schien über Carolines Frage nachzudenken. »Nein«, sagte sie nur.

Caroline lächelte. »Wollen Sie hier raus?«

»Wohin sollte ich? Zur Beerdigung?« Chloe lächelte. »Könnte ganz lustig werden, was?«

Caroline drückte die Aufnahmetaste ihres Bandgerätes und schob es zwischen sich und Chloe in die Mitte des Tisches. »Nun?«

Chloe schaute vom Tonband zu den Fotos und dann wieder zum Tonband.

»Also gut«, sagte sie. »Für sein Alter kam Burn ziemlich gut zurecht mit den Mädchen. Hatte immer vier oder fünf am Laufen. Rae hat's bloß ein paar Wochen mit ihm ausgehalten, aber Shelly ist ziemlich lange bei ihm geblieben.«

Caroline stellte sich vor, wie Lenny Ryan vor sechs Monaten in der Stadt aufgetaucht war und die gleichen Fragen gestellt hatte, die sie jetzt stellte. Wie er die gleichen Dinge herausgefunden hatte, die sie jetzt herausfand. »War Burn auch Ihr Zuhälter?«

Chloe verdrehte die Augen. »Kleine Mädchen mit hohen Lackstiefeln kurven mit irgendeinem Nigger im Cadillac rum. Hatten Sie an so was gedacht? So läuft das nicht. Mit einem wie Burn, da gab's rauschende Feste. Er hatte eine Wohnung ganz in der Nähe der Pacific Avenue. Klasse Bude. Shelly und ich haben meistens auf der Straße angeschafft. Wir haben's im Auto gemacht oder in den großen Booten auf dem Ausstellungsgelände an der Sprague. Bis die Sicherheitsleute da irgendwann nicht mehr mitgespielt haben. Das war die Zeit, als Burn uns angeboten hat, dass wir seine Wohnung benutzen könnten. Vier oder fünf Freier pro Nacht. Macht ein paar hundert, die Hälfte für Burn. Er bringt dich auf die Nadel, verkauft dir seinen Stoff, kümmert sich drum, dass man was zu beißen hat und dass du die Kohle nicht woanders ausgibst, und dann auf seiner Couch zusammenklappst. Du hängst mit seinen Freunden rum, und er spielt den großen Macker. Und wenn einer nicht zahlen oder dich umsonst vögeln will, dann ... Na ja, wenn man auf Burns Rechnung unterwegs ist, dann passiert das eben nicht so oft.«

Caroline versuchte, nicht den Faden zu verlieren. »Können Sie mir sagen, wann genau Rae-Lynn und Shelly für Burn gearbeitet haben?«

Chloe wischte die Frage mit einer Handbewegung beiseite. Als sei es unmöglich – oder zumindest vollkommen unwichtig – den genauen Zeitraum zu bestimmen. »Shelly hieß für alle nur Pills.« Chloe schaute sich unsicher im Zimmer um. »Sie war dieser anhängliche Typ, war wie eine Sucht bei ihr. Brauchte immer jemanden, der ihr das Gefühl gab, dass sie nicht allein war. Hat sich immer wieder verknallt, ist dann eine Zeitlang verschwunden und irgendwann fix und fertig wieder aufgetaucht. ›Er hat mich rausgeschmissen!‹ Bei Burn das Gleiche. Eine Zeitlang ist sie rumgelaufen und hat jedem erzählt, dass er ihr Freund ist. Bei Rae war das anders. Die hatte mehr drauf, hat da besser durchgeblickt.«

»Als man Shelly umgebracht hat, hat sie da noch für Burn gearbeitet?«

»Sie wollen wissen, ob Burn sie umgebracht hat?« Chloe runzelte die Stirn.

»Ja. Hat er sie umgebracht?«

»Ehrlich, ich habe keine Ahnung.«

Caroline schaute sie an. »Haben die anderen geglaubt, dass er es war?«

»Anderen? Welche anderen? Glauben Sie, die haben eine Umfrage gemacht?« Chloe schaute auf die Fußrasten ihres

Rollstuhls. »Eins ist sicher. Er ist nicht rumgelaufen und hat jedem erzählt, dass er es *nicht* war. Dauernd trägt sie irgendwelches Zeug ins Pfandhaus und bläst auf eigene Rechnung mal hier einen und da einen und dann marschiert sie zu Burn und sagt, ›Hey, ich brauch dich jetzt nicht mehr‹ ... Scheiße.«

»Hat Burn gewusst, dass sie Sachen versetzt hat?«

»Klar. Er macht zwar immer auf freundlich, aber er guckt ganz genau drauf, was du mit deiner Kohle machst.«

Caroline schaute auf ihren Notizblock. »Sie haben gesagt, sie hat nebenher angeschafft. Warum sollte sie das tun?«

»Um etwas Geld auf die Seite zu legen. Sie wollte raus aus der Stadt.«

»Burn wollte also nicht, dass sie sich Geld sparte, um die Stadt verlassen zu können?«

Chloe nickte. »Wenn man bei ihm keinen Stoff mehr kauft, dann muss man woanders kaufen. Ist doch klar.«

»War es so? Ist Burn sauer geworden, weil sie ihre eigenen Wege gegangen ist und sich ihren Stoff woanders besorgt hat?«

Chloe zuckte mit den Achseln. »Wie gesagt, ich weiß nicht, was passiert ist. Aber auch wenn er es nicht getan hat – verstehen Sie jetzt, warum es für ihn gut gewesen wäre, wenn alle geglaubt hätten, dass er es war?«

»Heißt das, dass die Leute auf der Straße es geglaubt haben?« Caroline hörte sich an, als sei sie einer alten Folge von *Starsky and Hutch* entsprungen. Sie hasste das.

Chloe lachte nur.

»Lassen Sie mich die Frage anders stellen. Wenn jemand rumgefragt hätte, was mit Shelly passiert ist, sagen wir, dieser Typ hier.« Sie zog Lenny Ryans Foto aus ihrer Tasche. »Hätte er dann die gleiche Antwort bekommen, die Sie mir gerade gegeben haben?«

Chloe nahm das Foto. »Das ist der Typ aus der Zeitung, oder? Der die Frauen gekillt hat.« Sie starrte das Foto an. »Na ja, wenn er was auf dem Kasten hätte, bräuchte er erst gar nicht zu fragen. Aber stimmt schon, genau das hätte man ihm erzählt. Man hat sie erstochen. Hatte noch alle Kleider am Leib. Keiner von diesen perversen Freaks. Nicht zerstückelt, nicht vergewaltigt, nichts.« Sie hielt das Foto hoch. »Nicht so, wie dieser Psycho hier. Wenn eine auf die Art dran glauben muss, dann war's entweder der Typ, den sie grad gehabt hat, oder der Typ, dem sie hinterher seinen Anteil abdrücken muss. Kapiert? Gibt nicht so viele, die sonst noch in Frage kommen. Der Gärtner war's sicher nicht.«

Caroline schaute die Frau an. Sie saß mit ihren kaum neunzig Pfund im Rollstuhl und erklärte Caroline, wie es zuging auf der Welt.

»Ist doch logisch, oder?« Chloe zeichnete mit dem Zeigefinger ein paar imaginäre Linien auf den Esstisch, als wollte sie Caroline einen Football-Spielzug erklären. »Da braucht man kein Genie zu sein, um das zu begreifen.«

Caroline notierte: »Burn hat Shelly getötet.« Sie unterstrich es zweimal. Plötzlich kam sie sich vor wie jemand, der im Nebel die Umrisse einer Straße zu erkennen glaubt. Sie nickte in Richtung Lennys Foto. »Haben Sie den schon mal gesehen?«

Chloe schaute wieder auf das Foto in ihrer Hand. »Nein. Aber ich bin ja auch schon ewig nicht mehr draußen gewesen.« Sie hantierte an der Bremse des Rollstuhls herum. »War fast das ganze Jahr entweder im Krankenhaus oder hier drin.«

»Hat Shelly mal davon gesprochen, dass sie einen Freund hatte?«

»Shelly? Jeder Kerl mit Brieftasche war Shellys Freund. Meistens ältere Typen. Damals, als sie in Spokane aufgetaucht ist, da war sie mit einem zusammen.«

»Hat sie mal einen Freund aus Kalifornien erwähnt?«

Chloe dachte kurz nach. Dann lächelte sie. »Ja, stimmt. Da war mal was. Irgendein Kerl, an dem sie ziemlich gehangen hat. Mehr weiß ich auch nicht. Jede Hure hier erzählt dir was von dem einen Typen, der sie mal gut behandelt hat. Immer dieselbe Leier. Wenn wir genug Geld zusammengekratzt haben, gehen wir alle zurück zu ihm. Oder wenn er aus dem Knast rauskommt. Oder seine Frau verlässt.«

Caroline dachte an sich und Dupree. Der Drogenberater kam aus dem Büro zurück und gab ihr zwei dünne Ordner. Auf dem einem stand der Name ›Rae-Lynn Pierce‹, auf dem anderen ›Shelly Nordling‹. Er hatte noch einen Umschlag dabei, den er in der Hand behielt.

Caroline sah sich Shelly Nordlings Akte an. Sie enthielt lediglich die Bescheinigungen über Aufnahme und Entlassung und ein paar weitere Berichte. Schon auf der ersten Seite stutzte Caroline. Die Adresse, die Shelly bei der Aufnahme in das Beratungszentrum angegeben hatte, kam Caroline bekannt vor. Eine Adresse in East Central, gleich beim Freeway. Caroline dachte an das, was Chloe zuletzt gesagt hatte, ohne dass sie weiter nachgefragt hatte. »Sie haben gesagt, dass Shelly mit einem älteren Mann hier angekommen ist. Können Sie sich an den Namen erinnern?«

»Scheiße«, sagte Chloe und schaute an die Decke. »Hat ihr den Laufpass gegeben, weil sie auf Drogen war und dauernd geklaut hat. Ich seh ihn direkt vor mir. Aber der Name?«

»Albert«, sagte der Drogenberater.

»Stimmt«, sagte Chloe. »Ich glaub, so hieß er. Sie hat ihn immer Uncle Albert genannt. Ja, genau. Weiß noch, dass ich das immer witzig fand. Wegen dem Song.«

Albert Stanhouse. Shelly hatte mit Lenny Ryans Onkel zusammengelebt und deshalb brachte Lenny ihn um. Plötzlich waren Duprees zufällige Morde gar nicht mehr so zufällig. Caroline stellte sich vor, wie Lenny das Puzzle zusammenfügte. Uncle Albert schleppt Shelly mit nach Spokane, er setzt sie vor die Tür, sie fällt Burn in die Hände. Sie will weg aus Spokane, zurück nach Kalifornien. Sie geht zu dem Pfandleiher, um sich Geld zu beschaffen, doch der haut sie mit dem Armband übers Ohr. Lenny kommt in die Stadt und tötet sie alle. Caroline versuchte also, einen Mann zu bestrafen, der Nutten ermordete, weil er seinerseits die bestrafen wollte, die eine Nutte ermordet hatten. Sie war bestürzt darüber, wie viel Lenny herausgefunden hatte, weil er unterhalb der Oberfläche gekratzt hatte, und wie wenig sie herausgefunden hatten, weil sie oberhalb der Oberfläche gesucht hatten.

Doch ein Gedanke machte ihr zu schaffen. Wenn Lenny Ryan Gründe gehabt hatte, seinen Onkel, Burn und den Pfandhausbesitzer zu töten, konnte er dann der Psychopath sein, für den sie ihn gehalten hatten und der er laut Blantons und McDaniels Analyse sein musste? Fast hätte sie laut gelacht. Ihr fiel Duprees Behauptung ein, dass man auf irrationale Situationen am besten mit Irrationalität reagierte. Plötzlich verspürte sie den Drang, Dupree anzurufen und ihm zu erzählen, was sie herausgefunden hatte.

Das Klingeln des Handys riss sie aus ihren Gedanken. Sie dachte sofort an Dupree und schaute nicht mal auf die Nummer des Anrufers. Sie hob die Hand, wandte sich von dem Drogenberater und Chloe ab und drückte auf die Taste.

»Hi«, sagte sie und wartete auf Duprees Antwort.

»Miss Mabry?«, sagte Curtis Blanton. »Laut meinem Ticket ist die Wellblechhütte hier der *Internationale* Flughafen von Spokane.«

»Die fliegen auch nach Kanada«, sagte sie.

»Ah, richtig. Das macht Sinn.«

Jetzt kapierte sie erst. »Moment mal. Sind Sie etwa in Spokane?«

»Wollen Sie mich nicht fragen, was ich hier mache?«

»Was machen Sie hier?«

»Gute Frage. Nach unserem Telefonat habe ich mir noch mal Ihren Fall vorgenommen. Dabei ist mir eingefallen, dass diese Knallcharge von McDaniel den Fall sicher für sein nächstes Machwerk ausquetscht. Und da war mir klar, dass

Sie dringend Hilfe brauchen. Also bin ich zum Flughafen und habe mich in den ersten Flieger gesetzt.«

Caroline kratzte sich die Stirn. »Ich bin gerade mitten in einer Befragung. Können Sie sich nicht einen Mietwagen nehmen? Oder ein Taxi?«

»So eilig ist es auch nicht. Ich warte einfach, bis Sie mich abholen. Und kein Wort zu McDaniel, dass ich in der Stadt bin, okay? Kleine Überraschung für den Bastard. Wette, der scheißt sich die Hosen voll, wenn er mich sieht.«

Da ihr darauf keine passende Antwort einfiel, legte sie auf. Es ging alles viel zu schnell. Als sie sich wieder umdrehte, beugte sich der Drogenberater gerade über den Rollstuhl und zeigte Chloe den Brief, den er aus dem Umschlag genommen hatte.

»Was ist das?«, fragte Caroline.

Der Drogenberater richtete sich auf und fuhr sich durch die Korkenzieherlocken in seinem Nacken. »Wir arbeiten hier nach der gleichen Methode wie die Anonymen Alkoholiker oder die Anonyme Drogenberatung«, sagte er. »Die meisten der Berater, die hier arbeiten, waren früher selbst mal ... Wissen Sie, wie das funktioniert mit den zwölf Schritten, Detective?«

»Ungefähr, ja.«

Er gab ihr den kurzen Brief und den Umschlag. »Einer der wichtigsten Schritte ist, dass man sich den Leuten stellt, denen man während der Sucht Schaden zugefügt hat. Das machen wir hier. Wir versuchen die Frauen dazu zu bringen, den Leuten Briefe zu schreiben. Manche entschuldigen sich dann. Manche suchen auch nur Ausflüchte. Manche sind nicht mal dazu in der Lage. Die hauen ihre Verwandten wegen noch mehr Geld an oder geben ihren Eltern die Schuld für ihre Probleme.

Wegen Shelly habe ich mir deshalb ziemliche Sorgen gemacht. Sie hat nämlich nur einen einzigen Brief geschrieben. Und als ich ihn dann zur Post bringen wollte, wollte sie nicht, dass ich ihn abschicke. Der Mann, an den er gerichtet war, sollte nicht wissen, dass sie hier war. Also habe ich ihn nicht abgeschickt, sondern zu den Akten gelegt. Normalerweise würde ich die Privatsphäre eines Patienten nie verletzen, aber in diesem Fall …«

Caroline schaute auf den Brief und fing an zu lesen. Er begann mit den Worten: »Lieber Lenny.«

43

Rehabilitationszentrum ›Bright Shining Day Group Home.‹ Undatierter Brief aus der Behandlungsakte von Shelly Nordling:

Lieber Lenny,

ich bin mal wieder in einem Rehabilitationszentrum gelandet. Hoffentlich hattest du schöne und nicht so einsame Weihnachten. Heute haben sie uns gesagt, dass wir Briefe schreiben sollen an die Leute, die wir mal enttäuscht haben. Ich habe hier am Tisch gesessen und an die vielen Leute denken müssen, die ich bestohlen oder belogen oder von denen ich mir Geld geliehen habe oder denen ich sonstwie was Schlimmes angetan habe.

Aber du bist der einzige Mensch, den ich wirklich enttäuscht habe. Ich glaube nicht, dass man einen Menschen enttäuschen kann, der gar nichts von einem erwartet. Du warst der einzige Mensch auf der Welt, der geglaubt hat, dass ich was Besseres sein könnte als das, was dann aus mir geworden ist.

Die Geschichte mit Uncle Albert tut mir Leid. Ich weiß nicht, wie viel du davon weißt. Aber du kennst mich ja, du weißt, wie schwach ich bin und wie schwer es mir fällt, alleine zu sein. Das soll keine Entschuldigung sein. Ich bin halt so.

Ich wünschte, ich könnte sagen, dass ich nicht gewusst habe, was auf mich zukommt, als ich mit ihm nach Spokane bin. Aber wir haben schon zu viel durchgemacht, Lenny, um uns selbst für dumm zu verkaufen. Damit ist Schluss, für immer.

An dem Tag, als wir gefahren sind, hätte ich dich fast noch besucht. Aber ich konnte dir einfach nicht in die Augen schauen. Ich habe schon damals wieder angeschafft, für so einen kleinen Spinner. Hier habe ich dann wieder voll damit angefangen. Vor ein paar Monaten habe ich dann das ganze Geschirr von deinem Onkel verkauft. Wir haben uns in die Wolle gekriegt und er hat mir eine Abreibung verpasst und mich dann vor die Tür gesetzt. Ich bin froh, dass du mich jetzt nicht sehen kannst, Lenny.

Ich wünschte, ich hätte dich nicht so hängen lassen damals, als sie den Stoff gefunden haben. Aber ich hatte einfach Angst. Ich habe jetzt schon so lange Angst, dass ich gar nicht mehr weiß, wie das ohne Angst ist.

Wenn ich nächsten Monat hier rauskomme, versuche ich ein bisschen Geld zusammenzukratzen und dann komme ich nach Kalifornien und besuche dich. Obwohl ich weiß, dass ich eigentlich kein Recht dazu habe. Ich muss hier noch ein paar Sachen erledigen, aber ich glaube, dass ich das schaffe, bis sie dich entlassen. Ich erwarte nicht, dass du mit mir reden willst oder dass es wieder so wird wie früher. Ich erwarte gar nichts, Lenny, außer dass es schlimm wird, dich wiederzusehen. Sogar davor habe ich Angst.

Ich habe Angst davor, dass ich dir in die Augen schaue und dann sehen kann, wie sehr ich dich enttäuscht habe. Und ich weiß, dass ich dann unbedingt einen Schuss brauche. Du wirst dann sicher wissen wollen, was alles passiert ist, und ich muss es dir dann erzählen. Du wirst sehen, wie schwach und wie hässlich ich bin. Ich wünschte, ich hätte besser auf mich aufgepasst.

Doch was mir am meisten Angst macht, ist das, was ich in meinem Innersten schon seit langer Zeit weiß. Dass ich dich nämlich nicht verdient hatte. Dass ich zu schlecht bin für den einzigen Menschen, bei dem ich mich jemals wohl gefühlt habe. Ich liebe dich. Ich wünschte, Lenny, das würde mehr bedeuten, als es in Wahrheit bedeutet.

Shelly

Kelly Baldwins Haus in Moses Lake, Washington. Ein Zettel unter einem Magnetapfel am Kühlschrank:

Kelly, du Wichser!

Und ich hab gedacht, wir kommen gut miteinander aus. Falls du dich wunderst, wo deine Brieftasche ist, die hab ich mitgenommen, du Wichser! Normalerweise kriege ich nämlich achtzig Eier für den Scheiß, zu dem du mich heute gezwungen hast. Als du eingeschlafen warst, hab ich mich von Scott zur Bushaltestelle fahren lassen. Na, wie gefällt dir das, du Wichser? Wenn du den Zettel hier liest, bin ich schon über alle Berge. Brauchst erst gar nicht nach mir zu suchen, ich geh nämlich zurück nach Spokane zu meinem Freund. Der ist schwarz und er kann Taekwondo. Der fickt dich ins Knie!

Ich weiß wirklich nicht, Kelly, was das Ganze sollte. Das hätte besser laufen können mit uns. Also dann: Fick Scott und seinen Computer und erzähl nicht mehr allen Leuten, dass du Arzt bist! Okay?

Ich liebe dich (nie und nimmer)

Shayla (Rae-Lynn)

Polizeipräsidium Spokane. Postfach des Stv. Polizeichefs James Tucker. Ein auf Dienstpapier getippter Brief, in der Mitte gefaltet:

26. Juli 2001
Stv. Polizeichef James Tucker
Büro des stv. Polizeichefs
Polizeipräsidium Spokane

Sehr geehrter Mister Tucker,

Ich nehme hiermit unser kürzlich geführtes Gespräch zum Anlass, um meine sofortige Versetzung in den vorzeitigen Ruhestand zu beantragen. Die Entscheidung ist rein persönlicher Natur und gründet nicht auf kürzlich getroffenen dienstlichen Entscheidungen, deren Inhalt einen Mangel an Vertrauen in meine Qualifikation als Detective zum Ausdruck bringen.

Ich bitte Sie um schnellstmögliche Behandlung der Angelegenheit, obwohl ich selbstredend meine Pflichten als Sergeant im Streifendienst so lange erfüllen werde, bis sich eine angemessene Lösung gefunden hat.

Ich habe der Stadt Spokane in den vergangenen 26 Jahren mit all meiner Energie und größtmöglichem Einsatz gedient. Sollten mir dabei Irrtümer unterlaufen sein, so geschah dies in der aufrichtigen Absicht, zum Wohle der Stadt, des Präsidiums und meiner Kollegen, für deren Arbeit ich auch weiterhin nur allergrößte Hochachtung empfinden werde, zu handeln.

Hochachtungsvoll,
Alan J. Dupree

Kopien an:
Lt. Charles Branch, Major Crimes
Stadtverwaltung Spokane, Personalabteilung
Gewerkschaft der Polizei
Chris Spivey, Arschloch

FÜNFTER TEIL

August

Was der Donner sprach

44

Die fünfte Leiche wurde von einem Jogger entdeckt. Sie lag an einem steilen Uferabschnitt zwischen hohem, wildem Gras etwa einer Meile von der Stelle entfernt, wo man die anderen Leichen gefunden hatte. Der Körper war zwar erst kürzlich hier abgelegt worden, doch sein Zustand ließ darauf schließen, dass das Opfer schon seit Wochen tot war. Während die Spezialisten den Tatort untersuchten, hielt sich Caroline abseits. Als sie jedoch hinterher die vertrockneten Fleischfetzen und die von der Sonne ausgebleichten Zähne sah, beschlich sie die grauenhafte Gewissheit, dass sie das Skelett von Rae-Lynn Pierce vor sich hatte.

Wie Blanton prophezeit hatte, erhöhte sich mit der Entdeckung jeder weiteren Leiche der Druck auf die Ermittler gewaltig und versetzte die Task Force in einen Zustand hektischer Aktivität. Spiritisten meldeten sich, in Texas oder Florida einsitzende Häftlinge gaben ihren Senf dazu, CNN und *Newsweek* wollten Interviews. Die Arbeit selbst ging ihren normalen Gang. Mit Hilfe der beiden Profiler und ihrer eigenen zunehmenden Sachkenntnis war die Task Force in der Lage, Details, die sie vor drei Monaten noch ratlos gemacht hatten, der sich ständig verändernden Methodik Lenny Ryans hinzuzufügen. Die Tatsache, dass die Zwanzig-Dollar-Scheine diesmal im Mund des Opfers steckten, inspirierte Blanton und McDaniel zu einer wahren Flut an Mutmaßungen, die schließlich in einem hitzigen Wortgefecht gipfelte. Wie zwei Professoren, die im gleichen Seminarraum ihre Vorlesungen hielten, saßen sie mitten im Task-Force-

Büro, schauten gezielt aneinander vorbei und verkündeten ihre Thesen.

»Seine Wut steigert sich«, sagte McDaniel zu Spivey. »Er steckt ihr die Scheine in den Mund, weil er uns sagen will, dass er Oralsex verabscheut ...«

»Ihm sind bloß die Scheißgummibänder ausgegangen!«, fiel ihm Blanton ins Wort, ohne die Arbeit an dem Bericht, über dem er gerade saß, auch nur für eine Sekunde zu unterbrechen. Offensichtlich fochten sie einen nun schon zehn Jahre dauernden Streit aus. Caroline, die schon zwei- oder dreimal Zeugin einer derartigen Auseinandersetzung geworden war, vermutete, dass sich der Zwist an einem einzigen Punkt entzündete: Ist die Handschrift eines Killers – die Unverwechselbarkeit seines Verhaltens am Tatort – ausschließlich Ausdruck seines obsessiven Unterbewusstseins oder schließt sie auch den konventionellen Modus operandi ein, dass ein Killer bestimmte Dinge einfach deshalb tut, weil sie zum Begehen der Tat und zum Verwischen der Spuren nötig sind. Wie bei den anderen Opfern hatte der Täter die Fingernägel mit einer Zange herausgerissen und die Finger mit Reinigungsmitteln abgeschrubbt. Beide Profiler stimmten darin überein, dass diese Handlung einerseits Fetischcharakter hatte und andererseits ein gezielter Versuch war, Spuren zu verwischen. Ihr Streit ging anscheinend um die feine Unterscheidung, ob es sich um ein Ritual handelte, das die Tat zusätzlich verschleierte, oder um Verschleierung, die zum Ritual geworden war.

»Minderbemittelter Bauerntrampel«, brummte McDaniel, nachdem sie ihren Gedankenaustausch beendet hatten.

»Bettnässender, Daumennuckelnder Freudianer«, sagte Blanton.

Caroline hielt den Streit für lächerlich. Schließlich stimmten sie grundsätzlich überein: Diese Art der Präparierung der Leiche gehörte zu Ryans Handschrift. Sofort nach dem Mord versteckte er die Leichen und kümmerte sich um sie wie ein Babysitter. Er befriedigte seine emotionalen Bedürfnisse nach Kontrolle und bereitete sie für die Entdeckung durch die Polizei vor. Während dieser Phase säuberte er die Leichen und platzierte die vierzig Dollar, wobei er höchstwahrscheinlich masturbierte. Obwohl im Kern der Ermittlungen nicht mehr das Täterprofil, sondern die Fahndung nach dem Mann stand, behaupteten Blanton und McDaniel übereinstimmend, dass das Präparieren der Leiche der Aspekt des Falles sei, der sie überhaupt noch bei der Stange hielt. Blanton interessierte, dass Ryan Merkmale in sich vereinte, auf die er schon bei fünf oder sechs anderen Fällen gestoßen war (zum Beispiel hatte man bei einem Fall in Texas dem Opfer ebenfalls die Fingernägel herausgerissen), McDaniel beschäftigte die seltene Gelegenheit, ein Monster zu fassen, dessen Methoden sich direkt unter seinen Augen weiterentwickelten.

Nachdem Caroline die beiden eine Zeit lang beobachtet hatte, hielt sie allerdings andere Gründe für naheliegender: Jeder wollte wissen, was der andere dachte; jeder wollte den anderen beim Kampf um die Medien im Auge behalten; jeder wollte Material sammeln für sein nächstes Buch. Wie Geier umkreisten sie sich. Für die praktische Ermittlungsarbeit – Überwachungen oder Befragungen – waren sie kaum von Nutzen. Sie beschäftigten sich ausschließlich mit dem isolierten, speziellen Gebiet ihrer Wissenschaft. Einmal saß Caroline bei einer Besprechung hinter Blanton und konnte einen Blick auf seine Notizen werfen. »Das Fehlen mikrobieller Tätigkeit und die postmortale Veränderung der Stellung des Schlüsselbeines lassen darauf schließen, dass die Leiche zwei Wochen vor ihrer Entdeckung bewegt wurde.« Die mathematische Präzision verblüffte Caroline.

Eine Woche nach der Entdeckung der fünften Leiche ergaben die zahnärztlichen Untersuchungen, dass das Opfer nicht Rae-Lynn Pierce war, sondern mit hoher Wahrscheinlichkeit jene Person, die sie bislang nur unter dem Namen

»Risa« kannten. Im Gegensatz zu Caroline, der es keine Ruhe ließ, dass sie nicht mal Risas richtigen Namen kannten, war es Spivey und den beiden Profilern anscheinend ganz recht, dass sie die Leiche nicht identifizieren konnten.

Dass Caroline Lenny Ryans Motiv für den Mord an Burn entdeckt hatte, wurde vom Trubel um die neue Leiche in den Hintergrund gedrängt. Die Überreste von Risa wirkten wie ein fossiler Brennstoff, sie erweckten die brummende und mahlende Maschinerie zu neuem Leben. Caroline kam sich übergangen vor, widmete sich ganz ihren minderen Aufgaben und versuchte den quälenden Gedanken beiseite zu schieben, der sie in den letzten Wochen – ob auf dem Nachhauseweg im Auto oder wenn sie zum Kopierer ging – immer öfter eiskalt erwischte:

Was, wenn Lenny Ryan die Frauen gar nicht getötet hatte?

Es gab keinen plötzlich aufgetauchten entlastenden Hinweis, auf den Caroline ihre Zweifel hätte stützen können. Tatsächlich gab es überhaupt kaum Hinweise, die irgendetwas erhellten. Wenn überhaupt, dann hatten die Hinweise den aufmunternden Effekt, dass man hinter dem Richtigen her war. Spiveys Zeittafel hatte ein Netz kalter forensischer Daten über die Stadt gespannt, und auf jedem Schreibtisch im Büro der Task Force stapelten sich Karteikarten mit Zeugenaussagen und Kreditkartenbelegen.

Und dennoch konnte sie die Zweifel nicht abschütteln. Immer wieder tauchten sie unvermittelt auf – wie ein Donnern in der Ferne. Wenn es nur eine beweiskräftige Samenprobe oder einen Augenzeugen gäbe. Stattdessen reichten die Hinweise gerade dafür, dass man Ryan als Verdächtigen nicht ausschließen konnte. Es war, als baute man ein Haus mit Fenstern, aber ohne Türen.

Natürlich war ihr klar, dass man schon Tausende von Verdächtigen aufgrund weniger stichhaltiger Beweise verurteilt hatte. Es lag in der Natur einer Ermittlung, dass man alle möglichen zufälligen Ereignisse zusammentrug, dann alle anderen Erklärungen dafür ausschloss und schließlich wieder zum Ausgangspunkt zurückkehrte. Spiveys Zeittafel diente als Ausgangspunkt: Zwei Wochen nach Ryans Entlassung aus dem Gefängnis geschieht der erste Mord; Ryan treibt sich rum und fragt nach Nutten; die Morde an Burn, Onkel Albert und dem Pfandhausbesitzer; Caroline verfolgt Ryan und findet in einer Gasse das vierte Opfer; Ryans Fingerabdrücke auf dem Kühlschrank; Ryan verfolgt Rae-Lynn, die am gleichen Tag verschwindet wie Risa. Sogar der schwermütige County-Ankläger klang schon so, als hätte er es mit einem Fall für die Todesstrafe zu tun.

Nein, es gab keinerlei rationale Gründe für ihre Zweifel. Dupree hatte ihren Anwandlungen sogar einen Namen gegeben – das Jahrbuch-Syndrom. Wann immer sie und Dupree den Angehörigen eines Verdächtigen befragten, zog der unweigerlich ein Jahrbuch aus der Schublade, zeigte auf ein Foto mit einem schüchternen, pickeligen Bürschchen und sagte eindringlich: »Da, bitte. Trauen Sie dem so was zu?«

Stimmt schon, dachte Caroline, ich habe so eine Art Jahrbuch-Syndrom. Sie hatte sich der Illusion hingegeben, Lenny Ryan zu kennen. Sie hatte ihm von Angesicht zu Angesicht gegenübergestanden und sich eingebildet, seine Nähe zu spüren. Sie war wieder da. Die unrühmliche Intuition, die Dupree ihr vor sechs Jahren ausgetrieben hatte, und die ihr jetzt sagte, dass Ryan neben dem handfesten Motiv für den Mord an Burn auch eins für die Morde an den Nutten gehabt haben könnte. Und zwar eines, das nichts mit den psychologischen Reisen in die Vergangenheit zu tun hatte, von denen Blanton und McDaniel immer schwadronierten.

Spivey oder den Profilern, die mehr als je zuvor Ryan für den Mörder hielten, hatte sie von ihren Zweifeln natürlich nichts erzählt. Die Tatsache, dass Ryan Burn die Schuld an Shelly Nordlings Tod gab, schloss die Möglichkeit nicht aus, dass Ryan auch seine krankhafte Verachtung für alle anderen Prostituierten auslebte. Shelly Nordlings Brief aus dem Rehabilitationszentrum erhärtete die ursprüngliche Theorie nur noch: Lenny Ryan handelte aus einer tief verwurzelten Obsession heraus, die in dem vermeintlichen Verrat durch Shelly Nordling wurzelte.

Wenn sie sich mit einem der Profiler unterhielt, ließ sie sich von deren Selbstsicherheit immer wieder überzeugen. Blanton überzeugte sie davon, dass sie Ryan oder dessen sexuelle Fantasien nie werde verstehen können. Und McDaniel überzeugte sie davon, dass ein Monster nicht das verkörperte, was man sah, sondern die Summe all dessen, was man nicht sah – die in der Kindheit erduldeten Misserfolge, Enttäuschungen, Unsicherheiten und Zurückweisungen.

Doch wenn sie wieder allein war, zu Hause oder im Auto, dann sah sie wieder Lenny Ryans Augen. Sie war überrascht gewesen, dass sie in seinen Augen nicht das Monster gesehen hatte, sondern ihre eigene Angst, ihr eigenes Wesen, ihre eigenen gescheiterten Versuche, sich die Welt so zu erklären, dass sie in ihre eigene kleine Puppenstube passte. In diesen Momenten kam es ihr so vor, als zielten die Beweismittel, die immer weitere Kreise ziehende Arbeit der Profiler an dem eigentlichen Ziel vorbei, ja, als führten sie sie zielsicher in eine falsche Richtung. Es war, als jagten sie einem Phantom hinterher, das sich aus den Profilen zweier Menschen zusammensetzte. Während der Rest der Task Force versuchte, die Konturen dieses einen Phantombildes zu beschreiben, sah Caroline immer zwei Gesichter.

Sie schaute Blanton und McDaniel an, die sich an dem großen Konferenztisch gegenübersaßen und schon rein physisch einen krassen Gegensatz bildeten: Blanton war klein, untersetzt und so blass, als käme er gerade aus dem Knast; McDaniel war groß, muskulös und braun gebrannt. Ihnen gegenüber saßen Spivey und eine schmächtige Frau, die ihr als Produktionsassistentin der TV-Sendung *Dateline* vorgestellt worden war. Es war McDaniels Idee gewesen, dass sie durch ein bisschen landesweite Publicity vielleicht einen Hinweis auf Ryans Aufenthaltsort erhalten oder ihn sogar aus der Reserve locken könnten. Kern des Plans war, einen – wie McDaniel es nannte – »Super-Antagonisten« aufzubauen, der Ryans Aufmerksamkeit auf einen bestimmten Polizisten lenkte: einen »Alpha-Cop«, den Ryan als würdigen Gegenspieler akzeptieren konnte und der ihn unweigerlich dazu verleiten würde, Kontakt mit ihm aufzunehmen. Im Anfangsstadium war Caroline dieser Gegenspieler gewesen, doch aus irgendeinem Grund waren die beiden Profiler zu der Ansicht gekommen, dass Ryan an ihr nicht mehr interessiert war. Um diesen Gegenspieler aufzubauen – bzw. zwei Gegenspieler, denn weder Blanton noch McDaniel waren gewillt, dem anderen den Vortritt zu lassen –, brauchten sie *Dateline.*

»Das FBI vertritt den Standpunkt, dass dies ein außergewöhnlicher Fall ist«, sagte McDaniel der Produktionsassistentin, die die Vorarbeiten erledigen sollte, bevor am Nachmittag der Rest der Crew eintraf. Die schlanke, attraktive Frau trug schwarze Hosen, eine schwarze Bluse und schwarze Schuhe. Größe Null, schätzte Caroline. Während die Profiler ihre peinigende Arbeit schilderten, nickte sie dauernd ehrfurchtsvoll mit dem Kopf und stieß hin und wieder ein »Wow!« aus. Das Interesse der Dame schien vor allem bei McDaniel auf fruchtbaren Boden zu fallen.

»Die Rolle der Investigative Support Unit des FBI ist immer die gewesen, die örtlichen Strafverfolgungsbehörden bei ihrer Arbeit zu unterstützen«, sagte er. »In diesem Fall gehen wir jedoch einen Schritt weiter. Wir setzen die Erstellung von Täterprofilen ein, um Ryans nächsten Schritt zu antizipieren und ihn dann dingfest zu machen. Tja, und was mich betrifft …« McDaniel reckte sein gemeißeltes Kinn vor und beugte sich so weit vor, dass sein Gesicht fast das der Produktionsassistentin berührte. »Ich muss diesen Kerl einfach schnappen. Es ist mir ein persönliches Bedürfnis.«

»Wow!« Die Produktionsassistentin machte sich ein paar Notizen. »Wenn Sie heute Abend live auf Sendung sind, müssen Sie das dem Reporter unbedingt sagen. Genauso, wie Sie es jetzt gerade gesagt haben.«

McDaniel gab sich betont lässig. »Wer ist eigentlich der Reporter?«

Die Produktionsassistentin nannte einen Namen.

»Hmm«, brummte McDaniel. »Die Leute sagen mir immer, dass ich eine gewisse Ähnlichkeit mit Stone Phillips habe. Ist sicher ganz interessant, uns beide mal zusammen auf dem Schirm zu sehen.«

Keiner sagte ein Wort. Blanton schaute Caroline an und verdrehte die Augen.

»Stone hat ziemlich viel Stress im Studio. Kommt nur noch selten raus«, sagte die Produktionsassistentin.

»Da haben wir sie ja schon – die Ähnlichkeit«, sagte Blanton. »Er kommt auch nicht mehr raus.«

Von ihrem Schreibtisch aus sah Caroline, dass McDaniel Blanton einen wütenden Blick zuwarf. Da Serienmörder im Moment nicht hoch im Kurs standen, Spokane am Ende der Welt lag und sie zudem nur acht Opfer anzubieten hatten, von denen fünf auch noch Nutten waren, war es ziemlich schwierig, irgendjemanden jenseits des Stammpublikums von *America's Most Wanted* für den Fall zu interessieren. Also hatte McDaniel Spivey davon überzeugt, die Rolle der Profiler und die Tatsache, dass zum ersten Mal seit zehn Jahren die beiden Top-Experten des Landes bei einer Mordserie zusammenarbeiteten, in den Vordergrund zu stellen. Und wie McDaniel prophezeit hatte, hatten die Nachrichtensendungen der großen Networks den Köder geschluckt. Heute Abend würden sie Blanton und McDaniel zum Flussufer begleiten und die beiden Superspürnasen dabei filmen, wie sie im Dreck herumstocherten, nachdenkliche Blicke übers Wasser schickten und dazu irgendwelchen Mist brabbelten, der Lenny Ryan aus der Reserve locken sollte. *Es ist mir ein persönliches Bedürfnis.*

»Wie ist das bei Ihnen, Mr. Blanton?«, fragte die Produktionsassistentin. »Welche ganz persönliche Bedeutung hat der Fall für Sie?«

»Nun ja, ich zieh jetzt nicht mehr um die Häuser. Das ist schon mal was.«

McDaniel räusperte sich und schaltete sich ein. »Es ist völlig unmöglich, dass ein derartiger Fall einen *nicht* persönlich beschäftigt. Schon vor der Identifizierung von Ryan, als wir es noch mit einem Unbekannten zu tun hatten, war offensichtlich, dass die Kommunikation mit der Polizei, die Verhöhnung der Polizei, in seinen Fantasien eine Schlüsselrolle spielte. Zuerst konzentrierte sich der Mörder auf die Frauen, aber jetzt sitzt er direkt auf den Schultern von Mr. Blanton und mir.«

Blanton sah man an, dass er sich innerlich wand. Er schaute wieder zu Caroline. Doch Caroline drehte ihren Stuhl zum Schreibtisch und hob den Hörer ab, um ihre wöchentlichen Anrufe bei Verwandten und Freunden von Rae-Lynn Pierce zu erledigen. Obwohl die Liste inzwischen zwanzig Personen umfasste, hatte sich Rae-Lynn noch nirgendwo gemeldet. Laut Blanton und McDaniel war sie wahrscheinlich schon tot. Nach ihrer Meinung markierten ihr Verschwinden und Risas Tod den Beginn einer neuen Phase. Lenny Ryan beschäftigte sich jetzt länger mit den Körpern. Der Grund war möglicherweise Enttäuschung über Carolines Reaktion auf »sein Geschenk«, wie sie es nannten – die tote Frau im Kühlschrank. Als sich unter der ersten Nummer niemand meldete, legte sie auf und schaute wieder zum Konferenztisch.

»Wie groß schätzen Sie die Gefahr ein, die von Ryan ausgeht?«, fragte die Produktionsassistentin. »Wenn er sich schon abgesetzt hat, sind dann auch Frauen woanders gefährdet? Die Frau, die aus dem Fitnesscenter kommt? Die Mutter, die zum Einkaufen geht? Ich? Bin ich gefährdet?«

Blanton schaute McDaniel an. »O ja, Sie befinden sich definitiv in Gefahr.«

Wieder schritt McDaniel ein. »Wenn Sie fragen, ob potenziell eine Gefahr besteht, würde ich sagen, ja, die besteht.« Er nickte, runzelte die Stirn und sagte leise: »Ja.«

Caroline fragte sich unwillkürlich, was Dupree wohl dazu sagen würde, zu dieser Show, die die TV-Leute und die Profiler unten am Fluss abziehen würden. Sie hatte Dupree seit drei Wochen nicht mehr gesehen, seit dem Tag, als er die Bombe mit Glenn Ritter hatte platzen lassen. Sie hatte nur gehört, dass er seine Versetzung in den vorzeitigen Ruhestand beantragt hatte. Einmal hatte sie ihn angerufen, aber gleich wieder aufgelegt, als sich der Anrufbeantworter eingeschaltet und sie nicht gewusst hatte, was sie sagen sollte. Und dann war die neue Leiche aufgetaucht und seitdem war die Zeit wie im Flug vergangen.

McDaniel legte den Zeigefinger an die Lippen, während er über eine Frage der Produktionsassistentin nachdachte. Er nickte leicht, so als wollte er jeden Moment mit dem Geständnis herausrücken, dass er Bettnässer war. »Tja, bei dieser Art Job ist es wirklich sehr schwierig, jemanden kennen zu lernen. Für mich ist die Grundlage jeder Beziehung Vertrauen. Und wenn man mit Fällen wie diesem hier befasst ist, dann fällt es einem ziemlich schwer, jemand anderes zu vertrauen.«

Es entstand eine verlegene Stille. Spivey räusperte sich. Den ganzen Morgen hatte er sich innerlich auf die Sätze vorbereitet, die ihm McDaniel aufgetragen hatte und die er jetzt steif zum Besten gab. »Was mich betrifft, habe ich bei diesem Fall sehr viel gelernt. Wenn überhaupt jemand diesen Mörder zur Strecke bringen kann, dann sind es diese beiden Männer hier.«

Wieder blickten alle verlegen vor sich hin. Als Carolines Telefon klingelte, griff sie nach dem Hörer wie nach einem Rettungsring. »Mabry.«

»Wo warst du die ganze Zeit? Ich hab ein paar Mal bei dir zu Hause auf Band gesprochen.«

Es war Joel. »Ich weiß«, sagte sie. »Ich steck bis zum Hals in Arbeit.«

»Ich muss dich unbedingt sehen.«

»Geht nicht«, sagte sie. »Bin unsichtbar.« Die Antwort war derart blöde, dass sie lächeln musste. Dupree hatte nur den Kopf geschüttelt. Die anderen hatten sich inzwischen erhoben und standen jetzt vor ihrem Schreibtisch. Den Hörer an einem Ohr, hörte sie mit dem anderen, wie die Produktionsassistentin mit Spivey, McDaniel und Blanton den Termin am Flussufer festmachte. Mit vorgeschobenem Becken, die Hände in die Hüften gestemmt, plusterte sich McDaniel vor der hageren jungen Frau auf.

»Ich versteh ja, dass du sauer auf mich bist«, sagte Joel.

»Ich bin nicht sauer«, sagte sie wahrheitsgemäß.

»Dann eben enttäuscht. Versteh ich ja. Ich bin ja von mir selbst enttäuscht.

»Joel, das ist jetzt wirklich nicht der passende Moment ...«

»Ich hab mich wie ein dummer Junge benommen. Es war ein Fehler. Ich hatte Angst.« Die Worte sprudelten nur so aus dem Hörer. »Warum können wir uns nicht sehen?«

»Joel, ich hab wirklich viel um die Ohren.«

»Es gibt einen anderen, stimmt's?«

»Nein«, sagte sie. »Es gibt keinen anderen.« Während sie das sagte, fiel ihr wieder Lenny Ryan ein. Wenn er nicht der Mörder war, dann musste es einen anderen geben. Einen, der stark war, der von Frauen besessen war, der immer noch frei herumlief.

»Lass uns irgendwohin gehen«, sagte Joel. »Ich hab was für dich.«

McDaniel begleitete die Produktionsassistentin zur Tür. Er beugte sich zu ihr hinunter, flüsterte ihr etwas ins Ohr und berührte dabei ihren Rücken.

Blanton schaute zu Caroline und deutete mit der rechten Hand eine Trinkbewegung an. Als sie den Kopf schüttelte, verdrehte er die Augen. Nach der Arbeit waren sie ein paar Mal auf einen Schluck in eine Bar gegangen und Caroline machte sich schon Sorgen, dass sie sich in seiner Gesellschaft wohl fühlte. Gestern Abend hatte er ihr gestanden, dass ihm McDaniels Idee mit *Dateline* zwar ganz und gar nicht behagte, dass ihm jedoch sein Agent die Hölle heiß machen würde, wenn er sich die Chance auf einen Fernsehauftritt entgehen ließe. Solange es Serienmorde gab, hatte Blanton sein Auskommen. Er ließ sich für Fernseh- oder Kinofilme als Berater engagieren, schrieb hin und wieder ein Buch zum Thema und konnte gleichzeitig in seinen eigenen dunklen Fantasien herumstochern.

Es gibt keinen anderen. Der Mörder musste sich in Spokane gut auskennen, wusste, wie man eine Leiche präparierte, und offenbarte laut Blanton unverwechselbare, schon bei anderen Serienmördern aufgefallene Verhaltensweisen.

»Caroline?«, sagte Joel. »Nur auf einen Drink, okay?«

Sie schaute zu Spivey, dessen Krawattenknoten so fest gebunden war, dass ihm der Hemdkragen den Hals abschnürte. Der Mörder musste kräftig sein, musste sich mit Prostituierten und mit der Polizei auskennen. Ein Taxifahrer. Ein Polizist. Ein Barkeeper. »Also gut«, sagte sie. »Ein Drink.«

»Super.« Joel klang erleichtert.

McDaniel stand mit der Produktionsassistentin in der Tür. Er tätschelte und drückte ihr zum Abschied kurz die Schulter. Als sie gegangen war, drehte er sich um und warf Blanton einen wütenden Blick zu.

»Ich hol dich ab«, sagte Joel. »Ist sechs okay?«

»Ja«, sagte sie.

»Gibt's wirklich keinen anderen, Caroline?«

Spivey und die beiden Profiler machten sich wieder an die Arbeit. Die Vorstellung, wieder ganz von vorn anzufangen und – wie Blanton es ausdrückte – sich diesen Typen von Grund auf neu zusammenzusetzen, ließ sie erschaudern.

»Nein«, sagte sie. »Es gibt keinen anderen.«

45

Das Kalb war in das ausgetrocknete Bett eines Baches gestürzt. Kalb hatte zumindest sein Vater immer gesagt, Angela nannte es Färse oder Farre, je nach Geschlecht. Das waren die kleinen Unterschiede zwischen Kalifornien und Washington, die Lenny immer wieder auffielen und daran zweifeln ließen, ob er hier jemals ganz heimisch werden könnte. Ob Kalb oder Färse oder Farre, das Tier lag jedenfalls da unten und Lenny stand oben und keuchte von der harten Arbeit in der Vormittagssonne. Er schaute hinunter in ein höchstens zwei Meter tiefes, ungefähr sechs Meter langes und zwei Meter breites Loch. Was im Frühling noch ein Wasserloch oder ein kleiner Tümpel gewesen war, war jetzt ein ausgetrocknetes, staubiges Loch. An den Seitenwänden waren Kratzspuren von Hufen zu erkennen. Offensichtlich hatte das Kalb vergeblich versucht, sich aus der Falle zu befreien. Das tote Kalb lag auf der Seite im aufgewühlten Dreck. Summende Fliegenschwärme bedeckten Nase, Maul und Augen.

Lenny ließ den Drahtschneider fallen, zog sich die Handschuhe aus und ging in die Hocke, um festzustellen, an welcher Stelle das Kalb in das Loch gefallen war. Nur einen Meter entfernt führte der Viehweg zurück auf die Weide. Lenny sah nirgends Hufabdrücke, die darauf hindeuteten, wo das Tier vom Weg abgekommen war. Eins der Dinge, die er in den letzten Monaten über Rinder gelernt hatte, war, dass ihre Pfade so schmal wie Fahrradwege waren. Egal, wie groß die Herde war oder wie weit sie sich beim Grasen auf der Weide zerstreute, wenn die Rinder den Bach oder die Lecksteine ansteuerten, marschierten sie ohne Ausnahme im Gänsemarsch hintereinander her. Wenn das Leittier einen Bogen machte, machte jedes andere den exakt gleichen Bogen.

Aus irgendeinem Grund hatte das Kalb den Pfad verlassen – nicht mehr als einen guten Meter, aber das hatte gereicht. Lenny kapierte das nicht. Er konnte die Stelle sehen, wo der Boden am Rand des Lochs nachgegeben hatte und das Tier abgerutscht war.

Er ging den Pfad zurück und versuchte herauszubekommen, warum das Kalb die Herde verlassen hatte. Von der anderen Seite des Zaunes, den er gerade reparierte, hatte er die Rinder schon öfter hinter Angelas Haus über die Weide laufen sehen. Es waren etwa dreißig Stück, die einem Nachbarn von Angela gehörten. Im Gänsemarsch, dicht gedrängt, folgten sie dem Pfad zum Bach, um zu saufen. Sie verteilten sich entlang des Wassers und sahen aus wie ein einziger großer erdfarbener Fleck. Wenn Lenny dann abends mit einem Glas Eistee auf der Veranda stand, konnte er beobachten, dass sie sich wie auf Kommando wieder in Bewegung setzten und im Gänsemarsch zurück auf die Weide trotteten, wo sie die Nacht über blieben und den ganzen Morgen grasten. Höchstwahrscheinlich war es nachts passiert, wenn die Tiere nicht so gut sehen konnten. Aber Lenny war nicht zufrieden mit dieser Erklärung. Vielleicht hatte das Kalb die Herde verlassen, weil es erschreckt worden war. Von einem Hund. Oder einem Kojoten. Lenny suchte neben dem Pfad nach Spuren. Er sah keine. Hunde und Kojoten waren viel zu leicht, um Abdrücke zu hinterlassen, und außerdem hatte er nicht das Auge dafür. Es deprimierte ihn, dass er genau wusste, was passiert war – ein Kalb war in ein Loch gefallen –, aber nicht wusste, wie und warum es passiert war.

Er hatte das Warum immer für unwichtig gehalten, das einzig Wichtige war ihm immer das Ergebnis gewesen. Dem

Warum auf die Spur zu kommen empfand er als ganz besondere Qual, so sinnlos und grausam wie die Versuche eines Kalbes, sich an den weichen Wänden eines Erdlochs hochzukämpfen. Er stand am Rand des Lochs, zog die Handschuhe wieder an, sprang hinunter und landete direkt neben dem Kopf des Kalbes. Der brummende Fliegenschwarm stieg auf und ließ sich dann wieder auf dem Kopf des toten Tieres nieder. Die Wände waren so hoch, dass er gerade noch über den Rand schauen konnte. Er packte mit je einer Hand Vorder- und Hinterbeine und wuchtete das Kalb nach oben, wo es dumpf auf den Boden aufschlug und eine Staubwolke aufwirbelte.

Als er aus dem Loch kletterte, gab für einen Augenblick die Erde unter seinen Stiefeln nach und ließ ihn die Panik des Tieres nachempfinden. Oben klopfte er sich den Staub von den Handschuhen, packte das Kalb wieder an den Beinen und wuchtete es auf seine Schulter. Das trockene Gras knirschte unter den Stiefeln, als er zum Haus des Nachbarn ging. Er ging am Bach entlang über die Weide und bog dann in den Feldweg ein, der zwischen Angelas Haus und dem des Nachbarn hügelaufwärts führte. Das Haus bestand aus einem Wohnwagen und mit Blechplatten gedeckten Anbauten und stand inmitten eines kleinen Birkenhains. Lenny war schon ganz übel von der Hitze und dem Gestank des toten Kalbs. Angelas Nachbar stand neben seinem Haus, als würde er auf jemanden warten. Er ging schon hart auf die siebzig zu und sein graues verstrubbeltes Haar ragte wie eine kalte Flamme senkrecht in die Höhe.

»Was'n das?«, rief er Lenny entgegen.

»Hat da unten in dem ausgetrockneten Bach gelegen. Ist wohl abgerutscht.« Lenny ließ das Kalb auf den Kiesstreifen zwischen den beiden Fahrspuren fallen, direkt vor die Füße des alten Ranchers. Er hustete und spuckte aus.

Der Alte betrachtete das tote Kalb und kratzte sich das mit grauen, harten Bartstoppeln bedeckte Kinn. Ein Spaniel beschnüffelte den Kopf des Tieres. Der Mann trat nach dem Hund, der sich winselnd davonmachte.

»Scheiße«, sagte der Mann schließlich.

Lenny zog den rechten Handschuh aus und streckte ihm die Hand entgegen. Der Alte schüttelte ihm die Hand. »Ich bin Gene«, sage Lenny. »Ich wohne da drüben bei Angela.«

Der alte Rancher stellte sich nicht vor, sondern schaute nur das Kalb an. Auch Lenny betrachtete das Kalb. Es sah so schmächtig aus, dass es fast zweidimensional wirkte, wie ein Gemälde.

»Hat Angela Schweine?«, fragte der Alte.

»Was?«

»Schweine.« Der Rancher schaute ihn jetzt an. »Hab selbst keine Schweine mehr, an die ich's verfüttern kann. Schon ein paar Jahre nicht mehr.«

»Nein«, sagte Lenny. »Sie hat keine Schweine.«

»Jammerschade«, sagte der Alte und stupste mit dem Fuß gegen den Kopf des toten Tieres. »Pure Verschwendung, das Vieh einfach so verrotten zu lassen.«

Lenny zog sich den Handschuh wieder an. »Was glauben Sie, wie das passiert ist?«

»Hmm?«

»Das mit dem Kalb. Was, glauben Sie, ist passiert?«

»Ist halt in den Graben gefallen.«

»Ja schon, aber ... Passiert so was oft?«

Er zuckte mit den Achseln. »Kommt schon mal vor.«

»Und was ist der Grund?«

»Die Herde wird unruhig und kommt ins Laufen und ein paar laufen eben in die falsche Richtung.«

»Und warum wird die Herde unruhig?«

»Meistens, weil's donnert.«

Lenny schaute wieder das Kalb an. Er erinnerte sich an das Unwetter zwei Nächte zuvor. Erst ein paar lautlose Blitze und direkt danach ein gewaltiger, donnernder Blitzschlag.

»Wenn eins in das Loch da unten stürzt, heißt das immer, dass es stirbt?«

»Wenn's selbst nicht wieder rauskommt oder wenn ich nix höre und es wieder rausziehen kann.«

»Haben Sie mal selbst gesehen, wie eins reingestürzt ist?«

Der Alte dachte kurz nach. »Nein, glaub nicht.«

Ein paar Sekunden sagte keiner ein Wort. Dann klatschte Lenny verlegen in die Hände und sagte: »Ist ja egal, konnte mir bloß keinen Reim drauf machen, wie das passiert ist.«

Der Alte zwinkerte Lenny zu. »Rinder sind nicht gerade die schlauesten Viecher. Und die jungen schon gar nicht.«

»Tja, wird wohl so sein«, sagte Lenny. Er nickte dem alten Rancher zu und machte sich auf den Rückweg. Vielleicht würde auch er eines Tages das grundlegendste aller Übel der Welt einfach so hinnehmen: dass nämlich die Kleinen sowieso kaum eine Chance haben und dass ein Donnerschlag selbst das lethargischste Tier in Panik versetzt.

Kleine Staubwolken wirbelten vor seinen Füßen auf, während er über den Feldweg zu Angelas Haus ging. Oben auf dem Hügel, wo der Feldweg vom Highway abzweigte, stand vor der Reihe der Briefkästen der Pick-up des Postboten. Lenny stopfte die Hände in die Taschen seiner einzigen Jeans und ging darauf zu. Die Jeans, die Stiefel, der aufwirbelnde Staub, das Gespräch mit dem Nachbarn – für einen Augenblick spürte Lenny so etwas wie Zufriedenheit. Er hatte sich den Bart abrasiert und ließ die Haare wieder wachsen. Wie frisch gefallener Schnee bedeckten die von Angela weißblond gefärbten Haare seinen Kopf.

In Angelas großem Briefkasten lag die Stromrechnung, ein Katalog der Pottery Barn und ein Brief vom Spokane County Superior Court. Er stutzte einen Augenblick, als er den Namen von Angelas Mann – David Nickell – auf dem Umschlag las. Dann fiel ihm ein, dass er ja dessen Namen angegeben hatte, als er die Dokumente angefordert hatte.

Er riss das Kuvert auf. Als Erstes fielen ihm die Rechnung

für die Kopien und ein kurzes Anschreiben mit der Mitteilung in die Hände, dass über die spezielle Zivilsache gerade entschieden worden sei. Die Gerichtsunterlagen umfassten dreißig Seiten. Lenny entnahm der Klageschrift, dass der Eigentümer des Gebäudes und der Gasse, in der man die Leiche gefunden hatte, die Immobilienfirma SMRC aus Seattle, das Objekt im Januar dieses Jahres für 95.000 Dollar an John Landers, den Besitzer des auf der gegenüberliegenden Straßenseite gelegenen Boots- und Jachthandels, verkauft hatte. Als das Gebäude nach der Renovierung an eine Elektronikfirma vermietet worden war, reichte die Immobilienfirma aus Seattle Klage ein. Begründung: Landers habe den Mietvertrag mit der Elektronikfirma schon ausgehandelt, als die Immobilienfirma noch Eigentümer des Anwesens gewesen sei. Da Landers sie über das Interesse der Elektronikfirma nicht unterrichtet habe, habe er Informationen zurückgehalten, die den Wert des Objekts vor dem Verkauf gesteigert hätten.

Als Nächstes folgte eine Zusammenfassung der Aussage des Beklagten John Landers. Er räumte ein, mit dem Elektronikunternehmen vorbereitende Gespräche über eine Verpachtung geführt zu haben für den Fall, dass er das Gebäude an der East Sprague kaufen sollte. Die Unterzeichnung des Pachtvertrages sei aber …

> … erst zustande gekommen, nachdem nicht nur der Zustand des Objekts selbst, sondern auch der angrenzenden Straßenzüge substantiell verbessert worden war. Diese Aufwertung war jedoch vorab in keiner Weise garantiert worden, sondern erfolgte aufgrund alleiniger Bemühungen der Firma Landers' Cove, indem sie für einen Rund-um-die-Uhr-Sicherheitsdienst Sorge trug, hochwertige Renovierungsarbeiten veranlasste und zu Lasten des Geschäftsbetriebes und seiner Liquidität weitere Gebäudekäufe tätigte.

Lenny ließ die Blätter auf den Boden flattern und schaute hinüber zu Angelas Haus. Damals im Park hatte sich das alles wie eine völlig durchgeknallte Verschwörungstheorie angehört. Als hätte sich das der Zuhälter nur ausgedacht, um seinen Kopf zu retten. Er hatte behauptet, dass er Shelly nicht getötet hätte, was Lenny ihm natürlich nicht abgenommen hatte, und dass er auch nicht wüsste, wer es getan hätte. Ein paar Tage, bevor Shelly verschwunden war, hätte ihn ein alter Kerl in einer Seitenstraße abgepasst und ihm dringend geraten, seine Pferdchen aus dem Viertel abzuziehen, sonst würden sie ihm was anhängen. Lenny hatte die Geschichte für kompletten Bockmist gehalten. Als er dann jedoch in den Straßen um den Bootshandel und die angrenzenden Firmen herumgeschnüffelt hatte, war er über die Leiche im Kühlschrank gestolpert.

Er wünschte, er wäre schlauer und könnte sich einen Reim darauf machen. Er hatte mit Nutten gesprochen, hatte Kleinanzeigen durchgeackert und sich Übertragungsurkunden besorgt und den Kopf darüber zerbrochen, wer ein Interesse daran haben könnte, die Nutten loszuwerden. Nichts ergab einen Sinn. Ein Mensch erlangt ein gewisses Maß an Kenntnissen über die Welt – zum Beispiel, dass Wasser bergab fließt – und alles, was davon abweicht, ist ihm völlig unverständlich. Vielleicht verstand er von Menschen wie John Landers genauso viel wie von Donnerschlägen und Rindern.

Lenny machte sich auf den Weg zu Angelas Haus, das im Schatten von ein paar Tamaraklärchen auf einer kleinen Anhöhe oberhalb des Baches stand. Es wäre schön, wenn er hier bleiben könnte. Er mochte es, wenn Angela mit umgebundener Schürze auf der Veranda stand und mit dem Essen auf ihn wartete.

Im Haus zog Lenny seine dreckigen Arbeitsklamotten aus und zog die Sachen an, in denen er gekommen war – die Khaki-Hose und das schwarze T-Shirt. Er versuchte sich vorzustellen, was er täte, wenn er Mr. John Landers von Angesicht zu Angesicht gegenüberstünde. Würde er schießen, so wie im Pfandhaus? Würde ihn der Knall des Schusses wieder überraschen und zurückzucken lassen? Oder war er jetzt ein anderer Mensch?

Er holte ein Blatt Papier und einen Stift aus der Schublade. Er schrieb ihren Namen. Angela. Dann schaute er nachdenklich das Blatt an. Schließlich schrieb er: »Musste nach Spokane. Warte nicht auf mich.« Ein paar eigene Rinder wären schon toll gewesen. Das hätte es wirklich gebracht.

Er unterschrieb mit ›Gene‹, strich den Namen wieder durch und schrieb ›Lenny‹. Er kaute ein paar Sekunden auf der Kappe des Stifts herum und schrieb dann, direkt über seinem Namen, die Worte ›Alles Liebe‹.

46

Die Hälfte seiner vorletzten Schicht als Polizeibeamter der Stadt Spokane hatte Alan Dupree schon hinter sich. Es war sechs Uhr abends. Er saß am Fluss in seinem Streifenwagen und maß mit seiner Radarpistole die Geschwindigkeit der Seemöwen. Sie waren nur schwer ins Visier zu bekommen, aber manchmal klappte es ganz gut. Eine herabstoßende Möwe schaffte achtzehn Meilen. Eine andere steckte mit schlagenden Flügeln den Kopf in den Wind und setzte zur Landung an. Dupree beobachtete, wie die rote Zahl auf dem digitalen Display bis auf zwei hinunterschnurrte, dann schwebte die Möwe für einen Augenblick reglos in der Luft und setzte dann auf der Wasseroberfläche auf. Fliegen mit zwei Meilen pro Stunde! Fantastisch. Manchmal machten die Menschen die einfachsten Dinge kompliziert.

Dupree nickte den Passanten höflich zu. Sie machten Gesichter, die dem Anblick eines Polizeibeamten, der die Geschwindigkeit von Vögeln maß, durchaus angemessen waren. So gut wie heute hatte er sich schon lange nicht mehr gefühlt. Dass er Polizist war oder dass seine Ehe in die Brüche ging, war völlig nebensächlich. Heute war er einfach Alan, und Alan wollte wissen, wie schnell die Seemöwen unterwegs waren. Er hatte seinen Job eigentlich nie für die Schwierigkeiten zwischen ihm und Debbie verantwortlich gemacht. Er verachtete Männer, die ihrer Arbeit oder ihren Freunden oder sonstwas die Schuld daran gaben, dass sie beschissene Ehemänner waren. Doch jetzt, da er sich mühelos vorstellen konnte, kein Polizist mehr zu sein, kam es ihm so vor, als hätte der Job ihn vollkommen aufgefressen, und er wunderte sich, dass er und Debbie es überhaupt so lange miteinander ausgehalten hatten.

Es wurde ruhiger im Park. Die Möwen verloren die Lust am Fliegen und ließen sich eine nach der anderen auf den Betonstufen am Flussufer nieder. Sie warteten darauf, sich wieder der eigentlichen Aufgabe ihres Lebens widmen zu können: den Enten das von Spaziergängern ausgestreute Brot vor der Nase wegzuschnappen. Dupree schaute sich nach anderen Objekten für seine Radarpistole um. Eine Ente machte zwei Meilen pro Stunde, ein Junge mit Rollerblades schaffte sieben. Schließlich ließ Dupree den Motor an.

Der Diensthabende fragte über Funk nach, ob er sich in South Hill um einen Landstreicher kümmern könnte. Die anderen Wagen in der Gegend hätten zwei Verkehrsunfälle am Hals. Dupree nahm den Freeway bis zur Ausfahrt Altamont, von wo man erst eine der übelsten Gegenden der Stadt durchqueren musste, bevor man ins Nobelviertel von Spokane kam.

Beim Anblick der heruntergekommenen Häuser und braunen Rasenflächen am Fuß des South Hill fiel ihm eine seiner alten Theorien ein. Die Theorie der Garten-Relativität. Er war davon überzeugt, dass man einen Kriminellen daran erkennen könne, wie viel Zeit er in seinen Garten steckte. Die Theorie hatte sich in Gegenden wie dieser herausgebildet. Nach Tausenden von Einsätzen, bei denen es um Straßenprügeleien, Drogendeals und Gewalt in der Familie gegangen war, war ihm schließlich aufgegangen, dass er nie zu Häusern mit gepflegten Vorgärten gerufen wurde. Das hatte nichts mit den wirtschaftlichen Verhältnissen oder der Hautfarbe der Bewohner zu tun. Es ging einzig und allein um den Vorgarten. Die Grundlage seiner Theorie lautete, dass Kriminelle einfach nicht die Geduld besaßen, sich um ihre Gärten zu kümmern. Mangel an Geduld – das lag seiner Meinung nach jedem Verbrechen zugrunde. Du willst schnell reich werden?

Du willst eine schnelle Nummer schieben? Du willst dir ohne Gerichtsverhandlung oder Abfindung den Geschäftspartner vom Hals schaffen? Das war der Unterschied zwischen Kriminellen und normalen Menschen. Geduld.

Und die besseren Viertel? Duprees Wagen kroch den South Hill hinauf Richtung South Altamont Boulevard. Der Höhenunterschied war nicht so krass wie die Einkommensunterschiede. Die Theorie funktionierte auch hier. Hier oben lebten die Anzug- und Krawattenträger unter den Kriminellen. Dupree wäre jede Wette eingegangen, dass bei denen jede Woche der Gartenservice aufmarschierte und die Verandarosen beschnitt. Oder diese Typen, die die Bankenpleiten zu verantworten hatten: Wahrscheinlich hatte jeder von denen seinen Gärtner. Stunden der Gartenarbeit sind Stunden der Reflexion, Stunden, die das Unterbewusstsein an die Oberfläche spült, Stunden, in denen Schuldige vor ihrer Schuld nicht fliehen können.

Wie alle guten Theorien könnte auch diese in der praktischen Arbeit von Nutzen sein. Vorausgesetzt, Dupree könnte einen kausalen Zusammenhang herstellen zwischen Rasenpflege und Verbrechen. Vielleicht sollten sie Drogendealer dazu zwingen, ihre Rasen zu mähen. Oder Gefängnisse in Betriebe für Garten- und Landschaftsbau umwandeln.

Dupree fuhr jetzt auf dem South Altamont Boulevard. Die großen alten Häuser zogen sich an dem steilen Felsenhügel entlang, der die Stadt überblickte. Der Diensthabende informierte ihn, dass eine der anderen Streifen ihren Verkehrsunfall abgewickelt hätte und in Kürze zu ihm stoßen würde. Dupree hielt an und stieg aus. Das Haus war ein dreistöckiges, hundert Jahre altes Anwesen mit weißen Säulen an der Vorderseite. Es war mindestens viermal so teuer wie das Haus, das er und Debbie sich vom Munde abgespart hatten. Nur fünfzehn Blocks entfernt, aber in einem anderen Universum.

In der Einfahrt des Nachbarhauses stand eine alte Frau

mit einer Gartenschere und zeigte auf die offene Haustür der weißen Villa.

»Ich habe gesehen, wie das Licht anging. Und dann stand auf einmal die Tür offen«, sagte die Frau. »John und Edith sind für ein paar Tage weggefahren. Deshalb habe ich gleich angerufen.«

Dupree betrachtete die manikürten Rosenbüsche im Nachbargarten. »Sie haben genau das Richtige getan.«

Natürlich hätte er auf Verstärkung warten sollen, bevor er in ein Haus ging, in dem sich ein Landstreicher befinden konnte. Aber Dupree glaubte nicht daran. Sein Urteilsvermögen würde ihn ja wohl nicht ausgerechnet an seinen beiden letzten Tagen im Stich lassen. Er schaltete das Funkgerät aus, steckte den Kopf durch die Tür und rief in die Halle: »Alle Gauner bitte melden!«

Als niemand antwortete, ging Dupree schnurstracks zum Kasten mit der Alarmanlage. Der Einbrecher hatte die Stromversorgung unterbrochen und die Batterie aus dem Kontrollkasten genommen. Dupree ging ins Bad und sah sofort, dass der Einbrecher durch das kleine Fenster über der Dusche eingestiegen war. Der Kerl war ein Profi.

Bei dem Gedanken, dass es da draußen immer noch professionelle Einbrecher gab, wurde er fast wehmütig. Seiner Meinung nach hatten sie den letzten Profi schon vor Jahren eingebuchtet. Übrig waren jetzt nur noch junge Burschen, die möglichst schnell high werden wollten und nicht über die Geduld und die Intelligenz verfügten, um einen richtigen Einbrecher abzugeben. Die klauten Fahrräder aus Garagen und räumten parkende Autos aus. Doch dieser Kerl wusste, was er tat. Zum ersten Mal spürte Dupree so etwas wie Bedauern über seine Pensionierung.

Nicht, dass er noch einen Grund hätte, länger an Bord zu bleiben. Er war achtundvierzig. Er hatte seine zwanzig Jahre abgerissen, plus sechs Jahre Nachspielzeit – sozusagen als Selbstbestrafung. Die meisten Männer, mit denen er angefangen hatte, waren schon in Pension, standen kurz davor oder waren aus gesundheitlichen Gründen vorzeitig ausgeschieden. Sie spielten Golf, arbeiteten bei Sicherheitsunternehmen oder als Privatdetektive, was bedeutete, dass sie den Botenjungen machten für die schäbigen Verteidiger, die sie jahrelang verflucht hatten.

Dupree hoffte, dass mit dem Ruhestand auch sein ewiges Gejammer über den unaufhaltsamen Verfall der Welt ein Ende hätte. Er wollte nicht als alter, stänkernder Penner enden, der zu nichts mehr zu gebrauchen war. Er konnte sich noch gut an seine Anfangszeit erinnern, an das Genörgel der älteren Kollegen, dass sie jetzt jedem Verhafteten seine Rechte vorlesen mussten, dass man jetzt auch Frauen im Streifendienst einsetzte, dass man am Tatort erst dann etwas anrühren durfte, wenn der Fotograf seine Arbeit erledigt hatte. Es überraschte ihn selbst, dass er Veränderungen nur widerstrebend akzeptierte, dass er unfähig war, Spiveys fortschrittlichere Arbeitsweise als die möglicherweise bessere anzuerkennen. Am meisten überraschte ihn, wie schnell er gealtert war.

Der Gedanke, dass da draußen noch ein Einbrecher alter Schule unterwegs war, baute ihn wieder auf. Was er auch dringend nötig hatte. Er dachte an ein paar von den alten Gaunern: Typen, bei denen man im Kofferraum das komplette Arbeitsgerät fand, wenn man sie zufällig kontrollierte; Typen, die aus dem Knast kamen und dann die Aufklärungsstatistiken für Einbruch im Alleingang wieder versauten; Typen, über die die Detectives in respektvollem Ton sprachen, so wie beim Baseball ein Werfer einen großen Schläger bewunderte. Die großen Einbrecher stammten aus nur wenigen Familien. Es hatte mal eine Zeit gegeben, da brauchte man nur den Namen ›Gillick‹ oder ›Falco‹ fallen zu lassen und die Cops wiegten in widerwilliger Bewunderung die Köpfe.

Doch als Dupree mit der Taschenlampe von Zimmer zu Zimmer ging, fand er alles in perfekter Ordnung vor – keine herausgerissenen Schubladen, keine an den Wänden herunterhängenden Kabel, nicht der geringste Hinweis auf einen First-Class-Einbrecher oder wenigstens einen stümpernden Haschbruder. Der letzte Raum im Erdgeschoss hatte gepolsterte Wände und vor einem Fernseher mit Großbildschirm standen mehrere Kinosessel. Der Dieb hatte nicht mal den Fernseher mitgenommen. Auch die Stereoanlage und der Videorekorder waren noch da. Merkwürdig. Dupree ging nach oben ins Schlafzimmer. Auf einer Kommode stand das gerahmte Foto eines würdevollen weißhaarigen Paares. Es war gesäumt von drei weiteren Fotos, auf denen die erwachsenen Kinder in Skioveralls auf irgendeinem Berggipfel zu sehen waren.

Dupree nahm das Foto des Paares in die Hand. Geld. Leute mit Geld waren glücklicher und sahen besser aus. Kann einer sagen, was er will. Fast nie hatte er in solchen Vierteln mit Vergewaltigung, Mord oder Kindesmisshandlung zu tun gehabt. Was war die Wurzel alles Bösen? Nach allem, was er gesehen hatte, Metamphetamin. Und Schnaps.

Neben den Fotos stand eine unverschlossene Schmuckkassette. Dupree schaute hinein und sah auf den ersten Blick, dass sie nicht angerührt worden war. Im selben Moment war ihm klar, dass hier kein Dieb am Werk gewesen war. Juwelen sind das Erste, was ein Dieb mitnimmt – leicht zu transportieren, schwierig aufzuspüren, schnell zu verhökern. Die Nachbarin hatte gesagt, dass das Paar auf Kurzurlaub war. Wie waren noch mal die Namen? John und Soundso. Er konnte sich nicht mehr erinnern. Dupree schaute sich um. Vielleicht stand irgendwo etwas herum, auf dem der Name stand. Er sah nichts.

Jemand machte sich unten zu schaffen. Kurz darauf hörte er Teagues Stimme. »Sarge? Sind Sie da oben?«

Dupree verließ das Schlafzimmer und blieb oben an der geschwungenen Treppe stehen. Die Fäuste in die rundlichen Hüften gestemmt, stand Teague in der Halle. Dupree war froh, Teague zu sehen. Der schwarze Bursche mit der Elvis-Costello-Brille war vielleicht der Einzige, der es mit den altgedienten, schlecht gelaunten Kollegen aus seiner Anfangszeit aufnehmen konnte.

»Hallo, Teague. Was gibt's?«

»Hab dauernd versucht, Sie zu erreichen, Sarge. Totale Funkstille, was ist los?«

Dupree schaute auf das kleine Mikro, das an seiner Schulter klemmte. »Das Rauschen macht mich wahnsinnig. Kann mich nicht konzentrieren, wenn's an ist.«

Teague lächelte. »Scheiße. Wenn ich früher ohne Funkkontakt allein in ein Haus marschiert wäre, hätten Sie mir den Arsch aufgerissen und mich zurück zu den Pfadfindern gesteckt.«

»Stimmt schon«, sagte Dupree. »War keine besonders gute Idee.«

Teague schaute ihn nur an. »Wenn Sie auf ein paar zusätzliche Rentendollars wegen geistiger Verwirrung spekulieren, dann ist die Sache geritzt. Ich bin Ihr Zeuge.«

Dupree lächelte. »Tja, schätze, das schaff ich locker.«

Teague schaute sich um. »Nette Hütte. Was liegt an?«

»Einbrecher mit Wahrnehmungsstörungen. Steigt ein wie ein Profi und haut wieder ab, ohne was mitzunehmen. Die Dame des Hauses hat da ein paar Diamantohrringe rumliegen, die sind größer als meine Eier.«

»Irre«, sagte Teague. »Wusste gar nicht, dass Sie so winzige Eier haben.«

»Dafür hab ich sechs.«

Dupree ging die Treppe hinunter und schaute die Post durch, die in der Halle auf einem Tisch lag. Alle Briefe waren an John und Edith Landers adressiert. Bis auf einen. Der war für Landers' Cove bestimmt. Dupree starrte das Kuvert an. Er zerbrach sich den Kopf, um eine Verbindung herzustellen zwischen zwei Punkten, die scheinbar nichts miteinander zu tun hatten. Zwei Punkte, die ein so feiner Glühfaden verband, dass man ihn erst sehen konnte, wenn er zu glühen anfing.

»Was ist?«

Dupree hob den Blick. Teague schaute ihn immer noch besorgt an.

»Nichts. Bloß …« Er schaute wieder den Brief in seiner Hand an. Landers' Cove. »Haben Sie Ihr Handy dabei?«

»Liegt im Wagen.«

»Rufen Sie Spivey im Task-Force-Büro an. Sagen Sie ihm, er soll sofort herkommen. Und machen Sie nicht erst lange mit dem Diensthabenden rum.«

Teague schaute ihn aufgeregt an. »Warum? Was ist los?«

»Bin mir nicht sicher«, sagte Dupree. »Sagen Sie ihm, es ist dringend.«

Da keine weiteren Anweisungen folgten, machte sich Teague auf den Weg zum Wagen. Dupree legte die Briefe wieder auf den Tisch und wandte sich dem Wohnzimmer zu, das eines jener makellosen Wohnzimmer mit harten Sesseln und ohne Fernseher war, in denen nie jemand wohnte. Überraschenderweise wurde einem der Zutritt nicht durch ein rotsamtenes Seil verwehrt. In der gegenüberliegenden Wand sah Dupree eine offene Eichentür, die ihm vorher nicht aufgefallen war. Sie führte in ein kleines Büro, dessen Wände mit Bücher- und Aktenschränken bedeckt waren. In der Mitte stand ein zur Tür passender Eichenholzschreibtisch. Jeder Winkel des Zimmers war durchwühlt worden. Duprees erster Gedanke war der Gleiche wie bei der Entdeckung der ersten toten Nutte: Rühr dich nicht vom Fleck und warte auf die Spurensicherung. Doch die Verlockung war stärker.

Auf dem Schreibtisch stand ein Architekturmodell des Neubaus von Landers' Cove und dem künstlichen Skihügel. Dupree ging in die Hocke, sodass seine Augen jetzt auf Höhe des Styropormodells waren. Er betrachtete die winzige Nachbildung der Sprague Avenue und berührte mit dem Zeigefinger ein Schneemobil, das vor Landers' Mountain stand. Das

Modell nahm die gesamte Fläche des Schreibtischs ein und umfasste ein Gelände von sechs Blocks an der East Sprague. Dupree traute seinen Augen nicht, als er die Namen der Geschäfte auf den Miniaturgebäuden las. Wo sich auf der realen Sprague Avenue das Stundenmotel befand, stand auf dem Modell ein Lebensmittelgeschäft der gehobenen Preisklasse. Das neue Elektronikgeschäft gegenüber von Landers' Cove wurde flankiert von einem GAP-Laden und einem Restaurant, auf dessen Schild ›GROSSES RESTAURANT (noch ohne Pächter)‹ stand. Das Happy Stork, Duprees Lieblingsbar, sollte nach den Vorstellungen des Architekten einer Parkgarage weichen.

»Hmm«, brummte er, richtete sich wieder auf und kratzte sich am Hinterkopf. Er fing an, den Schreibtisch genauer zu untersuchen. Die Schlösser an allen Schubladen waren aufgebrochen, der Boden war mit aus Ordnern herausgerissenen Dokumenten übersät. Dupree ging wieder in die Hocke und fing an zu lesen, ohne die Papiere zu berühren. Urkunden, Dokumente, Verträge, Kostenvoranschläge. Die Ahnung des Profis, dass sich unter diesen Bergen von Papier irgendetwas verbarg, ließ seinen Adrenalinspiegel unweigerlich in die Höhe schnellen, gab seinem naiven Glauben Nahrung, dass man die Welt enträtseln könne.

Er trat einen Schritt zurück und überlegte, welche der Akten für den Einbrecher von besonderem Interesse gewesen sein könnten. Die meisten Ordner hatte er ungeöffnet auf den Boden geworfen, zwei lagen jedoch aufgeklappt auf einer niedrigen Kommode. Dupree zog ein Paar Gummihandschuhe aus der Tasche und streifte sie sich über. In einem Ordner mit der Aufschrift ›Ausgaben Sicherheitsdienst‹ fand er einen Stapel Rechnungen von Kevin Verlocs All-Safe Security Company. Er schaute sich die letzten Rechnungen an: zweitausend Dollar für neue Zäune im Februar, viertausend Dollar für eine Videoüberwachungsanlage im März und eine Rechnung über zweihundertvierzig Dollar mit dem Vermerk

›Verschiedenes‹, die erst im letzten Monat ausgestellt worden war.

Der andere offene Ordner enthielt einen Vertrag. Er blätterte zur ersten Seite zurück. Vertragspartner waren die Landers' Cove Inc. und die All-Safe Security Company. Dupree blätterte wieder zu der Stelle, an der der Ordner aufgeschlagen gewesen war.

> 8. Bonusregelung betr. Aufwertung des Viertels
> Es gilt eine Vergütungsregelung, die vierteljährliche Bonuszahlungen in Höhe von $ 2.000 beinhaltet für jede der nachfolgend aufgeführten Resultate und Sachverhalte, die auf eine Verbesserung der Sicherheit während der zweijährigen Laufzeit des Vertrages zurückzuführen sind. Die zu erfüllenden Bedingungen sind in Anhang A näher ausgeführt und niedergelegt.
>
> 1. (1) Eine Wertsteigerung des Gebäudekomplexes Block 1300 East Sprague um 20% pro Quadratmeter. Der Wert wird durch einen unabhängigen Gutachter festgestellt.
>
> 2. (2) Die Eliminierung der Prostitution und anderer krimineller Aktivitäten auf dem Grundstück Landers' Cove und angrenzenden Grundstücken. (Definitionen siehe Anhang A.)

Dupree blätterte zum Ende des Vertrages. Anhang A enthielt weitere Definitionen und Erläuterungen zu Ausdrücken wie ›Wertsteigerung des Gebäudekomplexes‹ und ›Eliminierung‹.

»Mann Gottes«, sagte Teague, der in der Tür stand. »Kaum lässt man Sie eine Minute allein, schon sieht's hier aus wie im Watergate Hotel.«

Dupree legte den Vertrag zurück in den Ordner, der die Aufschrift ›Sicherheitsdienst‹ trug. »Und, kommt er?«, fragte er.

»Nein. Im Task-Force-Büro hat sich keiner gemeldet, also hab ich Spiveys Handynummer probiert. Er ist mit den Fernsehleuten unten am Fluss. Ich hab gesagt, dass Sie glauben, der Einbruch hat was mit den Morden zu tun, und er hat gesagt, Sie können ihn mal.«

»Tja, der Kerl ist echt sauer auf mich.«

»Hab ihm gesagt, dass es dringend ist. Er meinte bloß, wir sollen das Haus absperren und uns mit den Besitzern in Verbindung setzen. Er würde jemanden vorbeischicken – wenn sie unten am Fluss fertig sind oder morgen früh.«

»Haben Sie das Handy da?«

Teague gab ihm das Telefon und Dupree drückte auf Wahlwiederholung. Spivey meldete sich nach dem ersten Klingeln.

»Spivey.« Im Hintergrund waren Stimmen zu hören.

»Dupree. Hören Sie …«

»Ich weiß, ich weiß. In einer Stunde sind wir fertig, dann schicke ich jemanden vorbei.«

Dann war die Leitung tot. Dupree drückte wieder auf Wahlwiederholung, erwischte aber nur den Anrufbeantworter. Arschloch. Kam gar nicht in Frage, dass er sich Spiveys Job aufhalste. Er warf Teague das Telefon zu, der es mit beiden Händen auffing.

»Hab's Ihnen gesagt«, sagte Teague.

Noch ein Tag. Dann hieß es: Alan Dupree, Privatmann und begehrter Junggeselle. Es war schon komisch. Er hatte so lange davon geträumt, die fünfundzwanzig Jahre Trübsinn abzuhaken und wieder ein unbeschwertes Junggesellenleben zu führen. Und jetzt fiel ihm nur ein einziger Mensch ein, auf den der neue alte Dupree Eindruck machen könnte. Debbie. Jene Debbie, die sich damals in den unbeschwerten Junggesellen verliebt hatte. Er wünschte, sie könnte erkennen, was er wollte. Wieder sorglos sein, seine Schroffheit ablegen und wieder Witze reißen.

»Was ist?«, fragte Teague. »Was machen wir jetzt?«

»Jetzt?« Dupree zuckte mit den Achseln und schaute die offenen Aktenordner an. »Ich fahr jetzt runter ins Büro und mach meinen Bericht. Du spannst ein paar Absperrbänder um die Hütte, setzt dich auf deinen Hintern und wartest, bis die Jungs mit ihren Staubpinselchen auftauchen.«

Teague nickte. »Okay. Und dann?«

»Dann? Dann gehen wir irgendwo eine Pizza essen.«

Teague schaute ihn nur an.

»Was ist? Ist nicht dringend. Hat Spivey doch gesagt, oder? Also ist es auch nicht dringend.«

47

»Bitte, steh auf«, sagte Caroline. Sie schaute den langen Flur hinunter, an dem die Büros der Task Force und der anderen Detectives lagen. Hoffentlich ging jetzt keine Tür auf.

Joel kniete vor ihr und schaute bettelnd zu ihr hoch. »Bedeutet es denn gar nichts, dass ich dich liebe?«

»Nicht das, was du glaubst«, sagte Caroline. »Kommt es dir denn überhaupt nicht komisch vor, dass du das erst merkst, nachdem du mit jemand anders im Bett warst?«

»Ich weiß ja, dass ich einen Fehler gemacht habe.«

»Ach, du hast mich verwechselt?«

Joel senkte den Kopf, als wartete er auf den Ritterschlag. »Ich weiß. Ich habe mich wie ein Arschloch benommen. Ich tu alles, was du willst, damit du bei mir bleibst.«

»Bitte, steh jetzt auf.« Joel stand auf und Caroline nahm seine Hand. »Es gibt nichts, was du tun kannst, damit ich bei dir bleibe, Joel. Eigentlich war ich nie wirklich mit dir zusammen. Wir beide, wir waren einfach nur ... da.«

»Wie kannst du nur so was sagen? Hat es dir denn nie etwas bedeutet?«

»Ich weiß wirklich nicht, was es mir bedeutet hat«, sagte sie leise. »Ich weiß nur, was es an dem Abend bedeutet hat, als du mit jemand anders ins Bett gestiegen bist.«

Er rieb sich das Kinn. »Das hört sich jetzt vielleicht idiotisch an, Caroline, aber vorher, während der ganzen Zeit, in der wir zusammen waren, habe ich nie eine andere Frau angerührt.«

»Du weißt genau, dass das keine Rolle spielt«, sagte sie. »Jeder war doch für den anderen nur so eine Art Verschnaufpause, wie ein Lesezeichen in einem Buch. Willst du die Wahrheit wissen?« Sie schaute sich um und war erleichtert, dass der Flur immer noch leer war. »Ich habe auf jemand anders gewartet.« Caroline hatte das Gefühl, als legte sie eine Beichte vor sich selbst ab.

»Es ist schön, dass du die ganze Zeit mit keiner anderen geschlafen hast«, sagte sie. »Aber du hast es gewollt.«

»Nein, das stimmt nicht ...«

Caroline fiel ihm ins Wort. »Natürlich hast du das. Ich weiß, dass du ein anständiger Kerl sein willst, Joel. Aber so weit bist du noch nicht.«

»Was ist, wenn ich in fünf Jahren feststelle, dass ich einen riesigen Fehler gemacht habe, als ich dich hab gehen lassen?«, fragte er.

Sie lächelte nur. »In fünf Jahren bin ich sechsundsiebzig.«

Sie hielten sich immer noch an den Händen, ihre linke lag in seiner rechten. Mit der anderen Hand gab ihm Caroline die offene Schachtel mit dem kleinen Verlobungsring zurück.

Sie hörte Schritte hinter sich. »Caroline! Da bist du ja!« Sie schaute sich um. Am Ende des langen Flurs stand Dupree. Sein Blick wanderte zwischen den beiden hin und her. Caroline ließ Joels Hand los.

»Tschuldigung«, sagte Dupree.

»Ist schon gut, Alan«, sagte sie. »Dauert nur noch eine Sekunde.«

»Nein, nein, ist nicht so wichtig«, sagte Dupree. »Ich ... ich ruf dich an.« Für einen Augenblick schien er nicht zu wissen, was er tun sollte, dann drehte er sich um und verschwand Richtung Haupteingang.

Als sie den Kopf wieder umwandte, lehnte Joel zusammengesackt an der Wand und schaute den Verlobungsring an. »Schätze, wir sind jetzt bei dem Teil angelangt, wo du mir sagst, dass ich irgendwann eine andere Frau mal sehr glücklich machen werde.«

Sie lächelte. »Wenn du dir einen größeren Ring leisten kannst.« Sie nahm seine Hand und zog ihn von der Wand weg.

»Ich glaube, dass ich dich wirklich geliebt habe«, sagte er.

Sie umarmte ihn. »Das hoffe ich«, sagte sie.

Er schlang die Arme um ihren Rücken und drückte sie an sich. Caroline schloss die Augen und versuchte das wohlig vertraute Gefühl zu unterdrücken.

»Weißt du was?«, flüsterte er ihr ins Ohr. »Vielleicht könnten wir um der alten Zeiten willen ...«

»Das ist ganz mein alter Joel«, sagte sie und schob ihn weg. »Pass auf dich auf.« Dann gab sie ihm einen Kuss, drehte sich um und ging. Sie musste sich zusammenreißen, damit sie sich nicht noch mal umschaute. Sie wusste, dass er jetzt an der Wand lehnte und hinter ihr herschaute. Sie sah ihn vor sich. Das weiße T-Shirt spannte sich über den Brustkorb, die Hände steckten in den Taschen der ausgebleichten Jeans. Er sah so gut aus, wie ein Kerl nur aussehen konnte. Auf seine Weise perfekt, aber in keiner Weise real oder beständig, eher wie ein Urlaub in Mexiko oder eine Probefahrt mit einem unerschwinglichen Wagen.

Das Task-Force-Büro war leer. Bis auf Spivey und die beiden Profiler, die mit den Leuten von *Dateline* unten am Fluss waren, hatten alle Detectives schon Feierabend gemacht. Sie schaute auf die Uhr. Halb acht. Sie ließ sich auf ihren Schreibtischstuhl fallen und drückte auf die Wiedergabetaste des Anrufbeantworters. Vier Nachrichten. Die erste war von Blanton, der per Handy vom Flussufer angerufen hatte. Caroline schaltete den Lautsprecher ein und fing an, ein paar alte Verhörprotokolle durchzusehen.

»Hallo, Miss Mabry«, sagte Blanton. »Haben Sie schon mal von den Monolithen auf den Osterinseln gehört, diesen Statuen aus Lavagestein? Das hervorstechendste Merkmal der Statuen ist, mal abgesehen von der Größe, dass sie keine Augen haben. Nur zwei klaffende, ziemlich bedrohlich aussehende Löcher. Der Anblick ist so gruselig – besonders auf einer Kannibaleninsel –, dass die ersten europäischen Seefahrer, die die mächtigen Köpfe gesehen haben, sie als Symbole des Grauens, der blinden, unversöhnlichen Grausamkeit des Meeres gedeutet haben. Sie begriffen sie als Warnung, dass der Versuch, das Meer zu verstehen, das Gleiche wäre, als wenn man sich die Augen ausstäche. Für die ozeanischen Völker war das Meer eine Gottheit. Die gesamte Forschung über die Bedeutung und den Ursprung der Statuen konzentrierte sich auf eine einzige Tatsache: *Die Statuen auf den Osterinseln haben keine Augen.*

Es piepste, die Sprechzeit war zu Ende und Blanton musste noch mal anrufen.

»Während ich Ihnen das alles erzähle, Miss Mabry, sitze ich hier am Ufer Ihres schönen Flusses und schaue McDaniel dabei zu, wie er dieser wandelnden Wolke Hairspray die ganz speziellen Psychosen Ihres Lenny Ryan erklärt. Die gute Dame läuft übrigens bei den Mitgliedern ihrer Crew nur unter dem Namen *Starlet*. Mister McDaniel hat unser *Starlet* wie auch die Menschen draußen im Lande gerade davon in Kenntnis gesetzt, dass Lenny Ryan sich definitiv nicht mehr in der Stadt befindet, da er sich ansonsten schon längst wieder in Form einer weiteren Leiche zurückgemeldet hätte. Während ich Mister McDaniel so zuhöre, der mir übrigens immer mehr wie *unser* Starlet vorkommt, geht mir auch noch der letzte Funken Hoffnung flöten. Wie diese geheimnisvolle Geschichte über die Osterinseln erinnert er mich daran, dass manchmal der offensichtlichste Sachverhalt nur deshalb der offensichtlichste ist, weil er falsch ist.«

Wieder brach die Nachricht ab und Caroline drückte auf die Taste, um den dritten Teil der Geschichte zu hören.

»Nach einem verheerenden Jahrhundert mit Seuchen und Unterdrückung waren die Eingeborenen der Osterinseln fast völlig ausgerottet. Schließlich fragte ein Seefahrer einen ihrer Priester, warum sein Volk die Statuen ohne Augen gemacht hätte. Da es in den polynesischen Sprachen keine Vergangenheitsform gibt, antwortete der Alte ja, sie haben keine Augen. Schließlich hat er die Frage aber doch verstanden. Geduldig erklärte er, dass die Statuen von einem Volk stammten, das früher mal auf dieser Insel gelebt hätte. Vor vielen Generationen sei dann sein Volk mit Einbäumen hier gelandet und hätte alle Ureinwohner getötet. Und dann griff der alte Priester in einen Korb und zeigte dem sprachlosen Seefahrer ein auf Hochglanz poliertes, dunkles Stück Obsidian. In der Mitte des runden Steins war eine winzige weiße Muschel befestigt. Ein fantastisches Stück Kunsthandwerk, das Auge einer Osterinsel-Statue. Der alte, zahnlose Mann lächelte. »*Wir* haben die Augen genommen.« Da die Inselbewohner Kannibalen waren, fragte der Seefahrer, ob sie die Augen als Symbol für die endgültige Vernichtung des von ihnen besiegten Volkes betrachteten.«

Wieder beendete der Anrufbeantworter Blantons Redefluss. Caroline hörte die vierte Nachricht ab.

Der Stammespriester lachte. »Nein«, sagte er. »Wir haben sie herausgenommen, weil wir Angst hatten, dass Ihr sie uns stehlt.«

Caroline saß vor ihrem Schreibtisch und schaute auf Spiveys Zeittafel, die inzwischen zwei der vier Bürowände beanspruchte. Lächelnd wählte sie Blantons Nummer.

Als er abhob, fragte sie: »Stimmt die Geschichte?«

»Keine Ahnung«, sagte er. »Ich schau mir im Fernsehen *Nova* an, lass mich dabei voll laufen und am nächsten Morgen weiß ich nicht mehr, was Sache war.«

»Wie läuft's da unten?«, fragte sie.

»Die Maske hat mich gerade in der Mache. Ist, als ob sie ein Schwein mit Kölnischwasser einnebeln. Kommen Sie runter und geben Sie mir den Gnadenschuss.«

»Bin schon unterwegs.«

»Wenn Sie in der Nähe sind, halt ich das Ganze vielleicht aus«, sagte er. »Hab sonst keinen, dem ich mein Augenrollen zeigen kann, wenn McDaniel spricht. Der Kameramann denkt, dass ich jeden Moment einen epileptischen Anfall kriege.«

Caroline rieb sich die Stirn. »Könnten Sie Spivey Bescheid sagen, dass ich unterwegs bin?«

»Kommt drauf an, ob ich seinen Schädel aus dem Paradearsch von *Lady Starlet* rauskriege.« Sie hörte, wie Blanton mit jemandem sprach. Dann war er wieder dran. »Er will mit Ihnen sprechen.«

»Caroline?«, sagte Spivey. »Wo stecken Sie? Sie gehören zum Team, schon vergessen?«

»Ich bin aufgehalten worden«, sagte sie. »Wollte mich gerade auf den Weg machen.«

»Gut«, sagte er. »Noch was. Könnten Sie uns unterwegs was zu essen besorgen? Sieht ganz so aus, als ob sich das Ganze noch hinzieht.«

Caroline hörte sich sagen: »Klar, kein Problem.«

»Vielleicht ein paar Chips. Und zwei, drei süße Teilchen – Blätterteig oder so. Aber nur frische.«

»Nur frische«, wiederholte Caroline. Dann legte sie auf.

Fast im gleichen Augenblick klingelte es erneut. Sie schlug auf die Freisprechtaste und stützte ihr Gesicht in die Hände. »Sollen's noch ein paar Bagels sein?«

»Was?« Es war Dupree.

»He?«, fragte Caroline.

»Was hast du gesagt?«

Caroline nahm den Hörer. »Alan? Bist du das?«

»Ja. Hallo, Caroline.«

»Hallo.«

»Was hast du eben gesagt?«, fragte er.

»Tja, schätze, ich hab dich gefragt, ob du einen Bagel haben willst«, stammelte sie.

»Oh«, sagte er. »Eigentlich nicht.«

Duprees Stimme lähmte Caroline. Joels Heiratsantrag abzulehnen war ihr schwerer gefallen, als sie sich vorgestellt hatte. Der Traum aller Mädchen, nämlich den attraktivsten Jungen zu heiraten, dem man je begegnet war, schwirrte immer noch in ihrem Kopf herum und lief in etwa auf den einen Satz hinaus: *Er würde im Smoking sicher fantastisch aussehen.* Doch egal, wie verlockend sein idiotischer Antrag auch gewesen war, Caroline hatte von Anfang an genau gewusst, was sie zu sagen hatte. Doch mit Dupree zu sprechen fühlte sie sich im Augenblick außerstande. Wenn er sie fragen würde, ob sie heute Nacht mit ihm zusammen sein wolle, wüsste sie nicht, was sie darauf sagen sollte. Zum ersten Mal war das Einzige, was sie beide trennte, sie selbst.

»Tut mir Leid wegen vorhin«, sagte er. »Timing war noch nie meine Stärke. Habt ihr, du und Joel ...« Er suchte nach den passenden Worten. »... alles geklärt?«

»Ja«, sagte sie. »Glaub schon.«

»Gut. Freut mich.« Er räusperte sich. »Tja, wahrscheinlich ist es ja völlig unwichtig, aber ... Ich wollte dich bloß fragen, ob du in nächster Zeit mal Spivey siehst.«

»Ich wollte mich gerade auf den Weg machen, um ihn zu treffen«, sagte Caroline.

»Dieser Sturschädel macht mich einfach wahnsinnig. Ich war heute in South Hill. Einbruch. Das Haus gehört John Landers.«

»Der mit dem Bootgeschäft«, fragte Caroline.

»Genau«, sagte Dupree. »Wahrscheinlich gibt's gar keinen Zusammenhang, aber der Typ, der da eingebrochen hat, hat nach was ganz Bestimmten gesucht.«

»Was meinst du?«

»Weiß nicht. Überall lagen offene Aktenordner rum, und auf dem Tisch stand ein Modell von der Gegend, wo Landers' Laden liegt. Musste gleich an Lenny Ryan, seinen Onkel und den Pfandhausbesitzer denken. Eine Frage. Bist du an dem Bootsgelände mal diesem alten Wachmann über den Weg gelaufen?«

»Wachmann?« Caroline konnte nicht ganz folgen.

Dupree fing an zu lachen. »Ach was«, sagte er. »Vergiss das Ganze. Wahrscheinlich spinne ich.«

»Nein, nein«, sagte sie. »Red weiter.«

»Ich weiß nicht mal genau, was ich überhaupt sagen will.« Er lachte wieder. »Wär nett, wenn du Spivey sagen könntest, dass er unbedingt die Spurensicherung raufschicken soll, bevor die Besitzer zurückkommen. Nur für den Fall.«

»Klar«, sagte Caroline. »Mach ich.«

»Danke.« Er lachte wieder vor sich hin.

»Wie geht's dir?«, sagten beide im selben Augenblick.

Dupree lachte. »Ich wollte mich noch mal dafür entschuldigen, was ich neulich zu dir gesagt habe. Ich hatte wirklich kein Recht, dir das so einfach um die Ohren zu hauen. Ich wollte dich nicht in die Enge treiben.«

»Alan ...«

»Ich könnte mir einen Haufen Sachen verzeihen, aber wenn ich dafür verantwortlich wäre, dass du dich für einen schlechten Polizisten hältst ... damit könnte ich nicht leben.«

Sie kniff die Augen zusammen und zwang sich dazu, nichts mehr zu sagen. Jedes weitere Wort könnte zu der Frage führen, deren Beantwortung sie vermeiden wollte.

»Also dann«, sagte Dupree. »Ich bin jetzt zum Pizzaessen verabredet. Und denk an Spivey.«

»Mach ich.«

Ein paar Sekunden lang sagte keiner ein Wort. Caroline hatte das Bild vor Augen, wie er sich vor sechs Jahren auf ihrer Couch an sie geschmiegt hatten, wie sie ihre Beine um seine geklammert hatte und sie sich festhielten, weil sie beide wussten, dass sie, wenn sie sich jetzt losließen, miteinander schlafen würden und sich alles ändern würde. Eine Woche vorher war sie dreißig Jahre alt geworden. Wie konnten sechs Jahre nur so schnell vergehen?

»Wenn ich mit Spivey gesprochen habe, ruf ich dich an«, sagte Caroline.

»Wenn du willst«, sagte Dupree.

Sie legte auf und stützte den Kopf wieder auf die Hände. Als sie acht oder neun Jahre alt gewesen war, noch vor der Scheidung ihrer Eltern, hatte ihre Mutter oft – scheinbar ohne Grund – den Kopf auf die gleiche Art auf die Hände gestützt und Caroline bekam es dann jedes Mal höllisch mit der Angst zu tun. Einmal, als sie mit ihren Puppen spielte, kam ihre Mutter mit verheultem Gesicht ins Zimmer und sagte: »Egal, was auch passiert, Caroline, lass niemals zu, dass jemand anders bestimmt, was *du* willst.« Für ihren achtjährigen Verstand war dieses *was du willst* zu einer Art heiliger Verpflichtung geworden. Als könne man das Glück bannen, indem man sich anhand einer Checkliste mit bestimmten Dingen umgab – wie die Standardausrüstung für eine Puppe: Reihenhäuschen, Sportcoupé, attraktiver Freund. Ihr Leben in den vergangenen fünf Jahren kam ihr vor wie ein Katalog, der nur künstliches Plastikzeug enthielt. Wenn sie darüber nachdachte, was sie wirklich wollte, dann fiel ihr immer nur eins ein: Alan Dupree.

Als sie nach dem Telefonhörer griff, um Dupree anzurufen, fiel ihr Blick auf den Stadtplan, der vor ihr auf dem Schreibtisch lag. Sie dachte daran, was Dupree ihr gerade erzählt hatte. Jemand hatte in John Landers' Haus eingebrochen und nach bestimmten Akten gesucht. Sie überlegte, wonach der Einbrecher gesucht haben könnte. Das Gelände des Bootshandels lag genau in der Mitte des Areals, das McDaniel als »Lenny Ryans Jagdgebiet« bezeichnete.

Sie hob den Blick und starrte ins Leere. Dann stand sie auf, setzte sich an den großen Konferenztisch und nahm sich die Berichte der Gerichtsmedizin vor. Sie blätterte zu dem Bericht, in dem die Fasern und Partikel aufgelistet waren, die man bei Rebecca Bennett, dem ersten Opfer, sichergestellt hatte. Mit dem Finger fuhr sie die Tabelle hinunter, bis sie zu einer Teppichfaser kam, die ihnen ziemliches Kopfzerbrechen bereitet hatte. Sie hatten schließlich herausgefunden, dass sie bei der Herstellung von wasserdichten Fußbodenbelägen für Boote und Jachten verwendet wurde. Sie wussten, dass die Prostituierten ihre Kunden manchmal in die Boote auf das Gelände von Landers' Cove mitnahmen. Caroline sah die anderen Berichte durch. Bei keinem der anderen Opfer hatte man diese spezielle Faser gefunden. Der verantwortliche Mann für die Gerichtsmedizin war Laird, und Caroline konnte sich nicht vorstellen, dass er ein so offensichtliches Detail wie eine Teppichfaser übersehen hätte. Caroline stand auf, um zu telefonieren, überlegte es sich aber anders.

Stattdessen ging sie zum Aktenschrank und zog den gerichtsmedizinischen Bericht eines Falles heraus, der nach Meinung der Task Force nur am Rande mit den anderen Mordfällen zu tun hatte. Der von Shelly Nordling. Sie ging die Spalte mit den Fasern und Partikeln durch, die man an Shelly Nordlings Leiche und Kleidern gefunden hatte, und da war sie. Die Faser, die man für Bodenbeläge in Booten benutzte.

Sie sah Lenny Ryan vor sich: Er stellte Fragen und fand schließlich heraus, dass Shelly und die anderen Prostituierten ihre Kunden in die Boote von Landers' Cove mitnahmen. Wieder sah sie Lenny Ryan: Er brach in Landers' Haus ein und suchte nach ... wonach? Dupree hatte gesagt, dass er Akten mitgenommen hatte. Akten?

Ihr Gehirn war wie betäubt, es puzzelte schwerfällig an dem Problem herum. Sie massierte ihre Schläfen. Akten. Wo müsste man nachschauen, wenn man Akten über jemand finden wollte? Sie sah auf die Uhr. Fast acht. Die County-Büros waren am Wochenende geschlossen. Caroline ging zu Spiveys Schreibtisch und holte sich die Liste mit den Notrufnummern der Stadt und des Countys. Sie wählte die Handynummer des County-Büroleiters. Er meldete sich nach dem ersten Klingeln. Im Hintergrund hörte Caroline den Trubel eines Restaurants. Sie stellte sich vor und entschuldigte sich für die späte Störung.

»Ich hab da eine Frage, die Ihnen vielleicht komisch vorkommt. Aber ich kann nicht bis Montag warten«, sagte sie. »Registrieren Sie die Namen der Leute, die bei Ihnen Dokumente anfordern?« Sie müsse wissen, ob jemand Gerichtsunterlagen betreffend John Landers angefordert habe.

»Der Typ mit dem Bootshandel«, sagte der Büroleiter.

»Genau«, sagte Caroline.

»Ich ruf Sie zurück.«

Zwei Minuten später klingelte es.

»David Nickell.«

Caroline nahm einen Stift. »Wie?«

»David Nickell. Aus Springdale. Hab gerade einen von meinen Angestellten zur Sau gemacht, weil er dem Typ die Kopie eines gerichtlichen Dokuments zugeschickt hat. Ist gegen die Vorschrift. Die Leute müssen sich die Sachen persönlich abholen. Ausnahmen gibt's nicht. Ist mir egal, was die mir vorjammern oder ob die irgendwo in der Pampa wohnen: Offizielle Dokumente gibt's nicht per Post.«

»Wann ist die Akte rausgegangen?«

»Laut meinem Assistenten diese Woche. Schätze, dieser Nickell hat ihm für die kleine Gefälligkeit einen Zehner rübergeschoben. Dem geht jetzt mächtig die Düse. Eigentlich sollte ich den Penner rausschmeißen.«

»Wissen Sie, ob er sich ausgewiesen hat?«

»Ohne Ausweis hätte er nichts bekommen.«

Caroline hielt den Atem an. »Wissen Sie, wie der Kerl ausgesehen hat?«

»Glatze und Vollbart, sagt mein Mann.«

Caroline versuchte ihr Glück. »Können Sie mir die Adresse besorgen?«

»Wie wär's mit Montag?«

»Zu spät«, sagte Caroline. »Könnten Sie Ihren Assistenten dazu kriegen, dass er noch heute Abend ins Präsidium kommt?«

»Mal sehen, was ich tun kann«, sagte er und legte auf.

David Nickell. Sie fing mit dem Telefonbuch von Springdale an und wurde sofort fündig: David und Angela Nickell. Die Adresse war nur eine Hausnummer an einer Landstraße; anscheinend wohnte David Nickell in der Pampa. Sie rief die Nummer an. Es hob niemand ab, kein Anrufbeantworter schaltete sich ein. Als Nächstes fütterte sie ihre Datenbank mit den Namen. Keine Verbindung zu einem der eingegangenen Hinweise, einem Zeugen, Verdächtigen oder Opfer. Nichts.

Sie probierte es am Computer für die verschiedenen Verbrechensstatistiken der Stadt Spokane, des Bundesstaats Washington und des gesamten Landes. Als er mehrere David Nickells ausspuckte, engte sie den Kreis durch die Hinzufügung von ›Springdale‹ ein und erhielt eine Sozialversicherungsnummer. David M. Nickell aus Springdale war zweiundvierzig Jahre alt; eine Verhaftung wegen häuslicher Gewalt gegen Angela Nickell; drei Anklagen wegen Alkohol am Steuer. Vor zwei Monaten war er im Westen von Washington State vorgeladen worden: Alkohol am Steuer, Autodiebstahl, Widerstand gegen die Staatsgewalt. Er saß in Tacoma im Gefängnis und wartete auf sein Urteil. Das Polizeifoto, das sich wenige Sekunden später auf dem Bildschirm aufbaute, zeigte einen Mann mit Halbglatze, Bart und Brille. Ihr fielen die jüngsten Beschreibungen von Lenny Ryan ein: Vollbart und Baseball-Kappe.

Wenn David Nickell in Tacoma war, musste jemand anders in Spokane gewesen sein, um die Unterlagen über John Landers anzufordern. Und wenn man David Nickell in einem gestohlenen Wagen geschnappt hatte, dann könnte die Person, die in Besitz von Nickells Ausweis war, auch in Besitz von Nickells Wagen sein.

Caroline hatte sich inzwischen eingeredet, dass der Bursche, der nachts vor ihrem Haus geparkt hatte, nicht Lenny Ryan, sondern der Junge mit dem Bier gewesen war. Allerdings war sie nicht wirklich überrascht, als sie David Nickells Namen und Sozialversicherungsnummer in den Computer der Kraftfahrzeugbehörde eingab und die Beschreibung des auf ihn zugelassenen Wagens erhielt. Es war ein roter Nissan Sentra, Baujahr 1992.

Sie lehnte sich zurück und starrte an die Decke. Wie jeder andere Mensch – das nahm sie zumindest an – glaubte auch sie, dass die sie umspülenden Ereignisse nichts mit ihr zu tun hätten, dass sie inmitten des brausenden, tosenden Stroms trocken bleiben könne. Und deshalb war sie überrascht, dass die Strömung, gegen die sie immer angekämpft hatte, jetzt auch an ihr zerrte.

48

Sofort nach dem Stich spürte Rae-Lynn, wie die Wärme ihren Arm durchströmte und die Muskeln sich spannten. Sie wackelte mit den Fingern, lehnte sich an die Rückwand der Kabine und spürte, wie die Wärme in die Schulter hinaufkroch und sich dann im ganzen Körper ausbreitete. Ihre Waden prickelten, und sie leckte sich mit der Zunge über das Zahnfleisch. Tim löste das fest um ihren Arm gebundene Tuch, und sie lehnte sich gegen den Klodeckel und summte leise vor sich hin. Ein paar Sekunden später riss sie die Augen auf und sah Tim, der am Waschbecken stand und die Nadel aus der Spritze zog. Er reinigte die Nadel mit Superoxyd und steckte sie wieder in das Etui. Tim war sauber und vorsichtig, das mochte sie an ihm. Sie waren bei Denny's in der Herrentoilette. Mit gespreizten Beinen saß Rae-Lynn auf der Kloschüssel, hatte den Kopf an die Rückwand der Kabine gelehnt und sah ihm zu.

»Hmm, das tut gut. Danke, Timmy.«

»War mir ein Vergnügen.« Er hatte ihr den Rücken zugewandt, während er sich die Hände wusch und das Etui verstaute.

»Bin ich froh, dass ich dir über den Weg gelaufen bin«, sagte Rae-Lynn. »Das wird eine spitzenmäßige Nacht.«

»Was ich eben gesagt habe, war übrigens ernst gemeint«, sagte er. »Wenn du deine Titten richten lässt, kannst du sicher irgendwo als Tänzerin unterkommen.«

»Ach was, das sagst du doch bloß so«, sagte Rae-Lynn.

»Nein, ehrlich. Wenn du mal wieder anständig essen würdest und Arsch und Oberschenkel wieder richtig knackig sind, dann läuft das.« Er drehte sich um und schaute sie an. »In den besseren Clubs wollen sie keine Mädchen, die krank aussehen.«

»Sehe ich wirklich krank aus?«

Tim hatte das rundliche, weiche Gesicht eines Kindes. Das blonde, auf der Seite gescheitelte Haar ließ ihn irgendwie schwermütig aussehen. »Ein bisschen schon«, sagte er. »Als hättest du dich in letzter Zeit etwas gehen lassen.«

Im Restaurant quetschte sich Rae-Lynn ganz hinten in eine Sitzecke und rieb sich das Gesicht. Es fühlte sich schwammig an. Sie betastete die Schwellung unter ihrem Auge. Weil sie abgehauen war, hatte Michael ihr gestern zur Strafe ins Gesicht geschlagen. Hätte schlimmer kommen können. Sie drückte ihre kleinen Brüste zusammen und schaute hinunter zu ihrem Brustansatz. »Kannst du mir helfen, meinen Busen richten zu lassen?«

»Ich? Wie soll das denn gehen?«

»Du könntest mir was vorschießen. Wir machen halbe halbe.«

»Eine gehört mir und eine dir, oder wie?«

»Nein, du kannst sie anfassen, wann immer du willst.«

Tim streckte die Hand aus. »Kann ich sie nicht gleich jetzt anfassen?«

»Du könntest deinen Vater anpumpen.« Tims Vater war Rechtsanwalt.

Tim schlug die Speisekarte auf und studierte die Frühstücksseite. »Hey, Dad. Ich hab da 'ne Freundin, die will sich ihre Titten richten lassen. Kannst du mir mal eben zwei Mille rüberschieben?«

»Genau!« Rae-Lynn lachte still vor sich hin. Sie beugte sich vor und schaute ihn an. »Spendierst du mir ein paar Pfannkuchen, Timmy?«

»Klar, was du willst.«

Sie richtete sich wieder auf. »Der Laden hier, ist das so einer, wo sie dir ein Steak spendieren, wenn man Geburtstag hat?«

»Nee, glaub nicht.«

Während Tim die Speisekarte las, schaute sie ihn an und überlegte, ob sie ihm sagen sollte, dass sie ihn mochte. Aber sie konnte sich nicht daran erinnern, ob sie es ihm nicht vorher schon gesagt hatte. »Können wir nach dem Frühstück zu dir gehen?«

»Kommt drauf an«, sagte er.

»Worauf?«

»Wie viel du haben willst.«

»Was kostet es, wenn ich meinen Busen richten lasse?«

»Paar tausend«, sagte er.

»So viel will ich.«

»Mehr als eine Zigarette kann ich dir nicht anbieten«, sagte er.

Sie lachte. »Abgemacht.« Das Spielchen machte ihr Spaß.

Tim zog sein Portemonnaie aus der Tasche, holte ein paar Ein-Dollar-Scheine heraus, stand auf und ging zu dem Zigarettenautomaten, der am anderen Ende des Restaurants stand. Rae-Lynn starrte auf das Portemonnaie, das Tim in die Ritze zwischen die Sitzpolster gesteckt hatte.

Noch bevor sie richtig begriff, was sie tat, stand sie mit dem Portemonnaie in der Hand an der Tür, verließ das Restaurant und versteckte sich im Hinterhof hinter dem Müllcontainer. Ihr fiel die Nacht ein, in der dieser Perverse in dem Pick-up versuchte hatte, sie zu erwürgen. Sie fragte sich, was man fühlte, wenn man starb. Oder wie es wäre, tot zu sein und gar nicht zu wissen, dass man tot war. Wie in diesem Film, den sie mal gesehen hatte. Der Gedanke jagte ihr einen Schauer über den Rücken. Rae-Lynn hockte im Halbdunkel hinter dem Container und öffnete Tims Portemonnaie. Ein Zehner und zwei Einer. Sie nahm die Plastikkarten heraus. Der Führerschein – das Gesicht auf dem Foto sah fett und fertig aus. Eine von diesen goldenen Pseudokreditkarten, die sie praktisch jedem nachwarfen. Na ja, ihr nicht. Sie schaute im zweiten Fach nach. Ein paar Gutscheinkarten für Espressoläden. Für einen Drive-in-Laden gleich um die Ecke fehlte ihm nur noch ein Stempel für einen Gratis-Milchkaffee. Eine Karte für einen Videoverleih und das Foto eines kleinen Mädchens, das kaum älter als ihre eigene Tochter war. Sie hatte nicht gewusst, dass Tim eine Tochter hatte. Schließlich war da noch ein Bibliotheksausweis. Seltsamerweise war es diese Karte, bei der Rae-Lynn ein schlechtes Gewissen bekam.

Sie stand auf und schaute durch ein Seitenfenster ins Restaurant. Tim saß wieder auf seinem Platz. Wie er so mit der Zigarettenschachtel herumspielte, hatte man den Eindruck, dass er auf ihre Rückkehr wartete – obwohl ihm sicher klar war, was passiert war. Auf dem Gehweg steuerte eine Frau den Eingang des Lokals an. »Würden Sie mir wohl einen Gefallen tun«, fragte Rae-Lynn.

Sie nahm den Zehner und die Gutscheinkarte für den Milchkaffee und gab der Frau das Portemonnaie. Sie zeigte auf Tim. »Könnten Sie das dem Typ da geben und ihm sagen, dass es mir Leid tut?«

»Klar«, sagte die Frau und wandte sich der Tür zu.

»Und nicht abhauen damit!«, sagte Rae-Lynn. »Ich pass auf.«

Sie beobachtete, wie die Frau das Portemonnaie an den Tisch brachte. Tim bedankte sich und steckte das Portemonnaie ein, ohne den Inhalt zu kontrollieren. Rae-Lynn ging der Gedanke durch den Kopf, dass er sicher genau wusste, wie viel sie sich genommen hatte. Schlau genug war er.

Sie behielt den Tisch noch eine Zeit lang im Auge. Tim schaute sich nicht mal um, sondern bot der Frau einen Platz und eine Zigarette an. Dann zog er sein Feuerzeug aus der Tasche, gab der Frau Feuer und zündete sich selbst eine an. Er nahm einen langen Zug, wobei die Glut hell aufleuchtete. Die Frau sagte etwas, Tim lachte und blies den Rauch senkrecht in die Luft.

Rae-Lynn drehte sich um und ging mit Tims Zehner in der Tasche die Division Street hinunter Richtung Innenstadt. Sie hoffte, dass Michaels Zorn inzwischen verraucht war und sie heute Abend richtig einen draufmachen würden. Vor einem Drugstore versprach sie einem Taxifahrer, dass sie ihm für die Fahrt bis zur East Sprague einen blasen würde.

Der Taxifahrer hatte zwar dünnes Haar und einen grässlichen Schnurrbart, sah aber ansonsten ganz manierlich aus. Rae-Lynn gefiel sein Fahrstil, wie er sich, rasant die Spuren wechselnd, durch den Verkehr schlängelte. Sie saß mit geschlossenen Augen und ausgebreiteten Armen auf dem Beifahrersitz, während der Fahrer ihr erzählte, dass ihm das Taxi gehöre, dass er auf eigene Rechnung arbeite und dass genau das immer sein Traum gewesen sei.

Der Fahrer bog in die Sprague ein. »Für mich ist das Leben wie ein Film«, sagte er. »Man muss der Star in seinem eigenen Film sein.«

Rae-Lynn öffnete die Augen und schaute den Taxifahrer an. »Wow«, sagte sie. »Hört sich wunderschön an.«

»Ist eben meine Philosophie.«

»Vor ein paar Wochen war ich im Kino. In Moses Lake.«

»Cool«, sagte der Fahrer.

»Wollen Sie was zu meinem Titten-Fonds beisteuern?« Sie drückte ihre Brüste zusammen. »Bin gerade dabei, Geld für Implantate aufzutreiben. Ich will Tänzerin werden.«

»Pamela Anderson hat ihre wieder rausnehmen lassen.«

»Wenn man erst mal berühmt ist, braucht man sie auch nicht mehr.«

»Von mir gibt's nur was, wenn Sie Ihre nicht gleich wieder rausnehmen lassen, wenn Sie erst mal berühmt sind.«

Plötzlich schlug sie gegen das Fenster auf der Beifahrerseite und rief: »Anhalten! Sofort!«

Das Taxi hielt vor dem Happy Stork und Rae-Lynn stieg aus. »Bin gleich wieder da. Ich schau nur kurz rein, ob mein Freund da ist. Dauert nur eine Sekunde.«

Der Taxifahrer schaute sie misstrauisch an. Rae-Lynn lächelte ihn an und sagte: »Ehrlich, nur eine Sekunde.«

Rae-Lynn musste kichern, als sie das Klatschen ihrer nackten Füße auf dem Beton des Gehwegs hörte. Sie fragte sich, wo ihre Schuhe geblieben waren. Sie brauchte beide Hände, um die Tür des Happy Stork zu öffnen. Rauch und dampfig kühle Luft schlugen ihr entgegen. Um den Tisch am Fenster saßen ein paar ältere Männer, zwei jüngere hockten an der Bar. Alle schauten sie prüfend an. Rae-Lynn kam sich wunderschön vor.

»Hallo.« Der Barkeeper erkannte sie wieder. »Wo warst du die ganze Zeit?«

»Hab ein paar Jobs gehabt«, sagte sie. »Beim Film und als Tänzerin.«

»Cool.«

Rae-Lynn zog den Zehner aus der Tasche und lehnte sich an die Bar, damit sie nicht das Gleichgewicht verlor. Sie hatte immer noch das Gefühl, als schwebte sie in dem Taxi durch die Straßen. »Meinen ersten Drink zahle ich noch selber, aber dann warte ich auf Angebote.«

»Gebongt«, sagte einer der Typen an der Bar.

Rae-Lynn musterte den Flaschenwald hinter der Bar. »Tequila.«

»Te-kill-ja«, sagte der Typ an der Bar.

Der Barkeeper nahm eine der Plastikflaschen, füllte ein Schnapsglas bis zum Rand und gab ihr acht Dollar Wechselgeld. Rae-Lynn leerte das Glas auf einen Sitz und kniff die Augen zusammen.

Dann stolzierte sie in die Mitte des Raumes, stieß im Stile eine Tänzerin die Arme senkrecht in die Luft, ließ sie seitlich herabsinken und schaute die Männer mit ernstem Blick an. »Soll ich für euch tanzen?«

Die Männer lächelten.

»Okay«, sagte sie. »Bin gleich wieder da.« Sie verschwand nach hinten, ging an der Toilette vorbei und schlüpfte durch die Hintertür, die auf eine Gasse führte. Sie war wunderschön.

Von der Gasse bog sie in eine dunkle Nebenstraße und lief direkt dem Taxifahrer in die Arme, der seinen Wagen um die Ecke geparkt hatte.

»Hallo!«, rief sie. »Dich kenn ich doch!« Sie prustete los.

»Was soll der Scheiß?«, sagte der Taxifahrer. »Willst du dich ums Zahlen drücken?«

»Nein«, sagte Rae-Lynn. »Ich war gerade auf dem Weg nach vorn. Die Typen da drin sind mir auf die Pelle gerückt, da musste ich mich schnell verdrücken.«

Rae-Lynn sah, dass der Taxifahrer stinksauer war. Warum wurden die Kerle nur immer so sauer?

»Du schuldest mir vierzehn Dollar«, sagte der Taxifahrer.

»Für zwei Meilen?«

»Die Uhr ist weitergelaufen, als du da drin warst.« Er ging auf sie zu.

»Ich hab keine vierzehn Dollar. Ich hab dir doch gesagt, dass wir das anders regeln.«

Er packte ihr Handgelenk, worauf sie mit der freien Hand nach ihm schlug, ihn aber nur leicht an der Schulter erwischte. Er schlug ihr ins Gesicht und traf das Auge, das schon Michael mit seinem Handrücken getroffen hatte. Sie stürzte zu Boden. Der Taxifahrer durchwühlte ihre Taschen, nahm die acht Dollar und warf ihr die zwei Karten, die er mit herausgekramt hatte, zurück auf den Körper. Die eine war die Gutscheinkarte für den Gratiskaffee, die andere die Visitenkarte, die ihr vor Monaten die Polizistin gegeben hatte. Rae-Lynn steckte die Karten wieder ein. Ich bin wunderschön, dachte sie, wunderschön. Sie nahm die Umgebung nur noch verschwommen wahr und hatte das Gefühl, als müsste sie sich jeden Moment übergeben. »Timmy«, wimmerte sie.

»Dreckshure«, sagte der Taxifahrer, setzte sich in seinen Wagen und fuhr davon.

Rae-Lynn stand auf und klopfte sich den Staub von den Sachen, wobei sie fast das Gleichgewicht verlor. Dann torkelte sie durch die Nebenstraße zurück Richtung Sprague.

Die Arme hingen schlaff herunter, das schwebende Gefühl hatte sich verflüchtigt. Timmy hatte immer besonders guten Stoff gehabt. Aber entweder brauchte sie inzwischen mehr, um richtig high zu werden, oder das Zeug, das er ihr verpasst hatte, war nichts wert gewesen. Tief in ihrem Innern spürte sie schon die stechende Gier nach mehr. Und die acht Dollar hatte sie auch nicht mehr.

Von hinten erfasste das Scheinwerferlicht eines Wagens ihren Körper. Sie drehte sich um, um dem Fahrer ihre Schokoladenseite zu präsentieren, doch der verlangsamte nicht mal das Tempo. Schwankend ging sie weiter.

Sie überquerte die Straße und lehnte sich an den Gitterzaun des Bootsgeländes. Als ihr geschwollenes, wundes Gesicht das Metall berührte, zuckte sie zusammen. »Hallo«, rief sie. »Bist du da?«

Der alte Wachmann kam aus dem Ausstellungsraum. Ungläubig schaute er in ihre Richtung. Dann schaute er links und rechts die Straße hinunter. »Herrje, Girlie«, sagte er. »Wo bist du so lange gewesen?«

Rae-Lynn fing an zu weinen. Sie dachte an Shelly und Chloe, an die Zeit, als ihnen die Boote wie Zweitwohnungen vorgekommen waren und sie sich auf dem Gelände unangreifbar gefühlt hatten. Sie hatten auf den Aufbauten der Jachten gesessen und sich über all das unterhalten, was sie später mal machen wollten. Damals hatte Rae-Lynn ihren Busen noch für makellos gehalten, und sie hätte jeden nur mitleidig angeschaut, der ihr vorgeschlagen hätte, sich Implantate einsetzen zu lassen. Es war einfach nicht fair, dass der Busen schrumpfte, wenn man abnahm, dass das Gute immer auch einen schlechten Aspekt hatte.

Der alte Wachmann fummelte an seinem Schlüsselbund

herum und schaute noch mal links und rechts die Straße hinunter, bevor er das Tor aufschloss und Rae-Lynn hereinließ.

Sie blieb kurz stehen und betrachtete das Bauprojekt auf der anderen Seite des Geländes. Vier Stockwerke hoch ragten Stahlträger auf, die an einer Seite nackten Knochen ähnelten und deren andere Seite unten mit grauem und an ihren Spitzen mit weißem Gips bedeckt waren. Die Träger sahen aus, als wären sie zur Hälfte mit Schnee bedeckt. Ein Flutlichtscheinwerfer beleuchtete die gesamte Konstruktion, die einen riesigen Schatten auf den Platz warf. »Was ist das?«, fragte sie.

»Ein Berg«, sagte der Wachmann. Rae-Lynn schoss ein aufmunternder Gedanke durch den Kopf. Wenn der Berg fertig war, könnten sie, Shelly und Risa mit einer Flasche Wein auf den Gipfel klettern und hätten einen herrlichen Blick über die Stadt. Sie wären allem entrückt, bräuchten sich vor nichts mehr fürchten.

»Ich bin noch nie auf einen Berg geklettert«, sagte sie leise.

»Er ist nicht echt«, sagte der Alte. »Es ist bloß ein verkleidetes Gerüst, das aussieht wie ein Berg.« Er strich ihr das Haar aus der Stirn und schaute sich ihr Auge an. »Was ist passiert?«

»Glauben Sie, dass ich meinen Busen vergrößern lassen muss?«

Er legte ihr den Arm um die Schulter. »Nein. Natürlich nicht.«

»Kann ich heute Nacht hier bleiben? Ich bin todmüde.«

»Ich mach dir einen Vorschlag«, sagte er. »Ich weiß was, wo du so lange schlafen kannst, wie du willst. Okay, Girlie?«

Sie nickte. »Das wär echt nett von Ihnen.«

Er legte ihr seine Jacke um die schmächtigen Schultern. Sie betastete die Innentasche nach einer Brieftasche. Es war keine da. »Danke«, sagte sie.

Sie gingen durch das Vordertor, dessen Vorhängeschloss er hinter sich abschloss.

»Sie sind wirklich sehr nett«, sagte Rae-Lynn. Er sagte nichts darauf, sondern öffnete ihr die Beifahrertür seines Ford Taurus. Sie stieg ein und er beugte sich über sie und klickte den Sicherheitsgurt ein, wobei sie ihm kurz über die grauen Backenstoppeln strich.

Ein paar Minuten später riss sie die verschlafenen Augen auf und sagte: »Ein Berg ist ein Berg. Warum man ihn gebaut hat, spielt keine Rolle. Er muss nur aussehen wie ein Berg.«

Sie schaute aus dem Fenster. Sie wusste nicht, in welchem Teil der Stadt sie war. Vielleicht sogar außerhalb. Der Alte bog in eine dunkle Einfahrt und stellte den Motor ab. Das Haus war in einen Abhang hineingebaut. Sie konnte nur noch wenige andere Häuser erkennen. Nachdem er ihren Sicherheitsgurt gelöst hatte, stieg sie aus. Zwischen ihren Augen und ihrem Hals breitete sich langsam ein Schmerz aus, von dem sie wusste, dass er stärker werden würde, wenn sie nicht noch im Laufe der Nacht einen Schuss bekäme. »Wem gehört das Haus?«, fragte sie.

»Meinem Sohn«, sagte der alte Wachmann. Das Haus war neu, ein eingeschossiger Bungalow im Ranchero-Stil. Die Kellerfenster lagen über der Erde. Noch gab es vor dem Haus keinen Rasen, sondern nur Morast, eine Schubkarre und ein paar Schaufeln.

Sie folgte dem alten Mann zum Hintereingang des Hauses. Von dem steilen Ufergrundstück, das etwa eine Meile unterhalb der Wasserfälle lag, sah man auf den Fluss hinunter. Die Rasenfläche hinter dem Haus endete an einer Felsplatte, die etwa anderthalb Meter schräg nach unten reichte. Von dort fiel der Hang in einem Winkel von fünfundvierzig Grad zum Fluss ab.

»Es ist wunderschön«, sagte Rae-Lynn. Im Licht der verblassenden Sonne sah der Fluss aus wie eine dunkle Furche in der Erdoberfläche. Jenseits des Flusses lagen die wieder aufgebauten Siedlungen der Minenarbeiter und die Sandsteinhäuser des Stadtteils Peaceful Valley, wo Rae-Lynn einmal auf einer Party gewesen war. Stromabwärts, hinter einer unbebauten, von wildem Gras und niedrigen, verkrüppelten Bäumen überwucherten Fläche markierte der Fluss mit einer scharfen Biegung die Stadtgrenze. Dahinter waren Moses Lake und Kelly. Rae-Lynn wurde traurig, als sie daran dachte, dass Kelly ihr die letzte Chance versaut hatte.

Sie drehte sich wieder zum Haus um. Auf dieser Seite des Flusses standen nur wenige Häuser. Wahrscheinlich wirkten das steile Gelände und die Eisenbahnbrücke vor dem Haus abschreckend. »Ich wusste gar nicht, dass hier überhaupt Leute wohnen«, sagte sie.

»Nur wir und Mrs. Amend. Die wohnt ein Stück weiter die Straße runter«, sagte der Alte. Er lächelte ihr zu und zog den Schlüssel für die Hintertür aus der Tasche.

Rae-Lynn schaute stromaufwärts zu den Wasserfällen und den vielen Brücken, die über den Fluss in die Innenstadt führten. Jenseits der Brücken zeichnete sich die Skyline der Stadt gegen den dunklen Abendhimmel ab. Noch nie hatte sie eine Stadt in ihrer ganzen Ausdehnung gesehen. Sie konnte ihre Ränder sehen und sie mit ausgebreiteten Armen umfassen.

»Kommst du?«, sagte der Wachmann.

Rae-Lynn schauderte vor der Nacht. Sie wusste, dass sie das Zittern und die Übelkeit nicht aushalten würde. Früher hätte sie es vielleicht geschafft – mit Kelly. Aber jetzt war sie klein und schwach und nicht mehr so wunderschön, wie die Leute immer behaupteten. Sie war müde, doch wenn sie einschliefe, würde das Stechen noch schlimmer werden. Einen Augenblick lang dachte sie daran, ihm seine Jacke zurückzugeben, ihm zu sagen, dass er sie nicht allein im Haus zurücklassen solle, weil sie ihn ohnehin nur beklauen würde. Sie konnte durch das Panoramafenster ins Innere des Hauses sehen. Die Glasfront sah aus wie ein riesiger Fernsehschirm. Auf dem Schirm stand der alte Mann vor einer Bücherwand und telefonierte. Er kam ihr so zerbrechlich vor. Aber selbst die Zerbrechlichen waren stark, stärker, als sie war. Alle waren so verdammt stark.

Sie konnte ihren eigenen Atem hören, während sie da stand und dem alten Mann beim Telefonieren zuschaute. Früher, da hätte sich Rae-Lynn beim Anblick einer weiten, in den Boden eines Flussufers eingelassenen Fensterfront in Träumereien verloren: über Dinnerpartys und Babys und darüber, wie sie morgens im Hemd ihres Ehemannes die Augen aufschlug. Doch jetzt atmete sie nur tief ein, zog sich die Jacke des alten Mannes enger um die Schultern und ging ins Haus.

49

Kevin Verlocs Schultern waren kantig, wie gemeißelt. Die runden Arme mit den hervortretenden Adern wiesen ihn als ernsthaften Bodybuilder aus. Der Hals wirkte wie die Verlängerung der Schultern. Kevin Verloc sah aus, als konzentrierte sich sein gesamtes Gewicht im Oberkörper, als hätte ihn jemand an den Beinen gepackt und kräftig zugedrückt. Das kurz geschnittene dunkle Haar war akkurat in die Stirn gekämmt. Als er nach draußen kam, nahm er die kleine rechteckige Brille ab und steckte sie in die Brusttasche seines Hemdes. Was Dupree am meisten überraschte, war Kevin Verlocs Gang.

Er stützte sich auf einen Dreipunktestock und musste mit der Hüfte bei jedem Schritt weit ausschwingen, um die Beine in Bewegung zu halten. Trotzdem: Kevin Verloc ging. Mit konzentrierten Bewegungen verließ er das Gebäude der All-Safe Security, das Dupree anhand der Stuckmauern im spanischen Stil als ehemaliges Fast-Food-Restaurant von Taco Time identifizierte. Verloc drehte sich um und schloss die Glastür ab. Als er sich ein paar Schritte von der Tür entfernt hatte, bemerkte er den Streifenwagen, der auf dem Parkplatz stand. Falls er überrascht war, so ließ er es sich auf jeden Fall nicht anmerken. Er ging mit jenem doppelten Hinkeschritt weiter, der aussah, als hätte er zwei lahme Beine. Dupree stieg aus und streckte ihm die Hand entgegen. Verloc blieb stehen, stützte sich auf den Stock und schüttelte Dupree die Hand. Sie waren ungefähr gleich groß, doch Verloc hatte die Eigenart, seinen Baumstumpf von Hals leicht nach hinten zu legen, sodass es den Anschein hatte, als schaue er auf Dupree hinunter.

»Kann ich Ihnen irgendwie behilflich sein, Officer?«, fragte Verloc.

»Vielleicht erinnern Sie sich. Wir haben vor ein paar Monaten mal miteinander telefoniert. Mein Name ist Alan Dupree. Wir haben uns kurz über die Prostituiertenmorde unterhalten.«

»Richtig«, sagte Verloc. Sein Gesichtsausdruck blieb unverändert. »Dupree.«

Dupree lachte. »Es ging um diesen bescheuerten Anruf von Ihrer Nachbarin. Erinnern Sie sich?«

»Genau, jetzt fällt's mir wieder ein«, sagte Verloc. »Haben Sie diesen Kerl geschnappt, von dem in der Zeitung die Rede war? War aus Kalifornien, oder? Scheint euch mächtig auf Trab gehalten zu haben.«

»Lenny Ryan«, sagte Dupree. »Nein. Schätze, er ist immer noch in der Gegend.«

»Möchte wetten, dass er schon wieder in Kalifornien ist.« Dupree sagte nichts darauf, und Verloc musterte Duprees Uniform. »Hab gelesen, dass zwei Profiler vom FBI an dem Fall dran sind. Sicher faszinierend, so eng mit denen zusammenzuarbeiten.«

»Eigentlich habe ich mit dem Fall nichts mehr zu tun.« Dupree nestelte an der Naht seiner Uniformhose herum. »Ich habe meinen vorzeitigen Abschied genommen und reiße meine letzten Tage als Streifenpolizist ab. Das ist der Grund, warum ich hier bin.«

»Ach ja?«, sagte Verloc.

»Habe ich Sie zu einer unpassenden Zeit erwischt? Sieht so aus, als hätten Sie es ziemlich eilig.«

Verloc zuckte mit den Achseln. »Überhaupt nicht. Wollte nur gerade einen Happen essen gehen. Kleine Mittagspause.« Er lächelte. »Was kann ich für Sie tun?«

»Tja«, fing Dupree an. »Wie ich schon gesagt habe. Ich

höre auf. Die Pension ist zwar ganz anständig, aber Sie wissen ja, wie das ist, wenn man aufhört. Ich habe mir gedacht, dass ich noch ganz gut was nebenher verdienen könnte. Ganz abgesehen davon, dass ich wahrscheinlich sowieso nicht wüsste, was ich mit meiner Zeit anfangen soll. Tja, und ich habe gehört, dass Sie ab und zu ehemalige Polizisten anheuern.«

»Klar«, sagte Verloc. »Bei mir arbeiten viele Ex-Cops. Sind die besten Leute, die ich habe.«

»Ich kenne welche, die arbeiten als Privatdetektive. Glaube aber nicht, dass ich so einen Scheißjob verkraften könnte.«

»Machen den Knecht für irgendeinen schleimigen Advokaten«, sagte Verloc kopfschüttelnd. »Kehrtwende um hundertachtzig Grad. Wär nicht gerade mein Ding.«

»Genau«, sagte Dupree.

»Kommen Sie mit«, sagte Verloc. »Ich gebe Ihnen das Bewerbungsformular.« Er verlagerte das Gewicht auf den Stock und drehte sich um.

»Ich will Sie nicht von wichtigen Geschäften abhalten.«

»Nein, nein«, sagte Verloc. »Ist im Moment sowieso nicht viel los.«

»Sie können mir das Formular auch zuschicken, wenn Ihnen das lieber ist.«

»Ist nicht nötig«, sagte Verloc. »Wenn Sie schon mal da sind.«

Dupree staunte, welches Tempo Verloc anschlug. Während sie den Parkplatz überquerten, meldete sich auf Duprees Schultermikro die krächzende Stimme Teagues. »Dupree? Wo stecken Sie?«

Nach dem Gespräch mit Caroline hatte er eigentlich zu John Landers' Haus zurückfahren wollen. Dann waren ihm jedoch der aufgeklappte Ordner mit der Aufschrift »Sicherheitsdienst« und der Anruf bei Kevin Verloc vor drei Monaten nicht mehr aus dem Kopf gegangen. Wahrscheinlich kam nichts dabei heraus, aber Teague musste warten, bis er ein letztes Mal dieser nagenden inneren Stimme nachgegeben hatte. Dupree schaltete das Mikro aus. Verloc drehte sich um und lächelte.

Verloc schloss die Glastür auf, und sie gingen zusammen in die kleine Lobby, in der ein Zweiersofa, ein dazu passender Sessel sowie – an der gegenüberliegenden Wand – ein unbesetzter Schreibtisch standen. Hinter dem Schreibtisch befand sich eine schmale Tür. Verloc öffnete die Tür, drehte sich zur Seite und schob seine breiten Schultern durch die enge Öffnung.

Dupree brauchte sich nicht zu verrenken, um das Büro zu betreten. Es war eingerichtet wie die Miniaturausgabe einer Einsatzzentrale. An einer Seite befand sich die Telefonanlage, über der ein Stadtplan an der Wand hing. Die Karte war gespickt mit Fähnchen, die offensichtlich die Standorte der Kunden markierten. Auf dem Schreibtisch unterhalb der Wandkarte herrschte peinliche Ordnung. In einer Dose steckte eine Hand voll fein säuberlich gespitzter Stifte, die Kanten der gestapelten Akten schlossen exakt mit der Tischkante ab. »Sie suchen wahrscheinlich hauptsächlich Wachmänner, oder?«

»Ja. Deshalb habe ich das Unternehmen gegründet«, sagte Verloc. »Aber die meisten Leute wollen sich inzwischen mit Wachmännern nicht mehr abgeben. Jetzt, wo massenhaft Computersysteme mit Videokameras und teurem Laserspielzeug auf dem Markt sind.«

»Ist bei der Polizei nicht anders«, sagte Dupree. »Gott sei Dank gibt's noch Sachen, die wir besser können als Computer.«

Verloc suchte in einem Aktenschrank nach dem Formular. Er drehte sich um, bedachte Dupree mit einem schwachen Lächeln und wandte sich wieder dem Schrank zu. »Im Moment sieht's allerdings extrem flau aus, ich kann Ihnen also nichts versprechen. Wir haben viele Aufträge für Konzerte. Im Frühsommer hatten wir auch ein paar Special Events, und außerdem haben wir Verträge mit einigen Schulbezirken, deren Veranstaltungen wir überwachen. Der Kontrakt für ein Einkaufszentrum, den wir ein paar Jahre hatten, ist seit letztem Jahr flöten. Da hat mich einer unterboten.«

»Tja, ist ein hartes Geschäft. Da ist es sicher gut, wenn man so was wie diesen Bootshändler als Kunden hat. Guter, verlässlicher Kunde, oder? Bewachen Sie auch noch andere Objekte für Landers?«

Verloc richtete sich auf. »Verdammt, wo hat die Neue bloß die Formulare versteckt? Ich hasse das, wenn die Sachen nicht an ihrem Platz sind.« Er schüttelte den Kopf und stampfte mit dem Stock auf den Boden. »Ich schau mal in meinem Büro nach.«

Er verschwand durch eine Tür am anderen Ende des Raumes. Dupree nahm das Dienstbuch in die Hand, blätterte darin herum und ging zu der Tür, die in Verlocs Büro führte. Er selbst war nicht zu sehen, nur sein Dreipunktestock, der in der Mitte des Zimmers stand. »Ich weiß, dass es hier irgendwo sein muss«, hörte Dupree ihn sagen.

Dupree löste den Halfterbügel über dem Pistolenknauf.

»Ah, da ist es ja.« Verloc tauchte mit einem einzelnen Blatt Papier wieder auf. Sein Gesicht war rot und er stützte sich schwer auf den Stock. Er gab Dupree das Formular, nahm ihm das Dienstbuch aus der Hand und legte es auf den Schreibtisch, wobei er darauf achtete, dass es nicht über die Tischkante hinausragte.

»Sehr gut«, sagte Dupree, während er das Bewerbungsformular überflog. »Ach, übrigens. Ich bin gestern Ihrem Vater über den Weg gelaufen. Hat er Ihnen davon erzählt?«

Zum ersten Mal schien Verloc irritiert, wenn auch nur leicht. »Nein ... hat er nicht.«

»Ich habe ihn unten bei Landers' Cove getroffen. Wie viele Wachen haben Sie eigentlich für den Laden abgestellt?«

»Nur meinen Vater. Wie ... wie kommt's, dass Sie ihn getroffen haben?«

Dupree rieb seine Schulter. »War vor ein paar Wochen, als ich mich da unten mit einem Säuferpärchen rumgebalgt habe. Haben mich mit dem Messer erwischt.«

»Hoffentlich nichts Schlimmes.« Verloc schaute sich um, zog einen Stuhl heran und ließ sich langsam darauf nieder. Als er saß, stöhnte er erleichtert auf.

»Nur eine Kleinigkeit. War mit ein paar Stichen erledigt. Aber ein bisschen gibt einem das Ganze doch zu denken. Meistens schlagen sich diese Wichser nur untereinander auf die Birne und beklauen sich gegenseitig und man selbst steht nur am Rand und schaut zu, ohne dass es einen wirklich was angeht. Aber wenn es dir selbst an den Kragen geht, dann ist alles anders. Man verändert sich, man wird härter, unnachgiebiger. Schätze, das brauche ich Ihnen nicht extra zu erzählen.«

»Nein«, sagte Verloc nur.

»Ich erinnere mich noch gut, als man Sie angeschossen hat. Mann Gottes. Jeder Cop im Staat Washington war geschockt. Es ist einfach toll zu sehen, dass Sie wieder laufen können.«

Verloc schaute ihn nur ausdruckslos an.

»Muss eine harte Zeit gewesen sein, bis Sie wieder so weit waren«, sagte Dupree.

»Acht Jahre Physiotherapie«, sagte Verloc ruhig.

»Aber ohne Rollstuhl geht's noch nicht, oder?«, fragte Dupree. »Ich erinnere mich, dass Sie damals, als ich Sie angerufen habe, einen Klassewitz über Rollstühle auf Lager hatten.«

»Manchmal, wenn ich müde werde, brauche ich den Rollstuhl noch.«

»Ja«, sagte Dupree. »Sie sind tatsächlich wieder gut auf dem Posten. Ich meine, das konnte man ja nicht unbedingt erwarten, oder?«

Verloc stemmte sich aus dem Stuhl. »Ich glaube, es wird jetzt Zeit, dass ich was esse.«

Dupree trat zur Seite. »Klar, ich wollte Sie nicht aufhalten.«

Verloc nickte in Richtung des Formulars. »Wenn Sie das Ding ausfüllen und am Montag vorbeibringen, dann schaue ich mal nach, wie unsere Besetzung für den Herbst aussieht.«

»Das wäre wirklich nett von Ihnen.«

Als sie auf die Eingangstür zugingen, ging Dupree voraus und behielt Verlocs Spiegelbild in der Glasfront im Auge. Verloc starrte nachdenklich Duprees Rücken an. Nachdem Verloc die Tür abgeschlossen hatte, humpelte er zu seinem roten Pick-up. Dupree merkte sich die Nummer und nickte Verloc zu.

»Noch mal vielen Dank«, sagte Dupree. »Ich freue mich auf unsere Zusammenarbeit.«

Verloc lächelte.

»Also bis Montag dann.«

»Alles klar«, sagte Verloc. »Bis Montag.«

Mit einer Art Klimmzug hievte er sich in den Wagen, ließ den Motor an und setzte rückwärts aus der Parklücke. Schon weit vor der Ausfahrt des Parkplatzes blinkte er und fädelte sich dann langsam in den Verkehr ein.

Dupree stieg ebenfalls ein, nahm das Handy und wählte mit dem Daumen eine Nummer.

»Teague.«

»Hallo, hier ist Dupree.«

»Was zum Teufel ist los mit Ihnen? Drehen Sie jetzt völlig durch? Noch fünf Minuten und ich hätte in der Zentrale angerufen und Sie wieder als vermisst gemeldet.«

»Tut mir Leid«, sagte Dupree.

»Wissen Sie was, Sarge, an der Sache ist irgendwas faul.«

»An was für einer Sache?«

»Na ja, ich sitz hier im Haus rum, und da sagt mir die Nachbarin, dass sie die Nummer von den Landers am Lake

Coeur d'Alene hat. Ich ruf also an, und da meldet sich der Hilfssheriff und sagt, dass Mister Landers gerade auf dem Weg zum Kootenai Medical Center ist.«

»Was ist passiert?«

»Weiß nicht genau. Landers' Frau kommt vom Einkaufen zurück, und da sieht sie, wie gerade ein roter Wagen von ihrer Hütte wegfährt. Sie geht rein und findet ihren Mann. Übel zugerichtet. Schlüsselbein und Oberschenkel gebrochen. Paar Zähne ausgeschlagen. Hat ziemlich viel Blut verloren.«

Dupree schaute zum Büro der All-Safe Security. »Sind Sie noch im Haus?«

»Sitz auf der Veranda.«

»Gehen Sie rein«, sagte Dupree. »In das Büro, das der Kerl auf den Kopf gestellt hat.«

Dupree hörte Teagues Schritte auf dem harten Parkettboden. »Okay. Bin da.«

»Auf einer niedrigen Kommode liegen ein paar aufgeklappte Ordner.«

»Hab sie«, sagte Teague.

»Auf einem steht ›Ausgaben Sicherheitsdienst‹.«

»Liegt direkt vor mir.«

Als Dupree den Gang einlegte, warf er noch mal einen Blick auf das Geschäftsgebäude. »Auf der letzten Rechnung steht ›Verschiedenes‹. Wie hoch war die Summe?«

»Augenblick.« Er hörte, wie Teague blätterte. »Zweihundertvierzig.«

Er rechnete schnell nach. Sechs. Vielleicht gab es eine, von der sie nichts wussten. »Rühren Sie sich nicht vom Fleck. Ich komme sofort.« Dupree trat das Gaspedal durch, jagte den Wagen über den Randstein auf die Straße und schoss davon. Sekunden später fuhr ein roter Nissan Sentra auf den Parkplatz.

50

Scheißkälte. »Lass mir auch ein Stück von der Decke, Kelly.« Als sie seinen Namen flüsterte, wachte sie auf. Sie streckte die Hand aus, aber er war nicht da. Nicht mehr lange, und er würde aus dem Krankenhaus nach Hause kommen. Sie überlegte, was sie ihm kochen sollte und ob noch Kartoffeln im Haus waren. Es war dunkel, und Rae-Lynn wurde plötzlich klar, dass sie gar nicht in Moses Lake war und dass das Frösteln von innen kam. Sie setzte sich auf und schaute sich um. Sie saß auf einer Ledercouch und fragte sich, ob sie wieder einschlafen und ihren Traum, wie Kelly von der Arbeit nach Hause kommt, weiterträumen sollte. Sie hatte keine Ahnung, wo sie war und wie sie hierher gekommen war. Ihre Füße waren nackt. Wo zum Teufel waren ihre Schuhe?

Sie streckte sich und schaltete gähnend die hohe Leselampe neben der Couch ein. Die Hände fühlten sich steif und kalt an. Das einzig Vertraute waren die Kopfschmerzen. Als sie die harte Schwellung an ihrem linken Arm berührte, fiel ihr wieder ein, dass sie sich einen Schuss gesetzt hatte. Das Auge, das erst Michael und dann der Taxifahrer bearbeitet hatten, schmerzte. Die Schmerzen und die blauen Flecken halfen ihr dabei, den gestrigen Tag zu rekonstruieren. Und Timmys Portemonnaie. Timmy war so lieb gewesen. Warum hatte sie das bloß gemacht? Vielleicht hatte sie sich einfach an irgendjemandem dafür rächen wollen, dass man sie behandelte wie den letzten Dreck. So wie Kinder ihre Mitschüler quälten.

Sie schaute sich das Zimmer genauer an. Es war ein schmales Wohn- oder Arbeitszimmer. Die Wand in ihrem Rücken bedeckte ein Bücherregal. Die Ledercouch stand vor einem riesigen Panoramafenster, durch das man den dunklen Fluss sehen konnte. Jetzt fiel es ihr wieder ein: Der alte Wachmann hatte sie in dieses Haus gebracht. Er hatte ihr etwas zu trinken gegeben und dann war sie wahrscheinlich eingeschlafen. Sie schaute sich nach einer Uhr um und entdeckte auf dem Bücherregal einen kleinen Reisewecker. Halb zehn. Es war dunkel. Abends halb zehn. Noch derselbe Abend oder schon ein Tag später? Sie war immer noch stoned. Derselbe Abend. Dann hatte sie nur ganz kurz geschlafen. Gut. Sie fragte sich, ob der Alte wieder zurück zur Arbeit gefahren war.

Das Leder quietschte, als sie aufstand. Gähnend suchte sie auf dem Boden nach ihren Schuhen. Nichts. Dann schaute sie sich die Bücher an. Endlose Reihen schwarzer Taschenbücher mit marktschreierischen Titeln in Großbuchstaben: WIE ICH AMERIKAS BERÜCHTIGTSTE SERIENMÖRDER ZUR STRECKE BRACHTE, BLUTORGIEN, MEIN LEBEN ALS FBI-PROFILER. Der Anblick der akkurat aufgereihten Bücher war ihr unheimlich. Die Buchrücken bildeten eine glatte schwarze Wand. Sie musste an Kelly denken, der permanent die Werkzeuge in seiner Garage neu ordnete. Der Besitzer der Bücher hatte sich sogar die Mühe gemacht, sie nach Alphabet zu ordnen.

Sie machte sich wieder auf die Suche nach ihren Schuhen. Neben dem Bücherregal führte eine Treppe nach oben. Vorsichtig ging sie die mit Teppichboden ausgelegten Stufen hinauf. Als sie über die oberste Stufe lugte, sah sie direkt vor sich die Haustür. Rechts führten drei weitere Stufen ins Wohnzimmer, das durch ein niedriges Geländer von dem Treppenaufgang abgetrennt war. Der alte Wachmann stand am Fenster, kaute an seinem Daumennagel herum und schaute angestrengt in die Hauseinfahrt. Als das Licht zweier Autoscheinwerfer über seinen Körper strich, seufzte er erleichtert auf. Ein Wagen bog in die Einfahrt. Rae-Lynn schaute durch das Fenster neben der Haustür und sah einen rotbraunen Pick-up.

Ihr Körper versteifte sich, und sie hielt sich mit zitternden Fingern den Mund zu. Die Wagentür öffnete sich. Es war der Mann, der versucht hatte, sie umzubringen. Dicke Arme, ein Hals wie ein Baumstamm. Kein Zweifel, er war es.

Sie schlich wieder die Treppe hinunter und nahm das Telefon in die Hand, das neben dem Bücherregal stand. Gerade als sie die Notrufnummer wählen wollte, fiel ihr die Visitenkarte ein. Sie zog die Karte aus der Hosentasche, ließ sie fallen, hob sie wieder auf. Caroline Mabry. Special Investigations Unit. Sie wählte gerade die Handynummer, als sie hörte, wie oben die Haustür aufging.

»Warum hast du so lange gebraucht«, fragte der Alte.

»Bin aufgehalten worden«, sagte der andere. »Wo ist sie?«

»Unten. Schläft.«

Nach dem ersten Klingeln waren die beiden Männer schon auf der Treppe. Rae-Lynn ließ das Telefon fallen, lief zu der gläsernen Schiebetür, riss sie auf und rannte nach draußen.

Als Rae-Lynn sie rufen hörte, drehte sie sich im Laufen um und sah, wie der Alte den Hörer auf die Gabel legte und der Jüngere durch die Schiebetür ins Freie trat. Sie hastete über den Rasen und sprang über die Felsplatte die Böschung hinunter in die Dunkelheit, dem Rauschen des Flusses entgegen.

51

Spivey stand etwas abseits, aß einen Mohnmuffin und schaute dem Kameramann bei der Arbeit zu. Der rollte gerade die Kamera über ein silbern glänzendes Schienenpaar auf eine Reihe gleißend heller Flutlichtstrahler zu. Blanton hockte etwa einen Meter neben der Stelle, an der man Rebecca Bennetts Leiche gefunden hatte, und tat so, als ließe er prüfend etwas Staub durch die Finger rieseln. Blantons Anzugjacke war bis über den Gürtel nach oben gerutscht, sodass Caroline das Gummiband seiner Boxershorts sehen konnte. McDaniel wirkte in seinem Cowboyhemd mit Bolo Tie wesentlich entspannter. Er stand, den Blick in die Ferne gerichtet, mit verschränkten Armen hinter Blanton.

»Sieht echt cool aus«, flüsterte Spivey der Produktionsassistentin zu.

Caroline trippelte nervös von einem Fuß auf den anderen und startete einen weiteren Versuch. »Wir sollten uns wirklich um die Sache kümmern. Und zwar sofort«, sagte sie leise zu Spivey.

Die Produktionsassistentin bedeutete Spivey und Caroline, dass sie ruhig sein sollten. Caroline entfernte sich von Spivey. Sie sah beunruhigt aus.

Als ihr Handy klingelte, warf ihr die Produktionsassistentin einen wütenden Blick zu. Caroline wandte sich ab und drückte auf die Taste, doch der Anrufer hatte schon wieder aufgelegt.

»Herrgott noch mal, das sieht wahrscheinlich aus, als würde ich auf dem Scheißhaus sitzen«, sagte Blanton.

»Bitte, Mister Blanton«, sagte die Produktionsassistentin. »Nur noch diese eine Aufnahme, dann können Sie gehen. Okay?«

»Ich kapiere einfach nicht, warum er stehen kann und ich mir hier den Arsch verrenken muss.«

Sie bauten die Kamera für eine andere Einstellung auf, worauf Caroline den nächsten Versuch startete. »Hören Sie, ich glaube, dass Lenny Ryan sich in Springdale aufhält.«

Spivey schaute der Crew beim Aufbauen der Kamera zu. »Geben Sie mir noch mal kurz die Fakten«, sagte er.

»Ein Typ schnüffelt rum, fordert Akten über Landers' Cove an.«

»Dieser Nickell«, sagte Spivey. »Und der wohnt in Springdale.«

Wenn er mit dem Denken in großen Zusammenhängen auch seine Probleme hatte, so musste Caroline doch zugeben, dass Spiveys Aufnahmefähigkeit für nackte Informationen – Namen, Daten etc. – beeindruckend war. »Richtig«, sagte sie. »Aber Nickell sitzt in Tacoma im Knast. Und heute Abend ist jemand in Landers' Haus eingebrochen.«

»Und deshalb fährt jetzt Lenny Ryan in einem roten Nissan durch die Gegend?«

Caroline baute sich vor ihm auf und schaute ihm ins Gesicht. »Ein Mann mit Vollbart fordert mit Nickells Ausweis Dokumente über Landers an; ein Mann mit Vollbart in einem roten Wagen fragt Leute über Nutten aus; der auf David Nickell zugelassene Wagen ist ein roter Nissan, aber David Nickell sitzt im Knast.« Sie drückte ihm die Unterlagen, die sie mitgebracht hatte, in die Hand. »Und vor ein paar Tagen hat nachts ein roter Nissan vor meinem Haus gestanden.«

Spivey warf einen Blick auf die Papiere in seiner Hand, gab sie ihr zurück und streckte ihr den Kopf entgegen. »Kann mich nicht erinnern, dass Sie mir was von einem Auto erzählt haben, das nachts vor Ihrem Haus rumstand.«

»Hab ich auch nicht«, sagte sie. »Ich hab mir eingeredet, dass es jemand anders war. Aber es war Ryan. Ich bin mir sicher.«

Spivey schaute eine Zeit lang auf den Boden. »Es ist also jemand in das Haus des Besitzers von diesem Bootsgelände eingebrochen?«

»Richtig.«

»Und auf einer der Leichen waren Teppichfasern, die aus einem Boot von diesem Laden stammen?«

»Wenn Sie Shelly Nordling dazunehmen, sogar auf zwei Leichen.« Sie schaute auf die Uhr. »Hört sich kompliziert an, weiß ich ja, aber ...«

»Hört sich ziemlich verrückt an, wenn Sie mich fragen.« Spivey runzelte nachdenklich die Stirn. »Ich sag Ihnen was. Sie fahren jetzt zurück ins Büro und besorgen sich einen Durchsuchungsbefehl für das Haus in Springdale.« Er sah auf die Uhr. »Ich muss mich noch zehn Minuten um die Jungs hier kümmern, und dann sehen wir weiter.«

»Aber Sie schicken gleich jemanden von der Spurensicherung zu Landers' Haus, okay?«

Spiveys Handy klingelte. Er zog es aus der Tasche, sah die Nummer und schaltete es gleich wieder aus. »Herrgott, Dupree«, brummte er. »Lass mich bitte in Ruhe.«

»Wir waren gerade bei der Spurensicherung«, sagte Caroline.

»Sobald wir hier fertig sind«, sagte Spivey und wandte sich wieder den Fernsehleuten zu.

Caroline warf die Hände in die Luft und marschierte los. Sie machte einen Bogen um die Crew und winkte Blanton zu. Er kam zu ihr herüber und befingerte verlegen sein Make-up. »Steht mir fabelhaft, oder?«

»Ich weiß, wo Ryan ist«, sagte sie.

»Wo?«

»In Springdale. Eine Stunde nördlich von hier. Kommen Sie mit?«

»Klar, sobald wir hier fertig sind.«

»Ich fahre jetzt.«

»Dauert nur noch ein paar Minuten.« Er schaute zu McDaniel, der gerade mit der Produktionsassistentin über die nächste Einstellung sprach. Er beugte sich vor und schlug einen vertraulichen Ton an. »Ich trau ihm nicht. Ich muss mitkriegen, was er denen erzählt.«

Caroline reichte es. Sie drehte sich um und ging auf ihren Wagen zu.

»Miss Mabry!« Er lief hinter ihr her.

»Spielt doch gar keine Rolle, was der erzählt!«, sagte sie. »Oder haben Sie Angst, dass er ihnen erzählt, warum Sie beim FBI rausgeflogen sind. Scheiße.«

Blanton erstarrte. »Was hat er Ihnen gesagt?«

»Nichts.«

»Sagen Sie mir, was McDaniel Ihnen erzählt hat.«

Caroline drehte sich wieder um.

»Miss Mabry.« Er ging neben ihr her und redete auf sie ein. »Wenn er Ihnen erzählt hat, dass ich ein paar Trophäen hab mitgehen lassen, dann ist das nicht die ganze Wahrheit. Sie müssen mich anhören ...«

Caroline blieb stehen und schaute ihm ins Gesicht. »Was meinen Sie mit Trophäen?«

»Na ja ... Souvenirs halt. Von Tatorten. Aber die Anschuldigungen waren falsch. Ich bin entlastet worden. Na ja ... Ein paar Kleinigkeiten habe ich schon mitgehen lassen. Patronenhülsen. Banknoten aus Lösegeldzahlungen. Ein Paar Handschellen.« Er schaute hinauf zum Himmel. »Zähne.«

Blanton merkte, wie Caroline etwas zurückwich.

»Ach, kommen Sie«, sagte Blanton. »Ich hab das Zeug zur Recherche gebraucht. Bissspuren und so was. Ich habe gerade an meinem ersten Buch gearbeitet. Ich bin kein ...« Er schaute sich wieder zu McDaniel um. Er hörte sich jetzt verbittert an. »Der Bastard war neidisch, dass ich das Buch geschrieben habe. Also hat er denen gesteckt, dass ich Zähne sammeln würde.«

Caroline hob wieder die Hände, drehte sich dann um und ging weiter. Diesmal folgte Blanton ihr nicht. Sie stapfte durch das Gras etwa vierzig Meter die Böschung hinauf und drehte sich dann wieder um. Blanton schaute ihr hinterher. Er hatte sich nicht vom Fleck gerührt.

Hinter ihm leuchteten die Flutlichtscheinwerfer des Fernsehteams, und dahinter lag das dunkle Band des Flusses, auf dessen schwarzer, geriffelter Oberfläche sich der Mond spiegelte. Ihr war schlecht und sie fühlte sich einsam. Sie schaute stromaufwärts zu dem eine halbe Meile entfernten Wasserfall und dann wieder zu dem Gestrüpp, in dem man die ersten Leichen gefunden hatte und wo jetzt Blanton stand und zu ihr hinaufschaute.

Sie dachte an die endlosen Streitereien zwischen Blanton und McDaniel über das Bewusste und das Unbewusste, und ihr wurde plötzlich klar, dass sie dabei auch immer über sich selbst redeten, darüber, wie diese vertrackte Psychologie sie gleichzeitig faszinierte und anwiderte. Sie drehte sich um, stieg in ihren Wagen und blieb eine Zeit lang still sitzen. Sie hörte ihren eigenen Atem und fragte sich, was für ein Mensch die Zähne einer toten Frau aufbewahrte. Bei diesem Fall war sie von Anfang an allein gewesen. Die Männer untersuchten ein Verbrechen, und sie untersuchte ein anderes.

Der Gedanke machte sie einsam. Sie zog das Handy aus der Tasche, um Dupree anzurufen. Dann fiel ihr ein, dass jemand sie gerade angerufen, aber gleich wieder aufgelegt hatte. Vielleicht war das Dupree gewesen. Sie überprüfte die Nummer. Es war nicht die von Dupree. Sie kannte die Nummer nicht. Die Vorwahl war 328. Von irgendwo nördlich des Flusses.

Caroline ließ den Motor an und fuhr am südlichen Ufer des Flusses in Richtung Peaceful Valley. Dupree hatte gesagt, dass er zum Essen verabredet war. Sie rief die 328er Nummer an. Es klingelte zweimal, dann schaltete sich der Anrufbeantworter ein. »Hallo, hier ist Kevin. Ich bin im Moment nicht zu erreichen. Hinterlassen Sie eine Nachricht, ich rufe Sie zurück.«

Kevin? Ohne eine Nachricht zu hinterlassen, schaltete sie ihr Handy wieder aus, fuhr den Hügel hinauf, ließ Peaceful Valley hinter sich und erreichte Brownes Addition. Kevin. Sie rief in der Zentrale an und ließ die Nummer überprüfen. Kurz darauf lieferte der Beamte die gewünschte Information.

»Der Anschluss ist auf einen Kevin Verloc eingetragen.«

Der Name sagte Caroline nichts. »Welche Adresse?«, fragte sie.

»Falls Avenue«, sagte der Mann in der Telefonzentrale. »Das ist diese kleine Straße oberhalb vom Fluss, am Nordufer. Ziemlich steil, da gibt's nur zwei, drei Häuser.«

Caroline fuhr gerade auf die Maple Street Bridge. Auf der anderen Seite stieg das Nordufer des Flusses steil an. »Wie weit westlich?«, fragte sie.

»Wie schon gesagt, liegt ziemlich versteckt. Gibt keine Querstraße da oben. Würde sagen, fünfunddreißig, sechsunddreißig Blocks.«

»Danke«, sagte Caroline und schaltete das Telefon aus. Jenseits der Brücke war alles dunkel, aber auf ihrer Seite des Flusses konnte sie immer noch das schwache Licht der *Dateline*-Crew ausmachen, die offensichtlich immer noch bei der Arbeit war. Sie schaute wieder geradeaus, in die Richtung, aus der der Anruf gekommen war. Theoretisch konnte man vom Nordufer aus alles sehen, was am Südufer passierte.

Caroline bog links ab und steuerte die Falls Avenue an.

52

Die Rasenfläche hinter Kevin Verlocs Haus endete nach etwa zwölf Metern an einer Felsplatte, die anderthalb Meter nach unten reichte und in die steile, sechzig Meter lange Uferböschung überging. Der Abhang war mit Unkraut, Gestrüpp und Büschen überwuchert. Etwa vierzig Meter unterhalb der Felsplatte kauerte Rae-Lynn in einem Erdloch unter einem Dornbusch und wartete mit angehaltenem Atem darauf, dass man sie entdeckte und tötete. Die Dornen stachen ihr in die Haut und die Beine schmerzten. Das rauschende und plätschernde Wasser hörte sich an, als ließe sich jemand ein Bad ein. Rae-Lynn wusste, dass der Fluss ihre einzige Chance war. Besser ertrinken, als von dem Mann in dem roten Pick-up erwischt zu werden.

Von oben strich der Strahl einer Taschenlampe über den Busch. Rae-Lynn hielt sich den Mund zu. Sie hörte stöhnende Geräusche. Er kämpfte sich auf einem schmalen Pfad durch das Gestrüpp nach unten. »Hey, ich weiß, dass du da unten bist«, sagte er. »Na, weißt du noch, wer ich bin?« Seine ausdruckslose Stimme jagte ihr einen Schauer über den Rücken. Sie hörte sich an, als befänden sie sich beide in einer völlig normalen Situation.

Er wollte, dass sie schrie oder aus ihrem Versteck stürzte. Doch Rae-Lynn riss sich zusammen. Sie rührte sich nicht, gab keinen Ton von sich. Sie sah, wie der Lichtstrahl weiter den Abhang hinunterglitt, den Fluss berührte und dann wieder aufwärts über ihren Busch hinwegglitt.

»Girlie?« Der Alte. Die Stimmen schienen direkt über ihr

zu sein. Rae-Lynn spürte Tränen auf ihren Backen. »Komm raus. Er tut dir nichts.«

Der Jüngere lachte. »Das funktioniert diesmal nicht, Dad. Sie weiß Bescheid.« Dann rief er laut: »Du weißt, was Sache ist, stimmt's?«

Der alte Mann sagte leise: »Lass sie laufen, Kevin. Eine mehr oder weniger.«

»Warum gehst du nicht ins Haus zurück, Dad? Ich komm gleich nach.«

Rae-Lynn lag so verrenkt in dem Loch, dass ihre Beine vor Schmerz zu zucken anfingen. Sie beugte sich vor. Vielleicht war jetzt die Gelegenheit, vielleicht schaffte sie es jetzt bis zum Wasser. Doch gleich darauf tastete der Lichtstrahl wieder den Busch ab. »Ich wette, du hast immer noch blaue Flecken an deinem Hals. Von meinen Händen. Spürst du sie noch? Meine Finger um deinen Hals?« Sein Atem ging schwer. »Ich habe noch nicht bekommen, wofür ich bezahlt habe. Du schuldest mir was.« Er stöhnte. Dann Geräusche, als ob er ins Rutschen käme. Der Lichtstrahl schoss senkrecht in den Himmel, dann hörte Rae-Lynn einen dumpfen Aufprall.

Der Alte schrie. »Kevin!«

Rae-Lynn wollte losstürzen, doch ihre Beine schienen wie festgewurzelt. Sie öffnete die Augen und sah durch die Zweige seine Beine. Er war direkt vor ihr. Er hatte sie reingelegt. Er bückte sich und hob mit der Hand, in der er seinen Stock hielt, die Taschenlampe auf. In der anderen Hand hielt er eine Pistole.

»Alles okay, Dad!«, rief er. »Hallo, Rae-Lynn. So war doch der Name, oder? Willst du wissen, woher ich deinen Namen kenne? Deine Freundin hat ihn mir gesagt. Risa. Du erinnerst dich doch an Risa? Ich hab sie gleich nach dir aufgegabelt. Willst du wissen, was mit Risa passiert ist? Ich werd's dir zeigen.«

Rae-Lynn presste die Hand vor den Mund, sonst hätte sie laut geschrien. Sie schloss die Augen und stellte sich vor, wie sie und Risa und Shelly auf dem Gipfel des künstlichen Berges saßen und zusammen eine Flasche Wein tranken. Sie saßen ganz oben.

»Kevin?« Die Stimme des Alten klang besorgt. »Ich glaube, da kommt jemand.«

»Scheiße. Rühr dich ja nicht vom Fleck, Rae-Lynn. Ich bin sofort wieder da.« Keuchend kletterte Kevin den schmalen Pfad hinauf. Rae-Lynn verlagerte etwas das Gewicht, schlang die Arme um die Knie und schaute ihm hinterher. Mit einer Hand hielt Kevin die Taschenlampe, mit der anderen stützte er sich auf den Stock. Die Pistole steckte hinten im Hosenbund.

Rae-Lynn hörte von oben eine Frauenstimme. Vielleicht die Polizistin, die sie angerufen hatte. Ob sie alleine gekommen war? »Hallo«, rief die Frau den Abhang hinunter. »Suchen Sie nach was?«

»Ja«, sagte Kevin, der noch einige Meter bis nach oben vor sich hatte. »Der Hund ist abgehauen. Mein Vater hat ihn rausgelassen, und da ist er abgehauen.«

»Ja, stimmt«, sagte der Alte. Sie sprachen sehr laut, um das Rauschen des Flusses zu übertönen. Von Rae-Lynns Versteck sahen sie aus wie Schauspieler in einem miesen Theaterstück. Sie schaute sich um. Zwischen dem dichten Unkraut und Gestrüpp verliefen mehrere Pfade vom Wasser bis zum Grundstück. Das Haus konnte sie nicht sehen, nur das Licht der Lampen, das den Rand des Rasens beleuchtete. Rae-Lynn kroch aus dem Gebüsch und sah die Umrisse der Polizistin und den Schatten des mit seinem Stock den Weg hinaufkrabbelnden Kevin. Zwischen den beiden, am Anfang des schmalen Pfades, stand der Alte.

Die Polizistin hielt die Marke in der Hand und richtete ihre Taschenlampe darauf. »Ich bin Polizeibeamtin. Hab das Licht von der Taschenlampe gesehen und wollte nur mal nachschauen, was hier los ist.«

»Klar, kein Problem«, sagte Kevin.

»Wie heißt der Hund denn?«, fragte die Polizistin.

»Dutch«, sagte Kevin. »Er heißt Dutch.«

Der Alte ging noch ein paar Schritte den Weg hinunter und streckte seinem Sohn die Hand entgegen. Dieser nahm die Hilfe nicht an, sondern humpelte an seinem Vater vorbei und warf, als er die fast mannshohe Felsplatte erreichte, seinen Stock nach oben und zog sich allein mit der Kraft seiner kräftigen Arme über die Kante. Er nahm den Stock und zog sich daran in die Höhe. Sechs Meter voneinander entfernt standen sich Kevin und die Polizistin am Rand der Felsplatte gegenüber und schauten sich an.

»Kann ich noch was für Sie tun, Officer?«

»Möglich«, sagte die Polizistin. »Jemand hat mich von Ihrem Haus aus angerufen.«

»Ach ja?« Rae-Lynn konnte deutlich die Nervosität in Kevins Stimme hören. Sie hoffte, dass das auch der Polizistin auffiel. Sie kroch etwas näher heran. »Wer denn?«, fragte Kevin.

»Keine Ahnung. Bevor ich was sagen konnte, hat der Anrufer wieder aufgelegt.«

Kevin kratzte sich am Kopf und nickte. »Wissen Sie was? Ich glaub, ich weiß, was passiert ist. Was ist Ihre Nummer?«

Die Polizistin nannte eine Nummer. Rae-Lynn war sich nicht sicher, ob das die Nummer war, die sie gewählt hatte. Sie kam ihr eher unbekannt vor.

Kevin lachte. »Zufälle gibt's. Meine Freundin hat fast die gleiche, nur zwei Ziffern Unterschied.« Rae-Lynn kroch noch etwas weiter die Böschung hinauf. Sie hockte jetzt hinter einem Baumstamm und konnte die beiden sehen. Das Licht vom Haus strahlte sie an. »Ja«, sagte Kevin. »Ich hatte die Nummer meiner Freundin schon gewählt, habe dann aber wieder aufgelegt. Muss zufällig Ihre Nummer erwischt haben.«

»Das ist wirklich ein Zufall«, sagte die Polizistin. »Warum haben Sie wieder aufgelegt?«

Rae-Lynn hörte Kevin wieder lachen. Diesmal klang es etwas angespannter. »Tja, also … Dutch ist eigentlich ihr Hund. Ich wollte ihr sagen, dass er abgehauen ist. Aber dann hab ich mich doch nicht getraut.«

»Dann muss sie ja mächtig sauer gewesen sein«, sagte die Polizistin.

»Und ob.«

»Ach«, sagte die Polizistin. »Dann haben Sie sie also doch noch erwischt?«

»Wen?«, fragte Kevin. »Susan?«

»Susan«, wiederholte der Alte mit tonloser Stimme.

»Susan«, sagte die Polizistin.

»Ja«, sagte Kevin. »Sie hat mich angerufen, und da habe ich es ihr gesagt. Sie war stinksauer.«

»Kann ich verstehen«, sagte die Polizistin. »Schließlich ist Ihnen Dutch abgehauen.«

»Na ja«, sagte Kevin. »Eigentlich ist er meinem Vater abgehauen.«

Kevin und sein Vater lachten gezwungen.

Sie richtete die Taschenlampe auf Kevin, der leicht zusammenzuckte. Von unten konnte Rae-Lynn die Pistole sehen, die für die Polizistin unsichtbar hinten aus dem Hosenbund schaute.

Dann leuchtete die Polizistin den Alten an. »Sie sind Wachmann, oder?« sagte sie, als hätte sie gerade eine Idee gehabt. »Ja«, sagte er.

»Bei welcher Firma?«

Er schaute Kevin an, bevor er antwortete. »All-Safe Security.«

»Meine Firma«, sagte der Sohn.

»Arbeiten Sie in einem Einkaufszentrum?«

»Ja«, sagte Kevin. »Er arbeitet in einem Einkaufszentrum.«

»Also dann«, sagte Caroline. »Noch viel Glück bei der Suche.«

Keiner sagte mehr ein Wort, und Caroline drehte sich um und ging zurück Richtung Haus. Kevin warf einen vorsichtigen Blick die Böschung hinunter. Zwanzig Meter unterhalb der Felsplatte sackte Rae-Lynn an ihrem Baumstamm zusammen und schlug die Hände vors Gesicht. Sie wollte um Hilfe schreien. Doch sie war wie erstarrt, brachte keinen Ton heraus, und mit jeder Sekunde entfernte sich die Polizistin weiter von ihr.

53

Ihre Gedanken rasten. So schnell, dass sie keinen zu fassen bekam. Sie wusste nicht, was sie tun sollte. Es war zu dunkel. Sie war schon zu weit weg. Ihre Hand war schweißnass, nie würde sie die Pistole festhalten können. Caroline fixierte die Seitenwand des Hauses. Vielleicht noch zehn Schritte. Dann würde sie der Schatten verschlucken, sie wäre außerhalb des Blickfelds der beiden Männer. Sie könnte zum Wagen laufen, Verstärkung anfordern und wieder zurücklaufen. Aber sie wollte diesen Kevin nicht aus den Augen lassen, wollte wissen, was er tat. Sie wischte am Hosenbein ihre rechte Hand ab. Noch neun Schritte. Was jetzt? Erst die Notrufzentrale anrufen? Oder Dupree? Spivey? Blanton? Noch acht Schritte. Verdammt! Dehnte sich die Zeit oder eilten ihre Gedanken der Zeit voraus? Die Hauswand schien noch Meilen entfernt. Sieben Schritte.

Warum zum Teufel hatte sie nicht in der Zentrale Bescheid gegeben, bevor sie ausgestiegen und hinter das Haus gegangen war? Oder wenigstens ihr Handy eingesteckt? Doch erst am Rand der Böschung, als sie den alten Wachmann sah und als ihr wieder einfiel, dass sie vor Wochen Jacqueline ihre Handynummer gegeben hatte, hatte die Wahrheit sie wie ein Schlag ins Gesicht getroffen. Sechs Schritte. Als sie den Kerl mit dem Stock gesehen hatte, hätte sie sofort zum Wagen zurückkehren sollen. Sie spürte seinen Blick in ihrem Rücken, und sie fragte sich, ob er eine Waffe hatte. Fünf Schritte. Sie drehte den Kopf gerade so weit nach rechts, dass sie aus dem Augenwinkel Verloc sehen konnte.

Er stand am Rand des Abhangs und hob den Arm. Die höllische Angst ließ sie eine Sekunde lang glauben, dass die Stimme ihre eigene sei.

»Hilfe!« Die wimmernde Stimme kam von jenseits der Felsplatte. Sie war kaum zu hören, lenkte Verloc jedoch für einen Moment ab. Caroline ließ die Taschenlampe fallen, warf sich auf den Boden und robbte in den Schatten. Sie kauerte sich hinter die Hausecke und schaute Richtung Verloc. Im nächsten Augenblick hörte sie einen Knall, und die Taschenlampe flog durch die Luft. Caroline brauchte ein paar Sekunden, bis sie begriff, was passiert war. Noch nie hatte jemand auf sie geschossen. Verloc schwenkte die Pistole von rechts nach links. Er kniff die Augen zusammen, weil ihn das Licht aus dem Haus blendete. Angestrengt schaute er ins Dunkel. Anscheinend war er sich nicht sicher, ob er Caroline getroffen hatte.

Wieder hörte Caroline die Stimme. Jetzt lauter. »Bitte, holen Sie mich hier raus!«

Verloc fuhr herum und zielte den Abhang hinunter. »Halt's Maul!«, zischte er.

»Lassen Sie die Waffe fallen!«, schrie Caroline. Mit der linken Hand stützte sie den rechten Unterarm ab, drückte sich mit der Schulter gegen die Hausecke und zielte auf Verlocs Oberkörper. »Waffe fallen lassen!« Er hatte auf sie geschossen. Sie konnte jederzeit abdrücken.

»Kevin? Es ist aus.« Der alte Mann ging auf seinen Sohn zu. »Lass sie fallen.«

Kevin Verloc schaute in Richtung Haus. Caroline konnte sehen, dass er herauszufinden versuchte, wo die Stimme herkam. Sein Blick bewegte sich von links nach rechts an der scharfen Trennlinie zwischen Hell und Dunkel entlang und verharrte exakt an der Stelle, an der Caroline mit der Pistole hinter der Hausecke kauerte. Er starrte sie an, ohne dass er es wusste.

»Waffe fallen lassen«, sagte sie mit fester Stimme. Ich

schaffe das, dachte sie. Ich mache das nicht zum ersten Mal. Sie schloss das linke Auge.

Verloc stand im Licht, die rechte Hand mit der Pistole hing neben seinem Oberschenkel. Der Arm zuckte einmal kurz – als ob man die Muskeln über Verlocs Absichten informiert hätte. Caroline atmete tief ein, atmete wieder aus. Sie war bereit. Das Korn auf dem Pistolenlauf zeigte exakt auf die Mitte seines Hemdes. Sie war voll konzentriert, erahnte seine Bewegungen, bevor er sie ausführte. Du schaffst es. Er beugte sich leicht vor, die Armmuskeln spannten sich – da schrie das Mädchen erneut.

»Hilfe!«

Er drehte den Kopf und zischte mit zusammengebissenen Zähnen: »Verdammt noch mal! Halt's Maul!«

»Bitte!«

Kevin drehte sich zum Abhang hin und fuchtelte mit der Pistole. »Jetzt halt endlich die Schnauze!« Carolines Finger krümmte sich um den Abzug, als sie sah, dass Kevins Stock abrutschte. Der lose Dreck am Rand der Böschung gab nach, Kevin schaute nach unten und dann mit flehendem Blick zu seinem Vater. Die steifen Knie konnten den Sturz nicht abfedern. Er ließ Pistole und Taschenlampe fallen und riss die Arme hoch. Eine Augenblick lang hatte es den Anschein, als wollte er fliegen. Der Kopf zuckte hin und her, Caroline sah seinen verwunderten Gesichtsausdruck, und in der nächsten Sekunde stürzte er wie ein Felsenspringer kopfüber die Böschung hinunter. Das Knacken von Zweigen war zu hören, dann ein dumpfer Aufprall und ein Schrei. Der jammernde Schrei eines kleinen Jungen. »Vaaater!«

Caroline lief zum Rand des Abhangs, wobei sie die Waffe auf den alten Mann richtete. »Auf den Boden! Los!«, brüllte sie. Doch der Alte stürzte ebenfalls vorwärts.

»Kevin!«

Er lag etwa anderthalb Meter unter ihnen auf dem Bauch. Ein Bein stand unnatürlich ab. Es sah aus wie ein leeres Hosenbein. Er weinte. »Vater. Hilf mir doch. Lass mich hier nicht liegen.«

Der Alte rutschte an der Felsplatte hinunter. »Kevin.«

Caroline hob die Taschenlampe auf und leuchtete nach unten. Kevin war gegen einen Baum geprallt, dessen Stamm sich gabelte. Sein Bein hatte sich darin verfangen, und der gesplitterte Wadenknochen ragte durch den Stoff seiner Hose. »Können sie ihn raufziehen?«, fragte Caroline. Der Alte nickte.

Er fasste ihn unter den Achseln, zerrte ihn hoch und lehnte ihn mit dem Rücken an die Felsplatte. Dann umfasste er Kevins Oberschenkel und drückte ihn über die Kante. Leise vor sich hin wimmernd lag Kevin mit dem Rücken auf dem Rasen. Dann kletterte sein Vater nach oben.

»Ziehen Sie ihn hier rüber.« Caroline deutete mit der Pistole auf die Stelle, und der Alte zog seinen Sohn an den Armen etwa einen Meter von der Kante weg. Dann ging er schwer schnaufend in die Knie. »Auf den Bauch! Beide!«, sagte Caroline. Kevin rollte sich herum, sein Vater ließ sich nach vorn fallen.

»Es tut mir Leid«, sagte er zu Caroline. Dann wandte er den Kopf und schaute zur Böschung. »Es tut mir wirklich Leid.«

Caroline trat näher heran. »Arme seitlich ausstrecken!« Die beiden gehorchten.

Caroline ging an der Rand des Abhangs und leuchtete nach unten. »Alles in Ordnung?«

»Ja«, sagte eine zitterige Stimme.

»Jacqueline?« Sie verbesserte sich. »Bist du Rae-Lynn?«

Kurzes Schweigen. »Ja.«

»Du hast dich wirklich tapfer gehalten. Wie wär's, wenn du jetzt raufkommst?«

»Erst müssen Sie ihn erschießen.«

»Das kann ich nicht, Rae-Lynn. Komm schon. Los. Ich helfe dir.«

Sie kroch hinter einem verkrüppelten Baum hervor, der etwa auf halbem Weg zum Fluss stand, und rieb sich die Augen. Sie war noch kleiner, als Caroline sie in Erinnerung hatte. Ihre Jeans waren zerrissen, und sie war barfüßig. Auf ihrem gelben T-Shirt prangte eine große Sonne. Sie kroch langsam den Abhang bis zu der Felsplatte hinauf, die etwa so hoch wie sie selbst war. Hinter einigen hohen Grasbüscheln erstreckte sich der Rasen bis zu Verlocs Haus. Sie blieb einfach stehen. Sie war zu erschöpft, um sich selbst hochzuziehen. Caroline schaute sich um. Verloc und sein Vater lagen mit ausgebreiteten Armen und dem Gesicht nach unten auf dem Rasen. Sie legte die Taschenlampe auf den Boden, nahm die Pistole in die linke Hand, ließ sich auf die Knie nieder und streckte Rae-Lynn die rechte Hand entgegen. Diese Bewegungen, in Verbindung mit dem plätschernden Fluss sechzig Meter unter ihr, kamen ihr vertraut vor. Plötzlich war sie davon überzeugt, dass sie nur lange genug zu warten brauchte, und ihr Leben würde sich so weit zurückspulen, dass sie wieder mit ihrem Vater über die Monroe Street Bridge spazieren würde, um Bagels für das Sonntagsfrühstück einzukaufen.

Hinter sich hörte sie Kevins Stimme. »Ich will mit Blanton sprechen.« Er klang so gelassen, dass es sie fröstelte. »Ich spreche nur mit Blanton, mit sonst keinem.«

Die Stimme ließ Rae-Lynn erstarren. Sie schaute Carolines ausgestreckte Hand an. Schließlich nahm sie die Hand. Caroline stand auf und zog sie wie ein Baby über die Kante nach oben. Als sie Verloc sah, brach sie in Tränen aus und wollte sich von Caroline losreißen. Mühelos hielt Caroline sie fest. Rae-Lynn wog höchstens neunzig Pfund.

»Ist schon gut«, sagte Caroline.

Rae-Lynn nickte und wischte sich die Tränen aus den Augen. »Wo sind meine Schuhe?«

Caroline schlüpfte aus ihren Tennisschuhen und schob sie ihr hin. »Hier.«

»Danke.« Rae-Lynn stieg in die viel zu großen Schuhe.

»Du musst mir einen Gefallen tun«, sagte Caroline. »Schaffst du das?«

Wieder nickte Rae-Lynn.

»Ich will die nicht allein hier liegen lassen«, sagte sie. »Also: In der Einfahrt steht mein Wagen. Hinten an der Rücklehne des Beifahrersitzes ist ein Aufbewahrungsfach. Ist das klar so weit?«

Rae-Lynn nickte.

»In dem Fach sind die Handschellen.« Sie warf einen Blick auf Kevin und seinen Vater. »Ein Paar aus Metall und jede Menge aus Plastik. Sehen aus wie Schlingen. Ich brauche die Metallhandschellen und ein paar von den anderen. Alles klar?«

»Ja«, sagte Rae-Lynn. Caroline stand am Rand der Rasenfläche, behielt die beiden Männer im Auge und lauschte ihren eigenen Atemgeräuschen. Sie drehte den Kopf zur Seite und schaute ein Stück stromabwärts auf die andere Seite des Flusses. Sie sah die winzigen Lichtpunkte der *Dateline*-Crew, die offensichtlich immer noch bei der Arbeit war. Mein Gott! Vielleicht hatten sie sogar den Schuss gehört. Sie schaute immer noch über den Fluss, als Rae-Lynn mit den Handschellen zurückkam.

Caroline warf dem Alten die Metallhandschellen zu. »Die sind für Ihren Sohn«, sagte sie.

Paul Verloc erhob sich auf die Knie und nahm einen Arm seines Sohnes. »Tut mir Leid, Kevin«, sagte er und ließ die Handschelle erst am rechten, dann am linken Handgelenk zuschnappen. Dann ließ er sich wieder auf den Bauch fallen, wandte den Blick von seinem Sohn ab und legte seine eigenen Hände auf den Rücken. Caroline zielte auf Kevins Kopf, während sie auf ihn zutrat. Als sie ihm das Knie in den Rücken presste und die Handschellen fest anzog, zuckte Kevin zusammen.

»Wo ist Curtis Blanton?«, fragte Kevin. Die Gelassenheit

war dahin. Er klang jetzt verzweifelt. »Ich weiß, dass er in der Stadt ist. Kommt er her? Weiß er Bescheid über mich?«

Caroline schaute auf ihn hinunter, auf den breiten Rücken und die kräftigen Arme. Jetzt, da sie zur Untätigkeit verdammt waren, sahen sie nur noch schwabbelig aus. Als ihr Blick auf den Wadenknochen fiel, der wie ein abgebrochener Zweig durch den Stoff seiner Hose ragte, wurde ihr fast schlecht.

Dann legte sie Kevins Vater Plastikhandschellen an und zog sie fest.

»Es ist alles meine Schuld«, sagte der alte Mann.

Caroline ließ erschöpft die Schultern hängen. Das Herz schlug ihr bis zum Hals. Sie steckte die Pistole in das Schulterhalfter unter ihrer Jacke und lauschte einen Augenblick dem rauschenden Wasser. »Okay, Rae-Lynn. Geh zum Wagen und ruf die Notrufzentrale an. Rae-Lynn?«

Rae-Lynn stand ein paar Meter neben ihr und schaute zum Haus. Caroline folgte ihrem Blick. Ein groß gewachsener, breitschultriger Mann löste sich aus dem Schatten neben dem Haus und kam schnell auf sie zu. Noch bevor er ganz ins Licht trat, wusste Caroline, dass es Lenny Ryan war.

Ohne den schnell näher kommenden Ryan aus den Augen zu lassen, griff sie in die Jacke, bekam die Pistole aber nicht sofort heraus und musste kurz nach unten schauen, um die verklemmte Waffe zu lösen und aus dem Halfter zu reißen. Noch bevor sie die Pistole auf ihn richten konnte, holte Ryan aus und schlug sie mitten ins Gesicht. Sie wurde zurückgeschleudert, die Pistole flog ihr aus der Hand und sie stürzte am Rand der Böschung zu Boden.

Sie rappelte sich sofort wieder hoch, hatte aber keine Ahnung, wo die Pistole gelandet war. Vor ihr stand ein wieder glatt rasierter und noch schlankerer Lenny Ryan. Er trug die dieselben Khaki-Hosen und dasselbe schwarze T-Shirt wie auf der Brücke. Sein Stoppelhaar war blond gefärbt. Mit geballten Fäusten schaute er zu Kevin Verloc hinunter. »Rae-Lynn!«, schrie Caroline. »Hau ab!«

Rae-Lynn rannte auf das Haus zu, wobei ihr schon bei den ersten Schritten Carolines zu große Schuhe von den Füßen rutschten. Lenny Ryan schaute ihr kurz hinterher, wandte sich aber gleich wieder Kevin zu. »Kevin Verloc?«, fragte er.

»Runter auf den Boden!«, sagte Caroline. Sie war noch benebelt und hatte den Mund voller Blut. »Sie sind verhaftet!«

»Das hat nichts mit Ihnen zu tun«, sagte Ryan, ohne sich zu ihr umzudrehen.

Caroline tastete im Gras nach der Waffe, fand sie aber nicht. Stattdessen stießen ihre Finger auf die Taschenlampe des Alten. »Ich bin Polizeibeamtin. Sie sind verhaftet!«, schrie sie erneut.

Lenny Ryan trat den Knochen, der waagerecht aus Verlocs Hosenbein herausragte, mit voller Kraft ins Gras. Verloc schrie auf, und Caroline rechnete jede Sekunde damit, dass er ohnmächtig wurde. Doch Ryan hob den Fuß gleich wieder an und schaute hinüber zu dem Alten.

»Ich hatte eine Frage gestellt?«, sagte Ryan. »Wer von euch ist Kevin Verloc? Wer hat meine Freundin getötet?«

Caroline machte zwei Schritte auf Ryan zu, holte aus und schlug, so fest sie konnte, zu. Ihre Schulter zitterte, als die Taschenlampe auf seinen Kopf krachte. Die Batterien platzten heraus, und Caroline hielt nur noch die leere Metallhülse in der Hand. Ryan verlor das Gleichgewicht, taumelte ein paar Schritte vorwärts, fiel aber nicht. Er drehte sich um und schien sich zu wundern, dass sie ihn geschlagen hatte. Sekundenlang sagte keiner ein Wort. Nur Verlocs Wimmern und der Fluss waren zu hören. Sie bildeten ein gleichschenkeliges Dreieck: Verloc krümmte sich auf dem Rasen, Caroline und Ryan standen sich am Rand der Böschung gegenüber. Keuchend schauten sie sich an.

»Ich will Ihnen nichts tun«, sagte Ryan schließlich.

»Schön«, sagte Caroline, deren Stimme von irgendwoher zu kommen schien.

Dann verzerrte sich Ryans Gesicht – als ob der Schmerz erst jetzt seinen Körper erreichte. Er betastete den Kopf und betrachtete seine Hand. Das Blut glänzte im Licht. Er ging auf Caroline zu. Sie trat einen Schritt zurück, hob die Taschenlampe und schlug zu. Die leere Metallhülse machte ein pfeifendes Geräusch, als sie niedersauste. Er wehrte die schwarze Röhre mit dem Arm ab, riss sie ihr aus der Hand und warf sie zur Seite. Dann versetzte er ihr einen Stoß, und sie stürzte neben dem Alten ins Gras.

Ryan schaute jetzt den jüngeren Verloc an, der sich auf den Rücken gerollt hatte. Die gefesselten Hände unter dem Körper, robbte er nur mit der Kraft seiner Finger Zentimeter um Zentimeter von ihm weg. Ryan ging auf den schreienden Verloc zu, während sich Caroline wieder aufrappelte und auf Ryan stürzte. Sie rammte ihm von hinten die Schulter in die Hüfte, worauf die beiden über den Rand der Böschung in die Dunkelheit stürzten. Als sie unterhalb der Felsplatte aufprallten, presste ihr Ryans Gewicht die Luft aus den Lungen. Für den Bruchteil einer Sekunde wurde es Caroline schwarz vor Augen. Sie klammerte sich an seine Beine, und ein paar Meter rollten sie noch den Abhang hinunter, bis Ryan an einem Busch Halt fand. Er schlug ihr zweimal mit dem Handrücken ins Gesicht, und sie kippte nach hinten weg. Ihr Kopf fühlte sich an, als sei er gespalten, und etwas Dunkles, Warmes nahm ihr die Sicht. Sie wischte sich das Blut aus den Augen und schaute die Böschung hinauf. Ryan kletterte wieder nach oben. Caroline atmete einmal tief durch und hastete hinter ihm her.

Verloc hatte sich trotz des gebrochenen Beines, nur mit der Kraft seiner Finger und Schultermuskeln, schon fast einen Meter weitergeschlängelt. Caroline musste an die Frauen denken, denen er mit seinen Händen das Genick gebrochen hatte. Als Verloc Lenny Ryan wieder vor sich auftauchen sah, fing er an zu weinen und brabbelte winselnd vor sich hin. Caroline hob das am Boden liegende Taschenlampengehäuse auf, stolperte schwerfällig auf Ryan zu und hieb ihm die Metallröhre auf die Schulter. Er zuckte nicht mal, so kraftlos war ihr Schlag. Er drehte sich um und schaute sie an, als könne er nicht begreifen, dass sie ihn immer noch attackierte. Dann nahm sein Gesicht einen kalten und leeren Ausdruck an, und Caroline erkannte den Lenny Ryan, der ihr vor so langer Zeit auf der Brücke gegenübergestanden hatte. Er riss ihr die schwarze Metallhülse aus der Hand und hob den Arm, um zuzuschlagen. Doch mitten in der Bewegung hielt er inne. Caroline machte noch ein paar tapsige Schritte auf ihn zu, ging dann in die Knie und fiel vornüber ins Gras. Sie übergab sich. Ein heulendes Geräusch, wie von einer weit entfernten Sirene, drang an ihr Ohr. In einem der hohen Grasbüschel am Rand der Rasenfläche sah sie etwas blitzen. Sie kroch darauf zu.

Auch Ryan hörte die Sirenen. Er schaute nachdenklich zu dem wimmernden Kevin Verloc hinunter, der zusammengekrümmt auf der Seite vor ihm lag. Hinter Ryan kroch Caroline auf den Rand der Böschung zu. Ryan beschäftigte etwas, das er einfach nicht begriff – als verfügte er über eine Information in einer fremden Sprache, die er erst übersetzen musste. War er nur deshalb nach Spokane gekommen, weil er sich rächen wollte? Oder suchte er nach einer Erklärung dafür, warum man ihm den einzigen Menschen genommen hatte, den er je geliebt hatte, mit dem er je glücklich gewesen war? Falls ja, dann gab es nichts mehr für ihn zu tun. Das Resultat war hohl und traurig. Der Hund an der Leine, das Kalb in dem trockenen Wasserloch. In der Ferne heulten die Sirenen. Lenny verspürte den Wunsch, jemandem seine Beweggründe zu erklären, bevor er Kevin Verloc tot trampelte. Er drehte sich zu Caroline, die rechte Hand mit dem Taschenlampengehäuse fiel schlaff herunter. Er öffnete den

Mund. Doch alles, was er sagen konnte, war: »Ich bin müde.«

»Ich auch«, sagte Caroline. Sie rollte sich auf die Seite. Ihr Gesicht war blutverschmiert, ihr rechter Arm fiel in ein dichtes Grasbüschel. Es sah so aus, als versuchte sie aufzustehen.

»Sie haben das Recht zu schweigen«, sagte sie mit krächzender Stimme.

Lenny musste lächeln. Sogar jetzt noch, da sie geschlagen und blutend am Boden lag, versuchte sie wieder auf die Beine zu kommen und ihn zu verhaften. Er hatte nie zuvor eine derart starke Frau gesehen. Kannte er überhaupt einen Menschen, der so stark war? Einmal hatte er gedacht, dass sie Ähnlichkeit mit Shelly hatte. Aber das stimmte nicht. Nicht wirklich. Sie hatte kurze Haare, aber das war auch schon alles. Er hatte viel über sie nachgedacht, hatte immer wieder den Tag auf der Brücke und den Tag, als er sie in die Gasse mit der Leiche gelockt hatte, vor seinen inneren Augen abgespult. Er war oft an ihrem Haus vorbeigefahren und hatte sie dann an jenem Abend aus dem Haus kommen sehen. Die Distanz hatte es Lenny ermöglicht, sich Caroline als Shelly vorzustellen. Doch jetzt schaute er auf sie hinunter und erkannte, dass sie nicht Shelly war. Diese Frau war ein vollkommen anderer Mensch. Shelly war tot.

Caroline stützte sich mit dem linken Arm ab und setzte sich auf. Dann zog sie den rechten Arm aus dem Grasbüschel. Lenny sah, dass sie ihre Pistole in der Hand hielt. Sie zog die Waffe zwischen ihre ausgestreckten Beine, hob den Lauf an und zielte auf seine Brust. Sie war ungefähr sechs Meter von ihm entfernt. Wenn er sich auf sie stürzte, würde sie es diesmal tun? Würde sie ihn erschießen? Er schaute sie an und wusste, dass sie es tun würde.

Er hätte Angela nie verlassen dürfen. Er hätte für den Rest seines Lebens auf ihrer Veranda sitzen können. Er mochte den Bach. Er mochte Nächte wie diese. Wenn die Luft vor Hitze vibrierte, wenn das Wasser leise über die Felsen plätscherte, wenn die Blitze der trockenen Sommergewitter am Himmel zuckten.

Lenny ging vor ihr in die Hocke. Er wippte auf seinen Fußballen. Er zuckte mit den Achseln, lächelte und war fast erleichtert, dass jetzt alles vorbei war. »Wo haben Sie Ihre Schuhe gelassen?«

Am Haus leuchtete der Strahl einer Taschenlampe auf. Er bewegte sich panisch kreuz und quer über die Rasenfläche und fiel schließlich auf Lennys Rücken. Lenny schoss in die Höhe und schaute sich um. Caroline wusste sofort, was die Person am Haus glauben musste. Sie sitzt am Ende des Rasens, er hockt nur einen halben Meter vor ihr, schaut auf sie hinunter, hält in der rechten Hand das zerbrochene schwarze Gehäuse der Taschenlampe. Blitzartig wurde ihr klar, wie eine vermeintlich bedrohliche Situation alles beschleunigen konnte, wie schnell sie die Ereignisse in Bewegung setzen, zum Hochkochen und schließlich zur Explosion bringen konnte.

Aus dem Schatten neben dem Haus ertönte eine Stimme. Duprees Stimme. »Waffe fallen lassen!«

Einen Augenblick war Caroline verwirrt. Sie schaute hinunter auf die Pistole, die sie zwischen den Beinen in der Hand hielt. Sie blinzelte in den grellen Lichtschein und wusste, wofür Dupree das Taschenlampengehäuse halten musste. Lenny schaute auf seine Hand. Caroline rief: »Es ist alles in Ordnung, Alan.«

Lenny hob den Blick. Er schaute ihr in die Augen und wusste, was sie dachte. Dann zerriss ein Knall die Stille. Es hörte sich an, als spaltete eine Axt trockenes Holz. Ein zweiter Knall, ein dritter. Caroline schrie: »Nein!« Lenny Ryan kippte vornüber und fiel neben ihr auf den Bauch.

»Caroline!« Duprees panische Stimme.

»Was hast du bloß getan?«, flüsterte sie, kroch auf Ryan zu und nahm seine Hand. Seine Augenlider zuckten, aus seinem Rachen kamen Geräusche, die sich anhörten wie der

Schluckauf eines Kindes. Dann öffneten sich die Augen, und sie hatte das Gefühl, als schaute er sie an. Doch kurz darauf sackten die Lider wieder nach unten. Caroline hörte das Gurgeln von Blut in seinem Brustkorb. Die Luft in seinen Lungen suchte sich blubbernd ihren Weg ins Freie.

Sie spürte Duprees Hand auf ihrer Schulter. Er wollte sie wegziehen. Doch sie wollte Lennys Hand nicht loslassen. Noch nicht. Sie krümmte sich über Lennys Hand zusammen. Sirenen heulten, Autotüren schlugen, Funksprechgeräte krächzten. Caroline flüsterte: »Pst, pst, pst.« Sie wollte das Rauschen des Flusses hören.

Während er langsam in die Dunkelheit glitt, sich in sich selbst zurückzog, hörte auch Lenny den Fluss. Selbst als es nichts mehr zu sehen, nichts mehr zu erinnern gab, als er keinen Schmerz mehr spürte, spürte er doch noch den Griff ihrer Hand. Der letzte, winzige erträgliche Augenblick in Lenny Ryans Leben.

Caroline hielt seine Hand weiter fest umschlossen. Sie erinnerte sich an jene Sekunden vor sechs Jahren, als der tote Glenn Ritter vor ihr gelegen und sie nicht den Mut aufgebracht hatte, ihn zu berühren. In jener Nacht wäre sie am liebsten wie angewurzelt stehen geblieben. Als könnte sie Erlösung finden in jenen acht Metern, als könnte ihr die ›kill zone‹ all das bewahren, woran sie glaubte. Acht Meter, eine willkürlich festgelegte Grenzlinie, deren Verletzung eine Bedrohung für Leib und Leben darstellte. Acht Meter, die nicht nur dem Schutz, sondern auch der Rechtfertigung dienten. Sie hatte sich diese acht Meter immer als einen breiten Strom vorgestellt, der nicht nur der Sicherheit, sondern auch der Abschottung diente, der einen glauben machte, dass es Dinge gab, deren man nicht fähig war.

Doch als sie sich jetzt über Lenny Ryans Körper kauerte, erkannte Caroline, wie kurz diese acht Meter waren, wie klein der Abstand zwischen einem selbst und denen jenseits der Grenzlinie war. Natürlich gab es einen Unterschied zwischen Lenny Ryan, der den Pfandleiher, und ihr, die den prügelnden Ehemann erschossen hatte. Aber das hieß auch, dass es einen Unterschied gab zwischen den Taten eines Lenny Ryan und eines Kevin Verloc, dass der Unterschied nicht in der Distanz begründet lag, sondern ein gradueller war. Und diese Wahrheit hieß auch: Niemand weiß, wozu er im Taumel der Ereignisse fähig ist.

»Caroline? Wo ist seine …?«

Carolinc sah die Angst in Duprees Augen, sah seine Unsicherheit und entschied sich für die Lebenden.

»Es ist alles in Ordnung, Alan«, sagte sie und wehrte sich nicht mehr, als Dupree sie vorsichtig von dem Körper wegzog. Sie ließ Lennys Ryans Hand los. Die Hand fiel ins Gras. Die Finger umklammerten Carolines Pistole.

54

Polizeipräsidium Spokane
Task Force Serienverbrechen
Vernehmungsprotokoll

Paul Verloc
Band drei
Datum: 15. August, 10.00 Uhr

Spivey: Noch Kaffee?

Paul Verloc: Ja, bitte. Kann ich etwas Milch haben? Danke.

Spivey: Okay, das neue Band ist drin. Können wir? Bitte, Mister Verloc.

Paul Verloc: Also, wie ich schon gesagt habe, am Anfang habe ich die Girlies bloß von den Booten gescheucht. Vor allem, wenn's kalt war, war immer ziemlich viel los. Kevin war echt sauer, dass wir das nicht in den Griff bekommen haben. Er hatte Angst, dass Landers den Vertrag nicht mehr verlängert. Früher, da habe ich ab und zu eins von den Girlies mit nach Hause genommen. Für ihn. Ich weiß, das hört sich furchtbar an, aber wegen dem Unfall, da hatte er manchmal, wie heißt das noch mal, eine Funktionsstörung, oder? Sie wissen schon, wenn man nicht …

McDaniel: … zum Orgasmus kommen kann?

Paul Verloc: Genau. Dann im Februar ist er von einem Treffen nach Hause gekommen und hat gesagt, dass sie jetzt eine Bonusregelung vereinbart hätten.

McDaniel: Bonus wofür? Dass Sie die Prostituierten aus der Gegend schaffen?

Paul Verloc: Ja. Wenn ich das nächste Mal eine auf den Booten erwische, soll ich ihn anrufen, hat er gesagt. Und so habe ich dann dieses Mädchen aufgegabelt. Den Freier habe ich vom Hof geschmissen, und dann habe ich Kevin angerufen, und er kam raus und ist weggefahren mit ihr.

McDaniel: Shelly Nordling, richtig?

Paul Verloc: Glaube schon. Das nächste Mal habe ich eine aufgescheucht, die gerade ein Nickerchen gehalten hat. Mit der ist er auch weg. Aber eine halbe Stunde später war er schon wieder da und hat gesagt, dass er meine Hilfe braucht. Ich bin mit ihm zu seinem Pick-up gegangen und ... na ja, er hat gesagt, dass sie ihn angegriffen hat und dass er sie erwürgt hat. Ich habe gewusst, dass das nicht stimmte. Wegen dieser Sache mit der Funktionsstörung ... habe ich Ihnen ja schon gesagt.

Spivey: Ja.

Paul Verloc: Das soll jetzt keine Ausrede sein, aber ... er war ziemlich fertig deswegen. Wir haben die Leiche dann zu uns nach Hause gebracht, und er hat mir dann diese Bücher gezeigt. Hat mir erklärt, dass man bestimmte Sachen machen muss, genau wie in den Büchern, und dann glauben alle, dass es jemand anders war.

McDaniel: Curtis Blantons Bücher.

Paul Verloc: Nicht nur – wir hatten jede Menge davon. Kevin hat gesagt, wir müssen es nur richtig anpacken, dann würdet ihr Jungs schon die passenden Schlüsse ziehen. Und wenn die Girlies erst mal glauben, dass da ein Serienmörder unterwegs ist, dann würden sie schon von selbst abhauen. Und so war's dann auch. Deshalb haben wir auch die ganzen perversen Sachen gemacht. Sie hinterher in den Kopf geschossen und so. Er hat gesagt, in den Büchern nennen sie das ... weiß nicht mehr. Wenn man es übertreibt?

McDaniel: Overkill.

Paul Verloc: Genau. Und dass ihr Jungs dann annehmen würdet, dass da ein echter Psychokiller unterwegs ist, der einen Hass auf alle Frauen hat. Deshalb hat er auch die anderen Sachen gemacht. Fingernägel rausreißen und die Leichen da abladen. Aber da müssen Sie ihn selber fragen, ich kapiere das alles nicht.

McDaniel: Wie haben Sie die Leichen runter ans Wasser geschafft?

Paul Verloc: Wir hatten so einen Plastikschlitten. Den konnten wir durchs Gras und durch den Dreck ziehen, ohne dass man was gesehen hat. Und dann hat er die Stelle, wo wir sie hingelegt haben, hergerichtet. Hat Äste und Zweige auf ganz bestimmte Weise auf die Leiche draufgelegt. Nach der zweiten hat er mir versprochen, dass jetzt Schluss ist. Und ich habe gedacht, dass damit die Geschichte gegessen ist. Aber er hat euch mit dem Fernglas dabei beobachtet, wie ihr die erste Leiche gefunden habt. Das hat ihm irgendwie gefallen, und er hat gemeint, dass wir an die gleiche Stelle noch eine Leiche hinlegen sollten. Das wär doch was, hat er gesagt. Und so ging's dann …

Spivey: Und Sie haben nie versucht, ihn davon abzuhalten?

Paul Verloc: Bevor man die erste Leiche entdeckt hat, hatten sich die Girlies schon aus der Gegend verdrückt. Und den Bonus hatten wir auch schon kassiert. Hab halt gedacht, dass er einfach aufhört, wenn das Geld erst mal da ist. Na ja, ich habe natürlich irgendwie gewusst, dass ich da auch mit drinstecke. Als meine Frau gestorben ist, da war Kevin das Einzige, was ich noch hatte. Und nach dem Unfall, da hat er eine ziemlich harte Zeit durchgemacht. Sie glauben wahrscheinlich, dass der Apfel nicht weit vom Stamm fällt, stimmt's?

McDaniel: Sie sagen also, dass er das alles nur wegen ein paar Tausend Dollar gemacht hat?

Paul Verloc: Ja, glaube schon. Zumindest am Anfang. Na

ja, und dann … also, ganz unter uns … Später hat er, glaube ich, irgendwie Geschmack dran gefunden.

Polizeipräsidium Spokane
Task Force Serienverbrechen
Vernehmungsprotokoll

John Landers
Band zwei

Datum: 16. August, 9.00 Uhr

Laird: So kommen wir doch nicht weiter. Niemand deutet an, dass Sie Verloc beauftragt haben, irgendjemanden zu töten. Wir würden nur gern erfahren, worum es ganz allgemein bei Ihren Unterredungen gegangen ist.

Darren Moore: Wie ich Ihnen schon gesagt habe: Mein Mandant ist der Ansicht, dass es nicht in seinem Interesse liegt, zu diesem Zeitpunkt den Inhalt seiner Unterredungen mit Verloc zu diskutieren. Des Weiteren legt er äußersten Wert auf die Feststellung, dass er von keinem der Mister Verloc zur Last gelegten Verbrechen Kenntnis hatte.

Laird: Es ist Ihnen also nicht sonderbar vorgekommen, dass mit Beginn der Zahlungen für die Säuberungsaktion auch die ersten Prostituierten ermordet wurden?

Darren Moore: Meine Herren. Nach Tagen schwerster nervlicher Belastungen hat sich mein Mandant bereit gefunden, mit Ihnen zusammenzuarbeiten. Allerdings werde ich es nicht zulassen, ihn einer wie auch immer gearteten Hexenjagd auszusetzen.

McDaniel: Okay, gehen wir noch mal zurück. Als Sie Verloc gegenüber zum ersten Mal die Bonusregelung erwähnt haben, wie hat er da reagiert?

Darren Moore: Stopp. Ich werde es nicht zulassen, dass

mein Mandant auf diese Frage antwortet. Mein Mandant wird keinerlei Aussage machen, deren fälschliche Auslegung eventuell dazu benutzt werden könnte, eine abwegige Anklage zu konstruieren. Er wird erst dann aussagen, wenn eine schriftliche Zusicherung des Staatsanwalts vorliegt, in der meinem Mandanten uneingeschränkte Immunität in diesem und jedem weiteren daraus hervorgehenden Fall garantiert wird.

Spivey: Da bin ich wieder. Ihr Kaffee, Sir.

Polizeipräsidium Spokane
Task Force Serienverbrechen
Vernehmungsprotokoll

Kevin Verloc
Band dreizehn

Datum: 17. August, 19.00 Uhr

Kevin Verloc: Stimmt. Das mit den Fingernägeln, das war exakt nach Lehrbuch. Vielleicht ein bisschen zu offensichtlich. Das war mir schon klar, dass Sie deshalb annehmen könnten, dass der Mörder Polizist ist. Aber ich wusste nicht, wie ich es anders anstellen sollte. Ich wollte keine Hautfetzen zurücklassen. Dass ich die Leichen durch andere ersetzt habe und dass ich die Stelle gewechselt habe, um darauf hinzuweisen, dass der Mörder seinen Modus operandi wechselt, das und auch noch ein paar andere Sachen habe ich genauso gemacht, wie Mister Blanton das bei diesem Typen in Texas beschrieben hat. Ach ja, und dieser Pacific Coast Highway Killer, den habe ich tatsächlich als Vorbild genommen. Ein paar Sachen darüber, wie ich das mit der Präparierung der Leichen und des Tatorts anstellen musste, wusste ich natürlich noch von meinem Job her. Aber das mit den

Fingernägeln, das war, glaube ich, wie bei dem Killer am Pacific Coast Highway. Kommt eigentlich Mister Blanton noch? Über ein paar Sachen würde ich ganz gern noch mit ihm reden.

Spivey: Nein. Mister Blanton hat ... nun ja, er hat sich dazu entschlossen, nicht mehr an diesem Fall mitzuarbeiten.

Kevin Verloc: Schade, wirklich schade. Aber ich nehme doch an, dass er das Protokoll zu lesen bekommt, oder? Na ja, ich habe halt gedacht, dass ihn das mit den vierzig Dollar interessieren würde. Das war meine Idee. Meine Handschrift. Oder gibt's etwa noch einen Fall, wo das vorkommt? Kann mich nicht erinnern, dass ich das irgendwo gelesen hätte. War ganz allein meine Idee.

McDaniel: Nein, das mir bis jetzt noch nicht untergekommen. Worüber wir uns gewundert haben, waren die Rechnungen. Warum haben Sie Mister Landers das Geld in Rechnung gestellt?

Kevin Verloc: Einer meiner Grundsätze, Mister McDaniel. Ich führe immer Buch über Sonderausgaben. Habe ich schon immer. Ich bin kein Dieb. Ich habe die Frauen bezahlt, und mir war klar, dass dieses Detail einmal wichtig werden könnte.

McDaniel: Ich verstehe nicht ganz.

Kevin Verloc: Überlegen Sie doch mal. Wenn Sie jemanden töten, um ein anderes Verbrechen zu vertuschen, sagen wir schweren Raub, dann ist das Mord unter straferschwerenden Umständen. Ein Kapitalverbrechen. Aber wenn der Mörder das Geld nicht stiehlt, sondern bei dem Opfer zurücklässt ...

McDaniel: Mein Gott.

Kevin Verloc: Kein Raub, keine straferschwerenden Umstände, keine Todesstrafe. Simpler Mord. Und mir war klar, dass Sie mit dem Geld irgendwelche psychologischen Beweggründe verbinden würden. Deshalb habe ich den Mädchen die Geldscheine in den Mund gestopft. Verstehen Sie?

Spivey: Jeff? Alles in Ordnung?

Kevin Verloc: Ach übrigens, wissen Sie zufällig, was Mister Blanton von dem Namen gehalten hat? Man hätte sich ja wirklich einen besseren Namen ausdenken können als Southbank Strangler. Die Fingernägel, das Geld, der Transport der Leichen. Hätte mir wirklich gewünscht, dass Mister Blanton mir einen Namen gegeben hätte. Da ist er richtig gut. Finden Sie nicht auch?

Epilog

Als sie den letzten Kleiderkarton aus dem Haus ihrer Mutter trug, lehnte Carolines Vater am Kofferraum ihres Wagens. In den Händen hielt er einen langen Seidenhandschuh, dessen strahlendes Weiß zu einem schmutzigen Grau verkommen war. Als sie den Karton in den Kofferraum stellte, schaute er sie an, als hätte er sie erst in dieser Sekunde bemerkt.

»Getragen hat sie die wohl nicht mehr?« Er hielt den Handschuh hoch.

»Sie hat sie für mich aufgehoben«, sagte Caroline. Manchmal überraschte es sie, wie wenig ihr Vater wusste, wie gut er darin war, sein früheres Leben zu verdrängen. Sie schaute in den offenen Karton. Auf den Hosen, Pullovern und Blusen lag obenauf der andere lange weiße Handschuh, den ihre Mutter vor vierzig Jahren zur Hochzeit getragen hatte.

Ihr Vater nahm den anderen Handschuh aus dem Karton. »Wär schön, wenn wir die aufheben könnten«, sagte er mit unsicherer Stimme.

»Okay.« Caroline betrachtete sein etwas fülliges, faltiges Gesicht. Die Augenbrauen waren grau. Er war sechzig. Als er sich nach Kalifornien verdrückt hatte, war er sechsunddreißig gewesen, so alt wie Caroline jetzt. Diese Tatsache schien ihr von entscheidender Bedeutung zu sein.

»Kommst du, Dad?«, fragte sie und legte ihm die Hand auf die Schulter.

»Fahr schon vor«, sagte er. »Ich möchte noch ein paar Minuten hier bleiben.«

Sie saß im Wagen und schaute ihm hinterher. Die grauen Handschuhe baumelten an seinen Fingern, als er zurück ins Haus ging. Sie fuhr langsam durch das Viertel, hielt an jeder Kreuzung und schaute aufmerksam nach links und rechts. Sie hatte sich immer noch nicht an die Klappe über ihrem linken Auge gewöhnt, die ihr peripheres Sehvermögen einschränkte. Besonders beim Autofahren machte sie das nervös.

Sie erinnerte sich an den Augenblick, als sie nach der Augenoperation aufgewacht war. Dupree saß neben dem Krankenbett. Er erzählte ihr, dass er zu seiner Familie zurückgekehrt sei. »Egal«, sagte er. »Ich bin noch gar nicht dazu gekommen, dir zu gratulieren.«

»Wozu?«

»Na ja, du und Joel. Neulich im Flur. Der Ring.«

Da hatte Caroline zum ersten Mal die Stiche an der zehn Zentimeter langen Risswunde gespürt, die Lenny Ryan ihr beigebracht hatte. Mit dem Finger hatte sie die Wunde abgetastet – vom Backenkochen über das Auge bis zum Haaransatz. Der Arzt hatte gemeint, dass sie die Augenklappe etwa einen Monat tragen müsse.

»Habt ihr schon einen Hochzeitstermin?«, fragte Dupree.

»Nein«, sagte sie. »Noch nicht.« Ihre Stimme klang weder überhastet noch zaghaft.

Sie parkte vor dem Rehabilitationszentrum Bright Shining Day, holte die Kleiderkartons aus dem Kofferraum und ging zum Eingang. Sie drückte so lange auf den Klingelknopf, bis schließlich ein junges Mädchen den Kopf durch die Tür steckte und sich den Kopfhörer ihres Walkmans von den Ohren schob. Sie starrte Carolines Auge an. »Ich habe da ein paar Sachen für Rae-Lynn«, sagte Caroline.

Kurz darauf erschien Chris – der Drogenberater, den sie schon kannte – an der Tür. Er schaute die Kartons an und sagte: »Rae-Lynn ist nicht mehr da. Ist letzte Nacht abgehauen.«

Caroline nickte und wünschte sich, sie wäre ein bisschen überraschter. »Wissen Sie, wohin?«

Chris zuckte nur mit den Achseln.

»Kann ich das trotzdem hierlassen?« fragte Caroline. »Vielleicht kann es ja jemand anders brauchen.«

Chris nahm die Kartons, bedankte sich und schloss die Tür.